浙江文叢

許謙集

〔上册〕

〔元〕許　謙　撰　蔣金德　點校

浙江古籍出版社

圖書在版編目(CIP)數據

許謙集 / (元) 許謙著；蔣金德點校. —杭州：浙江古籍出版社，2014.12(2025.3 重印)
(浙江文叢)
ISBN 978-7-5540-0427-2

Ⅰ.①許… Ⅱ.①許… ②蔣… Ⅲ.①許謙(1270～1337)—文集 Ⅳ.①I214.72

中國版本圖書館 CIP 數據核字(2014)第 308596 號

許謙集

(全三册)

(元)許　謙　著　蔣金德　點校

出版發行　浙江古籍出版社
(杭州市環城北路 177 號　郵編:310006)
網　　址　https://zjgj.zjcbcm.com
責任編輯　路　偉　吴　迪
封面設計　劉　欣
責任校對　余　宏
責任印務　樓浩凱
照　　排　浙江時代出版服務有限公司
印　　刷　浙江新華數碼印務有限公司
開　　本　710mm×1000mm　1/16
印　　張　72.5
字　　數　742 千
版　　次　2015 年 1 月第 1 版
印　　次　2025 年 3 月第 3 次印刷
書　　號　ISBN 978-7-5540-0427-2
定　　價　450.00 圓(精裝)

ISBN 978-7-5540-0427-2

出版説明

許謙（一二七〇—一三三七），字益之，號白雲山人，人稱白雲先生。生於東陽，七歲繼嗣金華從叔許觥。

謙資質聰穎，始能言，生母授以《孝經》、《論語》輒不忘。五歲入學，端莊如成人。七歲嗣金華之年，值元兵攻臨安、占全浙之時，遭宋亡家破，而能有力於學，寄居郡城郭邊，勤學不輟。後從事私塾教學，因遇到一些疑難問題無從質詢，三十歲時毅然棄教職，投入蘭谿金履祥門下爲弟子。謙從金履祥學習四年，益自勤奮，經金的點撥傳授，油然融會，其學識大進，盡得師門之要。

許謙開門授徒，長達四十年。延祐年間，南臺御史趙宏偉願以弟子事之，在金陵除館迎致先生。許謙强爲之出，旋即南還，屏跡東陽八華山中，在當地梅莧村弟子創辦的八華書院任山長，學者簞糧笥書而從。前後著録弟子達千餘人，影響深遠，朱子之學大顯於時。

許謙作爲朱子嫡傳，其成就大多體現在對《四書章句集注》、《詩集傳》與蔡沈《書集傳》的詮釋注解中，撰有《讀四書叢説》、《詩集傳名物鈔》、《讀書叢説》。他曾説：『朱子所著書蓋數十萬言，巨細精粗，本末隱顯，無所不備，方將句而誦，字而求，竭吾之力，惟恐其不至。然則舉大綱棄萬目者，幾何不爲釋氏之空談也。』此正是朱門自李侗至許謙六世所遵循的『理一分殊』治學方法，即不爲儱侗之言，而從最基礎的字、詞、句、篇中去探索。其治經確已達到反覆精玩的程度，并最終成爲元代經學研究的集大成者。後人有稱『程子之道，得朱子而復明；朱子之大，至許謙而益尊』，許謙其功至大。據著録，其著作尚有《春秋三傳義疏》、《春秋温故管窺》、《觀史治忽幾微》、《尚書蔡注考誤》、《假借論》、《自省編》等，至今未見出現，或已散佚無存。

本集收録許謙著作《讀四書叢説》、《詩集傳名物鈔》、《讀書叢説》、《許白雲先生文集》、《絳守居園池記補注》五種，每種前均有點校者蔣金德先生所撰之《點校説明》。書後附録傳記、序跋等相關研究資料。不足之處，祈請方家指教。

浙江古籍出版社
二〇一四年十二月

總目

讀四書叢説

點校説明

蔣金德

《讀四書叢説》八卷，内含《讀大學叢説》一卷、《讀中庸叢説》二卷、《讀論語叢説》三卷、《讀孟子叢説》二卷。元許謙撰。

始，宋程頤教弟子，必先取《禮記》中《大學》、《中庸》兩篇和《論語》、《孟子》，後及乎《六經》。朱熹深然之，謂：『《四子》，《六經》之階梯。』經沉潛反復，研究有年，撰成《四書章句集注》。朱熹於是書中匯集前人研究成果，斷以己意，多從義理上闡發，成爲《四書》研究集大成者。是書爲元明清科舉必讀之書，對後世影響深遠。

許謙是朱熹之五傳弟子，是朱熹之世嫡。一生不仕於元，潛心研究、講學四十年，以傳承師門之學爲己任。尤重視對《四書章句集注》的研究，説：『聖賢之心，盡在《四書》；《四書》之義，備於朱子。』顧其言辭約義廣，讀者或不能悉究其義，以一偏之致自異，初不知未離其範圍，其可以易心求之者？』可見其對《四書章句集注》之推崇。《元史》本傳謂其『於書無不讀，窮探聖微，雖殘文羨語，皆不敢忽；有不可通，則不敢强；於先儒之説有所未安，亦不苟同也』，可見其治學之嚴謹。《讀四書叢説》是其爲弟子講學之文，時流傳有各種抄本，爲防錯訛，弟子收集整理後，曾經其審定。經文有注疏，本集猶朱熹《集注》之疏。在元代，研究《四書章句集注》者有數十家，惟此《讀四書叢説》可謂集大成者。正如元吴師道所言：『欲通《四書》之旨者，必讀朱子之書；欲讀朱子之書者，必由許君之説。』並指此書『爲適道之津梁，示學者之標的』。許謙對《四書章句集注》有發揮、詮釋、補缺、訂正，舉數列於下：

一、有導讀之功用。有揭示四書之主旨，有分章析段之講解，有重要詞句之提示，有畫圖列表之明示，務使讀者從速理解注文經文之旨意。如《中庸》書名後：

『《中庸》、《大學》二書，與《論》、《孟》二書不同，《論》、《孟》或聖賢自立言教人，或隨問而答，或記聖賢出處動静日用，皆是一條一件，各見意趣。《庸》、《學》皆成片文字，首尾備具，故讀者尤難。然二書規模又有不同，《大學》是言學，《中庸》是言道。《大學》綱目相維，經傳明整，猶可尋求。《中庸》贊道之極，有就天言者，有就聖人言者，有就學者言者，廣大精微，開闔變化，高下兼包，巨細畢舉，故尤不易窮究。』

讀此段文字，四書之主旨及異同，一目瞭然。

《中庸》二十章：

『《中庸》三大章，前章言中庸，此章言費隱，後章言誠。中庸者，道之用於萬物無所不在，其禮固費而隱也。但中庸是就人事上言道之用，費隱是就天地、人物上言道之用。蓋先言中和見道之統攝於人心，次言中庸見道之著見於事物，此言費隱見道之充塞天地，後言誠則見聖人與天地爲一。中和以戒懼慎獨爲存養省察之功，中庸則以知仁勇爲入德之門，費隱則於諸章雜言其大者小者，欲人隨處考察以全中庸之用，皆所以求至於誠也。』此處將《中庸》分爲三大章，并揭示其主旨，使讀者易於入門。

二、《讀四書叢説》，大體上謹守師門之説，但對尊德性與道問學、心本體與理本體等問題上，對朱熹的持論有所發揮和發展，使朱子之學更趨完善。如：

《中庸》二十章：『故君子尊德性而道問學。』

朱注：『尊德性，所以存心而極乎道體之大也；道問學，所以致知而盡乎道體之細也。二者修德凝道之大端也。』

許説：『非尊德性則不能道問學，既尊德性又不可不道問學。既尊德性之後，有所不知不能，則問而知之，學而能之。既知既能，即須行之，所謂道問學也。』

按：朱熹强調『道問學』，陸九淵强調『尊德性』，二人曾有多次争論，陸指朱支離，朱指陸簡單。後朱自感失之偏頗，在《集注》中將『尊德性』、『道問學』二者結合起來，謂『二者修德凝道之大端也』。許謙據以發揮，在《叢説》中將二者的關係説得更恰切更完善。

三、增添大量訓詁考據，以補《集注》之缺。如：

《論語·八佾》：『子語魯大師樂，曰：「樂其可知也：始作，翕如也；從之，純如也，皦如也，繹如也，以成。」』

朱子在此處僅作訓詁，圈下附『謝氏曰：「五音六律不具，不足以爲樂。翕如，言其合也。

五音合矣，清濁高下，如五味之相濟而後和，故曰純如。合而和矣，欲其無相奪倫，故曰皦如。然豈宫自宫而商自商乎？不相反而相連，如貫珠可也，故曰繹如也，以成。」』

許説：『本注只具訓詁，不言旨意，謝氏之説，章意皆具而置圈外，朱子必有意也。今玩經文，蓋始、從、成爲作樂三節，翕及純、皦及繹乃三節中之節奏。樂之作，八音并起，其聲急促，翕然以合，此樂之始也。及入調既深，則放令悠緩，却要八音和合，如出於一，所謂八音克諧。雖是合一，却又要每器之聲各各明皦俱見，不可高掩下、濁亂清，所謂無相奪倫，此樂之中也。及曲將畢，則收拾歸宿有紬繹相續不絶之意，此樂之終也。大抵翕之後，繼之以純、皦，又繼之以繹，從則非翕，繹則不從。此蓋經之本旨而朱子之意也。謝氏五音六律爲主，以翕、純、皦、繹皆指此言，而見於一時。樂之始終皆然，蓋又一義。則於始、從、成三字稍緩者，在圈外，其爲是歟？』

本注只具訓詁，不言旨意，又將謝良佐語置於圈外作爲參閲，許謙探究經之本旨及朱子之意，引述樂始、從、成三節，章四節奏全過程，正可補朱注之缺。

《論語·爲政》：『君子不器。』

朱注：『器者，各適其用而不能相通。成德之士，體無不具，故用無不周，非特爲一才一藝而已。』

許説：『「體無不具」，謂明盡事物之理，以全吾心之所具。「用無不周」，則事物之來，皆有以應之，而無纖毫之差失。用之周，如爲趙魏老、滕薛大夫無不可，大之則乘田、委吏，以至立道綏動，所存皆神，體之具也。用之不周，如黄霸長於治民，爲相則功名損於治郡時；龐統長於治中別駕，而不能爲令，體不具也。』

粗看經文，不知『器』爲何物。朱注仍嫌辭約意隱。讀許説，則知明盡事物之理，以應萬事而無差失爲『不器』，又示之以例，其義淺顯易懂。

《論語・雍也》：『子曰：「雍也可使南面。」』

朱注：『南面者，人君聽治之位。言仲弓寬洪簡重，有人君之度也。』

許説：『孔子許其可南面者，謂有德足以爲民之上者也。「南面」，但爲可居位長民，不必重看。古之有德者必有位，諸侯皆天子所命，而附庸之地不及五十里，亦皆以有德者居之。楚尚欲以書社地封孔子，則南面之説正不必以僭爲嫌。』

包咸、皇侃釋『南面』爲諸侯，《説苑・修文篇》：『南面者，天子也。』朱注稱：『南面者，人君聽治之位。』人君，應指帝王、君主。許説『「南面」，但爲可居位長民，不必重看』，糾正了先儒未安之釋。

《論語・憲問》：『子張曰：「《書》云：『高宗諒陰，三年不言。』」』

朱注：『諒陰，天子居喪之名，未詳其義。』

許説：『《禮》又作「梁闇」。凡居父母之喪，次在中門外東牆之下。大夫士居倚廬，謂以兩木一頭着地，一頭斜倚在牆上，外被以茅茨，寢苫枕塊，常處此中；諸侯亦爲倚廬，而加以圍幛；天子既立柱，前有梁形，稍如屋楣，故曰梁闇。』此補朱注之未詳。

點校以《四部叢刊續編》爲底本，以《叢書集成》本、《續修四庫全書》本爲校本，校勘記附於各章之後。因學識淺陋，望方家指正。

讀四書叢説目録

卷七

卷八

讀四書叢説卷一

讀大學叢説

序

《章句序》作三大節，每節又分作兩段。

自篇首至『非後世所能及』爲第一節。

首兩句言《大學》之用。蓋自至之性，言得於天之理，人人皆同；然其至不能齊，言得於天之氣，人人皆異。是以至全之，言因氣之昏，牽引物欲，故失其善。一有至復其性，言得其氣之至清至淳者爲聖人，自然能盡其性。於是體天道，立標準而教化其民。欲人復其已失之性，此原三皇二帝立教之始。

『三代之隆』以下，言設教之法，至周大備。

自『及周之衰』至『壞亂極』爲第二節。

『周衰』至『鮮矣』，言上無聖君而聖人在下，移其教於下，君師之職始分。此天運之失常，世道之大變，然教法尤詳。聖人有位者，其政教止及於當時。孔子之道，有所畀付，筆之於書，而傳教於萬世。人雖没而書則存，後有興者可復振。

『俗儒記誦』以下，言人亡教熄。

自『天運循環』至篇終爲第三節。

前段言程子應運而生，上接孟子。

後段言補程子而全孔、曾之書。

復性圖

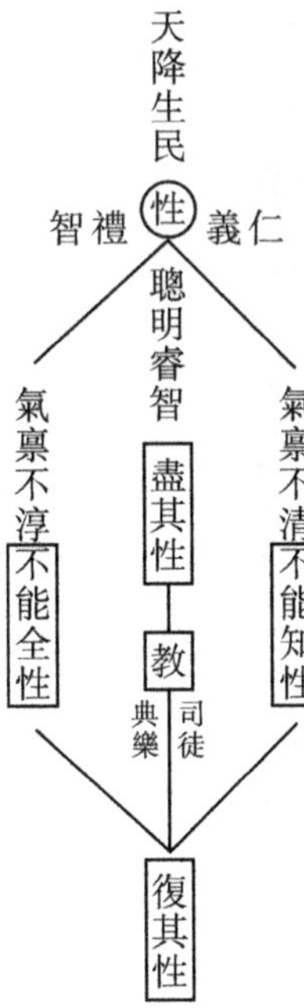

陰陽五行相涵之圖

陰陽五行，合下齊有，非是先有陰陽後生五行。古人察氣之來往，便立陽陰之名；又見流行者有微有甚，又立五行之名。康節推天地自開闢至於復闔，十有二萬九千六百年爲一元，一元之間只是一箇大來往而已。一元有十二會，則子至巳會，六萬四千八百年爲氣之來，爲陽；午至亥會，六萬四千八百年爲氣之往，爲陰。一元十二會，一會三十運，一運十二世，一世三十年，一年十二月，一月三十日，一日十二時。小而歲、月、日、時，大而元、會、運、世只一般。今於一歲之氣上易見，冬至之日，陽氣生於九泉之下；至春則上至地面，漸舒布；夏而盛；秋則收斂；冬而伏藏，又復起於九泉矣；循環無端。以歲序則自春始爾，一元亦不過如此。然則元、會、運、世、歲、月、日、時之間各有陰陽，有陰陽則有五行矣。

木神爲仁，火神爲禮，金神爲義，水神爲智，土神爲信。凡言往來開闔，只是説氣，然必有理爲之主氣。譬如舟所以乘載，理譬如柂，所以運舟者也。此所謂神，即理之妙者也。大抵説陰陽、五行只是説氣，而理自然在其中。

《太玄》：木爲性仁，金爲性義，火爲性禮，水爲性智，土爲性信。五性本於五行者如此，細玩其理，無不脗合。鄭康成乃謂水神爲信，土神爲智者，非是。

天之生人，理氣俱到。然有此氣，故理有所泊。是以談者多是先説氣，如《中庸章句》「天以陰陽五行化生萬物，氣以成形，理亦賦焉」是也。此序却先單説理，然後言氣質，又著「然」字反接。蓋要見人性本善，而全皆可爲聖賢，却被氣質有偏，故受而生者不等，是人皆可以學，且〔一〕又不可不學也。

氣禀不齊，大約且分四等，曰清、濁、純、駁。清者智而濁者愚，純粹者賢而駁雜者不肖。此以四者不雜兩端極處言之。若清多濁少，濁多清少，純多駁少，駁多純少，或清而駁，或純而濁，萬有不齊，故人之資質，各各不同。

聰明睿智，聖人之資質。聰明不專在耳目，蓋主於心而言也。聽得精審，見得明了，皆是心上事。睿是思通乎微，智是知識周徧。睿如物格，智如知至。

禮智之智，性之名；睿智之智，質之稱。

『盡其性』，是知之到行之。『極』，兼上『知』『全』兩字。

天命爲君師，天非能諄諄然命之也，天理只在人心。天下朝覲、訟獄、謳歌者不之堯、舜之子，而之舜、禹，人心既歸，即知天命歸之矣。故孟子曰：『天與之，人與之。』

治者法制禁令、賞善罰惡，凡政事施設，皆是教者躬行心得，能感化而可推充者也。大小學之教，固在其中。

『極』字本義是屋棟，借以爲至高至中之喻。今匝角亭子之棟最可見，故曰至極之義，標準之名。此是聖人處天位，爲父子則極於慈孝，爲兄弟則極於友恭，至於百度萬行，一言一動，無非天理之正中。立此標準於上，然後臣民莫不仰視争趨興起而效之矣。

舜命契曰：『百姓不親，五品不遜，汝作司徒。』命夔曰：『命汝典樂，教胄子。』《周禮·大司徒》：『以鄉三物教萬民。』《大司樂》：『掌成均之法，以教國子弟。』曰百姓，曰鄉萬民，則司徒主鄉學之教。曰胄子，曰國子弟，而成均又國學之名，則典樂主國學之教也。

『三代之隆[二]』，是專指夏禹、商湯、武王、周公之盛時。是言聖人一代之興，必脩法度，改制作，亦因前代之舊而增益之，至周公則大備矣。

《王制》：『有虞氏養國老於上庠，養庶老於下庠。夏后氏養國老於東序，養庶老於西序。殷人養國老於右學，養庶老於左學。周人養國老於東膠，養庶老於虞庠，虞庠在國之西郊。』鄭氏注曰：『上庠、右學，大學也，在西郊。下庠、左學，小學也，在國中王宮之東。東序、東膠，亦大學，在國中王宮之東。西序、虞庠，亦小學也，在西郊。』孔氏疏曰：『養老必於學者，教孝悌也。國老謂卿大夫致仕者，庶老謂士及庶人在官者。』

陳祥道曰：『四代之學如此，而周又有辟廱、成均、瞽宗之名。』《記》曰天子設四學，周之制也。蓋周之學，成均居中，成均，以成性也。又曰均其過不及，則曰成均。其左東序，其右瞽宗，此大學也。虞庠在國之西郊，則小學也。《記》曰天子視學，命有司行事，祭先師先聖焉。卒事，遂適東序，設三老五更之席。又曰：食三老五更於太學，所以教諸侯之弟；祀先賢於西學，所以教諸侯之德。夫天子視學，則成均也。命有司行事，祭先師先聖，即祀先賢於西學也，所謂祭於瞽宗者也。適東序，設三老五更之席，即養國老於東膠，所謂食三老五更於太學者也。然則商之右學，在周謂之西學，亦謂之瞽宗。夏之東序，在周謂之東膠，亦謂之太學。蓋夏學上東而下西，商學上右而下左，周之所存，特其上者，而右學、東序蓋與成均竝建於一丘之上。成均頒學政，右學祀樂祖，東序養老更也。

陳氏周學圖

商之右學，周謂之西學，亦謂之瞽宗。

夏之東序，周謂之東膠，亦謂之太學。

朱子曰：『諸儒皆以養國老者爲大學，養庶老者爲小學，蓋亦因《王制》之言而意之耳。陳氏説其位置，又與鄭氏諸儒之説不同。皆無所考，闕之可也。』《明堂位》曰：『米廪，有虞氏之庠也。序，夏后氏之序也。瞽宗，殷學也。頖宫，周學也。』《王制》曰：『天子曰辟廱，諸侯曰頖宫』。《孟子》曰：『夏曰校，殷曰序，周曰庠，學則三代共之。』

項安世《松滋縣學記》曰：『學制之可見於書者自五帝始，其名曰成均，説者以成性也。有虞氏即學以藏粢，而命之曰庠，又曰米廪，自其孝養之心發之也。夏后氏以射造士，而命之曰序，以檢其行也。商人以樂造士，而命之曰學，又曰瞽宗，以成其德也。學之音則校，校之義則教也。至於商先王所以教者，備矣。周人脩而兼用之，内即近郊竝建四學，虞庠在其北，夏序在其東，商校在西，當代之學居中南面，而三學環之，命之曰膠，又曰辟廱。郊言其地，璧言其象，皆假借字也。侯國皆立當代之學而損其制，曰泮宮。凡鄉皆立虞庠，州皆立夏序，黨皆立商校。於是四代之學達於天下矣。』

項氏周學圖〔三〕

右天子之學，即正宮之學。諸儒之言不同。《王制》：『諸侯，天子命之教，然後爲學。小學在公宮南之左，大學在郊，名曰頖宮。』長樂陳氏曰：『諸侯之學，小學在内，大學在外，故《王制》言「小學在公宮南之左，大學在郊」，以其選士由内以升於外，然後以達於京故也。天子之學，小學居外，大學居内，故《文王世子》言：「凡語于郊，然後於成均，取爵於上尊。」以其選士由外以升於内，然後達於朝也。』

右諸侯之學即國都之學。

鄉	家數	遂
鄉 五州 鄉大夫卿	萬二千五百家	遂 五縣 遂大夫中大夫
州 五黨 州長中大夫	二千五百家	縣 五鄙 縣正下大夫
黨 五族 黨正下大夫	五百家	鄙 五酇 鄙師上士
族 四閭 族師上士	百家	酇 四里 酇長中士
閭 五比 閭胥中士	二十五家	里 五鄰 里宰下士
比 比長下士	五家	鄰 鄰長無爵

《學記》曰：『古之教者，家有塾，黨有庠，術有序，國有學。』注曰：『術當爲遂聲之誤也。古者仕焉而已者，歸教於閭里，朝夕坐於門，門側之堂謂之塾。』疏曰：『按《書傳説》云：七十致仕而退老歸鄉里，大夫爲父師，士爲少師。新穀已入，餘子皆入學，距冬至四十五日，始出學。上老，平明坐於右塾；庶老，坐於左塾。餘子畢出，然後皆歸。夕亦如之。』上老，父師。庶老，少師。《漢書·食貨志》曰：『春令民畢出在壄，冬則畢入於邑。春，將出民，里胥平旦坐於右塾，鄰長坐於左塾，畢出，然後歸。夕亦如之。入者必持薪樵，輕重相分，斑白不提挈。』陳祥道《禮書》曰：『坐上老、庶老於此，所以教之學也；坐里胥、鄰長於此，所以教之耕也。』疏又曰：『六鄉舉黨，六遂舉序，則餘閭里以上皆有學可知。』鄭注『州長』云：『序，州黨之學。』注《鄉飲酒》義云：『庠，鄉學也。』此云黨有庠，是鄉之所居黨爲鄉學之庠，不別立序。凡六鄉之內，州學以下，皆爲庠。六遂之內，縣學以下，皆爲序。又曰：『黨有庠，疑夏殷禮也。』

右鄉學。天子之制，百里爲近郊，有六鄉；二百里爲遠郊，有六遂。大國三鄉三遂，次國二鄉二遂，小國一鄉一遂。《尚書》傳曰：『百里之國，二十里之郊；七十里國，九里之郊；五十里國，三里之郊。』按上注疏所言，則閭里以上，凡鄉、州、黨、族、遂、縣、鄙、酇皆有學。但閭里之塾爲小學，餘皆大學也。

《大戴禮》曰：『王子八歲出就外舍，學小藝，履小節。束髮而就大學。』《白虎通》亦曰：『八歲入小學，十五入大學。』《尚書大傳》曰：『公卿之太子，大夫、元士之適子，十有三年入小學，二十入大學。』又曰：『歲事已畢，餘子皆入學，年十五入小學，十八入大學。』按《大戴禮》是王子入學歲數，《書傳》前説是公卿、大夫、元士之子入學歲數，遲速不同。程子止據《大戴禮》酌中爲定，朱子從之。

灑埽、應對、進退是其所行，故教其節。六藝非幼少能盡行，故教誦其文。灑者，播水於地以浥塵。埽者，運帚於地以拂塵也。實水於盤，攘袂及肘，堂上播灑，室中握手，灑之節也。如爲長者糞之禮，必加帚於箕上，以袂拘而退，以箕自鄉而扱之；如拚席不以鬣，執箕膺擖；又如凡拚之紀，必由奥始，俯仰罄折，拚毋有徹之類，是埽之節也。扱，音吸。拚，弗運反。鬣，力輒反，帚也。擖，又作揲，舌也，並以涉反。執箕以舌自鄉也。如先生問焉，終則對。如長者問，不辭讓而對，非禮也。又如長者不及，毋儳言，毋勦説，毋雷同之類，應對之節也。如見父之執，不謂之進，不敢進；不謂之退，不敢退。如侍坐於君子，請見，不請退；君子欠伸、運笏、澤劒首、還屨、問日蚤莫，請退可也之類，進退之節也。

『禮』謂五禮：吉禮，祭天神、祀地示、享人鬼之禮，凡十有二；凶禮，喪、荒、吊、禬、恤，凡五：賓禮，朝、宗、覲、遇、會、同、問、視，凡八；軍禮，師、均、田、役、封，凡五；嘉禮，飲食、昏冠、賓射、饗燕、脤膰、賀慶，凡六。『樂』謂六樂：《雲門》，黄帝樂；《大咸》，堯樂；《大磬》，舜樂；《大夏》，禹樂；《大濩》，湯樂；《大武》，武王樂。『射』謂五射：白矢，謂矢貫侯過，見鏃白；參連，前放一矢，後三矢連續而去；剡注，羽頭高，鏃低，去剡剡然；襄尺，謂臣與君射，立襄君一尺而退；井儀，謂四矢貫侯，如井之容儀。剡，失冉反。襄，音讓。『御』謂五御：鳴和鸞，和在式，鸞在衡，升車馬動則鸞鳴，鸞鳴則和應；逐水曲，謂隨逐水勢之屈曲，而不墜水；過君表，謂若《毛詩傳》云『褐纏旃以爲門，間容握驅而入，繫則不得入』是也；舞交衢，謂在交道，而車旋應舞節；逐禽左，謂御驅逆之車，逆驅禽獸使左，當人君以射之。『書』謂六書：象形，謂日月之類，象形體爲之；會意，謂武信之類，止戈爲武，人言爲信，會合人意也；轉注，謂考老之類，建類一首，左右相注；處事，謂上下之類；假借，謂令長之類，一字兩用；諧聲，謂形聲一也，江河之類，皆以水爲形，工可爲聲。『數』謂九數：方田以御田疇界域，粟布以御交質變易，衰分以御貴賤稟税，少廣以御積冪方圓，商功以御功程積實，均輸以御遠近勞費，盈朒以御隱雜互見，方程以御錯糅正圓，勾股以御高深廣遠。衰，初危反。稟，力錦反。冪，莫狄反。朒，女六反。

天子元子，將繼世有天下；衆子，將封國爲諸侯。『以至』二字，包諸侯在其中，諸侯元子將繼世有國，衆子將爲大夫。公、卿、大夫、元士適子，皆將繼世有禄位，不問賢愚，皆必當學。

若公、卿、大夫、元士之衆子，則與凡民同，擇俊秀入大學焉。

漢有秀才，士之美稱也。《北史》『萬人之秀曰俊』，凡『俊秀』只是人才出衆之名。

『次第』，言小大入學之年。『節目』，言小學之節文，大學之八條目。

『心得』不是知得，是此身體道而行，理融神會，契合之妙者，所以著在『躬行』之下。

『日用』，如飲食、起居皆是。『彝倫』，只是五者之常倫。

『性分』，是從天理大原頭分來底。『職分』，是見處地位，君臣、父子、長幼、朋友，隨事合當做底。

『陵』，小山也。『夷』，平也。『陵夷』，言丘陵斜阤，漸漸與地夷平。教化漸廢至於無，類此。

誦傳先王之法，兼大小學言之。『傳』是傳之當時，與下『詔後世』對説。『支』者木之末，『流』者水之末，『餘』者食之末，『裔』者衣之末。『支流餘裔』，却是止把水與衣二者來比，謂支分之流，餘末之裔也。

『規模』『節目』，以三綱八條對言，則三綱爲規模，八條爲節目，謂八條即三綱中事也。獨以八條言之，則平天下爲規模，上七條爲節目。平天下是大學之極功，然須是有上七條，節節做工夫，行至于極，然後可以天下平。

『俗儒』，是害於内者。『異端』，是害於外者。凡非聖人之道，而别立異論者皆異端，此是總名，『虛無寂滅』，又是其中目之大者。老氏以無爲道，而其用專以清静爲宗。釋氏以萬物皆空，然後見其本性，而以寂滅爲期。聖學止是五常人倫，一切都是實事，全然相反戾。『權』，變詐也。『謀』，陰計也。『術數』，小道智數也。『百家』，各自立意持論，人人不同，諸子小説是也。『衆技』，陰陽、卜筮、醫藥、種樹、雜藝是也。『一切就功名』者，專以功利惑世。『百家衆技』，又以新奇、詭異、禍福、射利之説誣民，所以人皆眩瞀，奔趨之不暇，是故沈迷汩没，不復知仁義之歸，是充塞而不能行也。『雜出乎其間』，是俗儒異端之間。蓋老釋二教雖背正道，然其立言高遠，又無塵俗勢利之趨，故被他立得根基牢，若可與正道角。此外則必須依傍以成説，故必出乎二者之間。《漢藝文志》權謀家，兵法也。數術家，天文、曆譜、五行、蓍龜、雜占、形法也。方技家，醫藥之類也。此序蓋用彼名，而所該者或廣。

如月之晦，如目之盲，如氣之否，如川之塞。『晦盲』言不明，『否塞』言不行。

『反覆』，是展轉愈深而不可去底意。『沈』，如物没於水而不可浮。『痼』，如病著於身而不可愈。

戰國以來，固是治少亂多，然五季五十三年間，五易代，八易姓，於時天下分裂爲十餘國，争地殺人，無日無之。至於弑父弑君，篡攘傾奪，權譎變詐，無所不有，人倫盡喪，天理消亡。自古以來未有甚於此時，故曰『季世』。

治休美，而教詳明。

表而出之，章而顯之。

指歸趣向，『趣』言其始，『歸』言其終。

『私淑』者，私善於人。孟子不得爲孔子之徒，而私善於再傳之子思。朱子不得爲程子之徒，而私善於三傳之李氏。此『私淑』字最切。

經

經一章，明明德，新民，止於至善，及下逆順兩言八條目，共四十三字，先王立學教人之法。其餘皆孔子發明之言，看三『在』字及『古之』字可見。

凡言道有二意：天理氣化運行不息者，謂之道；人由義理而行，亦謂之道。聖人贊《易》多言天之道，餘經中所言皆是言人所行之道也。此大學之『道』，又非二者之謂，却是言大學中教人脩爲之方爾，如『君子深造之以道』之『道』。

凡言德亦有二意：得天理而存於心者，德也；行道有得於心，亦德也。此『明明德』字就得處言，則是上一意及加『明』之之功而有得於己，然後有下一意。

人之初生，稟天地之氣以爲形，稟天地之理以爲性。理無有不善，則其性亦皆善。所謂德也，以其虚靈而能具萬物之理，而可應萬事，故謂之明德。氣則有清濁淳駁之不同，得清者爲智，得濁者爲愚，淳者爲賢，駁者爲不肖，此朱子所謂『氣稟所拘』。及其有知又爲物慾牽引於外，内有私意，逐物而起，此朱子所謂『物欲所蔽』也。『氣稟所拘』就有生之初言之，『物欲所蔽』就有知之後言之。因此二者所得之明德，竟被昏昧，學者當憑開發磨瑩之功，變化其氣質，消去其物欲，使此德復明，此『明明德』之意。人之生同得此理，與我無異，既自明其明德，又當推以及人，使亦如我之用功明其德，此『新民』之意。

天以善理賦人，而人受之，存於心者爲性。故性字從心從生，是有此心即有此理也。得此性存於心，其本則盡具萬物之理，其用則可應天下之事，故謂之德。然性是單説理，德是就泊在氣上處説，故如此光明洞徹，縱橫妙用，應物無窮，不可雜氣言之，然不可離氣言之。蓋此理搭在正通氣上，方能如此明，若搭在物之偏塞氣上，如何會具衆理、應萬事？是故不可離氣言之也。但不可道明德是氣耳，此要體認。

三句固是大學之綱領，分而推之，則上一句爲下兩句之總綱領，下一句爲上兩句之標的。『明德』、『新民』，雖兩事對舉，而『新民』亦是『明德』中事。

『知止』謂知至善所在，『定』以理言，『静』以心言，『安』以身言，『慮』以處事言，『得』謂得其所止。

定、静、安屬知，慮、得屬行。定、静在事至之先，安在事至之際，慮在處事之時，得在應事之後。静如不惑，安如不動心。朱子以不惑解不動心，固若一般。今且借此分開體認二節，静是明物理，各見有定，向後其心自然無紛擾，故曰如不惑。安是事來之時，素有以應之，如俗語不手忙脚亂，故曰如不動心。看孟子論北宫黝、孟施舍、曾子，皆是就臨應事上説。此『安』字與朱子所言略有不同，然亦不妨通意，試審思之。

物即事也，事即物也。物有形而事無迹，故互舉。就明德、新民，以己對人言，故曰物。五者是一事之始終，故曰事。《朱子語録》曰：『對言則事是事，物是物，獨言則兼事在其中。如仁者不過乎物，所謂物，亦只是事。』

『古之欲明明德於天下』，此處上『明』字，又與篇首上『明』字稍不同，此謂推明『明明德』之道於天下，下『明德』字包章首『明明德』三字。《章句》『使天下之人』，『使』字体貼上『明』字意。

不曰『欲平天下，先治其國』，而曰『明明德』者，是要見『新民』是『明德』中事，又見『新民』不過使人各明其德而已。

凡言必先而後，固是謂欲如此必先如此，既如此了，然後如此。然而致知、力行，並行不悖。若曰必格盡天下之物，然後謂之知至；心知無有不明，然後可以誠意，則或者終身無可行之日矣。聖賢之意，蓋以一物之格，便是吾之心知於此一理爲至，及應此事，便當誠其意，正其心，脩其身也。須一條一節，逐旋理會，他日揍合將來，遂全其知，而足應天下之事矣。

八條目，前段自下説上者，明明德新民工夫；後段自上説下者，止至善之功効。格物致知，以知言。誠意以下，以行言。

『其本亂而末治者否』，此『本』字舉身而言，上該誠意、正心，下對家國、天下。『厚』謂家，『薄』謂國與天下。家者，父子、兄弟、夫婦所在，固所當厚；國與天下皆推此以接之，故當薄：其勢自然如此。此非是教人薄於遠，正是教人厚於近也。君子之學，只是要明得分，輕重之分既明，則家厚而國薄，自不容已。

《章句》『人之所得乎天』，原『明德』之所從來。『虚靈不昧』，解『明』字。『具衆理，應萬事』，解『德』字。『虚靈』，正説。『不昧』，反説。作一貫看：下惟虚故靈，虚是體，靈是用。惟虚靈故不昧，虚靈是體，不昧是用。惟虚靈不昧，故能具衆理，虚靈不昧是體，具衆理是用。惟其具衆理，故能應萬事，具衆理是體，應萬事是用。又分看：惟虚靈故能具衆理，惟不昧故能應萬事，人之所得至萬事者也，是『明德』正訓。下三轉却是説上『明』字，但爲氣稟，至『有時而昏』，原有所當明。然其本體至未嘗息者，證其所可明。下言明之之方復其初，言明之之效。

氣稟是内根，物欲是外染。氣稟濁駁有微甚，則物欲所染有淺深。『明明德』是要變化氣質，消除物欲。氣稟已一定，物欲則日增。用功者但要隨時隨事止遏物欲使不行，開廓氣稟使通暢，是皆開發吾本有之光明所能至。

『止』者，必至於是而不遷之意。『至善』，即是義理極處，即中。必至於是，是不可不及。『不遷』，是不可過。

『事理當然』，釋『善』字。『極』，釋『至』字。

『脩身以上』至『新民之事』，結八條目前節工夫，而上至於明德、新民二綱。『物格知至』至『所止之序』，結八條目後節効驗，上貫『知止』『能得』五句，而總於止至善之綱。

三綱領八條目圖

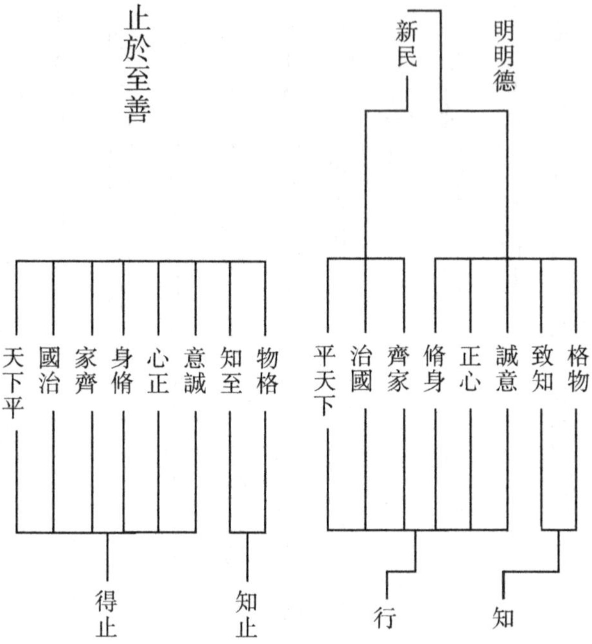

本末圖

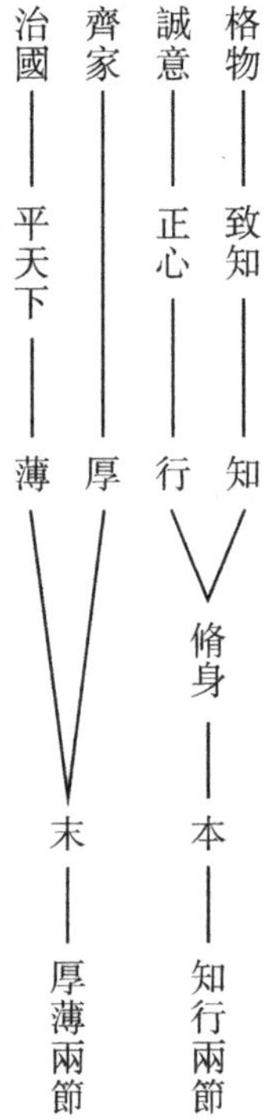

傳首章

《康誥》者，周武王封弟康叔於衛而告之之書。『克明德』，言文王之能明其德也。曾子引之解『明德』。『克』字，有力。『明』字，即上『明』字。『德』字，包『明德』字。

太甲，湯孫之名。湯崩，太甲立，不明，伊尹作書以告之，史官題曰《太甲》。『顧諟天之明命』，言湯之德也，亦引之釋『明明德』。『顧諟』，上明字。『明命』，即『明德』。就天付予處說，謂之『明命』；就人得之而言，謂之『明德』。

『顧諟』動静皆顧，一息之頃，一事之毫末放過，便不是顧。『天之明命』，雖是就付與我處言，然此『明命』即是萬物之理在裏面。故於應事處，才有照管不到，便暗損了此明命。

《帝典》即《堯典》。『克明俊德』，史官贊堯之德。亦引釋『明明德』，『俊德』即『明德』。

第一節，平説『明明德』。第二節是明之之功，學者全當法此而用功。第三節言明其德以至於大，此明明德之極功。『皆自明也』，雖結上文，『自』字有力，明德須是自去明之方可。

傳二章

古人沐浴用盤盛水，以杓取水澆身，以杅承之。『苟』訓誠，猶今文言果能，真能。此一節『日日新』，是接續意。『又日新』，是無間斷不已意。

『自新』即『明明德』之意。

第二節，文公以『新民』爲『自新之民』。蓋民心皆有此善，才善心發見，便是自新之機，因其欲新而鼓舞之。『作』字是前『新』字意。新民工夫，只是推充、感化兩事。『明明德』於上則感而自新，又因其自新之機，推其有餘而引導勸誘之，則民德日新矣。

第三節，『周雖舊邦』，文王明明德，而及於民政教日新，初受天命。

『日新』一節，言自新，接上明明德。『作新民』，是新民工夫。『其命維新』，言新民功效。第四節，『無所不』，是指言明明德、新民兩事。『用其極』，言兩事皆止於至善。下接『至善』傳。

此章釋『新民』，而章内五『新』字皆非『新民』之『新』。《盤銘》以自新言，《康誥》以民之自新言，《詩》以天命之新言，然新民之意却只於中可見。

傳三章

王者所居，地方千里，謂之王畿，王者所自治。王畿居天下之中，四方之人環視内向，皆欲歸止於其地。猶事中各有至善之理，人當止之也。

『緝熙』與『敬止』，是文王作聖功用。『緝熙』，是接續光明，謂明德常明，無時止息。而又敬而行之，則事事得其當，而止於至善也。『緝熙』體上言，『敬止』用上言。『爲人君』以下，是曾子之意，言文王止於至善者如此。君臣、父子交是事，仁、敬、孝、慈、信是五者之則，即至善也。此五者人倫之大，故曾子提出言之。天下事，無大小皆有至善，所以貴於窮理而力行。

五『止』，是曾子就文王之德之實而言，使學者效之，亦無不敬，而止於至善也。如文王之視民如傷，發政施仁，必先矜寡孤獨、無凍餒之老、罪人不孥之類，止於仁也。崇侯譖文王欲叛，紂怒，囚之羑里，文王歎曰：父有不慈，子不可以不孝；君有不明，臣不可以不忠：豈有君而可叛乎？及既釋之，乃率殷之叛國以事紂，所謂三分天下有其二以服事殷，止於敬也。《禮記》言文王爲世子事王季之節，及言文王之祭，事死如事生，思死者如不欲生，忌日必哀，稱諱如見親，如欲色然，止於孝也。君子慈其子，莫大於教之使成聖賢之德。文王之子武王、周公爲聖人，康叔封、聃季載爲賢者，畢公、召公亦以爲文王子，則止於慈可見矣。文王治岐，耕者九一，仕者世禄，平虞、芮之田〔四〕，而歸者四十餘國；又如文王伐崇，三旬不降，退脩教而復伐之，因壘而降，；又如《汝墳》詩言：『魴魚赬尾，王室如燬。雖則如燬，父母孔邇。』則止於信可見矣。

《淇澳》之詩，美衛武公之德也。此節工夫，全在切、磋、琢、磨四字上。《章句》謂『治之有緒，而益致其精』，『治之有緒』，謂先切琢而後可磋磨，循序而進，功夫不亂。『益致其精』，謂既切琢，而又須磋磨，求其極至，工夫不輟。切磋，曾子以喻學，是就知上説止至善，講習討論，窮究事物之理，自淺以至深，自表以至裏，直究至其極處。琢磨，曾子是就行上説止至善，謂脩行者省察克治，至於私欲浄盡，天理流行，直行至極〔五〕處。『瑟兮』以下，皆以效言。『瑟兮僩兮』，曾子謂恂栗，是德存於中者完。『赫兮喧兮』，曾子謂威儀，是德見於外者著。

賢、親、樂、利，金先生曰：『「賢其賢」者，高山仰止，景行行止，崇其德也。「親其親」者，敬其所尊，愛其所親，象其賢也。「樂其樂」者，風清俗美，上安下順，樂其遺化也。「利其利」者，分井受廛，安居樂業，沐其餘澤也。』

『邦畿』一節，言物各有當止之地，只平説『止』字。『綿蠻』一節，言知止。『穆穆』一節，言止於至善。『淇澳』一節，言明明德，止至善。『於戲』一節，言新民止至善。

《章句》『丘隅，岑蔚之處』。是山岑鋭蓊蔚之地。岑鋭，則網羅、弓矢不可到。蓊蔚，則鷹隼不可及。可謂知其地之善而止之。

朱子注《文王》之詩曰：『緝，續。熙，明。亦不已之意。言穆穆然文王之德不已，其敬如此。』注《載見》『俾緝熙于純嘏』，曰：『使我得繼而明之，以至於純嘏也。』注《敬之》『學有緝熙於光明』，曰：『續而明之，以至於光明。』而注此則曰：『緝，繼續也。熙，光明也。』《或問》曰：『連續光明，自無不敬，而所止者，莫非至善。』以三詩之注例之，則此『熙』字，非指光明之實，乃緝之熙之，是繼續之，光明之也。其重在『敬』字，謂緝熙其敬，而自然止至善也。二詩言『緝熙純嘏』、『緝熙光明』，而此詩則緝熙其敬也。

『精』是明白之至理，指五事而言。『微』是五事中纖悉之事，及每事之間曲折隱微處。

『推類盡其餘』，推君臣、父子、國人之類，而知其餘有夫婦、兄弟之倫；推仁敬之類，知其餘有夫義婦順、兄友弟恭之則；又推凡天下之萬物衆事，亦莫不有至善之所在。

『嚴密』，是嚴厲縝密。『武毅』，是剛武彊毅。曾子以『恂慄』釋瑟僩，而朱子謂恂慄者，嚴敬存乎中。金先生謂：『所守者嚴密，所養者剛毅。』嚴密是不麤疎，武毅是不頹惰。以此展轉體認，則瑟僩之義可見。『宣著盛大』是四字兩意，總解『赫』『喧』二字。

『講習討論』是一串說，『省察克治』是兩節意。既講之，又重習之，復討論之，言之轉密。省是內自警省，察是密察精詳，此求己有未善也。克者勝去，治者平之，此去其不善以從善也。

饒雙峰曰：『咏嘆言其詞，淫泆言其義。淫泆者，意味溢乎言詞之外也。』

傳四章

『聽訟』是新民之末節。治國平天下，豈專在聽訟乎？況齊家一條，聽訟更用不著。古人言語不急迫，雖是解經，亦偶取聖人兩句來説一事，以爲例爾。此章當自下看上，從『大畏民志』起。聖人言爲人，上而聽斷獄訟得其平，我亦與衆人無異。然爲治者，致民有所訟，方爲之剖斷，亦末矣。必使民皆無可訟之事，乃得其本也。此語有未發之意，故曾子引之而續以明之。其意蓋曰：何以使民無訟，蓋上之人，能使無情實之人不敢盡其虚誕之辭。天下事是非自有一定，爲人不肯認己之非，而妄與人争，故致訟。及至訟庭，亦以非爲是，用虚妄誕謾之辭，强辯力争以惑上聽，上之人爲其所誑，而亂事之真是非，則人無所忌憚，訴訟者紛然而起。無實之言既不行，則無訟矣。又言何以使無情者不得盡其辭，必大有以畏服民之心志然後可。然此句猶是歇後語，不曾説破。何以使民志服，是使讀者自思。其實德明，便可服人心。『此謂知本』一句，只是結聽訟之本，不是結凡新民之本，詳讀可見。

聽訟是新民一端，新民末也。然須有其本，本即明明德也。我之德既明，則自能服民志，而不敢盡其無實之言。凡人争訟，必有一直一曲，只是爲聽訟者可瞞，故雖理屈者也敢來争。若聽訟者德既明，則人自不敢欺，人既不可欺其上，則不敢爲惡，不敢飾非，而民德亦新，自然無訟可聽。如虞、芮争田，不敢履文王之庭，是文王之德大畏民志，自然無訟。

傳五章

『此謂知本』，饒雙峰云：『知本只是物格二字之誤，知字仿佛與物字相類，本字從木，亦是格字偏傍。』此説亦有意思，若如此，則兩句總是格物致知章結句爾，不必作衍文。

《大學》在《禮記》中，其次第錯亂不齊，程子曾正之而未盡。朱子重正之，分爲經、傳，其餘傳與經相合，皆有條理。惟格物致知無傳，而《大學》工夫始於格物，若無傳，則格物無用功之方。朱子取程子之意爲格物致知傳，致知在格物，是推極我之心知，在窮究事物之理，只是一意，但在我在物不同耳，所以只作一傳，不分爲二。

『言欲致吾之知，在即物而窮其理』，是先解致知即是格物一事，見『在』字意明。『人心之靈，莫不有知；天下之物，莫不有理』，是推知與理之原。『惟於理有未窮，故其知有不盡』，是言氣禀拘、物欲蔽者，不可不致格。『《大學》始教』，是言《大學》教人以格物致知爲始，謂是《大學》用功起頭，即『凡天下之物，莫不因其已知之理而益窮之，以求至乎其極』，此正是格物用功處。但只把致、格兩事統説在裏，推〔六〕極我之心知，在窮究事物之理，格物之理，所以推致我之心知。『用力之久，一旦豁然貫通』，是言格物，本是逐一件窮究，格來格去，忽然貫通。如知事人之理，便知事鬼之理；知生之道，便知死之道。又如曾子聞一貫之説，便説出忠恕來。蓋事雖萬殊，理只是一。曉理之在此事如此，便可曉理之在彼事亦如此。到此須有融會是貫通，脱然無礙，如冰消雪釋，怡然涣然，處格物工夫至此方極。『物之表裏、精粗無不到』，是言格物於一事之中，須推明得到底透徹，全無疑礙方是，然後又去格一物。不可於一事之中做半節工夫，了便且住。譬如看文字，且於一章中窮究其訓詁辭語，旨意隱微處，無不洞曉了，然後看第二章，此是一物中表裏精粗無不到。事事如此詳細，是衆物表裏精粗無不到。天下事物至多，固不可件件窮格，但格得物多，後不揀見甚麽物來，只把這道理格將去，自然貫通。文公曾把破竹譬喻，大意謂初破時，逐節破，數節之後，一直破開去，更無凝滯，此喻最切。『吾心之全體大用無不明』，『全體』，即前『具衆理』。『大用』即前『應萬事』。程先生教人格物有三事：或讀書講明義理，或論古今人物而別其是非，或應接事物而處其當否。文公取在格物致知《或問》中。然三事又當以讀書爲先。

表裏精粗，事事皆有。且如子之事親，其道當孝，此是表。如《孝經》一書之中，有許多節目，又諸書言孝，節目不一，此是裏。粗是節目中之所當然，謂其間事爲禮節也。精是節目中之所以然，謂事爲禮節中之至理也。

此章須兼看《或問》。

傳六章

誠意只是著實爲善，著實去惡。自欺是誠意之反。毋自欺是誠意工夫。二『如』是誠意之實。自慊是自欺之反，而誠意之效。慎獨是誠意地頭。

欺、慊皆言自，是意之誠不誠皆自爲之。自欺者適害己，不自慊者徒爲人。曾子以『毋』字禁之，使人凛然知所戒。又以二『如』字表之，使人知所趨。『惡惡臭』、『好好色』，人人皆實有此心，非僞也。二『如』字曉學者當實爲善去惡，若『惡惡臭』、『好好色』之爲也。此二句作兩層看。

前『慎獨』以心言，後『慎獨』兼所處言。

『潤身』、『體胖』，已含脩身意。

此章第一節誠意正義，二節誠意之反，三節惡誠中形外，四節善誠中形外。

『誠意』是致知以後事，故《章句》曰：『知爲善以去惡，而心之所發有未實也。』

『苟且』是去惡不決，『徇外』是爲善非爲己也。

《章句》於經云：『意者，心之所發。』『發』，如言初動處。又於『慎獨』云『審其幾』，『幾』，亦是初動處。此固言心纔動便要實。然心以體統言，意即是心發而應事處，初動固要誠，應事至於終亦要誠。若只是初發人未知時要誠，及至事形之後却不必誠，可乎？『慎獨』而謂之『審其幾』者，是一動便須誠其實，直至事之終，首尾皆誠，不然，則發已形見了，此時於工夫却何所屬？又不可入正心之目也。下文言『小人閒居爲不善，無所不至』，則是著於事爲明矣，而亦曰『慎獨』。又十目、手所視、指，及『潤身體胖』，皆歸之『誠意』，則『意』字相關前後始終，可謂分曉。

『銷沮閉藏』，『銷沮』，出於無心；『閉藏』，却是用意。大凡爲惡，亦是有此氣充此惡念行出。此小人平時可謂張王，爲是他已曉得惡不可爲，故見君子之專爲善者，一時慚愧，前張王之氣銷沮自不可留，於是暫爲善以閉藏不善。『厭』，鄭氏讀爲『黶』，注：『閉藏貌。』朱子加『銷沮』字，是閉藏之原若不銷沮，則不肯閉藏也。陸氏有烏斬、烏簟兩音。《說文》歐減反，釋曰：『中黑也。』正是暗晦意思。今宜讀從烏斬。

『用力之始』，言致知；『用力之終』，言誠意。『序不可亂』，謂致知然後誠意。『功不可闕』，謂致知又不可不誠意。

傳七章

『有』字當重讀。忿懥、恐懼、好樂、憂患四者，是人不可免者，但不可有之於心。若一事有之於心，則應他事皆不合理，即是心不得其正。

《集義》：『心不可有一物，外面酬酢萬變，都只是隨分限應去，都不關自家心事。纔繫於物，心便爲其所動，所以繫於物者有三：或是事未來，而自家先有這箇期待底心；或事已應過去了，又却長留在胷中不能忘；或正應事時，意有偏重，這都是爲物繫縛。』愚按，朱子説此三箇『有所』，可謂推明詳盡。『子莫執中』，事未來之『有所』也。莊周『緣督』，應事際之『有所』

也。顔子『不遷怒』，事過後不『有所』也。

事未來，不可有意；事已往，不可留心。

『忿懥』四者，情也。《中庸》言『喜、怒、哀、樂』，《禮運》言『喜、怒、哀、懼、愛、惡、欲』，皆是情之名。聖賢隨事提出，告人所以不同。

前言心不正，是心雖在所應事上，而情之用不當，或以怒應當喜者，或以樂應當哀者。後言心不在，是心不在所應事上，謂身心全不相關。所以前節便要察，後節便當敬。

雙峰謂心不正，以義理言；心不在，以知覺言。

大率忿、恐、好、憂四字稍輕，下四字尤重。此章兩節，前節説正心，後節説脩身。

『四者，心之用，固人所不能無。』傳是『有所』二字爲重，事來感此心，隨其輕重大小，以理應之而適於中。事既往，則此心便消釋。如此則不是『有所』。事來動此心，被他著得重，則應之亦重，如忿至於懥，恐至於懼，好至於樂，憂至於患，此是『有所』。或固滯於心，而以忿懥應當喜者，以好樂應當憂者，亦是『有所』。蓋四者便是喜怒哀樂，但喜怒哀樂是平説，此稍不同。忿懥，怒也。但忿是怒之暴，懥是〔七〕怒而有恚結意。好樂則喜與樂也，但好樂字有力而近於欲。恐懼憂患皆哀之類也，但恐而至懼，憂而至患，皆有過當意。金先生謂此四者重累其辭，即是情之勝而滯之深也。朱子用『欲動情勝』字，蓋『欲動』是事來之初，『情勝』是應事之際。若此事已往，情猶留滯，移以應他事而不當，亦情勝也。

『蓋意誠』以下，言誠意然後能正心。『然或』以下，言既誠意又須正心。

傳八章

親愛、賤惡、畏敬、哀矜、敖惰本十事，以其意思相似作五句。親愛、畏敬、哀矜是好上事，敖惰、賤惡是惡上事。此十事亦日用常行，必不可去者，但不可偏，一偏則非好惡之正。

金先生曰：『敖惰只是常情之所忽，如卑幼婢妾之類，若一向偏於忽之，則亦有不知其善之弊。』又曰：『前四事是心上失，故在正心章。此五事在事上失，故在脩身章。』

誠意章，正言工夫，又反復言其弊。正心、脩身兩章，皆是反說其病。緊要工夫，只在誠意，意既誠，則所行都是善一邊事。但恐遇事時，又有未盡善，又要逐節關防。

傳九章

孝、弟、慈三字，是自脩身上説來，以求齊家之原。人自能盡孝、弟、慈之道，推之治國，便是事君、事長、使衆之道。

『保赤子』，是父母愛子之心。『如保』者，是言君養民亦當如父母之保赤子，赤子不能言，父母保之。『雖不中不遠』，况民之能言而意易曉者，所欲與之聚，所惡勿施，雖不中民之心，亦不遠矣。前言孝、弟、慈，而此獨就慈上言者，蓋治國是上之撫下，故專就愛民處言。

『仁』、『讓』必一家方能一國化，『貪戾』只一人便能一國亂，至於『僨事』，又只在人之一言。以此見爲善難，爲惡易，不可忽如此。

『其所令反其所好，而民不從』一句，只就桀紂上説。桀紂雖惡，其出令亦未嘗不善，只是民不從，而從其好。

『藏乎身不恕』，是存乎身者，無可推之道。

孝、弟、慈而爲事君、事長、使衆之道，是善底不出家而成教於國。仁讓、貪戾而國皆從，是善惡兩端不出家而成教於國。『堯舜帥天下以仁，而民從』，繼一家仁讓、一國仁讓而言。『桀紂帥天下以暴，而民從』，繼『一人貪戾，一國作亂』而言。

『宜其家人』，詩中本言女子能宜家，曾子引此以明學者德化行於閨門之内，而使女子能宜家。進一層[八]説，第三引《詩》而言父子兄弟足法，亦是我之威儀全無差忒，誠心德化，感格上下，而父子兄弟之慈孝友恭皆可爲天下法，然後民法之也。

三引《詩》，自内以至外。婦人、女子最難於化，而夫婦之間，常人之情，最易失於動不以正，化能行於閨門，則德盛矣。故引《詩》言夫婦爲首，而兄弟次之，總一家言者又次之。

治國平天下，一曰感化，二曰推充。己有德，人感而化於善者，上也；推此道而充廣者，次之。然人不能盡化，而所觀感者亦未必盡天下之事，故須有禮樂政教，使人有可效之法，是以《大學》中皆具此二意。此章章首至『成教於國』是化，三『所以』是推。『保赤子』，是就『慈所以使衆』一條上説，是推。『仁、讓』一節是化。『帥天下』一節是化。『有諸己』『無諸己』是推。三引《詩》是化。

傳十章

此章分作四節看，自章首至『失衆則失國』爲一節，自『是故君子先慎乎德』至『不善則失之』爲一節，自『《楚書》』至『驕泰以失之』爲一節，自『生財有大道』至篇終爲一節。四節中又分爲小段看。

第一節，專反覆言絜矩，分五段。

第一段，『老老』、『長長』、『恤孤』，是直從齊家上説來，即前章孝、弟、慈也。『老老』、『長長』、『恤孤』，是上之人能盡此，則足以感於下。『興孝弟』『不倍』，是下民觀其上而化之。好善，惡惡，人心所同，故上之人盡孝、弟、慈，而民便興起，可見人同有此明德而易化矣。則上之人凡所好惡，民無不同者。然天下之大，兆民之衆，須有規矩制度，使各守其分，以遂其孝弟不倍之心，而不拂其好惡之情，然後可。不然，則上下無節，不能均平齊一也。是以以己之心，度人之心，品量位置以爲之限，則天下無不平矣，故有絜矩之道。上三句是化，絜矩是推。

九章言孝弟慈，十章亦言孝弟慈。九章是推充，是正説。孝弟慈者，脩身也。所以齊其家，推而治國者也。十章是感化，是發凡。説上之人孝弟慈，下之人便能如此。則是凡上之人所欲得者，下之人皆所同欲。既爲人上，則境内匹夫匹婦不獲自盡，則無以成治平之功。然而地大民衆，必有規橅法制，然後可以周徧而公平，故須度義以處之，故曰『是以君子有絜矩之道』。平天下之道在絜矩，絜矩之原在識其端而推己耳。所推者只是好惡兩面，在上者，己之好惡無不得，則使人人各得其好惡，至於大小、高下、厚薄，則隨人所當得之分。

矩以器言，即木匠之曲尺也。以義言，則方也。總言則用曲尺以度方。絜矩只是度義兩字。

第二段，專釋絜矩之義。上下四方均齊方正，自守所當得之分，不侵越出外。上之人如此，則下民化之，亦循其矩而不敢侵其外也。

且如君十卿禄，爲君者但於十分之外多有所取，若不損百官，便是損於民。我所得既多，它所得必少，此即是不能絜矩。凡事皆是如此。

第三段，言上之人能如愛子之道愛其民，則下民愛其上如愛父母。然愛民之道，不過順其好惡之心而已。大約言之，民所好者飽暖安樂，所惡者飢寒勞苦，使民常得其所好，而不以所惡之事加之，則愛民之道也。

此段言能絜矩之效。

第四段，《節南山》詩，家父所作，其首章曰：『節彼南山，維石巖巖。赫赫師尹，民具爾瞻。憂心如惔，不敢戲談。國既卒斬，何用不監。』『赫赫』，顯盛也。『師』，太師，三公。『惔』，燔也。『談』，言也。『卒』，盡也。『斬』，絕也。『監』，視也。上兩句興兼比體，下六句賦體。言截然高大之南山，維見其石之巖巖然。此赫赫然尹氏，居太師之位，乃下民之所瞻望者，今乃暴虐無道，下民憂之，其心如火焚。惔，憂之極而不安處也，甚而至於不敢相戲言語，可謂極矣。如此則國家既已終至斬絕，汝何不監視之乎？此家父知下民困於尹氏之虐，而爲此詩也。《大學》只引上四句，則下四句意亦在其中。凡引《詩》、《書》皆是斷章取義，此處却當兼下文看，尤見分曉。言爲人上者赫然如此，則當謹絜矩之道，不可稍有所偏，偏則爲天下僇。

此段言不能絜矩之害。

第五段，引《文王》詩，言殷家未失衆之時，則能配上帝；既失衆之後，則不能配上帝矣。當監視之，而知天之大命不易得也。命不易，即喪師而不配帝也。下『得衆』，言未喪師；『失衆』，言喪師也。

此段結上文兩段，『得衆得國』，結能絜矩之效，『失衆失國』，結不能絜矩之害。

第二節，言爲人上者，明德爲本，而財用爲末。財固是國家所必用而不可無者，但當脩德爲本，絜矩而取於民有制。中分五段：

第一段，『君子先慎乎德』至『此有用』，言德明而人服，有土而有財。

第二段，『德者本也』，至『施奪』，言當脩德而絜矩，取民財有制。

第三段，『財聚』『財散』兩句，財聚民散，言不能絜矩，取於民無制之害。財散民聚，言能絜矩，取於民有制之利。散財，不是要上之人把財與人，只是取其當得者而不過。蓋土地所生，年年只有許多數目，上取之多，則在下少。

第四段，『言悖』、『貨悖』四句，又以言之出入，比貨出入，不能絜矩，取於民無制之害。

第五段，引《書》以結之，與前《文王》詩相應。

第三節，言用人，蓋治天下之要，專在於用善人故也。中分七段：

第一段，引《楚書》，楚王孫圉聘於晋，趙簡子問曰：『楚之白珩猶在乎？』對曰：『然。』簡子曰：『其爲寶也幾何？』曰：『未嘗爲寶。楚之所寶者，曰觀射父，能作訓辭，以行事於諸侯，使無以寡君爲口實。又有左史倚相，能道訓典，以叙百物，以朝夕獻善敗於寡君，使寡君無忘先王之業；又能上下説於鬼神，順道其欲惡，使神無有怨痛於楚國。』曾子取其意而言，金玉不當寶，惟當寶善人。

第二段，語見《檀弓》，蓋重耳出亡在外而有父喪，秦穆公使人弔之，意欲使之争國，而舅犯之言如此。《大學》引之，其意若曰：豈惟不寶金玉，至於國家之利亦非所寶，而惟寶人也。

此兩段承上内德外財之意，而起下用善人之説。

第三段引《秦誓》，專言爲政者好惡之公私。此段又當分作兩截看，『尚亦有利哉』以上是一截，以下是一截。每節當假作三人看〔九〕。『休休』，中心樂易之意。有一個臣，其心誠一樂易，而能容物者。此以在上爲政者言。『有技』，以才言。『彦聖』，以德言。上面『斷斷』『休休』之人，見下有才有德者，則能舉用而容之，便可興國家而利及子孫衆民。此一截言能絜矩，而以公心好人。

下截『人之有技』上，自然含『斷斷』『休休』之反之意。謂有一個臣，其心僞雜傾躁而不能容物者，見有才者妬之，有德者阻之，使不得進。既不能容引善人，則惡人進，以敗其國家，而不能保子孫衆民。此一截言不能絜矩，而以私心惡人。

第四段，言能絜矩而惡惡得其正。所謂放流，則放流上文娼疾蔽賢之人。朝廷之上，惡人既去，則善人方得進。下又以仁人總結之，言能絜矩者也。

第五段，言絜矩而薦賢當速，退不肖當遠。

第六段，言不能絜矩而好惡之反。

第七段，以得失結之。『忠信』，善人也。『驕泰』，惡人也。忠信則能絜矩者也，驕泰則不能絜矩者也。此節雖主用人言，然爲君者，自忠信則能用忠信之人，其原又在上。

《章句》謂『三言得失而語益加切』，蓋第一得失，以人言之；第二得失，以事言之；第三得失，就心上言。至上之人心不善，則事皆不善而失之，故曰『語益切』。

一、能絜矩、不能絜矩之得失；二、尚德、尚財之得失；三、用善人、用惡人之得失。大率絜矩則得之，不絜矩則失之〔一〇〕。

第四節，言生財之道。前節但言内德而外財，此節直言生財之方。而生財當用君子，不可用小人。總上兩節之意。中分五段：

第一段，正言生財之方。吕氏解極明白切當，而朱子謂務本、節用，尤爲精密。生衆、爲疾，務本也。食寡、用舒，節用也。

第二段，言仁者外末，不仁者内末。即前節内德外財之意。

第三段，言内本外末之效，絜矩章本多是推意，此段却是化。

第四段，言上之人當絜矩，不可侵下之利。雖養雞豚之小利尚不可與民争，而况爲君者專事聚斂以虐民乎？

以利爲利，快目前之意，而爲禍深；以義爲利，不過儉目前之用，而福自遠。

『伐冰之家』，《章句》謂：『卿大夫以上，喪祭用冰者也』。《周禮·天官·凌人》：『祭祀共冰鑑，大喪共夷盤冰。』共，音恭。鑑，胡監反，甕大口者。春夏祭時，用鑑盛冰，而致祭物於其中，以御温熱之氣，防其味之變也。夷，尸也。夷盤，廣八尺，長一丈二尺，深三尺。實冰其中，而以尸床置其上，所以寒人死之尸也。

此段言君子能絜矩而生財之利。

第五段，又言有天下者當用善人；若用惡人，至於天災見於上，人害生於下，國勢將崩，此時雖有聖賢欲來扶持，亦不可爲。再三戒用人之詳也。

天災，如日食、星變、水旱、蝗疫皆是。人害，如民心怨叛、寇賊姦宄、兵戈變亂皆是。

此段言小人不能絜矩而生財之害。

此章大意，治天下在乎絜矩，而絜矩於用人取財處爲要，然得失之幾，全在忠信、驕泰上。發於心者忠，接於物者信，則事皆務實，好善、惡惡皆得其正，而能盡絜矩之道。存於心者矜驕，行之以侈肆，必不能絜矩，則遠正人，而讒諂聚斂之人進矣。故忠信、驕泰，治亂之原也。

校勘記

〔一〕『且』，原作『文』，續四庫本無，據叢書集成本改。
〔二〕『隆』，原作『降』，續四庫本、叢書集成本作『隆』，案此指序文『三代之隆』，據改。
〔三〕『項氏周學圖』原刻反置，今依前文旋轉一百八十度正之。
〔四〕『田』，四庫本同，叢書集成本作『争』。
〔五〕『直行至極處』，『極』，原作『是』，續四庫本同。案此句與前『直究至其極處』句式同，據叢書集成本改。
〔六〕『推』，原作『惟』，據四庫本、叢書集成本改。
〔七〕『是』，原作『而』，續四庫本同，此句同上句，同爲判斷句，據叢書集成本改。
〔八〕『層』，原作『進』，續四庫本、叢書集成本作『層』，據改。
〔九〕『看』，原脱，續四庫本同，據叢書集成本補。
〔一〇〕『之』及句首『不』字，原脱，據續四庫本補。

讀四書叢説卷二

讀中庸叢説卷上

序

《中庸》專言道，故起首便言道學、道統，道學主於學，兼上下言之；道統主於行，獨以有位者言之。至孔子之生，他無聖人在位，則道統自在孔子。凡言統者，學亦在其中，學字固可包統字。

『上古聖神繼天立極，而道統之傳有自來矣。』此是言堯舜以前。夫子翼《易》，始於伏羲，今之言聖人者必自伏羲始。然自開闢生物以來，即有首出庶物之聖人與天同道，而立乎其位者，但前聖所未道，故不知其名。此但言『上古聖神』，蓋混言之，又不如《大學章句序》專以伏羲爲始也。

聖人大率有兩等：有自然之聖，生知安行，所謂性者也；有學而成之聖，積而至於大而化之，所謂反之者也。此不言聖人，而言『聖神』，是指性之自然神明不測之聖也。此言『上古』，創始有位，道與天合之聖人，言動皆可爲天下法則者，爲道統之始，下此皆是接傳其統者。

『繼』『立』二字，不要重看。天道流行，無物不在，衆人所不能知，惟神聖自然與天合，而言動皆可爲萬世標準，非是有意繼續天道，特爲人而立法也。

《論語》堯曰：『咨爾舜』至『天禄永終』。王文憲以寫《舜典》脱簡，當在『舜讓于德，弗嗣』之下，此正傳心之要也。

理與氣合而生人，心爲一身之主宰，又理氣之會而能知覺者也。人心發於氣，如耳目口鼻四肢之欲是也。然此亦是人身之所必有，但有發之正不正爾，非全不善，故但云『危』，謂易流入於不善而没其善也。道心發於理，如惻隱、羞惡、辭遜、是非之端是也，亦存乎氣之中，爲人心之危者，晦之，故微而難見。心只是一，於心上加『人』字『道』字看，便見不同，若只順讀人心、道心字，却似有二心矣。謂之道則是天理之公，謂之人則是我身之私。雖我身之私，亦非全是不善，因身之所欲者，發而正，即合乎道而爲道心之用矣。如《鄉黨》所言飲食、衣服之類，皆人心之發，在聖人則全是道心。君子於每事皆合乎理義，則亦無非道心也。大抵人心可善可惡，道心全善而無惡。

朱子《書傳》曰：『心者，人之知覺主於中而應於外者也。指其發於形氣者而言，則謂之人心；指其發於義理者而言，則謂之道心。人心易私而難公，故危；道心難明而易昧，故微。惟能精以察之，而不雜形氣之私；一以守之，而純乎義理之正；道心常爲之主，而人心聽命焉，則危者安，微者著，動静云爲自無過不及之差，而信能執其中矣。』大旨皆同，而傳注與作文之體自不同，故此語尤簡潔易看。

『人心』是所欲爲之事，『道心』是發應事之理。人心聽命於道心，只是事皆順理，危者既安則便是道。

『微』只是隱微之意故難見，今添『妙』字，是貼襯『微』字説，不必重看。

『精則察夫二者之間』，是察人心、道心之間，要察到疑似纖毫之際。此言心是指動處，當時告大禹故言如此。若學者則用格物致知之功，辨別衆理，明至善審，然後可精其動處也。

『私』字就形氣上來，蓋〔一〕既見此形氣而成人，則此人爲一人之私，故必欲得於外以濟乎己，所以易流於欲。下當與『公』字對，却用『正』字者，謂『性命之正』則是得之於天者，固與天地人物同，言『正』則公意自在其中，而『正』字於己切。

『繼往聖，開來學』，此『學』字應前『道學』字，前『道學』是總包上古以來相傳者，此『學』字是夫子教後人者。言『繼往聖』，是明夫子教人，亦是述上古聖聖相傳者耳。則子思所憂者，豈專指夫子之教哉？更迭交互，推演紬繹。

『切』，言深要。『詳』，言周備。憂深，爲道之不明也，故言之深而要。慮遠，恐久而復失也，故説之周而備。

『天命』，即道也。能『率性』，即道心也。『擇善』者，察之精也。『固執』者，守之一也。

『時中』，即中也。惟君子爲能執之也。

『綱維』，言道體之大。『緼奥』，言節目之詳及精密隱微之理。明言『綱維』，盡言『緼奥』。

孟子『推明此書』，謂見之行事及著七篇。

上言『異端』，下言『老佛』，是異端至多，揚朱、墨翟、許行之徒以及諸子百家各立門户，議論不合聖道者皆是。

爲其『彌近理』，所以『大亂真』。蓋其説宏遠幽微，陳説道德，指明心性，或有類乎吾道之言，故爲所亂，非如百家之淺近易見也。然而道德非聖賢所言之道德，心性非聖賢所指之心性，固亦不難辨也。儻無《中庸》之書，則吾道反晦而不明，學者莫知所從，又焉得辨之乎？

裳之要，衣之領，皆是總會處。

《章句》、《輯畧》、《或問》三書既備，然後《中庸》之書如支體之分，骨節之解，而脈絡却相貫穿通透。《中庸》一書分爲四大章，如第一章、十二章、二十一章皆言其畧，而餘章繼其後者皆詳言之。三十三章，又一章之詳者。詳畧謂此。巨謂綱維，細謂緼奥。諸説同異以下，專言《或問》。

中庸

《中庸》、《大學》二書，與《論》、《孟》二書不同，《論》、《孟》或聖賢自立言教人，或隨問而答，或記聖賢出處動静日用，皆是一條一件，各見意趣。《庸》、《學》皆成片文字，首尾備具，故讀者尤難。然二書規模又有不同，《大學》是言學，《中庸》是言道。《大學》綱目相維，經傳明整，猶可尋求。《中庸》贊道之極，有就天言者，有就聖人言者，有就學者言者，廣大精微，開闔變化，高下兼包，巨細畢舉，故尤不易窮究。

中庸，德行之至極。夫子嘗言之，故子思取以名篇。

解題

『偏』則不在中而在一邊，『倚』則斜迤而不正，『過』是越過於中，『不及』是未至於中。『不偏不倚』是竪説，『中』字指未發之體而言。『無過不及』是横説，『中』字指已發之用而言。此皆是反説，以四旁影出『中』字。『平』如地之平，而無杌隉危處。『常』者一定之理，無詭異。又『常』，久而不可變易。惟其平正便可長久，奇異險怪便不可長久。『平』横説。『常』，竪説。此是正解『庸』字。總而言之，惟中故可庸，中而又須可庸，乃中庸之道。

程子謂『不偏之謂中，』固兼舉動静。朱子『不偏不倚』，則專指未發者。譬如置物不偏者，在四方之正中，不略近東西南北之一邊。不倚者，非傾倚於一邊而不正。以心體而言，不偏者，渾然中正而無頗。不倚者，不著於喜怒哀樂之一事。雖皆指未發而言，然自有兩意：不偏指其體之本然，不倚指其用之未發。

『常』字該前後，自前而言，則常定而無異；自後而言，則常久而不易。『不偏』『不易』兩句，是中庸之訓詁。『正道』『定理』兩句，是釋中庸之義。『始言一理』者，首『率』是也。約而言之，首三句是也。又約而言之，『天命之謂性』一句是也。末合爲一理者，末章是也。約而言之，『不顯惟德』以下是也。究其極言之，『上天之載，無聲無臭』二語是也。

首章

首三句言性、道、教之名義，總人物言之而主於人。『率性之謂道』一句，該上句而貫下句，故篇中皆是説道，而性教在其中。蓋氣化流行不息者天之道也，是理也。人得天道之流行者爲性，當順此而行者，人之道也。所謂率性也，亦是理也，然率性惟聖人爲能之。聖人之治己則盡己之性，接人、用物則盡人物之性，以衆人當率之而不能以失其生之本，故以己之安行者品節之以爲教，使各知治己、接人、用物之道。處之既各得其宜，則人與物莫不各得遂其性矣。如此則雖開説名義，而未嘗不貫穿爲一也。自『道也』者至篇終，皆是明人當行之道而教其進之之方也。

首三句是總説人物。第三句『脩道』固是人上意思多，然聖人脩處亦和物都脩了，物雖不可教，是教人處物之道。如春田不圍澤、不殺胎、不殀夭，草木黄落，斧斤入山林，魚不滿尺不粥之類，皆是順物之性而成就之，不逆生意之意，如馬絡頭、牛穿鼻亦是也。殀，於表反。夭，烏老反。

性即理也，在天地事物間爲理，天賦於人物爲命，人物得之以生爲性。只是一物，所爲地頭不同，故其名不同。

理存於心，故不可須臾離。『不可』者，有贊其不能離之之意，有戒其勿離之之意。『不睹』、『不聞』，己之不睹不聞也。『獨』者，人之不睹不聞也。『道不可須臾離，可離非道』，與『莫見乎隱，莫顯乎微』對説，此言其定體如此。『戒慎』『恐懼』，與『慎獨』對説，此言脩之之方。前一節是操存，即致中之事。後一節是省察，即致和之事。

戒懼不睹不聞，謂但於不接物，不當思慮時，常敬以存其心。究其極，則至於無所睹聞之際，亦當戒懼。工夫至此而極密，非謂止於不睹不聞時用功，尋常只恁悠悠過。故《章句》謂『常存敬畏，雖不見聞，亦不敢忽』。玩『常』字、『雖』字、『亦』字可見。蓋戒懼、慎獨兩事，包括定心之動静，故凡非有所主之思慮及接物時，皆在戒懼界限裏。如此看，然後與『不可須臾離』一句意脈相接續。

經中於『不睹』上用『戒慎』字，『不聞』上用『恐懼』字，雖是分説，其實合説，蓋不睹、不聞只是無聲色、無可見聞處，非有兩端。故《章句》總用『敬畏』字，以『敬』字體『戒慎』，『畏』字體『恐懼』，下又總言『雖不見聞，亦不敢忽』，只是兼舉互見。今且先當分戒懼與慎獨兩項界限，蓋慎獨是就裏面説出，戒懼是就外面説入。但起念頭處，便是慎獨境界。無所思而有所睹聞，自外來者皆屬戒懼境界。獨是心欲，應事見聞是事來動心，界限亦甚分曉。不睹不聞，是就極處説，《章句》用『常存』字、『雖』字、『亦』字，皆是補貼起此意。蓋心意不動之時，自有睹聞，至於無所睹聞皆當敬畏。然至於不睹不聞之地，則敬畏之工夫尤難，但用意則屬已發矣。愚嘗妄爲之説曰：當此之時，此心當無物而有主。然又要看得真，會得活，若著箇物字主字，而欲無之有之，則又大不可矣。以此體之而實存之，久當自見，言愈多則愈爲病矣。

或問：戒慎恐懼工夫如此，與不思善惡及致虚静篤之説何以異？曰：冰炭不相入也。彼學專務於静，吾道動静不違。彼以静定爲功，惟恐物來動心，故一切截斷，然後有覺。聖人之學，事來即應事，去則静。應事時既無不敬，至無所睹聞時，亦敬以存之，自然虚静。惟虚静故愈靈明，而發以應事無不當。雖無睹聞，若有。當思，固思之無害，但所思者正爾。非以静爲功，而置心如墻壁也。

諸書不曾言戒懼工夫，惟《中庸》言之。蓋子思自性上説來，學者欲體道以全性，若無此工夫，則心未發時，可在道之外邪？

天者，理之所出；心者，理之所存。心知即理動，理動即天知。故有萌於心，則著見明顯莫大乎此，豈必待人知之乎？

《中庸》『慎獨』兼《大學》兩『慎獨』意。《大學》『慎獨』是誠意地頭，故先專主於心，而後乃兼於身。《中庸》前既言『戒懼』工夫，故『慎獨』兼外説。《章句》謂『隱』是『暗處』，又曰『幽暗之中』，此兼内外言之。『細事』，非是小事，是事之未著者。二者皆是人所未見聞者，亦只是毋自欺之意。

『致中和』，是戒懼、慎獨推行積累至乎極處，則有天地位、萬物育之效驗。

致中是逼向裏極底，致和是推向外盡頭。

位育，以有位者言之固易曉，若以無位者言之，則一身一家皆各有天地萬物。以一身言，若心正氣順，則自然睟面盎背，動容周旋中理，是位育也。以一家言，以孝感而父母安，以慈化而子孫順，以弟友接而兄弟和，以敬處而夫婦正，以寬御而奴僕盡其職，及一家之事莫不當理，皆育位也。但不如有位者所感大而全爾。

此章首言『性』『道』『教』之義，次又言性情之則，而兩節工夫止是戒懼、慎獨兩端，致則極乎此二者也。致中是戒懼而守其未發之大本，所以養天命之性。致和是慎獨而精其中節之達道，所以全率性之道。前後只是『性』『道』兩句工夫，而教在其中。其用功處，只有『戒慎』『恐懼』『慎』『致』六字而已。

此書以『中庸』名篇，而第一章乃無『中庸』字，未發之中，非中庸之謂也。蓋『率性之謂道』一句，即中庸也。此句總言人物，是説自然能如此者，在人則惟聖人能之是中庸也，若衆人則教之使率其性，期至於中庸也。

《章句》：『天以陰陽五行化生萬物，氣以成形，而理亦賦焉。』蓋人物之生，雖皆出於天理，而氣有通塞之不同，則隨所遇有生人物之異：氣通者爲人，而得人之理；氣塞者爲物，亦得物之理。雖曰有理，然後有氣，然生物之時，其氣至而後理有所寓，氣是載理之具也。故《章句》先言『氣以成形』，後言『理亦賦焉』。

天生人物是氣也，而理即在其中。理主乎氣，氣載乎理，二者未嘗可離。故本文天命之性雖專言理，而《章句》必須兼氣説，若不言『氣以成形』一句，則理著在何處，安有所謂人物？蓋言氣則有善有惡，言理則全善無惡。故子思專舉理以曉人，謂此理具於心者謂之性，即道心也。率者循此而已，脩者品節此而已，學者學此而已，自可欲之善進而至於大而化之，全此而已。《章句》云『天以陰陽五行化生萬物』是總説，却分言『氣以成形，理亦賦焉』兩句，下『猶命令也』一句，獨接『理亦賦焉』説，『於是人物之生』以下，却是專説理以釋『性』字。蓋若不兼氣來説，則『教』字説不去。既全是理，則人無不善，又何須教？

動静、開闢、往來、屈伸，只是兩端而已，故古之聖人定陰陽之名。然消者不能遽長，暑必不能遽寒，皆有其漸故。又定五行之名，五行之名既立，則見得造化或相生以循環，或相制以成物，錯綜交互，其用無窮矣。然而陰陽生五行，而五行又各具陰陽，亦不可指其先後也。

『人物之生，各得所賦之理，爲健、順、五常之德。』蓋健是陽之德，順是陰之德，五常是五行之德，七者亦皆因氣而有此德。人物雖皆有，只是人全具而物得其偏。如馬健而不順，牛順而不健，虎狼父子有仁，蜂蟻君臣有義，而無他德之類。

健者陽之德，順者陰之德，五常者五行之德。然此健、順，不是言乾健、坤順就造化上説，此是就人物上言，其性自具此七者。

性中只有五常，而此加健、順，是本上文陰陽而言也。五常固已具健順之理，分而言之，仁禮爲陽爲健，義智爲陰爲順，信則沖和而兼健順也。錯而言之，則五常各有健、順，義斷智明，非健乎？仁不忍而用主於愛，禮分定而節不可踰，非順乎？

『人物各循其性之自然』，謂順理之自然者，行之即是道。『率』字不是工夫，只是順説。蓋《中庸》首三句，且只説性、道、教三者之名義，及聖人品節爲教之後，下面方説學者工夫。

品節是品量節約。

『氣禀或異』，應上『氣以成形』説，此其所以聖人立教也。

『人物所當行者』，固人物各率性之道。然唯聖人能盡己之性而盡人物之性，故可品節之，以己之所能者，使人能之；以物之所當然者，使人用之。

『人之所以爲人』一句，代『天命之謂性』一句，蓋言性則人物之所共者。此段言人只就人性上説，《中庸》是教人全性之書故也。人全其性，亦只是盡爲人之道而已。

『天地萬物本吾一體』，《章句》前面皆言理言性，到此乃言『體』字，蓋理、性無形，恐難體認，此則就實處言之，包下心、氣二字。父母之於子，同體而分形。天地乃吾之大父母，而吾之身本大父母之遺體，惟其一體也，故吾心可感天地之心，吾氣可感天地之氣，而其效驗如此。

但致和主於行事中節而言，不但在我身之氣順，萬物便能育也，與上心正即能感天心之意頗不盡同，此言當細體認。蓋萬物育不專在默然感應，須要所以處物之道施於政事者得其宜，則是事雖在外，乃我在内之氣得以達之。須著如此轉一轉看。

兩箇『一體』字意不同。

二章

《語録》『君子而時中』，與《易傳》『中重於正，正者未必中』之意同。如君子而時中，則是中無不正；若君子有時而不中，即正未必中。此説極好比並體認。

『小人反中庸』、『小人而無忌憚』，平時既有小人之心，而臨事爲惡又無所忌憚，縱意而行。『反』字是用力字，謂他故意反中庸之道行之，蓋此小人非但是愚者而已。

《章句》曰『隨時以處中』，又曰中『隨時而在』。此『隨時』字含兩意：謂君子每應事之時，各隨其事以處乎中，是一日之間，事事皆處乎中也。又同此一事，今日應之如此爲中，他日應之乃如彼爲中，是一事各於時宜不同者處乎中也。

《章句》二『又』字是眼目。

《章句》上既言『隨時處中』矣，下却言『戒謹』『恐懼』『而無時不中』，時中當是慎獨事，而言如此，似有可疑。今詳朱子意，蓋以本文但言『君子中庸』，未見有專指用處意。且安有無體之用，故復如前解題而全舉曰『不偏不倚，無過不及，而平常之理』，是則所謂『君子中庸』者體用兼全，動静一貫者也。故下文先言『以其有君子之德，而又能隨時處中』，以『德』字貼襯在『君子』字上。其下却云『戒謹』『恐懼』『而無時不中』，戒懼是言平日存中之體，應上『德』字。而『無時不中』，則發處皆中庸矣。『君子而時中』，『時』字當用力看便見意。《中庸》一篇，凡七章有『中庸』字，餘六章皆與此不同。故於此章全解，次章則曰『過則失中，不及則未至』，是從用上説。以三章爲例，則後章從可知。八章又曰『行之無過不及』，二十七章曰『不使過不及』，可見與此『君子中庸』一語不可同論。

三章

《論語》言：『中庸之爲德也，其至矣乎！民鮮久矣。』此章上無『德』字，下有『能』字，此『能』字即所謂德也。但《論語》言中庸之德，此言中庸之道。

四章

道不行、不明，非是人不行之、不明之，是言道自不行於天下，不明於天下，謂大道窒而晦也。

知、賢者之過，當作兩層意看。大率道者極乎中而已，兩『道』字便是中。所謂過者，過乎中也。稟氣清而淳者則爲聖人，知之至，行之及，自合乎中。稟偏於清者則爲知，知者唯務於知，既不以行爲事，則所知愈至高遠而過中矣。稟偏於淳者則爲賢，賢者唯篤於行，既不求知其至，則所行必至激切而過中矣。此止就正理上看。若知者如老釋之空寂，賢者如沮溺之遠道，又如下索隱行怪之類，是又非正道而過於中者。須作兩意看，方盡得知、賢過中之義，愚不肖之不及，却只是一般。

道不行者，知之過與不及；道不明者，行之過與不及：是固然矣。然下乃結之曰『人莫不飲食也，鮮能知味也』是又總於知，蓋二者皆欠真知爾，若真知理義之極至，則賢者固無過，智者亦必篤於行，不徒知之而已矣。

『不足知』、『不足行』，正言知、賢者之心，蓋是他心唯通這一路，更不管那一路。

五章

前章主於知，此章主於行。蓋知然後能行，既知之又須能行，故此二章發明次第如此。

金先生曰：『第二章以來，小人反中庸，民鮮中庸之久，賢智過中庸，愚不肖不及中庸，總嘆曰：「道其不行矣夫！」故自六章以後，開示擇道中庸之方，在智仁勇三達德。』

六章

『好問』，是有疑而問於下，如臣，如民，下至蒭蕘，無不詢之。『察邇言』，是於所問而對者及下人之言，凡達於上者，雖淺近必詳察其理。古者民俗歌謡，必採之以觀民風，亦察邇言之類。

舜固聰明睿智而不自用，故好問、察邇，擇善而用其中，此所以愈成知之大，聖德固是如此。然或有見聞所不及，必須問而知者，民事幽隱，因蒭蕘之言而聞者，則亦揚善用中。故必兼此兩意看。

執兩端而用中，謂衆人所言，於此一事雖同於善，然却有處之厚薄不同，却將己之權度在心者，度而取其中，或在厚，或在薄，必合於此事之宜者行之。

《章句》『廣大』，謂隱惡而不宣。『光明』，謂揚善而不匿。言惡者掩覆涵容，足見其量之廣大；言善者播告發揚，足見其心之光明。

『權度精切』，舜本然之智也。又『好問』『察邇』，欲周天下之細故也。此其所以爲智之大也歟。

七章

其義在於不能期月守中庸，以起下章之能守，意不在罟擭陷穽。以不知意承上章之知，以不能守中庸起下章之能守。

八章

『擇』字兼知、行，惟知之明乃能擇，既擇見之行事，所以下面只説守，不再説行。擇是當應事之時，守是事過之後常守，在復遇此事又如此應，皆合中庸。『服膺』，是守也。『弗失』，又覆説守之固也。

舜知是全體之知，顔仁是每事之仁。凡已擇乎中庸者固仁矣，而應天下之事猶擇之未全也。每得一善，則服膺弗失，守之者固日新其德，則漸可全也，三月之違可見此意。

人之於道，不過知、行兩事耳。知者，智也。行者，仁也。四章既言道之不行、不明，然所謂愚不肖者固易見，不足論，惟智者知之過而不務行，賢者行之過而不求知，所以至於中庸者鮮。賢者之過，如柳下惠之和、伯夷之清，未及孔子之時；智者之過，如曾晳之言高而行不掩者，近之矣。故六章言舜之智，而謂隱惡揚善，執兩端而用中，是行之意重，此舜不專於知而道所以行矣。八章言顔子之仁，而曰擇乎中庸，是知之意重，此顔子不專於行而道所以明矣。

九章

七章能擇中庸而不能守，是知其理而行未至。此章能爲三者而不能中庸。是能行所難而知未至者。故此二章處於知、仁之後，而下接言勇之前，蓋謂知、仁皆當勇也。七、八、九章皆言中庸而意不同，上兩『擇乎中庸』，每事上言中庸，不可能全體上言。『義精』是知之極，『仁熟』是行之裕，是就應此事之前説。『無一毫之私』，是就應此事時説。件件如此，則全乎中庸矣。

十章

子思引夫子告子路當强之目，以合舜知、顔淵仁爲三達德之事，非子路之所已能者。子路好勇，是子路生質本剛，事皆勇爲。至此蓋亦未知勇之所當務者，故以爲問。南方之强，雖君子之强，然亦未是中庸，不及於强者。北方是過於强者。君子則爲後四者之强。上『君子』字輕，下『君子』字重。

君子之道，中而止。南方之强不及中，北方之强過於中，固皆未至。然上言『君子居之』，則比强者居之者爲勝之矣。不及者勉强至中，頗易過者矯揉至中，尤難。兩『君子』字雖不同，然言君子四强哉，終是接著君子説。

南，陽方。北，陰方。陽舒散而陰收斂，舒散便和柔，收斂便剛勁。此蓋大約言風氣之偏，則風俗隨異。其實南人豈盡柔弱，亦有剛勁者；北人豈盡剛勁，亦有柔弱者。然『寬柔以教，不報無道』，是言柔之甚而善者；『衽金革，死而不厭』，是言剛之甚而過者。

章内兩『而强』不同，前是汝之所當强者，後『而』字是承上句虚字。兩『君子』亦不同，『君子居之』，輕如善人長者之類。『故君子』重，是全德之人。

四『强矯』，上兩節言守身應事之常，下兩節言出處至極之變。下兩節雖尤難，然上兩節常貫在其中。國有道，必出而仕，人於未達，其所守者正而堅；既達之後，接物廣，應變多，或有易其守者。國無道，固不可出，能守之至死略不易其志，如夷齊餓死而無怨者，方是强之至。君子或出或處，必當合於中庸者如此。

四『强哉矯』，雖是言勇，而合中庸之體段。而『不流』『不倚』『不變』正是立則防弊，以教學者處。

『有道』『無道』，只言國之治亂，有道乃可仕之時，無道無可出之理。君子之出也，固當合乎中庸。然此却只言出以後事，蓋君子平日自脩，須有能守之節，上之人亦爲其有所守故用之，及既仕，則必堅守平昔所守者可也。今乃不能守其前志，不爲富貴所淫，則爲事物所汩爾。爲所汩者知未盡，爲所淫者仁未至，皆是不能勇以全夫知、仁者也，故以『不變塞』爲强。若國無道，不變平生所守，是窮而在下，當不可仕之時，雖困悴窮蹙，不能全其生，亦必死而安於天耳。推而言之，雖已仕者，適逢國變而無道，則必屹立不移，以身殉國，若此豈非至强者歟？

《章句》『含容』，形容寬之量。『巽順』，體做柔之容。皆不可以爲正訓。資質既寬柔，其心必愛人，所以能誨人之不及。若無道之來，直受之，不思報之者，亦以能含容巽順故也。上兩字以質言，下兩字以接物言。『衽金革，死而不厭』，却只是一意。

言『以含忍之力勝人爲强』，善斡旋說。

中庸之道，知固在前，然行之及方是。曰『非有以自勝人欲之私』，仍舊是說仁重。

十一章

『索隱』是求人之所不必知，『行怪』是行人之所不必行。

『索隱』，知者之過。『行怪』，賢者之過。此不能擇乎中庸者，聖人不爲也。或有雖不索隱行怪而能擇中庸，然行之止於半塗，而不力以求至，是不能守者。聖人自不能止，必行至於終也。是以君子常不違乎中庸，則不爲隱怪可知。由仁義行，雖終身不見知於世，亦未嘗有所悔艾。不半塗而廢也，豈非聖人之事乎？孔子前既有兩『吾』字以身任之，故下文謙不肯當，但曰『唯聖者能之』。其實『依乎中庸』，即夫子之『弗爲』者。『遯世不見知而不悔』，即夫子『弗能已』者。雖欲避聖人之名，自有不可得者。

上兩節各有『吾』字，第三〔三〕節乃言『聖者能之』，雖聖人不肯自居，然曰『聖者能之』，正是爲學者標的。

前章言『至死不變，强哉矯』，此又言『遯世不見知而不悔，唯聖者能之』，正見得君子能處困瘁阨窮而裕如者爲尤難，故子思連引聖言以爲戒，此亦章中一意。

第一節『索隱行怪』，皆是知之不明，是不知也。第二節行而不能守，是未仁也。第三節知仁俱至。故《章句》謂一是『不當强而强』，二是『當强而不强』，三是『不賴勇而裕如者』。《章句》『知之盡，仁之至，不賴勇而裕如』，總結三節。弗爲『索隱行怪』，知也。『依乎中庸』，則知之盡也。弗能『半塗而廢』，仁也。『遯世不見知不悔』，仁之至也。皆出於自然，則不賴勇也。

十二章

費者，用之廣。當作芳味反，若符味反者，則姓也。《章句》此音當改。

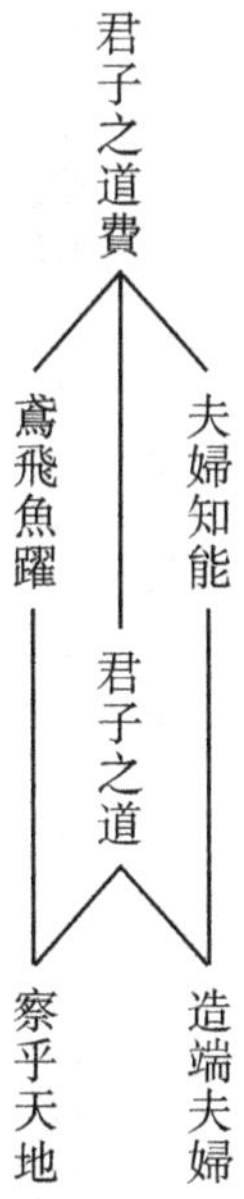

兩『君子之道』無異。前後『夫婦』、前後『天地』字皆不同，夫婦知、能，只是衣食起居日用之常，皆道之費。『造端夫婦』，是言夫婦暗室幽微之處亦道之費。天地有憾，是言天地之偏，反形容道之全。『察乎天地』，是指天地之大，正發明道之廣。蓋此章以『君子之道費而隱』一語發端夫婦，聖人於人上見道之費，『鳶飛魚躍』於物上見道之費。下又再提起『道』字而言『造端』，是就夫婦知、能處舉其至隱微者，明道之至近。又言『天地』，是就鳶之上、魚之下推極以明道之至遠。此章不言工夫，只是言費，『造端』只如『爲始』兩字，不可作工夫看。

聖人不能知行，非就一事上説，是就萬事上説。如孔子不如農圃及百工技藝瑣細之事，聖人豈盡知盡能？若君子之所當務者，則聖人必知得徹，行得極。

大、小二字，接道而言。『天地之大，人猶有憾』者，爲功不能全也。君子之語大小，而莫能載、破者，爲道無不在也。『天地』對大、小，『猶有憾』對莫能載、破。金先生曰：『物有限量則可載，道無限量故莫能載。物有罅隙則可破，道無罅隙故莫能破。』

『鳶飛魚躍』，大槩言上天下地，道無不在。偶借《詩》兩語以明之，其義不專在於鳶魚也。觀此則囿于兩間者，飛潛動植，何所往而非道之著？且蒼然在上，塊焉在下者，又庸非道之著乎？則人於日用之間，雖欲離道有不可得者，其可造次顛沛之頃不用功於此哉？

此章專明道充滿天地萬物之間，使學者體認，欲其灼然如見。皆不言功夫，然既知自吾身之小以拯天地之大，萬物之微，無非是道，則道不可離，當體之而不可少有間斷明矣。

《中庸》三大章，前章言中庸，此章言費隱，後章言誠。中庸者，道之用於萬物無所不在，其體固隱，是亦費而隱也。但中庸是就人事上言道之用，費隱是就天地、人物上言道之用。蓋先言中和見道之統攝於人心，次言中庸見道之著見於事物，此言費隱見道之充塞天地，後言誠則見聖人與天地爲一。中和以戒懼慎獨爲存養省察之功，中庸則以知仁勇爲入德之門，費隱則於諸章雜言其大者小者，欲人隨處致察以全中庸之用，皆所以求至於誠也。《章句》『近自』『遠而』四字，中間包盡事物之無窮，此是解『及其至』三字，是就始終兩端説。

『體之微』指理性言，『舉全體』指道之全體言，二『體』字不同。

《家語·觀周》篇：『孔子謂南宮敬叔曰：吾聞老聃博古知今，通禮樂之原，明道德之歸，則吾師也。今將往矣。』敬叔與『俱至周，問禮於老聃，學樂於萇弘，歷郊社之所，考明堂之則，察廟朝之度，於是喟然曰：「吾乃今知周公之聖，與周之所以王也。」』《史記·孔子世家》亦載其事。老聃爲周柱下史，明習典禮，故往問之。

《春秋左氏傳·昭十七年》郯子來朝，昭子問曰：『少皞氏鳥名官，何故也？』郯子曰：『我高祖少皞摯之立也，鳳鳥適至，故紀於鳥，爲鳥師而鳥名：鳳鳥氏，歷正也；玄鳥氏，司分者也；伯趙氏，司至者也；青鳥氏，司啓者也；丹鳥氏，司閉者也；祝鳩氏，司徒也；鴡鳩氏，司馬也；鳲鳩氏，司空也；爽鳩氏，司寇也；鶻鳩氏，司事也；五雉爲五工正，九扈爲九農正。』仲尼聞之，見於郯子而學之。既而告人曰：『吾聞之，天子失官，學在四夷，猶信。』

聖人不能，『孔子不得位』『堯舜病博施』是兩樣意：『孔子不得位』是在天而非己所能，『堯舜病博施』是其勢而非力所能。二者皆是舉大綱説，其實細事末節不出道之用，自有聖人不必能者。

『憾』，只是不足意。『覆載生成』，分言天地各有所主，固不可全。『寒暑災祥』，合言天地氣數之變有不能已者。

『化育流行，上下昭著』，此雖言鳶魚而非獨言鳶魚也，正謂道於天地萬物無不在爾。『活潑潑地』，此是程子形容子思用鳶、魚兩語，使人知化育流行如此活潑潑地。學者須真見得天地萬物皆如此流動，充滿活潑潑地，略無滯礙之意方可。

十三章

『人之爲道而遠人』，此『爲』字重，猶言行道。『不可以爲道』，此『爲』字輕，猶言謂之道。『睨』，邪視，視所執之柯也。『視』，正視，視所伐之柯也。《詩》言『伐柯』者，取則不遠。子思謂柯有彼此之異，尚猶是遠。道在人身而不可離，又非柯之比，故教者只消就衆人自身所有之道而治之爾。行道者不假外求，治人者無可外加。

第三節言行道之方，惟在忠恕，自此行之，則可至中庸之道。故曰『違道不遠，施諸己而不願，亦勿施於人』，推己之恕也。然非忠爲本，則亦無可推者矣。蓋忠以心之全體言，恕就每事上言。所接之事萬有不同，皆自此心而推，然應一事時盡己之心推之，則心之全體却又只在此。故恕非忠無以本，忠非恕不能行，二者相須，缺一不可。所以經以『施諸己』兩句總言忠恕，而《章句》亦曰：『施諸己而不願，亦勿施於人，忠恕之事也。』『施諸己不願，亦勿施於人』，上就事不善一邊説，反而言之，己之所願者，則必使人亦得之，亦當如此推。

『事父』『事君』『事兄』上三『以』自訓『用』字，意甚重，非語助也。蓋求責於人者，乃道之當然，而己行之乃未至此，故欲用以事父君兄、先施之際，以責人者責之於己，使必合乎道之當然。則事父也孝，事君也忠，事兄也弟，施之朋友也信，我之所行，亦若責之於人者矣。此節專言自脩，以下句爲重，亦恕之道也。

人倫有五，夫婦之倫不可自反，故不舉。下文著『庸德』『庸言』兩向關定，謂盡人倫不過在庸德、事言之間。『行』與『謹』字對。德每不足，故當勉於行；言每有餘，故當謹而不敢盡。『庸德』『庸言』，謂如上四事所以責己欲盡其道者，亦不過常道爾。但行之難故每不足，則當勉而至；言之易故每有餘，不可恣其出。若是則言、行相顧，豈非篤實之君子乎？此雖接上四『未能』而言，推而廣之，於凡天下之事，皆當如是也。

第一節言脩己，第二節言治人，第三節脩己治人之方，第四節即是恕。蓋恕是推己，上『不願』『勿施』是從裏面推出，下『以事』『未能』却就外面反推入。然推而知其未能，則於及人必欲其能，是又就裏面推出也。

《章句》『衆人望人』，此『衆人』只是天下人所同行、所可至，公共的道理。又以等級言，則與聖人相對説，正是體貼『改而止』之意。《左傳・哀公二十七年》：晉荀瑶帥師伐鄭，次於桐丘，鄭請救於齊。齊師救鄭，『及留舒，違穀七里，穀人不知。』

章下謂『丘未能一者，聖人所不能』，此只就此章内摘出説『費』字，非是孔子真不能。於此與十二章『聖人有所不能』意自不同，讀者不可一律看。

十四章

（輯畧）吕氏曰：『達則兼善天下，得志則澤加於民，素富貴行乎富貴者也；窮則獨善其身，不得志則脩身見於世，素貧賤行乎貧賤者也；言忠信，行篤敬，雖蠻貊之邦行矣，素夷狄行乎夷狄者也；文王内文明而外柔順以蒙大難，箕子内難而能正其志，素患難行乎患難者也。愛人不親反其仁，治人不治反其智，此在上位所以不陵下也；彼以其富，我以吾仁，彼以其爵，我以吾義，吾何慊乎哉！　此在下位所以不援上也。』游氏曰：『上不陵下，下不援上，惟正己而不求於人者能之，故能上不怨天，下不尤人。　君子循理，故居易以俟命，居易未必不得也，故窮通皆好。　小人反是，故行險以儌幸，行險未必常得也，故窮通皆醜。　學者當篤信而已，失諸正鵠，亦行有不得之説也。』此二家説此章極明。

君子道中庸，不過因其所居之位行其所當然，無思出乎其位而外慕也。　素位而行，是正説；不願乎外，是反説；纔願乎外，即是不能素位而行。下面却自作兩節分説去，吕氏之説已詳。蓋居富貴，自有富貴所當行之道，不能行所當行者固不可，而位有高下，任有大小，又當隨所宜而行，若有不中其節者，皆非也。居貧賤，亦有所當行之道，安分樂天，不厭不懾，常守不變，若有不甘爲之意，皆非也。凡人非富貴則貧賤，此是人之大分。至於夷狄、患難，又是上兩等人或有遇之之時，亦各於其中行所當行，此所以君子無所往而不自得。自得，是從容無急迫、滯礙而自快足之意，此説素位而行也。次兩句『不陵』『不援』，再言不願乎外，陵下、援上，皆願外也。吕氏、游氏之説已明。又如晏平仲，一狐裘三十年，祀先人豚肩不揜豆，難爲下也。管敬仲，鏤簋、朱紘、山節、藻棁，難爲上也。亦陵下援上之意，皆非中庸也。『正己不求於人』，結上二句。『無怨』，亦説己無怨，既是『正己不求於人』，則凡事惟恐不自盡，亦奚暇見人之不足於我而怨之哉？故己有所蘊固有當得於外者，天不畀而無不平於天，人不從而不歸罪於人。所以『君子居易以俟命』，此句又是戒君子當如此。『小人行險以徼幸』，反此一句説。以射爲比，又引夫子之言證正己不求人之意。

『正鵠』，見《論語》『射不主皮』章。

十五章

此章專言行道必自近始，未有目前日用細微處不合道，而於遠大之事能合道者也。君子之道，其理勢必當如此，故於費隱之後，十三章先言脩己治人，必恕以行之，而謹其庸德庸言。次十四章則言正己不求於外，此章則言自近及遠，是言凡行道皆當如是也。引《詩》本是比喻說，然於道中言治家則次序又如此。

夫婦，人倫之首，故先言夫婦之道。常人處夫婦之間多褻狎，不則又太嚴厲，二者皆不可也。是以古人貴相敬如賓者，處夫婦之道和而正則善矣。爲琴瑟之聲和而正，故以爲比。此章首言夫婦、兄弟，次之家人，又次之自内以及外，即《大學》三引《詩》之意。人能處其家使正而和，如此則其能孝，而父母之心安樂可知矣。

《章句》：「人能和妻子，宜兄弟，則父母安樂之。」和妻子，結詩上二句；宜兄弟，結中二句；便言父母順，則詩下二句皆言效驗也。

十六章

十五章，自費隱章造端夫婦語意來。此章，察乎天地意也。

『齊明』二字，只就心上說。『盛服』乃說身。『齊』是用功屏其思慮之不齊者，而一於所祭之鬼神。『明』是既齊而心之體明潔不雜，可交於鬼神也。

凡祭有三，曰天神、地示、人鬼，總言之亦通謂之鬼神。大率天之神皆陽類也，其中亦有陽中之陰，如月，如五星之金水，如雨師之類，然終是麗乎天者。地之示皆陰類也，亦有陰中之陽，山林與川澤對則山林陽也，原與隰對則原陽也，然終是麗乎地者。惟祭人鬼，則求魂於天，求魄於地，是合陰陽而祭之，鬼雖是陰，其中却是合陰陽来格。

『如在上，如在左右』，不是或在上、或在左右，是言在上，又在左右，擗塞滿都是鬼神，此是於祭祀時見體物不可遺處。所以《章句》言『乃其體物不可遺之驗』，這是就祭祀人所易知之鬼神上，指出使人知大鬼神之德如此。

『神之格思，不可度思，矧可射思』，謂神之來格也，既不可測度，是有祭則鬼神必臨之矣，其可厭怠而不敬乎？

『微』者，隱不可見聞也。『顯』者，理之昭著也。此是誠之不可揜覆者也。第二節言鬼神之大者，三節主祭祀而言鬼神之小者，四節與三節同，五節又總贊鬼神之德，誠即鬼神之德也。《章句》『天地之功用』，『天』主神而言，『地』主鬼而言，此以天地間二氣往來大體言之，是横説鬼神。『造化之迹』，『造』是造就萬物，以神而言；『化』是物既成，氣盡時至而消化去，以鬼而言，是竪説鬼神。所以造化萬物者，其理之妙不可見，至於鬼神往來始可見爾，故曰『造化之迹』。

『天地之功用』『造化之迹』，『功』如功業，是能如此者。『用』如用事，是見如此施爲者。天地無非生成萬物，其功用於生成處見，此是合説鬼神。造化，乃天地陰陽之妙用，亦是造化萬物也。其所以然者不可見，其可見者則於物之成敗生死上顯，故曰迹，此是開説鬼神。『天地之功用』，是陰陽相合者總言鬼神也。『造化之迹』，是兩頭説鬼神，是見他如此成，又見他如此敗，其蹤迹皆有實是見如此之。見，賢遍反。

『天地』言其形，『造化』言其理。造化之理，妙不可見，惟見其成敗之迹耳。

『二氣之良能』，謂二氣自然之善道能如此屈伸消息者。『良能』二字精妙。

鬼神者，陰陽之靈。靈字易見，靈字便包含著祭祀之鬼神。

『二氣』，是開説，前節是陽，後節是陰，如春夏是陽，秋冬是陰，如有二物相磨盪，一進一退。『一氣』是合説，共是一箇氣，來則全來便是陽，去則全去便是陰。鬼神於二者之間皆可見，都只是這氣在人體認，故曰『實一物而已』。

視弗見，聽弗聞，性也。體物不可遺，情也。使人承祭祀者，功效也。

前以天地、造化、二氣、一氣言鬼神，是言鬼神之全，是大底鬼神。後所謂承祭祀者，如天神、地示、人鬼及諸小祀亦皆鬼神，卻是從全體中指出祭祀者是小底鬼神，使人因此識其大者。

物之終始，莫非陰陽合散之所爲，陰與陽合爲物之始，陰與陽散爲物之終。上言氣至而伸爲陽爲神，氣反而歸爲陰爲鬼，是就兩頭説。此又言陰陽二氣合而生，離而死，是就中間混同處説。陰陽、鬼神無往不在，只要人看得活。

『陰陽合散』，又是陰與陽之氣二者相合生物，爲物之始。及其久也，此物中之陽氣上升，陰氣下降，其物即死，爲物之終。是就一物上説陰陽。

『體物』者，爲物之體也。『幹事』者，爲事之質幹也。此倒用之，則『體』字『幹』字俱是用字。

《禮記・祭統》曰：『齊之爲言齊也，齊不齊，以致齊也。君子將齊也，防其邪物，訖其嗜欲，耳不聽樂，心不苟慮，必依於道；手足不苟動，必依於禮。君子之齊也，專致其精明之德。精明之至，然後可以交於神明也。』此齊明之説也。

《祭義》：『宰我曰：「吾聞鬼神之名，不知其所謂。」子曰：「氣也者，神之盛也；魄也者，鬼之盛也；合鬼與神，教之至也。衆生必死，死必歸土，此之謂鬼。骨肉斃於下，陰爲野土。陰與蔭同。其氣發揚於上爲昭明，焄蒿淒愴，此百物之精也，神之著也。」』注：『焄謂香臭，蒿謂氣烝出貌。』朱子謂『昭明』是人死時自有一般光景，『焄蒿』是其氣升騰，『淒愴』是使人慘慄感傷之意。因説脩養，人死時，氣衝突，知得焄蒿之意親切；謂氣襲人，知得淒愴之意分明。此百物之精爽也。何文定曰：『此是陰陽乍離之際，有此聲氣。』此是《祭義》所言正意。若《中庸章句》所引，乃是借來形容祭祀來格、洋洋如在之氣象，此是感召復伸之氣，與《祭義》所指自不同，讀者詳之。

十七章

自『舜其大孝』至『子孫保之』一節，言舜之事實。自『故大德』至『必得其壽』一節，泛言理之必然。自『故天之生物』至『覆之』一節，言善惡之應所必至。後引《詩》又證有德之應如此，故以『大德者必受命』結之。

『舜其大孝也與』一句是綱，『德爲聖人』下五句皆孝之目。父母全而生之，子全而歸之，是孝也，以身言之也。『德爲聖人』，盡己性而盡人物之性，是全其心，豈非孝之大者？爲天子父，尊之至矣！以天下養，養之至矣！宗廟饗，子孫保，雖就舜言之，然欲子孫之安富尊榮歷世之久，皆父母之願，人之情也。今皆得之，則此五者，豈非皆孝之大者？

爲人子者，以有德光顯祖、父爲榮，舜之德則至於聖人。爲天子，則祭祀奉養之禮極其尊。有四海，則祭祀奉養之具極其備。『宗廟饗之』，却是就舜身上說。昔若舜傳禹，禹既即位，祀舜爲宗，而又封商均於虞。舜封子均於商，蓋禹改封於虞，後有虞思是也。虞亦立廟祀舜及其祖、父，至周武王又封舜後胡公滿於陳，則是子孫保之也。舜之德至上使祖、父如此榮盛綿遠，是所謂大孝。

大德者必得位禄名壽，乃理之常。然獨孔子有德，而不得位禄與壽，惟得聖人之名耳，此乃氣數之變。金先生曰：『此所謂聖人所不能也。然爲教無窮，而萬世享之，子孫保之，此又大德必得之驗也。』

栽培、傾覆，如春至，草木有發生之意，故天以雨露滋長之；秋冬，草木有黄落之意，天乃以霜雪彫零之：此以物言也。以人言之，有此德者，天必以上四者與之；無其德者，天必棄絶之。如大舜以匹夫而有天下，桀紂以天子而喪其身，此栽培、傾覆之意。

栽培、傾覆，言天之於物，其理如此，實以喻人。栽、傾屬人，培、覆屬天。栽、傾是其材，培、覆乃篤也。如此章大舜之德是栽也，得四者是培之也；桀紂傾也，喪亡覆之也。下引《詩》皆是因栽而培之。《章句》『氣至』兩句，只是培、覆之訓詁，不是説盡此節之意。

可嘉可樂之君子，其令善之德顯顯昭著，宜於人民，故受天之禄而爲天下之主；既受天禄矣，而天又保之祐之，復申重之，其所以反覆眷顧之者如此。又重明上文大德必得四者之一節也。所引《詩》是節節説上『受禄於天，保佑命之，自天申之』，是三節意只是箇感應。

十八章

十八章、十九章，皆以周事繼大舜而言。二十章，又以孔子繼周。皆是聖人所行所言，見道之費而無不合於中庸者。

『無憂』，專就國家上説。如文王羑里之囚，若可憂矣，雖聖人無入不自得，然亦是一身事，父作、子述，却是言國家事。周家上世，節節有憂患，自夏君棄稷不務，不窋即失其官守，逃之西戎，至公劉方復遷豳。大王又爲狄人所侵，遷岐，雖肇基王迹，而身遭憂患矣。王季雖勤王家，辟國漸廣，亦但守舊國而已。文王三分天下有其二，而猶守諸侯之舊，至武王方受命爲王，故惟文王用得『無憂』二字。蓋文王上承已大之國，已不勞力，不逢變，故以歸之子，適當商家天命未絶之時，已得從容其間。至承天命，著戎衣，奄有四海，乃是武王事，文王都不費力。

贊武王之言與贊舜意同，但此言『身不失天下之顯名』，彼言『德爲聖人』，微有輕重，亦論《韶》《武》之意，然此顯名亦聖德也。

『末』，猶後也，終也。蓋周自大王、王季、文王累世積德累功，國土已大，最後至武王，始受天命爲天下君，周公乃承之而追王先王。如此説『末』字，則與上下文都相貫穿。訓『末』爲『老』，恐未安，蓋武王之齡，古書不一。

追王三王，武王既滅商，在商郊已行之。《禮記大傳》曰：『牧之野，武王之大事也。既事而退，柴於上帝，祈於社，設奠於牧室。牧野之室。遂率天下諸侯，執豆籩，駿奔走，追王大王亶父，王季歷、文王昌，不以卑臨尊也。』又《書・武成》、《金縢》、《康誥》、《酒誥》諸篇皆可見。所謂『周公成文武之德』，只是又推大王、王季之意，而以天子之禮祀先公也。『斯禮也』以下，又是因此以定上下之通禮。

《章句》『實始翦商』，見《論語・泰伯》至德章。

『先公組紺以上』《通鑑前編》曰：『堯封棄於邰，世后稷以服事虞夏。及夏之衰，不窋失其官，自竄戎翟之間。不窋生鞠，鞠生公劉，始遷於豳。』《路史》謂稷生漦璽，漦璽生叔均，自后稷至公劉十餘世。而漢《劉敬傳》亦謂后稷十餘世至公劉。按《世本》自公劉歷慶節、皇僕、差弗、僞榆、公非、辟方、高圉、侯牟、亞圉、雲都、太公組紺、組紺號太公，《史記》作公叔祖類。諸盩十有二世而生古公亶父，自稷至亶父，蓋二十餘世矣。《史記》以不窋爲后稷子，而又缺辟方、侯牟、雲都、諸盩四世，遂謂后稷至文王爲十五世。且稷、契同時受封，契至湯四百餘年而十四世，稷至文王千餘年而十五世，其亦誤矣！今按《章句》謂組紺爲大王之父，據疏文而言也。《輯略》曰：『期之喪有二：正統之期，爲祖父母者也；有旁親之期，爲世父母、叔父母、衆子昆弟、昆弟之子是也。正統之期，雖天子、諸侯莫敢降；旁親之期，天子、諸侯絶，大夫降。』

十九章

前章言文、武、周公，此章又言武王、周公，蓋武王有天下，然後周公可以制禮，二者皆繼志述事之大者。然章内皆是言禮，蓋主於周公而言。謂制爲宗廟祭器、祭服薦獻之禮，而於宗廟之中又制昭穆、序爵、序事、酬燕之禮，又推爲郊社之禮。然祭祀一事中推至於極，則郊天禘祖乃其至大者，非聖人大孝，孰能若此？此皆費之大。

此章雖連言武王、周公，其實主周公而言。周公合先王累世典禮，定爲周制，中間損益，合乎時中，又可垂之萬世，其制大備矣。此獨指祭祀一禮而言，祭中又只主於宗廟，推及郊社爾，此皆舉一端言之。於宗廟中自有許多曲折，可見道之費；推至於吉禮之全，其費可知；又推至五禮備，其費又可知也。

舜之孝，行於一家，故只謂之『大孝』。周制禮，達乎天下，故曰『達孝』。饒雙峰意亦如此。

脩廟，只是拚埽、整飾，常使嚴潔之意，譬如今人居室整漏、拂塵、灑埽之類。古注：脩，埽，糞也。

『宗廟之禮，所以序昭穆』，含兩義：昭穆本是祫祭時，太廟設主而有此名，宗廟之位由此而立。祖宗既以此爲序，則子孫世世皆一昭一穆，緣上世次序而定。此言『序昭穆』，謂廟中行禮以及燕毛，皆用昭穆爲序，則此序字主於人而言之意爲多。昭穆，又不止廟中，尋常尊卑亦皆以此爲序也。

『宗廟之禮』一節，五事禮意至爲周密。『序昭穆』既明同姓之尊卑，『序爵』是合同姓異姓之貴賤，蓋皆指助祭陪位者而言。至於序賢〔三〕則分别羣臣之賢否，廟中奔走執事，必擇德行之優、威儀之美、趨事之純熟者爲之，賢者既有事，則不賢者亦自能勸。雖然，既以有事爲榮，則事不及之者，豈不有耻？則又有『序爵』以安其心，執事者既榮，無事有爵，而在列者及賤而役於廟中者，皆得與旅酬，至此賢不賢皆恩禮之所逮。然此合同異姓而通言，至祭禮已畢，尸既出，異姓之臣皆退，獨燕同姓，是親親之禮又厚於踈遠者。見制禮之意，文理密察，恩意周備，仁至義盡，而文章粲然。

天子諸侯之祭禮已亡，雖間有散見於禮中者，今不可知其詳矣。所存有特牲饋食禮，諸侯之士之祭禮也；少牢饋食禮，諸侯大夫之祭禮也。大抵祭必立尸，必擇賓賓一人，衆賓無數。

衆賓者，賓之黨也，其位在堂下西階之西。祭則子姪兄弟皆會，小宗祭則兄弟皆來，大宗祭則一族皆至。兄弟者，主人之黨也，其位在堂下阼階之東。有司羣執事皆北面而立。迎尸既入，主人初獻，主婦亞獻，賓三獻，及尸主兄弟各相獻酢畢，然後行旅酬。凡主人酌酒奉尸賓者謂之獻，尸賓酌以答主人者謂之酢，主人酌酒先自飲，再酌以獻賓者謂之酬。先自飲，謂引導之飲也。旅，衆也。主人舉觶酌酒，自西階酬賓，主先自飲，再酌以進，賓受之奠而未飲。兄弟弟子舉觶于長兄弟於阼階。弟子者，兄弟之後生者也。長兄弟者，兄弟之最尊者也。弟子導飲，而長兄弟亦奠而未飲。賓取所奠觶於阼階，酬長兄弟。長兄弟西階前酬賓，衆賓及衆兄弟交錯以徧，以及執事者無不徧，卒飲者，實爵於篚。此旅酬之大略也。又賓弟子及兄弟弟子各舉觶於其長，亦先自飲如旅酬，所謂下爲上也。賓取觶酬兄弟之黨，長兄弟取觶酬賓之黨，亦交錯以徧，無次第之數，謂之無筭爵，所以逮賤者如此。

天子祭禮，亡不可考。《楚茨》之詩曰：『神具醉止，皇尸載起。鼓鐘送尸，神保聿歸。諸宰君婦，廢徹不遲。諸父兄弟，備言燕私。』箋云：『祭祀畢，歸賓客之俎，同姓則留與之燕，所以尊賓客、親骨肉也。』疏：『尸已出，而諸宰及君婦徹去俎豆，歸賓客之俎。其諸父兄弟留之，使皆備具，我當與之燕而盡其私恩也。』

天子、諸侯、大夫皆立始祖廟。大夫亦有始封者，如三桓之家，即慶父、叔牙、季友爲始祖廟。亦百世不遷。士則無始祖廟，只是祭祖禰而已。蓋位卑者，流澤不能遠，而士又無采邑故也。

《章句》『適士』，天子之上士，即元士也。受三命，采地五十里，視子男二廟祭祖禰。『官師』，凡有司之長，蓋中士、下士也。雖立一廟事禰，却於禰廟並祭祖。

《顧命》序所陳之寶有赤刀、大訓、弘璧、琬琰、大玉、夷玉、天球、《河圖》、胤之舞〔四〕衣、大貝、鼖鼓、兑之戈、和之弓、垂之竹矢。《章句》曰『之屬』，則盡包上所陳者在其中。龜山先生亦曰：『宗器於祭陳之，示能守也。於《顧命》陳之，示能傳也。』《書》注疏：赤刀，寶刀。赤刀，削其刀必有赤處。削音笑，刀之小者。大訓，三皇五帝之書，訓誥亦在焉，文武之訓，亦曰大訓。弘璧，大璧。琬琰，琬圭、琰圭也。夷，常也。或以爲東夷之美玉。天球，雍州所貢之玉磬也。《河圖》，伏羲時龍馬負圖出於河。胤，古國名。舞〔五〕衣，舞者之衣。大貝，如車渠，車渠，車罔也，謂貝之大如車之罔。鼖鼓，長八尺。兑、和，古之巧人。垂，舜時共工。舞衣、鼖鼓、戈、弓、竹矢，皆製作精巧，中法度，故歷代傳寶之。

《天官·庖人》：『凡用禽獸，春行羔豚膳膏香，夏行腒鱐膳膏臊，秋行犢麛膳膏腥，冬行鱻羽膳膏羶。』注疏：用禽獸，謂煎和之以獻王。行與用同。膳，謂煎和也。腒音渠，乾雉。鱐音搜，乾魚。鱻與生同，魚也。羽，鴈也。膏，脂也。香，牛脂。臊，大脂。腥，雞脂。羶，羊脂。羔豚，物生而肥；犢麛，物成而充；腒鱐，暵熱而乾；魚鴈，水涸而性定。此八物者，得四時之氣尤盛，爲人食〔六〕之弗勝，是以用休廢之脂膏煎和之。牛屬司徒，土也。雞屬宗伯，木也。犬屬司寇，金也。羊屬司馬，火也。今按四時食物不同，而煎和之脂亦異。於是見聖人制禮，豈惟宏綱大用，法天體道，至於一食之際，莫不盡其曲折，其文理密察如此。四時之宜食，脂膏之宜用，必自有深意，注疏之言未必得之。

『薦其時食』，《章句》引《周禮》一語，而以『之類』兩字該之，雖是包下三語，然如《詩》『獻羔祭韭』『冬薦魚，春獻鮪』，《月令》『孟夏，以彘嘗麥』，『仲夏，以雛嘗黍，羞以含桃』，『孟秋，登穀，嘗新』，『仲伙，以犬嘗麻』，『季秋，以犬嘗稻』，皆先薦寢廟，此類皆是也。

『子姓』者，子之所生，猶言子孫也。

在外公、侯、伯、子、男，在內公、卿、大夫、士，皆爵也。言公、侯，則諸侯之駿奔走者也；卿、大夫，則朝臣之執事者也。

『宗』，謂大宗伯、小宗伯，掌祀事。內宗也薦加豆籩，外宗之佐王后，皆是也。內宗，王同姓女之有爵者；外宗，王姑姊妹女之有爵者。『祝』，大祝、小祝。有司則如宮正執燭，天府沃盥陳寶器，司几筵設筵几，司尊彝詔酌辨用，鬯人供鬯，鬱人掌祼，內宰贊祼獻，司徒奉牛牲羞肆，司馬羞牲魚授祭，內饔割亨，司樂以其屬作樂，膳夫徹俎，司士賜爵之類，凡執事於廟中者皆是。肆，託歷反。亨，普庚反。

『祭畢而燕』，今不知其儀，亦於《楚茨》之詩見其大意，云『皇尸載起』，『神保聿歸』，然後言『諸父兄弟，備言燕私』，下章曰『樂具入奏』。說者謂祭時在廟，燕當在寢，故祭時之樂皆入奏於寢也。所謂燕禮，其可知之仿佛若此。

《大宗伯》：以祠春享先王，以禴夏享先王，以嘗秋享先王，以烝冬享先主。《論語》專爲禘發其説，精。《中庸》汎言祭祀，其説詳。恐非『記有詳略』。

校勘記

〔一〕『蓋』，原作『善』，叢書集成本同，案『善』爲『蓋』之形訛，續四庫本正作『蓋』，據改。

〔二〕『三』，原誤作『二』，案原文，『聖者能之』在第三節，續四庫本、叢書集成本作『三』，據改。

〔三〕『序賢』，續四庫本、叢書集成本同，案經文『序事，所以辨賢也』，疑此『序賢』或當爲『序事』。

〔四〕『舞』，原作『無』，據《尚書·顧命》及續四庫本改。

〔五〕『舞』，原作『無』，據《尚書·顧命》及續四庫本改。

〔六〕『食』，原作『物』。按此段文節引自《周禮·天官·庖人》注疏，據改。

讀四書叢説卷三

讀中庸叢説卷下

二十章

金先生謂此章當作六節看，章首至『不可以不知天』爲一節，『達道』『達德』至『天下國家矣』爲二節，『九經』爲三節，『凡事豫』至『不誠乎身』爲四節，言『誠』爲五節，『博學』以下爲六節。此章，朱子以爲皆孔子之言，金先生謂聖人之言簡，自『仁者人也』皆子思之言，雜引夫子之言，反覆推明之。

第一節『文武之政』，全體大用，雖無不舉，而其要在乎得人。擇人之道，則在脩身，脩身須是以仁；仁道雖大，只是親親爲要。

『敏樹』，是樹藝之樹，是活字。

『脩道以仁』之『仁』，是仁之全包四德者。

『仁者人也』，此是自古來第一箇訓字，言混成而意深密。深體味之，則具人之形，必須盡乎仁，其所以盡仁，則不過盡人道而已。朱子所謂『天地生物之心，人得以生者，元者善之長』、

『人具此生理，自然有惻怛慈愛之意』，皆是就源頭指出示人，與他處解仁字不同，宜子細看。

有仁便有義。如陰陽。對待親親，自父母至于宗族，其厚薄自有人情不能已者；賢之高下，其尊之之心有不容不重輕者：則所謂殺等皆是自然而然。此見聖人制禮，只是因人情而節文之而已。

『君子』以下四『不可以不』，意頗不同。『君子不可以不脩身』，『君子』通上下言之，君子須用脩身，此『不可以不』字乃平正説脩身。『不可以不事親』，言事親是脩身大節，人而不盡孝，何脩身之有於衆目？舉其要也，此『不可以不』字專指一事而言事親。『不可以不知人』，言事親又當知人，此『不可以不』字是兼言之知人。『不可以不知天』，言欲知人，須當知天，此『不可以不』字亦正説。

第二節，天下之人，生與我同類，皆在五倫之中。惟朋友一倫，所包最廣，除却君臣、父子、夫婦、長幼外，皆入朋友之倫。故《大學》言『與國人交止於信』，此『朋友之交』，是提起道合之人説。蓋《中庸》是脩德之事，教君子之書也，『交』字不可輕讀過。

『子曰』二字，非衍文。上知、仁、勇兩節，子思之自言，此引孔子之言以足其意。與《孟子》：『其事則齊桓、晋文，其文則史，孔子曰：「其義則丘竊取之矣。」』文法同。

『知斯三者』，《章句》以爲『三近』，此處似指三達德，不必獨指三近。

第三節，『來百工』，是招徠諸工。人在國，夫一人之身，而百工之所爲備，况朝廷乎？《語録》謂『百工聚則事事皆有，豈不足以足財用乎？ 如織紝可以足布帛，工匠可以足器皿』之類，則『財』字不獨如『材』字，意亦兼貨財而言之。《章句》所謂『通功易事，農末相資』，却是言舉天下之財用足也。 蓋下民皆視上之所爲而化，舜命垂共工，列在九官，周工人皆屬冬官，漢以來將作大匠亞於九卿，則古人未嘗以工事爲輕。 凡此藝之工巧者，既表而用之，又有餼稟以養之，則天下之習此藝者，莫不勉爲工巧，而天下器用無不足。

『齊明』，所以齊其心。『盛服』，所以齊其身。『非禮不動』，總一身而言，視聽言之類，皆在其中。

聽讒言，則知人之道不明，而賢者不安。 好色、貨，則必不能尚德，而與賢者自相背馳。 故去此三者，而後能貴有德者。

『尊其位』，爵位也。 此未言任以事，蓋宗族且主於養，若有才德，則自隨所宜用之，却在上下文賢與大臣、士條内。

《語録》『勸親親也』，似多一『親』字。 勸者，所以致吾親愛之心，而慰悦其意。 前言『敬大臣則不眩』，是專任意。 後言『官盛任使』，是優崇意。 其義不可一塗取。

『任使』，謂足以任其使令。

『時使』，則得以乘天時，盡地利。 而所收者廣，斂之又薄，則民皆殷富而愈力矣。

第四節，達道、達德、九經，行之皆在乎誠，故此節專提撕不可不誠之意，誠則出言、制行、應事、行道無所不可。下文推至於誠身而止，然誠身又在先〔二〕明善。明善，即格物致知。誠身，即意誠、心正、身脩也。

言素有誠，則臨時句句著實無虚妄；不誠，則説不去，如顛躓然。事素有誠，則臨事平行將去，雖事變之來，亦無所礙；不誠，便有困屈。行素有誠，則所行皆無疚病，雖處夷狄、患難，莫不從容；不誠，則將枉道矣。道則通包上三者，有誠則應物必當出之無窮。

《語録》『道前定不窮』一句，連上三句都包在裏，是有箇妙用，千變萬化而不窮之，謂事到面前，都理會得，都處置得。

自章首皆言上之率下，至此言在下位，却主下事上説，蓋脩道之教無所不該，不可執一論。

經四『道』字，謂有其法也。

第五節，上二節皆言所以行之者一，然未分曉説出『誠』字，至此方明言之。『誠者，天之道。』言天自然真實而無妄。『誠之者，人之道。』言又當體天道以至於誠。聖人與天同誠，故不思不勉而中道，學者未能，故必擇善、固執以至乎誠。

『誠者，天道；誠之者，人道。』二『者』字若問辭，與二『也』字相應。『誠者不勉而中』，『誠之者，擇善固執』，二『者』字指人而言，是説盡誠之人與未至乎誠之人。

『誠』固是『真實無妄』，然有指理而言者，有指心而言者。『誠者，天之道』，此指理而言。『誠之者』，此指心而言。下『誠者』字，雖以聖人之心而言，然聖人之心即天也。

誠者，先仁後知，以成德言。誠之者，先知後仁，以進德之序言。

第六節，言誠之之目，至於變化氣質，方是能誠者。

『博學』五句，須作十字看，先看下字，後看上字。不知者當學，學須當博；學而有疑當問，問須是審；雖問而知之，是自外入，又須心思以得之，思則必慎；思既得，則辨析剖判使之明，而無纖毫滯礙處；然後行之，行須是篤。學問是資之於人，思辨是求之於己。蓋學須要自得，故雖有學問兩節工夫，又恐入耳不能注心，未爲自得也。子思示人誠之之方，至矣！

『博學』五事，言人爲學工夫，條目節次，可謂詳矣，然當細看。『博學』，是總説一句在上面。聖賢每教人博學，夫子謂『博學於文』，顔子謂『博我以文』，孟子謂『博學而詳説之』，蓋爲學規模不廣，淺見謏聞，安能知道？此是總言爲學之意。至以一事一物言之，則亦須廣求遠取，以反覆其理，如是，然後有可問者問。『思』以下却是逐一事一節理會，問須是詳審，使答者辭盡意暢。如樊遲問仁、知，既聞於師，又質諸友，必達其意而後止。況學者未必有樊遲之資，而答者亦非孔、卜之徒歟？既問而得之矣，又思之使自得於心可也。思則必慎，思之不及，非慎也；思之過，非慎也；思之泛，非慎也；思之鑿，非慎也。思既得之，又加辨析，使明徹無纖毫疑滯，然後措之行事而篤焉。是皆積累工夫，自常人而誠之欲至於至誠，非文理密察工夫積習，安能攀緣而上？

『不勉而中』，安行，仁也。『不思而得』，生知，知也。『從容中道』，所謂不賴勇而裕如者，此知之知仁勇也，『誠者』也。學、問、思、辨，擇善也，學而知者也。行，固執也，利而行者也。博、審、慎、明、篤，勇也。此仁之知仁勇也。學、問、思、辨之未至而弗措，困而知者，亦擇善之事也；行之弗篤而弗措，勉强而行者，亦固執之事也。弗措而必致百倍之功者，勇也，此勇之知仁勇也。二者皆『誠之者』也。

《中庸》之書，廣大高深，到此章方説出下手處。大要三達德乃入道之門，而誠爲之本。學、問五者，乃誠之之目。其所以誠之，惟欲盡五達者。

《春秋傳序》：『大事書之於策，小事簡牘而已。』正義云：簡容一行字，數行得書於方，方所不容書於策。《儀禮》記百名以上書於策，不及百名書於方。名即字也。蓋古者削竹爲簡。長二尺，短者半之，故字少者書於簡，稍多則書於木板，又多則以韋連諸簡謂之策而書之。今《章句》但訓策爲簡者，從古注也。

《章句》『有是君，有是臣』，合今古説，君是文、武，則臣是太公、周、召之倫。方策所載之政，乃其所行者，若後世有能如是之君臣，則文、武之遺政固可舉。

『有君有臣，而政無不舉』，脩身至於仁則有君矣，君既仁，則下興起爲仁，一也。仁則心無私，察人之明，二也。上既有道，賢者樂從，三也。以是三者，故有臣。

《章句》『爲政在人』，是在下者當脩身；『取人以身』，是在上者當脩身：故君子是兼上下言之。『脩身以道』而『脩道以仁』，仁以親親爲大，故必先於事親。欲盡親親，必由尊賢，謂非敬賢，必不能盡知事親之道，故當知人。『親親之殺，尊賢之等，皆天理，故又當知天』，此説著禮上，又兼親親、尊賢二者，通繳上兩句説。

《章句》『欲盡親親之仁，必由尊賢之義，故又當知人』，此意是尊賢則能知親親之道，是知人在先。《語録》不是思欲事親，先要知人，只是思欲事親，更要知人。若不好底人，與他處，豈不爲親之累？此意是不知人則不能盡親親之道，是知人在後，當圓活看。

親、義、別、序、信，是五倫之則，即仁、義、智、禮、信。言『有』便是本，原自有這道理，下三『此』字，正指此則而言。

『德非其德』，上『德』字，即上文所同符之理，受之於天者。下『德』字是成之於己者。『德非其德』，謂雖得於天，非我所有。

《章句》謂以分言，則三知爲知，三行爲仁，所以知之成功爲勇。以等言，則生知、安行爲知，學知、利行爲仁，困知、勉行爲勇。今以三節總言，横而推之，生知、安行、好學，知也；學知、利行、力行，仁也；困知、勉行、知恥，勇也。竪而推之，三條之中，各有三德，第一條主知而言，生知、學知、困知，知中之知仁勇；次條主仁而言，安行、利行、勉行，仁中之知仁勇；後條主勇而言，好學、力行、知恥，勇中之知仁勇。

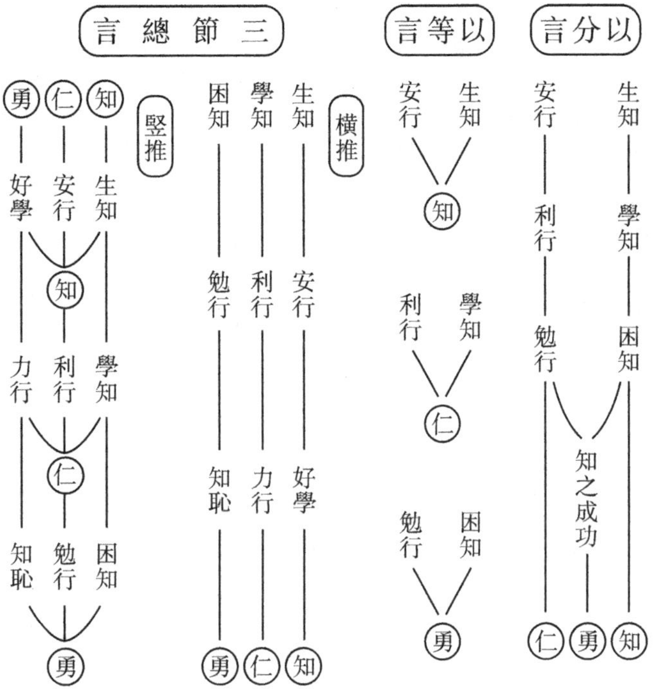

知、行條下，《章句》先以分言，則三知爲知，三行爲仁，知之成功而一爲勇。次以等言，則生知、安行爲知，學知、利行爲仁，困知、勉行爲勇。及下面結語則曰『能自彊不息，則其至一』，仍舊只主以分而言者，蓋以等言者，終是遺却『一也』兩句。

『若乃』以下，是言今之學者，信道不篤而自棄，自偷不力而自暴者。以生知、安行上等資質，我如何可到？不敢去學。資質既下，困知、勉行，安得會至於道？又不肯去行。總而言之，却只是知、行二者皆不勇，正與『自彊』『至一』者相反。

『非知』『非仁』『非勇』，不曰不是知、仁、勇。蓋知、仁、勇是德已至之定名，若好學、力行、知耻亦知、仁、勇之事，但未全爾，此體貼三『近』字説。

『柔遠人，謂無忘賓旅』，《孟子》注：『賓，賓客也。旅，行旅也。皆當有以待之，不可忽忘。』賓，蓋朝聘諸侯及大夫。旅，蓋四方遊士及商旅之徒。

吕氏解『體』字『子』字，與朱子不同，又是一意。當以朱子之説爲正，文義相協。吕氏作實字説。

『不疑於理』，『不迷於事』，皆就君身言尊賢，則疑事皆資於先知先覺而無可疑者。專任大臣，無小臣之言間之，則臨事即隨大臣所建明而行，無所迷眩。

『通功易事』，《孟子》注謂『通人之功而交易其事』。功如功勞，使人之功勞相通，不專爲己作也。『易事』，謂彼之功通於此，此之功又通於彼，是農通於末，末通於農，則財用彼此皆足。『通功易事』只是一串意。

經言『懷諸侯天下畏之』，注『德之所施者博』，貼『懷諸侯』意；『威之所制者廣』，貼『天下畏之』。天下，舉四海内外總言。蓋懷諸侯以德，則諸侯誠服，中國爲一家。中國臣民無有不愛仰，則四隅海表夷狄異類莫不畏服矣。

《語録》『餼』，牲餼也。『禀』，即廩給。《周禮》『稍食』注：『禄廩』也。疏謂『稍稍給之』。『稍食』之『稍』[二]，去聲。『稍稍』，上聲。

《夏官・槀人》：『乘其事，試其弓弩，以下上其食而誅賞。』槀，古老反。注：『箭幹謂之槀。此官主弓弩、箭矢，故曰槀人。』『乘，計也。計其事之成功，考之而善，則上其食尤善，又賞之；否者，反此。』試，本作考。上，時掌反。

《秋官・環人》『掌送逆邦國之通賓客，以路節達諸四方』，『送逆及疆』，注疏：『通賓客，以常事往來，謂朝覲合同者也。路節，道路之節，旌節也。』《夏官・懷方氏》：『掌來遠方之民，致方貢，致遠物，而送逆之，達之以節。』此類皆授節送往之事。

《地官・遺人》：『掌邦之委積，郊里之委積，以待賓客；野鄙之委積，以待羈旅。十里有廬，廬有飲食。三十里有宿，宿有委。五十里有市，市有積。』注疏：『計九穀之數足國用，以其餘共之。少曰委，多曰積。』『里，居也。六鄉之民所居郊者，其委積留之以待賓客。其賓客至[三]郊與主國使者交接，即與之廩餼。野鄙在遂中，謂客有羈縶在此未得去者，則惠之。』又《委人》：『掌斂野之賦斂、薪芻，凡疏材、木材，凡畜聚之物，以稍聚待賓客，以甸聚待羈旅。』注疏：『野謂六遂之外，至王畿二百里爲甸，三百里爲稍。疏材，草之實。木材，木之實。畜聚之物，瓜、瓠、葵、芋，禦冬之具，聚之以待羈旅過客之等。』又《懷方氏》：『治委積、館舍、飲食。』此類皆委積迎來之事也。甸，即乘字。

『燕』謂燕享，『賜』謂頒賜。『九經之實』，謂是九經之骨子。

『跆』訓躓，躓，陟利反。行有罥戾失足也。《左傳》『杜回躓而顛』是也。

上言『達道五，所以行之者三』，『達德三，所以行之者一』，又『九經，所以行之者一』，『一』，皆指誠。此『凡事』指達道、達德、九經，則豫與前定，皆謂『先立乎誠』也。

『反諸身不誠』，《章句》謂『所存所發未能真實而無妄』，此總存心應事凡百而言也。若只就事親一節言之，其行孝之心，有一毫不著實，雖有事親之文，却只勉强假爲也。盡得此兩意，方是誠身，方能悦乎親。

『誠』，只是實，恐實字意未備，故曰『真實無妄』。真則無僞，实則不虚，是正説『誠』字。又反言曰『無妄』，妄只是不真實。其訓詁語意與主一無適意一般。

『天理本然』，『人事當然』，『本然』、『當然』字有力，當看。

『擇善』『明善』，《章句》謂『擇善然後可以明善』，『擇』者謂致察事物之理，『明』者謂洞明吾心之理，合外内而言之，擇善是格物，明善是知至。

程子言『五者廢其一，非學』，謂五者都不可抹掠過。有質高恃才而不屑於循序者，有質下而不能精詳者，程子此語提得極有功。

《大學章句》以氣禀、物欲對言，此却止言『變化氣質』，蓋氣質禀於有生之初，物欲染於有知之後，氣質美者染欲輕，質不美者染欲重，二者亦非判然二物，氣質能變，則物欲亦消。此只就重處論。

《莊子·則陽篇》注：『鹵莽滅裂，輕脱末略，不盡其分。』

十六章下曰『兼費隱，包大小』，此章下曰『包費隱，兼小大』，兼者並舉之辭，包者涵容之謂。蓋十二章之後至十九章，各舉費之小大，而隱在其中。十六章，獨言鬼神，直以隱者言之，然所謂弗見弗聞，是其隱者；體物不遺，則亦費矣。故曰『兼費隱』。體物不可遺，是鬼神之大者。下獨指祭祀而言，是鬼神之小者，故曰『包大小』，是於費隱之中包大小也。二十章達道、達德、九經，凡事前皆一一言之，是其小者；後專言誠，是其大者：故曰『兼小大』。前所指羣目亦費矣，而隱固在其中。至於誠一節，全以理言，豈非隱者？然所謂聖人之天道，學者之人道，又豈駕虚言理而遺事邪？故曰『包費隱』，是於小大之中包費隱也。諸章皆費隱中有小大，故兩章費隱字皆在，上十六章鬼神先言其大，後言其小，故曰『大小』；二十章先言衆目，後言誠，故曰『小大』。

『誠者，此篇樞紐』，今以此言觀，一篇皆言誠也：言天之實理，固誠也；言聖人之實德，亦誠也；言人之欲實之者，亦誠也。故天命者，以實理賦於人物也；性者，人物得天之實理也；道者，循此實理也；教者，品節此實理也；戒懼，存此實理也；慎獨，行此實理也；未發之中，實理之體也；中節之和，實理之行也；中和，實理之感；而位育，實理之應也。中庸，誠之至也。大舜，誠者也。顔子，誠之者也。强矯，誠之者當如是也。孔子依乎中庸，亦誠者也。道之費而隱，誠之盈乎天地者也；費之小大，皆誠之所生也；言鬼神，見幽顯之皆誠也。仁者，天地生物之誠，而人得以生之。誠也，脩道以之者體此誠也。親親、尊賢，誠之施也；殺、等之禮，誠自然之節也；達道、達德、九經，皆以誠行之也；豫與前定，先立乎誠也；自治民推至乎明善，皆在誠乎身也。自『誠者』以下，明言誠，又以實夫達德也。二十一章至二十六章，皆明言誠。二十七章『洋洋』『優優』，皆誠之著也。『尊德性』以下五事，又言誠之之方也。二十八章爲下不倍，二十九章爲上不驕，亦誠之之事。三十章至三十二章，皆誠者也。末章歷序誠之以至於至誠，復言天道之誠，終焉又細而推之，何一語非誠也？

二十一章

四『誠』字，一三四皆同，唯第二字似有異。《章句》曰『德無不實而明無不照者，聖人之德』，『先明乎善而後能實其善者，賢人之學』，誠明是『所性而有』，下句却言『賢人之學』，則是『實其善』，乃誠之之事。故第二『誠』字帶用功意言之，尚淺。下言『明則誠矣』，此『誠』則與誠明之誠同，入聖而非賢矣，意又於『可以至於』字上見。

四『明』字不同：『自誠明』，言聖人有真實無妄之德而照燭萬理，自然而明者。『自明誠』，言學者由明理而至於誠，用力而後明也。第三箇『明』字，與第一箇明字同。第四箇『明』字，與第二箇同。二『則』字亦不同：『誠則明矣』，猶言誠便明矣，此『則』字意緊。『明則誠

矣』，言能明理亦可至於誠，此則字意慢

此章以後，『誠』字皆是指心而言，惟二十五章首兩『誠者』字以理言。《章句》『德無不實』之德，說『誠』字，聖人之德兼誠明。

二十二章

此章重明自誠而明之意。聖人能參天地，贊化育，只是能盡其性。所以能盡人物之性者，亦是元具在已性内了。

至誠者，自然明無不照，既盡己之性，即能盡人物之性矣。然三盡性字疊言之，又似有次第，或問所謂親疎、近遠、淺深、先後，不容無別，但聖人與學者工夫不同爾。

兩章『性』字不同，前如孟子『性之』之性，是帶用說；此乃指性之體而言。

『德無不實』，正言誠之至。『無人欲之私』，又覆說一語，如言真實無妄也。若微有人欲之私以間之，則不實矣。『天命』是說性字，『在我者』是說其字。孟子曰『舜明於庶物，察於人倫，由仁義行』，用此『察』、『由』字，『察』謂盡其理之詳，『由』只是自然出之之意。『精』以理言，『粗』以事言。『巨細精粗』，猶言大小事理無毫髮不盡，知行皆極也。

二十三章

此章重明自明而誠之意。『誠』以下皆言效驗。『形著明』，就己上説。『動』、『變』、『化』，就物上説。

三『誠』字不同：『曲能有誠』，一曲之誠也。『誠則形』，積衆曲之誠也。『至誠』，則與聖人之誠同。

『曲能有誠』一語，承上接下。『致曲』是推至於極，知行兼舉，此句承上則致曲而造其極。一曲之中，能有其誠，接下則每曲若能有誠，則有下文之驗。

《章句》『善端發見之偏』，不論事大小，但是心之自動，或因事之來，善意萌時，便從此推之，至乎其極。

『善端發見』，非獨謂必如見孺子入井而惻隱發，然後就此致之。如欲行此事，便當就此事上致，事親必欲孝，事長必欲弟，足容必欲重，手容必欲恭，皆是。蓋此『致曲』，兼知行言之也。

二十四章

二十二章言至誠可以參贊天地，極言聖人之功用。二十四章又舉與鬼神合德者言之。前章止就應事處言，此章又於事未形之先知之。蓋天地間唯一理爾，明乎理則前無古，後無今，亘宇宙固可一以貫之。此是提出聖人用處一端，以明至誠之道無不至。

此言聖人盡己人物之性，不惟臨事動合於天，其於事未形，亦如鬼神之豫知，以明至誠者之一端。然其所以知之，却又只就禎祥、妖孽，或於卜筮、四體上見，此亦是中庸也，非有神怪。

至誠前知，亦必於動處見，所謂幾者動之微，吉之先見者也。聖人知來者如此，非有靈異也，故爲中庸。

『禎祥』，《説文》徐鍇曰：『禎者，貞也。貞，正也。人有善，天以符瑞正告之。』『祥之爲言詳也。天欲降以禍福，先以吉凶之兆詳審告悟之。』則『祥』字兼禍福言之。經中『禎祥』與『妖孽』對，『祥』專指善者。『妖孽』字當作『祅蠥』，古字借用，《説文》『衣服、歌謡之怪謂之祅，禽獸、蟲蝗之怪謂之蠥』。又草木謂之妖。

『善，必先知之；不善，必先知之。』竊恐不是直説，上既言『禍福將至』，下又言此意似重疊。蓋災祥明著，卜筮繇兆明白者，人亦能知之。但迹雖如此，幾乃如彼，祥或作凶妖或吉兆者，其理非至誠莫能知也。蓋善中亦有禍福之應，不善中亦有禍福之應。如此看，則與上句不相礙，而尤足見至誠之如神也。

《定公十五年》：『春，邾隱公來朝。子貢觀焉。邾子執玉高，其容仰；公受玉卑，其容俯。子貢曰：「以禮觀之，二君者，皆有死亡焉。夫禮，死生存亡之體也。今正月相朝，而皆不度，心已亡矣。嘉事不體，何以能久？高、仰，驕也；卑、俯，替也。驕近亂，替近疾，君爲主，其先亡乎！」』夏，公薨。後八年，當哀公七年，魯代邾，以邾子歸。子貢未爲至誠，然能以禮觀之，猶見其如此。但借此事以證前知爾，則至誠之前知可見矣。

心私則目僞。

二十五章

此章第一『誠』字兼理與心言，第二『誠』字專言理，三、四、五『誠』字皆言心。

『誠者，自成也』，《章句》『誠者，物之所以自成』，又曰『誠以心言』，蓋經此句兼人物而言實理者。『物之所以自成』，人亦物也，下『誠者，物之終始』，正應此句。然人欲成己，必其心真實無妄乃能爾，故曰『誠以心言，本也』。有是『本』則可以行道，故曰『道者，人之所當自行』，又曰『道以理言，用也』。

『誠者，物之終始』，『物』字兼事而言。故人應物，才『不誠』，便如無此物。『不』字則就人言之。

『誠者，物之終始，不誠無物』，覆言『誠者自成也』。『是故君子誠之爲貴』，覆言『道者自道也』。然『不誠無物』一句，又是承上句、接下句意。

誠者，『所以成物』，又言誠之用其廣如此。

語録『克己復禮爲仁』，成己也。智周乎萬物而道濟天下，成物也。

前『自成』謂自然而成，後『自成』謂己自成就也，兩『自』字不同。

『成物，知也』，對『成己，仁也』説，二者是合外内之道。外指成物，内指成己。既合外内，如此所以應事。『以時措之』，無不得其宜。時措，亦成己成物之事也。上兩句是平説成德，德既成，則時措得宜，所以下箇『故』字。

此言成德，故仁在上；《孟子》説入德，故知在上。

『性之德，合外内之道』，此總仁、智而言。『時措之宜』，謂既得於己，則施之於事無不當也，須看『故』字。

『時措之宜』，即時中。『時措』，隨時而措之。『宜』，乃中也。

二十六章

二十一章言誠明、明誠，繼二十章天道、人道而言。二十二章以後相間言天道、人道，前言至誠與天地參，次言至誠如神，此又言不息、配天地，所以起頭著箇『故』字，是繼二十二、二十四兩章言至誠也。此下二十七章連三章言人道，三十章下連三章言天道，次第極明整。

『至誠無息』，惟至誠所以無息，有虛假則間斷矣。惟無息乃見誠之至，有息則非至誠矣。

此章言聖人久於其道，昭著於外，而人可見者如此。至誠積於中者久，則徵驗於外者自然悠遠而無窮；悠遠則自博厚，博厚則自高明。蓋所積者廣博，則其勢自然高大；所積者深厚，則其精自然光明。此兩句是呂氏之意，朱子以爲甚善。

聖人之道，博厚高明而已。金聲玉振，所過者化，宮墻數仞，博厚之類也；精義入神，所存者神，天不可階，高明之類也。

字養其民，聖人載物之類也；教化其下，聖人覆物之類也；垂範作則，利及萬世，皆悠久成物之事也。

不見、不動，只是言聖人無爲，下句又總上二句。地未嘗有意於生物，而百穀、草木、禽獸、昆蟲皆粲然可觀，是『不見而章』也。天未嘗有意變化萬物，而有生之類皆稟命於天，是『不動而變』也。

自『無爲而成』以上，是形容聖人之德。『天地之道』以下至『貨財殖焉』，是形容天地之大觀。天地山海皆積而後大，足以見聖人之德亦積而後盛。引《詩》則以天比聖人之德，天與聖人只是箇『不已』，應前『至誠無息』。

天地山川，非積累而大。聖人生知安行，其德亦非積累而盛。故《章句》謂『讀者不以辭害意』，是謂聖人之德悠久而自昭著，非謂始微而後著也。是專就聖德功效處言之，是固然矣。然帝堯自『明俊德』以至於民『變時雍』，豈無次第之序？孔子自謂志於學至於從欲不踰矩，豈無造詣之漸？由是觀之，則子思四『及其』之言亦甚精密，豈無意也？

《章句》『悠久，兼內外而言』，蓋『久』即『不息則久』之久，『悠』即『悠遠』之悠。久是內，悠是外，故曰『兼内外』。朱子謂悠是據始以要終，久是隨處而常在。又曰：悠是自今觀後，見其無終窮之意；久是就他骨子裏説，鎮常如此之意。

二十七章

君子之道費、隱，言天地之道，道之體也。聖人之道洋洋、優優，言聖人之功業，道之用也。『發育萬物』，非是比喻，正言聖人裁成輔相，神聖功化，無大不舉。禮儀、威儀，是品節裁制，文理密察，無細不周，皆是聖人之至德，而行至道處，必如此然後盡聖人之用。學者知此標的，自不容不學，而學之方則在下五者。此章當作兩節，分聖人、學者看。

自首章至『至道不凝焉』，言聖人之道大無不周，細無不入，必有聖人之至德，然後道成。自『尊德性』以下，言君子學以至聖人之道五句，工夫極細密。二十章内『博學』『審問』五句，只説得此『道問學』三字。

『尊德性』『道問學』，總下四句而言。五句文勢皆相類，非尊德性則不能道問學，既尊德性又不可不道問學。既尊德性之後，有所不知不能，則問而知之，學而能之。既知既能，即須行之，所謂道問學也。心極廣大，而裏面析理又須精微；心極高明，而所行者却只是中庸。温故又須知新，敦篤其所厚，又須是崇謹其節文。

『精』是一條正直之路，『微』是細微曲折處，『敦厚』是本自厚又從而敦之。

《語録》『敦厚以崇禮』，如云質直而好義。

前面説許大工夫，及就身上收功效，却只是明哲保身而已。明哲是見得理極分明了，行事却只中庸，故能保其身。保身不是趨利避害，行事合宜，自然無害。然到當死處亦須死，只是安箇是字而已。

聖人之道
- 發育萬物峻極于天——尊德性
- 禮儀三百威儀三千——道問學

尊德性	致廣大	極高明	温故	敦厚	存心之屬
道問學	盡精微	道中庸	知新	崇禮	致知之屬

《章句》上一節皆存心之屬，體認自可見。但下一節皆知之屬，却有兩『道』字與『崇禮』皆是行意。蓋窮問學之功而欲道之，極中庸之理而欲道之，究禮儀、威儀之則而欲崇之，固致知之事，與『盡精微』『知新』皆一類也。然知之明然後能篤行，又不徒知也。則所謂『盡精微』『知新』皆所以爲行之之地，則與道之崇之又豈非一類邪？故《章句》主於致知而言，知至則行在其中，其義精矣。

『尊』『致』『極』『温』『敦』五字，存心工夫。『道』『盡』『道』『知』『崇』五字，致知工夫。致知者，固是格物以致其知，即見於行事。若存心，不獨只是存此心在此，自有工夫在，與戒慎、恐懼意不同。《章句》：『尊者，恭敬奉持之意。』恭主貌，敬主心，是内外皆要奉持不失。下面致之、極之、温之、敦之，意尤分曉。

『燖』，音尋，火熟物也。《論語疏》：『温故』如『温燖故食』。

『不以一毫私意自蔽，不以一毫私欲自累。』人意才有一毫之私，則心量便窄狹而不廣大；才有一毫爲物欲所累，則心便卑汙而不高明。此兩句字面改換不得。

『大小相資，首尾相應。』『大』言上五節，『小』言下五節。『首』言『尊德性道問學』一句，『尾』言下四句。

二十八章

有位無德而作禮樂，是愚而自用；有德無位而作禮樂，是賤而自專；居周世欲用夏殷之禮，是今世反古之道。

『生乎今之世』以下，是通説上二句。蓋愚賤者不可作禮樂，則居今之世當遵守當代之法。若欲反用古之道，即是改作矣，必獲罪於上，故曰『烖及其身』。

『車同軌』應『制度』，『書同文』應『考文』，『行同倫』應『議禮』。『車同軌』是就制度中舉一事言之。

車輪行於地有迹謂之轍，兩轍中間相去闊狹之度謂之軌。古者車軌皆闊六尺六寸，或不依此制，則車亦杌隉不可行，有司得以討其罪。

夏禮曰『説』，殷禮曰『學』，蓋孔子殷人也。『杞不足徵』，是杞全微，文獻皆不足以徵所言。曰『有宋存焉』，則宋猶能用殷禮，未盡壞，但非當時所用耳。《中庸》所記聖言，過於《論語》之精。

《章句》『書名』者，『書』即字也，『名』則其字之聲也。如『天』字之形是書，讀之曰天是名。『考』者，欲正其字形及讀之音聲。

《語録》『倫』，是『次序之體』，『次序』如等威、節文之類，『體』如辨上下，定民志，君臣、父子、貴賤、尊卑相接之體皆是。

二十九章

『本諸身』以下六節，只是『本諸身』一句是致力處，下五節皆以爲徵驗爾。『君子之道』，即上『三重』，謂有位之君子行此三重之道，必本於此身之有德，則自有下五者之應。若下五者不應，是身無其德也，則用力以脩德。

上文四句，下面兩句，却只説鬼神、聖人二者。蓋鬼神乃天地氣之靈者，鬼神即該『天地』

一句，而以『知天』結之。先聖、後聖皆一揆，聖人即該『三王』一句，而以『知人』結之。

行己見於事，有成法而可效，故曰法。言未見於事，而其言可爲準則而行之，故曰則。遠之不得見聖人者也，近之親炙聖人者也，皆指上文君子而言。『高山仰止，景行行止』，遠之則有望也。『無以我公歸兮，無使我心悲兮』，近之則不厭也。

《振鷺》，二王之後來助祭之詩也。『彼』，其國也。謂二國之君在彼國無惡之者，在此王國無厭之者，故庶幾夙夜以長永終竟其聲譽也。《中庸》引之則所謂『在彼無惡』即遠之有望之意，『在此無斁』即近之不厭之意。言君子德盛道行，民之敬慕愛戴如此，故下文『如此』之『此』，指『本諸身』以下六事也。

三十章

二十六章言聖人至誠，與天地同道。自『天地之道，可一言而盡』以下，但言天地之盛大，則聖人之盛大自見。此章先言聖人與天地同道，自『萬物並育』以下，亦但言天地之大，則聖人之大自見。前章則引文王之詩以結之，此章則以孔子之所行起之，二章相表裏，無非形容聖人之德也。

『祖述』『憲章』，同於聖人，即所謂『考諸三王而不謬』。『上律』『下襲』，同於天地，即所謂『建諸天地而不悖』。文武制作，與堯舜固有不同，夫子遠宗、近守，則中間自有合符節處。

所謂先聖後聖，其揆一也，或法天時，或因水土，無非中庸，皆時措之宜也。

此章三節，《語録》第一節言聖人工夫，第二節言聖人之德如天地，第三節言天地之大。

第二節兩『辟如』，只是重疊比，既以天地比其經，又以四時日月比其緯。上説平鋪處是横説，下説接續處是竪説。天地覆載之間，萬物並育，且如水與火、金與木是相制者，而各自有成。萬類推之自可見，四氣流行，生長成收各有其序。而當生長之時，物有死者；當成收之時，物有生者。日月代明，東升西没，各有序而不亂。第三節『並行不相悖』，總言四時、日月。『並育』『並行』兩句，應上兩『辟如』字。此言孔子德之全體，不必就孔子已行之迹傳於今日者一一要相合，但以此推古之得位聖人，行事可見。

『小德』『大德』，固言天地，用以言聖人，則『敦化』指心，『川流』指事。

《中庸》分爲四大章，前三章皆以孔子結之。第一章自性命之原言之，次以三達德爲入道之門，而以大舜爲首，顔、路則皆孔子之門人，其後則曰『吾弗爲之』，『吾弗能已』，是以孔子折衷之也。第二章言費隱之大，其下歷叙大舜、文、武、周公，而次以孔子論政，是又以孔子繼羣聖之後也。第三章言誠，反覆於天道人道，前既言文王，而又以孔子繼王天下。三重之後，則是損益百王之道，得時措之宜，垂萬世之法，非孔子不可也。後兩章至聖至誠，分言『小德川流』『大德敦化』，亦就此章而言其極耳。孟子每叙古之聖人，必以孔子終之，與子思之意一也。子貢、有若皆曰：『自生民以來，未有夫子。』豈一人之私言哉！

三十一章

聰者，無所不聞；明者，無所不見；睿者，無所不通；知者，無所不知：此生知之聖，總下四者而言，言其資質也。寬，廣大；裕，優厚；温，温和；柔，順從：此仁也。仁者，度量寬廣，足以容物，故曰『有容』。發，奮起；强，有力；剛，不屈；毅，堅忍：此義也。義則操守堅固，故曰『有執』。齊，心之齊；莊，貌之嚴；中，無過不及；正，不偏不倚；中正，以臨事言：此禮也。文理[四]密察，知也。四者言其成德也。

『聰明』，雖義在耳目，其實則主於心，凡書之言『聰明』皆如此。

『臨』者，自上臨下之義。此謂聖人之德，首出庶物，然後足以臨下。

五『也』字，上一『也』總下四『也』。『聰明睿知』，生知之資，而德之備，就其中分而枚舉之，則仁、義、禮、知四者，各有條理，故《章句》於下言五者之德。

《語録》：溥，周徧。博，宏大。淵，深沈。泉，便有箇發達不已底意。

『時出』，當用仁則仁出，當用義則義出。

三十二章

饒雙峰曰：大經是道，大本是性，性乃大經之本也。天地化育是命，又大經、大本之所自來也。下文『肫肫其仁』是説道，『淵淵其淵』是説性，『浩浩其天』是説命。性是成之者性，指已定之理而言；命謂繼之者善，指理之流行而賦於物者言。二者有動静之分，故一屬地，一屬天。自聖人言之，則静定而存主處即是性，應用而流行處即是命，其與天地之理一也，故曰『其淵』『其天』。

惟知化育，所以能立大本，大本既立，故能經綸大經也。前言聖之至極，此言誠之至極，蓋聖者誠之用，誠者聖之本。前言『如天』『如淵』，是衆人見聖人之溥博淵泉，以爲如天如淵也。此言『其天』『其淵』，是聖人見得一般，聖人溥博淵泉，真是天，真是淵，非但如之而已。

經是分其條理，綸是牽聯相合，先經之，然後可以綸之。分而言之，父當慈，子當孝，君當仁，臣當敬，各盡其道，此經之類也。合而言之，父子相處，必盡親親之仁；君臣相接，必盡絜矩之義，共成其善：此綸之類也。其於五品之人倫，事之大小，莫不皆然，此固至誠者之能事，而脩道之教即在其中。

無所倚，只是至誠自然流出，不須着力去做底意思。

上章至聖是發見於外者，故衆人見其『如天』『如淵』，而凡有血氣者皆尊親之。此章至誠是言其在中者，故曰『其淵』『其天』，而唯聖人能知此聖人也。

前章言表，此章言裹。《章句》則曰『前章言至聖之德』，德主積於内者言之也；『此章言至誠之道』，道主行於外者言之也。蓋聰明睿知之資，仁義禮智之德，雖見於外，實溥博淵泉積於中者之所發也。知化育、立大本，雖主於中而經綸大經，『其仁』『其天』『其淵』者，亦自外而見之也。前言德，推其本而言之；後言道，致其用而言之：蓋互相發也。

三十三章

前言聖人，至上章極矣；此章又總一篇之要，自下學立心之始，推至於德化之極，與首章相表裏。首章是自内説向外至於極，此章是自外説向内至於極。

『衣錦尚絅』一節：

絅，褧同，《字書》檾也，三字音同。檾，枲屬，績以爲布，蓋用此布爲襌衣。襌，從衣從單，音丹。錦，有文之衣也。古者内服袍，然後服裘，又加衣，謂之裼，襌者即裼衣也。爲錦衣有文太著，故用疏布以裼之，不欲揚其文也。

今《詩》『衣錦褧衣』凡兩見，而此言『衣錦尚絅』，或是逸詩，或是子思檃栝。緊要在『尚』字，所以下即自解曰：『惡其文之著也。』『闇然』，即『尚絅』意。『闇然』，言君子脩德，只是鞭辟近裏做工夫，略無淺露表襮之意。雖然，却要『日章』，『日章』是日日漸漸章著，若以爲不顯露，不求人知，只是向内，却無積累之實，終只昏暗，安能有成？

暗，隱晦貌。的，明也，光的然小明昭灼之貌。

淡，只是人倫日用之常，無可喜、可愕之事，不厭者，爲道不可離也。簡，是簡略，非繁碎然。秩然有序，節奏詳密，故有文。

温是温厚，温厚似混侖不分曉，而條理斬然。

《語録》：此工夫似淡而無味，然做時却自可樂，故不厭。似乎簡略，然大小精粗秩然有序。温厚似不分曉，而條目不可亂。如此入細做工夫，故能有下文三知之效：『知遠之近』，是以己對物言之，知在彼之是非，由在我之得失；如行有不得，反求諸己。『知風之自』，知其身之得失，由乎心之邪正；『知微之顯』，又專指心，説就裏來。『可與入德』，如『可與共學』之『可與』。

《章句》：『絅之襲於外』，凡加於衣裘之上者謂之裼，加裼上者謂之襲，襲則禮服也，絅則當爲裼。此言『襲』，只是謂重襲在衣裘之上者，非裼襲之襲。

『有爲己之心』，指兩『君子之道』。『知此三者』，指『近』『自』『顯』。

『潛雖伏矣』一節：

詩本言魚之潛於淵，可謂伏藏之深，然亦甚炤然而易見，言禍亂之不可逃也。此借之以言幾之存於心者雖深，而莫見顯乎隱微，言獨之不可不慎也。

潛、伏，皆藏義。孔，甚也。昭，明也。

『人之所不見』，謂君子能致謹於人所不見，而己獨知之之地。

『相在爾室』一節：

人居屋漏之中，自視其身尚不分明，以譬君子不但於人所不知、己所獨知之地而慎之，於己所不知之地亦所當慎也。此即首章戒懼之事。首章自内説至外，故先言戒懼而後言慎獨；末章自外説至内，故先言慎獨而後言戒懼。獨，初發之際，不睹不聞，未發之先也。學者慎獨久而熟，方能戒懼於不睹不聞。内外工夫固當卒修並舉，然難易淺深，亦不得不有先後之序也。

尚，庶幾也，戒辭也。屋漏，室西北隅，上爲圓竅以通明，則其下反暗。人處其地，則非獨人不見己分曉，己亦自見不分曉。視在爾室中屋漏之下，庶幾能自謹而無愧於心，以明不睹不聞、致戒慎之意。不動敬、不言信，是信、敬在言、動之前。

『奏假無言』一節：

君子誠心，進於神明，而其感格不待言説。誠之至也，則下民亦不待言説而自化矣。然鬼神幽也，人道明也，本爲兩途，今我之誠既能感幽，而况與我同明者乎？

『不顯惟德』一節：

不顯，有二義：一謂無迹可尋而不顯著，一謂不發揚。二説俱存，其義始備。『篤恭而天下平』，即垂拱而天下治之意。其功效至此已盡，下段只是形容不顯之妙。

《章句》『篤恭，言不顯其敬也』，謂自厚於恭敬，未嘗見於言動之間。

『予懷明德』一節：

以『無聲無臭』形容不顯之妙，則聖人之道幾於虛無矣，而曰上天之事，此所以爲聖人之道也。君子惟能慎獨，又於不睹不聞而戒懼，不使心之所存所發有一毫不誠。久而此心渾然天理，人莫之知，但見其應事接物從容中道，與天爲一爾，則不顯之妙也。此所謂聖而不可知之謂神也。

章末三引《詩》，皆是言聖人德之不顯，最後所引只是『無聲無臭』一句，形容不顯之極。『上天之載』一句，是帶來説。《詩》中言天之道無聲臭，《中庸》則言德之無聲臭也。德本不可以聲臭言，此但言無之極耳。然上天之事無聲臭，聖人之德亦如之，聖人即天也，則此一句亦不是虛引。

此章雖自下學立心入德説來，以至於極，分作六節，然第一節只是説用心向内，第二節乃言慎獨，第三節言戒懼，惟此兩項工夫而已，下三節五引《詩》皆是言效。

中庸始終合一之圖

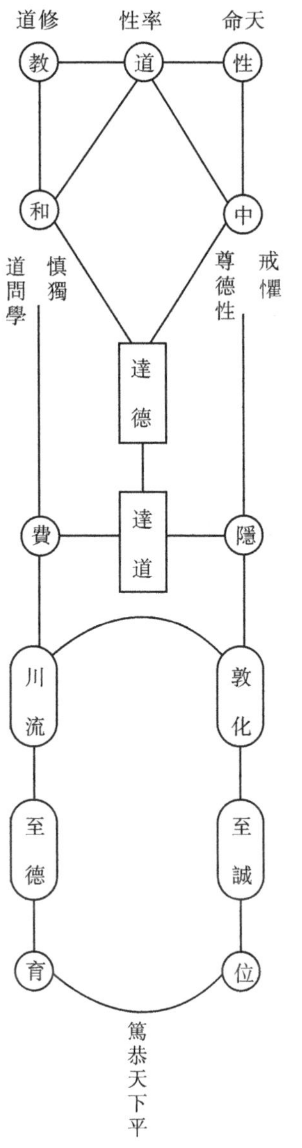

校勘記

〔一〕『先』，原作『免』，不合經文旨，今據叢書集成本改。

〔二〕『稍』，原脱，案原刻本作『稍，去聲』，後發現語意不足，挖改後又漏去『稍』字，今據叢書集成本補入。上『給』字，疏本作『與』。

〔三〕『至』，原作『主』，承下『主國』致誤，今據《周禮·地官·遺人》改。

〔四〕『理』，原作『禮』，案『文理密察』，此章經文，《章句》謂『理，條理也』，叢書集成本亦作『理』，據改。

讀四書叢説卷四

讀論語叢説卷上

學而第一

學而章

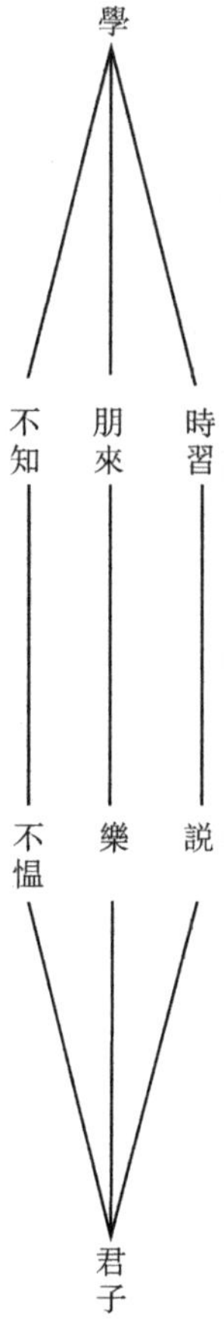

人之受命於天以生，存於心，則有仁、義、禮、智、信五常之性；接於身，則有父子、君臣、長幼、夫婦、朋友之倫。五常者，五倫之則也，此皆人之所同然者，雖事之萬變不齊，終不出乎此。然人不能生知安行，所以必效先覺之所爲，於理之未知者，必學而後知；事之未能者，必學而後能。已知者，時時習之使愈明；已能者，時時習之使愈熟。有得於心，自然喜悦。

朋來之樂有二意：善固人所同有，我既得之，而朋友相從亦皆知之，能之，道合志同，人我無間，自是可樂；又我之樂，雖自以爲得，而尚未知邪正淺深，今朋友之來，自近及遠，如是之衆，則是我之學果同於人心而可信，真有以合乎君子之道乃可樂。上是及人之樂，下是爲己之樂。

愠，只是悶，猶言不樂。如《南風》詩中『愠』字，只是熱之悶人。

《集注》『先覺之所爲』，此『先覺』字，當專以古之聖賢言之。蓋聖賢制行立言，無非天理之至，凡威儀之節，六藝之文，經之所載者，皆足爲萬世之凖的。學者當於此求知其理，學行其事，故有成而無弊，然皆日用之常，未有出於人倫之外者。至於今之先覺，不過資之使指引以求聖賢之心耳。蓋其學未到此地位，不可便把做凖的也。當把『先覺之所爲』五字作一串看，乃得其意。

學須隨事隨理求其知，求其能，逐一習令明，習令熟，必明一理又求知一理，熟一事又求能一事。故《集注》於本文外，有『其進自不能已』一句，然亦只在孔子語意内。

程子兩條只是言習，前一條知上習，後一條能上習。謝氏主時習説，就能裏提出二事作標凖，餘事皆當求其至而習之。

『坐如尸，坐時習；立如齊，立時習』，此是就人所爲上提此二事以爲例。謂一日之間，當坐之時，則習之必如尸。坐如尸，則身正而安，頭容必直，手容必恭，不妄動移。或當立之時，則習之必如齊。齊，謂祭祀對越時也。立如齊，則整齊嚴肅，敬主於中，而恭見乎外。以二者推之，則凡動容周旋、事親敬長、接人應物，各隨其則而習之，是無事無時而不習也。又進步言之，坐如尸，則於坐之始終時時習之如尸；立如齊，則於立之始終時時習之如齊。是一事上無時而不習，却推就凡所爲上皆如此習。兼此二義看方備。

程子曰：『説在心，樂主發散在外。』悦之字從心，故曰在心，此字爲説，蓋古字通用。樂本借音樂之樂，喜在外，象樂聲在外，故曰主發散在外。

順、易、逆、難，學既有得於己，便推此善及人，於理爲順；信從者衆則樂，於事爲易；既有學，人當知，今却不知，於理爲逆；既不知我則當愠，今卻要不愠，於事爲難。

『故惟成德者能之』，只接『不知不愠』一句。

本經三節，以文勢言之，學習與朋來、不愠是一截，説、樂、君子是一截。然君子是成德之名，德之成，非獨不愠之所能致。若但不愠即是成德，則孤陋寡聞而人無可知，異端邪説而人不是，我乃悍然不顧，囂囂自得，其罪不亦大乎？故文公曰『故惟成德者能之』。下又曰『德之所以成』云云，而程子亦曰『非樂不足以語君子』，言須有上兩節工夫，方可成德。

孝弟章

上節以質言，下節以學言。有子之意，專主於爲仁，而先引世人自有資質淳厚，而心和順能行孝悌者，然不止於孝弟，亦無犯上作亂之事，能孝弟便能順其心至於此。次泛言兩句，承上生下言。凡物皆如木之本末，本盛則末榮。末非末節細務之謂，是與本對言者，若木但有本而無末，則不成木。君子之學，當用力於根本，則道可進。如培植其根，則幹枝梢葉漸長而成木。自孝弟推而仁民愛物，方全得仁。君子所學爲仁而已。如上文所爲孝弟，乃是爲仁之本，不是如上好資質方可爲仁，正是勸學者當先行孝弟以爲質，而漸求仁之全體，親親而仁民愛物，皆自此始，非但如不作亂而已。

此章『君子』，只如言學者兩字。《論語》中所言『君子』不同，有以成德言者，如首章及『君子不器』、『君子周而不比』之類；有以位言者，如『君子篤於親』、『君子之德風』之類；有以學者言者，如此章及『君子不重則不威』、『君子食無求飽』之類，可以類推。又有指孔子言者，如『君子有三變』是也。『小人』亦有不同，有以位言者，有以行言者，皆與君子相對説。

仁者，專言之則包四者，謂之心之德；偏言則與禮義智爲對，謂之愛之理。此章自孝弟而言仁，所以解愛之理在上。

仁字之訓，須兼看《或問》、《通釋》，方盡其義，切在子細體認。

巧言章

此章大意，似聖人觀人，然未常不警省學者。觀其辭甚嚴，蓋警省學者之意爲多。

《集注》以專言之仁當之，若總而言，致飾悦人，全是私意，故天理泯。分而言，巧言是無信；令色非莊是無禮；不能守正而求悦於人，是不知義；外飾欲欺人，而終爲識者所知，是不知：一舉而心德皆亡。

『知巧言令色之非仁』，只就此句飜轉看，則知直言正色之爲仁。然此只就言色上論，蓋仁是心之德，延平先生所謂當理而無私心者也。凡欲動於中則心私矣，其接於事不當於理者，皆非仁也。夫致飾於外，不當理也；務以説人，皆私心也。推此類而言之，則非禮之視聽言動、心私違理處，皆非仁。本注『人欲肆而本心之德亡』，雖就言色上言，而所包者甚廣。又恐學者止於言色上致察，故著程子之説於圈外，使人隨事致察而立心以公也。

三省章

忠信是處心應事之主，而曾子惟於爲人謀、交朋友上省，似於忠信之用處未備，而人之行大於此者甚多。蓋曾子篤厚於他事無有不善，獨此三者或有未至，而亦人情之所忽者，故自道其所未慊者，日以省之，固非謂學者只有此三者當省也。學未至於曾子，則己之未及者皆當日省。

《集注》『三者之序，又以忠信爲傳習之本』，非謂爲人謀、交朋友爲傳習之本，謂心之誠實爲傳習之本也。此語是接上『自治誠切』而推出去説，此忠信字是大綱，説心誠實處。蓋有誠實之心，則可傳習，無此則非爲己之學矣。然此是本注，故只就章内説，讀者又當推出：凡事皆以忠信爲本也。

千乘章

『千乘之國，其地可出兵車千乘』，古注有兩説：馬氏曰：六尺爲步，步百爲畝，畝百爲夫，夫三爲屋，屋三爲井，井十爲通，通十爲成，成出車一乘。然則千乘之賦，其地千成，居地方三百一十六里有畸，惟公侯之封乃能容之。

《周禮》井田之法，方里而井，井九百畝。百畝爲夫，九夫爲井，中爲公田，一井止有八家。四井爲邑，則方二里；四邑爲丘，則方四里；四丘爲甸，甸即乘字。則方八里，旁加一里，則方十里爲成。甸中六十四井出田賦，旁加三十六井治溝洫，不使出賦。六十四井，除公田外，止有五百一十二家，共出車一乘。每乘則有兩車：一曰兵車，又名馳車，馬四匹，甲士三人在車上，一執御，一執弓矢，一執戈矛，步卒七十二人，在車前與左右，共七十五人。一曰大車，又名革車，牛十二頭，炊家子十人，同守衣裝五人，廄養五人，樵汲五人，共二十五人。兵車以戰，大車以載輜重，兩車總百人，謂之一乘也。車千乘，則當有地千成。

所謂方三百十六里有畸者，先直排三十成作一行，便是直三百里，横闊十里。卻以如此之行横排三十行，便是方三百里，共計九百成。尚有一百成，却分爲萬井，於每行上添十六里，則東南兩面共添六百箇十六井，共計九千六百井。要取方，又於東南上有闕，却又用將方十六井去補教方，該二百五十六井。十六个十六，計百五十六。以一萬井除去九千八百五十六井外，尚餘一百四十四井，難以分爲方，故曰有畸。若分開計一千二百九十六夫，亦分不去。

所謂惟公侯之封能容之者，按《周禮・大司徒》建邦國諸公之地方五百里，諸侯之地方四百里，故有是言。

包氏曰：古者井田，方里爲井，十井爲乘，百里之國適千乘也。此是不除公田，又只九十家出車一乘。包氏據《王制》與《孟子》公侯皆方百里，故如此說。

三代之禮不能詳考，所以《集注》只混同〔二〕說『諸侯之國，其地可出兵車千乘』，蓋夫子當時亦是大槩言之耳。若馬氏謂公侯之封能容者，凡公方五百里，其食者半，則爲十二萬五千井，比上數爲多；侯方四百里，其食者參之一，則爲五萬三千三百三十三井有奇，比上數爲少，皆未能盡合。包氏以九十家賦一乘，其賦爲重。又無公田，亦不計國都邑治民居，殊未可曉。蓋古之建國，雖曰計方，然山林、川澤、都邑、塗巷必三分去一，然後爲田之數，如馬氏謂地方三百十六里者，言亦未備也。

然又有一說，王畿百里之内爲六鄉，一鄉一萬二千五百家，出軍則家一人，每乘戰士七十五人，合六鄉僅得千乘，所謂天子六軍也。二百里之遂亦然。若是則孔子之言亦可該天子之國，但不能盡舉畿内爾。

今此章未須究竟度數底藴，且只就用處看。《集注》五者反覆相因，下因乎上，謂如此然後能如此；上因乎下，謂如此又不可不如此。

弟子孝弟章

此章非言學者之大全，只説爲人弟子事。『餘力』，是不與上事接空隙之時。大意欲盡弟子之所當爲，才有餘暇，便當讀書，兩事皆不可廢。

謹信，守身之事；上下四者，接人之事。以孝弟爲行之大，故言於先。其實以謹信二事貫于四者之間，蓋謹信，則孝弟、愛衆、親仁皆得其道已；不謹信，則四者皆無實。至於學文，亦謹信者能之。

君子不重章

此章是學者最先用工處。心主忠信，貌存重厚，内外相應，方可爲學。不忠信則心虚妄，不重厚則貌輕躁，虚妄、輕躁如何學得道？人資質稍聰俊者，最要戒輕，輕則百事皆不成。道在天地間，只是實理，至重至大，如何被輕躁人擔當得去？

貌重厚是用功于外，心忠信是用功于内，乃内外相養工夫。雖然欲貌重厚，亦忠信者能之，虚妄者不能也，故忠信上用主字。謂應一事始終以忠信爲主，總脩身而言，亦始終以忠信爲主。是出言制行、待人接物，皆主於誠實，而每事又首尾主於誠實也。聖人言忠信處不一，如言忠信，是主於言，忠信所以進德，是主於行。此章是總言行而言之。

孟子『操則存，舍則亡，出入無時，莫知其鄉』者，人心也。蓋操而存即是入，舍而亡即是出。此章忠信即是操心之道，故只引兩句。

游氏『學以成之』之説，有古注『學則不蔽固』之意，與《集注》稍有不同。文公以論一章大旨，條暢明白，故取在圈外。

慎終追遠章

常人之情於親之終，悲痛之情切，而戒慎之心或不及；親遠而祭，恭敬之心勝，而思慕之情或踈。君子存心則加於此，送終既盡擗踊哭泣之情，又慎喪死之禮，如《禮記》『殯而附於身者，必誠必信；葬而附於棺者，必誠必信，勿之有悔』之類。祭遠者既盡孝敬之意，又致追慕之情，如《禮記》所謂『祭死者如不欲生』，『霜露既降，有悽愴之心；雨露既濡，有怵惕之心』之類。如此則過於常人，其德爲厚。上之人既如此，下民化之，其德亦歸于厚。『慎終』存哀中之敬，『追遠』動敬中之哀。

子禽章

《集注》謂『子禽、子貢皆孔子弟子，或曰亢，子貢弟子，未知孰是？』愚按子禽見於『論語』者三，其問於伯魚，如朋友私相請益者，疑其爲孔子弟子。其謂子貢過恭於仲尼，若惟自尊其師者，而稱子貢爲子，稱夫子爲仲尼，他無此例。以此推之，出於子貢之門審矣。

聖人所經，過人即化，有所存主便神妙，此等處未易窺測，而觀聖人者，只就德容上看。文公此句，有不滿子貢之意。蓋此亦是子貢早年之言，至後篇答子禽之言，方形容聖人端的。又足以見子貢之學日進，而子禽終於卑下，真學者之勸戒。

過化存神，正是得聞邦政之原。補説聖人如此，故人自與之言政也。未易窺測，不獨是説子貢之言未足盡聖人之德，亦兼見子禽所造者淺，未能深知聖人，故子貢止就他可及處説五者爾。不願乎外，卻是關『求』字、『得』字意言之。凡圈内本注，皆是體貼經文説，無一字閑慢無來歷，讀者須仔細把注字一一體貼經文看，休要作剩字放過，此是讀朱子書之法。

此五者只是禮恭，而德盛乃禮恭之本。

父在章

此章主於觀人，但上兩句觀志行之大分，三年無改，又是觀行中之一節。

禮之用章

金先生曰：程子禮樂之説，所該爲大。《樂記》：天高地下，萬物散殊，而禮制行矣；流而不息，合同而化，而樂興焉。此章所謂禮，蓋高下散殊之分也。其所謂和，即合同交通之意也。先王制禮，其尊卑、貴賤、上下之體，截然甚嚴，然其用則常有合同交通之意行其間。如宗廟之禮至嚴也。而旅酬逮下獻享之禮多儀也，而燕示慈惠，卑尊、上下至辨也，而粲然有文之中，每有歡然相愛之意，此皆禮之用有和，而小大事皆由之。又如飲食合歡也，而籩豆有數，延祭有儀，臣侍君宴不過三爵；夫婦和好也，而内外有辨，衣服異藏，湢浴異處，此類非一。或但知和合之意，而畧上下名分、尊卑降殺、男女内外之節，此所以流而生禍，而亦不可行也。《集注》但見行禮不拘迫之意，似不見交際和洽之意；但説君子行禮之意，不推先王制禮之意。然於其首取程子之説，末[二]有嚴泰和節之説，則該之矣。

愚按此章有子是説用禮，前節是正意，後節是防敝。禮之體雖嚴，非和不足以行；或一於和而失嚴敬之本，則流而不可行，一也。此末是言禮之全體，只是言用禮。就逐事上看，以下節禮字，則知上節禮字，不要重看。程子借《樂記》二語，提掇起説此章全體。范氏因程子之言而言，就禮中自有樂，然敬是禮之本體，故曰『禮之所以立』；和是用禮處，故曰『樂之所由生』。『立』字、『生』字有輕重，細玩可見。朱子又進一進，説禮之全體中自有敬與和，所以又不曾説樂字。必合金先生合同交通之意看，合同交通雖是就制禮處言，然所行即所制之禮也。

信近章

約言必合於事之宜，防其過也。致恭必中於禮之節，無過不及也。因不失親，擇交之道也。上兩節欲明禮，下一節要知人，則皆無失。

上兩節言行是脩己之事，因親是知人之事，三者皆明理者能之。三事各開看，非相因之辭。

《集注》：『謹之於始，慮其所終。』始者，信也，恭也，因也。終者，復言也，遠恥辱也，可宗主也。慮者，欲近義禮而得其親也。謹者，必近義禮而得其親也。

無求飽安章

『敏於事』，是敏速於行事，無懈惰之氣，無優游之心，見義即爲如恐不及，又不但主於行事而已。至於學文明理之事，亦欲敏速，所謂爲學務時敏是也。

『就有道而正』，謂心有憤悱而辭之未脩，行之未果，因問辨而達之者，固正也。高山景行，聽其言，觀其行，默識而興起，得以達其辭，善其事者，亦正也。

『有道而正』，本注只説正其是非。蓋上面言君子，則是有志於爲學而非常人矣，故其所敏慎者，皆是向善上事，但未知必當於理否爾，此夫子之正意也。圈外乃取尹氏之説，恐流於異端，則是併欲正其學之邪正矣。此是兼後世爲學者言之以防弊，夫子時未有此等學問也，若果欲戒此，則聖人之言必别。

貧富章

此章貧富二者相對看，蓋貧者見富者則卑屈，富者見貧者則矜肆。卑屈是容氣言辭卑下屈伏，矜肆是容氣言辭矜誇放肆。卑，與肆反。屈，與矜反。此二者曲盡貧富之態，蓋不期而然也。往年目擊一事，真有類此。鄉間有親兄弟異居者，兄貧而弟富，弟每以錢財周其兄，實無鬩墻之事。但一日二人相遇於途，兄揖其弟甚恭，而弟揖其兄甚倨，竟若易置兄弟，然稠人之中彼此皆安之而無媿色。以禮律之，則弟當坐不弟之誅，而其兄亦有不能安分之罪，固無足道者，第足以見常人貧富之態所必至。兄弟尚然，况他人乎！非君子不能自守也。

貧富固當對看，人情必如此。但此態爲之既熟，則貧者無所不用諂，富者無所不用驕，亦不擇貧富而施矣。

引《詩》固是子貢因孔子言而知學問之道無窮，不可少得，而遽止在答樂、好禮之後，然關上節説，則無諂驕切琢之事也。樂、好禮，磋磨之事也，但不可謂專言此爾。

『始可與言《詩》』，『始』字不可輕放過，謂如此觸類而長，方才可以讀《詩》，非謂足以盡

《詩》之用，亦是引而不發。

《集注》：無諂無驕，知自守者能之。樂則心廣體胖，好禮則安處善，樂循理。學者須體認何以能自守，又何以進於心廣體胖，安處善，樂循理之地，必有所見然後可，蓋非窮理者不能然。二者雖淺深不同，皆知命者能之。知氣數之命者，則能無諂無驕；知天理〔三〕之命者，然後能樂與好禮，知天理之命非深造者，不能知也。細體認兩節意可見。

無諂、驕，只就貧富裏做工夫，貧者常守定不要去諂人，富者亦常守定不敢去驕人，是把貧富做要緊事而著力持守，不肯放慢。至於樂則知命樂天，安於道義，外來者不足以改其樂，豈知所謂貧？禮非富足者不能行，既富則足遂其好禮之心，唯恐行之不逮，何暇顧其富？是謂超貧富之外者。

樂與好禮，皆是心上言，故上面説心廣，下面説樂循理。心既廣大寬平，則體自然舒泰，此由内以達外；行事安於處善，蓋其心樂於循理也，此由外以原内也。樂一字全是心，故先言内；禮有節文，於事上見，其好之則在心也，故先言外。然體既安舒，烏得有卑屈？心既樂循理，烏得有矜肆？却暗關上兩句，見得『未若』兩字意。

往者所已言，指樂與好禮。來者所未言，指切磋琢磨，言義理無窮。圈外注，淺深以學力言，高下以見識言。

『然不切』以下，是説凡學問之道如此，而處貧富亦在其中。

看此章者，知處貧富之道是一事，知義理無窮是一事，讀書須能推充而用之，不可止泥文求意，是一事。

人不己知章

此兩句平説，只是不必欲人知我，我却要知人。但兩『知』字不同，上『知』只欲知己之善，下知却知人善惡。專就學者言，則上句不患人不己知，便自可包後章患其不能之意在其中，便當明理脩身，自加精進，使有可知之實，則雖不求人知，而人必知之矣。下句則凡尊師取友，與人交際往來，須知其善惡而趨避之，然後無損而有益。然此專以學者言，聖人則未嘗指定也。若推而言之，上下皆可通，上句論其極，則雖君居高位，其處己應事，唯循天理，上不欺其君，下不病其民，内無愧於心，何必欲人盡知吾心也？否則有違道干譽之失矣。下句論其極，則仕而擇可宗之人，有位而舉賢才爲用，爲宰輔而進退百官，非知人之明，其可乎？否則賢愚渾淆，分朋傾軋，而亂亡至矣。

《集注》『是非』以事爲言，『邪正』以心術言。

爲政第二

爲政章

此章『爲政』，只如言爲治，不必把『政』字重看。著箇法制禁令來，都説不行，不然則此『政』字先見，朱子何不於此立訓，而於後章見之？此既云正人之不正，只如言治人之未治者。治人者不以德則不足感人，若一出於德，則心説誠服，興起向化，自然歸仰不逾矣。

北辰，非徒喻爲君，意多在德。上爲政以德，則能如北辰居其所不動，而衆星自共向。如黄帝、堯、舜垂衣裳而天下治，如舜恭己正南面，如篤恭而天下平，皆此意。《集注》三『無爲』字，皆就居其所上發政，即法制禁令，自不可無，但有德者，有政即是德政，紀綱既具，以德居之，則民觀感而化，無違於政者，固不必用智作爲也。若無德而任智尚才，則有爲而民不化矣。

極是四方合湊至中恰好處，天之體雖大，至中恰好處即是北辰。天全體皆運行，惟此處爲之樞紐，其位不動。北極雖有一星，而此星亦動，北辰却在極星運圍之中。星屬陽，辰屬陰，辰是無星處，凡天無星處皆謂之辰。此辰是居北之辰，南極卑而隱於地，故不言。

詩三百章

《集注》程子曰：思無邪者，誠也。謂人心思無少邪僻，又無間斷，乃是誠也。蓋誠是實理，在人則爲實心，而君子不可不盡者也。程子指出此『誠』字以明思無邪之實，學者必使心之所思一於無邪，方能全乎人心之實理。既示人以此一言之義，又勉人以用功之標的，故朱子極稱之。

道之以政章

夫子言爲政當以德禮，若但用政刑而無本，不足爲善治。然但謂不可獨任刑政爾，非謂但用德禮而不必政刑也。蓋德禮固能化民，而非政則德意不能遍流於下。所以平天下必用絜矩之道，有法制禁令，則德澤方可下流，雖堯舜之世，而有四凶，刑亦不可廢也。文公恐讀書者謂聖人之意，前一節不如後一節，只就德禮上看而輕政刑，故於圈外明此意。聖人本具此意，非文公强合爲一。所謂有《關雎》、《麟趾》之意，然後可以行周官法度，本末之謂也。

《集注》『淺深』言進德，『厚薄』言應事。

志于學章

此六節皆是知行兼進，不可分作兩節説，所以朱子於『志于學』下便釋曰『學，即《大學》之道』，又曰『念念在此而爲之不厭』，正兼知行言之。

竊謂『立』是能處常，『不惑』是能應變，『知命』是極其本原統會，『耳順』則化矣。《集注》程子前條，謂聖人進德，未必果有如此等級，但立言勉人，使及時修德。第二條，謂聖人所以言有等級之詳，使學者當循序漸進，不可徒慕高虚。此爲後學者甚切。胡氏第二條兩説，前説即程子後條意，後説即程子前條意，以其言尤直捷，故文公取之。文公之言是補程子意，方見聖人至誠氣象之全。蓋聖人之言，無非實理，豈有心實自聖，而鑿空撰出許多節次以欺學者？金先生謂聖人固自有聖人之資，然聖人自有聖人之學，又自有聖人之進，但非常情所可窺測爾。此言極得聖人之意，然十年一進，所謂因其近似以自名者。

懿子問孝章

魯桓公四子，長莊公，次慶父，次公子牙，次公子友。禮適長稱伯，庶長稱孟。莊公既爲君，而大夫不敢宗諸侯，故以庶長爲孟，而諸弟宗之。慶父爲孟孫氏，牙爲叔孫氏，友爲季孫氏。慶父視莊公則己爲仲也，故又曰仲孫氏。

夫子曰：生事葬祭皆以禮。《集注》亦曰：人之事親，始終一於禮而不苟。此是就禮之中正處説，過於此不可，不及於此亦不可。夫子雖戒孟孫之僭，然當時於所當爲者，豈皆盡善，則不及之意亦在其中。故又曰：語意渾然，又若不專爲三家發者。謂推廣之無不包也。

三家僭禮，因魯僭天子，故三家僭諸侯。有併及天子之禮僭之者，如三家視桓楹喪而設撥，葬禮之僭也。八佾舞於庭，歌《雍》以徹俎，祭禮之僭也。其他如朝服之以縞，自季康子始。又如臺門而旅樹，反坫，繡黼丹朱中衣，大夫之僭禮。則三家凡居處服御，無〔四〕非僭也。處己如此，則處其親者可以類推。

葬禮，諸侯用桓楹，謂於椁之前後立二碑如大柱，穿其中而爲鹿盧，以繂貫其中，以下棺。雙植謂之桓，蓋碑立如雙柱然。諸侯用四繂貫二碑，大夫則二繂二碑而柱形小。視桓楹，是用四繂貫大楹也。繂音律。撥者，引喪車之紼也。《禮》：諸侯輴而設撥。輴，殯車也。三家亦以撥引輴，僭諸侯也。輴，勑龍反。八佾、《雍》徹，皆僭天子禮。朝服以縞，亦僭宋王者之後。旅，道也。屏，謂之樹。繡讀爲綃，繒也。繡黼丹朱以爲中衣領緣，皆諸侯禮。緣，越絹反。其餘當時大夫多不得禮之中，如曰：管仲鏤簋、朱紘、山節、藻梲，君子以爲濫。晏平仲祀其先人豚肩不揜豆，君子以爲隘。濫者僭於己，奉親可知；隘者祭不及於禮，他亦或可見矣。

武伯問孝章

以《集注》前説言之，則爲人子者須當謹疾，慎起居、節飲食，皆謹疾之事，而朱子又以一『凡』字該守身之大法。以後説言之，則疾病或爲六氣所尅[五]，自外而來，非人所可謹；事爲乃自我作，人所當制。兩説皆是從『唯』字上起義，但前正説『唯』字，後反説『唯』字。前説則爲凡學者切，後説則於武伯身上切，蓋武伯非善人故也。

子游問孝章

非謂以犬馬比親，夫子以貴賤之絶相遠者言之以曉人。然『至於』兩字所包多，謂自父母以下，兄弟、妻子、奴婢以至犬馬爾。金先生謂有養之養，作上聲讀，意自明。

子夏問孝章

聖人各因四子材之高下，與其所失而告之，程子之言盡矣。然學者總是四人之失者反之於身，事親必盡禮，毋過於節而蹈親於惡，毋不及於節而不能悦親之心；脩其身而不至於不義，謹其身而不至於有疾，以貽親憂；養而能敬，服勞奉養而能愛。進進於是，豈非孝之全者！勿徒究四子之失也。

如愚章

『如愚』，承教時也。『其私』，臨事時也。師友難疑答問之際，須是見識開明，事理通達，直下承當，是之謂發。顏子既無疑於夫子之言，心領神會，卻不曾見於言，但實踐於行。故聖人着箇『亦』字，謂雖不言，而其行亦足以發吾意也。要看得『言』字重，便見意。『言』與『私』對，『愚』與『發』對，置『亦』字在中間，此『亦』字不是閑慢語助辭。

視其所以章

第一句分君子、小人，下兩句只觀君子。大凡爲君子難，爲小人易。人只是善惡二端，此章是就人所習上說，所習者既不善，便是小人，更無可議論。只是爲善卻有淺深不同，須是自源頭用意便善，而又能安然不勉強，方是君子。若未盡後兩節，事爲雖〔六〕君子，其心只小人。

温故章

古注：温，尋也。尋繹故者，又知新者。《左傳》曰：盟可尋也，亦可寒也。注云：尋，温也。鄭注《中庸》『温故』曰：温，讀如燖温之温。則尋是温尋舊熟食也，温字但當正訓尋字。今《集注》曰『尋繹也』，是兼取古注下句說。

『時習舊聞，而每有新得』，故非一也。必時時温之，或温此，或温彼也。温則必有所得，温此有得，温彼亦有得；一温有得，又温亦有得。『時』兼衆故，『每』兼累温。『時』、『每』二字，注中活眼。

故學矣不温，則將失之而非我有；能温，則守之固而在我矣。雖温而不知新，則徒誦數其説，而無融會貫通之妙，亦將一索而盡。每有新得，則義理源源而來，應人無窮矣。記問之學，是誦讀記憶及問於師友而得之者。不知温故，則無所玩索，故無得於心，而所知有不在我者矣。不能知新，則無所充擴而所知有限，應亦有窮矣。

不器章

『體無不具』，謂明盡事物之理，以全吾心之所具。『用無不周』，則事物之來，皆有以應之，而無纖毫之差失。用之周，如爲趙魏老、滕薛大夫無不可，大之則乘田、委吏，以至立道綏動，所存皆神，體之具也。用之不周，如黄霸長於治民，爲相則功名損於治郡時；龐統長於治中别駕，而不能爲令，體不具也。

先行其言章

聖人以言、行對舉，教人多矣，大率皆欲敏行慎言也。此章因子貢問何謂君子，是合言之，言君子之人，其所言皆是平日所行者。欲成君子，則須是務於行。既行得徹，然後言之，是言即所行事也。

學思章

學以事言，思以理言。凡一事必有一理，有此理必有此事。但習其事而不思其理，則昏罔而無得；但思其理而不習其事，至於臨事，其心又必危疑不安。欲學者知行兼進。

異端章

《集注》：佛氏之言，尤近理者。謂其言欲窮極高明，蕩滌查滓，不見可欲，而自無累，舉世之物不足以浼之，説心説性，直欲超六合之外，故高明者每樂簡便而喜超越，多趨之者。至於大而天地萬物，内而身心，皆作虚妄，而理則謂之障，故雖實得其所謂道者，其於應事，顛倒錯亂而無分别，兼無父無君之禍矣。

誨由章

章内六『知』字稍有不同，上下兩『知』字，總言心之知；中間四『知』字，指一事之知而言。知者，知事理也。第一『知』字，是總指子路心知無所不知者也。次四『知』字，是知與不知之實。末『知』字，是指已知之者，與第一字雖相類，而該不盡上『知』字意。《集注》『不能盡知』，是説不知者。『不害其爲知』，是説知之者，又有可知之理。雖是補意，却是從『不知』上來。須要看上面『子路好勇，蓋有强其所不知以爲知』一句爲主，則下面『知』字自有着落。《通釋》意與《集注》不同，把『是知也』一句通結『知之』、『不知』兩句，謂纔分别得知與不知分明，這便是知，所以引『是非之心，智之端』也。若是則是知之知，在知之不知之外矣。聖人意若果如此，其辭必異，不把六箇『知』字衮説。子路言『子之迂』、『何必讀書然後爲學』、『無臣而爲有臣』，皆是以下知爲知者。夫子告之事君曰『勿欺』，亦是戒此。故《集注》著『强所不知』一句在上，方説得子路切，而章意皆明。

干禄章

子張學求禄之道於孔子，孔子答之曰：於古今之言多有所聞，有疑而未信者闕之，不言其餘；不疑者，又當謹慎而言之：如此則言必當理，人少有尤怨。於古今之事多有所見，有殆而未安者闕之，不行其餘；不殆者，又當謹慎而行之：如此則行皆當理，少有悔心。能謹言行至於寡尤悔，是將成君子之德者，上之人必舉而用之，豈舍之乎？故曰『禄在其中』。子張之言，病在『干』字，夫子但教其謹言行。

殆，危也。危字與疑字意思相近，只是於事危疑處決未破，若行必未穩，所以闕之不敢行。

《集注》『罪自外至』，謂言輕則招災禍也。

經中言『在其中』，謂如此必如此，順辭也。圈外注言『在其中』，謂如此却不如此，反辭也。二者字雖同，而意不相類。蓋謹言行者必得禄，故曰『禄在其中』；耕本欲得飽，而值水旱之灾則飢矣，故曰『餒在其中』。若謹言行而命不偶，則亦老死而已，須應接『如此亦有不得禄』一句。看此與後篇夫子所言正文句意不同，此是借來反用。

民服章

居敬、窮理，爲舉直錯枉之本。窮理則燭枉直明，居敬則舉錯當，居敬又窮理之本也。

使民章

上莊孝而民敬忠，是感化。慈與舉善教不能而民忠勸，是感應。康子問何以使民敬忠勸，夫子告之以三者，意謂民固不可使之如此，然在上如此，則民自有此應。聖人『則』字專對他『使』字説，是止就敬忠勸三者説。張宣公謂在上者但爲所當爲，則下民自應。此舉凡例説，在上所當爲不止三者而已。其説稍寬，故置在圈外，不然則其説首尾皆備，何不收在本注耶？可見《集注》精擇如此。

人無信章

輗、軏是車與牛馬接處，信是己與人接處，此喻至切。

損益章

四『可知』字不同，二與三指已往而言，謂損益者可知；一與四指未來而言，四則又總言因革者可知。

聖人之意，是就禮中有損益，不可將損益與禮字對看，故《集注》謂禮之大體，因之而不能變，其所損益，小過不及之間。中間兩『可知』字，雖曰損益者可知，乃是就禮中損益其小節爾，故中二『可知』亦包禮字意在其中。胡氏言損益制度文爲，亦是上面天叙天秩之制度文爲爾。《集注》：『五常，謂仁、義、禮、智、信。』大地流行，一氣而已，其來則生物，爲息爲陽；其去則物壞，爲消爲陰。故曰陰陽二氣錯綜，分而爲五，曰水、火、木、金、土，謂之五行。五行雖分爲五，陰陽又各在五行之中。然五行以氣言，氣之中莫不有理，人稟五行之全氣而生，故皆得其理之全。所謂木神爲仁，金神爲義，火神爲禮，水神爲智，土神爲信。以五行之形言，木時發生，金剛斷制，火有文彩，水善流動，土重不遷，俱各有意，此是五常之原。此五者亘宇宙，窮古今，不可變，而又只是日用常行之理，故曰常。

『文質，謂夏尚忠，殷尚質，周尚文。』忠，實也。夏代凡事忠實無文華；質雖亦是實，然質與文相對言，質則已有許多樸素在此，但未十分加文飾，是忠與質不同之意；周又於上加以文華。三代之禮，只是一節文似一節。

十二辰，横布地之四維，天運於外，晝夜不息，一伏時一周。北極，天之樞紐，居其所不動。圜北極之外爲紫微垣，垣之側有北斗，六星在垣内，杓在垣外。所以運陰陽，定辰次，行四時者也。每初昏時，杓所指之方則謂之建，所以建之方，即定爲月之辰。然晝夜之建有三，用昏建者杓，夜半建者衡，旦建者魁。

自有天地至於窮盡謂之一元，其間以會、運、世、歲、月、日、時紀數，少言之則爲歲、月、日、辰，大言之則爲元、會、運、世，皆以十二、三十起數。一會，一萬八百年。大約子會生天，丑會生地，寅會生物，戌會閉物而消地，亥會消地而消天，至子則又生天。以歲比之，春月在寅，爲生物之時；秋月在戌，爲閉物之時。以元與歲相類，故有天下者，以斗杓所建之月取以爲歲首。建寅爲首，取生物也；丑爲歲首，取生地也；子爲歲首，取生天也。堯、舜、禹皆用人統，堯、舜皆禪讓，故舜、禹不改正；殷、周以征伐得天下，所以改正朔，易服色，以新視聽。殷以人依地而生，遂用地正；周又以地倚天而成，則天爲原，故用天正。所謂統者，以律而言。蓋黄鐘應子，大吕應丑，大蔟應寅。律管黄鐘九寸，三分損一，下生林鐘六寸；又三分益[七]一，上生大蔟八寸。以其得全寸，無分、毫、厘、忽之數，所以統餘律者也，故謂之統。而林鐘之位在未，故以對衡之大吕爲統。東萊先生曰：三正迭用尚矣，蓋自上古以來，更用之也。然春爲歲首，生物之初，民事之始，冬不可以先春，故孔子曰『行夏之時』，言萬世不可易之道。

疏家謂堯用丑正，舜用子正，愚恐不然。以理度之，禪讓如父子相繼，奚必改易？以事實言之，古者雖改正而不改月，人君即位，必在正朝〔八〕，大甲即位及復位，皆書『十有二月』，而舜居堯世，巡狩四岳，用二、五、八、十一月，皆合方與時，可見皆不改月數。然則凡言正月者，寅月也。舜受終文祖，則曰『正月上日』；格于文祖，則曰『月正元日』。此一事關係唐虞三代，而其文如此，可見非以建子丑爲正明矣。

《皋陶謨》言『天叙有典』、『天秩有禮』，『天叙』者，天理自然之倫叙，其『典』〔九〕，即五者人倫之常也。『天秩』者，天理自然之品節，其『禮』即五禮也。

以一歲知一元

（一元）	（十二會）	（以歲言）
	子開天	十一月 周代以地因天立，故用天統，以子月爲歲首。
	丑開地	十二月 殷代以人因地生，故用地統，以丑月爲歲首。
	寅開物生人	正月 夏代以人事爲主，故用人統，以寅月爲歲首。
	卯	二月
	辰	三月
	巳	四月
	午	五月
	未	六月
	申	七月
	酉	八月
	戌消物消人及地	九月
	亥消地及天	十月

天地一元之數

	元	會	運	世	歲	月	日	時
會	十二							
運	三百六十	三十						
世	四千三百二十	三百六十	十二					
歲	一十二萬九千六〔一〇〕百	一萬八百	三百六十	三十				
月	一百五十五萬五千二百	十二萬九千六百	四千三百二十	三百六十	十二			
日	四千六百六十五萬六千	三百八十八萬八千	一十二萬九千六百	一萬八百	三百六十	三十		
時	五萬五千九百八十七萬二千	四千六百六十五萬六千	一百五十五萬五千二百	一十二萬九千六百	四千三百二十	三百六十	十二	

八佾第三

八佾章

季氏以大夫而僭用天子之禮樂於廟庭，此事尚可敢忍爲之，何事不可敢忍爲之？此『忍』字就季氏上説。季氏以大夫而僭用天子之禮樂於廟庭，其罪不可勝誅，此事若可容忍而不誅，則何事不可容忍？此『忍』字就孔子上説。如此説則説得兩『可』字意出。

古注，季氏謂桓子，蓋與孔子同時。

《祭統》曰：『大嘗禘，升歌《清廟》，下而管《象》，朱干玉戚以舞《大武》，八佾以舞《大夏》，此天子之樂也，康周公故以賜魯』。注：管《象》，吹管而舞《武》《象》之樂。朱干玉戚，《武》《象》之舞所執也。《大夏》，禹樂文舞也。執籥，所謂左手執籥，右手秉翟之舞也。

《左傳·隱公五年》：考仲子之宮將萬焉，問羽數於衆仲，對曰：天子用八，諸侯用六，大夫四，士二。杜預注：天子六十四人，諸侯三十六人，大夫十六人，士四人。疏引服虔云：用六爲四十八人，用四爲三十二人，用二爲十六人。《集注》取此。疏又謂舞勢宜方，行列既減，即每行人數亦宜減。《或問》取此。

奔走無辟公之相，祝號非天子之稱，故曰『奚取』。此章聖人有惡之之意焉，有憫之之意焉，至於譏之之意則併及魯也。

魯桓公取齊女生子曰同，又生友。謚成，曰成季，又曰季友。又有庶子二人，長曰慶父，謚共，故曰共仲。次曰牙，謚僖，故曰僖叔，又曰叔牙。二人同母。桓公卒，子同立，是爲莊公。莊公亦取齊女，是爲哀姜。哀姜無嫡子，其娣叔姜生子開。莊公妾成風生子申。又嬖黨氏之女孟任，生子般，愛而欲立之。公疾，問於叔牙，叔牙欲立慶父。公又問季友，友對曰以死奉般。季友殺叔牙而爲之置後，立叔孫氏。莊公三十二年八月卒，成季立子般。十月，慶父弑子般而立開，是爲閔公。成季出奔。閔公立，召季友歸。二年，哀姜與慶父謀欲殺公，立慶父，故慶父又弑閔公。成季奉公子申出奔。魯人欲誅慶父，慶父出奔。成季奉申歸立，是爲僖公。遂召慶父而殺之，亦爲之置後，立仲孫氏。古者次子稱仲，庶長稱孟，而慶父之長則莊公也。其子孫不敢上與君敘，故以慶父本庶子之長，故曰孟孫氏。僖公賜季友田，以之爲相，其後爲季孫氏，遂世執魯政。

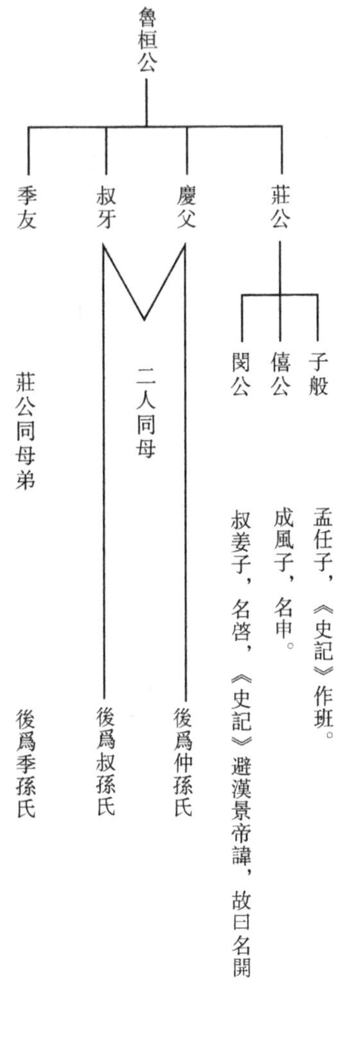

禮樂章

此章重在仁上，游氏注是正意，故爲本注。凡禮樂有本有文，在心之敬與和是其本；在文者，禮則玉帛衣服、升降進退之類皆是，樂則五聲八音、歌辭舞節皆是。人能全心德，自然敬而和。以敬行禮，則禮皆合其度；以和用樂，則樂皆得其宜，是禮樂皆爲我用。若此心不敬不和，卻去用禮樂之器，則意不相浹洽，只是具文而已。禮樂之極，欲動天地，感鬼神，若此心無敬與和，只依本做去，如何會感動得？

游氏正說收爲本注，程子是就凡事上說禮樂。本意是不仁則不能用禮樂〔一二〕。程子是不仁則事事無禮樂，不仁是主於心言，李氏是主人言，故程、李說在圈外。然程子謂『失正理』卻接得上『人心亡』之說緊，『無序不和』亦是禮樂之本，故在李氏前。

林放章

『本』字，昔日作本始説，看來不若作本原説，言本原則始意在其中。『本』字既可與『文』字對，而末流之弊亦可對言之，與《集注》『禮之全體』亦無礙。

易，節文習熟也。喪禮言易，是於送死之禮，如飯含斂殯之節，擗踊之數，皆習熟而無差。如此固是好，然但一心只是要行禮節，於哀戚未必盡情。蓋但知有繁文，而不知其本。喪親者，人子與親一旦永訣，自是哀痛入骨髓，皇皇如醉如夢，只理會得哭泣哀慕，雖知有許多禮節，亦未暇盡行。故古者喪必有相，凡禮儀皆相者掌之。若喪親者只如他事行禮一般，行一番過，於骨肉之恩，似不相關。

喪禮節文，自屬纊、沐浴、飯含、殮殯、葬祭之節，擗踊之數，衰麻冠屝〔一二〕之等，飲食居處之常，凡爲喪事，從初終以至祥禫皆是。屝，父沸反。《集注》『哀痛』，見於貌者。『慘怛』，發於心者。

『禮貴得中』而下四句，爲此章之主。夫子以儉戚答其本，而禮之中乃在奢儉、易戚之間。須看『與其』、『寧』三字，是聖人正意。

范氏祭喪兩節，《檀弓》全文，子路聞夫子之言也，抑揚之意正與此章相類，故取以爲説。彼言喪禮在上，此順經文，而祭則禮之首也，故易置先後。

楊氏取《禮運》『汙尊抔飲』之言，説得儉字出。『汙尊』，謂鑿地汙下以爲尊。『抔飲』，謂以手掬而飲也。

夷狄章

有君亡君，主於位而言有之無之也。故《集注》曰『不如諸夏僭亂，無上下之分』，此全責於臣，是夫子正意。尹氏之言，是責其君，推説也。

泰山章

《周禮·大宗伯》：國有大故，則旅上帝及四望。鄭注：故，謂凶烖。旅，陳也，陳其祭事以祈焉，禮不如祀之備。此説『旅』字亦恐未爲的當，《禹貢》兩言『旅』皆祭山也，豈亦故耶？

大夫行諸侯之禮固是僭，但當時已四分魯國，季氏取二，孟、叔各一，魯君無民亦無賦，雖欲祭不可得。季氏既專魯，則凡魯當行典禮皆自爲之，旅泰山若代魯行士耳，亦不自知其僭。冉有誠不能救也。欲正之，則必使季氏復其大夫之舊，魯之政一歸於公，然後可。此豈冉有之力可能，故以實告孔子。孔子亦不再責冉有，而自嘆也。倘冉有必欲不染季氏之惡，則如閔子辭其仕可也。

《集注》『不輕絶人』句絶，『盡己之心』一句是言聖人。

君子無爭章

射有三：大射、賓射、燕射。天子、諸侯、卿大夫皆有之，士則無大射，而有賓射、燕射也。大射，爲祭祀射。王將有郊廟之士，以射擇諸侯羣臣與邦國所貢之士，諸侯則擇其臣，大夫擇邑宰家臣。凡射中者得與於祭，不中者不得與於祭。與祭多者則有慶，慶以地；不與祭多者則有讓，削其地，故君子必習於射也。射必有耦，天子六，畿内諸侯四，畿外諸侯六，大夫三。凡耦各服其所宜服，袒決遂而立堂下阼階之東南隅，西面。射時，隅同出次，西面，揖；旋轉，當阼階北面，揖；行至階下，北面，揖；然後升堂，南面，當序而立於物以射。樂作，射者容體欲比於禮，其節欲比於樂，各發四矢以較勝負，一揖而復位。俟衆耦升射皆如上儀畢，司射命設豐于西楹之西。勝者之子弟洗觶酌酒奠于豐上，勝者乃揖不勝者，升堂。勝者袒決遂，執張弓，不勝者襲，説決拾，卻左手，右加弛弓於其上，如前三揖至階。勝者先升堂，少右。不勝者至豐北面坐，取觶立飲，卒觶，坐奠於豐下〔一三〕與揖，不勝者先降。凡飲酒，賓主勸酬必拜以送爵。今不勝者自飲，而無送爵勸飲之意，以是爲罰。説音脱。

巧笑章

子夏只是疑『素以爲絢兮』一句作以素爲絢意，故問。按字書，采成文曰絢，會五采以畫曰繪。本意是説用素以爲絢，謂先有素却絢之，故夫子答之以繪畫之事在素功之後。詩意上二句賦體，下一句比體。謂女人有倩盼好質，然後加服飾之盛，方成其美。素比倩盼之質，絢比加服飾之意，只在第三句内，不是《集注》添此一層説。

《禮器》曰：『甘受和』云云，『苟無忠信之人，則禮不虚道。』楊氏引其文略改作『苟無其質，禮不虚行』，行即道也。

杞宋章

《樂記》曰：『武王克殷及商，下車而封夏后氏之後於杞，投殷之後於宋。』《皇王大紀》曰：『封夏后氏之後東婁公於杞，封紂子武庚於殷。』此事實也，與《尚書》、《史記》合。《樂記》之言，記者之失也。武王崩，成王幼，周公居冢宰攝政。武庚乃與三叔比，流言以撼周公，周公居東監邊兵。及天動威彰周公德，成王悟，迎周公以歸，於是武庚、三叔叛。周公乃奉成王誅武庚，然後封微子於宋以奉殷祀。宋爲故亳，商之舊都也。封微子乃在克商十年之後，此其實也。

禘自章

王者立始祖之廟，百世不遷，宗廟之最尊者也。然諸侯亦有始祖〔一四〕廟，而君子報本之意無窮，故王者又推始祖之所自出之帝以祀之，蓋帝者又得姓受命之始也。然世數既遠，不可以立廟，則祭於始祖之廟，而以始祖配之。凡廟各有主，皆居室中東面之位而獨尊。禘則於始祖廟中，特設所自出之主於東面，而始祖之主退居南向而配之也。禮家言『五年一禘〔一五〕，蓋以『三年一祫』比例爲説。《春秋纂例》謂其年數或每年，或數年，未可知也。

武王崩，成王幼，三監與殷叛。周公以叔父之親，冢宰之任，誅之而天下定，制禮作樂，以教化百世。周公薨，成王思其勳勞，命魯公祀周公以天子之禮樂。説見《明堂位》。故魯推周公所自出之帝而祭文王於太廟，以周公配之。《通鑑外紀》謂魯惠公使宰讓請郊廟之禮於天子，王使史角往，魯公止之。《路史》謂惠公之止之，是周不與之矣。不與而魯用郊，自用之也。然則魯之郊廟，皆後世之僭，而附會爲《明堂位》之説歟？不然，孔子何以曰：『魯之郊禘，非禮也，周公其衰矣！』

灌用秬黍釀酒，以鬱金草十葉爲貫，百二十貫爲築以煮之，臼以椈〔一六〕，梓以梧，以檮之，而和酒中，其香暢達，故謂之鬱鬯。用圭瓚盛之，於始祭之時灌之於地，使香氣達九泉以求其神，然後迎牲。

魂魄者，人身之靈也。孔子曰：『氣也者，神之盛也；魄也者，鬼之盛也。合鬼與神，教之至也。』鄭氏注：氣謂噓吸出入者也，耳目之聰明爲魄。合鬼神而祭之，聖人之教致之也。蓋凡人身之精明皆魄也，聰明特舉其類爾。如心之能記，口之能言，手足之能運動，皆魄之所爲。

其所以使之能如是者，則魄所爲即氣也。故魂與魄合則能運用而爲人，魂魄離則氣升魄降而死矣。祭者必合已散之魂魄而來享，故燔燎馨薌，覸以蕭光，以報氣也；薦黍稷，羞肺肝，覸以俠甒，加以鬱鬯，以報魄也。馨香上達，故以求魂；鬱鬯下達，故以求魄，各從其類也。覸音諫。俠音夾。

《禮運》『孔子曰：我欲觀夏道，是故之杞，而不足徵也。吾得《夏時》焉。我欲觀殷道，是故之宋，而不足徵也，吾得《坤乾》焉。』又曰：『嗚呼哀哉！我觀周道，幽厲傷之，吾舍魯何適矣？魯之郊禘，非禮也，周公其衰矣！杞之郊也，禹也；宋之郊也，契也：是天子之事守也。故天子祭天地，諸侯祭社稷。』

禘之説章

《集注》『報本追遠』，祭宗廟者皆然，惟禘爲最深；『仁孝誠敬』，祭宗廟者皆宜盡，惟禘爲當至。深字與至字相應，皆説禘祭處，切不可輕讀過。

祭而鬼享，則誠爲不虛。始祖之所自出而欲感格之，故非仁孝誠敬，不足以與如知禘之意。而誠意仁心足以格此神，則以此而應天下之事何有，故曰知其説者如示諸掌。

仁誠是體，孝敬是用，合此二者，然後可禘。仁誠所該者廣，孝敬獨主禘言。自仁誠中發出孝敬一節，既足以感禘祭之祖，則仁誠之發以應他事，何所不當？

『仁孝誠敬』四字極精深，孝敬主於禘，仁誠闢之於天下。禘者，孝敬自仁誠之本發出，則禘固全四者。治天下而以心之至誠而盡夫仁，則何士不極其當乎？有此四字，方見禘與天下是一貫，夫子所謂知此而盡天下者，正在此。仔細體認。

祭如在章

『祭如在』當爲在存之在，有士死如士生之意。

媚奥章

自堂從户入室，户内東南隅爲窔，東北爲宧，西北爲屋漏，西南爲奥。入户目之所視，先見宧，次轉屋漏，以及西南隅爲最深之地，故曰奥。窔音杳。

《集注》『五祀』：春户、夏竈、季夏中霤、秋門、冬行。

《月令》：春祀户，夏祀竈，季夏祀中霤，秋祀門，冬祀行。注：春陽氣出，祀之於户内，陽也。夏陽氣盛，熱於外，祀於竈，從熱類也。中霤，猶中室也。土主中央，而神在室。古者複穴，故名室爲霤。秋陰氣出，祀之於門外，陰也。冬陰盛，寒於水，祀於行，從辟除之類也。注又引逸禮《中霤禮》曰：凡祭五祀，於廟用特牲，有主有尸，皆先設席于奥。祀户之禮，設主于户内之西，乃制脾及腎爲俎，奠于主北。又設盛于俎西，祭黍稷、祭肉、祭醴皆三。既祭徹之，更陳鼎俎，設饌于筵，前迎尸，畧如祭宗廟之儀。竈，在廟門外之東。祀竈之禮，先席於門之奥，設主于竈陘。乃制肺及心肝爲俎，奠于主西，設盛于俎南，祭黍、肉、醴，餘如祀户之禮。祀中霤之禮，設主于牖下，乃制心及肺肝爲俎，祭肉，他皆如户禮。祀門之禮，設主于門左樞，乃制肝及肺心爲俎，奠于主南，設盛于俎東，他如竈禮。行，在廟門外之西，爲軷壤，厚二寸，廣五尺，輪四尺，設主于軷上，乃制腎及脾爲俎，奠于主南，設盛于俎東，祭肉，他如門禮。以上皆《中霤禮》文。疏曰：祭户、祭中霤，在廟室之中，先設席於廟堂之奥。若祀竈、門、行，皆在廟門外，先設席於廟門之奥。特牲者，特牛也，諸侯或亦當然，大夫或特羊也。既三祭，移主於初設奥之筵上，乃出户迎尸，入即筵而坐也。門之奥，謂廟門外西室之奥也。竈陘，竈邊承器之物，以土爲之。鼎當陳於廟門室之前稍東，西向，以俎就鼎載肉，入設於筵前。盛則設于俎南。中霤之主，設于廟室牖内之下。

按：五祀之主，户主、中霤主北向，門主、行主南向，竈主西向。疏又曰：《月令》五祀，蓋殷禮也，周天子則七祀，加司命與厲。此見《祭法》篇。諸侯五祀，曰司命、中霤、國門、國行、公厲。大夫三祀：曰族厲，曰門，曰行。適士二祀，曰門、行。庶士、庶人立一祀，或户或竈。《周禮・宫正》注：祭七祀於宫中。則又與上廟祭之説不同。

射不主皮章

凡射必有的，其總名曰侯。天子之中能服諸侯，諸侯、大夫、士中之得爲諸侯，故曰侯。天子三侯：虎侯、熊侯、豹侯。諸侯二侯：熊侯、豹侯。大夫麋侯，士豻侯。凡射有三：大射、賓射、燕射。凡侯皆以布爲之，其形必方，每三分之以爲飾。大射之侯，其外一分，以其名之皮飾之。虎侯用虎皮，熊侯用熊皮。其中三分之一，又用其皮綴於中爲射之的，故曰棲皮爲鵠。賓射之侯，外亦用皮飾，其中三分之一則用彩色畫，謂之正。天子五正，内朱，次白、蒼、黄、玄。諸侯三正，朱、白、蒼。大夫、士二正，朱、緑。燕射之侯，外亦用皮飾，其中三分之一，天子則白質而畫其獸頭，諸侯丹質而畫其獸頭，謂先就布上顔色了，卻畫其獸。大夫、士則止就布上畫之，故曰畫布爲正。今《集注》中，凡言畫布爲正，是以賓射、燕射之侯言；棲皮爲鵠，是以大射之侯言也。然古禮中又自有主皮之射，庶人爲之，於冬田獵分禽時用之，與此章注内意不同。又有貫革之射，軍旅用之。

《樂記》：『武王散軍而郊射〔一七〕，左射《貍首》，右射《騶虞》，而貫革之射息也。裨冕搢笏，而虎賁之士説劍也。』散軍，謂起而伐紂者皆散而歸民。郊射，謂爲射宫於郊。左，東學也；右，西學也。《貍首》、《騶虞》，以歌爲節。此言行禮射而息武射，所以虎賁之士皆説劍，而服裨冕搢笏也。説音脱。

告朔章

古者以竹簡爲書，蓋十二月作十二簡，故每月至朔日告廟，請本月之簡而行之朝廷及國中。簡上，想只是書朔之日辰及節氣。

朔之爲言蘇也。謂月之魄已滿，明皆盡，至晦日而死矣。月之一日，明乃復生，是死而復蘇也。

兩『其』字，指告朔而言，謂爾愛其告朔之羊，以爲無實而妄費；我則愛其告朔之禮，恐因此名而後可復其實。

《玉藻》：『天子玄冕，聽朔於南門之外。』『諸侯皮弁，聽朔於大廟。』鄭氏注：南門，謂國門也。天子明堂在國之陽，每月就其時之堂而聽朔焉。凡聽朔，必以特牲告其帝及神，配以文王、武王。諸侯皮弁，下天子也。《周禮》：『大史頒告朔于邦國。』疏謂朔者，以十二月曆及政令，若《月令》之書，諸侯受之，縣之於中門，帀日歛之，藏於祖廟。月月用羊告而受行之。《春秋·文公六年》《公羊傳》注：『諸侯受十二月朔政於天子，藏于大祖廟。每月朔，朝廟，使大夫南面奉天子命，君北面而受之。』《左傳》疏：特羊告廟，謂之告朔。人君即以此日視此朔之政，謂之視朔。視朔者，聽治此月之政，亦謂之聽朔。杜預《釋例》曰：『聖人因月朔朝廟，遷坐正位，乃會群吏而聽大政，考其所行，非徒議將然也，乃所以考已然也。』此章是魯事，故《集注》

止言諸侯之禮。

關雎章

《關雎》詩，是文王宫中人知后妃之德，欲求以爲王配，既得之而作此詩。求之未得，則有寤寐反側之思；求之既得，則有琴瑟鐘鼓之樂。哀樂皆是宫中人，不是就文王身上説，所以不淫不傷。樂主第三章言，哀主第二章言。

《關雎》第三章，是追言文王娶大姒已有成説，但未至宫中之時思之也。寤寐而思，皆主大姒，非泛然思得内主也。

問社章

《周禮》、《禮記》之文及諸儒之説，大抵社所以祭五土之示，而以勾龍配。勾龍者，古諸侯共工氏之子也，有平水土之功。王爲群姓立社曰大社，王自爲立社曰王社。諸侯爲百姓立社曰國社，自爲立社曰侯社。士大夫以下成群立社曰置社。王之大社，則土五色而冒以黄。諸侯之國社，則受其方色之土於天子而苴以茅。其位則中門之右，其壝則北面，其飾則不屋，其表則樹其土之所宜木，遂以名其社。其壇方五丈，諸侯半之。唐以來，其主則石爲之。其祭，天子用大牢，諸侯用少牢。其日用甲。

管仲章

三歸，臺名。三歸，筭法也。言作臺度其基廣袤若干尺，高若干尺，而其頂廣袤若干尺，取上下之數中折之，則其半廣袤若干尺以爲作臺之數。

攝官者，大夫采地少，禄入不多，故家臣一人兼管數事；若不兼攝而一人管一事，則官多俸禄亦多，大夫所得公家之禄，不足供之。此二事皆言仲之奢，以答或人之『儉』。

天子、諸侯、大夫、士之庭，皆有物以蔽内外，天子、諸侯謂之屏，以木爲之；大夫以簾，士以帷。天子設於門外，諸侯、大夫、士皆設於門内庭中。管仲位爲大夫，當用簾，亦用諸侯之屏。

列國之君，有相朝之禮，有會盟之禮，凡有好會，主國之君先設坫於堂兩楹間，延賓升堂，以爵酌酒獻酢，畢，覆爵于坫上。管仲大夫，本無此禮，今亦設之。

金先生謂當時齊霸，而管仲當國，諸侯來朝齊者，必私覿於管仲家，故設此以延之。

此二事皆言管仲之僭，以答或人之『知禮』。

當時之人，但見管仲匡天下之功高，仰慕他不暇，忽聞夫子言他器小，不知所謂，乃疑爲儉；及夫子言仲奢，又疑爲知禮。夫子雖不明言器小，只就奢、僭兩端，便見得器小處。奢、僭不能盡器小之意，乃器小中之一事。能盡《大學》之道，自然器大。

夫子屢稱管仲之仁及民受其賜，是以事業言，此章以學言。《集注》『器小』，言其不知聖賢《大學》之道，故局量褊淺，規模卑狹，不能正身脩德，致主於王道。《大學》之道八事，先以脩身爲本，而後及家、國、天下。蓋見禮既明，行事自然件件中節，不取踰禮犯分。今管仲如此，只是格物致知工夫未到，見理不明，故爲所不當爲，踰禮犯分。凡事都要向上，不知反成小器。所謂致主於王道，不是要管仲輔齊桓公爲王，只是要教他行王者之道。人之大倫有五，行之各欲當於理，先王之道，不過如此。人倫之中，君臣爲大。桓公雖曰尊周，亦多是自强其國，諸國貢賦多入於齊，未爲盡臣節。如周三分天下有其二，以服事殷，正是王道。湯未伐桀、武王未伐紂以前，皆是王道；非謂湯、武伐桀、紂取天下爲王了，方才是王道。伐桀、紂是不得已爲之，所遇時不同耳。

疏：鄉飲酒是鄉大夫之禮，尊於房户間。燕禮是燕己之臣子，尊於東楹之西。若兩君相敵，則尊於兩楹之間，故坫在兩楹間也。主君獻賓，賓筵前受爵，飲畢，反虛爵於坫上，西階上拜，主人阼階上答拜。賓於坫取爵，洗爵，酌以酢主人。主人受爵，飲畢，反虛爵坫上，主人阼階上拜，賓答拜。

語樂章

孔子自衛反魯正樂時，告大師之言，大要樂聲翕合，須要純和，不可背戾。八音之中，金聲最高，竹革之聲次之，匏音次之，絲音又次之，石音最低。作樂八音皆和，聲聲俱見，不可使聲高掩聲下者，故曰皦如。既合自要分曉，又恐聲音不相合，意思不相聯屬，故又曰繹如。

本注止具訓詁，不言旨意；謝氏之説，章意皆具而置圈外：朱子必有意也。今玩經文，蓋始、從、成爲作樂三節，翕及純、皦及繹乃三節中之節奏。樂之作，八音並起，其聲急促，翕然以合，此樂之始也。及入調既深，則放[一八]令悠緩，卻要八音和合，如出於一，所謂八音克諧；雖是合一，卻又要每器之聲各各明皦俱見，不可高掩下、濁亂清，所謂無相奪倫，此樂之中也。及曲將畢則收拾歸宿有紬繹相續不絶之意，此樂之終也。大抵翕之後，繼之以純、皦，又繼之以繹，從則非翕，繹則不從。此蓋經之本旨而朱子之意也。謝氏五音六律爲主，以翕、純、皦、繹皆指此言，而見於一時，樂之始終皆然，蓋又一義。則於始、從、成三字稍緩者，在圈外，其爲是歟？

八音：金，鐘也。石，磬也。絲，琴、瑟也。竹，笛、管、簫、篪之類。匏，蒲也。笙、竽也。笙、竽之下用匏，上却用竹。土，塤也。革，鼓也。木，柷敔也。

儀封人章

魯定公十四年，孔子行攝相事，與聞國政。而齊人歸女樂，孔子乃去魯適衛，過儀，其此時歟？

《論語》中，當時隱君之見孔子者七人：儀封人，晨門、長沮、桀溺、荷蓧丈人、荷蕢、楚狂接輿。獨儀封人見得聖人意趣，其餘惟知以隱爲高，與孔子意不相合。

韶武章

古者帝王得天下，必作樂祭天地鬼神以告成功。韶，紹也。舜受堯禪，故作樂見繼紹之意，其樂詞與樂聲、舞態，必皆有紹意。武王伐紂得天下，故作樂亦見征伐之意。《韶》樂今不能知，《樂記》言《武》樂有發揚蹈厲之容，夾振駟伐之事，是於樂中見用武戰鬭之意。舜、武皆聖人，不是征伐便不及堯舜，然禪讓氣象自是好，征伐氣象自是不及，故曰《武》未盡善。發揚蹈厲，是武態，奮發揚起步蹈而有猛奮之容。夾振駟伐，駟，即四字。夾振，謂夾舞者振鐸以爲節。《武》舞凡六奏，每四伐，一擊一刺爲一伐。

居上不寬章

居人上當寬，行禮當敬，臨喪當哀。能寬、敬、哀了，却於寬、敬、哀中觀其得失，不是寬敬、哀之外觀其他事。

里仁第四

約樂章

聖賢言『不仁』字不同，如曰『君子而不仁者有矣夫』，是未能盡全體之仁者，此『不仁』字至輕。曰『不使不仁者加乎其身』，是未盡善之事不使及身，此『不仁』字亦輕。如曰『不仁哉梁惠王』、『不仁者可與言哉』，皆是言失其心德者，此『不仁』字至重。此章所謂『不仁』者，雖是言不能全心德之人，然聖人語〔一九〕意，亦是言曾知學而未深造者，故乍處約樂，亦能自守，但不能久長處之耳。此『不仁』字雖未如前兩『不仁』字，而比後兩『不仁』則有間矣。

《集注》：『約，窮困也。』窮是不達，困是貧窘。聖人約樂是互舉，蓋久約者心憂，富貴然後樂。《集注》：『久約必濫，久樂必淫。』二字皆以水喻，濫是泛濫，如水散漫，收殺不得底意，淫是水過滿而流出之意。蓋不仁者久約則憂患，而諂諛卑屈之態生，苟且邪僻之行作。久富貴則佚樂，而驕矜縱誕之氣長，踰節陵分之事興。約者日流於卑下，樂者日過於僭躐。是濫與淫意，象上蔡一二之説，形容安仁、利仁精深，在乎體認。

好惡章

此章緊要是兩『能』字，其次要看兩『人』字。蓋人之善惡有大小、幽顯、誠僞不同，須是察得他真，然後好惡之，而其好惡則輕重、進退、纖毫不差，故曰能好惡人。如《大學》中言可見大綱。《集注》『無私心』、『當於理』，是合内外言之，必盡二者然後謂之『能』。

凡仁者必智，非智不能行仁，故纔説仁人，便是有知者。知人善惡者，智也；好、惡之者，仁也。

富貴章

古者封建井田之法，行貴然後富，非有才德勳勞者不得位。若才德稱其位，雖如舜、禹，舉一即爲百揆司空，亦處之不疑。後世富貴自是兩途，如國家設科取士，而已可應科目或仕者，品格已及而遷除，合宜及貨財，義所當得者，皆是以道而得富貴。不以道得富貴，若諂屈、巧圖、貪冒、掊斂，君子自無此。《或問》謂一時不期得之？如『孔子主我，衛卿可得』，『行一不義，殺一不辜，而得天下』之類是也。貧賤以道得之，如不能立身，不守法度，博奕、好飲酒、鬬狠、奢縱之類，是得貧賤之道，君子自無此。士不以其道得之，謂水火盗賊及無辜爲人所累之類，我既不爲得貧賤之道而得之，是命分所遭，君子則安命，不妄求去此。若求去貧賤，却是不以道得富貴，逆天違命，何足爲君子？ 仁者天下之正理，君子惟遵正理而行，則不以道得之，富貴、貧賤自然不處、不去。 此上是取舍大分，下面『終食』、『造次』、『顛沛』三節，一節密似一節，只是隨事隨時存養工夫。

此章雖富貴、貧賤對説，其實總言安貧賤耳。 不處富貴是擇義，不去貧賤是安命。 進則由義，退則樂天，其行仁之君子。

章内兩『去』字，皆當作去聲讀，謂違。『去仁』即下文『違仁』也，俗作上聲讀者，非。 上聲讀者，是除去之義，仁是心德，如何除得了？

《集注》『審富貴』，要見義明。『安貧賤』，要守命固。

圈外要看『然後』『則其』四字，蓋君子先要取舍分明，若取舍不明決，則此身所處全在非義之中，雖有存養工夫何益？ 如屠者禮佛，倡家講禮耳，故曰『然後』。 若平日存養纖悉必當理，至遇當取處，自然明決，故曰『則其』。 前『密』字亦緊要，謂身之所居既正，則存養者始皆無滲漏也。

我未見章

四等人，前好仁、惡不仁皆是行仁成德，故同稱未見；次是一日用力行仁者，未見；三是昏弱欲用力而力不足者，亦未見。

好仁者、惡不仁者，皆是行仁之人，但其資質氣象自有不同爾。好仁者如顔子，惡不仁者如孟子。明言『惡不仁者其爲仁矣』，則是日以行仁爲事，但於行事常常照顧，不使一毫不仁之士見之於身，其與好仁而務於行者亦何以異？但好仁者覺自在爾。故孔子總曰『未見』，而朱子亦曰『皆成德之事』也。不可將『惡不仁者』輕看，又要看『其爲仁矣』字重，庶見得惡不仁者與好仁者相去不較遠。

『其爲仁矣』，此『矣』字不是句絶辭，是引下文之辭，故朱子作『者』字説，如經史每以『也』字起下句一般。

此章三『未見』字不同，前『未見』及章末『未之見』，皆言無，此人中未見，謂無是事。此節未見其人之意，却在『有能』『乎』三字上。

觀過章

此章雖爲觀人，然主於教人行仁也。上言過各有黨，是善惡對言。下卻專舉仁説，意或可見。

《集注》以失、過二字釋經『過』字，失是錯誤，過是太過，具此兩字方盡經中『過』字之義。吴祐言『掾以親故，受汙辱之名，所謂觀過斯知仁』者，本文如此。『受汙辱之名』是指持衣自首請罪之時，『過』言私賦民錢，□〔二〇〕言市衣進父。蓋嗇夫賦民錢時，未知得汙辱之名也，及父責之而促伏罪，祐既聞之，始有汙辱之名爾。祐見其以實首罪，又能具説父言，故從而赦之。汙辱之名則不可泯矣，然終是爲父之故。故曰『觀過』『知仁』二句所指不同，讀者亦當詳之。『汙辱』，本傳作『汙穢』。

聞道章

聞道，非謂耳聽得，直是此心與道契合。蓋於天下事物之理，逐一窮究，積累之多，至於天理流行融會貫〔二二〕通處，如曾子聞一貫而唯，顔子聞克己復禮之説而請事斯語之時，方是聞道。

道是事物當然之理，既得聞之，則凡應事皆合乎禮，甚而至於死，亦無不可。聖人言死，可舉其極重者言之，而應士皆在其中，非專爲死也。故《集注》以『生順』二字補明其意。

程子二條言死，恐有兩意，上條正命而死，下條死之之死，本注『生順死安』四字，混融兼包二意。

恥惡衣章

前章苟志於仁則無惡，此章志於道而有惡衣惡食之恥，可見前章是『苟』字緊要，道即仁也，士若苟志於道，必不爲外物所動矣。此見聖人言語一字之嚴，而學者不可以不誠也。

無適章

《集注》『專主』是『適』字正訓。謝氏『適，可也，』是對『莫，不可』説。

『心無所住』，佛氏學止欲如此，與無適、莫全不同。他無所住，只是要不著物，舉天下萬物皆是累，故必此心常是湛然，無纖毫點染。無適、莫者，有義爲之主。無可無不可者，義在可則可，義在不可則不可爾。心無住者，應事則可亦可，不可亦可也。何獨應變不同於聖人，其應常亦未嘗有同也。蓋聖人用物，釋氏忘身，冰炭自不可相入。

『無可無不可之間』，謂可之間與不可之間，看義在何處，非二者之間是義也。

懷德章

德者，人得於天之善理，即《大學》所謂『明德』，君子常切思懷，念念不忘，欲至於至善之地。小人不知有此，徇其欲心，惟思自逸，不能遷善以成德。君子常念刑法之可畏，而自守其身，不至於犯之。小人但思惠利之所在，不能擇義，惟務苟得，雖有刑法在前亦不顧。

《集注》，此章之『間』字與上章之『間』不同，却是公與私二者之間，幾微分別，行向公則懷德懷刑，向私便懷土懷惠。學者正要就此之間上用功，使心路不可流向私邊去。

禮讓章

此章與『人而不仁，如禮何』語意相類。上兩『禮』字總天理、節文、人事、儀則言，下『禮』字獨言節文、制度。言人能用敬讓之實心行禮以治國，何難之有？不用敬讓之實心行禮以治國，雖有制度、節文，尚奈不得他何，如何治得國？

一貫章

孔子言『吾道』，曾子言『夫子之道』。讀者要見夫子是以身教，而在門者皆就聖人之身而學，非是論説義理而已。

一貫，譬如以索貫錢，雖千萬錢之多，只一索可以盡貫。天下事物雖無窮，却只是一箇道理貫串在裏面。理之原出於天，在天地雖渾然至大，而事事物物各自不同，其理亦流行寓其中，每事物中理雖不同，然只是天理一箇大原頭分析來，所以謂之一理貫萬事。但禮雖同，須是就一事一物上看得透，行得徹，及萬事萬物上皆如此，然後可見總會處。聖人固是生知，如曾子亦是先逐事物上窮究力行，義理純熟，積累得多，夫子只把一言融會他零碎底成一片段。若於事物上不曾見得道理，便説一貫，只是虛談。窮事物之理既多，不知一貫之義卻又窒塞。

一理貫萬事，固是説事物雖衆，只是一箇道理。此言『吾道一以貫之』，是就聖人應事處說，須要體認得聖人之心全是理，行出處全是道，如此方是『吾道一〔二二〕以貫之』。若只說萬理一原，卻只是論造化云爾，與此章意不相似。

曾子平日於夫子所爲隨事精察力行，但見一事是一理，猶覺費力。故夫子言我所行之道，是一禮以貫萬事，是使曾子達此禮而見之行事，以身先者告之也。曾子既聞夫子言，一時融繹通徹，洞見天地萬物原委，渾然之大而纖悉粲然，條葉之繁而本根有在，自是行事之間便可入此境，尚何疑之有？既以一『唯』當之，隨即融化『忠恕』以告門人。夫子謂之『一貫』，而曾子謂之『忠恕』，只是此一語便見得真契此旨矣，是亦以身所先得者教門人見之行事也。大率此章不可專作知看，正是說行處意多。

『忠恕』二字，上承夫子，下接門人。曾子平日用功於忠恕〔二三〕，今既造一貫之體〔二四〕矣，則門人勉夫忠恕，豈不足以踐此地乎？

『而已矣』三字，要看得有力，要見得學者以忠恕體一貫，真可以見其實；行忠恕造一貫，真可以達其境。

《集注》『推己』二字，是『恕』之正訓。忠恕本是學者之事，曾子爲門人未能達一貫之旨，故借平日講明『忠恕』二字以釋『一貫』之義。大凡恕與仁只分生熟，生者是恕，熟者是仁。恕須推己，以己推度它人。仁只安行，一貫是聖人事仁道也。若以恕行之，推得熟，亦至於安行。故『忠恕』解『一貫』最切近。

上言『至誠無息』，是以天地之至誠無息，喻夫子之一理〔二五〕渾然。『萬物各得其所』，是以天地之生萬物各得其所，喻夫子之泛應曲當。下言『至誠無息者，道之體』，是言夫子之心至誠無息，乃道之體。『萬物各得其所』，是言夫子之應萬事各得其所，爲道之用。各有所指，當細玩。

忠恕一貫以下，天道、人道、大本達道皆是借用，非《中庸》本義。《中庸》謂：誠者天道，不勉而中，不思而得，從容中道，聖人也。誠之者人道，擇善而固執，賢者之事也。此借以形容曾子所言忠恕，皆就聖人上説。蓋忠以心之體統言，即上文『至誠無息』之意，故曰天道；恕以及物處言，然合事物上盡其義，即前『泛應曲當』之意，故曰人道。如《中庸》，天道則自然及物，人道則隨事精察而力行。聖人之恕，雖不待擇，不待執，終是就每事上見〔二六〕之。勉齋謂聖人之忠是天之天，聖人之恕是天之人。意可見矣。若《中庸》之大本，謂喜怒哀樂未發之中。此忠是心之全體真實，非獨未發者也，然乃恕之本，故亦可以大本言。大抵因曾子借忠恕形容一貫，恐學者疑之，所以多是借説以明義，理固可借用，非獨忠恕而已，如下文言天道，亦有忠恕之意同。

圈外第一條，作四節看：『以己及物，仁也』是一節，言聖人之事；『推己』至『不遠是也』是一節，爲恕之正義；『忠恕一以貫之』至『大本達道也』是一節，發明聖人之忠恕；『此與違道』以下是一節，繳上三節。『此』字，指忠恕一貫。以下言『違道不遠』，繳第二節。『動以天』，又繳『以己及物』一句上。

圈外一條言聖人之忠恕，二條言天道之忠恕，三條總言一貫忠恕，而以學者忠恕結之。蓋聖人止言一貫，而曾子卻言忠恕。忠恕本是學者事，故朱子以程子之言緝類而發明之。言學者忠恕是勉强，聖人忠恕是自然。非惟聖人可以忠恕言，天地亦可以忠恕言，又過於曾子高一級說。乃見以忠恕解一貫，無所不可。謂忠恕即一貫，則學者與聖人無異。而古來未嘗以忠恕語聖人，謂忠恕非一貫，而曾子曰『而已矣』，爲截然一定之論。故程子盡力發明，以補其義。學者且於門人問曾子言時說始，則以忠恕可體聖人之一貫，行之純熟，則由忠恕可達聖人之一貫。

事君數章

事君交友之道，所當爲者，固非一端，此章以君友同言，又同一『數』字，所以專主諫爭說。

校勘記

〔一〕『同』，原作『仝』，續四庫本同，當是『仝』字之誤，據叢書集成本改。

〔二〕『末』，原作『未』，續四庫本、叢書集成本同。案『未』當是『末』之誤，『嚴泰和節』，即本章末朱子『嚴而泰，和而節』語，徑改。

〔三〕『理』，原作『厓』，四庫本同，誤，據叢書集成本改。

〔四〕『無』，原作『舞』續四庫本同，不辭，據叢書集成本改。

〔五〕『尅』，原作『冠』，續四庫本同，據叢書集成本改。

〔六〕『雖』，原作『雖』，續四庫本同，又旁改作『雖』，叢書集成本作『雖』，據改。

〔七〕『益』，原作『蓋』，續四庫本同，據叢書集成本改。

〔八〕『朝』，續四庫本同，叢書集成本作『朔』。此處『正朝』、『正朔』均指正月初一。

〔九〕『典』，原作『興』，此爲『天敘有典』之『典』，徑改。

〔一〇〕『六』，原作『四』，案此數應爲十二、三十、一十、三十的乘積，當爲一十二萬九千六百，徑改。

〔一一〕此句在『不仁則』後原衍『不仁則』三字，續四庫本同，叢書集成本無三衍字，但又注『闕三字』。案此三衍字當是抄寫時重出，徑刪。

〔一二〕『扉』，原作『扉』，續四庫本同。案『扉』義爲宫室角隱蔽處，『冠扉』不辭。當是『屝』之誤，屝爲履義，與『冠』并舉爲辭。叢書集成本正作『屝』，據改。

〔一三〕『下』，據經原文補。

〔一四〕『祖』，原作『禮』，下『祖』同，據續四庫本、叢書集成本改。

〔一五〕『五年一禘』，『禘』，原作『祫』，續四庫本同，當是涉下『祫』字之誤。《説文》引《周禮》『五歲一禘』，郝懿行説是本《禮緯》文。叢書集成本作『禘』，據改。

〔一六〕『椈』，原作『掬』，續四庫本、叢書集成本同，案鄭玄注：『椈，柏也。』監、毛、閩、阮諸本均作『椈』，據改。

〔一七〕『射』，原作『社』，據經文及續四庫本改。

〔一八〕『放』，原誤作『於』，續四庫本同，案此『放』釋經文『從之』之『從』，本注：『從，放也。』叢書集成本亦作『放』，據改。

〔一九〕『語』，原作『吾』，續四庫本同，據叢書集成本改。

〔二〇〕『□』，此字模糊不清，僅辨得單人旁。續四庫本作『過』，亦誤。叢書集成本作『非』。

〔二一〕『貫』，原作『卜』，據續四庫本、叢書集成本改。

〔二二〕『一』，原作『之』，據叢書集成本改。

〔二三〕『恕』，原作『怒』，清抄本同，據叢書集成本改。

〔二四〕『體』，原作『禮』，清抄本同，叢書集成本作『體』，據改。

〔二五〕『理』，原作『禮』，此句本朱子本注『夫子之一理渾然』，據改。

〔二六〕『見』，原作『文』，清抄本同，據叢書集成本改。

〔二七〕『用』，原作『川』，清抄本同，案此表據《集注》引程子語，程子曰：『忠爲體，恕者用。』叢書集成本即作『用』，據改。

讀四書叢説卷五

讀論語叢説卷中

公冶長第五

公冶長章

擇壻之意，全在『可妻也』上。下面卻言長雖曾在縲絏，自是爲人所誣累，非長實有罪，則縲絏不足汙其行。聖人非是就縲絏非罪上取，只是因而説起解内外之惑。《集注》有『又言』兩字，極分得伶俐。

疏曰：《家語》：南宫縚，魯人，字子容。《史記》：南宫括，字子容。鄭注《檀弓》：南宫縚，南宫閲也。然則名縚，名括，又名閲，閲，《左傳》作『説』。字子容，氏南宫，孟僖子仲孫貜之子，懿子何忌之兄也。

此章兩節，要見不是一時説話，其意便自分曉。

《集注》『其必有以取之矣』，『其』字，指長也。『取之』，猶言得之。言長取之也，謂聖人言其可妻，是必長有德而有以得聖人此言矣。若云聖人有取乎長，則不須用『其』字。

子賤章

『君子哉若人』，贊子賤有君子之德。『魯無君子者，斯焉取斯』，贊魯國多賢。作兩節看，《集注》有『又言』兩字，分曉。

《集注》『厚之至』，言稱人之善既厚矣：『必本其父兄師友』，是尤厚也：故曰『厚之至』。

瑚璉章

《明堂位》『夏后氏之四璉，殷之六瑚』，包氏注《論語》、杜氏注《左傳》皆云『夏曰瑚，殷曰璉』，未詳。

《集注》『貴』言宗廟之器，『重』言盛黍稷之器，蓋祭祀以粢盛爲上也。『華美』言飾以玉。

不佞章

上『焉用佞』蓋泛言，下『焉用佞』以專言仲弓。『禦人』兩句，是言不可佞，而説『焉用佞』一句在上。『不知其仁』是言仲弓，而以『焉用佞』繼之。

《集注》『重厚簡默』四字，是就聖人及或人詞氣，并南面章内描畫〔一〕出來。或人未識仁體，而又以有口才爲賢，故見其重厚，即以爲仁而稱之；見其簡默，以爲不佞而少之。

漆雕開章

此章專主知言。

開只就見地頭説，只是格物工夫未透徹，所以於天下之理未能盡信，故不從聖人之使。謝氏言『心術之微』，卻是就存心上説，於信字上説得重。程子前條説開已見道體匡廓，而節目尚欠，未能充滿，故曰『已見大意』，是就開欠處説。後條説開於已知之理則事事洞徹，其未及者故未能信，故曰『見道分明』，是就開實有處説。

道不行章

或曰《集注》謂夫子見『子路勇於義，故謂其能從己』，夫子以子路爲道果不行，而必當浮海，能決去就之義而從己乎？抑以能盡事三如一之道，而致死以衛己乎？曰隨身所在以致死，固子路之所優爲，而聖人之意則不在是也。道不行而浮海，聖人不得已之言；居中國而因時進退，君子之常情也。今聖人忽幡然去此而取彼，即義之所在矣，非篤信聖人而勇於義者能之乎？故夫子獨許子路也。子路之喜，正喜許己之行義，與聖人同心，非在事三之義也。

孟武伯章

武伯見聖人專教人行仁，而不知仁之體段，故就門人中舉以爲問，非泛論人才之謂也，觀其再問與歷舉三人問可見。

『不知』者，非謂三子皆不能行仁也，但未至全體之仁耳，一事之仁則有之。武伯獨舉仁字爲問，非全體渾然者不足以當，故夫子但可總言『不知』而已，固不可偏指其平日所行某事爲仁、某事爲不仁也。就所舉治賦、爲宰、爲行人而無失，即隨事之仁矣。

古注於『不知也』下，有『仁道至大，不可全名』一句，好。

《集注》『日月至焉，或在或亡』，注在第一箇『不知』字下，只得指子路而言，蓋兼包下二人在內。

『日月至焉』，指行之出入乎仁而言。『或在或亡』，指德之存亡乎心而言。

聞一知十章

一、十，一、二，只就每事上説。顏子聞事理之始，即洞見底藴，皆造其極，子貢但能就近推去耳。一、十字只是始終字。

晝寢章

天地之氣晝夜運行不息，晝陽，夜陰，晝舒散，夜收斂。人法則天地，故白晝用事，夜則寢卧，收斂神氣以爲晝之用，蓋不收斂則無以發揚。晝則勤於事爲，何况君子尤不可昏惰。《易》曰『君子終日乾乾』，謂當法天道之不息也。宰予晝寢，宜乎深責之。

朽木、糞墻，比志氣昏惰，不是言資質卑下。不可雕杇，比教無所施。

申棖章

君子之心，所存惟禮義，故堅强不屈於事物之下，如孟子所謂『富貴不能淫，貧賤不能移，威武不能屈』。慾則爲事物所屈，是心裏見他好了便貪他，此心隨他去，是他爲主，我心爲客，是心柔了，安得爲剛？

理之明，自然能勝物者，謂之剛；私之萌，求勝於物者，謂之慾。

剛只是勇於行義，申棖想是倔强好勝之人，故爲慾。

大意見事合義處，勇於必行；有一毫不合義處，決不爲。

《集注》『志』字，當看爲此章之主，有志於理義則不爲物所屈，無志則心逐物移。及『勝』字、『拚』字、『伸』字、『屈』字，最是眼目字，當詳玩，則剛慾之辨自明。

我不欲章

愚竊以爲子貢若曰：我不欲人之加諸我也，吾亦無加諸人。則全是仁矣。今猶有『欲』字，辭氣亦自用力，但又有『無』字，則爲過也。恐子貢只是脩辭未盡善爾，夫子聞其『無』字，便言『非爾所及』，蓋恐其錯擔當了。試如此詳味者，如何？

孔文子章

聖人垂訓，句句是醫病良方，讀者不可泛觀，須件件將來反身自省方有益。若此章只是因孔文子之謚以答子貢之疑耳，於己何預？況孔圉自是惡人，何足稱道？若能自反，則是學者大戒也。天資敏鋭，必視學爲易，而不能細索深求，精思篤好。至於恥下問，節目尤多，貴者恃位恥問賤，富者恃財恥問貧，年高者恥問幼，能者恥問不能，多恥問寡。凡此皆是切中學者之急病，如是則文子自是可師，當自省而痛治之。又當思文子雖勤學好問，而其制行乃近於禽獸，蓋務知而不行也。故學者則宜知行兼用，其力而不可少緩。又文子行極惡，而以勤學好問尚得謚爲文，而免名曰幽厲，則知而篤行者，所以流芳百世又可知矣。凡此一事，作戒數端，學者以此意讀書，則所謂三人必有我師，而皆可以進德矣。

今《逸周書・謚法篇》是『學勤好問爲文』。

子産章

《集注》吴氏之言未盡公〔二〕，恐斷當〔三〕不殺此二人，想朱子只是取以爲觀聖人論人之言之法爾。

居蔡章

古注：『蔡，國君之守龜，出蔡地，因以爲名，長尺有二寸。』今按『因以爲名』，非謂龜必得之蔡也。《漢食貨志》：『元龜爲蔡，非四民所得居。』『元龜長尺二寸，公龜九寸，侯龜七寸，子龜五寸。』『公龜』以下，不知此名所自來。

疏云：『山節藻棁，天子廟飾。』

《考證》云：『《禮記》「管仲山節藻棁，君子以爲濫」，以此例之，則山節藻棁似指宫廟之僭侈，與居蔡各一事。』此説恐長。蓋二者皆是僭，而於事無益，徒取僭上之罪，故同歸於不智。

令尹子文章

子張舉子文、文子事實爲問，故聖人只就所問而名之曰忠、清，固未論二子平日百行也。然就所問者，亦未見其絶無人欲之私，故雖一事之仁亦不許。圈外叙二子之行，雖是亦就所問上舉其失，然終在無喜慍、告新令尹、去國擇地之外。今讀此章，且就子張所問，内觀其忠清，休首先把二子平生行事美惡看，恐於聖人之言難體認。

子文非文子所及，於無喜慍上見之，此難於容僞。《集注》言『其忠盛矣』，可謂清矣，固有間也。

《集注》：『當理而無私心，則仁。』

子文——無喜慍——告新尹——〔忠〕——喜怒不形（無喜無慍。）——物我無間（舊政告新。）
子文——三仕已——告新尹——〔未仁〕——未知皆出於天理（當理。）——而無人欲之私（無私。）
文子——三達——〔清〕
文子——三達——〔未仁〕——未知其心〔四〕果見義理之當然（當理。）——而能允然無所累
文子——三達——〔未仁〕——抑不得已於利害之私（不當理。）——而猶未免於怨悔

子文盡心於本國自是忠，只是所以盡心者，非當理而無私欲未仁。文子一時棄富而出自是清，只是未必果見義理必如此而脱然無累，故未仁。此是專就所問上論。若論全體，則二人之身渾在利欲中，雖有一善，不得爲仁也。

本注及圈外：『今以是』以下至『真無私心』，是就子張所問事上論二人之未仁。『他書考之』以下至『亦可見矣』，是就二人凡事上論其未仁。

三思章

此章當用格物工夫在思之前，理既明，則所思可善。若未明理，再思也未合理，百思也未合理。聖人只就文子上斷其思之過，而格物之道自然見於言外。

《左傳·文公六年》：『秋，季文子將聘於晉，使求遭喪之禮以行，其人曰：「將焉用之？」文子曰：「備豫不虞，古之善教也。求而無之實難，過求何害？」』杜氏注：行父聞晉侯有疾故也。所謂文子三思，疏：『聘禮出使，唯以幣物而行，無別齎遭喪之禮。』

圈外發明再思意思，恐人不明理，而妄處事必有失，故用此意補之。唯窮理則能思，思則必中，既中便果斷行之。窮理在未思之前，果斷在再思之後。

圈外季文子事，《攷證》詳之。

乞醯章

凡舉一言以蔽一人之行，皆是以全體言。若直則是平生行事無一件私曲，方可稱直之名。今微生高縱饒他事皆直，只此事之不直，便不可言直了。

本注就本事上言，程子就心術上言，范氏又推他事上言。所謂『一介取予，千駟萬鐘可知』，是推演說開去，不是正言微生高。看來高自無此等失，范氏是教人謹心術細微處。

足恭章

《集注》：『謝氏曰：「二者之可耻，有甚於穿窬。」』蓋爲盜者莫夜穿窬，猶有畏人之心，此二者白晝通衢對面謾人，公然無忌憚，以君子視之，可耻之甚。

朱子言若微生高之心，久之便做此等可耻事來，此亦是戒學者於細微事不可不謹。人心路要熟，若一時小事不謹把做無緊要，行來行去，到大事亦以爲常，終爲惡人。學者工夫皆是如此，若凡小事〔五〕件件致力，則行來行去，到大事亦以爲常，終爲君子矣。

顔淵季路章

此章聖人、顔子氣象，以《集注》觀之，尚可體認，唯子路之意須要識取。南軒先生謂『人之不仁，病於有己』，故雖衣服飲食之間，此意未嘗不存。蓋仁者心體廓然，人我無間，程子所謂『與物共者也』。常人之有己，於衣服車馬所常服御者，必存心計較彼我，則大於此者固可知。故子路於日用上除去私狹，氣象廓然，同人，則其他亦無往而不弘廣矣。須看程子言，豈可以勢利拘？亞於浴沂辭氣，不可只泥車馬輕裘看子路。

雍也第六

雍也章

仲弓言行無所考，前篇或人許其仁，又稱其不佞，此章自言居敬，四科以德行稱。故《集注》於前章言仲弓『重厚簡默』，此章言『寬洪簡重』，是模寫仲弓之德。夫子許其可南面者，意蓋如此：謂有德足以爲民之上也。『南面』，但謂可居位長民，不必重看。古之有德者必有位，諸侯皆天子所命，而附庸之地不及五十里，亦皆以有功德者居之。楚尚欲以書社地封孔子，則南面之説，正不必以僭爲嫌。

夫子謂仲弓有德可以臨民，而仲弓謂伯子大畧與己相類，故以爲問。看来伯子是寡言、簡直、率易之人，聖人乃獨於『簡』許之。

《集注》『僅可而有所未盡之辭』，但訓『可也』之『可』，而『可使』之『可』不與。蓋『可也』之下繼以『簡』字，而『可使南面』四字連文，故所指有輕重不同。然書凡言『可也』則是僅可意，獨言『可』字而上下有所指者，又不可同一律，如『可以死，可以無死』之類，當隨文觀。

『居敬』，以脩身言。《集注》『自處以敬，則中有主而自治嚴』，『中有主』是説以敬存心，『自治嚴』是説以敬治身也。『中無主而自治踈』，亦兼内外説，『行簡』卻是説事。

朱子謂『自處以敬，則中有主而自治嚴』，程子謂『居敬則心中無物』，一言有，一言無，似相抵捂。蓋『有』以理言，『無』以欲言，則二説正相發。『所行自簡』，又轉一轉，不是經文正意。

好學章

此章《集注》甚詳，而通釋亦甚密，當玩。

不遷怒、貳過，是好學之效。人之七情，惟怒發之暴而難制，故尤爲難克。顔之於當怒而怒之，隨即雪消冰釋，無一點留滯意。故夫子舉其難者，則情之發，皆合於中和矣。

《集注》『克己』二字，是説此章骨子。己固是私，要看得私字分明。蓋人有此身，便與物對，人專把皮膚包定這些血氣，便是我。有我便要用物，專一取物以供我所欲，所謂己也。但狹小與天地之氣不能相入，只是專欲尊己，不把人做事，故怒遷向他人，亦不以爲事，做事差失，亦以爲無緊要。我若改卻屈己以從物矣，若勝去得此私，則心量廣大，不見我尊於人，所以怒不敢輕加人，作事亦不敢過失，究其極則聖人之無我也。但顔子之己甚輕，非如衆人之己。然略有私意，即與天地不相似，惟克得盡，故能不遷不貳也。

『克己』是脩身總目，『不遷貳』，只是非禮勿動，一端中之兩事耳。此言克己後功效如此也。

鑑照妍媸之喻，不説見處，正説行處。『應之』者，應事也。『聖人之道』，不是一串意，是言學至聖人底方法，下文『學之道』、『學之得其道』可見。『天地儲精』，以氣言。『五行之秀』，兼氣與理言。『其本也』至五常，言得五行之理以爲性。『本』只是本體。『真』言性，『静』是未發。『形既生』，言得五行之氣以成形。『外物』以下至『七情』，言情之所以生。『情既熾而益蕩，其性鑿』，言發不中節則喪其真。『故學〔六〕者』以下方是工夫，緊要只是『約』字，約情合中者正其心也，正其心者養其性也，作一串説下。然又當以致知爲先，故曰：『先明諸心，知所往。』下面力行雖是就事上説，其實只是約其情。『學之得其道』，言聖人教他就四勿用功，此正是學底方法。下二『不』卻兼效言。『記誦文辭』，便是學不得其方法。

請粟章

此章大意，説不當與而與，不當辭而辭，二者雖皆未合中道，原思是過於厚者。二人皆弟子也，師命以事，而區區以利禄爲急，是何心哉？原思辭之誠是，然聖人行事必合中道，故雖辭不許。蓋守一職，自有必得常俸，辭之反爲私意，故不許之。子華使齊，若孔子居位時以公事使之，則子華爲家臣，自有常禄；若非居位時以私事使之，則子華富家，爲師出行，何必求利？然此非子華之過，乃冉有之過也。

犂牛章

一章之中，爲義不一，聖人稱仲弓之德，門人聞之，當效其進德也；仲弓聞之，當愈進脩造其極也。人欲勿用，山川不舍，有德必見用於世也。『犂牛之子騂角』，德不繫世類也。父有惡，子當脩德以揜之也。用人者不當論其世也。聖人之言，廣大如此。諸章亦多在人推看，但不可穿鑿爾。

不違仁章

顏子『三月不違』，是乍違於仁；『日月至焉』，是乍至於仁：二者正相反。仁者天地之生意也，人得此生意而存於心，萬善備具，則謂之德。能體而全之，無少虧欠，是能存其本有之德也。故總謂之心之德，則心即仁是指道心言之也。朱子既以此訓仁字，又曰『心不違仁者，無私欲而有其德』，此兼人心言之也。張子曰：『合性與知覺，有心之名。』所謂『無私欲』是就知覺上言，『有其德』是全其性爾。蓋知覺者應之本，而性則萬事之則也。若全無私欲，則此心渾是義理，動靜皆仁；少有私欲之間，便違於仁矣。夫子不曰『回也，三月不違仁』，而言『回也，其心三月不違仁』，若獨言『不違仁』，可就應事上論；言『其心』，則貫動靜、徹內外無非天理也。

『内外』，且以屋喻。顔子心與理融，事皆中道；時有小私意動，隨即克除，又只在仁裏。如人居屋内爲主，暫出而歸。其餘心與理二，勉而行之。時乎於一事去得私意盡，所行皆合天理之公，或一日一至，或一月一至；少間，又自有私意起而非仁矣。如人在屋外而爲客，暫到屋中，隨即出去。

季康子問章

『從政，謂爲大夫』，蓋大政小事，在國爲政，在家爲事。季氏專魯，蓋以國事與家臣謀之。以冉有退朝謂『有政』，觀之可見。季氏正欲得家臣與謀國事，故歷問孔子門人，非謂即欲使爲大夫也。

伯牛疾章

古人之屋，共是三間，外爲堂而内爲室，室中爲寢處，自堂入室，左户右牖。凡卧在北墉下，臣有疾，君視之，則遷床於南牖之下，使君入於室中而得南面視之，存北面之意。伯牛之家，尊孔子如君，孔子問疾，故亦遷於南牖之下，使孔子得南面而視之。夫子不敢當君臨臣之禮，故不入室中，乃自堂上就牖中執其手，與之訣。

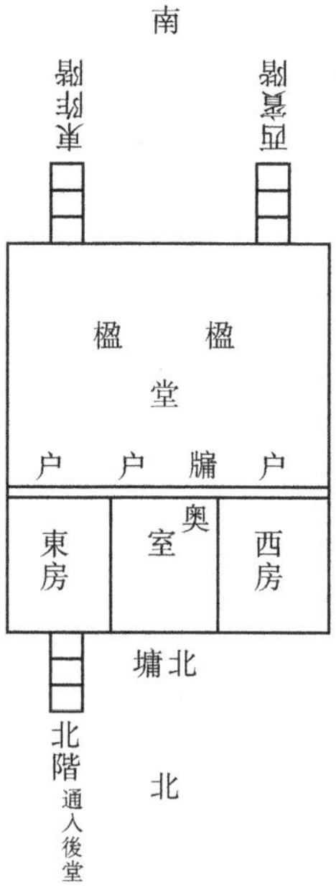

古宮室之制，大意如此。上下同之，但位尊者堂高廣，基謂之堂。位卑者堂低狹，如天子高九尺，諸侯七尺，大夫五尺，士三尺之類。位高者偏室多，如後大寢、小寢、東西夾、左右塾之類。大夫士則惟有東房，無西房。

簞瓢章

盈天地之間惟萬物，莫非至理之流行，生意充塞，固與人心無間也。君子由道而行，則何往非樂？『三月不違仁』，或可想見顔子之樂，簞瓢陋巷，豈足改之邪？

《集注》周子令程子尋孔顔樂處，意猶在知上。朱子則教人學顔子之學，行之久而有得，則我亦自有顔子之樂矣。

冉求章

爲學之道先立志，欲求至於聖賢，卻隨事只管低頭做將去，曉一分道理，便行一分道理，一邊明理，一邊力行，都不要計較功效。須要見得聖人亦是人做，我亦可學而至。學之所以未至者，只是理未明，行未力耳。長持此心，篤志行之，自少至老不倦，到頭卻隨人力量高下，見其成功淺深，最不可作界限。

君子儒章

當看《考證》。

武城宰章

《集注》『飲射讀法』，《周禮·大司徒》『以鄉三物教民，而賓興』賢能，故有鄉飲酒之禮，此行於鄉學者也。又《黨正》『國索鬼神而祭祀，則以禮屬民，而飲酒于序，以正齒位』，此行於黨學者也。射，鄉射也。《周禮·鄉大夫》『以鄉射之禮五物詢衆庶』，《州長》『春秋以禮會民，射于州序』。『讀法』，《周禮·州長》一歲四讀法：正月之吉，各屬州民讀法，以考其德行道藝而勸之，糾其過惡而戒之；若歲時祭祀州社，則讀法亦如之；春秋祭禜，亦如之；正歲則讀教法。《黨正》一歲七讀法：四時孟月吉日，屬民讀邦法以糾戒之；春秋祭禜，亦如之；正歲屬民讀法，而書其德行道藝。《族師》一歲十四讀法：月吉屬民讀邦法，書其孝友睦婣有道〔七〕者；春秋祭酺亦如之。《閭胥》讀法不可數，『凡春秋之祭祀、役政、喪紀之類，聚衆庶，既比則讀法，書其敬敏任恤者。』

『正大』，總言二事。『無苟邪』，言行不由徑。『無賤媚』，言非公事不至室。苟賤、邪媚，皆就章外反説，形容上言『正大之情』。可見是子羽之心凡百正大，因此二事可見。其凡下言無苟賤、邪媚，亦是二子平日無之之意。

祝鮀章

『今之世』三字重看。古之世必尚誠而不尚諛，好德而不好色。今之世乃好諛説色，所以可嘆也。

不由户章

自室出於堂，必由户，非户不可出也。道者天理之當然，人必當由之而不可背，亦猶出不由户則無可出之路矣。行不由道，則悖禮傷義，必不可也，人何故不從道而行乎？深惜其失，而勉之以正也。

道只是人當行底大路，如子之當孝，父之當慈，兄當友，弟當恭，人皆可曉，但不肯行。故聖人謂當從户出，既知之即由之，當從道行。既曉了何故不行，正爲道與人相去本不遠，自不肯行耳。故以户爲喻最切，須就『何莫由』三字上詳味旨意。此聖人哀人之自失而勉之也。

質勝章

史官記事，雖據事實，而書必須造辭述意，其記人之言，亦必爲美辭文飾之，非盡當時之本語也。故曰『誠或不足』。

人生也直章

天以善理生人，人得此理以生，其理本直，凡行事皆當合理。若不合理，則與天之生意不相關，是理已絶，死之道也。而又生於世者，幸然免死爾。謂具人之形，事當順理，違天自絶，不可生於人世。

知之者章

『知』有兩等，一等只是知有道如此好，一等曾用致知工夫而深知至理之所在。上知淺，下知深。『好』是知而行之者，『樂』則安行有得於心而樂也。

《集注》『知有此道也』，知道字：輕看，作總説謂知斯道之高美亦可；重看，作就每事物上知其至理之所在亦可。下兩節皆作此兩意推。

中人章

質與學兩言之。

問知仁章

《通釋》曰：『夫子既告之以所當爲，復戒之以所不當爲，使其志存於此而念絶於彼。』此語包二者皆全。

《集注》『知』者言事，『仁』者言心。『事』字指務民義重，心只是言存心當如此。其實『先難』只是民義。此章大約上以知言，下以行言也。

知者樂水章

天地萬物，巨細高下，無非至理，徹頭徹尾，通貫周流，無纖毫不足處。知者知之，極其心於物理，無少礙滯，不留渣滓，融會流通。而水之爲物，流行不滯，而其漸漬浹洽，大無不徧，小無不入，與此心相類。故樂水而其體動，其效則樂。仁者之應物，各當其極，不過物各付物，而己無私焉。其理則一，定不可移。而以存〔八〕心言，則全體自有渾厚安重之意象，故樂山而其體静，其效自然壽。然所謂壽，非必如堯、舜、禹、湯然後謂之壽也。蓋受命於天，其壽夭固有一定不可易，人能知命，而保其天之所以與我者全而歸之，是壽已若立於岩墻之下；與桎梏而死，則是我夭之矣，非正命也。由是觀之，則雖顔子亦壽也。

博文約禮章

博文則能知聖賢之成法，識事理之當然；約禮則收斂歸之於身，而爲脩行之實。若泛泛學文，而不約之以禮，則於己無相關。既能博文，又以約禮爲自己之行，方可進德。約是收束向身意思。《集注》：『約，要也。』《通釋》曰：『博謂泛而取之以極其廣；約謂反而束之以極其要。』此語精切。

見南子章

天者理之所自出，言『天厭之』者，是事背於理，理與己不相關也。

子路惡惡不汙，聖人無可無不可。見惡人而不累其德，唯聖人能然；若學者則當以子路爲法，見惡不可不遠。

中庸之爲德章

饒雙峰云：『此章上句有「之爲德也」四字，以中庸之德言也；《中庸》無此四字，以中庸之道言也。以德言則不必言「能」，而「能」在其中，故此章下句無「能」字；以道言則有能知不能知，能行不能行，故彼章下句不可無「能」字。此章言「民鮮」此德，是以世教之衰，民不興行而然；彼章言「民鮮能」此道，是以氣質之異，有過不及而然。此章「久矣」，是言近世如此；彼章「久矣」，是言自古如此。』

《集注》：中者，無過、不及。不及是未至於中，過是過於中去。此是把兩意影出中字，只是行事件件合天理，到恰好處。庸，平常也。平是平正，常是常久之道，此是把兩字正説庸字。行事平正便可，常久才好。奇歆側，便不可常久。總而言之，惟中故可庸，中而又可庸，方是此爲德之至。非聖人不能中之，故曰『民鮮』。觀『民鮮久』之言，則古之有是德者蓋多矣。

博施章

『博施』，謂施惠廣博。病博施，且如分井受田，豈不欲多與它田，蓋土地有限，人生無窮，故一夫之田，夏止五十畝，殷止七十畝，周止百畝，欲多不可得。又豈不欲都把與百姓，而國家之用不可無，故一井之中，其中爲公田。又如前代賜民田，租非不欲盡賜，又有國家之用，故止賜一半。此等處，雖堯舜亦不能如意，此病博施之類。病濟衆，《集注》言之甚明。

博，廣也，猶多也。博施是每人與之多，濟衆是人人皆博施。濟衆，大槩以地言，天之所覆，地之所載，含齒戴髪者皆濟之，是衆也。

聖只是行仁至極處，盡仁之道，聖與仁不是兩等人。己欲立、達而立、達人，所謂以己及人，仁也；近取譬，所謂推己及人，恕也。上出於自然，下出於勉强。

學者只是欲學爲仁，古時未嘗有人言仁之本義分明，故孔子門弟子往往問仁。子貢亦未知仁之體段，故以此爲問，然所問地步太廣遠，此是聖人有位者方可。言此而猶恐未足，若學者如此爲仁，則終身不可至。故孔子既非之而又教之，第一節言爲仁功用之極，第二節言仁之本體，第三節言學者求仁之方法。

述而第七

德不脩章

講學是此章之要。既學又須是去講論然後明，義理皆自講學中來。講既明了，則知德之所以脩，義之所在而徙，有不善者而改之。若不先講學，則三者皆不知當爲之，則只作知行看。徙義、改不善是脩德之目。

志道章

志道，是專心致志在日用當行之道，念念在此，爲之不厭。『道』字雖指行，然所以求知其所當然者，意亦在其中。

志道、據德，積累久之，然後至依仁地位。志、據二者常並行，依仁則志之久，據之固，而心德全，但長存養而不息耳。

四句雖前三者是一連，後一節與上對，然人之爲學，只是要全一箇仁字。上三者應事處工夫，至不與物接時，便要游藝。游藝，一是未知者欲求知，已知者欲習熟；一是應事之隙，欲心不少放：二者皆是欲全乎心德爾。以此觀之，不可全然截斷作兩段看也。

《集注》『知此而心必之焉』，爲道主於行，所以特著『知』字在上，知在行前也。若未知者則求知之，亦在『志』字意内。

『他岐』不特是異端，是正道上行，無過不及差誤處。謂志之專，見之明，行之正，如行路若認程途分曉，到交逵九達處，亦自能循當往之途無錯也。

『日新之功』，是補意周備以明經旨。蓋據德不是守舊，正謂志道而有得，即堅守不忘，遇再應如前事，則以所執者復見之行事，則前所據者，又有日新之功矣。

『依者，不違之謂』，《或問》亦言『不違仁』。吾於顏子之事既言之矣，是依仁即顏子之『不違仁』也。然則此章工夫全在志道、據德上，至依仁只是存養爾。據既是執守之意，是行道有得了，只是堅守而勿失，則此句就有德而言。然則工夫又全在『志於道』一句上，『志於道』，不是道在彼，我心卻在此專思之、欲至之之謂。既謂之道，正就行上説，是謂專心致志於日用常行處行其道。故既行之，便有可據之德，積德既深，則常操存此心，使天理流行，不至妄作。此『依』則比顔子『不違』稍用力爾。『三月不違仁』，順辭也；『依於仁』，勸辭也。至於游藝，即志〔九〕道據德之方，而防其違仁之隙也。

『私欲盡去而心德之全』，蓋德之積累，自少至多，積之既久，則百行皆善而德備；德既備，則是私欲全去，故曰『工夫至此』。此句是接『仁』字説，下『無終食之違』，方是説『依』字。『存養』是正説『依』字意。

『禮樂』，體大學者，日用行不能盡，故兼玩繹其文。射、御、書、數既學之，即能惟常常玩習之，故曰法。

應務有餘、心無所放，是游藝兩件得效處，應務有餘，在志道、據德之間；心無所放，恐依仁之有間也。

此章道、德、仁、藝指其實，工夫全在志、據、依、游。『先後之序』，説上四字，謂志然後可據，據然後可依，依後又須遊。『輕重之倫』，説下四字，前三者重，藝爲輕。『本』指三者，『末』指藝。志、據、依養其内，游養其外。『無少間隙』、『涵泳從容』，皆指游藝意思多。『忽不自知入聖賢之域』，亦游藝意多。前三者皆用力以全仁，游藝則補其隙，而有浸漬漸磨之功矣。

束脩章

事師就養無方，束脩其至薄者，故著以『上』字，聖人言語自無滲漏，類如此。

《集注》：『脩，脯也。』《周禮·膳夫》『肉脩』，疏：『加薑桂鍛治者謂之脩，不加薑桂以鹽乾之謂之脯。』

憤悱章

既憤悱而啓發之，則感之深，守之固；未能憤悱而教之，出於勉强，終不濟事。雖能憤悱而告之，又須舉一隅而能三隅反，然後及他事；若未能反而又告之，則學者倚靠箇請問，都不自去推充〔一〇〕，天下事理無窮，如何教得盡？自能推充，方是爲學，不是聖人吝於教人。聖人凡百只是提箇綱領與人，使人自去理會。

用舍章

用、舍以身言，行、藏以道言。『是』字正指行藏之道而言，人用我，則行其所藏之道於外；人舍我不用，則藏其所行之道於身。惟孔顔有此可行可藏之道。

行、藏字不比仕、隱字，行謂見之行事，藏謂卷而懷之。看下『有是』二字則行藏意便自見。《集注》取尹氏『行藏安於所遇』，雖若不甚分曉，然《語録》已明言夫子與顔淵有可行有可藏之意，則以此意看『行藏安於所遇』一句，亦自包含盡。嘗謂《集注》難讀，初把淺近意思來看，固若無差；及後來看得較深，會注意亦合；又久而看得較愈深，則意又不出朱子之外。蓋不唯聖人之言廣大淵深，而朱子體會精至，不可輕易看過也。

《通釋》曰：『暴固是徒搏，馮固是徒涉，然二者皆有慢侮侵陵之意。』

富可求章

『如不可求』一句，上添一『其』字，下添一『何』字，則語意自明。

子所慎章

古之祭祀必齋，未祭之先，散齋七日，齋於外；致齋三日，齋於內。散齋，不御、不樂、不吊致齋，則居於齋室之中，不茹葷，不飲酒，不接事物，惟思所祭鬼神，《禮記》所謂『思其居處，思其笑語，思其志意，思其所樂，思其所嗜』者是也。

爲衛君章

衛君父子爭國，夷齊兄弟讓國，故子貢引之以爲問。若孔子不許夷齊，則出公或聖人之所容；若聖人許夷齊，則出公爲聖人所棄矣。及答之曰『賢人』，則又問曰：『怨乎？』所謂怨非必形於辭氣之間，但其心有不得已之意則爲怨矣。《集注》謂伯夷以父命爲尊，叔齊以天倫爲重。陳北溪問：『在伯夷則兄弟繫於己，而父命繫於公，權之則父命尊而兄弟卑；在叔齊則父命繫於己，而天倫繫於公，權之則天倫重而父命輕否？』朱子答曰：『以天下公義裁之，則天倫重而父命輕；以人子之分言之，則又不可分輕重，但各認取自家不利便處退一步。』由是觀之，則是夷齊之心皆以爲必當逃，而惟恐國家來累及於己，無一毫不得已而出之意。是所謂求合天理之正，即乎人心之安，而無怨者也。

子貢之問，以爭國讓國相反，以求聖人之心，而《集注》亦以夷齊逃國之事以明其無怨，而中間忽突入扣馬事三十二字，何耶？蓋子貢之問止曰夷齊『何人』及『怨乎』，而未嘗言逃國之事，夫子答之亦止曰『賢人』與『何怨』，亦未嘗專指逃國而言也。聖人蓋以夷齊平生心事而答之，而平生大事無大於逃國、餓死二事者，然則夷齊微諫伐、餓死之事，則何以必知其逃國之無怨乎？安知夫子不并以此事斷之爲無怨也？故《集注》不得不入此段，而後惟以逃國事論此章之旨。

飯疏食章

此章似專以飯疏飲水言所處地位，『曲肱而枕』是就此地位中平居之容也，故程子亦止曰『非樂疏食飲水也』，然聖人之言亦不可閑放一句過，『曲肱而枕』亦見得無所事事之意。蓋上二句固言貧，而此句或指賤而言也。

此聖人就所居地位言其樂，若聖人居富貴，則樂亦在富貴；居夷狄患難，則樂亦莫不在其中。即君子無入不自得之意。

聖人但言不義富貴，若富貴以義來，則舜受堯之天下不爲泰。

孔顏之樂相類而有不同，言『不改其樂』，而著『顏子』於上，是簞瓢陋巷不改顏子之樂也；言樂在其中，而連食水、曲肱之下，是孔子之樂在食水、曲肱之中也。顏子不改其樂，是顏子之樂不爲外物所改。蓋顏子惟知自有其樂，不知有憂也。聖人樂在其中，是無所往而非樂也。譬之然火，顏子如然燭而紗籠罩之，雖有風來，不曾動得它光明；孔子如然燎炬在空中，任風自來，隨風都有許多光焰。此顏子具體而微，顏則守之，而孔則化之也。程子以『不能改其樂』釋樂在其中，精神全在『能』字上，與『不改其樂』自不同，當味。

學《易》章

《集注》：『消長』者，陰陽之機；『吉凶』者，陰陽之應；『進退』者，人事也；『存亡』，則進退得失之極也。夫陽長陰消，吉道也；陰長陽消，凶道也。然陽雖吉，失位或凶；陰雖凶，得位亦吉：是消長中各自有吉凶之理。君子學《易》，隨各卦之時事位義，驗其消長，而明其吉凶，以爲身之進退。進退合其宜則存，失其宜則亡。吉凶消長有定而不可移，故曰理；進退存亡人行之，故曰道。

『使知其不可不學』，是先説下〔二〕『可以無大過』；『又不可以易而學』，是覆説上『假我數年』。平誦聖人之言，所謂『無大過』，亦兼有於『易』道無過之義，《集注》引《史記》『於《易》則彬彬』之説，固含此意。下只明用《易》而已，『無過』説，是爲學者修己處切。

雅言章

《集注》『理情性』、『道政事』、『謹節文』，是言《詩》、《書》禮之本體如此。情乃性之發，情發於言而有文，成音者爲诗。故『詩所以理情性』，言作詩之人也，情發而爲詩，故言情在上，理其情則是理其性也。道，言也。《書》所以載二帝三王之大政小事也，禮專在謹慎其品節文章。節言其大，文是節中之文也。聖人以此教人，使人卻用此以理其情性，知其政事，而謹其節文，然後是用處。謂人學之亦可以如此。

葉公問章

『憤』，是求知之切；『樂』，是行之之效；『不知老將至』，自强不息也；『全體至極，純亦不已』，言聖人之學全體而又至於極。以一事而言，未得則憤，既得則樂，是至於極而樂也；以萬事而言，憤而樂，樂而又憤，憤而又樂，必至於全體也。其憤、樂相繼，剛健不息，是『純亦不已』也。『全體至極』，自憤、樂兩句發，『純亦不已』自『不知老至』上生。『全體』與仲弓章『全體不息』字同。

天生德章

『天生德』，《或問》謂氣質清明，義理昭著。

二三子章

此章聖人告門人不可專俟言以爲教，凡平日所行者皆教也。蓋聖人動静語默，無非天理之自然，此是體道實處，皆當審觀而反諸身，何必專待言語之教乎？蓋言與行猶隔一層，故聽言不如觀行。顔子言仰、鑽、瞻、忽，正是就日用上諦觀而學。二三子有未達此，故夫子曉之。

《集注》雖不明説二三子待夫子言教之意，而言『聖人作、止、語、默無非教』，意自可見。《集注》貼襯文義説，自是正意。圈外程子又是一意，言門人就聖人全體大用上學，見其道高遠不可及，有如顔子之歎高、堅、前、後者，故聖人止就日用動静小節上指出教之。『聖人之道猶天』，言全體。『俯而就之』言小節。

四教章

學文則窮物理，知古今，以爲自修之基，故以文爲先；既學文則當反之於身而修行，故行次之；修行當以忠信爲主，忠是發於心處，信是接物處，故忠又先，而信又次之。注：『存忠信』，『存』以心言。又曰『忠信本也』，是忠信又爲學文修行之本也。

聖人不得見章

此章得張宣公『聖人、君子以學言，善人、有恒以質言』兩語，方看得入。但本文兩云『吾不得而見，得見斯可矣』，言雖同而意則不同，蓋自君子進而不止則可至聖人，有恒者則不可進於善人也。不踐迹，亦不入於室，此善人之正訓。是資質一下〔一二〕生定，非積累至者。若善人肯學，即至君子；有恒者能學，亦可至君子。只截斷此四句看，固是夫子歎世衰無聖人、善人，而君子、有恒者亦少。然後三句，雖説無恒者情狀，卻正是教人學有恒之方。欲爲君子，先須有恒方可。若能反是三者，則爲有恒矣。此三者於學問、事爲、處家皆包得盡。

有恒固言資質，但學者當先學有恒，然後可至君子。此與有子言『孝弟爲仁』意同。無，絶無也。虛，未滿之意。『無而爲有』，謂本無一長而爲有之狀。『虛而爲盈』，未能充實而爲盈之狀。此二者謂學之所到、事之所能而言。『約而爲泰』，則論貧富、貴賤之事。

不知而作章

世蓋有不知理而妄作其事者，我則無是也。我惟於古人之言行，多博其聞，擇其善者，從而行之。蓋多聞則非不知，擇善而從則非妄作矣。此句正反上兩句而言之。然又自謙以爲於理未能盡知，所以下文言曰：我於今人之言行，多博其見，而善惡皆記于此，以備參考，雖未足爲知之明，是亦知之次也。蓋古人言行事跡，善惡已彰，故可擇而從；今人言行，未可定其善惡，故惟記之耳。此謙而又謙之言也。

司敗問章

古者婦人皆以其姓在下，而以孟仲之次加於上，如《春秋》所書仲子、伯姬，《詩》所謂孟姜之類。子是宋姓，姬是魯姓，姜是齊姓。伯仲孟長幼之序，仲子宋女，伯姬魯女，孟姜齊女也。同姓爲婚姻，與禽獸無異。春秋之時，同姓之國雖多，婚姻之道皆不通。吴之祖太伯，文王之伯父也；魯之祖周公，文王之子也：吴魯無婚姻之禮。昭公違禮取之，卻諱取同姓之罪，字之曰孟子，欲使人把作宋女看，欲掩其惡。

古者有姓有氏，帝王則自著姓，如伏羲風姓，神農姜姓之類。人有功德者，天子則賜之姓，如黄帝之子得姓者十四人，又如堯賜太岳之姓爲姜之類是也。賜姓之外則爲氏，氏又名曰族，或以祖父之字，如春秋公子展之後爲展氏，子國之後爲國氏之類；或以祖父之謚，如文王之支孫稱文氏，魯叔孫宣伯之後爲宣氏之類；或以祖父之官，如司馬、司空、倉氏、庫氏之類；後又或以國，如周、魯、齊、陳、許、趙之類是也。鄭夾漈推姓氏之由有數十端，然今何者爲姓，何者爲氏，分曉者固易知，亦難盡辨。凡出於古帝王之後，有姓無氏，如上説風姓、姜姓之類是也。若其餘有氏則又有元姓，且如春秋時同姓之國，如周、魯、衛、鄭、邢、茅、蔣、胙諸氏皆姬姓；又如魯之公族大夫以謚以字以官者，亦皆姬姓。以此類推之，須要考究其原，方見各人姓氏分曉。秦漢以後，姓氏多亂，皆不可分别。漢有功者多賜姓劉，唐有功者多賜姓李，都是把别姓氏硬扭作劉、李去，數世後不辨真僞。又如匈奴以漢外家姓劉，亦冒姓劉，此等尤難理會。

文吾猶人章

文，猶文章、威儀、文辭皆是。得，是有得於己。文固亦君子之事，乃發於外者，故曰莫吾猶人也。若躬行者，必心有所得，乃可成君子，故曰『全未有得』。

若聖章

《集注》博施章曰：『仁以理言，通乎上下；聖以地言，則造其極之名也。』言仁是天理至善，上謂全體之仁，下謂隨事之仁也。聖則行仁至於極，無一事之非仁，妙而不測之謂也。此章曰：『聖者大而化之，仁則心德之全而人道之備。』『大而化之』，即聖之地也。『心德之全』、『人道之備』，即全體之仁也。朱子云『「爲之」，謂爲仁聖之道。「誨人」，亦謂以此教人』，是合說。金先生云：『聖言德，仁言及物。聖人言「爲之不厭」，即作聖之事。「誨人不倦」，即及人之仁。』此是開說。如此更〔一三〕覺易見。

奢不孫章

『不孫』者殺身亡國之由，『固』不過爲人所鄙而已，故『不孫』寧『固』。

子温而厲章

常人之容，温和則不嚴厲，嚴厲則少温和；無威者失之易，有威者或大過而至於猛；好禮者不能恭，能恭者又或出於勉强。聖人中和氣象，故全備。

望之儼然，即之也温；聽其言也厲，察之猶淺言之尚略。此章察之深，言之備。

《集注》『人之德性，本無不備，氣質所賦，鮮有不偏』，此言衆人，謂人性本皆全善，爲氣質不適中而偏，故性爲所蔽亦偏，其見於氣貌之間者，必不得剛柔之中。『全體渾然』，應德性本備句。『陰陽合德』，反氣質有偏句。『全體渾然』，雖言德性，然謂之『渾然』，則是德性未常少爲氣質所蔽。『陰陽合德』，則陰陽二者皆亭當和平，略無過不及之偏，是又見『渾然』意象矣。此是就聖人所稟言氣質，故著『合德』字。此『德』字只就陰陽説，非言性也。『中和之氣』是關渾然合德説，惟其渾然合德，故其氣見於外者，自然中正和平。經言六者是三等中和之氣。蓋親炙聖人者始見粹然而温，卻有威可畏，而又一於恭。詳而審之，則温中有嚴厲，不全於和；雖威又不太猛，使人懼懾；恭皆出於自然，絶無勉强。合而觀之，豈非中和之氣出於渾然合德者邪？

陰陽合德圖

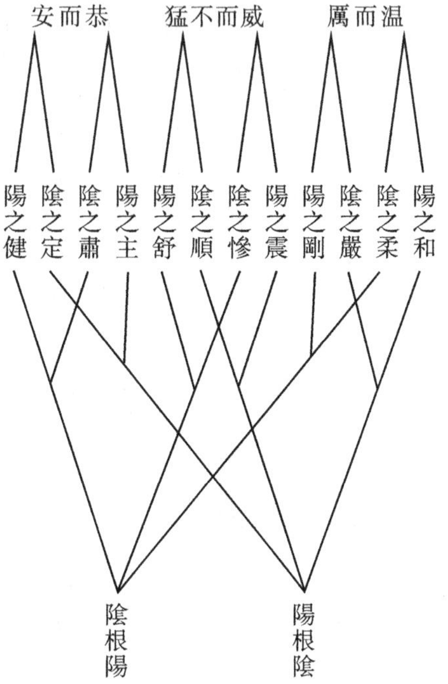

陳北溪曰：『以上三截爲陽，而下三截爲陰，似乎有合；然又以上三截爲陰，而下三截爲陽，亦似有合。未知所決。抑聖人渾是一元氣之會，無間可得而指，學者强爲之形容。如且以其説自分三才而言，則温然有和之可挹，而不可屈奪，則人之道也；儼然有威之可畏，而不暴於物，則天之道也；恭順卑下，而恬然無所不安，則地之道也。自陽根陰而言，則温者陽之和，厲者陰之嚴，威者陽之震，不猛者陰之順，恭者陽之主，安者陰之定；自陰根陽而言，則温者陰之柔，厲者陽之剛，威者陰之慘，不猛者陽之舒，恭者陰之肅，安者陽之健。蓋渾然無適，而非中正和平之極，不可得而偏指者也。』

泰伯第八

泰伯章

《詩》言太王實始剪商，其意以爲周之所以滅商者，自此基之爾，非必謂太王即有滅商之謀也。蓋古公之遷邠，人從之如歸市，而《吴越春秋》云：『古公居三月成城郭，一年成邑，二年成都，而民五倍其初。』仿佛帝舜氣象，則德化及於民，其勢有不可遏者。但古公遷岐在殷王小乙之末年，不久而高宗立，傅説爲相中興，在位五十九年。次祖庚立七祀，次祖甲二十八祀，文王生。《皇王大紀》：『祖甲三十一年，文王生。』以文王没之年考[一四]之，非是。《書》稱祖甲『不義爲王，舊惟小人。作其即位，爰知小人之依，能保惠于庶民，不敢侮鰥寡。肆祖甲之享國三十有三年。』自遷岐至文王生之年，已九十七年，古公壽百二十歲，後不知的於何年卒，計在文王生一二年之後。則古公始終正居商令王有道之世，剪商之志何自而生邪？文王生有聖瑞，故古公曰：『我後世當有興者，其在昌乎？』太伯知欲立季歷以傳昌，乃亡。史之可見者如此。蓋古公但言興者其在昌，未見有剪商之意。觀『知欲立季歷』之言，則亦未嘗明言立季歷，所謂『知』，正於『其在昌乎』一言知其意爾，其讓國也固爲至德。而季歷之後世，遂有天下。天命既欲興周，其始也，非季歷則國固太伯之國，而太伯之後有周矣，故曰『以天下讓』，夫子就成事上論其讓也。止讓國而非天下，故『民無得而稱』。惟太王始不明言立季歷，乃太伯因『其在昌』一言，暗知太王之意，托採藥而去，亦無讓國之迹，所以民尤『無得而稱』，所以爲德之至也。王文憲謂《集注》，朱子因舊傳修入，未及改。

啟手足章

此章作兩節看，啟手足是一節，是以已然者示門人，其平生孝謹之成效也。下二節言致謹之方，只是『戰戰兢兢』句上，是其平日惓惓於此，未嘗少懈，如臨履薄，言恐懼戒謹之狀也。

孟敬子問疾章

『動容貌』，便當遠去暴慢，不粗厲，當文雅；不放肆，當矜莊。『正顏色』，便當近於信，不可色厲而内荏。出言語聲氣，便當遠去凡陋與背理者。工夫全在遠、近二字上。

《集注》，程子工夫在動、正、出之先，蓋平日敬義工夫純熟，至動、正、出時，自然有此效驗，則工夫意在『道』字上。朱子以『操存』二字上承程子之旨，以『省察』二字使用之於動、正、出之際，是工夫在『斯』字上。金先生謂此是成德之事，恐非敬子所及。以曾子語意，工夫只在遠、近字上。使只就地頭做工夫，必欲其遠之、近之，如此則下學亦有入頭處，久而至於程子地位。

程子『暴慢斯遠』一句倒説，下『近信』、『遠鄙倍』二句順説，當思所以異。

問不能章

能、不能，以事爲言；多、寡，以明理言。

謂彼之不能，固不如我之能，而彼有一能，乃我之所未能者；彼之寡聞，固不如我之多聞，而彼有少聞，適我之未聞者：故問之。

天下事理無窮，顔子雖亞聖，亦有未盡知、未盡能者，故每問於人。能與多，固顔子學問之積，問不能、問寡，謂或有事理顔子所未知、所未能，人或知之、能之，則必下問爲己益。但就他人一件長處請問，不必論此人他事皆不如我。

此章兩節，皆就己接人上説，上節主於問，下節主於不校。《集注》以『唯知義理無窮』一句總上節，而謝氏亦曰『不知有餘在我，不足在人。』『有若無，實若虚』，是其見義理之無窮，所以問也。謝氏又以『非幾於無我者不能』總兩節，則皆是接人意。『有若無』，應『能問不能』一句；『實若虚』應『多問寡』一句。

『唯知義理無窮』，智也；『不見物我有間』，仁也。言顔子體乎仁智。

託孤章

八、七尺，成人；六尺，言幼也。孤者，幼而無父之稱。百里，言諸侯之國。託孤，謂輔幼君。寄命，謂君諒陰而臣攝國政。分而言之，爲二事説亦可：謂輔幼君，則扶植至成人，終定其位，如霍光之輔漢昭帝；攝國政，則百官總己以聽，國治民安，如伊尹之相太甲。總作一事説亦可，謂君幼而攝國政，如周公之相成王也。看人所遇之時如何，緊要在節不可奪上。

弘毅章

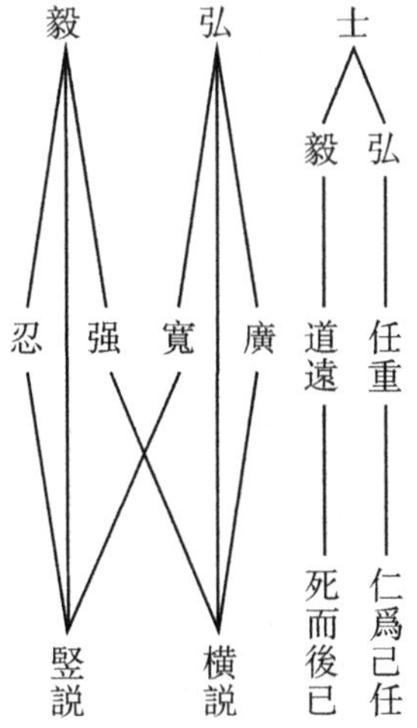

興於《詩》章

《集注》『《詩》本性情』，謂詩本出人性情之自然。蓋心之聲爲言，言之成文而有音韻者謂之詩，是性之動爲情而見於外者，言詩發揚己志，出於自然也。古之天子巡守，采詩以觀民風，蓋擇其善者被之弦歌，頒之邦國，如周之《二南》則用之鄉人邦國，《雅》則用之邦國朝廷，《頌》則用之宗廟。今《集注》乃言『有邪有正』，金先生謂此據毛氏《詩》言之也。變風變雅，邪者多矣，但學者既知義理，則凡見善即取爲法，見惡即取爲戒，固不必較其邪正也。此三人行必有師，擇善者從，不善者改之意。如《春秋》善惡皆書，而自可爲法戒也。

『抑揚反復』，正言吟詠。『抑揚』是吟詠之聲，『反復』言吟詠之不已。學者於書，固須口誦心惟，况詩有音節可以吟哦詠歎，則感於其心尤速而切，故能有所興起也。

『恭』見於貌，『敬』主於心，『辭』者不受於人，『遜』者讓己所有。『恭敬』律於己，『辭遜』接於人。行禮以四者爲本。『節文度數』，則禮之事也，品節是其大綱，文章是其小目。度者制度，數者數目。多寡之□□□□皆以上四者行之也。

肌膚本有會，筋骸本有束，但不知禮，則無以固之而懈惰散漫，遂至手足無所措，耳目無所加。能以恭敬而行節文，則動容周旋，莫非天理之流行矣。

『卓然』者，自立之貌。既守乎禮，則事物之來，皆有以應之，莫不中節，不爲其摇撼惑奪其心志矣。

『五聲十二律，更唱迭和』，《語録》曰：謂如黄鐘爲宫，太簇爲商，姑洗爲角，林鐘爲徵，南吕爲羽，還至無射爲宫，便是黄鐘爲商，太簇爲角，中吕爲徵，林鐘爲羽。蓋五聲十二律，皆上下相生。聲始於宫，律始於黄鐘，宫即黄鐘也。其法皆三分去一、益一，上下相生。宫之數八十一，三分去一，下生徵爲五十四；徵三分益一，上生商爲七十二；商三分去一，下生羽爲四十八；羽三分益一，上生角爲六十四，而五聲備矣。黄鐘之琯九寸，三分去一，下生林鐘；林鐘三分益一，上生太簇；太簇下生南吕，南吕上生〔一五〕姑洗；姑洗下生應鍾，應鐘上生蕤賓；蕤賓下生大吕，大吕上生夷則；夷則下生夾鐘，夾鐘上生無射；無射下生中吕而終焉。前所謂黄鐘爲宫至南吕爲羽五節，是從宫、商、角、徵、羽順數，其實乃黄鐘生林鐘、太簇、南吕、姑洗，依前五聲次序生去也。第二無射爲宫至林鍾爲羽亦然。所謂『更唱』，是十二律皆可爲宫；所謂『迭和』，十二律皆可爲徵、商、羽、角，相繼和去。

養人性情，言養於平日，以爲應事之本也。『邪穢』者，物欲之染。『查滓』者，氣質之偏。興《詩》立禮，則消物欲而變氣質矣；有未能淨盡者，又因樂以蕩滌消融之，而全入於中和也。『義精』是明善至於極精，『仁熟』是行仁不假勉力。『和順道德』，如云不違仁也。

民可使章

民者，庶民百姓也。《或問》曰：聖人爲禮樂刑政，皆所以使民由之也，其所以然則莫不原於天命之性，雖學者有未易得聞，况庶民乎？

好勇章

『人而不仁，疾之已甚』，而『致亂』，蓋教君子當知時審勢也。不仁者固所當惡，《大學》所謂『迸諸四夷不與同中國』，可謂甚矣，理之正也。蓋時可爲而勢足以制之，何憂其生亂乎？若非其時，而勢不能誅討，徒疾惡之，則鮮有不致亂者，漢之宦者是已。君子非不惡之，不得時與勢，禍徧及於君子之身而國併以亡。唐之末路亦類是也。聖人之言其旨遠哉。

之才之美章

驕吝只就才上見，是以其才美而驕吝者。『其餘』，亦指才言。此章『才』字重，是言有才無德之病，故《集注》於圈外取程子『德』字補之。

《集注》『智能技藝』，『智』，其所知者；『能』，其所能爲者；『技藝』，又是能中小節目。用此四字，方包括得才字義盡。

程子開説驕吝，朱子合説驕吝。氣盈歉不同時，遇一事氣盈則驕，遇一事氣歉則吝。其才於此事有所長，則矜衒誇張，以氣陵人；其才於此事有不足，則掩閟靳嗇，不欲示短於人：此是一等人。若吝本根而驕枝葉，則所以吝者乃爲驕人之地。驕是發見在外者，吝是沉潛在中者。吝是智底意思多，驕是能的意思多。若有所長，推己忠告，則人將皆知而能之，我無可以驕人矣；惟其必以自知，則人莫我測，常足以陵轢於人矣：此又是一等人。程子雙重，朱子偏重，合二説言盡驕吝氣象。

『吝者則不驕，驕者則不吝』。圈外，『勢常相因』及『未有驕而不吝，吝而不驕』，善説者也。『蓋驕者吝之枝葉，吝者驕之本根』，是驕起於吝。

篤信好學章

□□□□言實□□□篤信此道，方能好學；信之不篤，則不能好學。□□□□□□□□方能善道；若持守不堅固，畏死避害，則不能善道。

能篤信之，又須好學。若不學則不知義理之極致，亦徒信而已。能守死須是善於道，若不善於道，則有不當死而死，當用權而不用，執一不合於義，亦徒死而已。

篤信須是能守死，不守死則所信者未篤；好學須是善於道，不足以善道，則所好者未正。

惟其信之篤，則能守之至死不變；惟其好學見理明，則能處事善於道。故朱子曰：『守死者篤信之效，善道者好學之功。』

大意：篤信然後能好學，守死然後能善道；篤信又不可不好學，守死又不可不善道；篤信須是守死，好學須是善道；惟篤信而好學，故能守死而善道。篤信、好學，就知上説；守死、善道，就行上説。

篤信好學
守死善道 ╲╱ 危邦不入亂邦不居 去╲有道則見 出 富貴
就╱無道則隱 處 貧賤

不在位章

凡侵官越局，皆所當戒。然居上位而侵細務亦是也，居下位而謀大事亦是也。如所謂吏部之官不得理兵部，鴻臚之卿不得理光禄，皆是也。

師摯章

《魯語》〔一六〕：『閔馬父曰：「昔正考父校商之名頌十二篇於周大師，以《那》爲首，其輯之亂曰：「自古在昔，先民有作。温恭朝夕，執事有恪。」」』韋昭曰：『輯，成也。凡作篇章義既成，撮其大要以爲亂辭。詩者歌也，所以節舞，曲終乃更變章亂節，故謂之亂。』按昭此語，則亂字自有二義：篇義既成，撮大要爲亂，是以辭言也；曲終變章亂節，是以音言也。閔馬父所謂『自古在昔』四語，正『那』詩之終。蓋『變章亂節』之『亂』也，正《樂記》『始奏以文，復亂以武』者也。然則《關雎》所謂『參差荇菜，左右芼之。窈窕淑女，鐘鼓樂之』者，正其類也。《關雎》之亂，蓋只指此四句，不必求他説。

狂不直章

狂，謂心志高遠而事爲不精詳。侗，謂無知，以理言。悾悾，謂無能，以事言。常人之情，有狂、侗、悾悾之病，必有直、願、信之德。人志高遠而不計較小節，則爲事必質直而不迂曲；無知者則不敢妄爲，故願；無能者則不敢輕出語，故信。若有是病而無是德，雖聖人亦不教也。

學如不及章

爲學者晝夜勤力不息，其心如追一物，惟恐不及。既用功如此，尚恐失之。蓋人生有期，白日不再，既生爲人，全不見得些小道理便死了，只是枉了一世。所以古人爲學，不分毫放過。

舜禹章

聖人治天下，只順天地生物之理以養育萬民，民之所欲與之聚，所惡勿施；惟知參天地、贊化育，盡其誠而已，不以天子之貴、四海之富爲事，一如與己不相關一般。

大哉堯章

上『巍巍乎』贊天高大，下『巍巍乎』贊堯德高大。『則』是準則之則。謂堯之德與天一般，所以廣遠而民不可形容。『無能名』，是不可形容也。人所見可者，惟見其成功之文章爾，然此乃粗迹，其妙用入神處皆不可見，唯聖人知之而亦不可形容，故其言止如〔一七〕此。『巍巍乎其有成功也，焕乎其有文章』，上句『也』字起下句。孔子只是言堯之成功，可見者唯有禮樂法度耳。圈外卻是成功與文章對説。

舜臣五人章

此章語脈須子細體認。『舜有臣五人』，懸説起一句在上，而〔一八〕孔子是就武王曰『予有亂臣十人』主意説言。古言人才難得，果是如此。武王興周時，人才之多，惟有唐虞交會之間比於此時爲盛爾，夏商之代，人才皆不能及。然周初雖曰人才多，十人之中，又有一婦人，止有九人而已，是才之果難得也。唐虞之際，人才極多，不止五人，《二典》中可見，所以可説盛於周初。獨言此五人者，蓋五人功德尤彰著也。周自成王之後，人才亦衰。

夫子但言周之德，不可獨以文王爲説。武王即位十三年才伐紂，於未伐之先，則亦事殷；至紂惡極，武王不忍見民墜塗炭，乃爲天下去暴爾。

三分有二，周都在雍州，梁在雍正南，豫居雍東南，徐居豫東，荆居豫南，揚居徐南，故六州皆歸周了。紂都冀州，兖居冀東，青居冀東南，故三州尚屬紂。此亦是大約如此言之。

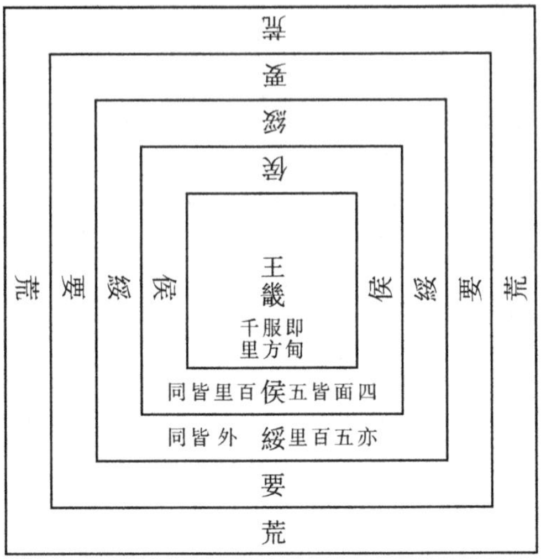

《禹貢》五服：甸、侯、綏、要、荒。王畿千里，謂上中方，方千里，爲王者所居，即甸服也；四面各相去五百里爲侯服，又五百里爲綏服，又五百里爲要服，又五百里爲荒服。一面二千里，與甸服共方，方五千里，是天下大約道里如此。其服地内所封諸侯，朝貢皆各有時。所謂以服事，所居在何服内，依服内合當朝貢之數事天子也。

禹章

致孝鬼神，是祭宗廟盡其誠；致美黻冕，是待諸侯盡其禮；盡力溝洫，是養民盡其愛。

子罕第九

子罕章

利，凡利益、利便、財利皆是。君子見義則爲，不暇計較利己，有殺身以成仁者。若言利安能及此？天之賦與人者謂之命，有以理言者，仁、義、禮、智之性是也；有以氣言者，智愚、賢不肖、富貴、壽夭之數是也。理精微難見，不可以一言舉知。氣者，非君子所尚，惟當見義而行，若委之命，則廢人事，而爲學變化之功亦無用矣。孔門問仁，皆是問行仁之方；而夫子答之，皆是進脩之目，未嘗以仁之全體切切言之也：故曰『子罕言利與命與仁』。

麻冕章

冕，冠總名。冕之名有五：衮、鷩、毳、希、玄，天子、諸侯、公卿、大夫、士朝祭用之。就五冕之中，共有九等，其一則十二旒，次九旒下至二旒爲八等，與十二旒者共九等。天子用十二，及九、七、五、三共五等，自九旒以下各以其命數服之。上可兼下，下不可僭上。其上兼下者，於祭祀時，各視祀之大小而服冕之高下。天子自衮冕以下，上公亦自衮冕以下，侯伯鷩冕以下，子男毳冕以下，只是冕上旒數不同。天子自十二旒，五等皆十二玉。公侯以下只依旒數綴玉，如九旒九玉，八旒八玉。其九、七、五共三等，則君服之；八[一九]、六、四、三、二共五等，則天子諸侯之臣隨命數服。冕之下有弁，弁之下有冠，皆首服也。冕冠皆以緇布爲之。『麻冕，禮也』，《集注》作『緇布冠』，亦總名也。

鷩，必滅反。毳，昌鋭反。希，陟里反。

《漢食貨志》：周布帛廣二尺二寸爲幅，三十升布，升八十縷，則二尺二寸，容二千四百縷，一寸計一百九縷。程子謂周尺當今尺五寸五分弱。所謂今尺者，即營造尺也。如此則營造尺之一寸，爲縷幾二百。是一寸爲今百眼篾，其細密難成可見。

《儀禮·燕禮》：君燕臣之禮也，『公取大夫所媵觶，興，以酬賓。賓降西階下，再拜稽首。公命小臣辭，賓升成拜。公答再拜，立卒觶，賓下拜。小臣辭，賓升再拜稽首。公答再拜，賓易觶，下拜。小臣辭，賓升再拜稽首，公答再拜。』注疏：『凡臣於君雖爲賓，與君相酬受爵，不敢拜於堂上，皆拜於堂下。若君辭之，聞命即升；若堂下拜訖，君辭之，即升復再拜。所以然者，以堂下再拜而君辭之，若未成然，故復升堂再拜以成之。若堂下未拜之間，聞命則升，升乃再拜，則不言升成拜。』又《覲禮》：諸侯覲天子之禮也，『侯氏坐取圭，升致命，王受之玉。侯氏降階東北面，再拜稽首，擯者延之升，升成拜。』又：『王勞之，再拜稽首，擯者延之升，升成拜。』及賜車服，『侯氏降兩階間，北面，再拜稽首，升成拜。』今《禮》中言『升成拜』者非一，以此推之，則他從可知矣。然行禮又各有節，亦〔二〇〕多有臣拜於下，不辭升者，蓋各有宜也。其辭，有命臣辭之者，有君親辭之者，亦各有當。此章孔子之言，又似臣凡拜皆當拜下而升成拜。如《覲禮》賜車服之儀，拜下不言辭，而自升成拜。

程子是推凡處事説。

子絶四章

《集注》四者相因，循環不窮，是合來看；□□□□□□，是分開看。合看者易見，分看者難明。大凡我固□□□亦有不自主聖人□成此病者，如聖人之心，與天地同流，無往自不在□如無適無莫，仕止久速，是無固。如佛肸、弗擾之召，欲往而復不往；墮三都未能墮成，則止緣聖人不久去魯，若不去魯，必别有所處，是無必。

所謂『子絶四』，只是説聖人私意、期必、固滯、物我四者無一件。聖人如何相連而生直至我，若説道聖人無私意，便無下三件，則記〔二一〕者不須立這四件條目。張子之言恐是正意，朱子是專爲學者説。

開看合看，各有意味。然而總只是私意，合看固因私意牽引來，開看則各是私意所成。

必，亦私意也；固，亦私意也；我，亦私意也。

太宰問章

聖，德也。多能，才也。太宰以夫子多能爲聖，子貢則分别德與才以告之；夫子之言止接多能之意，故曰『太宰知我』，下文言君子不貴多能以曉之。《語録》：太宰以多能爲聖，子貢謂多能爲聖人餘事，孔子以聖不在多能形容聖人地位，則子貢之言爲盡。

鄙夫問章

《集注》始終、本末、上下、精粗分四節看，不必就一事求四者。始終是前後兩端，如夫子言興詩、立禮、成樂及學而時習章、可與共學章之類；本末是綱目及内外兩端，如『吾道一以貫之』、『人而不仁如禮、樂何』、答『林放問禮之本』之類；上下是高下遠近兩端，如答子張『言忠信，行篤敬』，答子路『脩己以敬』及『道千乘之國』之類；精粗是深淺兩端，如答子貢問仁，既告以仁之體，又告以求仁之方，及未若貧而樂，富而好禮之類。蓋答鄙夫之問亦若是也。『語上遺下』，但言高深遠大而不及淺近者。『語理遺物』，但言其體而不及於用。

喟然章

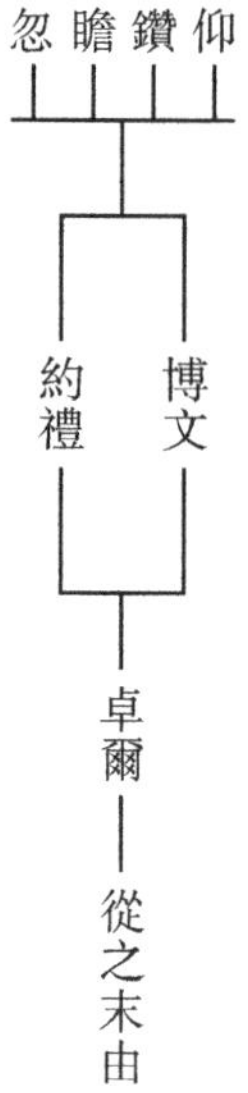

仰、鑽、瞻、忽，篤信力求，未有得之之方。博文約禮，而見所立卓爾。學之有序，而能造其域，具體而微者也。『從之末由』，待時而化也。

此章，《通釋》、《考證》二書言之詳盡，須細看。

《集注》：『恍惚不可爲象』，聖人之道如水中月，如盤中珠，雖分明見得，只是難捉摸定體。

『無窮盡』，指高堅；『無方體』，指前後。

『道雖高妙』，『高』指高堅，『妙』指瞻忽。

『致知格物』，先言『致知』，就心上說；『格物』，是此心去格。故先言其本。約禮，只是復禮工夫。若己不克，則禮不可復，故併言『克己』。

『先難之故』，說仰、鑽、瞻、忽；『後得』，說『所立卓爾』；『由』字，說博文約禮。

『不怠所從』，是補顏子言前之意。蓋顏子雖曰『從之末由』，非是自畫之辭，是言當時所至爾。所謂待時而化也，日月用功，將自化矣。

門人爲臣章

魯哀十五年冬，子路死於衛；十六年夏，孔子卒於魯：則此疾病非將夢奠時也。《或問》謂必夫子失司寇之後，未致其事之前。

『行詐』，只是不誠意思，當輕看。子路忠信剛決，但知上稍欠，此舉是實敬愛其師，便決於行，不知其失。然凡事稍有違理，便是不誠，此是過，不是故意用詐之罪。夫子言『久矣哉！由之行詐』，是責其平昔任意便行致失理也。

美玉章

『沽』，去聲，訓賣。若平聲則訓買，於此義不相當。

樂正章

朱子《詩集傳綱領》釋此章引《漢禮樂志》云王官失業，《雅》《頌》相錯，孔子論而定之。故其言如此。古之樂章既各有體製，亦各有音節，孔子之時相錯失倫，故爲之更定，使復其本。

出事公卿章

金先生引《語録》三説中一説：謂『此數事外，我復何有』，此説爲正。蓋此章之言甚近，又非七篇默而識之章比，若聖人亦謙言，恐是太過。必有人稱頌聖人道德，因言我但能出事公卿，入事父兄，各盡其禮；於喪事不敢不勉力，以盡其至；不飲酒而爲其所困，如此而已，此外何有於我？蓋於人之所言，姑以此數者答之。觀兩『則』字與『不敢』字，可見非未及者。

川上章

『舍』，去聲，止息也。見《楚詞辨證》，《集注》未及改。

先看川字爲主着實，方見得下文意思。此不獨是記夫子所言之地也，『逝』字固指川流者，字兼包萬物。『如斯』字指流而不息，『夫』字指與學者之辭。謂萬物與道爲體者，如此流動，未嘗止息，於川可見。然此只説得往者分明，未見來者意，故又曰『不舍晝夜』，然後義理沛然。『如』字，非如似之如。不是以川流比道，是正言道之流行也。『如斯』，正指流而不息。

此章固是言道體，聖人亦不懸空説，正是教人體道不可須臾間闕。

《集注》三『道體』字，第一，就大原頭全體説來，所以謂之『道體之本。』然此道體是無形之體，是就此章頂上説；其次，然後言『易見者莫如川流』，此下方就川上説。第二，『此道體也』，

『此』字即指川流而言，云是道之形體也。道本無形，因物而見其體。下遂歷敘五端，云皆是與道爲形體者，此第三箇説尤重。大抵三道體，上則輕清而所包者大，下則漸着實而人可共見。人而欲體道，則全在謹獨工夫，能謹獨，又在於自强爾。

一『道體』就氣化流行處説，是説所以生物者，未説到物上。二『道體』是就物上指形而上者而言。三『道體』指物而言。

本注道體是道爲物之體段，程子道體是物爲道之體質。

好德章

德者人心本得於天，惟知好之，然後能進脩以成己德。但人真好之者少，而好好色乃人之實心，若心實好德如好色，然則實好德矣。此與《大學》比喻一般意，只是勉人須實好德。

《集注》圈外引《史記》語，以證夫子發此言之由，但如此説，則好德有好有德之人之意。

不惰章

《集注》『心解』字補不惰之前，顔子聞夫子之言，其心即融釋脱落，略無疑滯，既心解即勉力行之。『造次顛沛』，又是力行中節目。下言如『物得時雨，發榮滋長，何有於隋』，言自然不能已，非勉而不能惰。此是形容顔子不惰，非衆人不惰者比。但學者讀此章則當自勉勵，勿懈慢可也。蓋聖人雖贊顔子之進，亦所以厲學者之惰。

吾見其進章

何文定云：『惜顔子者，惜其已進於所立卓爾之地；『未見其止』者，惜其不造於聖人之極也。』

後生可畏章

前兩語期之，後兩語戒之。期之者勉其進也，戒之者警其惰也。

『年富』者，未來之日尚多也。人以百年爲期，今當少壯，則未來之日尚富也。

法語章

《集注》『語之未達，拒之不受』，是向上面説。『未達』，是法語、巽言皆不能曉。『不受』，是雖曉而不從説。『其或喻焉』，是能從説者。

三軍章

『奪師』，如漢王馳入韓信壁，即卧内奪其印符，以易置諸將；公子無忌椎殺晋鄙，奪其軍之類。

『匹夫』，猶言一夫，謂一小人而有志者，正與三軍多寡相對言。三軍之氣在外，匹夫之志在心。人若心志堅定，向道不惑，孰能移之哉？可奪則非志矣。

衣敝章

衣敝緼袍而不恥，此是舉一端，以見子路之心不爲貧富動，非謂子路之德專見於此也，『其由也與』辭氣可見。子曰『士志於道，而恥惡衣惡食，未足與議』，亦是舉凡而言。大抵飾於身者，往往以不及人爲恥，此止言敝衣，故知只是舉一隅說。如士志於道章有自厭其貧之意，此章是貧富相對言。外物來鑠於我，人則易動其心，而乃不恥，子路所以爲賢也。此見子路心正氣全、達命安分，樂己之貧而不知人之富，略不以此事芥蔕於心，唯見道義之安耳。可與車馬輕裘與朋友共敝章對看，此是不慕人之富，彼是不輕人之貧；此是不屈於物，彼是樂與物共。合而觀之，可見子路氣象之全。

二『臧』字似有不同，『不忮不求』，安得不善？上『臧』字就『不忮不求』中說；唯『不忮不求』何足爲善？下『臧』字就『不忮不求』外說。

《禮記》『緼爲袍』，注：『緼謂纊及舊絮。纊，新綿也。』蓋以舊絮而加新綿爲之。『枲著』，『枲』，牡麻也。以枲搥細以當綿，貧者之服。『著』，音旨吕切。字或作『緒』，以綿裝衣也。此謂以枲麻裝衣也。此緼袍之義，與《禮記》不同，謂以麻當絮著在袍中也。

『衣之賤』，『衣之貴』，言其直爾，非人之貴賤也。

『進於道』，謂漸造深遠。『進』字就道中說，非自此進於彼之謂。

歲寒章

木至寒而不彫者亦多，聖人取松栢者，蓋松柏之受命也，獨一斬斷更不萌蘖，如君子有剛斷者然。

松柏不彫於冬而換葉於春，其枝未嘗見枯槁之態，故聖人不言不凋，但言『後凋』。聖人言語，雖小節自周備無滲漏如此。

知者不惑章

三『者』字，指人。此章以三達德循序而言，蓋就一人身上說，與『知者樂水，仁者樂山』章開説者意不同。

共學章

學是學問思辨之事。知人皆可學，而不可不學，又知學以爲己，然後可與之共學。『適道』

者，篤行之事也。格物之多，心知既明，善惡是非判然無疑，然後可與同由於道之中矣。行之日熟，執志愈堅，擇善則拳拳服膺而不變，故可與立道。在日用之間，適道猶就每事言之，立則行之全德之成矣。『立』字如『建』字。謂守聖人所制之法，循其規矩準繩，皆有所成立，然猶能應事之常爾。或事變之來，前無定制，固當隨時處中。如稱之稱物，必以錘移前卻後以取其平。所謂權也，權非大而化之者不能，故以是終焉。

有志之士，則可與共學；能明義理者，則可與適道；信道篤守不變者，可與立，立則守經者也；至於義精仁熟，則可與權，而能處變矣。

《集注》『知所以求之』，知格物致知之方也。『知所往』，知至善之所在，而志於必至之也。『篤志固執而不變』，行成而守之固也。

『權』是稱錘，凡稱物須以權於稱上推移前卻以取平，今以『權』字爲義理度而行之至中而止。程子謂權即經，朱子謂權經有辨。勉齋謂有朱子之説則經權之義明，有程子之説則經權之義正。蓋經是常也，權字有變意。常者一定之理，變者隨時之宜。事之常者，只依見成禮法一定行將去；至有非常之事來，須用自以禮義度而行之，亦欲合於常道。蓋自上古聖人代興，制爲典禮雖備，然亦豈能盡該天下之事變哉？固此度彼皆欲合於義而已。且如父子相繼而有天下，常也。至堯舜則皆以子不肖而禪讓，其義則在於得人而安天下。君令臣共，常也。桀紂至暴，而湯武至仁則起而伐之，其義在於去惡而救民；伊尹事太甲而放之，其義在於全湯託孤之命。兄弟友愛，常也。而周公誅管蔡，其義在於正國家。嫂叔不通問，常也。嫂溺則援之以手，不通問者避嫌也，見他人孺子入井，且有惻隱之心，見兄之妻將死，則避小嫌而不顧，所失大矣。義理是活潑潑地物，不在這一邊，便是那一邊，若兩下皆是義，則稱量其重者爲之便是權。但權須是用得義理極明了方可行，若未明理，專認箇『權』字，件件要去權，則有背義妄作，其罪不可勝言矣。

經者，聖人所制禮法常久當行者，君子用以應常事者也。權者，聖人之大用，前聖所未立法，適逢事變，而處之既當，則其法即可常久〔二二〕，所謂權即經也。且如五帝以來，父子相繼，常也；堯則因子之不肖，而以有聖人在下，故易爲禪讓，此權也。至舜之讓禹，則用堯之權爲經矣。天子在位，諸侯臣服，常也；桀有極惡而湯至仁，故易爲征伐，此權也。至武之伐紂，則用湯之權爲經矣。至於小事，莫不皆然。經與權皆聖人所制，以君子言之，則但可循聖人已立之經，不能用聖人未制之權。

唐棣章

聖人未嘗言『易』，亦未嘗言『難』，但曰『未之思』，蓋不思則難，思之則易，難易在思不思耳。

鄉黨第十

鄉黨節

前注：容貌指『恂恂』，詞氣指『似不能言』，總結言指『似不能言』與『便便言』，貌指『恂恂』與『謹』。

使擯節

《周禮·大行人》：上公之禮，介九人，擯五人，朝位賓主之間九十步。侯伯，介七人，擯四人，賓主之間七十步。子男，介五人，擯三人，賓主之間五十步。諸侯之卿，其禮各下其君二等。謂如公之卿則七介，侯伯卿五介，子男卿三介，則擯一半之。其大夫又下於卿二等。《論語》疏謂：賓若是公來，至門外，直當闑西，去門九十步下車，北嚮立。九介立在君之北，邐迤西北，並東嚮而列。主公出，直闑東南，西向立。擯在主人之南，邐迤東南立，並西向。末擯與末介相對，中間相去三丈六尺。列擯介竟，主君問賓來之意。主人傳言於上擯，歷次擯，至末擯，末擯傳末介，歷次介、上介至於賓。賓答來意，則自上介漸歷次末介及末擯，至上擯告於主人。既畢，然後迎賓至門。侯伯以下禮皆如此。若使者來聘，則主君至大門而不出限，南面而立。上擯出閾外闑東南，西嚮，亦如上陳列。末介、末擯相對，亦相去三丈六尺。陳擯介竟，則不傳命，上擯進至末擯間，南揖賓，賓亦進至末介間。上擯與賓相去亦三丈六尺。上擯揖請事，入告君，乃相與入也。凡門外之列擯介，皆在主賓之前；及入門，則擯介皆隨主賓之後。

疏《聘禮》：私覿禮畢，『賓出，公再拜送，賓不顧』，注云：既拜，客趨辟，君命上擯送賓出，反告『賓不顧』矣，君反路寢。

《集注》『躩，盤辟貌』，『辟』，音闢。謂足盤旋開闢，聞君命，敬之若無所措其身然。

『命數』，謂圭璧之度、冕服之章、建常之斿、樊纓之就、貳車之乘、介擯之人、禮牢之數、朝位之步、饗獻之禮，皆隨其命多少之數。

入公門節

《周禮》『應門二徹參箇』，應門者，朝門也。徹者，轍也。二轍之内八尺，參箇，三八二十四，門容二丈四尺也。諸侯之禮有降殺，門或狹於此。然《聘禮》記侯國之禮，而疏引『二徹參箇』爲證，則門之制或同歟？

門有二扉，門中竪一短木謂之闑，又名橛。兩旁有長木謂之棖，又名楔，楔即今所謂門㡏。左右扉各有中，左扉之中在闑東棖西，右扉之中在闑西棖東。此左右以内視外而言也，然門以向堂爲正，謂自外視内也。大抵左扉是主出入之道，右扉是賓出入之道。《玉藻》曰：『君入門，介拂闑，大夫中棖與闑之間，士介拂棖。賓入不中門，公事自闑西，私事自闑東。』此皆言賓客之事也。『君入門』者，兩君相見也。客君入於右扉棖闑之中，其上介卿也，次介大夫也，末介士也，三介鴈行斜列於君之後，右前左後而進。卿介則在東而拂闑之西，大夫介則正當君之後，士介則拂西棖。『賓入不中門』者，謂他國來聘之使者，不敢當客君之位，故稍東近闑而入。『公事自闑西，私事自闑東』，皆使者之事。公事，聘享也，奉君命而行，則用賓禮拂闑西而入。私事，私覿也，己之禮非君之命，則從主國臣之禮，拂闑東而入也。《大射禮》、《燕禮》皆曰『卿大夫皆入門右』，《曲禮》曰『大夫士出入君門由闑右』，此『右』謂自外視之也。故《燕禮》注：『凡入門而右由闑東，左則由闑西。』疏謂：『由闑東者，是臣朝君之法；由闑西者，是聘賓入門之法。』此經所謂『立不中門』者，左扉之中也。『中』者，君出入之道，臣之出入，不敢由此，必旁闑東，則亦不敢當此而立。

『行不履閾』，一者爲行乍高乍低爲失容，一者爲履穢門閾而不淨。

《集注》『宁立之處』，諸侯門内有屏，大朝會，卿大夫立門外，君立於門内屏外以待之謂之宁。

『攝』，摳也，摳即挈也。『齊，衣下縫』，古者上衣下裳，其實所攝乃裳下縫也。階一尺爲一級，故上堂摳衣，必去地尺。

執圭節

天子封諸侯必以圭璧，命之辨其等數，爲國之瑞信。凡諸侯朝王，執之以合信。使使者聘問他國，則亦執之以表信。

『享禮』，享，獻也。此是《聘禮》第二次見其君也。既聘用圭璧，有庭實。此圭璧又非前瑞信，蓋凡瑞玉則還之，享禮則納之而不還者。庭實者，以物實於庭中也，唯國所有。《周禮·小行人》曰：『合六幣，圭以馬，璋以皮，璧以帛〔三三〕，琮以錦，琥以綉，璜以黼。此六物者，以和諸侯之好。』故《禮器》曰：大饗其王事與，三牲、魚腊、籩豆之薦、束帛加璧、龜、金、丹、漆、丝、纊、竹、箭，其餘無常貨，各以其國之所有。足以見庭實無一定之物。《小行人》注曰：六幣所以享也，五等諸侯享天子用璧，享后用琮，其大各如其瑞。謂公圭九寸，則璧亦九寸。侯伯圭七寸，則璧亦七寸。皆是庭實，以馬若皮，二王後，享王則用圭璋。疏謂『大各如其瑞』，此諸侯享天子之禮。其諸侯自相享，則各降一等。謂二王後則用璧琮，二王後，上公也，而子男則用琥璜。侯伯雖用璧琮，而諸侯相享之玉，又各降一寸，謂上公則八寸，侯伯則六寸，子男則四寸。其庭實，則隨所用玉及國之所有。

上公桓圭九寸，侯信圭七寸，伯躬圭七寸，子穀璧五寸，男蒲璧五寸。圭博三寸，厚半寸，其首左右剡各寸半。璧圓徑五寸，中孔一寸，厚半寸。

《聘禮》：『賓覿奉束錦總乘馬。』

紺緅節

古注：『孔氏曰：一入曰緅，飾者不以〔二四〕爲領袖緣也。紺者，齊服盛色。以爲飾衣，似衣齊服。緅者，三年練，以緅飾衣，似衣喪服，故皆不以飾衣。』《集注》取此以爲説。疏曰：『紺，玄色。按《考工記》「三入爲纁，五入爲緅，七入为緇」，注謂：「染纁者三入而成，又再染以黑則爲緅。緅，今《禮》俗文作爵，言如爵頭色也。又復再染以黑則成緇矣。鄭司農謂《爾雅》曰：「一染謂之縓，再染謂之窺，三染謂之纁」。凡玄色者，在緅緇之間，其六入者與？」』孔氏云『一入曰緅』，未知出何書。又云『緅者，三年練，以緅飾衣』，則似讀緅为縓。《檀弓》『練，練衣黄裏縓緣』，今按諸書言染色，一入曰縓，再入曰窺，三入曰纁，四入曰朱，五入曰緅，六入曰玄，玄即紺，七入曰緇。經所謂『不以紺緅飾』者，則齊用玄衣已明。緅在朱玄之間，則自赤漸變黑者，但不知此色本爲何用，而決非飾練之縓矣。窺，音頳。源，七絹反。

火克金赤白爲紅
金克木白青爲碧
木克土青黄爲緑
土克水黄黑爲騮
水克火黑赤为紫

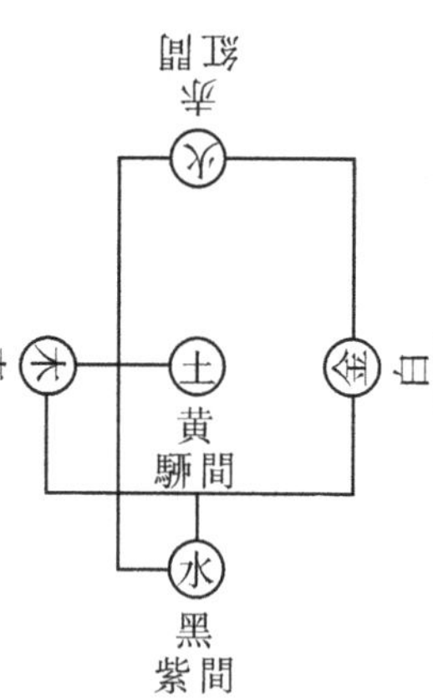

疏：凡祭服，先著明衣，次加中衣，中衣之上，冬則加袍繭，夏則用葛，次加祭服。若朝服，亦先以明衣親身，次加中衣，冬則加裘，裘上加裼衣，裼上加朝服；夏則中衣上加葛，葛上加朝服。愚按疏言朝祭之服，如下文三裘之類，人莫不皆然。『當暑，袗絺綌必表而出之』，則常居之服，亦必表而出之，蓋唯夫子獨然也。

古之服葛，絺以爲衣，綌以爲裳，亦貴賤之等也。

裘，以皮爲衣，冬服也。凡服内有袍襗之屬，然後加裘，又以衣蒙之，謂之裼，此所謂衣裼衣也。裼之色，必與裘之色類。裼上加襲，襲則朝祭之服也。『緇衣羔裘』，是諸侯君臣日視朝之服。『素衣麑裘』，君王視朔之服。『黄衣狐裘』，息民之祭之服。然此是衆人之通禮，何獨孔子服之，今獨稱君子，或恐是當時亦有非朝祭而自有此服，孔子則亦必以同色之衣裼之，言非行禮而必謹禮文。否則君子是泛言於禮當如此，而非指孔子也。襗，直格反。

凡佩有德佩，有事佩。德佩則有琚、瑀、珩、璜、衝牙，《玉藻》曰：古之君子必佩玉，無故玉不去身，君子於玉比德焉。天子佩白玉，公侯佩山玄玉，大夫佩水蒼玉，世子佩瑜玉，士佩瓀玟。凡帶必有佩玉，唯喪否。若事佩，如《內則》所謂『左佩紛帨、刀、礪、小觿、金燧，右佩玦、捍、管、遰、大觿、木燧』是也。紛帨，拭物之巾。刀礪，小刀及礪石。小觿，解小結；大觿，解大結，貌如錐，以象骨爲之。金燧，取火於日。木燧，所以鑽火。玦，發弦者也。捍，拾也。管，筆彄。遰，刀鞞也。《玉藻》又曰『孔子佩象環五寸』。瓀，而兖反。玟，武巾反。觿，許規反。遰，時世反。

古之弔服有錫衰、緦衰、疑衰。錫者，治其布使滑易也，十五升去其半，無事其縷，有事其布，曰錫；十五升去其半，有事其縷，無事其布，曰緦。疑之言擬也，擬於吉也。吉服十五升，疑衰十四升，少一升而已。疑衰，蓋布縷皆有事也。《周禮・司服》『王爲三公六卿錫衰，爲諸侯緦衰，爲大夫士疑衰』，注疏謂諸侯及卿大夫亦以錫衰爲弔服，士以緦衰爲喪服，其弔服則疑衰也。又曰：凡弁絰服，其衰侈袂，謂弔服皆著弁絰也。弁絰者，如爵弁而素加環絰也。侈，大也。凡袂皆二尺二寸，大夫以上侈之，蓋半而益一焉，則其大三尺三寸也。又《儀禮・喪服》記曰『朋友麻』，謂服疑衰而加麻絰也。庶人之弔服則素委貌白布深衣，聖人之弔則用錫衰、疑衰與。

《詩・君子偕老》言『蒙彼縐絺』，謂以展衣蒙於縐絺之上。展衣者，禮服也。既服禮服，則絺衣之内必有中衣明矣。故《集注》取此以證絺在中衣之外，是中衣表絺，其義不在蒙字。

《詩》疏謂縐絺，絺之尤細靡者。

『襞積』，襞，是衣襵。積，疊也。謂之襵成疊，即今日所謂襉也。襞，必益反。襵，之涉反。襴，賈限反。

食不厭精節

『割不正不食』，《集注》：『割肉不方正者不食。』引陸續母切肉必方爲證。竊恐方正自出己意，經文『正』字則該之。古者燕饗有大臠曰胾，又有切肉，則切肉者必方可也，其餘牲體、臂膊、骨脅及腸、胃、肺、心割截各言其度，所謂不正，則不合乎度者。兼此二説，恐盡『正』字意。

古人食肉，必用其醬之相宜者合食之。《周禮》王者之醬百有二十甕，其品數之多如此。如《内則》『魚鱠芥醬、麋腥醢醬』之類，以魚腥爲膾則合芥醬以食；麋腥，謂麋之生肉，蓋亦膾之類，則合麋醢及醬以食。又有所謂濡雞醢醬、濡魚卵醬、濡鼈醢醬皆實蓼，此則烹調之節也。濡者，烹之以汁和也。凡言醢醬，皆是醢及醬二物。卵醬，則用魚子作醬也。若此三者，自是亨飪條，不備則是失飪，而亦不食之矣。濡，音而。卵，音昆。亨，音烹。

古注『齊禁葷物薑辛而不臭，故不去』，此説頗長，忽突出『薑』一條而曰『不撤』，則是尋常有薑矣。古注雖自此上皆作齊戒意，説固未穩，然此句安知不是齊一類錯簡在此？

飲食或勸酬，故有言，但未答述。寢則無可言者。

鄉人飲酒節

《周禮·方相氏》：『掌蒙熊皮，黄金四目，玄衣朱裳，執戈揚盾，帥百隷而時難，以索室敺疫。』注曰：『卻凶惡也。』《禮記·月令》：『季春，命國難，九門磔攘，以畢春氣。』注謂：『此難陰氣也。陰寒至此，不止害將及人，蓋此月内，日行歷大梁，昴宿有大陵積尸，其氣佚則厲鬼隨而出。』此難唯天子諸侯得爲之。又仲秋『天子乃難，以達秋氣』，注謂：『此難陽氣也。陽暑至此不衰，害亦將及人。』蓋此建酉之月，而日至壽星之次，又與大梁合，故亦動大陵積尸。此難惟天子得爲之。又季冬『命有司大難旁桀』，注謂：『難陰氣也。此月内，日行歷虚危，有墳墓，四司之氣，厲鬼將隨强陰〔二五〕出害人。』謂之『大』，則下及民庶皆得難也。

廄焚節

廄，養馬之閑也。凡牧馬之數，四馬爲乘，三乘爲皂，三皂爲繫，六繫爲廄，一廄二百一十六馬。廄即閑也，牧馬之人謂之圉。而馬有良駑，良馬則匹一人，駑馬則麗一人。良馬則乘有圉師，皂有趣馬，繫有馭夫，廄有僕夫。駑馬則六麗一師，六師一趣馬，六趣馬一馭夫。天子十二閑，馬六種，五良一駑，駑三良馬之數。諸侯六閑，三良三駑，駑則一當其一。此章爲邦國之廄，良馬三閑，六百四十八馬，掌牧者八百八十五人。駑馬三閑，亦六百四十八馬，掌牧者三百八十八人。總一千二百七十三人。故廄焚，夫子問人而不問馬。然《周禮》之制云爾，未知果如何？如大夫四閑，一良三駑，則八百六十四馬，掌牧者六百八十三人。且大國之卿四大夫禄，其田不過三千二百畝，上農夫可食二百八十八人而已，祭祀、服御、賓客皆出於此，固不能全以養人。今牧者乃有六百八十三人，而又欲畜八百六十四馬，則何以給之？陳文子有馬十乘，已謂其富，而大夫當有馬如此多，何邪？皆不可曉。觀此則國中亦未必有許多馬。

《雜記》曰：『廄焚，孔子拜鄉人爲火來者。』然則乃孔子之私廄，故於退朝而後問。

君賜食節

《集注》引《周禮》四句：『王日一舉』，殺牲盛饌，日舉鼎十二，備大牢，此舉謂朝食也。『膳夫授祭』者，膳夫掌王之食飲膳羞，禮，飲食必先以少許置之地以祭始造飲食之人，王食，則膳夫以當祭之物授之於王，而王親祭之。『品嘗食』者，凡王之饋食用六穀，膳用六牲，飲用六清，羞用百有二十品，珍用八物，醬用百有二十甕。王將食，膳夫每品嘗之。然所嘗只嘗火熟者，謂之烹之於鼎者也，所以嘗者恐失生熟之節也。注中引此四句以證『先飯』之意，非正解此章。蓋此天子之禮，而孔子則待諸侯之食也。

凡祭，座中尊者祭之，餘則否；賓主敵禮，則主祭，賓之長者一人祭。今侍食於君，不敢當客禮，故君祭則先飯。

寢不尸節

古者車皆立乘，馬騍車馳難於立，故於車上立高五尺五寸橫一木，謂之較，伏之而立；或遇有所敬，則當躬身，故高三尺。又橫一木在較下，謂之軾，有敬則俯身憑之。惟尸與婦人坐乘。

校勘記

〔一〕『畫』，原誤作『盡』，據續四庫本、叢書集成本改。
〔二〕『公』，續四庫本同，叢書集成本作『允』。
〔三〕『斷當』，四庫本同，叢書集成本作『尚斷』。
〔四〕『其心』，底本擠成一字，又有缺筆，致續四庫本作存疑空格處理，叢書集成本則作删除處理，而『其心』句實爲朱子本注語，據正。
〔五〕『事』，原作『善』，此『小事』與下『大事』對言，當作『事』，據續四庫本改。
〔六〕『學』，原誤作『覺』，續四庫本同，據經文改。
〔七〕『道』，續四庫本、叢書集成本同，案《周禮·族師》作『學』，指六藝。
〔八〕『存』，叢書集成本作『其』。
〔九〕『志』，原作『至』，續四庫本同，案前言『此章工夫全在志道、據德上』，此處亦當作『志』，據改。

〔一〇〕『充』，續四庫本、叢書集成本作『究』。下一『充』同。

〔一一〕『下』，原作『不』，續四庫本同，本『先説下』與『覆説上』對舉，『不』爲『下』之形訛，據改。

〔一二〕『下』，叢書集成本作『時』。

〔一三〕『更』，底本一墨塊，叢書集成本作『更』，據補。

〔一四〕『考』，原誤作『者』，續四庫本同，據叢書集成本改。

〔一五〕『上生』，原作『産』，依作者《十二律起算成法》，『産』爲『上生』之誤。續四庫本、叢書集成本正作『上生』，據改。

〔一六〕『魯語』，原作『魯詩』，據續四庫本改。

〔一七〕『如』，原脱，據續四庫本補，叢書集成本作『於』。

〔一八〕『而』，原作『面』，據續四庫本、叢書集成本改。

〔一九〕『八』，原作『命』，續四庫本同。案自九下至二爲八等，即君服九、七、五，餘六、四、三、二加八才爲五等。叢書集成本『命』作『八』，據正。

〔二〇〕『亦』，原作『然』，續四庫本同。此句首字『然』字，不宜與上句首字『然』字重出，據叢書集成本改。

〔二一〕『記』，原作『誠』，續四庫本同，據叢書集成本改。

〔二二〕『久』，續四庫本同，叢書集成本作『行』。

〔二三〕『帛』，原作『錦』，續四庫本同，據《聘禮》改。

〔二四〕此古注録自《論語·鄉黨》何晏集解，據補『不以』兩字。

〔二五〕『陰』，原作『冷』，據續四庫本、叢書集成本及阮本改。

讀四書叢説卷六

讀論語叢説卷下

先進第十一

孝哉章

此章本稱閔子騫之孝，首以『孝哉』字冠之，下句即指上『孝』字而言。蓋父母昆弟主於愛言其孝，或有私意；至於衆人皆言之而無間，則信能盡孝矣。《集注》添『友』字，恐於本意爲多。

顔淵死章

『顔淵死』四章，以次第言之，當是『天喪予』第一，『哭之慟』第二，『請車』第三，『厚葬』第四。蓋門人雜記夫子之言，故不計前後也。

鬼神章

《集注》死生人鬼，一二，二一，一主理言，二主氣言。

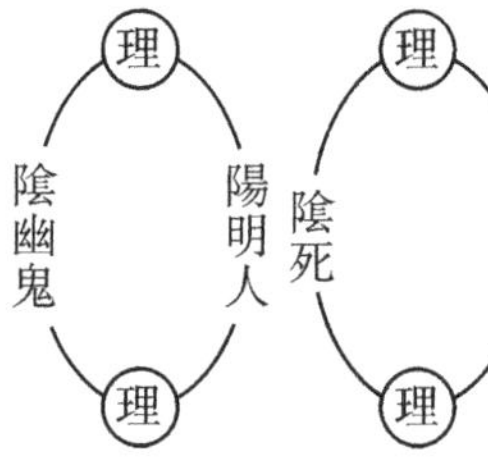

生者屬陽，死者屬陰。知陽之生則知陰之死。此一説也。陰陽之氣聚則生，散則死；知其所以聚而生，則知所以散而死。又一説也。此是即始而見終。

人鬼之理一也，能盡誠敬以事人，方動得人；故盡誠敬以事鬼，亦格得鬼。此是因此而識彼。

閔〔一〕子侍側章

衛靈公太子蒯聵得罪於父，出奔魯。哀公二年，靈公卒，而蒯聵之子出公立，晉趙鞅納太子于戚。十五年，太子入國，與姊孔姬劫其子孔悝盟之登臺。子路時仕孔悝爲邑宰，悝召之而子路入，曰：『太子焉用孔悝？』且曰：『太子無勇，若燔臺，半，必舍孔叔。』太子下，石乞、盂黶敵子路，以戈擊之而死。蓋子路之入，欲拔出孔悝，使其不預父子相爭之惡。若孔悝果得下臺，子路必與之同出奔而已，固不顧其國事。子路食孔悝之食，故爲孔悝死爾。其死固義也，其過却在不當仕衛。蓋太子居戚前後十四年矣，子路欠知之明。今既仕于其家，遇難而死，自是正道。夫子之早料之，正以子路勇於有爲，而欠見理精爾。

長府章

疏：『金玉曰貨，布帛曰財。』

由之瑟章

人心善惡邪正皆於樂聲可見，善聽聲者，聞樂即知人心。如荷蕢聞夫子磬聲而知聖人有心於天下，鍾子期聽伯牙鼓琴而知志在高山流水，蔡邕聞隣人鼓琴，知有殺心之類。子路剛勇，其瑟聲亦有剛强氣象，故孔子言奚爲我之門？謂與己不同也。以人而不仁如樂何章參看，見意思。

師與商章

《集注》言二子處，指學而言。子張才高意廣，是欠收斂；子夏篤信謹守，是欠充擴。『好爲苟難』、『規模狹隘』，是其效也。

『賢智之過，勝愚不肖之不及』，循上『道以中庸爲至』説。下因《中庸》本文而及之，專説

『過猶不及』一句，非指二子而言也。

此章《集注》以『道以中庸爲至』一句爲主，方説得上面過不及意明。不然則是子張之才德過子夏，而子夏不及子張矣。故『過中』、『失中』、『歸於中』，屢提起『中』字説。

柴也愚章

金先生謂曾子在孔門年最少，而與三子並言，此曾子初登門時也；楊氏謂『四者性之偏，語之使自勵』，此聖人之本意。蓋唯曾子聞聖言，即就魯上用功，誠篤淬厲，期於必得，故後終有聞一貫之唯，則魯鈍化爲明睿矣。彼三子未能力變其質，或者爲終身之偏歟？

《集注》『知不足而厚有餘』，以意釋『愚』字，引《家語》以證之耳，非柴平生之行止此也。《家語》記五事皆是厚有餘，其『足不履影』、『不徑不竇』二事之間，則有知不足之意。

吴氏謂通下章爲一章，然前四人以質言，後二人以學言也。『庶乎』對億中，『屢空』對『貨殖』。顔子惟『庶乎』，所以樂天，至於屢空而不顧；子貢唯不受命，故但能億事而已。

不踐迹章

人雖有好資質，志於學方可入聖人之室。然其質既善，雖不循前人軌轍，自然不爲惡，但未至聖人之地。此是就兩頭説中間，影出善人形狀。

孟子曰：『可欲之謂善，有諸己之謂信。』張子之言本此。言有諸己則善之著者意脉，自亦不蹈於惡；生來不蹈惡，自善字上生來。

聞斯行諸章

夫子非教冉有不必禀父兄之命，禀命自是常禮，正恐冉有遇義當行不能勇爲爾。蓋行事須是有決斷，志在必行，然後禀命而即行。若見義前卻，自無主見，不勇爲，則非父兄使之也。禀命之意，即在『聞斯行諸』之中。

《集注》『約之於義理之中』，『中』字重讀。

畏匡章

《國語》：『欒共子曰：「民生於三，事之如一，父生之，師教之，君食之。生之族也，唯其所在則致死焉。」』《檀弓》亦曰：事親，服勤至死，致喪三年；事君，服勤至死，方喪三年；事師，服勤至死，心喪三年。孔子之於顔子，豈與他師弟子可同日語？不唯顔子以此自處，而孔子亦以此信之。孔子正恐顔子不知夫子安否而誤死，故有『吾以女爲死矣』之言。蓋夫子周流天下，從車必多，觀孟子後車數十乘可見。前後必不能相續連行，匡人之圍，顔子必相失在後，不在圍中。

故夫子解後，恐顔子不知而猶致死故也。

使子羔章

前章《集注》謂子羔『知不足而厚有餘』，此章又言『質美而未學』，蓋『質美』則『厚有餘』，『未學』則『知不足』，其意一耳。

侍坐章

夫子之於弟子，於其平日言行問答之間，固知其學力之所至，然其將有所待而欲爲之志，則不能知也。問之者欲知其自知之如何，使之知有未至而自厲。蓋此非獨觀人，亦所以教也。『千乘之國』，以地實出車數而言，當方三百十六里有奇，況有山林、川澤、城郭、道塗，又當三分加一，若以封建常法言，可謂大國矣。而子路謂攝乎大國之間，則此猶小國也。蓋自黄帝時，天下萬國；後漸漸吞併，至湯時三千餘國；至武王時，會孟津尚八百諸侯，而武王又封建親戚功臣，爲國多矣；東遷之後，併吞猶甚，小者漸大，當時齊、秦、晉、楚，其地或至千里。故千乘之國，誠小國也。

千乘之國，地大事殷，固自難治；而攝乎大國，則此弱彼强，爲其所檢制，而事有不在於己者，爲尤難也。興師旅則傷人、殺人、妨農、費財，飢饉則窮困流離，轉死溝壑。二者乃將危之勢，難而又難者也。子路僅爲政三年，便有好勇知方之效，可見大材已，豈管仲之比哉？

有勇、知方，是衣食足，教化行。蓋務農積穀，使民有以仰事俯育，然後教之以軍旅，教之以道藝。有勇則可以禦侮安人，知方則能親上死長。三年之間，其效之速而大如此。

二子才學，固不及子路，然見夫子哂子路，故其言愈下，冉有猶欲治國，公西華止言爲相耳，尤不敢以重事自任。

『端』，衣名。古者布幅二尺有二寸，此衣身長二尺二寸，袂亦二尺二寸，而屬幅謂袖接一幅也。整齊端正，故謂之端。玄，則其色也。

志者，有所期而可必至之意，固非已行之事也。聖人之問，正欲知四子之自期者。三子之對，正與聖人之意相當，亦各自言其所必可至者爾。曾點乃無所志於事未然而不可必得者，但於只今便得爲者言之。於春時而服已成之春服，童冠之人或七或五，無拘於長幼多寡之數。沂水、雩壇，地近即可至，景勝可以遊。浴者，莫春事也。風者，遊息之意也。至於『詠而歸』，則以其胸中所蘊，發於歌聲，以優游涵泳其自得之意。則其安分樂天，與物爲春，人我無間氣象，藹然可見。三子所言，雖其所能之實事，只是事爲之末爾，與曾點高下自不同。故曾點所對，雖非聖人所問本意，而聖人自深許之也。

雩，祭名。《春秋傳》曰：『龍見而雩。』龍者，東方七宿，其形如龍。謂建巳之月，龍星見，時天子雩五精帝，配以五人帝；諸侯則雩祀百辟卿士有益於民者，以祈穀實。五精帝，謂靈威仰、赤熛必逍反。怒、含樞紐、白招拒、汁音叶。光紀。五人帝，謂大皞、炎帝、黄帝、少皞、顓頊。百辟卿士，古勾龍、后稷之類。又《周禮·司巫》：『若國大旱，則帥巫而舞雩。』

《集注》『時見曰會，衆覜曰同』，《周禮》『殷見曰同』，殷即衆也，改殷爲衆，避諱也。但《周禮》有『殷覜曰視』，又一禮也。此則易見爲覜，不知如何？然覜亦見義，諸侯四時見天子之名曰朝、宗、覲、遇，時見則無常期。諸侯有不順者，王將征之，則於朝覲之時，別爲壇於國外，合諸侯而命事焉，此時見曰會之禮也。如王十二歲不巡狩，則六服盡朝，禮畢，王亦爲壇合諸侯以命政，此殷見曰同之禮也。

『浴，盥濯也。』《後漢書》：三月上巳，祓除，官民潔於東流水上，除去宿垢疢。蓋於水上祭而盥手，畧湔濯其衣，以寓潔清之意，自古風俗如此，非裸而浴也。

三子之言是盡其才用，曾點之言涵容則廣。蓋點止就目前日用行事上説，便有如此氣象，若居別地位則便有別事爲，所至處皆是天理。故點該得三子之言，而三子不能及點之趣。《集注》自『有以見夫』以下，至『隱然自見於言外』，雖是就其已言者形容，而其未言者，固可想見其氣象也。

曾點見趣甚高，而行不掩。本注朱子以『見』字冠之。

程子謂曾點『便是堯舜氣象』，亦以其物各得所意上描畫，然但謂之氣象，而不可謂之事業。

子路若達爲國以禮，便是堯舜氣象。蓋禮是天理自然之節文，達禮則見物物有則，而應物處莫不循其道而行之，不可措一毫私意於其間，則氣象非堯舜乎？

圈外，第一條是揚三子。第二條當作三節看：一節言曾點，『三子者之撰』以上揚之，『特行』以下是抑之；二節言子路等所見者小，是抑三子；三節，『子路』以下，又是揚子路。第三條、第四條，皆是揚曾點。

顏淵第十二

顏淵章

非聖人性之者，則皆有物欲之蔽，但有淺深之不同爾。故學者必須消磨物欲，然後可以復其性。蓋天地生物，理爲之主；人之一身，心爲之主，人心本全具天理者也。天下事物萬變，不能皆善，心爲事物所感，則欲生私勝，天理漸昏。理與欲二者，在人心常相消長，理明一分，則人欲消一分；欲長一分，則天理消一分。學者但要究明天理，屏去私欲。若欲盡理明，應事接物件件適中，即是全體之仁。

克己是非禮處勿視聽言動，復禮是合禮處則視聽言動。『非』『勿』兩字，賢愚之樞機。然須先下格物工夫，知何者爲禮，何者爲非禮，方可到此地步。顏子平日格物工夫已至，故聞夫子之言，便一力承當。

『克己復禮』是開説，四『勿』是合説。

『一日克己復禮，天下歸仁』，言一日之間，接事應物能盡克去己私，皆復還天理，則天下之人聞者、見者皆許之爲仁。蓋應事合乎天理之公，則同有是心者，誰得而間之？極言其効之速而甚大爾，非謂一日爲仁，天下之勢便盡歸之。

此章全以『禮』字代『仁』字，蓋仁以理言，恐難捉摸體認，故以天理節文之禮爲言。仁即天理之公，禮即天理之節文，本非二物也。身之接於物者，事事合乎節文，而無一毫私僞，即是人欲凈盡，天理流行，即爲全體之仁。

視聽自外入，言動自内出。但視不是見得，聽不是聞得。聲色雖自外來，而視之聽之卻在我，所以制於外則養其中。四者皆同。

《四箴序》制於外，養其中，蓋仁主於存心應事，兼動静而言。四『勿』是就動處用功，主於一事中，則謂心之全體；於動處事事是當，則是養於中者熟。及其成功，則私欲凈盡，天理流行，於視聽言動之間，自然皆禮而不待『勿』矣。四『勿』仍是學者事，故顔子就此用功而至於『三月不違』，養之熟則化矣。

《四箴序》『四者身之用也，由中而應外，制外以養中』，謂視聽言動四者是身之接物處，皆是心爲之主，心之動而外應之，當外動處制之以禮，乃所以養其心而全乎仁也。蓋仁是心之德，故主於心而言，意專在制外上。由中一語，特明其當制外爾。如此看本自無病。金先生乃曰：『由中應外，聖人之事；制外養中，學聖人之事。』此是兼『非禮勿』三字看。蓋程子本引四全句說來，則『四者身之用也』一語，亦總繳四全句。如此讀下，則由中應外一語爲說聖人事，又自是一般理趣，即如云由仁義行儘自好。由是觀之，讀書者不可不具眼。

《視箴》，每兩句内外自對說，首四句雖兩節内外，卻是一串說下，重在『操之有要』一語。『蔽交』兩句，言其所以當制。『制之』兩句，正是工夫。後兩句是效驗。

《四箴》平觀之，若視切而聽緩；細玩其文意，則聽重而視輕。蓋《視箴》止言其中遷，《聽箴》乃曰『遂亡』。視言心，聽言性；心以知覺言，性以理言；知覺有遷猶可挽回，天理若亡則不足以爲人矣。蓋目之所及者有限，耳之所接者無窮。聽雖主於聲，而凡係乎言皆屬聽。讀書爲學，得之於簡册傳聞者，皆聽類也。若於事物之來，應之或差，猶可改也；至於學問之差，爲心術之害，遂至於亡其性則不可救藥矣。聽言之邪正，其可畏也如此。

視聽言各指一事，動則舉一身而言。故《動箴》兼心說，謂内而心之動，外而身之動，皆出於正，表裏如一，則天理流行。若但强制於外，而動於中者，或未盡善，則病根不除，未爲得也。此即慎獨工夫。

仲弓章

上兩句敬以持己，中兩句恕以及物，下兩句敬恕之效驗。孟子謂『强恕而行，求仁莫近焉』，行恕熟即是仁，行仁須自恕起。

《集注》『謹獨』二字，是此章之骨子。蓋有謹獨工夫，然後能如見賓，承祭能敬，然後能恕，則敬是恕之本。下一條即此意而言之詳。

司馬牛問仁章

首篇三章問仁，而所答不同，三人之才有高下故也。顏子見理已明，故告以全體，其言直捷簡要。冉子未及顏子，故教之行恕若熟，亦便是仁。司馬牛多言，故只就他病處説，言訒[二]是行仁之一端，緊要在爲之難上，言爲行表，人若易其言，則所行必不能盡理。然只是教顏子『非禮勿言』一節。

司馬牛問君子章

不憂，仁也；不懼，勇也。仁者樂天，故不憂；勇者果決，故不懼。必其平日言行忠信，所以内省不疚，而自然無憂懼。

司馬牛憂章

司馬牛，桓魋之弟。桓氏蓋宋桓公之後，別爲向氏，世爲宋司馬，故爲司馬氏。桓魋兄弟五人：左師向巢，次魋，次子頎，子車及牛。不知牛與子頎等兄弟之次。初宋景公嬖向魋，後魋之寵害於公，公將討之。魋先謀公，請享公，以日中爲期，家備盡往。私家甲兵之備盡往享所。公知之，命皇野召左師巢，與之誓而共伐之，遂攻桓氏。子頎告魋，欲入攻公，子車止令勿入。魋遂入曹以叛。曹人叛魋，魋奔衛，巢奔魯，司馬牛致其邑與珪而適齊。後魋再奔齊，牛又致其邑適吳。吳人惡之，而反。卒於魯郭門之外阬[三]氏。牛無兄弟之言，蓋魋未叛之前，逆料兄弟之必叛也。

內敬外恭，固是善德。敬又須是無間斷，敬者主一無適之謂，才間斷便不是主一。恭須是近禮，恭而不近禮，則勞而徒招辱。能盡二者，則天下之人皆愛敬之。

『皆』字太泛，故先儒以爲病。

子貢問政章

夫子所答『民信』本言其效，所以《集注》以『然後教化行』五字襯在中間。子貢析而爲三，正欲知信與食、兵，何者爲重？蓋兵、食，有國者必不可無，而民不信，又不可以立國。三者相權，孰重孰輕？故以爲問，夫子亦隨其問而答之。而信者，人心所得天理之固有，非如兵、食自外來，故至死不可去。

夫子初答『民信』，固以效言。制田里，薄賦斂，使以時，則食足；比什伍，飭車甲，時簡教，則兵足。只此二者之間，信已在其中。況食之飽，居之安，然後教化可行而事得施，信於民則無不信於上矣，民之信本於上之先信也。故《集注》以『然後教化行』五字補於上。曰『不離叛』，則又信後之效也。子貢以二本一效列而爲三，非强析之也，固在聖人語意中。夫子最後之答，則又推『信』字之本而極言之，謂此實理人之固有，失之則不若無生。此亦兼上下言之。前『民信』之信則後『信』字之一義也。

棘子成章

此章『質』『文』，正是説辭氣、威儀之間，然又自有兩層意：發於辭氣、威儀，有尚質尚文之不同，此一意也。如《語録》：使一箇君子與屠販之人相對坐，並不以文見，畢竟兩人好惡自别。大率固不可無，文亦當以質爲本。如此則又是以德爲本，而發爲辭氣威儀之文，華者爲文，此又一意也。

子貢之言，亦夫子『彬彬』之意，而《集注》謂其有失者。蓋二章雖皆以文質對舉，而夫子有『野』字『史』字，所以《集注》上言『鄙略』，下言『誠不足』，鄙畧但少脩飾爾，誠不足則亦虚浮之弊，語中自有輕重。子貢則兩言無輕重之分，而又力反子成之説，故有失。

看來子貢雖言文質相等，又只是主文意思多。『虎豹之鞟猶犬羊之鞟』，以爲無文故無辨。雖曰無文故無辨。然虎豹之鞟，豈果與犬羊之鞟無辨哉？

盍徹章

『年饑，用不足』，金先生謂兩下問者是也。蓋哀公固以用不足將加賦爲問，然年饑則不可加賦，用不足又不可不加賦，將何以處之乎？故曰『如之何』。『如之何』者，使於二者處之當也。有若對曰『盍徹』，則極本窮源之論也。蓋當時三家擅國而魯君無民，雖賦什二而不入於公室，私家富而公室貧。徹法果行，則民之田賦既有定制，等而上之，士、大夫、卿、君各有定分，而公室所入者多矣。制既定，則量入爲出，一舉先王〔四〕之制行之，安有用不足之理？救民之困，濟國之貧，無過於此。哀公不悟其意，反以賦少爲言，故再對，專告之不可加賦而已。

周代賦田之法，一夫百畝。鄉遂用貢法，十夫同溝而無公田。都鄙用助法，方里而井，井九百畝，其中爲公田，八家皆私百畝。於公田百畝内，各賦與八家二畝半，使之爲廬，播種時居之。公田共分二十畝與八家，所存止八十畝，八家共治公私田八百八十畝。鄉遂同溝之人，都鄙同井之人，皆通力合作，計畝勻收。凡耕種耘刈皆共治之，欲其用力均也。收成之時，溝中將千畝所得之穀，井中將八百八十畝所得之穀，皆於十分中取一分納於公家，餘九分則溝、井之人各均分之。徹，通也。謂通計溝、井之所收而分之也。此所謂周家什一之法。魯自宣公以來，既收什一，又於私田之中收其什一，是謂什二。

崇德章

鈞是人也，以我愛惡之故，甚至欲其生死，生死有命，豈能欲之？是固惑矣。鈞是人也，有欲其生者，有欲其死者，何胷中紛紛如是，而有何損益於彼哉，豈不惑之甚者？

齊景公章

陳完者，陳厲公之子也。陳宣公殺其大子禦寇，禦寇與完相愛，完奔齊，齊桓公使爲工正。完生穉，穉生湣，湣生須無，是爲陳文子。文子生無宇，是爲桓子，皆事齊莊公。無宇生乞，是爲僖子。乞事景公，行施於民。景公卒，而立幼子荼，田乞爲亂，荼出奔魯。乞立景公庶子陽生，是爲悼公，而使人殺荼。陳乞專政，卒，子恒代立，是爲成子。其後悼公遇弑，立其子壬，爲簡公。陳恒復爲亂，弑簡公，而立平公。恒之後三世至太公和，簒齊國。釐，即僖字。

居之無倦章

『居之』，『行之』，此説似虚，若不見所指，而上句尤虚。蓋子張問爲大夫而爲政之事，爲政則隨其所居之位，有當爲之職，身任其事則當常存諸心，詳思密慮，周徧謹審，無一事之忽，無一時之怠，然後職舉而政行。此『居』字當重看，則章意自明。

成人章

《集注》『誘掖獎勸』，誘，謂引之於前；掖，謂扶之於側；獎者，譽之也；勸者，勉之也。

問達章

《語録》：達是行無窒礙，事君則得乎君，事親則得乎親之類。

又曰：達是退一步做，卑遜篤實，不求人知，一旦工夫至到，卻自然會達。聞是近前一步做，惟恐人不知，故矜張夸大，一時若可喜，其實無足取。

質直，自是忠實貞信向前行去，若不合宜，則又不可。故須用『好義』方能進德。『好』字當重看。

『取仁』反『質直』，『行違』反『好義』，『居之不疑』反『察言觀色，慮以下人』。

《集注》『達者，德孚於人而行無不得之謂』，達是行無不得，德孚於人。推其本而言之，『忠信』二字貼『質直』二字。忠，質也。信，直也。

『達者，德孚於人而行無不得』，是就接人上説，所以於人之言則當察之，而審其信我之言否？於人之色則當觀之，而審其信我之行否？是用人之言行以自觀我之言行，非有卑諂之意，亦非有以詭道遇人之意。

從遊章

『攻人之惡』，心只散在外，况所攻非一人，則此心煩擾馳逐，無時得已，於己無益而有損，且終流於薄。『攻其惡』，則收斂務内，搜摘隱微，而不善不能根著留滯，此心日以開明，而終歸於厚。

『辨惑』，聖人只就樊遲切身之病告之以發凡耳，人之惑不一，學者各自辨察己之惑者而務去之。

上兩節皆教之以崇之脩之之方，下一節止語其所惑，而不言辨之之説。蓋以其所病者語之，知此爲惑，則推此以自察其餘，即辨之之方也。

《集注》『麄鄙近利』，麄就『忿忘身』上言，鄙就『攻人惡』上言，近利就得上説。

問仁知章

虞廷聖賢之臣固多，而獨言『舉臯陶』者，蓋大禹終受帝禪，此下惟臯之德最優。舜命禹總師，而禹之所讓惟臯，及帝贊之，則曰：『臣庶罔或干予正，民協于中，時乃功。』又曰：『四方風動，惟乃之休。」於此正見得『不仁者遠』意思。

盡心以告之，固美矣，又必所告者盡善可也。雖誠心以告，而所言未達於理，則反有害於仁，乃欲朋友之從，是賊夫人而已。

文會友章

爲仁而不取友以爲輔，則有孤陋寡聞之固；會友而不以文，則有羣居終日，言不及義之失。

子路第十三

子路章

《集注》分行與事是開説，下句則總兩事俱要無倦。《語録》曰：『横渠云：「必身爲之倡，且不愛其勞，而又益之以不倦。」此説好。』此是合三句作一串説下，各有意味。

季氏宰章

『先有司，赦小過，舉賢才』，《集注》意作三節説。《或問》有一家只就有司上説，大意謂既先有司，則有小過當赦，有賢才當舉。《通釋》推此意謂『赦小過』，故常人可以自勉；『舉賢才』，故非常之人可以自見。此説尤委曲詳盡。

誦詩章

交與國，令下民，莫難於辭令。有命出於國中，則可集衆長，較是非，脩飾而成，如鄭國爲命，草創潤色之類。至於出使，則一人一時應對，而國家之榮辱係焉，故曰專對必學《詩》而能之也。

魯衛之政章

魯國，周禮所在，而素尚禮義者也，衛詩淫亂之風，豈魯之比？今而魯國之政，乃與衛同，此夫子所以歎也。

苟有用我章

『朞月而可』，謂興衰撥亂，綱紀粗立。『三年有成』，謂治定功成，治道大備。

一言興邦章

金先生從《通釋》『是』字絶句，而『幾』訓『近』。

攘羊章

理勝爲直。父子相證，則背天理，絶人倫，得爲直乎？

子貢問士章

第一節兩事，似不能盡爲士之道。然『行己有耻』一句，自可以包君子之凡。《集注》『志有所不爲』，其包亦廣。宗族鄉黨稱孝弟，是有耻中兩事爾，故曰『本立而材不足者』，謂本之立則未能盡行己之全也。

狂狷章

《集注》『狂者，志極高而行不掩。狷者，知未及而守有餘』，志極高，守有餘，皆過也。行不掩，知未及，皆不及也。因各人之才，激厲其不及而裁抑其大過，則合於中道。

憲問第十四

問耻章

邦有道，居位而無道可行，尸位素餐，爲可耻。邦無道，貪禄苟位，不能明哲保身，亦可耻。

克伐章

克、伐、怨、欲，皆是仁之病，能知其病而禁其不行，固亦難矣，仁之體則未見也。原思所言，病在『行』字上，不行，則病根尚在於心未除，久則病根未免發見。故孔子但許其難，而不許其仁。仁則心全天理而無私，四者皆私也。

懷居章

君子見義則遷，懷其所居之安，則不能遷義。

南宫括章

夏禹崩，子啓立；啓崩，子太康立。夏都河北安邑。太康十九歲，渡河而畋，至十旬弗反。

有窮后羿距太康于河南，而自王夏故都河北之地，窮，國名。后，君也。羿，窮國之君也。羿在堯時善射，其子孫亦善射，皆名羿。稱帝夷羿。夷，羿之姓氏也。太康不得歸河北，居於河南。太康二十九歲崩，弟仲康立：，十三歲崩，子相立。八年，羿恃其射，不脩民事，其臣寒浞使逢蒙射殺羿。寒，國名。浞，其國君之名。浞因羿室而生澆及豷，澆即奡。因羿之故地而爲政。后相二十八歲，浞使澆弒王，王即后相。遂滅夏。相之后妃名緡，逃歸有仍，仍，后父母之國也。明年生子少康。少康四十歲，舊臣共立之，而滅寒浞及澆、豷。浞，仕角反。澆，五弔反。豷，音翳。

君子不仁章

君子固志於仁，然仁以全體言，存於心無一毫之私，應於事無不當於理，方得其全。君子之心有一毫不在，則非全體之仁。所謂『不仁』者，指一事而言也。

愛之章

『愛之能勿勞』，大意上之親下。『忠焉能勿誨』，大意下之親上。如愛子弟，則使之供洒掃應對之職以勞之，方可謂之愛：；如忠於君，有過則諫，方可謂之忠。若篤愛而不勞，反害之也；盡忠而不諫，反陷之也。

公叔文子章

不言、笑、取，當時過稱文子也。然謂之『不』，猶是一偏之行。公明賈對以時、樂、義〔五〕然後言、笑、取，卻是時中之行，但所言太過，不得其真。孔子與人爲善，不明言其非，但曰『其然，豈其然』而疑之。

防求章

魯襄公二十三年，季武子無嫡子，庶子公鉏居長，而武子愛幼子紇，欲立爲後。訪於臧孫紇，此紇即臧武仲。武仲爲之立紇爲後，是爲季悼子。孟氏惡武仲，而季氏愛之。孟莊子有長子名秩，幼子名羯。其御豐點好羯。及孟莊子有疾，豐點謂公鉏曰：『苟立羯，請讎臧氏。』以公鉏因臧氏而不得立，故豐點許之報讎而成其事。孟孫卒，公鉏立羯爲孟孫後。孟氏因閉門告於季孫曰：『臧氏將爲亂。』臧孫聞之。孟氏將葬，借人除道，臧孫使人助之，而使甲士從己而觀。孟孫又告季孫，季孫怒，攻臧氏。武仲出奔邾，既而歸防，使來告於魯曰：『紇非能爲害也，知不足也。苟守先祀，敢不辟邑！』乃立其兄臧爲爲臧氏後。武仲遂奔齊。此事按左氏或代以它語寫直意。

武仲既出奔，當去魯國，今尚留防邑，請立後而辟邑，若朝廷不爲立後，則必據邑以叛。是要君也。

晉文公章

晉獻公太子名申生，庶子名重耳、夷吾，獻公嬖驪姬，驪姬之子名奚齊，其娣生卓子。驪姬譖申生、重耳、夷吾，申生自殺，重耳、夷吾出奔。獻公薨，大夫荀息立奚齊，大夫里克殺之。荀息立卓子，里克又殺之，及荀息。秦人納夷吾，是爲惠公。後惠公卒，秦人納重耳，是爲文公。

文公之爲公子而出奔也，過衛、曹二國，皆不禮焉，過宋、齊、楚三國，皆厚禮之。當時宋、曹、衛皆附楚，及文公立，宋背楚親晉。楚伐齊圍宋，齊、宋求救於晉。晉伐曹、衛，欲以解宋圍。衛侯出，晉執曹伯，分曹、衛之田畀宋人。楚將子玉使宛春告晉師曰：『請復衛侯而封曹，臣亦釋宋之圍。』晉侯拘宛春以怒楚，私許復曹、衛之田，曹、衛告絶於楚。子玉怒，與晉戰，楚師敗績。如不正救齊、宋而伐曹、衛，私許曹、衛田而執宛春以怒楚，此等處皆文公之譎。《博議》言之甚詳。

齊桓公伐楚，責之曰：『爾貢包茅不入，寡人是徵；昭王南征而不復，寡人是問。』其辭意皆正。

桓文平日行事不止此，就各事皆可推。

此章夫子就桓文以校其正譎，桓公行事亦有未全正處，但正處多，而比文公不同爾。

桓公殺公子糾章

桓公、子糾皆襄公之子。時襄公無道，鮑叔牙奉小白奔莒。及無知弑襄公，管仲、召忽奉子糾奔魯。至雍廩殺無知，小白自莒先入，是爲桓公。魯亦以兵納子糾，是時小白已立，遂與戰，魯兵大敗。桓公使魯人殺子糾，召忽死之，管仲請囚。鮑叔牙與管仲爲友，遂脱其囚，薦於桓公而爲相。子路疑召忽、管仲皆子糾臣，召忽死而管仲不死，恐是未能全心德之人，故有是問。然管仲之爲人，雖未得爲仁，其相桓公，恩澤及人，乃有仁人之功，故夫子重言『如其仁』以深美之。

管仲非仁章

子路之問，重在不死；子貢之問，重在相桓公。蓋桓公爲兄，而出於齊難未作之先；子糾爲弟，而出於無知弑君之後。無知弑君，子糾在内，當討賊報讎，而畏死出奔，已爲齊之罪人。及雍廩已殺無知，桓公已正君位，子糾方入以爭國，則子糾猶齊之賊也。管仲雖子糾舊臣，今輔之爭國，亦爲非義。齊君赦管仲而用之，亦無不可，而管仲不當以桓公爲讎。故夫子但稱其功而美之。

或以『匹夫匹婦之爲諒』指召忽者，非也。此言管仲自信其才足以有爲，而其事可以不死，故全其生以圖後功。既而果有霸功之效，則是其相桓也，不害其仁矣。豈如小人之無才而守小信，死不得其所哉？子貢之問，元不及召忽，而『匹夫〔六〕匹婦』又豈可指召忽而言？則聖人之意可見矣。

衛靈公無道章

仲叔圉即孔文子，祝鮀佞而免於世，王孫賈專衛權，即問奧竈者。三人本非賢者，而其才各有所長。靈公用之，各當其才，所以不喪國。夫子平日語此三人，皆所不許，而此章〔七〕之言乃若此，可見聖人不以其所短棄其所長，至公之心也。用人當以此爲法，但欲當其才耳。

子路問章

朱子曰：唐人諫敬宗遊驪山，謂若行必有大禍，驪山固是不可行，以爲有大禍則近於欺。其實雖不失爲愛君，其言則欺矣。南軒曰：若忠信有所不足，如内交要譽惡其聲之類，一毫之萌，皆爲欺也。饒雙峯曰：自家好色，卻諫君勿好色；自家好貨，卻諫君勿好貨：皆是欺君。朱子之意謂諫君不能敷暢詳明，而欲君必行己説，則言失之大過，是爲欺君。南軒之意謂有所爲而諫，是爲欺君。此皆就當諫之際用功。雙峯之説則工夫在平日，至諫君而見。學者於三説皆當存心。

蘧伯玉章

《集注》『行年六十而六十化』，即『知四十九年之非』之意。謂年自五十九至六十，更一年則德又進而化於理。心既能化於理，則自然覺五十九年之非。但『化』之爲言，則又與上五十而知去年之非者愈進矣。

思不出位章

范氏『物各止其所』之説，所包甚廣，下文『君臣、上下、大小』，特舉其大者爾。究其極，當如《通釋》『當食則思食，當寢則思寢，此亦位也』之説方備。

君子道者三章

《通釋》：有是三者，則非本心之正而易失其守，故君子以無之爲貴。其意蓋曰仁智勇三達德，固君子之道，而聖人常自以爲無能焉，而不有其德。故子貢曰『夫子自道』之，故如此。他人則唯知〔八〕聖人之智仁勇，而不知聖人之操心若此也。如此恐於『夫子自道也』一句意順。

不患不己知章

《集注》『此章凡四見』：《學而》『不患人之不己知，患不知人也』，欲其自反而知人之賢否。《里仁》『不患莫己知，求爲可知也』，欲其自反而求可知之實。此章曰『不患人之不己知，患其不能也』，《衛靈公》『君子病無能焉，不病人之不己知也』，此兩章意同語異，皆欲反而自脩之意。聖人屢言之，丁寧學者不可務外。

驥章

《集注》『德，調良也』，調，謂習熟而易控馭；良，謂順服而不踶齧。

報怨章

怨有大小，如君父之讎，怨也；兄弟交遊之讎，亦怨也；有以不善及於我身者，怨也；意氣之加，言語之失，亦怨也。於讎之當報不當報，則據理以直待之。《或問》言之詳矣。若小怨，非有殺身之讎，或與其人相遇而共事，則隨今之事處〔九〕之，不可提起前日之怨，而置輕重於其間。《集注》『愛憎取舍』四字，包括大小皆盡。且如我當進退人才之任，而所怨者在下位，則當視其功罪而升黜之。至如當議論人才，評品德藝，雖不係重輕，一言之發，亦以其實言之。

凡愛憎取舍，不以怨故著一毫私意於其間，所謂直報之也。

聖人言報而以德怨對舉者，蓋君子之心正欲不存私意，私意不存，然後應事各當。若應事有高下，則或公或私，是兩心矣。前日報怨此心也，今日報德亦此心也，以德報怨，心固厚矣，而報德乃與報怨同，是反薄也。得於彼則失於此，得於此則失於彼，心而有二，得爲君子乎？故夫子不許。

《表記》：『子曰：以德報德，則民有所勸。』又曰：『以德報怨，則寬身之仁也。』注：仁當作民。謂是寬愛己身，欲苟息禍患之人也。

莫我知章

『莫我知也夫』，意之之詞也。『知我者其天乎』，雖意之而實決辭也，當於『不怨天，不尤人，下學上達』三語，見承上『莫知』接下『知我』之意。須將『不怨』『不尤』在『莫知』之前，非謂人既不知而『不怨』『不尤』，『不怨』『不尤』與『下學』皆莫知之由，而『上達』則天知之實。此意當細會。

擊磬章

《集注》『以衣涉水曰厲』，衣，裹衣也。『攝衣涉水曰揭』，攝，提起也。古人不裸體涉水，若水淺，但提起衣而過；若水深不可提，既不可脱衣，則和裹衣而過。可厲則厲，可揭則揭，各隨事宜。意謂天下可以行道則行，不可行道則隱。今天下既無道，孔子不隱而猶周流天下，爲不識時宜。夫子謂荷蕢可謂果決於忘世哉。又言人若但欲決然去世，亦無難矣。

諒陰章

《集注》『諒陰，天子居喪之名』，《禮》又作『梁闇』，凡居父母之喪，次在中門外東牆之下，大夫士居倚廬，謂以兩木一頭著地，一頭斜倚在牆上，外被以茅茨，寢苫枕塊，常處此中；諸侯亦爲倚廬，而加以圍幛；天子既立柱，前有梁形，稍如屋楣，故曰梁闇。闇，讀如鵪。

脩己以敬章

『敬』字是徹上徹下工夫，學而至於聖人，始終皆在此。君子惟以敬自脩己而已，至於臨事，亦發於敬。安百姓之事雖大，皆以敬行之，若無敬則中無所主，事皆不成。堯舜聖德巍巍，亦心敬而已。『堯舜猶病諸』者，謂堯舜雖聖德，而天下之廣，豈能使無一物不得其所？意謂堯舜聖之極矣，而尚或未能全敬之用，況學者而可不務於敬乎？子路言『如斯而已』，有不足之意，故夫子極言敬之大者。

『脩己以敬』一句，『敬』字重。下『脩己』兩句，『敬』字亦在其中。

聖人言『脩己以安百姓』，而程子乃言『上下一於恭敬』，蓋治道非一人所能獨成，必君臣上下皆能恭敬，然後有天地位以下之應。然下人能敬，亦在乎上之人有以感之，漸漬而成恭敬，以至於天下平。程子此段是推極而言，以見敬之功用無窮。

夷俟章

原壤之母死，夫子助之沐椁，原壤登木而歌，夫子爲弗聞也者而過之。從者曰：『子未可以已乎？』夫子曰：『親者毋失其爲親也，故者毋失其爲故也。』《或問》謂夫子何舍其重而責其輕，蓋數其母死而歌，則壤當絶；叩其箕踞之脛，則壤猶爲故人耳。盛德中禮，見乎周旋，此亦可見。

衛靈公第十五

一貫章

《集注》『第四篇以行言，此以知言』，四篇言『吾道』字，『道』是行意，故曰『以行言』；此章就多學而識之上説來，故曰『以知言』。曾子篤實力行，子貢明敏博學，故夫子與之言不同如此。然學者須知得，然後行得。

無爲而治章

聖之盛德而在民上，下民感而化之，天下自然平治，不必有作爲。夫子獨稱舜者，蓋舜即天子位，承堯治平之後，如平水土、誅四凶之類，皆在堯朝，故舜即位之後，無所事爲，但恭己正南面而已，所以比他聖人尤不見有爲。然恭己之容，惟聖人爲能盡爾。

子張問行章

子張問何以得行於外，夫子惟教之脩其在己者，則自然可行。言行，君子之樞機，謹此二者，脩身之事備矣。聖賢千言萬語皆是二者節目。

子張恐有時或違夫子之言，故以所教之言書於大帶，以體參前倚衡之意。

子張請問者三，學干禄、問達、問行，皆務外之意，夫子皆教之以自脩。以此觀之，學者但有一毫求人知之心，便全不是了，學亦必不能成。若但一向以爲善爲己分内事，只管低頭去做，學自能進，德自能成，人自會知，道自能行。

古人之帶有二：革帶，以皮爲之，用以懸佩，在裳上衣内；衣上加以大帶，用繒爲之，圍於腰，結於前，其兩頭垂在下者曰紳，即今深衣之帶是也。

《集注》『鞭辟』，辟，音闢，開也。鞭開，如前驅攔約人向外，自兩傍視之則爲近裏。此蓋當時洛中方言。

史魚章

《雜記》曰：『内亂不與焉，外患弗辟也。』釋者謂：『同僚將爲亂，己力不能討，不與而已。』則孫林父、甯殖謀放弑，伯玉行從近關出，其合於禮乎？

子貢問爲仁章

《集注》『賢以事言』，是大夫有才德而見於行事者。『仁以德言』，是士蹈道積德而自脩者。

爲邦章

顔淵才大，故夫子教之治天下之事，以虞、夏、商、周四代禮樂以授之。治天下亦非此四句而已，提其大綱，則他事皆可推度，隨時合宜。

夏正之説，大意見子張問十世章。所謂『建』者，蓋地之四方，亦以十二辰分之，寅、卯、辰居東，巳、午、未居南，申、酉、戌居西，亥、子、丑居北。事以北斗之柄〔一〇〕爲驗，每於黄昏星初出時，看北斗柄指在何方上，便是此月。建即指之意也，指子爲子月，是十一月；指丑爲丑月，是十二月；指寅爲寅月，是正月。

周冕之説，其冕旒之數見於前麻冕章。其章服之數，則自黄帝制衣服，而天子衮冕之服十二章：日一、月二、星辰三、山四、龍五、華蟲六，畫於上衣；宗彝一、藻二、火三、粉米四、黼五、黻六，綉於下裳。至周時，升日月星辰於旗上，天子之衮冕則十二旒、十二玉，服則惟九章：龍一、山二、華蟲三，火四、宗彝五，畫於衣；藻一、粉米二、黼三、黻四，綉於裳。鷩冕則九旒，旒亦十二玉，服七章，以華蟲爲首，而繪四於衣，綉三於裳。毳冕七旒，旒亦十二玉，服五章，以宗彝爲首，而繪三於衣，綉二於裳。希冕希，□几反，〔一二〕。五旒，旒十二玉，服三章，以粉米爲首，繪一於衣，綉二於裳。玄冕三旒，旒亦十二玉，服一章，惟綉黻於裳爾。凡衣皆玄，裳皆纁。玄，黑色。纁，淡黄色。其諸侯之五冕，大略在麻冕章。

龍，畫爲二龍，一青一白，白升上，青降下。衮即龍也。山，畫二山形。華蟲，雉也，亦名鷩，爲雉形。火，畫火光之形。宗彝，祭宗廟之彝器。凡宗廟之彝六，其一畫虎，其一畫蜼。今於衣上畫虎彝、蜼彝各一，虎、蜼皆毛物，毳，即毛也。藻，爲水藻形。粉米，如粟米堆積之狀，粉白色也。黼，白與黑色也，以白與黑二色同成斧形。黻，青與黑二色，爲兩巳相背亞。其義：則龍取其變化，又升降、陰陽、交泰之象；山取其鎮重；華蟲，取其文章；火，取其明；宗彝，取其孝。宗彝所以畫虎、蜼者，虎取其義；蜼之形如猴，兩鼻孔向上，尾長而兩岐，天雨時，恐雨入鼻中，則以尾兩岐塞鼻孔，取其知。今畫彝於衣，只是取其事宗廟之孝，藻取其潔，米取其養人，斧取其剛斷，黻取其向善背惡。名衮冕，爲起於龍也。鷩冕，始於雉也。毳冕，始於毳物之虎蜼也。希冕，希刺也。刺音七。惟一畫兩綉，綉多，故曰希。玄冕，爲止有一章，與玄同也。

鄭衛二國之樂皆淫邪，亡國之音也。而夫子獨言『放鄭聲』者，絶其尤甚者也。文公《詩傳》，言衛詩三十有九，而淫奔之詩才四之一；鄭詩二十有一，而淫奔之詩七之五：則鄭之淫有甚於衛，故夫子獨絶之。

《集注》周人飾路以金玉，《周禮》『五路』，一曰玉路，二曰金路。注：『以金玉飾諸末。』謂凡車上之材，於末頭皆以金玉飾之。

遠慮章

『人無遠慮』，以地言之，人若無千里之思慮，則憂在几案前；以時言之，人若無百年之思慮，則憂即在頃刻間。

義以爲質章

遇事先裁度合理，決定行了；行時卻把節文行去；又欲以遜順之道行出；成之必在誠實：盡此四者，方成君子。先以理處度，合義了方可行，故曰『義以爲質』。然要知義，須先窮理，此章只截定自行上説，知又在此先。

巧言亂德章

《集注》『小不忍，如婦人之仁、匹夫之勇皆是』，婦人之仁，不能忍愛。匹夫之勇，不能忍暴。言君子行事，當爲即爲，不可優游不斷；然又須沈潛縝密，不可輕於果決。不能審此二者，則敗大事。

終日不食章

思以理言，學以事言。不於事上學以求合於理，而懸空思索，必無益於己，所謂『思而不學則殆』者也。

謀道不謀食章

君子所謀者，唯欲明道耳，不謀食也；况貧富貴賤，莫不由命，謀食未必得食也，故曰『耕也，餒在其中』。學本所以謀道，而深造乎道者，自有得禄之理存其間，故曰『學也，禄在其中』，是以『君子憂道不憂貧』也。

知及之章

『知及之』是知此理。仁守，是心存此理，能行之而不爲私欲所蔽。莊、涖、動、禮，是接物處。上兩句明明德之事，下兩句新民之事。

知以知言，仁以行言。『雖得之，必失之』兩句，卻就知上説，謂雖知此理，而行處不能守之，則併其所得者亦失之矣。

所重在於知仁，能知而能行之。莊、涖、動、禮，皆守之事。

季氏第十六

顓臾章

注：『四分魯國』，《禮》『大國三軍』，上公之國也；『次國二軍』，侯伯之國也。魯實侯國，本止二軍。襄公十一年，季武子宿爲政，作三軍，與叔孫穆子豹、孟獻子蔑三分公室，季氏盡征之，叔孫氏臣其子弟，孟氏取子弟之半。昭公五年，季武子舍中軍，四分公室，季氏擇二，二子各一，皆盡征之，而貢于公。

祿之去公室章

《集注》：『魯自文公薨，公子遂殺子赤，立宣公，而君失其政。歷成、襄、昭、定，凡五公。自季武子始專國政，歷悼、平、桓〔一二〕子，凡四世，而爲家臣陽虎所執。』蓋至孔子時，不但公室衰，大夫之家亦衰，而陪臣彊矣。

祿去公室五世圖

魯隱公春秋之時，諸侯尚知有王。

桓公諸侯漸不知有王。

莊公齊桓公始霸，禮樂征伐自諸侯出矣。

閔公齊桓公霸。

僖公齊桓公後有宋襄公，欲霸不成，晉文公霸。

文公晉襄公繼霸。

宣公魯文公卒，公子遂殺子惡及視，立宣公，祿始去公室。

成公晉楚爭霸。

襄公季武子始專魯政。晉悼公復霸，屈强楚。諸侯之大夫漸主盟會，三家分晉。

昭公禮樂征伐自大夫出，齊有陳氏，晉有六卿，魯有三家。

定公晉楚皆衰，中國無霸。大夫之家臣執國命。

哀公

政逮大夫四世圖

季友

季文子行父。季友孫。

季武子宿。三分公室，三家各有其一。既而四分公室，季氏擇二。季悼子紇。

季平子意如。魯昭公伐之不克，出奔，死於外。平子專魯。季桓子斯。爲陽虎所囚。

三戒章

醫書以血爲陰，而行乎脉之中爲榮，謂榮養乎身也。氣爲陽而行乎脉之外爲衛，謂衛輔乎血也。二者周流上下於一身，無有暫息。然心則主乎血，而志爲氣之帥，故知養其心，則能制血氣而不至於亂。聖人三者之戒，亦惟操其心而已。

九思章

《語録》：『視不爲惡色所蔽爲明，聽不爲姦人所欺爲聰。』饒雙峰云：上三者是就自身説，下三者是事上説。視聽是一對，色貌是一對，言事是一對，下三者『疑思問』屬知，餘二者屬行。

陽貨第十七

性相近章

有天地之性，有氣質之性。天地之性，天以此理賦於人者。氣質之性，人稟天地之氣以成人，則有淳、有駁、有清、有濁，禀得清純者而生爲聖賢，禀得濁駁者而生爲愚不肖。若言天地之性即是理，理皆是善而無惡。此章兼氣質而言，人之初生之時，性不甚相遠，至於所習不同，而後遠爾。若得清者，必好學必至於聖賢；，得濁者，好學不已，亦可至於聖賢；，濁者又不好學，則爲小人，即下所謂下愚是也；，清者若不好學，亦爲小人之歸。

武城章

在上人好禮樂，則知愛人之道，故能愛人。在下人好禮樂，則心和順，知下事上之道，故易使。子游之絃歌，意在於此。夫子言『割雞焉用牛刀』，喜之，故以此言反以爲戲。歌，詩而以樂和之則爲歌，徒歌曰謡。絃歌，以琴瑟和歌也。先王之教禮樂，雖各有其時，而二者未嘗偏廢。武城絃歌之聲聞於外，則其學禮可知矣。故《集注》添入『禮』字説。

公山弗擾章

孔子必不助畔人弗擾，是畔人來召孔子。弗擾之意，欲遷善亦未可知，或能化之爲善，亦有可往之理。聖人道大德弘，雖入亂邦，必不爲惡人所染，見南子、陽貨，欲往弗擾、佛肸之召，此皆是待惡人處亂世之道。子路不能曉，故曉之。然當弗擾之召時，必有可以轉旋之機，故夫子欲往，而欲興周道於東方。

子張問仁章

恭者不侮於人，故人亦不侮之。寬廣則能容衆，故衆亦向之。信實則不爲人所疑，故人皆倚仗之。敏速則不滯而疏通，故行事有功。有恩惠及之於民，而民感之，故可以使人。聖人亦不過此五者，但所至有大小淺深之不同耳，故若能盡此五者則爲仁。

佛肸召章

聖人處世無可無不可，無不可同謀之人，亦無不可遷善之人，故欲往。子路但能有可有不可，未能如聖人無可無不可，故有此言。孔子以堅白匏瓜曉之，磨不磷，方可謂之堅；涅不緇，方可謂之白。若不能如此，豈足爲聖人？

周南召南章

周自后稷始封，數十世至文王，辟國寖廣，使周公爲政於國中，召公宣布於諸侯，於是南方之國從化。至成王立，周公相之，制作禮樂，乃采文王之世風化所及民俗之詩，被之管絃。其得之國中者，雜以南國之詩謂之《周南》；其餘得之南國者，直謂之《召南》。《詩序》謂：『南，言化自北而南也。』周國在豐，爲雍州之地，於地爲西北，而德化流及於梁、荆等州，皆在雍之南，故曰『自北而南』。《二南》之詩，皆脩身齊家之事，故爲詩之首篇，而學者必當學之也。

色厲内荏章

厲是僞也，荏是真也，内欺諸心，外欺諸人，非穿窬而何？

道聽章

本注『聞善言，不爲己有，是自棄其德』，王文憲謂此德得於天者，謂聞善不以去我之惡，而但塗説於人，則是迷其本有之德，不知自修，乃自棄其德爾。圈外王氏引《大畜》象辭，而曰『塗説則棄之矣』，王文憲謂此德得於人者，謂聞善則當積以成我之德，今但入耳出口，則不注於心矣，是隨得隨失，乃棄之也。

民有三疾章

狂、矜、愚，氣質之偏而爲疾也。肆、廉、直，疾之未大害於義者也。蕩、忿戾、詐，則爲惡矣。

宰我問喪章

孝子之於親，其情無有窮已，聖人恐以死傷生，故立三年之中制，使賢者俛而就之，則不肖者亦當企而及。宰我亦非故欲薄其親，直是自以心度之，謂期年其哀已盡，故欲短喪。此問與井有人章同，皆是實有所疑而問。

古人居喪，初死，水漿不入口，三日杖而後能起。三日而殯，然後食粥，不食菜果，居倚廬，寢苫枕塊，不脱絰帶，朝夕哭泣無時。三月而葬，疏食水飲，不食菜果。方卒無時之哭，殯〔一三〕朝夕哭。期而小祥，始食菜果；再期而大祥，中月而禫，禫祭後方飲醴酒，食乾肉，復寢。醴酒，薄酒也。乾肉，滋味薄者也。復寢，入室中卧。惟其禮如此其至，故宰我疑以爲如此一年，哀戚已盡，非謂如今日世俗居喪。今世居喪，與平常無異，未滿三年也，不見哀戚，若服喪十年，亦於事無相妨。

君子尚勇章

此章君子，子路問及孔子答以上義，皆以德言。下與小人對者，乃以位言。義理之勇，君子之勇；血氣之勇，小人之勇。子路平日好勇，恐勇全是不好，故有此問。

年四十見惡章

學者須是於少年氣血充、精神全之時，勇於爲學，乃能有成。至於四十，當立功業。古人四十曰『强而仕』，孔子四十『而不惑』[一四]，孟子四十『不動心』，此時正當從政治人之時，若身不脩，如何治得人？於四十德不成，無可取者，而又且見惡於人，則不復成人矣。人才年高，則神氣漸昏，記性亦退，精力不及，故不能成德。若壯年學有所得了，則雖老亦當温習舊聞，而求新得，不可恃此説年高便不可學。或壯年皆未及學，於四十餘乃發憤好學亦不妨，亦能有所見，所謂朝聞道夕死可矣。聖人此言，只是教人及早學耳。

微子第十八

微子章

殷紂無道，有敗亡之徵。微子，帝乙之元子，知殷必至於滅亡，恐遂絶其宗祀；且始者箕子有勸帝乙立微子之事，必爲紂所疑，紂惡之極，必殺微子，故箕子曰：『我舊云刻子。』於是遜于荒野。意謂既不致其君有殺兄之惡，若不幸而殷亡，身在或可承其祭祀。比干爲少師，以謂君有過，臣當盡死以諫，於是極諫。紂怒之，剖其心。箕子爲父師，其諫固與比干同，而紂偶未殺而囚之。見比干諫而死，欲極諫之，恐復被殺而稔君之惡，於是佯狂而爲奴。微子欲免君殺兄之惡，爲愛其君；以存宗祀，爲愛其親：仁也。比干殺身以盡其職，爲愛其君，亦仁也。箕子恐陷君於多殺諫臣之罪，亦仁也。三人用心處事雖不同，皆是欲全乎心之德，盡乎愛之理。

長沮章

『而誰以之』，『以』，猶與也。『丘不與』之『與』，作『用』字意。以，亦用也。是『與』、『以』二字可通互説。

『滔滔者天下皆是也，而誰以易之』，譏孔子。『且而與』至『士哉』，譏子路。

荷蓧章

人之大倫有五，而君臣主於義，今不仕則爲無君臣義。荷蓧使二子以禮見子路，則是既知長幼之節不可廢也，君臣之義何可廢之？此兩句最下『也』字『之』字相應，蓋人倫君臣爲大，長幼在下，既知其次，豈可棄其大者？今欲自潔其身，而亂君臣之大倫。君子之所以仕者，正欲行君臣之義爾。當今天下道不可行，我已知之，然不肯終隱者，恐絶君臣大倫之義也。二『義』字一般重。

道總五常而言，義其一也。道指天下衆人言，義言自己也。今日道不能使天下由之，我固知之，我之所欲行者，在我之義爾，我不仕則失我之義矣。

此章舊點似細，章旨若晦。今但以『長幼之節不可廢也』作一讀，『君臣之義，如之何其廢之』作一句，『欲潔其身而亂大倫』作一句，便覺意明。

《集注》『性命之情』，孟子所謂『四端』，出於性命之正者也。決裂此情，則所用者皆發於人欲之私情也。

逸民章

伯夷之父欲立叔齊，即堅讓而逃，其志在於尊父命，果得遂其心，是伯夷不降其志處。叔齊守嫡庶之常法，其志在欲明尊卑之分，果逃而不立，是叔齊不降其志處。以武王伐紂爲非，諫之不從，遂不食周粟而死，是夷齊不辱其身處。

此六人之德，伯夷、叔齊爲最，虞仲、夷逸次之，柳下惠、少連又次之。前言七人，後止六人，不見言朱張者，或是朱張之德無可稱，或是失簡，皆不可曉。

大師摯章

亞，次也。飯，食之也。古者天子一日四飯，魯用天子禮樂，其君必一日亦四飯。所謂亞、三、四飯，乃於此飯時，主作樂侑食之官也。不言初飯者，或主初飯之官不他適也。

子張第十九

士見危章

此爲士之大節，然論士之全體，如孔子言『行己有恥』之類，不止於此。而子張言『可已矣』，似乎大快，故《集注》云『一有不至，則餘無足觀』，又言『庶乎其可』，皆有未足意。

問交章

子夏之言太峻，似不能容物，然下學者可以爲法。子張之言太寬，謂於人何所不容，必成德方可；德未成，而不擇友，恐有友不如己者之失。德已成而不容人，則有沮向善之心。但『拒』字大峻，『何所不容』大寬，學者之始終皆所當戒。

博學章

博學、篤志、切問、近思，自是四事。然博學而又須篤志於道，志不篤則博學爲泛濫。問已切，又須就近而思；不就近而思，則所問者不能以三隅反。又一意：博學又須切問，篤志又須近思。

百工居肆章

此章有兩意：百工居肆，方能成其事，君子學，方能致其道。又百工居肆，須是成其事；君子學，須是致其道。

大德小德章

大小精粗，無一不合於理，方可謂之君子。『小德出入可也』，是子夏不求備於人。然一向以小德爲輕事，則不矜細行，終累大德矣，故吴氏云有弊。

子夏門人章

古人教人，只就事上教，不但似今日懸空説。就事上教，故着實而德易成；若懸空説，得千言萬語，至臨事時，竟做不去。小學洒掃應對，事也；大學正心脩身之類，亦事也。大小事皆有至理存焉，只隨事窮理。然事有大小，學問有深淺，教者須循序漸進，不可躐等。子游謂子夏門人之小子，但教之下〔一五〕學之事，而不教大學之事。子夏氣質篤實，其教人亦皆務實，故其言曰：君子教人之道，以何者爲先而傳之，何者爲後而不傳？事之大小，亦如草木以類而分别其大小，瞭然在目前。學之淺者，但可教他行下學事；學之深者，則可教以向上事。若學而未有見識，驟把大學事教它，曉不得，行不得，乃是誣罔他而已。君子教人之道，豈可誣罔？若曰小大事徹頭徹尾無不曲盡，惟聖人能之。

理於天下之事，無所不在，故學者皆當循序而學之，不可貪慕高遠而忽淺近。如於近者淺者不先務，則雖有得於高遠，而有虛空斷絶之處，於理之全體有虧矣。故君子必循序，而不可躐等也。

讀此章者頗易失旨，但見『言游過矣』四字，便謂子游之言全非。蓋子游但言門人雖知洒掃之末，不即舉大學之本以教之；子夏則言教之當有序。子游未嘗譏子夏教洒掃之非，而子夏亦未嘗言不教以大學也。《集注》以『威儀容節』與『正心誠意』對言，則末專就事說，本主就心説。蓋大學行之之目有八，而誠意正心爲本，誠意正心固非小子所可進。此即是先就事上令知其所當然而爲之，未能使之知其所以然也。此古人之學所以實，而先後次序自不可踰。《集注》如此襯貼說，可謂極精，而二子之意皆粲然可見。

前段本注，分經文本末字，謂本，大學之事；末，小學之事。本注第二段兩本末字，及圈外『愚按』下四本末字，皆是以大學、小學言。但程子第四條兩本末，卻是以理爲本，事爲末，『是其然』，末也；『所以然』，本也。讀者試思之。

始終、本末，一以貫之。始終，是釋始卒；本末是關前本末字。謂聖人應事，本末兼該，前後如一，非學者可到也。

程子後四條，大率明事理二字。『洒掃應對』是事，『形而上者』是理，『慎獨』則將應事之際存此理也，『精義入神』只是明理之極。此固是聖賢之能。然洒掃應對之中，其理之極處，則亦至精之義也。故曰：『雖洒掃應對，只看所以然如何。』『自洒掃應對上，便可到聖人事』，言從此事做將上去，直可到聖人事。此條全以事言，正是本文本末兩字。洒掃應對，末也，聖人事，本也。

『非謂末』至『在此也』十六字，作一貫讀。

陽膚章

帝王長民之道，不過養之、教之、治之而已。養之，如分井受田，使衣〔一六〕帛食肉者有制；教之，如古者大學、小學教人之道，及鄉黨州閭讀法之類；治之，則有禁令刑罰。且上之人以德導之，以禮齊之，則民皆知趨善避惡、尊君親上之道；而其父子、夫婦、長幼、朋友之間，亦皆有親比協和之意，故曰民聚。上之人反此，則民散矣。周德既衰，皆失前三者之道，民陷於罪而不知，此皆上人之過。無養則飢寒迫身，不教則不知禮義，不知禮義之人而有飢寒之迫，則無所不爲矣。故君子爲政，惟當哀矜，不可以聽訟爲能而自喜。

子禽章

《集注》『大可爲，化不可爲』，此是説聖人不可及處，非謂夫子自大至於化也，所以下面着『故曰』字。

堯曰第二十

堯曰章

堯，伊祁氏，帝摯之弟，年十五封爲唐侯，年十六踐天子之位。居位七十載，欲遜位于有德，於是四岳舉舜，命之爲百揆。此時洪水九年，舜即舉禹平水土。堯七十三載，已八十九歲，薦舜于天，使攝天子之事，而命之曰『允執其中』。一百載，堯乃殂落。堯在位共一百年，壽一百十六歲。

舜姓姚氏，虞，國名，瞽瞍之子。年三十歲，四岳薦之於堯爲百揆。三十三歲，攝天子事。年六十而堯崩，服三年之喪，至六十三即天子位，命禹爲百揆。三十二歲，舜年已九十四歲，薦禹于天，攝天子事，命之曰：『人心惟危，道心惟微，惟精惟一，允執厥中。』人心者，耳、目、口、鼻、四肢之於聲色、臭味、安逸是也，爲流於欲，故危。道心者，惻隱、羞惡、辭讓、是非之端是也，爲欲所昏，故微。精則欲察其人心、道心之異，一則惟守道心而不移，此乃『允執其中』之法也，故曰『舜亦以命禹』。舜在天子位四十八載而崩，與居攝共七十八年，一百十歲。

禹姓姒氏，崇國君鯀之子。舜舉之於堯，平水土，爲司空，三十二年而爲百揆。又三十二年而攝天子之事。又十七年而舜崩，服三年之喪，而即天子位，在位八年。前後八十九年。

『興滅國』，謂國已滅而再立其國，『繼絶世』，謂國維存而君亡，爲之立君。

五美章

『因民之所利』，如鑿井而飲，耕田而食，不違耕種之時，使之衣食足，恩惠自然及之，不至廢其財。『擇可勞而勞』，如四時蒐狩，捕逐盜賊，皆是因民之事以道使之，何怨之有？凡人欲必至於貪財、貪利，若欲行仁便可以得仁，非是貪。無衆寡、小大，不敢慢，但循理而行，出於自然，則是泰而非驕。正衣冠，尊瞻視，不色莊，人自然畏之；但不可使人不可近，如此不至於猛。上人能教之不至於犯法，則可；不教之而至於犯法，卻刑之，則是殃民。凡斂賦税起役之類，當先出號令，限定幾時期，民自然去辦；集號令不豫，及期卻便逼迫，則害其民。三者皆是急迫之惡。出納吝，是悠緩之惡。上三惡重，下一惡輕。

不知命章

有天理之命，有氣數之命。天理之命，人得之以爲性者也；氣數之命，人得之以爲生死、壽夭、貧富、貴賤者也。此章『命』字，蓋兼二者而言。知氣數之命，則利不必趨，害不必避；知天理之命，則利不可趨，害不可避。

校勘記

〔一〕『閔』，原作『冉』，續四庫本同，《集注》本章首四字本爲『閔子侍側』，據改。
〔二〕『訒』，原作『認』，續四庫本同，據經文及叢書集成本改。
〔三〕『阮』，原作『阬』，續四庫本同，據《左傳》文改。
〔四〕『王』，原作『生』，續四庫本同，據叢書集成本改。
〔五〕『樂、義』，原脱，據叢書集成本補。
〔六〕『匹夫』，原脱，續四庫本同，據叢書集成本補。
〔七〕『章』，原作『意』，續四庫本同，據叢書集成本改。
〔八〕『知』，原作『是』，續四庫本同，案此字與下『不知』反對，當爲『知』，叢書集成本正作『知』，據改。
〔九〕『處』，原作『怨』，續四庫本同，據叢書集成本改。
〔一〇〕『柄』，原作『兩』，續四庫本同，據叢書集成本改。

〔一一〕「希，□几反」，續四庫本、叢書集成本均作「希，希及反」。

〔一二〕「桓」，原作「威」，續四庫本、叢書集成本同。按「威」爲「桓」之避諱字，「威子」即下文之「季桓子」，據改。

〔一三〕「殯」，原作「而」，續四庫本同，據叢書集成本改。

〔一四〕「惑」，原作「或」，本通「惑」，今仍據《論語・爲政》「四十而不惑」回改。

〔一五〕「下」，續四庫本同，叢書集成本作「小」，下一「下」同。

〔一六〕「衣」，原作「之」，續四庫本同，而旁改作「衣」，叢書集成本亦作「衣」，據改。

讀四書叢説卷七

讀孟子叢説卷上

梁惠王上

首章

周烈王五年，魏武侯卒，公子罃立，其元年，則烈王六年也。《通鑑》周顯王三十五年，當罃之三十七年，罃與齊威王會于徐州以相王。《考異》謂爲後元年，《大事記》顯王十六年，當罃之十八年，魏拔趙邯鄲，服十二諸侯，遂稱王。後齊敗魏，而齊亦稱王。於顯王三十五年又書曰：齊宣王、魏惠王與諸侯會于徐州以相王。今按顯王三十三年，當魏惠王三十五年，孟子至梁。若從《通鑑》，則孟子至梁時，魏尚爲侯。此章稱之爲王，乃他日論集著書之時追書爾，當從《大事記》爲正。蓋始各王於其國，至徐州之會，則王之號通於天下矣。徐，音舒。相，思將反。

仁，專言則包四德。孟子與義對言，則仁體而義用，孟子是專主於義而言。蓋無仁之本，則不能行義。然仁義又各有體用，朱子訓詁皆兼體用説，『心之德』、『心之制』是體，『愛之理』、『事之宜』是用。然仁有專言、偏言，『心之德』是專言之仁，固全説體；『愛之理』是偏言之仁，其中又含體用，愛爲用，其理則體也。《或問》又推以陰陽言，則義體而仁用。蓋天地間物，静體而動用，陰静陽動，而仁，陽也；義，陰也。故其體用如此。

『王曰：何以利吾國』至『不奪不饜』，固是發明『王何必曰利』一語，而語意自分兩節：『王曰：何以利吾國』至『其國危矣』，言王好利於上，則大夫士庶效之而好利於下。凡言好利者，皆是欲得其分外，若唯取什一之賦，則非好利矣。故君欲分外取於下，下亦欲分外取於上，如此不已，必至攘奪壞亂，而國隨以亡。則是君始好利，終於自亡其國，此理勢所必至，然亦告君之語也。『萬乘之國』至『不饜』，又言好利之弊，成弑奪之禍，皆下取乎上。文侯斯與韓、趙分晋，即惠王之祖也。此其明驗。爲君而好利，禍害之烈，可畏如此。一言君好利，必亡其國；二言好利，必下簒其上。

萬乘之國，則千乘之家；千乘之國，則百乘之家。此以君十卿禄大槩言之也。王畿方千里，固可出車萬乘。天子之卿受地視侯，則方百里，方百里不能出車千乘也。千乘之國當方三百十六里有畸，百乘之家則當方百里矣。諸侯卿之采地，未必如是之大也，讀者不可以辭害意。

君子利己之心不可有，利物之心不可無。孟子不言利，是專攻人利己之心。絶利己之心，然後可行利物之事，然利物乃所以利己也。至於不遺親、後君，則己亦無不利矣，但不可假仁義以求利耳。

沼上章

聖賢告人非法語之言，則巽與之言，故孟子與時君言，皆是這機軸。前章法語之言，此章巽與之言也。後多放此。

此章關鍵，全在偕樂、獨樂上，文王與民同樂，夏桀結怨奉己，興亡乃其效也。

靈臺之作，文王所以候日景、占星象、望雲物也。其下有囿，囿中有沼，併以遊觀爾，蓋非所謂七十里之囿也。七十里之囿，所以供四時之田，講武事於其中，且與民之芻蕘雉兔者共之，不容不廣，此在郊之外者也。靈臺之囿，必近城郭，地不可容，且無所用其大也。文王繼體即位，本都於岐，在位四十六年，而遷都於程，又三年而遷都於豐，於是作靈臺。其時年九十有六，明年即薨矣，田獵之囿，非作靈臺之意也。七十里之囿，在岐山之舊都歟？故有與民同芻蕘雉兔之常制也。

麀鹿魚鳥各得其所，咸遂其性，可見文王之德被萬物，都在春風和氣中。觀兩『在』字，而下文魚鹿云云，尤見文王仁及物而物感動處，物且如是，於人可知。

『鶴』與鶴鳴之鶴不同音，音涸者，禽名，在鐸韻；音學者，潔白貌，在覺韻。此章字音學。

移民章

『加少』、『加多』，金先生曰：『不見其愈少，不見其愈多。』

『棄甲曳兵』，戰而負者。

『魚鼈』之類，天地自生之物，長幼皆得食之。『雞豚狗彘』，人力畜之，故以養老，則七十者始食。

『五畝之宅』、『百畝之田』，《周禮・地官・遂人》：『掌邦之野，辨其野之土，上地、中地、下地，以頒田里。上地，夫一廛，田百畮，萊五十畮，餘夫亦如之。中地，夫一廛，田百畮，萊百畮，餘夫亦如之。下地，夫一廛，田百畮，萊二百畮，餘夫亦如之。』注謂：『户計一夫一婦而賦之田，其一户有數口者，餘夫亦受此田也。廛，城邑之居。孟子所云「五畮之宅，樹之以桑」者也。』疏謂：『餘夫皆有田廛，是備後離居之法。萊，謂休不耕者也。』

《王制》云：『五十始衰，六十非肉不飽，七十非帛不煖。』與此不同，或殷周之制異，或孟子一時之言偶異，大抵年高者衣帛食肉也。

『庠序之教』，教以人倫也。於其常教之中，又於孝弟二者重明之，而篤之尤力也。

後『罪歲』，應前兩『凶』字。『塗有餓莩不知發』，應前『移粟』，由此而知所移乃民間之粟，未足以濟河内之民，而先已病河東之民矣；况有餓莩不發，猶是吝己之財。『狗彘食人食』，則必征斂無義，而傷民之財矣。中兩節教之以王政，則民自足食樂義。古者九年耕，必有三年之食，雖有凶荒，不待移粟移民，而民自無飢寒，近者悦而遠者來矣，何患不加多哉？下章『率獸食人』亦此意，而極言之也。

《集注》『兵以鼓進，以金退』，亦大約言之。如《左傳》『陳書曰：「吾聞鼓而已，不聞金矣」』，是鼓進金退也。按《周禮・大司馬》辨鼓鐸鐲鐃之用：『中冬教大閲帥其民而致，乃陳車徒如戰之陳，皆坐。鼓人三鼓，司馬振鐸，群吏作旗，車徒皆作，鼓行鳴鐲，車徒皆行。三鼓摝鐸，群吏弊旗，車徒皆坐。又三鼓，振鐸作旗，車徒皆作，鼓進鳴鐲，車驟徒趨，「及表乃止」，坐作如初。鼓戒三闋，車三發，徒三刺，乃鼓退鳴鐃且卻。』夫鐸，大鈴也。振鐸者，摇鐸也。摝鐸者，以手掩其上而執以振之，其聲鹿鹿然也。是鐸兼主進退，但其聲有不同爾。鐲，鉦也，形如小鐘，以爲鼓節，鳴之而車徒行，則鐲亦主進也。鐃如鈴，無舌，有秉，執而鳴之，以止擊鼓，故鳴鐃而軍卻退也。大抵鐲則進也，鐃則退也，鐸兼進退也。後世戰陳，蓋專以金聲退。鐲，直角反。鐃，女交反。畜，訓養，當作許六切，今『敕六反』，誤。

安承教章

孔子惡作俑者無後，亦因見後世殺人從葬，故爲此言。《史記》：『秦武公卒，初以人從死，死者六十六人。』蓋其弟德公立而用以殉之，當周釐王四年，魯莊公之十六年也。其後穆公卒，遂用殉者百七十七人，三良與焉。孔子據已見之禍，而深惡其始。謂爲不仁者事，始雖小，末流必大，不可不謹。孟子因取以戒惠王不可輕視其民。

晉國天下莫彊章

『地方百里而可以王』，答『晉國天下莫彊』一語。『王如施仁政』一節，是方百里可王之實功。『彼奪民時』，正指齊、秦、楚。『往而征之』一節，是洒死之事。

『易，猶淺也』，此金先生説。蓋耕深，則〔二〕土疏通而苗易發達；耘淺，則但去草而不傷穀根。

『以暇日修其孝弟忠信』，此與『行有餘力則以學文』語意正同，不是等待大段閒暇了，然後去修。

梁襄王章

『一之』，謂統天下爲一家，正如秦漢之制，非謂如三代之王天下而封建也。此孟子見天下之勢，而知其必至於此，非以術數讖緯而知之也。蓋自太古立爲君長，則封建之法行。黄帝置大監，監于萬國；夏會諸侯于塗山，執玉帛者亦萬國。逮湯受命，其能存者三千餘國，時云千八百國;至孟子時,相雄長者止七國爾,餘小國蓋不足道也。自萬國以至于七國,吞併之積,豈一朝一夕之故? 今勢既合,不可復分,終必又併而爲一,舉天下而郡縣之而後已。至于秦漢,孟子之言即驗,但秦猶嗜殺人,故雖一而不能定,至漢然後定也。

襄王才質下,不足以語王政,故孟子不告之,而但曰『不嗜殺人』而已。

齊桓晉文章

文武之道,幽厲傷之。東遷之後,下陵上替,五霸迭興,不惟王道之不行,學士大夫亦且不講。自是惟知霸業可尚,而桓、文又霸之盛者。宣王心説其事而誠服之,以孟子當時賢者,深知其説,故舉以爲問。其曰『可得聞乎』,見其不易得聞,惟孟子知之,而又恐不易以告也。

『仲尼之徒』,則見孔子不言霸事可知,至其門人以及後之徒黨,不曾有言桓、文爲霸之謀畫經營者。此與孔子言管仲器小之意同,且先截斷宣王功利之心,下乃開其王者之道。

桓、文之事,金先生曰:謂其所以爲霸之謀畫經營也,若糾合、一匡之事,孔門固嘗言之矣。

『德何如則可王』,宣王知有德則王,可謂天資優而知所本矣。及問『寡人可以保民』及『何由知吾可』,皆能自反而善問者,與梁惠王迥别。

王天下事至大,易牛事至小,孟子却道只此心便可王。故雖指出『不忍』二字,而王猶不知所以。

上言『臣固知王之不忍』，下言『彼惡知之』，蓋宣王見牛，不忍之心雖發，而不自知其爲仁之端，故以『知』與『惡知』相對説。以爲常人雖爲利欲所昏，而本然之善終未嘗泯，但時或發，每不自覺，而不能充之爾。故孟子以爲惟君子爲能知之，衆人不能知也。是啓王之心，使凡遇善心發時，便須識得，即就此推充，自小以及大，自近以及遠，即其一端推之至其極，又推其類而充之至於大，則仁不可勝用矣。

孟子與王問答三反，欲王自知不忍見牛即是惻隱，而終不悟。前『德何如』以下，雖有三善言，至此竟昏罔推拓不去，但重疊解説不是愛財。孟子不得已自與言，這正是行仁巧處。主意在『見牛未見羊』一句，此非獨王良心之發，處之又得其當矣，但自不識爲善端，而又不推於他事爾。及王聞孟子之言而説，既已得前日之心，然又不知處此小事如何便合於王道，只是平日無君子啓迪其學故也。

『術』字要看。既見牛而不忍，此心欲行，則便不可殺此牛。而釁鐘之禮又不可廢，或殺牛，或廢禮，皆是仁心行不徹，故用未見其形，未聞其聲之羊以代之。此正用術之圓機也，此即是權，行仁者當放此意而行，故謂之術。

此章見齊王之良心凡兩發，孟子教之推而不能推，是以終於戰國之君而已。見牛時一發，孟子言之而心戚戚時又一發也。

此章之要，全在『推』字。始使因愛牛之善端而推之，充擴其良心，以知仁民之爲大。於其良心既啓，則當先親親而推及於仁民，而又及於愛物，謂仁之施。愛物難而仁民易，今既能其難，而又得行之之術，何於其易者而不能也？仁民之所以易於愛物者，人既與我同類，其好惡不殊，所施者不過以己之所好惡者及之而已。況我親其親，人感之亦各親其親，其應之速，又不盡待我之推也。其終告以王道之大，亦不過盡不忍之心而已。

權、度度物，而『心爲甚』，不是言此心以權、度去度物，正是欲以義理來度此心，使於發處審其輕重也。

『抑王興甲兵』至『快於心與』，若與權度之言不相接，此蓋從齊王本意問霸處説來，而使齊王度民心之所不願，而推愛心以及之也。

地方百里而可以王行仁政也。齊欲服天下，如『鄒敵楚』，不行仁政也。以齊一分而敵天下之八者，勢也；『發政施仁』者，德也。以德則湯以七十里，文王以百里，不論勢矣。

《集注》『名辟彊』，古人名辟彊者非一，作開闢封疆説，則上音闢，下音疆；作辟除彊暴説，則上必益反，下巨良切。

『推廣仁術，則仁民易而愛物難』，老吾老，幼吾幼，以及人之老幼，老幼，彼此皆同。以我及於親親者措之於彼固不異，是易也。上老老恤孤，而民即興孝不倍，則民視上之老幼，與己之老幼皆同，故即效之，是又易也。至於物則無知識，不能達人之意，故仁及於此物，則此物得所，不能自充廣也。

本然權度，即是人心本有之天理。

梁惠王下

莊暴章

『王語暴以好樂』，蓋論及所好之俗樂。『暴未有以對』，蓋莊暴亦知俗樂之不足好，欲諫而未得其辭，故以告孟子。

孟子之答只是巽與之言。

王變色，是愧前與暴論者不可聞於孟子，故其下直言之。

此章只是欲與民同樂，不必專於作樂也。

交隣國章

此章前言交隣在能仁智，朱子以懲忿總之。後言好勇在行仁義，朱子以養大勇言之。王問交隣，孟子所答樂天、畏天，是交之之正。王後再言好勇，孟子答之以好勇須有文武之德乃可。

《集注》謂『所引與今《書》文小異』，今《書·泰誓上》曰：『天佑下民，作之君，作之師。惟其克相上帝，寵綏四方，有罪無罪，予曷敢有越厥志。』謂天助佑下民，爲之君以長之，爲之師以教之。君師者，惟其能左右上帝，以寵安天下，則夫有罪之當討，無罪之當赦，我何敢有過用其心乎？寵，愛也。志，己之志也。朱子隨孟子文解，故其義亦小異。蓋古者以簡編寫書，簡册煩重，非如今以紙模印易辦，古人多是以口相傳，故古書所引多有不同者。

雪宫章

『師行而糧食』，謂師衆從君行，皆裹乾糧而往，故有飢而弗得食者，又勞苦而不得休息，於是相與造爲讒謗，而民因而作爲姦慝矣。此上言軍民之怨也，『方命虐民』以下是言君也。《集注》『廢時失事』，『廢時』解『荒』字，『失事』解『亡』字。

明堂章

『人皆謂我毁明堂』，舉衆人之言也。『毁諸』，自問果當毁之乎？『已乎』，又以己意問止而勿毁乎？見得宣王之意正是欲不毁爾，蓋已稱王，即欲行天子之制也。孟子則不禁他不毁，只是教之行王政。蓋行王政，則足副王之名，雖行天子之制可也。

文王未嘗稱王，而所行却是王政。

《周禮・考工記》：『夏后氏世室，堂修二七，廣四修一。世室者，宗廟也。修，南北之深。修二七者，深十四步，八丈四尺也。廣益以四分修之一，則堂廣十七步半，十丈五尺也。五室三四步，四三尺。堂上爲五室，象五行。三四步，室方。四三尺，以益廣。木室於東北，火室於東南，金室於西南，水室於西北。其方皆三步，其廣益之以三尺，謂深丈八尺，廣二丈一尺也。土室於中央，方四步，其廣益之以四尺，謂深二丈四尺，廣二丈八尺也。大室居中，四角之室，皆於大室外接四角爲之。大室四步，四角室各三步。則南北三室十步，爲六丈。東西三室六丈，外加四三尺，又一丈，則廣七丈。九階。南面三，三面各二。四旁兩夾窻，每室四户，旁皆有兩夾窻，爲八窻。五室二十户，四十窻。白盛。蜃灰也。盛，成也。以蜃灰堊牆，所以飾成宫室。盛，音成。門堂三之二，門堂取正堂三分之二，南北五丈六尺，東西七丈。室三之一。兩室與門各居一分。殷人重屋，堂修七尋，堂崇三尺，四阿重屋。重屋者，王宫正堂，若大寢。修七尋，五丈六尺。放夏周，則其廣九尋，七丈二尺。五室各二尋。四阿若今四注屋。周人明堂，度九尺之筵，東西九筵，南北七筵，堂崇一筵，五室，凡室二筵。明堂者，明政教之堂也。此三者，或舉宗廟，或舉王寢，或舉明堂，互言之以明其同制。謂當代三者其制同，非謂三代制同也。廟門容大扃七箇，大扃，牛鼎之扃，長三尺，七箇。二丈一尺。闈門容小扃三箇。廟中之門曰闈。小扃，膷鼎之扃，長二尺，三箇六尺。』《通典》：『東西長八十一尺，南北六十三尺，其堂高九尺。於一堂之上爲五室，每一室廣一丈八尺，每室開四門，門旁各有窻。九階外有四門，門之廣二丈一尺。門兩旁各築土爲堂，南北四十二尺，東西五十四尺。其堂上各爲一室，南北丈四尺，東西丈八尺。其宮室牆壁以蜃蛤灰飾之』。此釋《周禮》明堂制。又引《大戴禮·盛德篇》云：『明堂九室，室有四户、八窻，三十六户，七十二牖。蓋以茅，上圓下方。其外水名辟雍。堂高三丈，東西九仞，南北七筵，九室十二堂，室四户八牖，宮三百步。』今按此文在《明堂篇》。朱子《明堂説》云：『論明堂之制者非一，熹切意當有九室，如井田之制。東之中爲青陽太廟，東之南爲青陽右个。東之北爲青陽左个，南之中爲明堂太廟，南之東即東之南。爲明堂左个，南之西即西之南。爲明堂右个，西之中爲總章太廟，西之南即南之西。爲總章左个，西之北即北之西。爲總章右个，北之中爲玄堂太廟，北之東即東之北。爲玄堂右个，北之西即西之北。爲玄堂左个，中是爲太廟太室。凡四方之太廟異方所，其左个右个，則青陽之右个，乃明堂之左个；明堂之右个，乃總章之左个；總章之右个，乃玄堂之左个；玄堂之右个，乃青陽之左个也，但隨其時之方位開門耳。太廟太室，則每季十八日天子居焉。古人制事多用井田遺意，此恐是也。』

		北		
	總章右个 / 玄堂左个	玄堂太廟	青陽左个 / 玄堂右个	
西	總章太廟	太廟太室	青陽太廟	東
	總章左个 / 明堂右个	明堂太廟	青陽右个 / 明堂左个	
		南		

右明堂制諸説，大槩如此。按《周禮》舉三代之制以互見，蓋夏世室以宗廟言，則王宮及明堂之制同。殷重屋以王宮言，則宗廟、明堂之制同。周明堂以朝會之所言，則宗廟王

宫之制同也。朱子之説簡當。

放桀章

上兼問桀紂，下再問弑君，是專問紂，蓋舉重者言之也，故孟子亦止舉紂對。

《集注》王勉之言，謂上下二者兼有，則可爲放伐之事，若上雖極暴，而下非仁，不可；下雖至仁，而上不暴，亦不可。

爲巨室章

兩『姑舍汝所學而從我』，上屈人之大才以從己之小見，下不貴國家而徇一己之私欲。

『萬鎰』，謂璞玉之價直萬鎰之金也。

齊人勝燕章

《書·仲虺之誥》曰：『初征自葛，東征西夷怨，南征北狄怨，曰：「奚獨後予？」』，又曰：『徯予后，后來其蘇。』孟子所引，多『天下信之』一句，其餘文中，多者六字，異者四字。『民望之』至『民大悦』七句，孟子自言。故《集注》云『兩引《書》』。

鄒與魯閧章

此告君之言，不得不切。『民今而後得反之』之言，似失大過，民固不可求反其暴於上；然至於君行仁政，則親上死長之心亦民所本有也。

竭力章

太王自邠遷岐，行二百五十餘里，民從之如歸市。史所謂居三月成城郭，一年成邑，二年成都，而民五倍其初。蓋非獨邠民，近於岐周之民皆歸之也。當時西方地近戎狄，皆閒隙之地，非封國之疆界，故太王得優游遷徙。若滕在中國，又分大國之間，無可遷之地，民雖或從之，亦無所往。孟子特舉太王之得民以警文公爾，故下文言效死乃其正也。

平公章

『前以士，後以大夫』，蓋言喪禮也。《儀禮》有《士喪禮》篇，大夫喪禮亡不可考。三鼎、五鼎，言祭禮也。《儀禮・特牲饋食禮》，士之祭禮也。牲用豕，陳鼎三，豕右肩、臂、臑、肫、骼、正脊、横脊、長脅、短脅九體，膚三，離肺一，刌肺三，爲一鼎；魚十有五爲一鼎；腊有獸之乾者也，用兔爲一鼎。《少牢饋食禮》，大夫之祭禮也。牲用少牢，陳鼎五，羊右肩、臂、臑、膞、骼、正脊、脡脊、横脊、短脅、正脅、代脅十一體，腸三，胃三，舉肺一，祭肺三，實于一鼎；豕十一體，如羊舉肺一、祭肺三，實于一鼎；膚九，實于一鼎；魚用鮒十有五而鼎；腊用麋一純而鼎。肩、臂、臑者，肱骨也。膞、骼，股骨也。正脊，脊之前也。脡脊，次正脊。横脊，在後者。膚脅，革肉也。離肺者，搓離之不絶中央少許。刌肺者，切肺也。舉肺者，尸食所先舉也。祭肺者，尸、主人、主婦用以祭也。舉肺即離肺，祭肺即刌肺也。凡牲用右胖，腊則合升左右胖，故曰腊一純。純猶全也。然此則諸侯之大夫、士，若天子之大夫用索牛，士用少牢。臑，奴到反。肫、膞，皆音純。骼，音格。刌，七本反。脡，音挺。鮒，音附。搓，苦圭反。胖，音判。

公孫丑上

公孫丑章

公孫丑問管晏，而孟子獨鄙管仲，不言晏子。蓋晏子之事任、才能、功烈皆非管仲比，而管仲輔桓爲五霸首，尤天下之所共宗仰，故孟子唯斥管仲。

曾西敬畏子路，排斥管仲，而言管仲功烈之卑，是謂子路儻得行其志，則功烈之大可知矣，非獨言心術之邪正而已。楊氏乃謂子路之才不及管仲，恐未全得孟子之意，《考證》言之甚詳。『管仲，曾西之所不爲也，而子爲我願之乎？』孟子此語，猶有未推重曾西意，謂曾西尚且不足於管仲，乃爲我願學之乎？

『武王、周公繼之，然後大行』，此言周公制禮作樂之後，雖殷之頑民，莫不率化趨善之時也。

湯之孫太甲繼湯立，太甲五世至中宗大戊，大戊三世至河亶甲，河亶甲子祖乙，祖乙六世至盤庚，盤庚三世至高宗武丁，武丁二世至祖甲，皆賢君也。祖甲殁後六世七十餘年，至紂。

『雞鳴狗吠相聞』，言民居之稠。『達乎四境』，則舉國皆稠也。

『地不改辟矣，民不改聚矣』，有兩意，一説言齊地廣民衆，地不必更改，已自辟矣；民不必更改，已自聚矣。讀就『改』字略歇。一説地不必再加廣辟，民不必再加集聚，五字一串讀下，又連下文。上説意詳，下説意直，上説得『矣』字出，在人看。

『置郵』，《字書》：馬遞曰置，步遞曰郵。《漢西域傳》『因騎置以聞』，師古曰：『即今驛馬也。』《黄霸傳》『郵亭』，師古曰：『郵行書舍，謂傳送文書所止處，如今驛館。』

『倒懸』謂如人遭顛倒懸挂，困苦急迫也。

楊氏言『子路範我馳驅而不獲』，非謂範馳驅真不可獲禽也，如是則王道真爲無用矣。蓋範馳驅者，王良御車之正也；不獲禽者，嬖奚不能射也。欲使射者獲禽而行詭遇，御者之詐也，故王良範驅子路也，嬖奚不獲時君也。倘子路遇明君而信任之，則雖小國攝大國，而瀕於危亡，亦必三年而有足民知方之效。子路之不獲者，不遇可與有爲之君爾。管仲則惟欲成目前之功，故雖詭遇而不較也。但楊氏此段未爲知子路者，不得曾西之意也。

不動心章

孟子平日所言皆王道，公孫丑習聞當時霸功之説，前章雖聞孟子不許管仲，猶未深解，於此僅添一『王』字與『霸』兼言之耳。

因上章以『齊王猶反手』之言，固知孟子能用齊矣，然猶未深信能王天下，故用一『霸』字在上。然丑亦未能分别霸功、王道之所以異，言『動心否乎』，亦是未深信孟子。

『我四十不動心』，是孟子素有爲之之具，而後有用世之言也。

『一毫挫於人』，謂所辱者至小也。『不受』者，必報之也，不惟必報於賤者，雖貴者亦必報之。『惡聲至，必反之』，謂不惟辱來必報，雖言小不善亦必報也。

『量敵而進』，謂量度敵人之堅瑕，然後進兵。『慮勝而會』，謂謀慮己必有可勝之理，然後會戰。

黝、舍不動心，本又在告子之下，公孫丑又以孟賁比孟子，故孟子亦以勇士之類言之。

北宫、孟舍之勇，皆是養而成，至於必勝、不懼乃其效，而謂君子之道可以不養乎？

曾子亦是論己與人相敵，『縮』、『不縮』，指理之直、不直。『不惴』、『吾往』，指氣之勇、不勇。謂理者氣之主，理直則氣壯，理曲則氣餒。所與較之事，吾理既不直，雖賤夫亦不求勝之；吾理既直，雖千萬人我亦必往。蓋理曲必屈，理直必伸也。

以舍、黝比子夏、曾子是一意，再以孟舍比曾子又是一意。上以兩人比兩人之氣象，此是虛比；下卻把二人較其短長，此是實比。

公孫丑雖借孟賁之勇以贊孟子不動心之難，然孟賁亦是以勇而不動心者。蓋賁之勇力足以蓋世，故所向無前，自然不必動心，所以下文孟子亦以勇士爲答。然則孟賁以力爲主而不動心，北宮以必勝[二]爲主而不動心，孟舍以無懼爲主而不動心，曾子以理直爲主而不動心，孟子以知言養氣爲主而不動心也。

自章首至『曾子之守約』是一節。孟子答丑問，謂『我不動心』，丑乃舉勇士爲比，是全未曉孟子所以不動者。及聞『告子先我不動』之言，方知不動之由有不同，始問所以致不動何道。孟子言心不動固多端，非唯告子與我不同也。於是歷舉不動之人，而歸重於曾子以理爲主者。丑至此已曉得主於血氣者非正，然猶未知孟子、告子所以異，而告子所以不及孟子者何。蓋告子學者之徒，故孟子且告丑以告子强制其心使之不動，其言之病，心之失，工夫之差處。今將告子之言，但分内外看，兩句『心』字，只是一箇心。心是内，言與氣皆是外。君子之學，當内外交相養。告子外不得於言，則内不深明所不得之理，是内不養外也，内於心有未通之理，則外不用力以學，是外不養内也：兩端皆是心不明理。上句是事做不去，心不必明理；下句是心雖有不明，不肯去明理：如此硬捺住心以至不動。孟子言内是本，外是末，末之蔽，因本之蔽也。

言不通達，是夫心不明，若不去明其心，則言終不達矣，故曰『不可』。若心不明乎理，則惟持守其心，且不務其末，猶得輕重之倫，故曰『可』。但孟子且就他説心與氣上分輕重，而謂不求諸末，則以爲可。其實工夫内外皆不可偏廢，故又謂若遺其外，亦終不能進德，所以發明志氣將卒之意。然孟子破上句是順他文，破只一意。下句是外他文，破有兩意。上句告子謂窒於外，不必求於内；孟子謂必當求其内，然後外可達。告子本意只指内，孟子亦專教明於内。下句告子謂不明於内，不必求外助；孟子謂當用功於内，兼用力於外。告子本意專指内，孟子則使内外兩致也。

告子亦未嘗不知爲學之道，曰『不得於言，勿求於心』，則固知言之不達，當用心明理。曰『不得於心，勿求於氣』，則固知心於理有不通，當用力問學討論，及臨事度義以明其心。爲他急欲不動其心，故兩頭截斷，他養心正似禪學。

孟子言志至，氣次，持志無暴氣，止因告子言『不得於心，勿求於氣』，故言氣雖次於心，亦當用功，是隨其言捄其失。至孟子自言但曰『我善養吾浩然之氣』，是專言養氣而不言志，所以養之之方與養之之節度，一一詳備，專是氣上工夫。孟子之自得，至於大而將進於化正在此，與前辨告子之非者，意不盡同。然養氣在『集義』，所以養之集之，是心也。但與前持志無暴氣相對説者，自不同。

『氣次焉』，『次』字不可緩看，謂即亞於志也。

『知言』即是知道，孟子自言故如此。知道理明，故能知天下言之邪正得失。孟子之學，是知言養氣。知言，即知道。知道屬心爲内，養氣屬事爲外。格物致知以明心，遇事行義以養氣。然所以知其義而集之者，心也，即志帥之説。至於集義，是要心無愧怍。心既無愧怍，則氣自生，雖有内外之殊，及其至也，只是養此心耳。

知言則盡心知性，萬理洞然，何所疑惑？養氣則動皆合義，遇事即行，何有畏怯？二者既全，何能動心？

此章兩『言』字，兩『氣』字，所指不同。告子『不得於言』，己之言也；孟子之『知言』，知人之言也。告子之『勿求於氣』，氣血之氣也；孟子之浩氣，仁義之氣也。

上『其爲氣也』，言氣之體；下『其爲氣也』，言氣之用。『配義與道』，是氣之能事。上句言氣本剛大，失養則小，以直養之，則復剛大，而能合助義道，而行之沛然。但氣即是義，以養成，既成，則配養愈盛。

此氣本得於天，故至大至剛，剛大，天之體段也。聖人生知安行，無非直道，不假乎養。衆人知不明自害其剛大，故須直以養之。直即義也。塞天地，言其效也。

塞天地，只是應物皆合道義而物莫不從，至於郊則格，廟則享，鳥獸魚鼈咸若，而人倫日用不言可知。

『直養無害』，是養之之道。『集義所生』，是養之之功。

上言氣配義與道，下言養氣只説集義，蓋道是總言萬事之體，義就每事各裁制其宜。言義則道即在此，如父必慈，子必孝，義也，道在父子者也。君必仁，臣必忠義也，道在君臣者也。及事之微細處莫不皆然。

『集義』之『集』字，不是應事時工夫，應事只是『義』字。應事件件行義，積集得多，方得此心全無愧怍，而氣自生。《集注》『乃由事皆合義，自反常直，是以無所愧怍，而此氣自然發生於中』，『事皆』兩字説『集』字，『自反直無愧』是慊也。慊則氣盛，不慊則餒。

『必有事』，是專以集義爲事。『勿正』，謂不可因集義便期必氣之浩然。『勿忘』，謂未能充大，則惟不懈於有事。『勿助長』，謂不可以私意作爲欲充此氣，用私意便失義，而愈喪其所集者矣。故曰：『集義，養氣之節度。』

有事勿忘是直養，勿正勿助是無害。

養氣，專就行事上説，於應事地頭做工夫。直養無害一語，是養之之方。直字則其得於曾子之本原。下文有事『勿忘』即養字，『正』及『助長』則害之矣。惟私意妄作害義爲甚，故發揠苗一段八十五字，專言私意害氣之失。

揠苗一節只説不可助長，後言『不耘苗』，却言不有事。『非徒無益而又害之』，言助長之害。

孟子先言『知言』，而丑先問『養氣』。文公謂承上文方論志氣而言。金先生謂當先問『知言』，此亦是丑之學未能知所先後。竊謂『孟子』亦自有此文法，《滕文公下篇》，孟子先言『出疆必載質』，後言『三月無君則弔』，周霄乃先問『三月無君』，後及『載質』，正與此同。

『知言』之說，《考證》言之甚詳。

孟子之學，盡格物致知之功，故能明夫道義，而於天下之言，皆能知其是非、邪正而無所疑。然所以致其知者，亦自夫前聖賢之言而得之。故知言雖是致知之效，而致知未始不因言也，所以朱子以盡心知性爲知言之本。至於養浩然之氣，雖專在於集義，而欲集夫義，必先知義所在然後可，是知言又集義之本也。知言以開其先，養氣以培其後。此所以不動心也。然孟子之自言『知言』，卻只說知詖、淫、邪、遁，是全說今人之言，蓋此章本意是說應事不動心故也。

詖、淫、邪、遁，言之病也。既謂知言，而專舉不善者言之者，蓋明理然後於天下之言了然知其邪正，言無四者之病，則爲善言矣。曰非禮勿視、聽、言、動，則其視、聽、言、動者，皆禮矣。如曰思無邪，曰毋不敬，曰毋自欺，聖賢教人，其立言大抵如此。

『善爲說辭』與『知言』應，『善言德行』與『養氣』應。

『善爲說辭』，此却又就己言上说，与告子之言同。孟子之『知言』異，觀丑舉孔子之言可見。

二子『善爲說辭』，三子『善言德行』，『善言德行』爲自有其德行也。孔子既兼之，而但謂不能辭命，是舉其輕者，而重者從可知。此是古人省文處。下文言孟子『既聖』，可見上句兼包。

饒雙峰曰：『人之有四端，猶其有四體。君子所性，不過仁、義、禮、智四者而已，惟聖人全體備具而各極其至，其餘則或得其一，或具而微。如子夏篤實近仁，子游精密近禮，子張高明近智，皆是於四體中各得其一；冉、閔、顔淵是四體都全，但未曾充得廣大，如聖人之溥博淵泉爾。』

『姑舍是』，猶有不足意而不敢言，下文曰『所願則學孔子』可見。

丑以孔子比孟子，孟子不敢當；又以門人比孟子，孟子不欲答；於是以古之聖人爲問。丑同舉夷、尹，是問孟子才德所至，比聖人爲何如？蓋二子雖皆聖，然猶各守一德，非如孔子之時中。故孟子先分别夷、尹不同道，下乃自舉孔子而曰願學之。

『吾未能有行焉』，應上『何如』二字，言己未及夷、尹也。雖兼三聖言，其實答丑之問。至言『所願則學孔子』，謂雖未及夷、尹，然亦不願學之。

『願學孔子』，是答『知言』以後之主意。

孟子言『所願則學孔子』，又贊曰『自生民以來，未有盛於孔子』，蓋孟子知言、養氣、才德已度越諸子，惟未至聖人之化爾。此是孟子自知之明，故亦善言德行者，及其積久，惡知不化？

孟子明言『乃所願則學孔子』，而丑猶問三聖人『班乎』，未爲知言也。後面問同問異，却問得明。蓋孟子上言皆古聖人，下却言二子不如孔子，然則同謂之聖人，却於何處見得既同者如此，異處却如何？

聖人之道大，固不可以名言，然亦非丑能盡識？故孟子亦不就孔子德行上言，而推舉三子形容聖人處言之爾。

『類』指衆人而言，『萃』指聖人而言。出類，衆聖人也。拔萃，孔子也。

《集注》言『任大責重，亦有恐懼、疑惑而動其心乎』，見得公孫丑之意，非謂孟子加齊之卿相，因爵位、富貴有以淫其心也。

『恐懼』是氣不盛，『疑惑』是知不明，以行道言，則知當在前；以動心言，則恐懼爲重，故先恐懼。

疑懼即是動心處，《集注》却言『有所恐懼疑惑而動其心』，似疑懼又在動心之外者。蓋心本虚靈靜一，能明天下之理者此也，足以應天下之事亦此也。今理有所不能明而疑，事有所不能應而懼，然則疑懼乃動心之目，心因疑懼而動，而疑懼非心之所動也。既若是，必將窮探力索，求明其理之未能明者以釋其疑；戰兢勉强，推行其事之未能行者以免其懼：皆足以亂吾虚靈靜一之體，而非自然應物之道，是則所謂動其心也。蓋公孫丑本問爲齊卿相，若居卿相之位而有事之疑懼者，寧遂已乎？由是觀之，則『不動心』須着如此説。

疑、懼二字貫一章意。蓋知不能明故有疑，勇不能行故有懼，乃動其心。告子不得於言，未嘗無疑；不得於心，未嘗無懼：彊制其心，所以不動。孟子知言故不疑，養氣故無懼，自然無所動其心也。知者不惑，仁者不憂，勇者不懼，孟子之言亦不出此三達德。

養氣則不恐懼，知言則不疑惑。道因知言而明，德因養氣而立。道明雖因知，然既謂道，則行固在其中；謂之德立，則行道有得於心，而德已成立，此是行道積累而至者。此第一節注，皆貫穿一章意。

程子曰：『心有主則能不動』。此句總言下五人：北宮黝必勝，孟舍無懼，曾子自反，孟子知言養氣，告子冥悍强制。

『子夏篤信聖人，曾子反求諸己。』蓋黝專要勝人，其事猶在人，故與信聖人者同意；舍只是無懼，其事專在我，故與求諸己者同意：所以黝不如舍。

『等』是等級，以高下言。『倫』是倫類，以勇士與君子言。

『恐懼之』，是我去驚嚇他人。

『言有所不達』，謂不能通暢條達所言之事。

『急於本』，是順告子説，但只持其心不動。若論君子致力於内，專在明理，固是急於本，然非如告子之『急於本』也。

『顛躓』即跌仆，『趨走』是疾奔。

『盡心知性』，性即天地萬物之理具於心者，知性則窮究物理無不知也，無不知則心之全體盡明矣。朱子謂盡心知至之謂知性，物格之謂也。故盡心知性，則於天下之言舉無所疑。然所以盡心知性者，皆因明聖賢之言而得，然後以是而究天下之言，則是非得失皆洞然矣。此聖賢問學之成法，孟子之『知言』正如此。

上云『凡天下之言』，下云『識其是非得失之所以然』，此總古今之言也。曰『是非』，謂所言之事。曰『得失』則當理與不當也。『所以然』，言其本也。如下文詖、淫、邪、遁乃非而失理者，所以然則蔽、陷、離、窮是也。

『自反而縮』關上文，『無作爲害之』關下文。縮即直，無作爲是無害。直養是一意，無害是一意。上是工夫，下是防弊。

『天人一也，更不分別』，只是公字。此氣得於天，故能浩然，而道義乃天地間至理，皆是公。爲有私己，便不合公道，便卑小。然孟子所言浩然之氣，乃是言一身之氣爾，故曰『浩然之氣，乃吾氣也』，吾身本小，『養而無害則塞天地』。私則小，公故大。

謝氏教人須先體認得吾身浩然體段，然後隨事致力以養之，庶不是只把做話説。又見得心得正、無虧欠，浩然便在此。則人無有不可養者，而養之亦不難也。

『一事偶合於義』，是學者固欲行義，或理未明而處義未精，或無力量而行之，不至皆未合義，有一事行得恰好適合於義，非是説尋常人漫然應事無心，偶然相合也。這偶合正對不集説。

『心通乎道』，是孟子物格知至，知言乃其效也。

『學不厭者，智之所以自明』，言學而後智，則學是智之功。若曰夫子唯見聖道之無窮而學不厭，非智者不能言智而又學，則學是智之用，恐亦可通。

舉夷、尹事實，皆是體貼經文説，非言二聖人之凡也。『兄弟遜國』，言非民不使。『避紂隱居』，言非君不事。歸文王，言治則進。去武王，言亂則退。『湯聘用之』，言治亦進。『使之就桀』，是去治而進於亂。『桀不能用，復歸湯』，是去亂而進於治。何事非君，不問湯桀；何使非民，不擇夏商。

『本根』，指德之盛。『節目』，指心之正。

此章當作五節看，章首至『曾子之守約也』爲第一節，『敢問夫子之不動心』至『反動其心』爲二節，『敢問夫子惡乎長』至『必從吾言矣』爲三節，『宰我、子貢』至『所願則學孔子』爲四節，『伯夷、伊尹於孔子』至章終爲第五節。

尊賢使能章

『市廛而不征』之『廛』，市宅也，謂市物邸舍。天子諸侯之國都，皆畫如井，而以後一區爲市，聽民交易。『市廛而不征』，謂但取其邸舍之税，而不取其貨物之税也。

『廛無夫里之布』之『廛』，民居也。《周禮》所謂『上地，夫一廛，田百畝』，注：五畝之宅是也。《載師》：『宅不毛者有里布』，宅，即五畝之宅。布，泉也。泉即錢也。宅而不樹桑麻，罰以一里二十五家之泉。疏云：二十五家之稅，布也。謂口率出泉。漢法，口百二十。此蓋以漢法比擬古制，未必周果以口計泉數如此。又曰『民無職事者，出夫家之征』，注云：夫稅，家稅也。夫稅者，百畝之稅。家稅者，出士徒車輦，給繇役。

按《載師》之法是宅不毛、無職事兩事之罰，今孟子乃曰『廛無夫里之布』，則是居廛者，使出二十五家之泉，而又出百亩之稅也。《集注》言『一家力役之征』，是因所引『夫家』之文而併釋之，恐於『夫里之布』無所當。愚詳孟子謂『天下之民願爲之氓』，是境内田間之民，皆使之出是兩等之賦，只是於一家田稅之外多出里布耳，與上文市廛不相關。蓋上既曰『市廛而不征』，是居市者已征之，孟子固以爲過矣，而又出此兩等，不太繁重乎？《集注》上『廛』字既釋爲市宅，於下『廛』字乃曰『市宅之民已賦其廛，又令出此夫里之布』，二『廛』字合而爲一，愚不敢必知其果如此也。

不忍人章

『惻隱之心』，即不忍人之心所發，不忍，以全言。惻隱與三者對舉，是偏言。然只就惻隱上看，則惻自有專言意。

『擴而充之』，是日用之間，隨四端之發者推廣而充滿之，積之久，則如火然泉達，其勢自有不能已者；既能如此，而又大充廣之，方能盡四海之大。兩『充』字是兩意，上『充』字，每端發處充；下『充』字，就應天下事上充。

四行非土無以生，四德非信無以成。土即大地也，無地則金木水火何所倚？信即實理也，非實理則仁義禮智爲虚言矣。《集注》所謂『定位』以方言，『成名』以時言，『專氣』以温凉寒暑之氣言。『無定位』即下文之『於四行無不在』，『無成名，無專氣』即下文『於四時則寄王也』。

此章七節，第一節言人本皆有仁，二節言先王全此仁，以實人之皆有是心，猶道性善，而稱堯舜以實之也；三節就人易曉處指出，使人體認此仁；四節併言義禮智各有所發；五節言所發皆是本然之性；六節言四者人所共得，不可自棄；七節方因發處察識而推充之，不可放過，工夫全在此。後一節『保四海』與上『治天下運掌上』相應。

矢人章

《集注》『本心全體之德』，以仁之體言。『人當常在其中，而不可須臾離』，兼其用言也。

子路人告以過章

舜固未嘗有不善之可舍，亦不待取人之善爲己善也。但無一毫私意，而徇天下之公，則舍己從人之謂也。事之善者，人爲之，己亦爲之，即『取人爲善』之謂也，如耕、稼、陶、漁是也。舜之聖，天下固皆知之，人見己之所爲若是，而舜亦若是，是我爲者善矣，安得不勸爲善乎，故曰『與人爲善』也。

公孫丑下

孟子將朝王章

彼富吾仁，彼爵吾義。仁者循理樂天，安貧守分，故不知彼之富；義者審度事宜，進退有制，故不羨彼之爵。富只在彼，爵可加我，故用仁、義字不同。

齊王餽金章

《禮》注及趙岐皆曰『鎰，二十兩』，《國語》：二十四兩爲鎰，《字書》曰：鎰、益同。數登於十則滿，又益倍之爲鎰。則二十兩者爲有義。按《儀禮·喪服篇》『朝一溢米』，鄭氏注：『二十兩曰溢。』疏依筭法言之，甚明。趙氏注爲巨室章及此章，皆云二十兩。疏於前章引鄭注卻云二十四兩，而謂趙注爲誤失之矣。

之平陸章

《語録》：『都恐是《周禮》所謂都鄙之都，是大邑也。』此説爲是。

致爲臣章

『私龍斷』，謂用私意而暗爲龍斷之所爲。龍斷，是商人就市中地高處立，而左右顧望衆人所聚多處，而以物趨彼欲售之，而罔羅其利。

孟子以魏惠王之三十五年至魏，三十七年改爲後元年，十六年卒，而子襄王立，孟子有見襄王語，蓋當年即去魏適齊，當宣王之二十四年也，在魏前後計十八年。至宣王二十九年，伐齊，孟子即去齊，是年宣王亦卒，在齊首尾六年。

充虞路問章

孟子曰：『待文王而後興者，凡民也；若夫豪傑之士，雖無文王猶興。』孟子則不待文王而興者也。王者興而有名世者，是猶有待於文王者也。孟子之時，雖無王者興，苟有尊德樂道者，則孟子能興之。

校勘記

〔一〕「則」，原作「門」，案此句與後句式同，「門」爲「則」之形誤，續四庫本正作「則」，據改。

〔二〕「必勝」，原作「無勝」，當爲「必勝」之誤。前文有北宫之勇，「是養而成，至於必勝」，四庫本正作「必勝」，據改。

讀四書叢説卷八

讀孟子叢説卷下

滕文公上

問爲國章

文公問爲國，孟子告以教養其民，有養然後可教，故先言分田制禄，而後及學校也。自『民事不可緩』至『雖周亦助也』，養之事。『設爲庠序』至『小民親於下』，教之事。下至『新子之國』，總言之。答文公者止此。下答畢戰，却只是言分田，蓋畢戰惟掌井田之事也。

許行章

許行言『仁政』，是孟子所言井地之法；陳相言『聖人之政』，是許行言神農之法。蓋文公始聞孟子之言，既使畢戰爲之矣，然後許行來。及許行來，文公不斥絶之而與之處，故陳相謂已行其法而其言如此。

聖人治民，不過教養兩事。堯治天下，遇災變，先命舜禹平水土，次命后稷教稼穡，然後使契爲司徒，次敘必如此。

江漢以下三語，謂夫子之道德光輝，如江漢濯之潔，秋陽暴之乾，皜皜潔白，人不可加尚已。又一説，欲以有若擬孔子，則雖江漢以濯，秋陽以暴，而孔子之皜皜者，終不可尚已。以爲孟子贊美曾子，則曰曾子『不可』之辭，識明義精，有如江漢之濯，秋陽之暴，若是皜皜乎而不可尚已。

許行謂不論屨材精麄，但大小同者同賈，是實説。孟子謂大屨與小屨若同賈，則賣者必不肯爲大者，是比説。將大小比精粗兩屨，字意不同。

此章『孟子曰』以下三大節，自『許子必種粟而後食乎』，至『不用於耕耳』，闢其假託神農之言。『吾聞用夏變夷』至『不善變矣』，責其倍師從許子之道。以下陳相之遁辭，故又闢其『市賈不貳』之説。

夷之章

《語録》『命之矣』，『之』字是夷子名。

滕文公下

周霄問章

注：『籍』字音義，見《考證》前篇『籍者，借也』下。　諸侯上公，衮冕。侯伯，鷩冕。子男，毳冕。上可兼下。　紘，以組爲之，屈之而屬兩端於武，所以固冠於首也。　副者，王后之首服，猶王之冕。褘者，王后之衣，猶王之衮衣。二者皆王后之服，而此言諸侯之夫人者。《禮記》注謂『記者容二王之後與。褘音暉』。《禮》注：『三盆手者，三淹也。凡繅每淹大總而手振之，以出緒也。淹，於驗反，又於斂反。』白黑曰黼，青黑曰黻，青赤曰文，赤白曰章，用此以爲祭服。謂染絲成此色，而綉裳或畫於衣者亦如此。

彭更章

彭更以孟子傳食諸侯爲泰，孟子答之以舜受堯之天下，且不以爲泰，而子以我傳食爲泰乎？　彭更謂非以傳食爲泰，但無事而食則不可爾。蓋謂有職業而食則可也。後孟子之意，則謂雖無職業，而君子爲仁義有功於國者多，何嫌於無事？

好辯章

《集注》『氣化盛衰，人事得失，反覆相尋』，竊謂氣化盛，人事得，則天下治；氣化衰，人事失，則天下亂：是固然矣。然孟子此章答好辯之問，而孟子之辯，專爲闢楊墨而發，則易亂爲治，全賴人事以補天道之不足，反氣化之衰而至於盛也。觀堯禹之治水，則以人事而回氣化；武王、周公誅紂伐奄，孔子作《春秋》，則以人事而捄衰失。所以孟子亦於衰失之時，闢楊墨以回氣化，正人事也，此正聖賢作用，參天地，贊化育之功。讀此章，當如此會《集注》之意。

陳仲子章

匡章以仲子爲廉，孟子謂齊之巨擘者許之也，雖然以下貶之也。伯夷、盜跖之築、樹，反問也。此非君子之心，謂仲子之廉當如是爾。匡章對以織屨辟纑易之，此則合君子之道。然既以功易食爲無害，而以母、兄之室與食爲不義，何哉？縱母、兄之得此物爲不義，而我受之母、兄則爲義矣；況既是齊之世家，則兄之得禄未爲不義也。仲子既於母、兄之物所從來推一層上看，而於所易者不能推一層上看，是不能充其廉之類矣。凡此皆是反説，而愛親敬兄及君臣之義皆在其中，使之就其所明，充其所暗，則仲子之罪大，匡章之惑解矣。

此章經、注諸『廉』字當辨。廉有分辨，不苟取也，此廉之正義。『豈不誠廉士哉』，此『廉』

字，陳仲子不中禮之廉也。『仲子惡能廉』及注『仲子未得爲廉』、『豈有無人倫而可以爲廉哉』，此三『廉』字是廉之正。『然後可得爲廉耳』、『未能如蚓之廉』、『滿其志而得爲廉耳』，此三『廉』字是仲子之廉也。

離婁上

離婁章

兩言規矩、六律，前比説用法，後正言立法。前謂至聰明者亦須法度，以比下〔一〕一句必須仁政；後則謂聖人立法雖盡智慮，亦須法度。雖主於『不忍人之政』一句，然上兩語亦聖人所立之法也。

不仁可與言章

孺子之歌主於人，孟子之言主於水。聖人之言，雖非孺子之本意，然主人而言者意反淺，主水而言者意反深。所謂『聲入心通，無非至理』。

道在邇章

仁義根於人心，人所同有，行之則甚近而易，其要在乎親親長長。但人人各自親親長長，則仁義流行天下，其有不平者乎？

教子章

『夫子教我以正，夫子未出於正也』，非謂爲子者必有是言也，孟子所以責爲父者，身之必出於正也。

事孰爲大章

事親、守身雖對説，而守身又爲事親之本。下文曾子只是事親之準則，意謂事親固當如此，然有曾子之守身則可爾。

離婁下

子産章

子産非不知爲政者，徒杠輿梁，偶有闕耳。孟子此言，責備賢者，蓋恐學者因敬子産而以其所爲皆是，故明斥其非以曉人也。

中養不中章

中以德言，才以能言。有德以其能成物也，有能以其能成事也。今以子弟之無德無能而棄之，是物之近者、事之急者，皆不能成，尚可謂之有德有能乎？彼此相較，相去豈遠哉？『涵育』，寬以容之之意。『薰陶』，善以道之之意。

深造章

此章主於行而知在其中，故《集注》謂『道則其進爲之方也』。『進爲』字有力，當看。蓋學者欲其循序漸進，優游涵泳，力行積久，自然融會於心。所謂自得也，理既融於心，則所處者自然安固而不摇。既居之安，則所以資藉之者，愈深遠而無窮。資之既深，則日用之間無所往而非道矣。工夫只在『深造以道』四字上。至於自得，則自然有以下效驗，以知、行二者各體認之可見。孟子之意，主於行者爲尤重也。程子則專主於知，故在圈外。

博學章

博學詳説，以知言。約則會其極，而於行上見。

以善服人章

『以善養人』，謂有善於身而教化撫字，使民同歸於善也。

亟稱水章

『不舍』，見《論語》川上章。

異禽獸章

此以舜爲標準，而使人企慕以力行也。舜亦異於禽獸幾希者爾，以其能存故爲舜，則衆人能存之，豈不亦可以至於此乎？

春秋章

以三國之史同言而曰一也，蓋謂魯之《春秋》，其所紀載，非周之典禮，善惡不明，不過記五霸之事，與晋楚之史同爾。至於孔子之《春秋》，則假其事以明義，而非盡舊史之文，故曰『其義則某竊取之矣』。如此看，方見得中間一節不閑。

可以取章

『可以無』三字爲重，不可將可以、可以無作兩下看。初見其可，而詳察爲不可，故行之惟從其不可者爾。《或問》謂孟子舉傷廉以例二者，蓋傷廉是順辭，易看；傷惠、傷勇是反辭，難看故也。須先體認惠、勇之本義，然後見過之者爲傷。《集注》『略見而自許』，是全釋『可以』意。『深察而自疑』，深察半語是釋『可以無』意，『自疑』字，乃是指上去疑其『可以』者。如此看，方見得可以、可以無不是兩下說。下文『過猶不及』，只是結傷惠、傷勇兩語。

逢蒙章

此章專爲交友發，羿不能取友而殺身，孺子能擇交而免禍。

言性章

性是人物所得以生之理，本自難明，求其發見之故，則亦不難明也。然故則以利順者爲本，故之發於逆者則又非性之本矣。求己之故，則惻隱之發，見性之仁；羞惡之發，見性之義。求人之故，則父慈、子孝、君仁、臣忠。求物之故，則鳶飛魚躍，山峙淵流，皆是也。是皆所謂利也，如下文天與星辰之故，亦只是利而已。能知此性而利以行之，則爲智之大。『禹之行水』，不是比喻，言禹順水之性，爲智之大，以例人循性皆當以利也。智者應物，若行其所無事，則智亦如禹之大矣。『智亦』之『亦』，是亦大禹也。下文又以高遠者證故之易見，卻不是功用。

章内三『智者』不同，上『者』字是問辭，下兩『者』字是用智之人。

萬章上

萬章問章

恝，古黠反，音與戛同。《集注》苦八反，誤。

娶妻章

『懟父母』，言人之常情也，爲廢大倫，則雖子亦不能免有讐怨父母之心。舜固非懟父母者，然告則必廢大倫，故不告也，此聖人善處。變事消弭於未然，此等處正好觀聖人。

《書》四岳舉舜曰：『瞽子，父頑，母嚚，象傲，克諧以孝，烝烝乂，不格姦。』則堯妻舜時，頑、嚚、傲德已化而改。萬章傳聞，蓋亦野人之語，孟子不辨，惟欲發聖人處變之心。

魚入水有悠然而逝之道，弟有思兄鬱陶之道，故子産與舜皆信之。舜之愛弟自天性，況象又以愛兄之道來感之乎。

堯以天下與舜章

凡祭有祈有報，風雨以時，年穀順成，氣不苛疹，民無夭札〔二〕，則是神享其祭，而其應如此。

百里奚章

鬻〔三〕，語六反。四智二賢，皆反覆明奚之事，然各有序：第一，總言去虞入秦之智；第二、第三，詳言去虞之智；第四，詳言入秦之智；第五，以事實言其賢，爲下節張本；第六，專以上文之賢，證自鬻之言之妄。前後皆是彷像言之，惟〔四〕第五節爲要。然不智則不能明去就之幾，不賢則不足見其智之正，故反覆言之。讀之但見其文之妙，而不知其意之精密如此。

萬章下

目不視惡色章

『去父母國之道也』，此句亦孟子言，孔子只有『遲遲吾行』一句。

此章『聖』字，言夷、惠、伊尹處，是以地言，與大而化之之聖不同，只是清、任、和到極處，故謂之聖。孔子則是大而化之之聖，其行之時中，則清、任、和、時而出之亦無不到極處。

『集大成』一節，以樂比孔子知之至，行之極。條理即八音。以金而聲之，所以始其衆樂；以玉而振之，所以終其衆樂。聲振始終，皆是動用字。惟其知之至，故能始萬事；惟其行之極，故能終萬事：是爲聖智兩全。

次一節，以射比四聖人，能挽彊弓射遠地，此力也；能中其的，乃巧也。必先知的之所在，又知中之之法，然後因力之所至而中之。謂知之明，然後行之，從容中道。三子力量雖到，而知有未至，故不及孔子。

《萬章》兩篇，皆論聖賢之行，大率皆以孔子折衷之。上篇前五章言舜，六章言大禹固無間矣，七章則言伊尹，故八章以夫子之出處繼其後；九章論百里奚，次篇之首又言三聖人，而以孔子集大成斷之；三章問友而上及堯舜，四章言交際，又繼以孔子；五章爲貧而仕，又言孔子；下二章論君餽與見諸侯，而又及孔子：蓋孟子所願學者孔子，故論古聖人則以孔子繼之，論賢者必以孔子折衷之。前篇言一治一亂，及舜、禹、湯、文、武、周公處，與末篇之末皆然。《論語》、《中庸》之體，大率亦如此，所以示君子必學孔子而後可。

告子上

性猶杞柳章

人受天之理以生，本具仁、義、禮、智之性，人之有惡，是失其本性之善，非其真也。告子不知，乃謂人性本不善，因矯揉以爲仁義，猶矯揉杞柳以爲桮棬。孟子謂人之於仁義，乃其本有而所當行者，豈矯揉而成？若告子謂矯揉而成，乃是戕賊人之常性而爲之爾。揉杞柳爲桮棬，是戕賊之也，非可以喻仁義也。若此言之行，人不知者，將真以爲戕賊人爲仁義，誰肯從之？是仁義之禍也。

性猶湍水章

告子謂性本無善惡，但可以爲善，可以爲惡，在所引者如何爾，故以水無分東西爲喻。孟子亦就其水以喻之，謂性之必善，譬猶水之必下。告子所謂決之者，人爲之也，非其自然之性也。若人欲拂水之性，甚至可使逆行，況東西乎？人之爲善，順其本性也；水之就下，順其本性也。

生之謂性章

告子以活動知覺爲性，孟子意謂以此爲性，則人與物同，而何足謂之人哉？ 故先以白之説兩轉，審告子之意，待其應定了，然後以犬、牛、人之性同異而問之。告子知其説之非，其言方塞。 所以言犬又言牛者，謂非獨人物之性異，就物之中其性又各不同。 所以深曉告子以人之性善也。

食色性也章

告子言仁是好愛，只説得人心，不知孟子所言仁義是道心。 告子以好食愛色皆發於心，故曰仁内。 其言已定，故孟子反問之，告子只答義外之説。 孟子就其白字、長字，明其白不可譬長，而長人長馬不可同，則所謂義内者可不言而喻。 告子猶不悟，重以内外爲言，不知愛之所施有宜，即義在其中，而長之之心豈發於外？ 是則理之不明故也。 孟子因其以好食色者爲性，於是借耆炙以爲喻，謂美味雖在炙，而耆之者乃自内出，對上『長楚人之長』説。『物』則指炙而言，謂豈獨於人爲然，物亦有如此者。 以耆之之心比長之之心，則可見義之在内無疑矣。

富歲子弟章

先以歲之豐凶致人之善暴，以明人性本善，有以陷溺則爲惡。蓋欲得食以養其生者，人之常情，故富歲得順其心則爲善，凶年不足以養其生而逆其心則爲惡。次以麰麥爲喻，謂人之性本同，當皆極於善，所以不善者養之異，以勉人當盡養之之道也。其下又以形之所好必同，以明心之所好無不同，而聖人之所爲，即衆人之所本同而當然者。衆人當法於聖人以全其善，則當力好如口之悦味可也。

『同然』之『然』，《集注》訓『可』，與『耆』、『聽』、『美』對，而皆以『同』字冠之，非語助也，即『是』字之意，謂理義乃人之所同以爲是者。

牛山章

浩然章論養氣而以心爲主，此章論養心而以氣爲驗。曰志者氣之帥，故謂以心爲主；曰平旦好惡與人相近，故謂以氣爲驗。集義固爲養氣之方，所以知夫義而集之者，乃心也；養心固戒其梏亡，驗其所息，而可致力者則氣也。彼欲養而無暴以充吾仁義之氣，此欲因氣之息以養吾仁義之心。兩章之持志操心之意未嘗不同，而氣則有在身在天之異，然未始不相爲用也。

魚我所欲章

弗受嘑蹴之食，出於倉卒之時，受萬鐘在於閒暇之際。倉卒之時，私意未動，義之所發者直；閒暇之際，有計較之心，則私不可遏矣。倉卒而義明，如乍見孺子入井，惻隱即生，意正同。閒暇而有宮室等三者之累，則如内交、要譽，惡其聲矣。夫行道乞人皆能行之，則義乃人之本有明甚，君子其可不知之而由之乎？孟子之戒深切著明矣。

三『鄉爲身』，北山先生作一讀，言鄉爲辱身失義之故，尚不受嘑蹴之食以救身之死，今乃爲身外之物施惠於人，而受失義之禄乎？可謂無良心矣。

此章專以『生』對『義』説，第一節是主意，第二、三、五又以欲、惡分説『生』字意。因第一節暗與義對説，蓋欲生即是惡死，出此必入彼。二節言欲生惡死，固人之常情，而欲、惡有甚之者，乃義不義爾，此是本然所有，義理之良心也。三節反言失其良心而不能取義者。四節兩『由〔五〕是』字，金先生作兩讀，蓋正指義而言。五節上三句當急讀作一串，此是繳第二節兩句，説賢者能保此好義之良心。

上五節言生死大分，下三節言辭受小節，然下三節亦是蒙前第一節『生』義言之。

天爵章

天爵，人所皆有；人爵，各有命分。有德則足以長民，故人修其天爵，則人爵自然至，不可求也。若有心求人爵，便已務外，而失其本心之爵矣。

欲貴章

世人但知公卿大夫之爵爲貴，而不知在我之身皆有貴者，乃天所賦之善，所謂天爵也。天爵，人所同有，故思則得之；人爵，各有命分，雖求之無益。天爵亦是天命，此則義理之命，人爵乃氣數之命。孟子前章尚有修天爵而人爵自至之説，此章則於人爵下兩『不願』字，是不將這個爲念。

告子下

禮食孰重章

敬兄，禮也，雖無食而將死，必不可奪兄之食而違敬兄之禮；婚娶，禮也，雖至於絶嗣，必不可摟人處子而違婚娶之禮。任人，蓋異端之徒，棄蔑禮法而譏侮之者，故孟子止就其所言食色二者，使之自權其重輕而自思之，蓋不屑之教誨也。

曹交章

第三節『爲』字重。獨『不勝爲患』，『爲』字輕。湯、文亦在人爲之，如有力無力，皆人所自爲，雖舉百鈞之重，亦是自去發奮爲烏獲之徒。此言用力爲之，皆可至。況禮義人皆有之，本無虧欠，不須如舉重之用力，豈以力不勝爲患？但能爲之即至，不至者乃不爲爾。所以後節教他學堯則爲堯，學桀則爲桀，是皆爲之而已。

盡心上

盡心章

盡心知性知天——殀壽不貳
存心養性事天——脩身俟死
（二者合而爲）立命

朱子釋明德則曰：『人之所得乎天，而虚靈不昧，以具衆理而應萬事者也。』釋心則曰：『人之神明，所以具衆理而應萬事者也。』二者無大異，豈心即明德之謂乎？蓋德者得也，『所得乎天』是釋德字本義，而指其得之之原。『虚靈不昧』，以狀明之體。『具衆理應萬事』，指所得之實。然而『虚靈不昧』則心也，『具衆理』則性也，『應萬事』則情也，是合心、性、情三者言之，而以『得乎天』冠于其上，其釋明德爲切。至於言心而曰『神明』，是指人身之神妙靈明，充之可以參天地，贊化育之本。而言其所統則性情也，故亦曰『具衆理』、『應萬事』。此釋心字亦切。况德者，謂得之於心，不以心而言，則德何所倚乎？然彼言以順辭也，此言所以有主宰之意，此又微有輕重之不同。

萬物章

萬物皆備於我
- 反身而誠——仁
- 彊恕而行——求仁

廣土衆民章

此章緊要在『君子所性，仁義禮智根於心』一句上，常人固皆有四者，爲氣稟昏迷，故物欲蔽隔，四者不能根於心；惟君子則得於天者，全而不曾失，常與心相著，故其發施有下文如此效驗，窮達不能加損而憂樂也。『分定』，是分得天之全體。『分』字正指四者。

伯夷辟紂章

此章主意在文王之政，有國者所當法，不主言二老之去就。

登東山章

第一節兩言登山，謂所處地位高，則視下愈小。觀海難爲水，謂所見大，則小者不足觀。第二節言游聖門難爲言，謂既聽聖人之言，則餘人之言皆不足聽。此句與觀海相連一般説。第三節言學者當學聖人，然當以漸而進，不可躐等也。觀海、觀水、流水，雖三節皆言水，自是三樣意思比喻。

楊子取爲我章

權，稱錘也。物輕重不齊，權與物相準，方得其平。君子應事，當隨事取中而應之。譬之秤，銖、兩、斤、鈞、石，物之輕重，各有當其平處。今以銖兩爲輕，鈞石爲重，例以斤稱之其可乎，是子莫之執中也。

柳下惠章

柳下惠不羞汙君，不卑小官，袒裼裸裎，焉能浼我，和也；至於不怨不憫，三黜而不改其道，介也。人惟知其和，而不知其介，故孟子表而出之。所謂三公，當時必有命惠爲此任者，不可知矣。

堯舜性之章

性之者，謂得於天者，氣質清明，義理純粹，而終身行之，不思而得，不勉而中，不假脩治者也。身之者，謂氣稟微有不同，而自修其身，體道而行，自思勉以至於不思不勉者也。至於五霸，則假尊天子、安同盟爲名，而實欲自行其威富其國，久於此道，亦不自知其實非仁義。

予不狎于不順章

不狎不順，有二義：伊尹謂我見桀不順，今又習見太甲不順，乃就桀與太甲二人言之，此一義也；或言伊尹見太甲行事日日不合於理，我不欲習慣見此不順理之事，乃就太甲一人言之，又一義也。王文憲謂伊尹放太甲，善用權者也。孟子明其事而言曰：『有伊尹之志則可，無伊尹之志則簒。』善語權者也。倘使孟子居於彼時，則必行伊尹之事業。

士何事章

尚志者，高尚其心之所之。士無位，未得行其道，故且只高尚其志向。非仁非義一節，謂有此志而待他日得位而行之者也。兩『惡在』，却是目今居者、由者，則雖未得大人之位，而大人之事已預全備矣。當如此作兩節看。

仲子不義章

金先生曰：『仲子不義』當句，乃先斷其爲不義之人。下則曰：若有與之齊國必不肯受，人皆信其廉，殊不知此乃舍簞食豆羹之小義爾，何足道哉？彼有辟兄離母之大不義，豈可以其小義許其大不義，而名之曰賢哉？

食而勿愛章

『恭敬者』之『恭敬』，以發於心者言。『恭敬而無實』之『恭敬』，以幣帛言。

君子之於物章

『愛子而弗仁』之『愛』，愛惜之義，不輕用物，不暴殄天物之意。『仁民』之『仁』，乃愛之本義，親又重於仁。

程子嘗言『以己及物，仁也；推己及物，恕也』，而此却言『仁，推己及人』，似有不同。蓋此章四『仁』字皆言仁之用，不言仁之體，程子所謂『推己及人』，正訓此章之『仁』字。『推』字亦要輕看，以己所有推出行去爾。

盡心下

盡信書章

《書》中《二典》、《三謨》之類，皆聖哲之言，一定而不可易者；若其餘載事之辭，或有過稱者。孟子此言，非謂書中之言皆不可盡信，但謂其辭時或有害於義者爾，讀書之人不可以辭害義可也。

《集注》：『杵，舂杵也。或作鹵，楯也。』作鹵者是，然亦非楯。若以爲舂杵與楯，苟非血深一二尺，豈能漂之？雖非武王殺之，而商人自相殺，然亦不至如是之多也。蓋鹵乃鹽鹵之鹵，謂地發蒸濕，言血漬於地如鹵濕然。此金先生之意。

我善爲陳章

孟子之時，皆尚攻戰，能者爲賢臣，而孟子乃以爲大罪。蓋國君苟能行仁政以愛其民，使之飽暖安佚，則下民親戴其上矣。其他國之民受虐於君者，心必歸於此。人既樂歸於我，我以親上之民而征虐民之君，則其民豈肯與我爲敵？故引湯武之事以證之。

梓匠輪輿章

此言師之教者，不過舉其大綱爾。至於理之精微、事之曲折，與夫不可容言之妙，而當默識者，皆學者所當勉力推明，潛心究察，非師可以口傳也。

民爲貴章

《集注》『八蜡不通』，《禮》曰：『天子大蜡八，歲十二月，合聚萬物而索饗之。』其神則先嗇一，若神農者。司嗇二，后稷也。農三，田畯也，田畯是古之官，司督促田事，有功於民者。郵表畷四〔六〕，郵若郵亭，表，田畔；畷，井田之畔，相連畷於此。田畔造郵舍，而田畯在其中，督約百姓也。貓虎五，助田除蟲鼠之害者。坊六，坊，畜水之隄。水庸七，水庸，通水之道，□□□□□□□此皆有益於嗇事者。昆蟲八，螟螽之屬，此則爲害者也，故皆迎其神而祭之。畷，知劣反，又知衛反。

貉稽章

此章言文王、孔子雖有聖人之德，亦不免爲衆口所謗訕，而其所以處之者如此。然人雖謗之，終不能損其令名。孟子意謂稽雖爲衆口所訕，但當自修其德而已。

山徑之蹊間章

山間之小徑，倏然〔七〕有人行而不斷，即成大路。少頃，無人行，則茅長而遂塞之。學問〔八〕之道，才有間斷，私欲便生，而塞天禮之路矣。

口之於味章

『性也』之『性』，氣質之性也。『有性焉』之『性』，天地之性也。『有命焉』之『命』，本以氣言，而亦有禮在中爲之品節限制。『命也』之『命』，本以理言，而所禀之氣有清濁厚薄之不同。上五者，人性皆欲之，而有命分不同，不可必得，然亦有禮在中品節其命分。下五者，本皆天禮，而却有命分，一定不得其至。君子則但循天禮而行，以求至其極，故不爲命分所拘。

堯舜性之章

『性者』，謂所得於天者不假修爲，終始如一，聖之至者也。『反之』，謂得於天者不能無少失缺，修而至之，亦聖人也。第二節言『性之』，第三節言『反之』。

説大人章

爲君子者固當貴貴，然於言語之際有畏之之心，則言語不能盡；況大人所爲之事，皆不合法度，而君子之所不爲，何必畏之哉？

由堯舜至於湯章

『爾』，如是也，指見知、聞知者而言。此章大意，謂古五百年必有聖人興，在當時必有見而知之者，在後世必有聞而知之者。今去孔子之世僅百年，而顔、曾輩已亡，已無有如是見而知之者，恐此後遂無有如是聞而知之者。蓋孟子惜前聖、憂後世之心真切感人，而孟子自任道統之意，亦不容謙謙矣。

『然而無有乎爾』，非謂在孔子時無見而知之者，正謂孟子時去聖人之世雖未遠，而當時見知者今亡矣。須將此一節作一串説〔八〕下，乃見意。

此元刻殘本，東陽許謙《讀四書叢説》中《大學》一卷，《中庸》上下二卷，《孟子》上下二卷也。余於宋元經學，不甚喜購，然遇舊刻，亦間收焉。惟此則甚樂之，爲其《中庸》多一下卷故也。國朝四庫書目止收四卷，故嘉定錢竹汀撰補《元史藝文志》卷亦如此。今兹夏余爲竹汀先生刊補志一書，竹汀因余於元代藝文頗多蒐羅，屬爲參校。適書友攜此書至，知多一卷，强索重直，余許以緡錢二千易之而未果。告諸竹汀，竹汀已采入志中，改作五卷矣。越月，有三書賈持書易錢而去，爰記此緣起，以徵信于後。余檢《箓竹堂書目》載《四書叢説》四册，而卷數不詳。又《璜川吴氏書目》收藏較近，則云七卷，然係抄白，未之敢信。余惟就所見之五卷爲信可爾。倘異日《一齋書目》之二十卷盡出，不更快乎！

庚申九月小晦日挑燈記。蕘圃黄丕烈。

校勘記

〔一〕『下』，原作『不』，續四庫本同，據叢書集成本改。
〔二〕『夭札』，四庫本作『夭厲』。
〔三〕『鬻』，原誤作『後』，據續四庫本改。
〔四〕『惟』，原作『爲』，當是音近致誤，據四庫本改。
〔五〕『由』，原脱，第四節兩句句首均爲『由是』，據四庫本補入。
〔六〕『四』，原誤作『田』，『四』爲序號，叢書集成本作『者』亦非，據續四庫本改。

〔七〕『倏然』，原作『悠然』，按《集注》釋『介然』爲『倏然之頃』，當從之，四庫本正作『倏然』，據改。

〔八〕『問』，原誤作『同』，據續四庫本改。

〔九〕『説』，原作『之』，據叢書集成本改。

讀孟子叢説卷下跋

右元許謙所撰《讀大學叢説》一卷，《讀中庸叢説》二卷，《讀論語叢説》三卷，《讀孟子叢説》二卷。案《元史》本傳，謙讀《四書章句集注》有《叢説》二十卷。四庫著録《大學》一卷，《孟子》二卷，《中庸》闕半僅一卷，《論語》全闕。《提要》謂：『約計所存，猶有十之五六，即益以所闕之帙，亦不能足原目二十卷之數，殆後來已有所合併。』阮文達續得影元抄本《論語》三卷，元板《中庸》二卷，先後奏進，謂爲首尾完整，未可疑其尚有闕佚。是本卷數正同。阮氏《論語提要》云：『中有正文而誤似注者，如中卷晝寢章、衣敝章，下卷侍坐章、驥章、爲邦章、性相近章、荷蓧章，乃元代刻書陋習。』今按是本亦正如此，自可以阮氏之言而證其爲完整也。明《南廱志》：『《大學叢説》一卷，好版二十六面，壞版二塊，餘皆闕。《中庸叢説》一卷，好版六十四面，失十八面。許謙有《四書叢説》二十卷，今《語》、《孟》不存』云云。是本《大學》二十四面，《中庸》二卷，亦僅四十四面。此爲密行細字，頗疑南廱所存行疎字大，故版面多面未全，此雖坊刻，且爲完璧，不可謂非罕見之書矣。黄蕘圃後跋乃謂尚缺《論語》三卷者，或撰時尚未蒐得。按《論語》所鈐藏印，與其他三書不同，殆黄氏散出而後人續獲者歟？海鹽張元濟。

浙江文叢

許謙集

〔中册〕

〔元〕許　謙撰　蔣金德點校

浙江古籍出版社

詩集傳名物鈔

點校説明

蔣金德

許謙所著《詩集傳名物鈔》八卷，旨在補朱熹《詩集傳》考證之不備。非朱熹不能考證也，蓋其世風氣所致。朱嘗對人言：『讀書玩理外，考證別是一種功夫，其向來不曾做。』朱熹之《傳》辭約意廣，又以時代已遠，許謙在講學中深知學子的實際需要，於是撰《名物鈔》以明《詩集傳》之義。明王禕曾贊：『謙於天文、地理、典章、制度、食貨、刑法、字學、音韻、醫經、數術靡不該貫。』以其淵博學識，旁搜遠採，闡發義理，考證名物，糾正音釋，以補朱子之未備。如：

《詩集傳・揚之水》『彼其之子，不與我戍申』：『「彼其之子」，戍人指其室家而言也。』

《名物鈔》則謂：『此詩也，「彼其之子」，指留國中不出戍之人而言，猶「莫非王事，我獨賢勞」之意……彼其之子乃安處於家，不與我同出戍。思而又思，何日月我得歸者！平王既不能正王室，又以畿内之民下戍於不共戴天之讎，而且賦役不均，故其民怨之而言此。』

此是對『彼其之子』釋解的訂正。

《詩集傳・中谷有蓷》：『蓷，鵻也。葉似萑，方莖白華，華生節間，即今益母草也。』

《名物鈔》：『鵻、萑，並音隹。《爾雅》：「萑，蓷。」蓋草本名，萑又名蓷。毛氏以鵻字代萑字，故《傳》從之。「葉似萑」，《爾雅》及《詩疏》皆作「葉似荏」，今傳中「萑」字誤。蓋鵻即萑，不可謂「似萑」也。《爾雅疏》：臭穢草，茺蔚也，又名益母。荏者，白蘇、紫蘇類也。』

此則訂正『葉似萑』之『萑』爲『荏』之誤。

書中此類例不勝枚舉，實有補《集傳》之闕。書中亦多從師門之説，如詩作年代依《集傳》，又從王柏《二南相配圖》將詩篇移位等。但亦不株守一家之言而多獨立見解，未採信王柏删《國風》三十二篇；稱引諸家之長，從善而取，如於《杕杜》，言『前三句以朱子之意求之，後三句以東萊之意求之，恐得此詩之旨』等。

本書元刻本已不可見，爲工作便利，校點中以《四庫全書》本爲底本，以《通志堂經解》本爲主校本，以《叢書集成》本爲校本，校勘記附於每卷之後。或有疏誤，敬請高明指正。

詩集傳名物鈔目録

卷二

卷三

卷四

卷五

卷六

卷七

卷八

詩集傳名物鈔序

元・吴師道

白雲先生許君益之《讀四書叢説》，某既爲之序矣，其徒復有請曰：『先生所論著，獨《詩傳名物鈔》爲成書。向聞屢以示子，而一二説亦厠子名於其間，子盍有以播其説？』念昔蒙君不鄙夷，相與反覆論辨，頗聞纂輯之意，而是經之體段，予因得畧窺焉。

夫《詩》之興尚矣。當周盛時，在下則有二南之風，在上則有雅、頌之作，周公取以列於經。幽、厲之後，風、雅俱變，夫子於諸國之風則删其淫邪，於公卿大夫之作則取其可爲訓戒者。東遷之後，王國並列於《國風》。而於商周之初，考其遺失，又得《商頌》之類。至《魯頌》，則因其所用之樂歌以著其實。以是合於周公之所取而爲三百篇。若自衛反魯，樂正雅頌各得其所，則指周公之經殘闕失次者爾。是則《詩》之爲經，始定於周公，再定於夫子，遂爲不刊之典。不幸厄於秦火，中可疑者多，而諸儒不察。由漢以來，毛、鄭之學專行，歷唐至宋，一二大儒始畧出己意，然程淳公、吕成公猶主序説。子朱子灼見其謬，汎掃廓清，本義顯白。每篇則定其人之作，每章則約以賦、比、興之分，叶音韻以復古，吟哦上下不加一字之法，畧釋而使人自悟。破拘攣，發蒙蔀，復還温柔敦厚、平易老成之舊，自謂無復遺恨。嗚呼！《詩》一正於夫子而制定，再正於朱子而義明，朱子之功，萬世永賴。此《名物鈔》之所作爲也。自北山何先生基得勉齋黄公淵源之傳，而魯齋王先生柏、仁山金先生履祥，授受相承，逮君四傳，有衍無間，益大以尊。君念朱傳猶有未備者，旁搜博采，而多引王、金氏，附以己見，要皆精義微旨，前所未發。又以小序及鄭氏、歐陽氏譜世次多舛，一從朱子補定。正音釋，考名物度數，粲然畢具。其有功前儒，嘉惠後學，羽翼朱傳於無窮，豈小補而已哉。

然有一事關於《詩》尤重者，不可默而弗言。魯齋嘗謂今日三百篇非盡夫子之舊，秦火《詩》、《書》同禍，《書》亡缺如此，何獨《詩》無一篇之失。如《素絢》、《唐棣》、《貍首》、《轡》、《柔》、《先正》等篇，何以皆不與？而已放之鄭聲，何爲尚存而不削。劉歆言《詩》始出時，一人不能獨盡其經，或爲雅，或爲頌，相合而成。蓋聞夫子三百篇之數而不全，則以世俗之流傳管絃之濫存者足之，而不辨其非。朱子固嘗疑《桑中》、《溱洧》諸篇，用之祀何鬼神？享何賓客？何詞之諷？何禮義之正？不得已則取曾氏所以論《國策》者，謂存之而使後世知其非，知所以放之之意。仁山屢載於《論語考證》，謂諸儒皆然之。某嘗舉以告君，君方遵用全經，宜不得而不取也。今鈔中《二南相配圖》，魯齋所定者，蓋合各十有一篇，退《何彼穠矣》、《甘棠》於《王風》，而削去《野有死麕》，則君固有取於斯矣。以君之謹者，慮啓末末流破壞之弊，然卓然有見，痞疑辨惑。如魯齋之言，使淫邪三十餘篇悉從屏黜之例，豈非千古一大快！朱子復生，必以爲然也。惜斯論未究，君不可作矣。姑識於序篇之末，以俟後之君子攷焉。

詩集傳名物鈔卷一

綱領　《大序》，孔穎達疏：『「嗟歎和續之也」，謂發言之後，咨嗟歎息爲聲，以和其言而繼續之也。』和，胡卧反。後凡孔穎達疏，雖引他書，但云『疏』。若今自引它經而下連『疏』字，則它書之疏也。餘所引書，皆放孔疏例。　疏：亂世謂世亂而國存，故以世言；亡國則國亡而世絶，故不言世。亂世言政，亡國不言政者，民困必政暴，舉其民困爲甚辭，故不言政也。　傳：疏，山於反。數，色角反。

治世之人，安於居處，樂於風化，故發爲歌聲，安舒而樂易，聽其音之安樂，則知其世之治。究其原，則以爲政之和平故也。亂世之人，怨其上之煩苛，怒其上之暴虐，故發爲歌聲，怨恨而忿怒，聽其音之怨怒，則知其世之亂矣。求其本，則以爲政之乖繆於常道故也。亡國之人，哀其危亡，思其愁苦，故發爲歌聲，悲哀而思遠，聽其音之哀思，則知其國之必亡矣。推其因，則以民困窮不堪故也。亡國，謂國雖存，將必亡者也。

疏：『「莫近於詩」，言詩最近之，餘事莫先之也。』《公羊傳》『莫近於《春秋》』，何休云：莫近，猶莫過之也。　傳：『艾，音刈。』　《朱子語録》：『問：謂周公爲先王，恐讀者有疑。曰：此無甚害，蓋周公實行王事，制禮樂，若止言成王則失其實矣。』　《語録》：『風、雅、頌是詩人之格，是樂章之腔調，如言仲吕調、大石調之類。風、雅、頌名既不同，其聲亦各别。大率國風是民庶所作，雅是朝廷之詩，頌是宗廟之詩。』又曰：『詩有是朝廷作者，雅、頌是也。若國風乃采之民間，以見四方民情美惡。』　傳：『分，扶問反。』　《語録》：『《關雎》、《麟趾》皆是興而兼比，然雖近比，其體卻只是興。且如「關關雎鳩」，本是興起，到得下面説「窈窕淑女」方是入題説實事。蓋興是以一箇物事貼一箇物事説，上文興而起，下文便接説實事。如「麟之趾」，下文便接説「振振公子」，一箇對一箇説。蓋公本是箇好底人，子也好，孫也好，族人也好，譬如麟趾也好，定也好，角也好。比則卻不入題，如比那一物説，便是説實事。如「螽斯羽，詵詵兮，宜爾子孫，振振兮」，「螽斯羽」一句，便是説那人了。下面「宜爾子孫」，依舊是就「螽斯羽」上説，更不用説實事，此所以謂之比。』又曰：『比是以一物比一物，而所指之事，常在言外。興是借彼一物以引起此事，而其事常在下句。但比意雖切而卻淺，興意雖闊而味長。』　《語録》：『三經是賦、比、興，是做詩底骨子，無詩不有，纔無則不成詩。蓋非賦便是比，非比便是興。風、雅、頌卻是裏面横串底，都有賦、比、興，故謂之三緯。』緯，于貴反。串，古患反。　子金子『下以風刺上，風字只作平聲讀』，意好。　《語録》：『先儒本謂周公制作時所定者爲正風、雅，其後以類附見者爲變風、雅爾，固不謂變者皆非美詩也。』　疏：『動聲曰吟，長言曰詠。』《書》，子金子自『直而温』至『簡而無傲』，教胄子之事；『詩言志』至『律和聲』，典樂之事。然教胄子亦以樂也。　《周禮·春官·大師》：下大夫二人，掌六律六同以合陰陽之聲，文之以

五聲，播之以八音，教六詩。《瞽矇》：掌諷誦詩，掌九德六詩之歌，以役大師。注疏：凡樂之
歌，必使瞽矇爲焉，命其賢知者爲大師。教之詩，教瞽矇也。無目眹謂之瞽，有目眹而無見謂
之矇，無目眹謂無目之眹，脉矇矇然有眹脉而無見也。以其無目無所覩見，則心不移於音聲，
故不使有目者爲之也。《靈臺》疏：『矇，即今之青盲。』大，音泰。矇，音蒙。眹，直忍反。
《史記》：『九九八十一以爲宮。三分去一，五十四以爲徵。三分益一，七十二以爲商。三分去
一，四十八以爲羽。三分益一，六十四以爲角。』《漢律歷志》：『黄鍾三分損一，下生林鍾。三
分林鍾益一，上生大簇。三分大簇損一，下生南吕。三分南吕益一，上生姑洗。三分姑洗損
一，下生應鍾。三分應鍾益一，上生蕤賓。三分蕤賓損一，下生大吕。三分大吕益一，上生夷
則。三分夷則損一，下生夾鍾。三分夾鍾益一，上生亡射。三分亡射損一，下生中吕』。西山
先生蔡元定季通《律吕本原》：黄鍾九寸，以三分爲損益，故以三歷十二辰，得一十七萬七千一
百四十七爲黄鍾之實。其十二辰所得之數，在子、寅、辰、午、申、戌六陽辰，爲黄鍾寸、分、釐、
毫、絲之數；在亥、酉、未、巳、卯、丑六陰辰，爲黄鍾寸、分、釐、毫、絲之法。其寸、分、釐、毫、絲
之法，皆用九數，故九絲爲毫，九毫爲釐，九釐爲分，九分爲寸。九寸爲黄鍾之實，由是三分損
益，以生十一律焉。故黄鍾九寸，林鍾六寸，大簇八寸，南吕五寸三分，姑洗七寸一分，應鍾四
寸六分六釐，蕤賓六寸二分八釐，大吕八寸三分七釐六毫，夷則五寸五分五釐一毫，夾鍾七寸
四分三釐七毫三絲，亡射四寸八分八釐四毫八絲，中吕六寸五分八釐三毫四絲六忽。是則宮

及黄鍾最長，故聲濁；羽與應鍾最短，故聲極清也。大，音泰。簇，千候反。洗，穌典反。應，於證反。蕤，如追反。亡，音無。射，音亦。中，音仲。《周禮》傳：閒，古莧反。《論語》傳：濆，疾賜反。《語録》：問：『詩可以觀』，《論語集注》『考見得失』，是自己得失否？曰：是考見事跡之得失，因以警自己之得失。又問：『可以怨』，《集注》云『怨而不怒』，怒是如何？曰：詩人怨辭委曲柔順，不恁地疾怒。『三復』之三，息暫反。妻，七計反。《語録》：孟子説詩，要『以意逆志，是爲得之』，『逆』者，等待之意。謂如前途等待一人，未來時，且須耐心等待，自有來時候。他未來，其心急切，又要進前尋求，卻不是以意逆志，是以意捉志也。如此，只是牽率古人言語入自家意思中來，終無益。上蔡：泥，奴計反。掇，都奪反。

國風一

傳　肆，羊至反。

周南一之一正一

傳　雍，於用反。辟，蒲亦反。子金子《通鑑前編》：棄爲唐虞后稷，佐禹治水，教民稼穡，堯封於邰，世后稷以服事虞夏。及夏之衰，不窋用失其官，自竄戎翟之間。不窋生鞠，鞠生公劉，始遷於豳。《路史》謂稷生漦璽，漦璽生叔均，自后稷至公劉十餘世。漢《劉敬傳》亦曰后稷十餘世至公劉。案《世本》自公劉歷慶節、皇僕、差弗、僞榆、公非、辟方、高圉、侯牟、亞圉、雲都、組紺、諸盩十有二世，而生古公亶父。狄人侵之，去之岐山之下居焉。自稷至亶父，蓋二十餘世矣。《史記》以不窋爲后稷子，而又缺辟方、侯牟、雲都、諸盩四世，遂爲后稷至文王爲十五世。且自夏歷商凡四十五世，而后稷至文王止十五世焉，其亦誤矣。古公復修后稷、公劉之業，積德行義，旁國多歸之。古公生王季歷，王季即位，數伐戎有功，商帝乙賜之圭瓚秬鬯爲侯伯。王季薨，而文王嗣爲西伯，伐密須而徙都程，又伐崇，作豐邑而徙都之。邰，湯來反。窋，竹律反。虆與邰同。亶，吉典反。組，子古反。紺，古暗反。盩，之由反。瓚，才旦反。王應麟伯厚《詩地理考異》：《郡國志》：美陽有周城。《括地志》：周城一名美陽，城在雍州武功縣西北二十五里。《左傳》注：扶風雍縣東北有周城，即大王城。《郡國志》：鳳翔府扶風縣，本漢美陽縣地，武德二年分岐山縣置漳川縣，貞觀八年改爲扶風。漳，音韋。

愚案：邰在漢京兆武功縣渭水之南，縣西南二十二里有虆城。不窋之居，在唐慶州之地，州東南三里有不窋城。豳，即邠州。豳之字爲邠，唐開元因改古文而改也。公劉居邠，當夏桀之世。堯之八十一載，治水功成而封后稷，至公劉遷邠，歷四百八十餘年。后稷受封之時，計已年老，而公劉遷後，又未知幾何年而終，惟不窋、鞠兩世處公劉、后稷之間，而歷年之久如此，則《史記》之失，不言可知矣。古公之遷也，自邠而東南二百五十里至岐。其半有梁山，踰山而南，即渭水也，循水可以達岐。其遷當殷王小乙之世。后稷初封其國則謂之邰，不窋之徙，不知何以名其國？公劉之國則謂之豳，至古公遷岐之後，始號爲周爾。王季之薨，當在帝乙七祀丙子之歲。其明年丁丑，文王之元年也。文王之三十一年，商紂即位。四十一年，囚於羑里。四十三年，紂釋西伯而使專征伐。四十六年，徙都程。四十九年甲子，徙豐。是時文王蓋已九十六歲，逾一年而薨矣。然則《二南》之詩，正作於都岐之日，而分周、召之治，亦在都岐之時，以岐爲周、召采邑，則在都豐之後歟？

《史記》：周公旦，文王之子，武王次弟。大姒子十人，周公居四，勝殷之後，封於魯，留周輔政，食邑於周，而以子伯禽就封。成王十一年，公薨，葬於畢，謚曰文。支子世邑於周。召，實照反。奭，音適。采，倉代、此宰二反。鎬，胡老反。筦，古滿反。鄠，侯古反。

關雎周南一。　文王宫中之人言文王后妃之德。

經　東萊先生《讀詩記》：后妃之德，坤德也。『窈窕淑女，君子好逑』，詠嘆其真王者之良匹也。唯天下之至靜，爲能配天下之至健，萬化之原，一本諸此。

《關雎》之詩，兼美文王、后妃之德，而尤歸重於文王。雎鳩之取興，爲其摯而有别也，關關而和鳴也。既曰摯别而和，則非專指一人而言，固可見其一端矣。君子，有德有位之總稱。意謂吾君子有聖德，惟得有德之女，乃可爲配。蓋非文王之聖德，則不能擇后妃之淑女；非后妃之聖德，則不足以配文王之君子。今窈窕之淑女，始可爲君子之好逑。觀此兩詞，則主於文王而言尤可見矣。於其未得之也，寤寐思之，至於不遑寢處。夫以宮中之妾御，欲爲君子得配，以爲我之内主而思之如此其切，是絶無妬忌之萌。是時宮中未被后妃之化，非文王之德有以化之，能如是乎？及既得之也，其容儀性行，足以服衆心而副前日之所望，故惟琴瑟鍾鼓以娱悦之。觀友樂之爲言，可見后妃不以崇高之位自亢，有豈弟和柔欣然逮下之意，故宮中之人得以友之樂之，而上以端莊臨下，下以恭謹事上之心，悠然見於言外。此則后妃之德化於人者，而亦見平日漸漬文王之德之深也。且寤寐求之而輾轉反側，思之切而近於哀矣，然宮中之人所自哀。娱之以琴瑟不足，而又繼之以鍾鼓，可謂樂矣，然亦宮中之人所自樂。后妃皆未嘗發於情欲之感，無私之好，於文王無與焉。故孔子曰：『樂而不淫，哀而不傷。』以荇起興，取其柔潔。或曰：朱子以《關雎》之詩，文王宮中之人所作，真有合於夫子『樂而不淫，哀而不傷』之旨矣。然《詩》疏以文王娶太姒在十三四時，《大戴禮》亦曰文王十五而生武王，抑文王生知之聖，其德固足以化於家矣。然年方幼冲，宮中乃先有琴瑟鍾鼓之設，宮妾之盛，而爲君子思其配，至於輾轉反側，若不可少緩者，則文王無乃邇聲色之太早乎？曰：非然也。《文王世子》篇：『文王謂武王曰：我百爾九十，吾與爾三焉。文王九十七乃終，武王九十三而終。』《武成》曰：『惟九年，大統未集。』説者以虞、芮質成爲文王受命，改稱元年。九年而卒，武王繼立，上冒文王之年，至十三年而滅商，又七年而崩。《史記》亦謂西伯受命稱王而斷虞、芮之訟，故其年數如此。歐陽子曰：古者人君即位必稱元年，常事爾，不以爲重也。果重事歟？西伯即位已改元矣，中間不宜改元而又改元；武王即位，宜改元反不改元；及滅商而有天下，其事大於聽訟遠矣，又不改元。由是言之，謂西伯以受命之年爲元年者，妄説也。　子金子曰：年之長短，命也，雖聖人豈能以與其子哉？且如其言，則文王十五而生武王，前此已生伯邑考矣；武王八十一而生成王，後此又生唐叔虞焉：人情事理，所必不然也。《文王世子》合古書數篇爲一篇，其篇目尚在每章之首與其終，而此章於上下文無所繫，此必俗傳之傅會耳。然則史遷、安國同得於西漢之傳聞，而二戴記禮同出於未審，疏《詩》者又緣此以爲説也。今以先儒辯析已定之論，文王未嘗改元，十三年，實武王即位之十三年，既滅商七年而崩，在位共十九年，則是文王二十四而生武王，自可釋文王生子之蚤之疑矣。但武王生子之遲則不可通也，況太公以文王四十三年歸周，時文王年已九十，則武亦六十有七矣，不知復幾年而始娶邑姜，又豈理耶？故《通鑑前編》據《竹書紀年》謂武王五十四而崩，其説必有所自來，爲可信也。曰：若是則文王六十三而生武王，又有同母弟八人，子何以知其必然，亦他有所證耶？曰：以二者之言，揆之事理，擇其所長，不得不從《竹書》爾。《大明》之詩，周公所作也，其陳序王季、文、武前後次第，井然甚明。自三章至六章，皆言文王有國、娶莘、生武王之事。其四章曰『文王初載，天作之合』，『初載』，即文王即位之初年也。蓋上章既言文王小心事上帝而受方國矣，而此章之端則曰『天監在下，有命既集』，繼曰『文王初載』，則所謂天命之集者，正指文王之身也。其下章『親迎于渭，造舟爲梁』，皆其自爲，無受命於王季之意。況周之世子始爲造舟，其後豈得遂定爲天子之禮乎？是既爲君而親迎明矣。文王四十七即位，居喪三年，其娶蓋在五十之後，先已生伯邑考，則六十三而生武王，理亦有之。女妻乃能孕字，下又生子八人，則太姒之年少爾。此以經爲證者一也。《皇王大紀》謂王季百歲，是五十四而生文王也。《通鑑外紀》謂太王百二十歲，尚見文王之生，是六十五六而生王季也。則是太王、王季之娶皆遲，又何獨疑於文王邪？此以史爲證者二也。蓋太王、王季、文王皆賢聖之君，而太姜、太任、太姒又皆賢聖之配，淑女之擇，固未易得，所以有是歟？由是觀之，則《關雎》之詩，從今説，可以判然無疑矣。

傳　一章，《語録》：王雎，見人説淮上有之，狀如此間之鳩，差小而長，雌雄常不相失，亦不曾相近，立處須隔丈來地，所謂摯而有別也。一家作猛摯説，謂雎鳩是鶚屬，鶚是沈鷙之物，無和樂意。蓋摯與至同，言情意相與深至，而未嘗狎，便是樂而不淫意。　鷖，烏兮反。疏：鳧似鴨而小，長尾，背有文。又曰：青色，卑腳，短喙，水鳥之謹願者，鷖鷗也。　別，必列反。乘，食証反。閒，音閑。疏：幽閒，幽深而閒靜。　太姒，有莘國之女。《地理考異》：故莘城，在汴州陳留縣東北三十五里，古莘國。　處，昌與反。此句是足興意，非管好逑也，逑見匡解。『和樂』、『恭敬』，只就『摯而有別』説上兩句。　匡衡之言『形乎動靜』以上，專釋『窈窕淑女』。貞，亦幽閒之意，是窈窕也。淑，即經『淑』字。『不貳其操』，言常勁貞潔而無間也。『情欲之感』，則有褻狎之容而貳於貞。『宴私之意』，則生惰慢之氣而貳於淑。『無介』、『不形』，則實能致之，而不貳其操矣。『夫然後』以下，釋『君子好逑』。

《白虎通》：三綱：君臣、父子、夫婦也。六紀：諸父、兄弟、族人、諸舅、師長、朋友也。君爲臣綱，父爲子綱，夫爲妻綱。敬諸父兄，六紀道行，諸舅有義，族人有序，昆弟有親，師長有尊，朋友有舊。綱者張也，紀者理也。大綱小紀，所以張理上下，整齊人道也。六紀爲三綱之紀，師長，君臣之紀也，以其皆成己也；諸父、兄弟，父子之紀也，以其有親恩連也；諸舅、朋友，夫婦之紀也，以其皆有同志爲紀助也。

二章，李氏樗迂仲《講義》：『荇，黄花，葉似蓴。』《毛氏傳》：『荇菜，以事宗廟。』疏《周禮》『四豆之實』無荇。陸璣疏：『鬻其白莖，以苦酒浸之，脆美可案酒。』鬻，即煮。

詩中託物起興，雖於下言之事多不相關，然凡言采取之物，亦必本自有所用。如采荇雖不須言薦宗廟，然荇自是可案酒者，故人曾采而詩人亦言之。若無所用而人不采，則詩人亦不言也。後凡釋其物爲其用者，皆謂其物所常用，非必關於詩也。

三章，亨，普庚反。《詩記》：『芼，則以熟而薦之也，芼以薑桂。』嚴粲坦叔《詩緝》：『芼之謂爲羹，《内則》「芼羹」注云：菜。』陳暘《樂書》：『琴或謂伏羲作，或謂神農作，或謂帝俊使晏龍作。其制長三尺六寸六分，象朞之日；廣六寸，象六合；弦有五，象五行；腰廣四寸，象四時；前廣後狹，象尊卑；上圓下方，象天地；徽十三，象十二律，餘一以象閏。蓋長三尺六寸六分者，中琴之度。長八尺一寸者，大琴之度也。』又云：『大琴二十弦，中琴十弦，小琴五弦，舜彈五弦之琴。或謂七弦自陶唐時有之，或謂文王加少宫、少商二弦，或謂文武各加其一。』《樂書》瑟，或謂伏羲作；或謂神農晏龍作；或謂朱襄氏使士達制爲五弦之瑟，瞽瞍判爲十五弦；或謂大帝使素女鼓五十弦之瑟，帝悲不能禁，因破爲二十五弦。蓋五十弦，大瑟也；二十五弦，中瑟也；五弦、十五弦，小瑟也。有頌瑟，長七尺二寸，廣一尺八寸，二十五弦，蓋即中瑟也。《樂書》：黄帝命伶倫鑄十二鐘，和五音。虞夏之時，大謂之鏞，小謂之鐘。周制，大謂之鐘，小謂之鎛。虡縣一鐘，謂之特鐘；一虡十二鐘，謂之編鐘。堂上擊黄鐘、特鐘，而堂下編鐘應之。鎛，伯各反。虡，求許反。《樂書》：『鼓始於伊耆氏，少皡氏冒革以爲鼓，夏后氏加四足，謂之足鼓；商人貫以柱，謂之楹鼓；周人縣而擊之，謂之縣鼓。』《周禮》『鼓人教六鼓，以晉鼓鼓金奏』，晉鼓長六尺六寸，此常樂也。餘五鼓，各有所用。

二章謂『本其未得而言』，下云『則當左右流之』，『則當寤寐求之』。三章謂『據今始得而言』，下云『則當采擇亨芼』，『則當親愛娱樂』。宜去四『當』字，則於『本』、『據』二字意爲順。

題下匡衡言『品物遂而天命全』，是兼人物而言。謂此效皆原於昏姻之正也，下『理萬物之宜』，上應此句。

序　姆，莫候反。珩，下庚反。璜，胡光反。琚，紀余反。瑀，于矩反。中節之中，竹仲反。

朱子分出大序而别留小序，愚謂自『后妃』至『用之邦國』，下接『是以《關雎》樂得淑女』，是《關雎》正序。『風，風也，教也。風以動之，教以化之』，是《國風》序。『關雎麟趾』至『王化之基』，是《二南》序。

葛覃周南二。　后妃自作絺綌，賦其事及歸寧之意。

經　一章，毛氏：『葛所以爲絺綌，女功之事煩縟者。』　二章，毛氏：『莫莫，成就貌。』《詩緝》：『婦人驕侈之情何極，苟萌厭心，雖窮極靡麗，耳目日新，猶以爲不足。「服之無斁」，可見后妃之德性。後世后妃以驕奢禍其族，皆厭心爲之。』

此詩，蓋后妃已成絺綌之服，將歸寧而追賦之也。春葛方盛，未可刈濩之時，后妃已念念於此。往而觀之，見黄鳥飛集和鳴於叢木之上，於以見和氣薰蒸、物各得所之意。及葛之成也，即刈之濩之，以爲絺綌。絺綌，夏服也。夏深葛成而方刈，既成服而服之，可見勤於女事，不失其時。及將歸寧，則必謀之姆師，告之夫君。至於澣濯微事，亦且咨詢而不置。其勤儉恭謹之德，備見於詞氣之間，則文王刑于寡妻之效，尤著於此矣。

傳　一章，《爾雅翼》：『葛生山澤間，蔓延，牽其首至根可二十步』。　疏：『施，移也。言引蔓移去其根也。』　疏：皇，黄鳥，黄鸝留。一作黄離留。或云黄栗留，幽州曰黄鸎，又名倉庚、商庚，鶩黄、楚雀，齊人曰摶黍。　摶，徒端反。一鳥十名。　二章，厭，於驗反。垢，古后反。三章，毛氏：『女師教以婦德、婦言、婦容、婦功。　祖廟未毁，教於公宫三月，祖廟既毁，教於宗室。』疏：姆，婦人五十無子，出而不復嫁，能以婦道教人者。　女出嫁，姆從之。　女子自少常教習，故曰女子十年不出，傅姆教之。但嫁前三月，特就尊者之宫教成之耳。姆，莫候反。陸德明《釋文》：擱，而專反。煩擱，猶挼莎也。挼，奴禾反。莎，素禾反。去，丘呂反。《周禮·内司服》：『掌王后之六服：褘衣、揄狄、闕狄、鞠衣、展衣、緣衣。』注：狄，當爲翟。翟，雉名。伊雒而南，素質五色成章曰翬。江淮而南，青質五色成章曰摇。闕者，屈也。王后之服刻繒爲之，形如采畫之綴於衣，以爲文章。褘衣畫翬，揄翟畫摇，闕翟刻而不畫。此三者皆祭服，而翟數皆十二。鞠衣，黄桑服也，薦於上帝告桑事。展衣，以禮見王及賓客。緣衣，御於王及燕居。褘玄，揄青，闕赤，鞠黄，展白，緣黑。公之夫人褘衣，侯伯之夫人揄狄，子男之夫人闕狄，其翟如夫之命數。其下内外命婦，鞠衣則九嬪孤之妻，展衣則世婦卿大夫之妻，緣衣則女御士之妻也，上皆可以兼下。褘，音暉。揄，音摇。鞠，居六、丘六二反。展，張彦反。緣，當爲褖，吐亂反。翟，音狄。翬，音暉。

此詩前二章雖各三句連文，而每二句一韻。前二章上二句皆無韻，而每章中二句萋、飛、莫、濩、私、衣皆是韻，二章、三章下二句絺、斁、否、母換韻。惟前章以喈叶雞連上韻，後章以歸連下韻，如此已覺可讀，恐不必叶綌、斁爲卻藥上連濩字。

經

卷耳周南三。　后妃作，文王拘幽時也。　異古。

此詩雖賦體，然皆設辭，反覆託意以見憂思，爲皆直道其事，故不可爲比興。卷耳易得，頃筐易盈，采采非一，而又不盈者，志不在此也。及懷人之深，發爲嗟嘆，則遂不顧而棄之大道之傍矣。思人而不得見，於是欲升高望遠，則馬病而不可升。馬豈果病哉？守禮義之閑，不可得而往也。乃姑酌金罍之酒，聊以自解長念之心耳。其下申此意而甚之之辭也。馬始也病，今則甚而色變矣。酒之在罍，我酌之也猶有度，今以大觥而自酌，憂愈深而驅之欲愈力也。然酒豈果能攄此鬱積之思乎？終欲往望，則併僕夫亦病矣。蓋文王拘幽之際，臣民有奔走之勞，真有至於病者。至此則將云何乎？惟有長吁而已矣。蓋其思雖切而無邪，憂雖深而不過，而一倡三歎之中，至誠惻怛之心，不愆禮義之則，洋溢於言語之表。非德之至，其孰能與於此？

傳　一章，《詩記》據《本草》：卷耳即今蒼耳，今人麫蘖中多用之。　枲，思禮反。　毛氏：『頃筐，畚屬。』《詩緝》：『欹箱，箱之小而偏者。』蓋哆口籃。　舍，音捨。　復，扶又反。　二章，罷，音皮。　疏：罍，以梓爲之，大一碩。

崔嵬，土山戴石。　砠，石山戴土。　此從毛氏。《爾雅》：石戴土謂之崔嵬，土戴石爲砠。二說正相反。　愚恐《爾雅》爲是。　蓋崔嵬字上從山，砠字旁從石，有在上在外之意。

三章，兕，徐履反，紐音切，今更爲序姊反，則易求得音之正。　疏：爵有五，自一升至五升。　觥在五爵之外，其容七升，以兕角爲之。　有刻木形似兕角者，蓋無兕角則用木也。《釋文》：『一云容五升。』《爾雅》疏：『兕角長三尺餘，形如馬鞭柄。』

題下『貞靜』，言欲出而不出。『專一』，言反覆思文王不置。　羑，與久反。

樛木周南四。　衆妾稱願后妃。

經　子金子：上三句興而比，下二句樂而頌。

傳　一章疏：『藟，一名巨苽，似燕薁，延蔓生葉，艾白色，子赤可食。』《本草》名千歲藟，一名虆蕪，蔓延木上，葉似葡萄而小，冬惟凋葉。　苽，古胡反。　薁，於六反。　二章，《詩記》：荒，芘覆也。　奄，衣檢反。

螽斯周南五。　衆妾頌子孫衆多。

傳　《詩緝》：《爾雅》云『蜤螽蚣蝑』，李氏、陸璣、許氏、蔡邕之説，蜤螽即蝗也，螽也，螣也，同是一物。《爾雅》又云『蜤螽蚣蝑』，此别是一物，蝗之類也。螽斯即蜤螽，非蜤螽也。毛氏誤以此螽斯爲蚣蝑，孔氏因之，遂以螽斯、斯螽爲一物。錢氏云：阜螽羣飛齊一，故以爲比。斯，語助，猶鷽斯、鹿斯也。《春秋》書螽，即蝗也。吴正傳：斯螽，股鳴者也。此傳謂相切作聲，亦混爲一物之誤。既釋薨薨爲羣飛聲，則是飛時其翅有聲，今見蝗羣飛則有聲，不見切股作聲也。蜤，音阜。螽，音煩。螣，音特。蜤，音斯。蚣，斯容反。蝑，先居反。鷽，音預。

處，昌呂反。

序　序有言『若螽斯不妬忌』一語，鄭氏遂釋云：『物有陰陽情慾者，無不妬忌，維蚣蝑不爾。』自後説《詩》者多爲此所惑。今但以『言若螽斯』絶句屬上文，以『不妬忌』歸之后妃而屬之下文，意自可通，但語拙耳。子金子之意云。

桃夭周南六。詩人見親迎者。異。

經　一章言華，二章言實，三章言葉。自華而有實，又見其葉之盛，蓋自仲春至於春莫，非一時也。而皆曰『之子于歸』，所見非一女矣，宜其家之德則同也。可見文王之化行於近遠，女子皆有德之人，則於其室家又胥教訓，風俗安得不厚乎？

傳　一章，少，詩照反。《詩緝》：灼灼，鮮明貌。毛以爲華之盛，謂盛故鮮明，非訓灼灼爲盛。

案《地官・媒氏》：『中春之月，令會男女，若無故而不用令者，罰之。』注：『中春陰陽交，以成昏禮，順天時。』『故，謂喪禍之變。有喪禍者，娶得用非中春之月。』疏：『喪禍之故，月數滿，雖非中春可以嫁娶。』毛傳：《東門之楊》篇，謂『男女失時，不逮秋冬』，彼以刺昏姻失時而作，故謂不及秋冬而至於春時。疏明謂秋冬爲昏無正文，而旁引《荀子》、《家語》爲證。賈公彦疏《周禮》破其説而引《豳》詩、《殷頌》、《易》、《春秋》、《夏小正》之説以正毛氏，孔穎達之失甚明。故朱子於此特引《周禮》之文，以見昏姻之正時也。中，直用反。

李氏：禮義明則上下不亂，故男女以正；政事治則財用不乏，故昏姻以時。

兔罝周南七。　詩人美賢才衆多。

經　一章，椓，陟角反。　李氏：中逵，人所見之地，肅肅可也；中林，無人之地，猶且恭敬，則其人可知矣。　子金子案：《墨子》書：『文王舉閎夭、泰顛於罝罔之中，授之政，西土服。』此事於《兔罝》之詩，辭意最爲脗合，計此詩必爲此事而作也夫。肅肅，敬也；赳赳，約也。與糾同。罝兔而體貌有肅敬之容，武夫而步武有約束之度，此閎夭、泰顛之所以爲賢，而文王所以取之也。臼季之取冀缺，郭泰之取茅容，皆以是觀之，況文王之取人乎？閎夭、泰顛爲文王奔走疏附禦侮之友，後爲武王將威劉敵之人，信哉其公侯之干城好仇腹心者與！夭，於表反。脗，武粉反。走，子候反。

從金子說，此詩爲賦體。傳『肅肅』，主罝而言；此『肅肅』，主人而言。

傳　一章，徐鉉《説文通釋》：罟，罔之總名。　疏：杙，橜也。杙，音弋。橜，其月反。

案《説文》『椓，擊也』，然當從手，若從木者，是椓黥之刑，今詩字從木，蓋古字通。椓杙，謂擊橜於地而張罝其上也。

芣苢周南八。　民間婦人。

經　《詩緝》：有言采而得之爲己有也。采而聚之於地，既爲己有，於是就地掇拾之，又捋其子，然後以衣貯之而執其袵，又扱袵於帶。言之序也。

此詩豈后妃逮下宫中之人，有子者衆，同采芣苢，以備免身，相與賦而樂之乎？

傳　一章，車，尺遮反。

朱子之説，謂『化行俗美，家室和平』，蓋教化流行，風俗淳美，夫夫婦婦，各得其宜；家給人足，繇役不興，莫不遂其生生之道。故婦人以有子爲樂，而同賦此詩也。

三章，貯，展吕反，盛也。袵，入錦反，衣際也。扱，初洽反，與插同。

漢廣周南九。　江漢游人。

經　漢之游女不可求，非必女子之知義端静，而人不可求實見者，雖悦其容貌之端静，而自知其於義無可求之理，而賦此詩也。上爲興，『南有喬木』則『不可休思』，比『漢有游女』其『不可求思』。下四句比江漢之永廣，人見之者，知其不可方泳，而絶無乘桴潛行之心，固不待即之而知其不可也。後二章之首，興兼比，娶妻必擇其善之至善者，猶采薪者見錯薪固翹翹，而於翹翹之中又欲刈其楚與蔞之美。此游女可謂盡美，其肯歸嫁於我，則言秣其馬駒而親迎之矣。其下復以江漢永廣，反覆嘆詠其不可求也。蓋見游女而悦之，男女之欲也；知其不可求而不求，禮義之心也。是則江漢之人，被文王之化之效。若曰女子有不可犯之態而不敢犯之，是男子之知義反不及婦人，而文王之化但能及於女子，非詩意也。若《行露》之詩，則專主於女子而言爾。

傳　一章，竦，息拱反。　漢言廣，謂横渡也。江曰永，謂沿泝也。

故不可休息。興女之高潔而不可求。　《詩緝》：木下蟠則陰廣，上竦則陰少，喬竦之木，其陰不下及，

《水經》：『漾水出隴西氐道縣嶓冢山，東至武都爲漢水。』酈道元謂漢水有東西二源，東源出氐道東流爲漢；西源出隴西，會泉逕葭萌入漢，始源曰沔。今案《漢地理志》：隴西郡氐道縣，漾水所出，至武都爲漢。此《禹貢》『嶓冢導漾，東流爲漢』，及《水經》所言者是也，即道元所謂東源也。氐道則宋秦州之地，武都則階州也。又《漢志》：『隴西郡西縣嶓冢山，西漢所出，南入廣漢、白水，東南入江。』樂史《寰宇記》：『興元府三泉縣東二十八里嶓冢山，沔水所出，下流爲漢。』杜佑《通典》：『梁州金牛縣有嶓冢山，禹導漾水至此爲漢水，亦曰沔水。今縣南有故白水關。』是西漢水出自西縣，流至金牛入白水，則名漢矣。《通典》謂『導漾水』者蓋誤爾，此道元所謂西源也。漢西縣後分爲三泉縣，嶓冢則在三泉界中，今爲興元之境。廣漢即鳳州，金牛即漢葭萌之地，今則屬興元褒城縣也。自秦州至興元，驛程九百餘里，皆云有嶓冢，蓋山勢連亘數州也。然則東源導漾爲漢者，乃漢之經流；其西源則自名爲沔，因下流入漢，始有

西漢之名爾。傳專指興元之嶓冢，或考之未詳歟？

蔡氏《書集傳》：大別山，在漢陽軍漢陽縣北。別，必列反。《漢地理志》：『蜀郡湔氏道，《禹貢》岷山在西徼外，江水所出。』宋歐陽忞《輿地廣記》：茂州汶山縣，本漢汶江、湔氏二縣地，《禹貢》岷山在西北。永康軍乃宋割蜀州之青城、彭州之導江縣置，漢蜀郡之郫、綿虒、江原三縣地也。王象之《輿地紀勝》：江流東南經茂州城下至汶川縣，自汶州經導江至青城。然則江之始源實在茂州之岷山也，江入海處在通州海門縣。湔，子千反。郫，音疲。虒，音斯。《前編》：岷山數百峰，大西山爲最大，雪山三峰闖其後，冬夏如爛銀山。一谷名鐵豹嶺者，有西嶽廟，廟下名羊膊石，江水正源也。闖，丑蔭反。　桴，方于反。　疏：『編竹木曰柎，小曰桴。』柎，音伐。

三章，疏：『蔞，蒿。葉似艾，白色，長數寸，高丈餘。』今案長數寸言其葉，高丈餘言其莖。唯其高丈餘，故亦可刈爲薪。傳恐脱『高丈餘』三字，則於錯薪之義似有礙。

汝墳周南十。　汝旁婦人。

經　文王德澤漬人也深，民日游於皥皥之中，蓋不知紂之虐也。及宫室、臺榭、陂池、侈服爲之不厭，徵求繇役，毒痡四海，文王率域中之民以事之。婦人綜理家事，伐枚伐肄，勤勞日久，念其夫君切矣。至其歸也，語王政之酷烈，若火始燄，以彼之甚暴，始知文王之至仁。故其爲辭，道思念之常，無怨悱之意，樂父母在邇之可恃，以虐政在遠而莫我加。昔商民樂湯之仁，而不知桀之虐，曰『夏罪其如台』；今周民雖知紂之虐，而曰『父母孔邇』，易地皆然也。瀆，疾賜反。

傳　一章，疏：『墳謂厓岸，狀如墳墓，名大防。』　疏：惄本訓思，但饑之思食，意如惄然，故傳言饑之意，而非饑之狀。《小弁》直訓思。　二章，肄，以自反，紐音今。易，羊至反。　三章，《爾雅》『魴魾』注：『江東呼爲鯿。疏：今伊洛濟潁魴魚也，廣而薄，肥甜而少肉，細鱗，魚之美者。遼東梁水魴，特肥而厚，尤美於中國魴也。』魾，普悲反。鯿，卑連反。　疏：『赬，淺赤。』　『而勞』之『勞』，郎到反。

麟之趾周南十一。　詩人美文王后妃化及子孫。

傳　一章，麕，俱倫反。長，知丈反。　疏：『麟，麕身牛尾馬蹄，有五彩，腹下黄，高丈二，圓蹄，一角，角端有肉。音中鍾吕，行中規矩，遊必擇地，詳而後處，不履生蟲，不踐生草，不羣居，不侣行，不入陷穽，不罹羅網。王者至仁則出。』中，竹仲反。《語録》、《或問》、傳以麟與文王后妃，以趾與其子，故曰麟性仁厚，故其趾亦仁厚；文王后妃仁厚，故其子亦仁厚。然則下文『于嗟麟兮』爲指誰，答曰：正指公子而言。

愚案傳自『是乃麟也』以下，正以麟爲公子，與《語録》合。竊謂兩『麟』字説不同，恐微有礙，不如〔二〕兩『麟』字皆指爲子姓公族。其意重在麟，不須歸重於趾、定、角，大率因趾、定、角之不妄踐，不抵不觸，則足以見麟性之仁厚。今但以『麟之趾』一句先立於上，卻以『振振公子』一句屬下文讀，則意自見。然公子之所以仁厚，豈非文王后妃之化乎？

序　案傳謂『關雎之應』，一語得之。蓋謂文王后妃有『關雎』之德，故其子姓公族皆有仁厚之應，皆德之盛不期而然者也。『天下無犯非禮』以下皆失詩意，遂致説者以衰世之公子，爲紂時列國之公子。鄭氏及疏謂如上古應麟之時，鄭氏説經卻以麟比公子，大率皆爲序所亂。

召南一之二正二

傳　雍，於用反。　召公奭，姬姓。或以爲文王庶子，勝殷後，封於北燕，留周佐政，食邑於召，輔成王、康王，卒謚曰康。長子繼燕，支子繼召。《史記》正義：『召亭，在岐山縣西南。』

鵲巢召南一。　諸侯家人美夫人。

傳　一章，歐陽文忠公《詩本義》：『今所謂布穀、戴勝者，與鳩絶異。惟今人直謂之鳩者，拙鳩也，不能作巢，多在屋瓦間，或於木上架構樹枝，初不成巢，便以生子，往往墜鷇隕雛。鵲作巢甚堅，既生雛，散飛則棄而去，容有鳩來處彼空巢。』

『諸侯之子嫁於諸侯，送御皆百兩』，此説取毛傳，毛亦就此詩而言之，於禮它無所見。愚恐詩人亦攝盛言之爾，諸侯送御車數，未必如是之多。《士昏禮》『從車二乘』，等而上之，亦恐不及百乘。

南軒先生：『惟其專靜純一，能端然享之，是乃夫人之德也；有所作爲，則非婦道矣。』《詩記》：鳩居鵲巢，以比夫人[二]坐享成業，蓋非有婦德者，殆無以堪之也。　三章。媵，以證反。娣，特計反。

采蘩召南二。　諸侯家人美夫人。

傳　一章，《爾雅》『蘩，皤蒿』，注：『白蒿。』疏：『葉似艾，麤於青蒿，叶上有白毛，麤澀，俗呼蓬蒿。從初生至枯，白於衆蒿，可以爲菹。』又曰：『春始生，及秋香美，可蒸。』《爾雅》又曰『蘩之醜，秋爲蒿』。謂春時各有種名，至秋老成，皆通呼爲蒿也。皤，音婆。』　沼，池之曲者。《爾雅》：『小洲曰陼，小陼曰沚。』　三章，編，步典反。　被，首服之名。即《周禮·追師》『副編次』之『次』，注謂『次第髮長短爲之，所謂髲髢』。疏謂『次第髮長短』，鄭氏以意解之。本詩疏『髲髢』者，剪剔取賤者刑者之髮，以被婦人之紒爲飾。《詩緝》：『凡祭，夫人首當服副，不當服次。或以爲此在商時，故與周禮異。』追，丁回反。編，布眠反。髲，皮寄反。髢，大計反。剔即剃，紒即髻。

今案『被之祁祁』下箋云：『祭事畢，夫人釋祭服而去髲髢。』疏謂定本『髲髢』上無『去』字，若是則鄭意謂祭服則副也，今釋祭服而服髲髢矣。於未祭則被，而夙夜在公；既祭則釋祭服，仍服被，舒遲而去。非行禮之時，威儀且如此，則敬事不言可知矣。

陶，音遥。《禮》注：『陶陶遂遂，相隨行之貌。思念既深，如覩親將復入也。』《語録》：問：《采蘩》詩，若作祭事説自曉，然若作蠶事説，雖與《葛覃》同類，而恐實非也。《葛覃》是女功，《采蘩》是婦職，以爲同類，亦無不可，何必以蠶事而後同邪？曰：此説亦姑存之而已。

草蟲召南三。　諸侯大夫妻思其君子。異。

序下傳謂恐亦夫人之詩。

經　『亦既見』，意之之辭也，猶言若已見則我心降矣。蓋此詩作於思念之日，非既歸之時也。

傳　一章，子金子：『感草蟲、阜螽以思其夫，故曰賦。』　蠜，音煩。疏：《爾雅》『草螽，負蠜』，注：『常羊也。小大長短如蝗，奇音，青色，好在茅草中。』　二章，蕨，鱉也。《爾雅》作『蘩』，疏：『江西謂之蘩。』陸璣：『周秦曰蕨，齊魯曰蘩。』《釋文》：『初生似鱉腳，故名蘩。』蘩，并列反。　三章，疏：『薇，山菜也，莖葉皆似小豆，蔓生，其味亦如小豆，藿可作羹，亦可生食。官園種之，以供宗廟祭祀。』今詳疏説，薇與傳所指物似不同，當考。　《詩緝》：《風雨》

傳云：夷，悦也。人喜悦則心平夷，其意一也。

采蘋召南四。家人美大夫妻能奉祭祀。

經　《詩記》：『采、盛、湘、奠，所爲非一端，所歷非一所矣，煩而不厭，久而不懈，循其序而有常，積其誠而益厚，然後祭祀成焉。季女之少，若未足以勝此，而實尸此者，以其有齊敬之心也。大夫之妻未必果少，特言苟持敬，則雖少女猶足以當大事云爾。』

傳　一章，《詩緝》：『《本草》水苹有三種，其大者曰蘋，葉圓闊寸許，季春始生，可糁蒸以爲茹；其中者曰荇菜；其小者曰水上浮萍，江東謂之薸。毛氏以蘋爲大苹是也。郭璞以蘋爲今水上浮萍，即江東謂之薸，是以小苹爲大苹，誤矣。蘋可茹而薸不可茹，豈有不可茹之薸，而乃可用以祭祀乎？《左傳》曰「蘋蘩薀藻之菜」，蘋蘩皆菜，則可茹之物非薸也，今薸〔三〕止可養魚。』薸與瓢同。薀音藴。陸璣：『藻生水底，有二種：一種葉似雞蘇，莖大如筯，長四五尺；一種莖大如釵股，葉似蓬蒿，謂之聚藻，以其聚生故也。二藻皆可食，熟煮，挼去腥氣，米麪糁蒸，爲茹佳美。』挼，奴禾反。　二章，粗，徂古反。菹，側魚反。《周禮・醢人》注疏：凡醯醬所和，細切爲齏，全物若牒为菹，切葱若薤，實之，醯以柔之，殺其氣也。齏菹之稱菜肉，通。今案牒者，薄切也，此以肉言。若以菜爲菹，則麤切之，以醯和，待其成也。牒，之涉反。　三章，《儀禮經傳通解》『別子爲祖，繼別爲宗，有百世不遷之宗』，傳曰『百世不遷者，別子之後也。

宗其繼別子者，百世不遷者也』，注疏：諸侯之適子適孫繼世爲君，而第二子以下，不得禰先君。別於正適，故稱別子也。此別子子孫爲卿大夫，立此別子爲其後世之始祖。又非君之親，或是異姓始來此國者，亦謂之別子。以上注疏言有兩等別子，皆爲後世祖。別子之世世長子，恒繼別子，與族人爲百世不遷之大宗，族人雖五世外與之絶族者，皆爲之齊衰三月。大宗對小宗而言也，時傳惟言大宗，故今止言此。適，音的。禰，乃禮反。　主婦即宗婦。　醢，呼在反，肉醬也。《醢人》注：『作醢，先膊乾其肉，乃後莝之，雜以粱麴及鹽，漬以美酒，塗置甀中，百日成。』又曰：『無骨曰醢。』凡菹醢皆豆實。膊，普博反。莝，倉卧反。甀，池爲反，甖也。

甘棠召南五。　南國民思召伯。

經　魯齋王文憲謂非《召南》詩。

召公，文王時行化。此詩成王分陝後作

傳　一章，《本義》蔽，能蔽風日，人可舍其下。芾，茂盛貌。蔽芾，乃大樹之茂盛者也。

白棠子白。　疏：草舍，草中止舍。《詩記》：『止於其下以自蔽，猶草舍耳，非真作舍。』　二章，敗，《釋文》有必邁反。凡物自毁則如字讀，毁之則必邁反。

行露召南六。　南國女子守正。

經　江漢之國，漬紂之惡已深，雖被文王之化，猶有未能盡革其心。當時蓋强暴之人，有强委禽於女子而不獲以致於訟者。古者有罪之人，不齒於鄉，嫁娶無所售，而强暴之人，終必罹於罪戾。當時風化之美善者多，而惡者間見。人知此人它日必將獲罪，不與爲昏，故曰無家，謂終不能成家也。　一章比，謂行道之露厭浥，出行者豈不欲夙夜而行，然畏露之沾濡，終不敢早出。以比强暴之人，罪必累其妻孥，而其惡亦足以移人之善性。夫男女者，人之大倫，豈不願蚤成室家，然畏此雖有求而終不許。二、三章興，謂雀鼠本無角牙，不能穿屋墉；惡人本無家，不可求昏姻。今乃穿屋墉而速我獄訟矣，所以言誰謂雀鼠無角牙，今何以能穿屋墉乎？誰謂惡人無求昏姻之道，今何以强欲求昏而致我於獄訟乎？然雀鼠終無角牙，而惡人終無成家之理，故雖速我於獄訟，終不與汝成室家之道而從汝。甚絶之之辭也。

《列女傳》『《召南》申女者，申人之女也，既許嫁於酆，夫家禮不備而欲迎之，女曰：「夫婦者，人倫之始也，不可不正。夫家輕禮違制，不可以行」。遂不肯往。夫家訟而致之於獄，女終以一物不具，一禮不備，守節持義，必死不往，而作詩』云云。

案《列女傳》說《詩》多違經意，而說此詩有合於經，劉氏或有傳與？故附見於此，以備參考。

羔羊召南七。　詩人美南國大夫。

傳　一章，疏：『小羔、大羊，對文爲異，此説大夫之裘，宜直言羔，兼言羊，以協句。』疏：『紽、總皆縫，緎即縫之界。古者織素絲爲組紃，以英飾裘之縫中。』《禮》注：『紃施諸縫，若今之絛。是有組紃而施於縫中之驗，素絲不爲線也。』紃音巡。英如字，又音殃。　疏：『羔裘，諸侯視朝之服，卿大夫朝服亦羔裘，但君裘則純色，大夫裘則豹袪爲異。』袪，丘於反，袖口也。

節儉，謂有節制而儉約，皆不自放之意，非謂用財也。謹身以節儉，處事以正直，則政教行而風俗美。國家閒暇，故大夫退食自公，而優游如此，此詩樂道其效也。衣服有常，總上兩句；從容自得，總下兩句。節儉即衣服有常之事，而正直則從容自得之本也。

殷其靁召南八。　大夫士之妻思其夫。　異。

經　黄氏櫄實夫講義：『安居者遇雨，則思行者之勞，人情之同然者。』朱子曰：『閔之深而無怨辭。』《詩緝》：『「歸哉歸哉」，冀其畢事來歸，而不敢爲決辭，知其未可歸也。從事獨賢而無怨，唯信厚者能之。』

摽有梅召南九。　女子懼其嫁不及時。

經　《語録》：『問：《摽有梅》之詩，固出於正，只是如此急迫何邪？曰：此亦是人之情。』又曰：『如《摽有梅》，女子自言昏姻之意，如此看來，自非正理，但人情亦有如此者，不可不知。爲父母者，能於是而察之，則必使人及時矣。此所謂詩可以觀。』朱子此言，固亦疑此詩矣。《摽有梅》之诗，女子守正也。落於地者有梅，而存於樹者其實有七，昏姻之時迫矣，時雖迫然於衆士之求我者，及其吉士而從之可也。至於落而存者惟三，則時愈迫矣，昏姻之事，不可逾及吉士之求者，今從之可也。『謂之』者，有言辭以相告語也。落於地之梅，既以頃筐塈之，是則實之存者絶無而時逾矣，時雖逾而禮義不可廢，其庶士之求我者，必其命媒妁通辭意以盡禮儀，然後從之可也。豈因過時之小失，而不全昏姻之大禮乎？　此則《召南》之風化也。

傳　一章，酢，倉故反，酸也。

古人酬酢之酢本作醋，醯醋之醋本作酢，後人兩易之，莫能辯。　傳從古。

小星召南十。　衆妾美夫人。

經　《詩記》：『賤妾得進御於君，是其僭恣可行而分限得踰之時也，乃能謹於抱衾裯而知命之不猶，則教化至矣。』

傳　一章，齊，側皆反。謙，愨貌。遬音速，猶蹙蹙也。《內則》『妻不在，妾御莫敢當夕』，謂妾避女君之御日，此當日字用彼文不取其義。　疏：『古者后夫人將侍君，前息燭，後舉燭至房中，釋朝服，襲燕服，然後入御於君。雞鳴，太師奏雞鳴於階下，然後夫人鳴佩玉於房中告去。由此言之，夫人當夕往來，舒而有儀。諸妾不敢當夕，肅肅然疾行，夜晚始往，及早來，皆異於夫人。』　二章，昴一名留，故叶音留。　禂音單。

江有汜召南十一。　媵妾自喜。

經　《詩記》：『一章曰「其後也悔」，二章曰「其後也處」，三章曰「其嘯也歌」，始則悔悟，中則相安，終則相歡，言之序也。』

傳　一章，復入之復，扶又反。　疏：媵，送也。諸侯之娶，二國媵之。夫人自有姪娣，二國之女亦各有姪娣，故一娶九女。大夫有姪娣，士或娣或姪。　三章，滮即闆字。

野有死麕召南十二。　詩人美女子貞潔。

經　魯齋有《二南相配圖》，謂『《甘棠》，後人思召伯。《何彼襛矣》，王風也。《野有死麕》，淫詩也，皆不足與此』。

此淫奔之詩也，錯簡在此，氣象與《二南》諸詩不同，雖欲曲説歸之於正，終恐有礙。蓋

『有女懷春，吉士誘之』兩句，是一詩大意。麕之自死者遺於野，人尚以爲可食，以白茅之潔者包之而去。此有女子懷春，則吉士其誘之矣。謂之『懷春』，固非貞靜之人，而又曰『誘之』，非淫辭而何哉？『吉士』，猶言美男子也。林之有樸樕，野之有死鹿，人尚以白茅包束之而去，況此如玉之女而懷春之人，安得不誘之也。後章則懷春之女戒其淫亂之男曰：汝當舒徐遲緩而來，勿須相迫近感佩帨而至尨之吠。蓋數相親，尨或吠，則必致父母家人之所知，而不得遂其亂矣。此其陰邪猾賊形於言辭者也，其鄭衛之風與？然亦詩人斥淫者之辭，非其自作也。

傳　一章，《本草》：『麞類甚多，麕其總名，今陂澤淺草之中多有之，有有牙者，有無牙者，然牙不能噬。』麞與獐同，諸良反。　二章，《本草》：『鹿陽獸，夏至得陰氣而解角，從陽退象。』

何彼襛矣召南十三。　美王姬。

經　《語録》：『問：《何彼襛矣》，何以録於《召南》？曰：也是有些不穩當，但先儒相傳如此説，只得就他説。如定要分箇正經及變詩，也自難考據。』　魯齋：『此王風也。』　子金子：『二章男下女，三章女從男。』

傳　一章，『戎戎』字韻與『茙茙』同，厚貌。　襛，本衣厚貌，借作茙茙意。　栘音移。《爾雅》『唐棣，栘』，注疏：『似白楊，江東呼夫栘』。『一云薁李，華或白，或赤，六月熟，大如李子，可食』。薁音郁。　《詩記》：『肅雝者王姬，而曰「王姬之車」，不敢指切之也。』《詩緝》：

『王姬不可見，維見其車，故指車以言車中之人。朱子：人望其車而知其敬且和也，則其根於中者深，而發於外者著矣。』　二章，平王，毛氏：『平，正也。』箋：『正王者，德能正天下之王。』《春秋》書王姬歸於齊者二，其一見莊之元年者，實襄公時。案桓十四年，齊僖公卒而襄公諸兒立。十五年，平王太子洩父之子桓王崩而莊王立，暨歸王姬，襄立五年而莊王四年矣，安知王姬非莊王之女乎？然則詩當曰齊侯而非齊侯之子，當曰桓王之孫而非平王之孫也，愚恐從舊説爲是。但正王，未必獨指文王爾。宋彭汝礪奏疏：『王姬下嫁諸侯，猶執婦道，其事在下，然本乃在乎上，故其詩曰「平王之孫，齊侯之子」。惟有平德，故其人化之而有所不能喻；惟有齊德，故其人畏之而有所不敢違。』案：如此言齊字，可與平王之義相配，且不必詳考其人與時，或爲得之。録此以備參考。

序　傳引鄭氏曰至『揄翟』，案《周禮》王后之五路，『厭翟，勒面繢總』，居二；王后之六服，『揄翟』居二：所以謂下王后一等者，乘服此車服也。注疏：凡言翟者，謂翟鳥之羽以爲兩旁之蔽。厭翟者，次其羽使相迫以厭其本。勒面，謂以如王龍勒之韋爲當面飾也。蓋龍，駹也。王之馬以白黑飾韋，雜色爲勒，此王后之馬，則不以飾勒而以雜色韋爲馬當面飾也。凡言總者，謂以總爲車馬之飾，若婦人之總，亦既繫其本，又垂爲飾也。繢，畫文也。以繒爲總，著馬勒，直兩耳與兩鑣，其於車之衡輨，亦宜有之。揄翟，陳祥道《禮書》：王姬亦揄狄，特雉數與侯伯之夫人異耳。餘見《周南·葛覃》。然則以下，朱子之自言也。《衛·碩人》『翟茀以朝』，

『翟車，貝面組總有幄』，亦《周禮》文。翟車，以翟羽飾車之側而不厭。貝，水物。謂以貝文飾勒之當面。組總，以組爲總而施之如厭翟。此翟車無蓋，而施幄於厭上。揄，音摇。厭，於涉反。勒，力德反，馬頭絡。繢，户對反。駹，莫江反，雜也。鑣，悲驕反，馬銜也。韇，古緩反，轂端鐵也。茀，芳勿反，蔽也。

今案『翟茀以朝』，謂夫人始來見君所乘之車，是則夫人之盛而在厭翟之下者也。今王姬所乘，下后一等，是居重翟之下，翟茀之上，其禮尊於諸侯夫人，所以盛也。

騶虞召南十四。 美王道成。

經 《語録》：《騶虞》之詩，蓋於田獵之際，見動植之蕃庶，因以贊詠文王平昔仁澤之所及，而非指田獵之事爲仁也。《禮》曰『無事而不田曰不敬』，故此詩『彼茁者葭』，仁也。『壹發五豝』，義也。又曰：《騶虞》詩，仁在壹發之前。

傳 一章，葭，見《秦·蒹葭》。 疏：騶虞，白虎黑文，尾長於軀，不食生物，不履生草，應信而至。 二章，陸佃《埤雅》：蓬，蒿屬。

題下化及人深，澤及物廣，只就《麟趾》、《騶虞》兩詩上説，而以『至於』、『及於』字中間遞過。『薰蒸透徹』，是上之和氣感動於人物者，淪浹而無不備；『融液周徧』，是人物化育於上之德澤者，博洽而無所遺。上句豎説，下句横説。

序　傳謂與舊説不同。《語録》：騶虞，看來只可解做獸名，以『于嗟麟兮』類之可見。若解做騶虞之官，終無甚意思。《射義》注：『樂官備』者，謂壹發五豝，喻得賢者多也。『于嗟乎騶虞』，嘆仁人也。

《召南》篇下　《儀禮》經注：鄉飲酒之禮，鄉大夫三年大比，其鄉之賢者、能者而賓興之，主賓介獻酢，工歌笙入，間歌畢，然後合樂。鄉射之禮，鄉大夫三年正月獻賢能之書，退而以鄉射之禮詢衆庶，主賓獻酢畢，合樂，不歌不笙不間。燕禮，君燕羣臣也，亦獻酢歌笙間畢，然後歌鄉樂。合樂者，謂歌樂與衆聲俱作也。《二南》，王后國君夫人房中之樂歌也。《關雎》，言后妃之德，《葛覃》言后妃之職，《卷耳》言后妃之志，《鵲巢》言國君夫人之德，《采蘩》言國君夫人不失職，《采蘋》言卿大夫之妻能循其法度，夫婦之道，生民之本，王政之端。此六篇者，其教之原也，故國君與其臣下及四方之賓燕，用之合樂也。鄉樂者，風也。《小雅》爲諸侯之樂，《大雅》、《頌》爲天子之樂。鄉飲酒升歌《小雅》，禮盛者可以進取也；燕合鄉樂，禮輕者可以逮下也。

二南相配圖

魯齋先生

關雎后妃之德	鵲巢夫人之德
葛覃后妃之本	采蘩夫人之職

卷耳思其君子
樛木逮下也
螽斯不妬忌
桃夭及時也
兔罝賢人衆多
芣苢和平之美
漢廣無思犯禮
汝墳閔其君子
麟趾關雎之應

草蟲思其君子
江汜美媵也
小星無妬忌
摽梅及時也
羔羊在位正直
采蘋能循法度
行露不能侵陵
殷靁閔其勤勞
騶虞鵲巢之應

右《二南》各十有一篇。

《召南》有《甘棠》，後人思召伯也。《何彼襛矣》，王風也。《野有死麕》，淫詩也。皆不足以與此。

校勘記

〔一〕『如』，原作『知』，據《通志堂經解》本改。

〔二〕『夫人』，原作『天子』，詩中『之子』爲夫人而非天子，據《吕氏家塾讀詩記》改。

〔三〕『藻』，原作『藻』，據《通志堂經解》本改。

詩集傳名物鈔卷二

邶一之三變一

程子：『諸侯擅相侵伐，衛首并邶、鄘之地，故爲變風之首。』

傳：『分自紂城，朝歌而北謂之邶，南謂之鄘，東謂之衛。』此從鄭譜説也。疏謂此無文，驗其水土之名知之。傳又謂邶、鄘不詳始封。今案《史記》：武王克商，封紂子禄父殷之餘民。《漢地理志》：河内本殷之舊都，周既滅殷，分其畿内爲三國，邶、鄘、衛是也。邶以封武庚。《詩》傳既云自朝歌分爲三，則武庚之國似無處所，參以地志之説則若可通，但又以鄘、衛爲管、蔡之所尹，則恐非事實也。

傳　邶，蒲對反。鄘，音容。行，户剛反。　殷王武乙二祀，自亳遷都朝歌，歷太丁、帝乙而至紂。　漕，音曹。墟，邱於反。澶，時連反。相，息亮反。濮，博木反。

柏舟邶一。　莊姜不見答。　異。

經　一章，言柏舟則宜以載物，乃汎汎於水中而無所用。以此喻己，故耿耿而憂思，至於不能寐，如有所隱痛之憂。非無酒以自樂，然此憂非酒之所能遣也。二章，承上言，鑒明則可度物，我心憂煩不能度物，不知何以處此？歸而告諸兄弟，聊以舒此憤爾，而又逢彼之怒，是兄弟亦不可據憑，而終莫知所以自處也。三章，於是自反平昔，我心貞固過於石而不可轉，我心平直過於席而不可卷，威儀動止之間，皆無一失而不必選，而不見答於君子，豈我之過哉？石不可轉，是其貞潔自守之操堅；席不可卷，是其公平逮下之心溥也。四章，謂我之憂者，自揆無過，正以見怒諸妾讒譖而致。然默而思之，無可奈何，惟拊心而已。卒章，再言上下失序，所以憂不能解，但恨不能飛去爾。憂之極止曰『不能奮飛』，可謂正而不深怨矣。

傳　一章，汎，芳劍反。紐音今易孚梵反。《語録》：『問：「汎彼柏舟，亦汎其流」，注作比義。看來與雎鳩在河洲無異，彼何以爲興？曰：他下面便説淑女，見得是因彼興此；此詩纔説柏舟，下面更無貼意，見得其義是比。』　緻，直利反，密也。

此詩舊説男子作，朱子以爲婦人詩。蓋觀其辭氣而得之，以『卑順柔弱』四言舉一篇大旨，此讀詩凡例也。讀詩者每於一篇吟哦上下，優游涵泳，以意隨之，而求詩人志之所在，庶不負朱子之教也。

二章，度，待洛反。　四章，摽，符小反，類隔切，今易并小反。　卒章，垢，舉后反。憒，古對反，心亂也。眊，莫冒反，目不明貌。

序　頃，去營反。　傳：强，其兩反。定，丁佞反。傅，音附。謚，神至反。斷，都亂反。

冠，古玩反。《史記》：康叔之子康伯，六世皆書伯，至頃侯厚賂周夷王，王命爲衛侯。索隱曰：《康誥》命爾侯于東土，又云『孟侯』，則康叔已爲侯也。子康伯即稱伯，謂方伯耳，非降爵也。頃侯德衰，不監諸侯，乃從本爵，非賂王而稱侯也。《謚法》：『甄心動懼曰頃』。甄，之人反，積也。衒，音眩。扼，於革反。懟，徒對、直類二反，怨也。

緑衣邶二。莊姜歎失位。

經　疏：一章，以表裏興幽顯。二章，以上下喻尊卑。《詩緝》：『「緑衣黄裏」，言掩蔽而已；「緑衣黄裳」，則貴賤倒置，夫人失位矣。』《詩緝》：『「緑兮衣兮」，不可但言是緑色之衣，當玩味兩『兮』字。《詩》有《黄鳥》、《白華》不言兮，唯此曰『緑兮衣兮』，蓋『緑』字、『衣』字皆有意義，『緑』以喻妾，『衣』以喻上僭，故以二『兮』字點綴而丁寧之。

三章，緑之所以成緑而爲衣者，人以絲染治而成也。妾之所以上僭者，以君子嬖之而然也。上『緑』字已包前章『衣』字在内。

《語録》：『「我思古人，實獲我心」，言古人所爲，恰與我相合，只此便是至善。前乎千百世之已往，後乎千百世之未來，只是此箇道理，孟子所謂『得志行乎中國，若合符節』，政謂是爾。

首章言已爲賤者所掩蔽，次章則貴賤易位矣，然此但就妾身而言。三章則言妾僭之由皆在於君子，末章則深達乎事逐時變，物隨氣遷，理勢之常，無足怪者，尚何憂悴之有？蓋絺綌夏服也，今風而淒其，則固宜屏之不服，有如扇捐篋中之言，而又絶無彼留戀恩情之意。故三章之『思古人』，尚欲得處此之道而效之；末章之『思古人』，反謂之『獲我心』，是在我者處之素定，而古人善處此者，反得我心之所同然者耳。至此豈有一毫怨懟不平之氣哉？此莊姜所以爲賢也。

傳　一章，『緑，東方之間色』，謂蒼與黄二色相間雜而成緑。題下《春秋·隱公三年》《左氏傳》：衛莊公娶于齊東宫得臣之妹，曰莊姜，美而無子。又嬖於妾，而生州吁。莊，從夫謚。姜，姓也。

燕燕邶三。　莊姜送戴嬀。

經　一章，泣，無聲出涕也。涕，土禮反，目汁也。

傳　一章，鳦，烏拔反。『之子于歸』，他詩皆言嫁歸之歸，惟此詩謂歸父母之家，故曰大歸。大歸者，不反之辭。《左氏傳》：莊公又娶于陳，曰厲嬀，生孝伯，早死。其娣戴嬀，生完，莊姜以爲己子。公卒，完立，是爲桓公。《隱公四年》『州吁弑桓公』，故戴嬀大歸于陳。厲、戴皆謚，嬀，陳姓也。嬀，居爲反。

三章，上，音時掌反，而下字無音。案字書，元在物下之下，則上聲；自上而下之下，則去聲。凡與自下而上之上對義者，皆當作去聲讀，後同。

日月邶四。莊姜不見答。在《燕燕》前。

經　卒章，畜，許六反。四『胡能有定』，期之之辭也。謂令其心回惑，何時而能定乎？此莊姜忠厚之意也。朱子説是已然之辭。

終風邶五。莊姜。在《燕燕》前。

經　莊姜，賢夫人也，所思者大矣，國君及夫人父母一國，而國人作則者也。莊公無君人儀度，其曰終風曰暴，曰霾、曀、陰、雷，曰謔浪笑傲，爲君如此，果足以正一國乎？夫人賢而不見答，果足以示人齊家之道乎？國君之家不齊，則一國之家不齊；一國之家不齊，則國殆矣。夫人之中心是悼，悠悠之思，寤而不寐，願言而嚏而懷。所思者大矣，非情欲之謂也。儻莊姜爲思情欲之人，則謔浪笑傲而必喜，陰曀虺雷而必怒矣。『顧我則笑』，是不禮其夫人，而不能相敬如賓。

傳　一章，疏：日出而風爲暴。又曰：陰雨不興，而大風暴起。二章，霾，亡皆反，類隔切，今易謨皆反。雨，王遇反。霾，謨逢、蒙弄二反。疏：風而雨土爲霾。又曰：大風揚塵，土從上下也。三章，《詩記》：陰風終日，意其止矣，不旋日而又曀焉。厭苦之辭也。

䶊，巨尤反，病寒鼻窒也。

擊鼓邶六。　從軍者怨州吁。

經　李氏：州吁安於用兵，踴躍欣喜，不自勝也。　漕，音曹。　《詩記》：『從孫子仲，平陳與宋』，言所從者乃孫子仲也，輕其帥可知。　末章承上章，而足成其義。

傳　兵、行、馬、下，本不須叶，欲從上句鏜處而叶也。然詩中第一句無韻者甚多，末章闊、活，正不須叶信字，當正作師人切，恐非叶，或本誤爾。　一章。《通典》：滑州白馬縣，衛國曹邑，戴公廬于曹，即此。　鋒音峯，兵耑也。　鏑音滴，矢鋒也。　二章，《左氏傳》：隱公元年，鄭共叔之子滑奔衛，衛人爲之伐鄭，取廩延。鄭人以王師、虢師伐衛南鄙。二年，鄭人伐衛。三年，宋穆公疾，召孔父而屬其兄之子殤公，使公子馮出居鄭。公卒，而殤公立。四年，衛州吁弑桓公而自立，將修先君之怨於鄭，而求寵於諸侯，使告於宋曰：『君若伐鄭，以除君害，君爲主，敝邑以賦與陳、蔡從。』宋人許之。夏，宋、陳、蔡、衛伐鄭，圍其東門，五日而還。秋，四國復伐鄭，敗鄭徒兵，取其禾而還。　朱子曰：圍鄭五日而還，出兵不爲久，而人怨之如此者，身犯大逆，衆叛親離，莫肯爲之用爾。

凱風邶七。孝子。

經　三章，浚，音峻。子金子：『爰有寒泉，在浚之下』，言寒泉但在浚之下，而不能上灌注其浚，以比子不能養母，有子七人而反使母受勞苦。

傳　一章，疏：南風長養，萬物喜樂，故曰凱風。凱，樂也。長，知丈反。《字書》：棘，如棗而多刺，木堅，色赤，叢生，人多取以爲藩。歲久而無刺，亦能高大如棗木。色白爲白棘，實酸者爲樲棘。　三章，《通典》：寒泉在濮州濮陽縣東南。《水經注》：濮水枝津，東逕浚城南，而北去濮陽三十五里，城側有寒泉岡，即《詩》『爰有寒泉，在浚之下』。　卒章，『睍睆』毛氏：「好貌」。箋：以與顔色悦也。《诗缉》光鲜貌。《檀弓》「華而睆」，睆，明貌。睍，從目從見，亦以色言之，俗訛以爲黄鳥之聲。

今案『睍睆』字在『黄鳥』上，其下别言『載好其音』，『睍睆』與『音』字文意似不連，宜《詩緝》説是。

雄雉邶八。婦人思其夫。異。

經　《詩記》：凡百君子，我固不知孰爲德行也，但不忮求，則何用不善？

傳　一章，遺，以季反。　二章，下上，見《燕燕》。

匏有苦葉邶九。　刺淫亂。　異。

經　三章，箋：歸妻，使之來歸於己。

此詩，一章以水喻禮。　涉是徒步渡水之名，水淺可涉，則是合禮而可行者也；水深險而不可涉，則是非禮而不可行者也。　今濟處有深涉，是不可涉者也，况匏尚未可爲浮渡之器乎！以比非禮絶不可行之事，是指淫亂而言也。　然於可渡處，又當分擇深淺，以厲以揭。　比事有合禮可行，而又須擇義，謂雖於禮可成男女之好，又擇義而行之可也。　大抵四句作兩截看：深涉之深，非深厲之深，深涉是水太深而不可涉者；下面是水可涉，而又就其中度淺深而揭厲也。二章正刺不度禮義，非其妃耦，犯禮相求。『濟盈不濡軌』，應一章下兩句。『雉鳴求其牡』，應一章上兩句。　三章言昏禮之正，即深厲淺揭之意，而『濟盈不濡軌』之反。　四章言非類不可從，即濟有深淺之意，而『雉鳴求其牡』之反。

傳　一章，瓠，胡故反。《埤雅》：長而瘦上曰瓠，短頸大腹曰匏。　毛氏匏謂之瓠，誤矣。蓋匏苦瓠甘，復有長短之殊，非一物也。《國語》：叔向曰苦匏不材，於人共濟而已。《古今注》：匏之有柄者曰懸瓠，可用爲笙。　共，九用反。　《釋文》：厲，《説文》作砅，云履石渡水。音同。　二章，毛氏：由輈以上爲軌。《釋文》云：依傳意宜音犯。　軌，車轍也，從車九聲，龜美反。　軓，車軾前也，從車凡聲，音犯。　諸家説詩，皆以爲轍無不濡之理。　當作軓字，或爲軛。

今案《周禮·輈人》疏，轍廣謂之軌，轂末亦爲軌。黄公紹《古今韻會》引《説文》軌，車轍也。又車軸謂轊頭也，轊即車軸之耑貫轂者。車輪有高下，有廣狹，皆定於軌。輪中之軌既同，則轍迹亦同，後人因謂車轍亦曰軌。《曲禮》塵不出軌，以高下言也。《中庸》車同軌，以廣狹言也。蓋兵車乘車之輪，其崇六尺六寸，軌居輪之中，若濡軌則水深三尺三寸。孔疏以爲轍迹，非也。以是言之，則此章軌字不必改作軓，但不作轍説可也。輈，音舟。轂，音穀。轊，音衛。耑，音端。　三章，迎，宜慶反。　卒章，號，户羔反。

谷風邶十。婦人見棄於夫。

經　一章，《詩緝》：黽勉，猶勉强也。力所不堪，心所不欲而勉强爲之，皆謂之黽勉。黽，莫尹反。

三章，逝有踰越之意。笱置於梁以待魚發，起之則不可得魚矣。『毋逝我梁』，謂勿踰越我成家規模；『毋發我笱』，謂勿敗我所爲之事：雖去而猶有顧其家之意。

四章，亡與無同。　五章，售賣物去手也。　卒章，《詩記》：肄，習也。詒我以武暴忿怒，習以爲常。

傳　一章，《爾雅》：東風謂之谷風。疏：谷之言穀，穀生也。谷風者，生長之風也。蔓，音萬，俗呼作瞞。菁音精。箋：葑，蔓菁之類。《釋文》：今菘菜也。江南有菘，江北有蔓菁，相似而異。《本草》：蔓菁即蕪菁，梗短葉大，連地上生，闊葉紅色。春食苗，夏食心，秋食莖，冬食根。河朔尤多。又曰：根細於温菘，温菘，今蘆菔也。菘音嵩。蘆音盧。菔音服，即蘿蔔。　葍音福。疏：菲似葍。《爾雅》謂之葸菜，河内謂之蓿菜。《爾雅》菲，葸菜。注：似蕪菁，華紫赤色，可食。又葍葍，疏：根如指，正白可啖。葸音息。蓿音宿。　二章，畿，門内。毛氏説也。疏：畿者，期限之名。《周禮》九畿、王畿，皆期限之義。經云不遠，言至有限之處，故知是門内。《詩記》：韓愈《遣瘧鬼》詩『白石爲門畿』，蓋以畿爲門閫，必有所據，可以發明毛氏之説。《爾雅》荼，苦菜。疏：味苦，可食之菜，生於秋，經冬歷春乃成。《月令》孟夏苦菜秀是也。葉似苦苣而細，斷之有白汁，花黄似菊，堪食，但苦耳。

案傳：荼，苦菜，蓼屬，詳見《載芟》。是引『以薅荼蓼』句也，此句在《良耜》，言《載芟》誤。而荼蓼之荼乃穢草，非菜也。《爾雅》謂之委葉，字作蒤，與苦菜之荼是兩物，傳亦誤。薅，呼高反。蒤音荼。

薺，《本草》：味甘，葉作菹及羹佳。　更，平聲。　三章，《地理志》：涇水，出安定郡涇陽縣西幵頭山，東南至馮翊陽陵縣入渭，過郡三，行千六十里。師古曰：幵音苦見反，又音牽。此山在靈州東南，俗訛謂之汧屯山。《通典》：平涼郡原州平高縣，即漢高平縣，屬安定。有筓頭山，亦曰汧屯山，涇水所出。《前編》：渭自鳥鼠至入河，一千八百七十里。　馮，皮冰反。翊，逸織反。堰，於建反。　四章，《語録》：問：『就其深矣』四句，《集傳》以爲興體，疑是比體？答曰：若無下面四句，即是比；既有下四句，則只是興。凡此類皆然，非獨此章也。遽，其據反。　五章，女音汝。　《語録》：問：『育恐育鞫』，張子之説，推之下文『及爾顛覆』，意不甚貫，不若前説爲順？答曰：姑存異義耳。然舊説亦不甚明白。　卒章，項安世《家説》洸爲武，取『武夫洸洸』之意。案《説文》洸，水涌出也。引《詩》此句爲證。徐鍇注：言其勇如水之涌也。如此説則武之義明。

式微邶十一。黎臣。

經　兩章上二句勸歸之辭，下二句怨辭也。晏子曰：君爲社稷死則死之，爲社稷亡則亡之，若爲己死己亡，非其私暱，誰敢任之？今曰『微君之故』，又曰『微君之躬』，似黎侯有爲己亡之意。蓋黎侯必有不君致亂之階而召狄，故其謂所以濡於中露，陷於泥中者，爲君之躬故耳；否則主危臣憂，主辱臣死，又何有『胡爲乎』之怨乎？

傳　一章，芘，必至反。覆，孚救反。　黎侯失國事，見《旄丘》序下傳。　二章，難，乃旦反。

旄丘邶十二。黎臣責衛。

經　一章，誕，徒旱反。

傳　一章，《詩記》：葛始生，其節蹙而密；既長，其節闊而踈。　三章，《玉藻》『君子狐青裘豹褎，玄綃衣以裼之』，注：君子，大夫士也。褎與袖同。裼，先歷反。　女音汝。慣，古對反。

《左傳》注：黎侯國上黨，壺關縣有黎亭。

序　箋：伯者，州伯。疏：《王制》『五國以爲屬，屬有長。十國以爲連，連有帥。三十國以爲卒，卒有正。二百一十國以爲州，州有伯』，殷之州長曰伯，虞夏及周曰牧。周謂之牧而云方伯者，以一州之中爲長。此釋序文，傳不用此。

簡兮邶十三。　賢者仕於泠官。

經　一章，子金子：『日之方中，在前上處』，言日正中時，在庭前堂上，以俟舞列。《詩記》：『日之方中』，至明而易見之時。『在前上處』，至近而易察之地。於是焉不能察而用，所以刺也。朱子以『明顯』二字該之。　卒章，《詩記》：山則有榛，隰則有苓，唯西州然後有此人。

傳　一章，易，以豉反。　疏：舞謂之萬者，何休云：象武王以萬人定天下，民樂之，故名之。《商頌》亦曰『萬舞有奕』，殷亦以武定天下也。《詩記》萬舞，二舞之總名。干舞者，武舞之別名；籥舞者，文舞之別名，文舞又謂之羽舞。　疏言干則有戚，《禮記》『朱干玉戚，冕而舞大武』。言籥則有羽，《籥師》『教國子舞羽吹籥』。　《禮書》：干，盾也。以革爲之，其背曰瓦，設鍚〔一〕，朱質而繪以龍，龍之外又繪以雜羽，其繫之也以繡韋，其屬繡韋以紛。戚，斧也。玉戚，以玉飾其柄，柯長三尺，博三寸，厚一寸有半五分，其長以其一爲之首。鍚音陽，白金也。紛音分，如綬。　《樂書》：羽舞者，翟羽可用爲儀，執之以舞，所以爲蔽翼者也。　疏：黄帝使泠倫自崐崘之陰取竹，吹之爲黄鐘之宫。周景王鑄鍾而問於泠州鳩，以泠氏世掌樂官，故世號樂官爲泠官。崐音昆。崘，盧昆反。泠，或作伶。　譽音余，稱美也。　二章，轠，居良反。　三章，翟，雉屬。　渥，厚漬也，言漬之久厚則有光澤。如厚漬之丹，言赤而澤。　《儀禮》：公燕羣臣，大夫爲賓，宰夫爲主人。賓與卿大夫入即位，主人獻，賓及公卿大夫酢酬畢，席工于西階上。小臣納工，工四人，二瑟，升自西階，北面坐，歌《鹿鳴》、《四牡》、《皇皇者華》。卒歌，主人洗升獻工，工左瑟一人拜受爵。主人西階上拜送爵，薦脯醢，衆工不拜受爵，有脯醢。　題下，《語録》：問：《簡兮》詩，張子謂其迹如此。而其中有過人者，夫能卷而懷之，是固可以爲賢；然以聖賢出處律之，恐未可以爲盡善？　曰：古之伶官，亦非甚賤，其所執者，猶是先王之正樂，故獻工之禮，亦與之交酢。但賢者而爲此，則自不得志耳。　侏儒俳優，蓋亦衰世用之，非樂中所當用者。《樂記》『今夫新樂，進俯退俯，姦聲以濫，溺而不止，及優侏儒獶雜子女，不知父子，樂終不可以語，不可以道古』，此正言後世之樂也。　俯，猶曲也。　儒即儒。　獶，乃刀反，獼猴也，舞者如獼猴戲。

泉水邶十四。衛女思歸。

經　《詩緝》：『不瑕有害』，未爲瑕過而有害也。子金子：不爲瑕疵而有害乎？

傳釋諸姬爲姪娣，釋姑姊則曰諸姬，夫姪娣從嫁者也，故可與謀；若姑與姊，則豈亦在所嫁之國而可問之哉？《詩緝》：既出適於人，則與父母兄弟相遠矣。今父母終，唯姑姊尚在，問其安否，感親之歿而念骨肉之存者也。當從此說。

傳　一章，泉、淇皆衛水，因思之而起興。　共，居容反。　慮，凌如反。　姬，衛姓，故得爲姪娣。

二章，毛氏：祖而舍軷，飲酒於其側曰餞。疏：軷，謂祭道路之神。軷本山行之名，道路有阻險，故封土爲山象，伏牲其上。天子用犬，諸侯羊，卿大夫酒脯。既祭，處者於是餞之，飲於其側。禮畢，乘車轢之而去。喻無險難也。軷，蒲末反。轢音歷。又《漢書》：黄帝之子纍祖，好遠游而死於道，故後人祭以爲行神。今案凡祭皆祭其神而以人鬼配，如社稷，則祭土穀之神而以后土棄配。然則軷祭，則祭道路之神，或以纍祖配也。三章，王應麟《困學記聞》：《隋志》：邢州内丘縣有干〔二〕言山。又李公緒記云：柏人縣有干山、言山。柏人，邢州堯山縣。

案，毛氏注：脂舝〔三〕其車。疏：既脂其車，又設其舝。是注疏皆以脂、舝兩言之也。《字書》：舝，車軸耑鍵。今字亦作轄，其物以金爲之，無事則脱，行則設之。蓋軸穿於轂，而舝則貫於軸之兩耑，而鍵夫輪者也。今脂則脂其軸與轂，舝則加其鍵也。鍵，巨展反。

四章，疏：同出異歸曰肥泉。　漕，見《擊鼓》。　寫，除也。《詩緝》：寫，謂傾而除之也。《曲禮》：器之溉者不寫。

北門邶十五。　賢者不得志。

經　《李氏表記》：君子不以小言受大禄，不以大言受小禄。以大言受小禄是不見知於君，所不當受也。衛臣終窶且貧，不見知於君也，非專較廩禄之厚薄也。外不見知於君而不得行其志，内爲窶貧之故而有室人之謫，困於内外極矣！乃一歸之於天，非知命樂義之君子能如是乎？

傳　題下懟，見《邶・柏舟》。懟，直類、徒對二反，怨也。

北風邶十六。　君子見幾而作。

經　《語録》：問：狐與烏以比何物？曰：不但指一物而言，當國將危亂之時，凡所見者，無非不好底氣象。《詩記》：同車，不必指貴者，特協韻耳。

靜女邶十七。淫奔之男。異。

經　《語録》：問：傳以《靜女》爲淫奔期會之詩，以靜爲閒雅之意，不知淫奔之人相與狎溺，何取乎閒雅？曰：淫奔之人，不知其爲可醜，但見其爲可愛耳。以女而俟人於城隅，安得謂之閒雅？而此曰靜女者，猶《日月》所謂『德音無良』也，無良則不足爲德音矣，而曰德音者，愛之之辭也。

傳　一章，躕，直炙反。躅，廚玉反。行不進貌。　卒章，牧，見《小雅・出車》。首言『城隅』，末言『自牧』，蓋不特俟於城隅，抑且相逐於野矣。

新臺邶十八。國人惡宣公。

經　《詩緝》：此詩齊人作。

傳　一章，困，區倫反。義見《伐檀》傳。　二章，洒，《詩記》：水光中見其臺之高峻。三章，《易》『離，麗也』，注：麗，猶著也。著，直略反。

二子乘舟邶十九。國人憐二子。

經　《詩緝》：自衛適齊必涉河。首章言伋、壽二子乘舟涉河以適齊，其影汎汎然何所歸乎，爲其將見殺，顧其影而憐之也。我念而思之，中心養養然，憂不知所定也。二章言二子汎汎然從此逝矣，痛其往而不返也。詩人深求其心之無他而恕之，故曰不爲瑕過而有害也。子金子：『不瑕有害』，謂本無瑕疵而有禍害也。

傳　一章，《左氏傳・桓公十六年》：初，衛宣公烝於夷姜，夷姜，莊公妾，宣公庶母。上淫曰烝。生急子，即伋。爲之娶于齊，而美，公取之，生壽及朔。夷姜縊。失寵故。宣姜與朔構急子，公使諸齊，使盜待諸莘，將殺之。壽子告之，使行。不可，曰：棄父之命，惡用子矣？有無父之國則可也。及行，飲以酒，壽子載其旌以先，盜殺之。急子至，曰：我之求也，此何罪？請殺我乎！又殺之。今案傳與此文不同者，傳悉從毛氏文也。《詩緝》：衛自宣公殺汲、壽，以朔爲世子代立，是爲惠公。左右公子怨朔之讒殺伋，乃作亂，立黔牟。惠公奔齊。其後諸侯納惠公，黔牟奔周。惠公怨周之容黔牟，與燕伐周，立子頹爲王。惠公奔温，及惠公卒，子懿公立。百姓大臣猶以殺伋之故，皆不服。狄乘其釁，殺懿公而滅衛。嗚呼！衛之亂極矣，父子、兄弟、君臣之間，相殘相賊，不唯流毒子孫，啟侮夷狄，以之殺身亡國，其餘殃所漸，且稔王室之禍。蓋綱常道盡，天地幾於傾陷矣。推原亂根，始於夫婦之不正。衽席之禍，一至此邪！以是知《詩》首《關雎》，聖人之意深遠矣！

衛宣淫於上下，父子夷戮，人道絶矣，無足論也，惜乎伋之死未得其所爾。伋非得罪於父，特朔母子之構也。壽既告之，逃以自免，不陷父於惡斯可矣。而以棄父命爲辭，必於就死，是以從令爲孝，而擇義未精者也。或曰宣姜，故伋妻也，今欲立其子，非殺伋不可。其譖之也，必誣之以中冓之言，或有今將之意，若驪姬之譖申生者。假使伋子而出，誰許之乎？曰君子之處事，以其自愧於心焉否爾，苟當於理而於心焉無愧，則何卹於人言？昔者大舜嘗爲之矣，母譖之也，爲象奪嫡也；瞽瞍欲殺之，愛少子也，其事與伋無異焉。完廩浚井，逃而得免，於聖人之德未嘗少損。伋子於此取法焉可也，而守區區一節之義，豈非擇之未精者邪？曰：《春秋》書晉侯殺其世子申生，直稱晉侯而斥殺，是專歸罪於獻公，而不及申生何也？曰：《春秋》端本澄源之書也。獻公嬖色愛庶，戕嫡亂國，禍生於君，故專罪晉侯，以爲萬世爲君者之戒。然則成父之惡，以致簡書之斥者誰歟？則責申生之意，亦在言外矣。古人以申生爲恭世子，故論伋子，當與申生同科。曰：若是則父命終可抗邪？曰：抗父之命爲不孝，庸人之所能知，君子則有義焉爾。父生之，子事之，則宜致死焉，固常道也。而父子主恩，今乃賊恩而殺其子以無罪，尚可謂之人乎？故子從父之逆命爲恭之小，陷其父以滅人倫爲害義之大，是以去彼而取此也。孤竹君嘗以治命立叔齊，而終不從以失義也。夫廢嫡立庶，與無罪而殺，有逕庭矣！叔齊於其小者不忍累其父，寧困餓而不顧，聖人深許其仁，豈謂之抗父哉？故首止之盟，《春秋》是之。夫天王以愛易子，諸侯以義定之，一舉而父子君臣之道皆正。是故夫子又稱之曰：管仲相桓公，一匡天下，民到于今受其賜。微管仲，吾其被髮左衽矣。蓋有父子、君臣則爲中國，失則爲夷狄矣。由是觀之，君子以擇義爲大也。然則壽之死也如之何？曰：壽知愛其兄而已，不知加父之惡也。

鄘一之四變二。

柏舟鄘一。　共姜自誓。

經　箋：舟在河中，猶婦人之在夫家，是其常處。　《詩緝》：父母者子之天，夫者婦之天，今父與夫俱不存，惟母是我所天也，何不信我而欲奪我志也。

它，它適也。　慝，邪之匿於心者也。　它適而誓之死靡爲之，其事猶顯。　至於一念邪思之微，亦誓至死而靡發，可見其心之貞固而節不可渝矣。　共姜之時，先王遺澤尚在，《關雎》之化猶有存者。　故姜之守義，雖或天性貞潔，然教化之道不可誣也，當時衛之風俗固因以厚矣。而先儒説《詩》者，以衛之淫風大行，僅得共姜，故聖人録之以爲《鄘》首，蓋考之未詳爾。　衛自康叔傳九世至釐侯，史皆無事可載。　釐侯立於厲王二十五年，子武公立於宣王十六年，皆東遷之前。　在釐侯時有共姜，暨武公修康叔之政，百姓和集，其終也謚曰睿聖武公，觀於《淇奥》、《抑》詩可見，則當時衛俗安有不善者乎？　自其子莊公不禮於莊姜，馴致州吁之亂，而宣公立，宣淫於上下，而淫風始流行不可禁矣。　但詩各因一事而發，聖人唯欲取之以示勸戒，固不必論時之先後爲次第也，讀者詳之。

傳　一章，髦，疏：《禮》注：兒生三月，翦髮爲鬌，男角女羈，否則男左女右。長大猶爲之飾，存之謂之髦，所以順父母幼小之心，若父母没則脱之。諸侯小斂脱髦，士既殯脱髦。若父母有先死者，脱之，至服闋又著。二親并没，則因去之。夾囟曰角，午達曰羈。《内則》『櫛、縰、笄、總、拂髦、冠』，是著於冠之内也。髦之制未聞。鬌，徒果反。闋，苦穴反。囟，思晋反。縰，所買反。　去，起吕反。　共音恭。共伯，衛釐侯子名餘，武公兄。　奪，謂奪其守義之心。

覆，孚救反。

牆有茨鄘二。　刺宣姜。

傳　一章，《詩記》前漢《梁王襄傳》『聽聞中冓之言』，注：應劭曰：中冓，材構在堂之中也。顔師古曰：冓，謂舍之交積材木也。蓋閫内隱奥之處，『中冓之言』，若曰閨門之言也。惠公名朔，即構伋子者。《左氏傳・閔公二年》：惠公之即位也少，齊人使昭伯烝於宣姜，不可，强之。生齊子、戴公、文公、宋桓夫人、許穆夫人。昭伯即公子頑，宣公之長庶，伋之兄也。

君子偕老鄘三。　刺宣姜。

經　一章，副，敷救反。

首章三截：上二句，言夫人能與君子偕老，則得有副笄之服，既服此，則宜從一而偕老；中三句，正言宣姜威儀容貌，稱其象服；下二句，言今乃不善，將云何哉。中三句應『副笄六珈』，下二句應『君子偕老』。　象服，與予觀古人之象同。　『胡然而天也，胡然而帝也』，謂夫人容貌之美，服飾之盛，固無以加，然而無德則人胡然而尊之如天？　胡然而敬之如帝？　此則與上下兩章末句皆刺之也。　一説容貌服飾如此，胡然而自天降此乎？　胡然而鬼神來此乎？　此則問辭，後章末則答之曰此『邦之媛也』。　一説容貌服飾之盛，胡爲而在此乎，其自天而降也？　胡爲而在此乎，其鬼神也？　此雖疑辭，而卻非問辭。　上説疑在『胡然』字，此説疑在『天』、『帝』字。

傳　一章，《天官・追師》『掌王后之首服爲副編次』，注：副之言覆，所以覆首，爲之飾其遺象，若今步繇，服之以從王祭祀。疏：步繇，謂在首之時，行步繇動。此據鄭時目驗以曉古，至今去漢久遠，亦無以知之。追，丁回反。編，步典、必先二反。覆，芳救反。繇與摇同。

今案鄭説禮如此，而箋《詩》亦曰：如步摇，皆不言步摇之制。毛注：副者，后夫人之首飾，編髮爲之。《後漢書・和熹鄧后紀》注：皇后首副，其上有垂珠，步則摇。然不知步摇之身，亦編髮爲之否也。　蓋謂之似步摇，固已全非步摇之制，自作疏時已不知之，則副之爲物，今不可考矣。

《追師》又曰『追衡笄』，注：追猶治也。　王后之衡笄，皆以玉爲之。　唯祭服有衡，垂于副之兩旁當耳，其下以紞縣瑱，笄卷髮者。　紞，都感反。　縣音懸。　瑱，他甸反。　卷音捲。

今案鄭説禮如此，是以衡笄爲二物。毛注：笄，衡笄也。是以衡笄爲一物。愚竊以鄭説爲是。蓋副有衡，復有笄，詩言副則有衡可知，別舉笄則謂有六珈，飾之盛也。

疏：六珈，必飾之有六，但所施不可知。

今案珈字從玉，是以玉加飾於物也。然追者治玉之名，笄既以玉爲，則珈亦未知以何爲飾，而其制爲如何？

紞，織如絛，上屬於衡以懸瑱者也。瑱以玉爲之，以纊縛之而屬於紞，懸之當耳。縛音篆，卷也。

二章，翟衣見《葛覃》。 鬒，慈陵反，帛也。髢，益髮。疏：已髮少，聚他人髮益之。《左氏傳・哀公十七年》『衛莊公見己氏之妻髮美，使髡之，以爲吕姜髢』是也。摘，他狄反。

三章，袢，《釋文》符袁反。毛注：是當暑袢延之服。疏：袢延是熱之氣，紲袢去熱之名，言是當暑紲去絆延之服也。則紲字作泄字意解。今傳作薄慢反，而云紲袢，束縛意。案《説文》，袢，博慢反。而傳意袢字如絆字，意是紲袢爲連綿字，共成束縛意也。然薄慢反恐誤，當如《説文》切。

桑中鄘四。 淫者。 異。

傳　一章，《爾雅》『唐、蒙、女蘿。女蘿，兔絲』，注：『別四句。』疏：『唐與蒙或并或別。』別則四名也。《本草》：『夏生苗如絲，蔓延草木上，或云無根，假氣而生，實如蠶子。』《爾雅》

又出一條曰『蒙，王〔四〕女』，注：『蒙即唐。』尤見唐、蒙之别。傳：『唐、蒙，菜也。』從毛注也。但唐非可食之物，不知毛爲何以爲菜名。　姜，大率言貴族。以誦女之美，未必真有姜、弋、庸三姓。　二章，《春秋·襄公四年》『夫人姒氏薨』，《公羊傳》作『弋氏薨』。《定公十五年》『姒氏卒』，《穀梁傳》作『弋氏卒』。　題下，比，毗志反，同也。濮音卜，衛水名。《史記》：衛靈公之晋，至濮水之上，夜聞鼓琴聲，召師涓曰：吾聞鼓琴，狀似鬼神，爲我聽而寫之。師涓曰諾。去之晋，靈公令師涓援琴鼓之。師曠止之曰：此亡國之聲不可聽。師延與紂爲靡靡之樂，武王伐紂，師延東走，自投濮水之中。故聞此聲必於濮水之上，先聞此聲者國削。

序　譙，以辭相責。讓，以禮辭責之。質者，正也。責，誚也。哇，邪也。哇淫，非正曲也。

鶉之奔奔鄘五。　刺宣姜子頑。

傳　一章，《爾雅》曰『鷯，鶉』，注：鶴屬。疏：鶉一名鷯。又曰『鴽，鴾母』，注：鶴也，青州呼鴾母。疏：鴽，田鼠所化。鶉，蝦蟇所化。《爾雅》又曰『鶉，其雄鶛，牝痺』，又曰『鶉子鳼，鴽子鸋』。然則又有雌雄子母，非盡化者矣。鷯音僚。鶴，烏含反。鴽音如。鴾音牟。蝦音霞。蟇音麻。鶛音皆。痺音脾。鳼音文。鸋音寧。

定之方中鄘六。 美衛文公。

經　《詩記》：『升彼虚矣』，以領略其大勢。『降觀于桑』，以細察其土宜。《詩記》：建國之初，憂民之不得其所，不敢遑寧。曰『終焉允臧』者，喜其果遂於志願也。《詩記》：淵，虚明如淵也。塞，則多不明。塞淵，則實而明。

傳　一章，《晋天文志》：營室二星，天子之宫也，一曰玄宫，一曰清廟。又爲土功事。《爾雅》『營室謂之定』，注：定，正也。作宫室皆以營室之中爲正。　疏：《鄭志》：楚丘在濟河間，疑在今東郡界。杜預云：楚丘，濟陰成武縣西南，猶在濟北，故云濟河間。《通典》：滑州衛南縣，衛文公自漕邑遷楚丘即此。　度，徒角反。臬，魚列反。《冬官·匠人》：『建國，水地以縣，置槷以縣，眂以景。爲規識日出之景與日入之景，晝參諸日中之景，夜考之極星，以正朝夕』。注疏：於造城郭處，四角立四柱，於柱四畔縣繩以正柱。柱正然後以水平之法，遥望柱高下定，即知地之高下，然後平高就下。地既平，於其中央樹八尺之臬，於四角四中以八繩縣之。臬既正，乃於日出日入之時，晝記臬景之端，卻於中臬以繩取景，兩端之内，一帀規之，規之則遠近定，而東西審。度兩交之間，中屈之以指臬，則南北正。恐其不審，猶更以日中之景參之也，朝夕即東西景也。傳正取此文。縣音玄。槷臬同。眂視同。識音志。《爾雅》『椅，梓』，注：即楸。《説文》亦曰椅，梓也。梓，楸也。是爲一物矣。然經言椅，又言梓，故疏云楸之疏理而生子者爲梓，梓實桐皮曰椅，則大類同而小別也。　桐種不一，諸家説亦多相亂，惟寇宗奭《本草衍義》條其狀，白桐可斲琴，葉三杈，開白花，不結子。梧桐開淡黄小花如棗花，枝頭出絲，墮地成油，霑漬衣履，五六月結子。然則白桐即今俗所謂毛桐。詩之樹桐爲琴瑟，蓋白桐也，梧桐不堪作琴瑟，傳蓋誤。　吴正傳：案《家語》山有梓實而俯，楸屬亦多喬聳。但以實而俯者，求梓則得之矣。　二章，杏溪傅寅《羣書百考》：堂，當是今博州堂邑。《通典》以爲漢舊縣，則堂邑之稱從來久矣。博、濮二州連境，後衛成公自楚丘徙濮陽，濮陽古屬濮州，則知堂邑亦衛邑也。　二章，『景山』，後説爲是。蓋測景之事，首章已言之，而於此句之上有『望』字，下有『觀』字，則皆相視地形之意。又毛曰：景山，大山也。　三章，『非獨』訓『匪直』字，以兩句作一連説，直如《孟子》『非直爲觀美也』。《詩緝》：《左傳》言『元年革車三十乘，季年乃三百乘』，是實有之數。三百乘，計一千二百匹。《周禮・校人》『邦國六閑，馬四種』，齊、道、田馬各一閑，駑馬三閑。閑二百一十六馬，六閑計一千二百九十六馬，則三百乘正合侯國之數。今云三千者，革車不用牝馬，今併牝馬數之，故爲三千。亦見諸侯各務富强，不守舊制。　題下，燬，虎委反。　《左氏傳・閔公二年》：冬十二月，狄人伐衛。衛懿公好鶴，鶴有乘軒者。將戰，國人受甲者皆曰：鶴實有禄位，余焉能戰？《史記》謂懿公淫樂奢侈。公及狄人戰于熒澤，衛師敗績。《史記》殺懿公。國人出，狄入衛，遂從之，又敗諸河。宋桓公逆諸河，桓夫人，宣姜女。宵濟。衛之遺民男女七百有三十人，益之以共、滕之民爲五千人。共、滕皆衛別邑。

立戴公以廬于曹。齊侯使人帥車三百乘、甲士三千人戍曹。歸公乘馬，祭服五稱，牛、羊、豕、雞、狗皆三百，與門材。歸夫人魚軒，重錦三十兩。僖公二年，齊桓公合諸侯城楚丘以封衛，衛忘亡。大布，麤布。大帛，厚繒。蓋用諸侯諒闇之服。惠工，加惠百工，賴其利器用。授方，授百事之宜。今詳布衣帛冠，蓋不止用於戴公喪期之中，此正文公貶損自警，如越王卧薪嘗膽之意。

蝃蝀鄘七。刺淫奔。

經　此詩前二章刺女子，後章兼刺男女。若果文公時詩，真可見天理民彝未嘗一日可以泯絶，而感應之速，其效有如此者！然則綱淪彝斁，實自上爲之，非下之罪也。衛因淫邪以致禍敗，其亂極矣。文公一轉移之，民之知義乃如此，且其辭非止論事常言，而達禮知命，真君子之言也。《禮》曰：『信，事人也；信婦德也。』

傳　一章，遠，于萬反，紐音，今易于願反。《爾雅》：『蝃蝀謂之雩。蝃蝀，虹也。蜺爲挈貳。』注：虹，江東呼雩，俗名爲美人虹。蜺，雌虹也。挈貳，其別名。疏：虹雙出，色鮮盛者爲雄，雄曰虹；闇者爲雌，雌曰蜺。闇音暗。蝃即蝃。　二章，《春官》經注疏『眡祲掌十煇之法，以觀妖祥，辨吉凶』，煇謂日旁之光氣。『一曰祲』，陰陽氣相侵，赤雲爲陽，黑雲爲陰。『二曰象』，如赤烏。『三曰鑴』，日旁雲氣刺日。『四曰監』，赤雲氣在日旁如冠珥。『五曰闇』，日月食。『六曰瞢』，日月無光。『七曰彌』，雲氣貫日而過。『八曰敘』，雲氣次序如山在日上。『九曰隮』，虹也。『十曰想』，雜氣有似可形想。祲，子鴆反。煇音運。鑴，許規反。鄉音向。珥，仍吏反。瞢，母亘反。

相鼠鄘八。序以爲文公作。

經 《詩緝》：凡獸皆有皮、齒、體，獨言鼠者，舉卑汙可惡之物以惡人之無禮也。

干旄鄘九。詩人美大夫好善。

傳 紕，符至反，類隔切，今易毗至反。　後世或無翟羽，染鳥羽爲之，謂之夏采。夏，上聲。

旄、旟、旌，今案《周禮》、《爾雅》、《禮書》參比而得其説曰：凡旗有杠、有縿、有旒，杠者旗竿也，其首以旄牛尾注於其上，又以翟五色之羽析之，注于旄之上，謂之旌。則旄、旌皆是杠之飾也。旄與髦同。其杠以素錦韜之，然後以縿繫于杠。縿以纁帛爲之，纁，絳色也。旒赤絳帛而屬於縿之上。以俗言之，則縿是旗身，旒是旗脚。又以組飾旒之邊，又用朱縷縫紕旒縿，或以維持之，不欲令曳地。凡旗則自王以下，各有所建，旗上所畫則各有其物。旟，州里所建者也，其上畫鳥隼，鳥與隼二物也。縿及旒皆畫之，或者以爲《大司馬》『百官載旟』，乃卿大夫仲秋教治兵所建。而《司常》『州里建旟』，亦大閲時也。見賢載旟無明文，以疑此詩，然《司常》下文明言『賓客亦如之』。而陳祥道曰：州里建旟者，州里之常；百官載旟者，一時之事。軍國之容，固不同耳。此詩第二章『干旟』，乃是箋所謂『州長之屬』，疏所謂鄉内州長、黨正，遂内酇長、里宰、鄰長等同建者也。一章、三章，旄、旌，皆因旟而言。紕者，縫之也。組者，飾之也。祝者，維之也。杠音江，縿音衫。旒音流，斿同。韜音滔。屬音燭。

載馳鄘十。許穆夫人。

經　一章，唁，疑戰反。

案《閔公二年》：冬十有二月，狄入衛，宋桓公立戴公以廬于曹，許穆夫人賦《載馳》。是年戴公卒而文公立，然則戴公之立與卒在一月之間爾？周十二月，今十月也，於是采蝱與『麥之芃芃』皆非其時，特託意以言之，如《卷耳》、《草蟲》之類，不必以爲實然也。蓋夫人欲歸唁衛侯，知於義不可而極其思，託意賦此詩也。言我馳驅歸唁衛侯，而驅馬悠悠，言必至于漕。今許大夫雖往弔有跋涉之勞，然我心則憂不解也。其不可歸之義，夫人豈不知乎？於是託許人諫不可往之義而言曰：汝既不以我歸爲嘉，則信不能旋反而濟。視爾雖不以我爲善，然我之思則不遠也，不止也，亦陟彼阿丘言采蝱以舒鬱結乎。雖曰女子多思，亦各有其道也。許人皆尤我以思之太過，是直童幼狂妄之言爾。我之所思，豈徒欲往唁之而已乎？許國之小，力不能救，將控告于大國以救之。又設行野見麥之意，且憂控大國，誰因誰極乎？大夫君子無以我爲有過，蓋百爾所思，不如我之自往也。

傳　一章，杜預《春秋世族譜》：許，姜姓，與齊同祖，堯四岳伯夷之後。周武王封其苗裔文叔于許，今潁川許昌是也。自文叔至莊公十一世，始見《春秋》。今案許男爵，穆公名新臣，見《僖公四年》。　三章，蝱，《本草》：貝母，根有瓣，子黄白色，如聚貝子，故名貝母。《爾雅》作莔，音萌。　少，失照反。

衛一之五變三。

淇奥衛一。　君子美武公。

經　《語録》：問《淇奥》一篇，衛武公進德成德之序始終可見。一章言切磋琢磨，則學問自修之功精密如此。二章言威儀服飾之盛，有諸中而形諸外者也。三章言如金錫圭璧，則鍛鍊已精，温純深粹而德器成矣。前二章皆有瑟、僩、赫、喧之詞，三章但言寬綽、戲謔而已，於此可見不事矜持，而周旋自然中禮之意。曰：説得甚善。武公學問之功甚不苟，年九十五歲，猶命羣臣使進規諫。至如《抑》詩，是他自警之詩，後人不知，遂以爲戒厲王。畢竟周之卿士去聖人近，氣象自是不同。　二章，琇，音秀。

武公之所以有德，全在切、磋、琢、磨四字。惟其工夫如此精密，故有瑟、僩、赫、喧之效，存於内者周，故發於外者著。下二句卻就他人心上説，謂此君子不可忘。一章總言其講學自修之功，敬德容儀之盛。二章止言正其衣冠，則其德容自充，蓋至此德成矣。三章言守之於心者，貞剛如金錫；施之於四體者，温粹如圭璧。至於倚較則寬綽，戲謔則不虐，蓋動作之間，無所往而非德容之盛也。

傳　一章，見音現。鑢，良豫反。錫，它浪反。槌，直追反。復，扶又反。恂音峻。

此章訓詁解義，皆不及《大學》詳明。曾子謂『瑟兮僩兮，恂慄也』，是瑟、僩以存諸中者言，所以《章句》謂『嚴密武毅貌』。傳乃釋爲『矜莊威嚴』，是就外言，則與曾子所謂『赫兮喧兮，威儀』者，若有重意。解上文亦詳於此。蓋《大學》朱子晚年之書，讀此章者當從《大學》。

二章，瑱，它甸反。縫，扶用反。《夏官·弁師》王之皮弁，會五采玉璂，象邸，諸侯及孤卿大夫，各以其等爲之。注疏：皮弁之縫中，每貫結五采玉十二以爲飾，謂之璂。五采玉，朱、白、蒼、黄、玄之玉也。邸，下抵也，謂於弁内頂上以象骨爲抵。侯伯璂飾七，子男璂飾五，玉三采，朱、白、蒼。孤則璂飾四，三命之卿璂飾三，再命之大夫璂飾二，玉二采，朱、緑。璂音其。邸、抵，并丁禮反。　三章，棧，仕限反，床笫也。笫，壯仕反。比，毗至反。猗，《釋文》於綺反，依也，只是倚義，今音同。首章而爲歎辭，恐於字義及句義皆若不協，當從《釋文》。《禮書》：輿人之法，車廣六尺六寸，三分車廣去一以爲隧，則輿深四尺四寸矣。三分其隧，一在前，二在後，以揉其式，則式深一尺四寸三分寸之二矣；以其廣之半爲之式崇，則式三尺三寸矣。以其隧之半爲之較崇，則較出於式二尺二寸矣。式圍七寸三分寸之一，較圍四寸九分寸之八。《周禮》注：較，兩輢上出式者。疏：較謂車輿兩相，今人謂之平鬲也。言兩較謂車相兩旁豎之者。二者既別，而云較，兩輢上出式者，以其較之兩頭皆置于輢上，二木相附，故據兩較出式而言之。蓋天子與其臣乘重較之車，諸侯之車不重較。《詩》疏則曰：重較，侯伯之車也。此二説不同。隧與邃同，車輿深也。揉，汝九反。輢，於綺反。　易，以豉反。中，竹仲反。

題下，長，知丈反。朝，直遥反。舍，始野反。

考槃衛二。　詩人美賢者。　異。

經　《詩緝》：永矢弗諼、弗過、弗告，亦作詩者形容其高舉遠遯，有終焉之意耳，賢者不自言其如此也。『考槃在澗』，可謂幽僻，碩德之人居之，則見其寬廣。此君子居之何陋之有之意，於是獨寐於此，寤而自言，誓永弗忘此樂矣。二章同意，歌則長其言也。至曰宿，則惟於此留止，且不以語人。是遯世無悶，自樂於心，并其言忘之矣。

碩人衛三。　國人閔莊姜。

傳　一章，禪音丹。　褧，《字書》：䌻也。䌻，枲屬。《爾雅翼》：䌻，高四五尺或六七尺，葉似苧而薄，實如大麻子，今人績爲布，蓋用此布爲襌衣，故謂之褧。《語録》意同。箋：夫人翟衣而嫁，今衣錦者在塗之所服。下章則自近郊正衣服乘車馬以入。《春秋》杜預注：邢國，在廣平襄國縣。《通典》：邢州龍岡縣，邢遷夷儀即此。廣平，唐爲洺州。邢州，則鉅鹿郡也。《考異》：邢國故城，在邢州外城内西南角，殷時，邢侯國周公子封邢侯居此。《春秋》注：譚國，在濟南平陵縣西南，即今濟南府之歷城縣。重，直用反。二章，螓，《釋文》與傳反切同，然字書皆自秋反，恐《釋文》誤。《爾雅》『蝤蠐，蝎』，此蠐螬之類，蝤蠐在木中，蠐螬在糞土中。比，毗志反。《爾雅》『蚻，蜻蜻』，注：如蟬而小，有文者謂之螓。蚻音札。蜻音精。疏：輔，牙外之皮膚，頰下之别名。三章，《釋文》：鑣，馬銜外鐵。一名扇汗，又曰排沫。《爾雅》謂之钀。魚列反。翟茀，見《召南・何彼穠矣》。諸侯三門，庫、雉、路。三朝，路寢在路門内，内朝在路門外，則外朝在雉門外矣。日出而視朝者，内朝也。諸侯路寢一在前，小寢二在後東西建。四章，疏：鱣鮪出江海，三月中從河下頭來上。鱣，身形似龍，鋭頭，口在頷下，背上腹下皆有甲，縱廣四五尺。今於盟津東石磧上釣取之，大者千餘斤，可烝爲臛，又可爲鮓，魚子可爲醬。鮪魚形似鱣而青黑，頭小而尖，似鐵兜鍪，口亦在頷下，其甲可以摩薑，大者不過七八尺。大者爲王鮪，小者爲鮛鮪。肉色白，味不如鱣也。盟，莫更反。臛，黑各反，羹也。鍪音牟。鮛音叔。薍，五患反。菼、薍、荻，并見《秦・蒹葭》。佼，古巧反，好也。

氓衛四。淫奔被棄自悔。異。

經　《詩緝》：一章，述始者己爲男子所誘，而已許之奔。二章，述己爲男子所惑而遂奔之。三章，述其既奔而悔。四章，述其愛弛而見棄。五章，述其至家而羞見兄弟。六章，述其怨而自解之辭。　二章，涕，它禮反。《詩緝》：漣漣，涕出接續之貌。　四章，箋：女家乏食已三歲，貧矣！　女音汝。　卒章，《詩緝》：將與汝偕老，今我未老而已見棄，若我從爾至老，其被暴戾必有甚者，愈使我怨也。舊説以老使我怨，爲今老而見棄。據此詩言『總角之宴』，則此婦人始笄便爲此氓之婦。又言『自我徂爾，三歲食貧』，又言『三歲爲婦』，是正及三年便見棄，不應便老也。　下濕曰隰。

傳　一章，朱子初言氓者，見其來莫知其爲誰何也；既與之謀，則爾汝之矣。此言之次第。　布訓幣。毛氏文疏：幣者，布帛之名。今案《天官·外府》注：布，泉也。其藏曰泉，其行曰布。疏：布、泉一也，即錢也。若布作錢説亦通。　《漢志》東郡有頓丘縣。　狡，古巧反，猾也。　三章，《爾雅》『鶌鳩，鶻鵃』，注與傳同。疏：春來秋去，一名鳴鳩。《月令》：鳴鳩拂其羽。鶌，居物反。鶻音骨。鵃音嘲。詳見《小雅·小宛》　四章，疏：童容，以幃障車之傍如裳，以爲容飾，故或謂之幃裳，此唯婦人之車飾爲然。　復，扶又反。　卒章，反復之復，芳服反。《左氏傳·襄公二十五年》：衛太叔文子曰：『君子之行，思其終也，思其復也』。

竹竿衛七。衛女思歸。

傳　一章，殺，色界反，衰小之也。『長而殺』，謂釣竿長而根大，其末漸漸衰小。　二章，遠，見《鄘・蝃蝀》。　四章，毛氏：檜，柏葉松身。

芄蘭衛六。不知所謂。異。

經　子金子：《芄蘭》之詩，雖不知作者之本意，大意柔弱之人，不稱其服。芄蘭，蔓生纏繞，非特達之物。如童子雖有衣服之飾，而『垂帶悸兮』，便有羞澀驚悸之意。芄蘭，柔弱之草，其枝葉不足取，以興童子無才智而居大人之位不足尚。故雖服成人之佩，而智不足以知我，才不足以長我，猶且不能自省，而舒緩放肆，垂帶悸然以自得。蓋惟知處尊高之位，侈然以樂其身，而不知所以處之之道，故爲人指議如此。蓋人君柔弱不能勝任，大夫以是刺之，但無以見果爲何君而發爾。朱子以爲『不知所謂』，今依朱子訓詁而爲説如此。子金子之意，又有不同者。

傳　一章，芄蘭，《爾雅》『一名藿』，陸璣：蔓生，葉青緑色而厚，摘之白汁出，食之甘脆，鬻爲茹，滑美。其子長數寸，似瓠子。藿音貫。鬻音煮。　啖，徒濫反。　二章，闓與開同。　彄，苦侯反。沓，《釋文》待答反，當作託答反，冒也。將，子匠反。長，知丈反。

河廣衛七。宋桓夫人思子。

傳　一章，《詩記》：《説苑》曰：宋襄公爲太子，請於桓公曰：請使目夷立。公曰：何故？對曰：臣之舅在衛，愛臣，若終立，則不可以往。味此詩而推其母子之心，蓋不相遠，所載似可信也。不曰欲見母，而曰欲見舅者，恐傷其父之意也。母之慈，子之孝，皆止於義而不敢過焉。不幸處母子之變者，可以觀矣。『與祖爲體』，以昭穆言也。疏：一葦謂一束。疏：文公之時，衛已在河南，適宋不渡河。此假有渡者之辭，非喻夫人之嚮宋渡河也。宋今睢陽，去衛甚遠，言宋近，猶喻河狹。

案《春秋傳》，莊公十二年，宋桓公立。僖公九年，卒，子襄公立。閔公二年，狄入衛，宋桓公逆衛遺民於河，立戴公，是年卒，文公立。文公元年，即僖之元年也。今傳曰：衛在河北，宋在河南。是以狄未滅衛之前言之也。而言《河廣》之詩作於襄公即位之後，則衛不在河北矣，其説自相枘鑿。若據經『一葦杭之』爲實，則爲衛在河北，而襄公爲太子之時；若以『一葦杭之』爲假設之辭，則可爲襄公即位之後，而衛非河北矣。二者必有一是一非。然觀桓公迎衛之意，似此時未出夫人也。桓公卒於衛文之八年，不知何年出之。然則衛在河北之説爲誤，而此詩作於襄公爲太子時與即位之後，則未可知也。

題下，衛有婦人之詩六人，皆止於禮義，謂共姜也，莊姜也，許穆夫人也，宋桓夫人也，《泉水》之女也，《竹竿》之女也。

伯兮衛八。　婦人思其夫。

傳　一章，殳，《説文》積竹爲之。《冬官・廬人》：殳長尋有四尺，即丈二尺。殳兵同强。殳無刃可毄打人，故謂之毄兵同强，上下同堅勁也。圍欲細，舉圍欲重。舉謂手所操。五分其長，以其一爲之被而圍之：被，把中也。圍之，圜之也。參分其圍，去一以爲晉圍：晉讀如搢，謂下鐏也，矜所捷也。矜，柄也。鐏，存問反。五分其晉圍，去一以爲首圍。首，殳上也。注：圍之大小未聞。其矜八觚。毄與擊同。被，皮義反。把音霸。矜，渠巾反。觚音孤。　二章，《戰國策》：晉豫讓曰：士爲知己者死，女爲説己者容。説，弋雪反。　三章，思，相字反。　卒章，疏：房室所居之地，總謂之堂，房半以北爲北堂，房半以南爲南堂。此蓋專指東房而言，此是北階入内寢處。　題下，『文王遣戍役』，《采薇》、《出車》、《杕杜》詩。『周公勞歸士』，《東山》之詩也。

有狐衛九。　寡婦思婚姻。異。

傳　一章，妃、配同。　二章，凡帶有二，革帶加裳上，所以懸佩；大帶加衣上，所以束衣而爲禮。申，重也。申束衣，并革帶而數之也。

序　『會男女之無夫家』，謂未成室家，而不得授夫家之田者。

木瓜衛十。男女贈答。異。

經　此雖淫邪相贈答之辭，然推而充之，亦足以爲法。蓋彼施者雖輕，我報者當重，不以彼己相較而效之，此厚之道也。而猶曰『匪報』，蓋如此則可永其好爾。至於以薄加於我者，則當曰『寧人負我，無我負人』，如張子所謂不要相學者可也。

傳　一章，楙音茂。《爾雅》：木瓜，楙。疏：木瓜，一名楙，故傳曰楙木。酢，七故反。李氏：江左右者名柤，其實如小瓜而有鼻，食之津潤而不香者，謂之木瓜。圓而小於木瓜，食之酸澀而香者，謂之木桃。似木瓜而無鼻，而其品又爲下，謂之木李。今案此言未知是否。琚者，處佩之中，所以貫蠙珠，而上繫於珩，下維璜衝牙者也。蠙，步眠反。三章，《釋文》玖，石，黑色。

衛詩譜

衛自康叔至釐侯九世，釐侯四十二年卒；子武公和立，五十五年卒；子莊公楊立，二十三年卒；子桓公完立，十六年弟州吁弒之自立，是年國人殺之，立宣公晋，十九年卒；子惠公朔立，三十一年卒；子懿公赤立，九年狄滅衛，戴公申立而卒；弟文公燬立，二十五年卒；子成公鄭立，三十五年卒；子穆公遬立，十一年卒。衛詩三十九篇，今可譜者二十二篇。自釐侯至穆公十二君，二百六十六年，可見者如此耳。其十七篇不知何世，不可譜。朱子説《詩》與鄭不同，故不從鄭譜。

鄘柏舟

右鄘一詩

淇奥

右武一詩

邶柏舟　綠衣　日月

終風　碩人

右莊五詩

燕燕　擊鼓

右州吁二詩

新臺　二子乘舟

右宣二詩

牆有茨　君子偕老　鶉之奔奔

右惠三詩

載馳

右戴一詩

定之方中　蝃蝀　相鼠

干旄　河廣

右文五詩

式微　旄丘

右穆二詩

簡兮　北門二詩疑莊後。　凱風

匏有苦葉　靜女　桑中

氓　木瓜六詩皆淫，疑宣世。

北風疑懿世。　有狐疑戴、文世。　雄雉

谷風　泉水　考槃

竹竿　芄蘭　伯兮

右十七詩，前十詩有所疑而不敢必，後七詩不可知何世。

校勘記

〔一〕『錫』，原作『鍚』，據《通志堂經解》本改。下同。

〔二〕『干』，原作『于』，據《困學紀聞》改。

〔三〕『犛』，原誤作『牽』，據《通志堂經解》本改。下五『犛』同。

〔四〕『王』，原作『玉』，據《通志堂經解》本改。

詩集傳名物鈔卷三

王一之六變四。

傳　疏：《漢地理志》：『洛邑與宗周通封畿，東西長，南北短，相覆千里。』瓚案：『西周方八百里，爲方百里者六十四。東周方六百里，爲方百里者三十六。二都方百里者百，方千里也。』　華，胡化反。太華即華山，在京兆華陰縣南。外方即嵩高，在潁川嵩高縣。《前編》：外方非嵩高。今河南府伊陽縣伊闕鎮之西陸渾山，據《唐志》一名方山，蓋古爲外方。春秋時，秦晉遷陸渾之戎居此，因名陸渾云。其山固嵩高之聯峰，然謂爲嵩高則非爾。　疏：《左氏傳》：襄王賜晉文公陽樊、温、原、欑茅之田，晉於是始啟南陽。杜預云：在晉山南河北，故曰南陽。是未賜晉時爲周畿内，故知北得河陽百。故應劭注漢河内郡修武縣云有南陽縣，是晉所啟南陽。今修武省爲鎮，屬懷州。河陽亦漢河内郡之縣，今爲孟州縣。所謂漸冀州之南也。

營洛在成王七年。《周禮》以土圭之法測土深，正日景以求地中。日至之景尺有五寸，謂之地中，天地之所合也。四時之所交也，風雨之所會也，陰陽之所和也，乃建王國焉。正作洛之事也。深，尺鴆反，又尸鴆反。景與影同。　《前編》：幽王立，褒人有罪，請入女子於王以贖罪，是爲褒姒。幽王三年，王之後宫，見而愛之，生子伯服。五年，廢申后及太子宜臼，以褒姒爲后，伯服爲太子。宜臼奔申。十一年，申侯與繒、西夷、犬戎攻幽王，殺幽王驪山下，虜褒姒。晉文侯、鄭武公、衛武公、秦襄公皆以兵來救，晉、鄭即申立宜臼，是爲平王。繒，慈陵反，國在沂州。　戲，許宜反，驪山下地名。　《鄭譜》：成王欲宅洛邑，使召公先相宅。既成，謂之王城，今河南是也。召公既相宅，周公往營成周，今洛陽是也。東萊先生曰：成周乃東都總名，河南，成周之王城也。洛陽，成周之下都也。平王東遷之後，所謂西周者，豐鎬也；東周者，東都也。威烈王之後，所謂西周者，河南也；東周者，洛陽也。《地理考異》：王城本郟鄏，在河南縣北九里，自平王以下十二王皆都此城。至敬王乃遷成周，在洛陽縣東北二十六里。赧王又居王城。郟，古洽反。鄏，而蜀反。　疏：風雅之作，本自有體。言作詩不爲雅而爲風，非謂采得其詩，乃貶爲風也。張逸問鄭曰：平王微弱，詩不復雅；厲王流彘，幽王滅戲，在雅何？答意謂幽厲以酷虐之政被於諸侯，故爲雅；平桓政教不及畿外，故爲風。　李氏：《黍離》以下皆平王之詩，安得謂《詩》亡然後《春秋》作乎，孟子蓋謂雅頌之詩亡也。

　　孟子所謂《詩》亡，東遷之後，王者迹熄，雅頌之作亡也。先王之德，西都頌之至矣，可無作也。政令不能行於天下，故雅亦無所爲而作。西都數百年，非無風也，古之録詩，所以示勸戒，有雅以道天下之故，則無事於采。風雅既亡，則取民間之詩以紀政俗。《王風》十篇，《黍離》爲大夫行役，餘皆民間之詩也。蓋雅必出於朝廷，風則在下之歌詠。古則必有其制，或上可兼下，下不可僭上也。是以東征之事大於玁狁之役，而《東山》勞歸之詩，不在《采薇》、《出車》之列，雖出於變，亦不與《六月》、《采芑》同什也。於此可見風雅之體不可易置矣。

黍離王一。大夫行役閔周。

經　始視之謂黍之離離，復視之乃稷之苗爾，蓋心迷意亂，目視不精而致誤也。所以行往而遲遲者，以心之摇摇而不定也，又見惟欲徘徊於此而無意於行也。至於稷之穗易辨矣，而亦莫辨，則憂之甚。又至於成實則尤易辨，而亦莫辨，則憂愈極。故心如醉如噎之辭，亦愈重也。此則賦體也。

傳　一章，傍，步光反。徨，胡光反。

愚謂黍似粱而非粱，稷，今之穄也。二物稍相類，但黍黄而稷黑，黍小而稷大，今中原皆有之。朱子解二物似差互。今以傳文兩易之曰：黍，穀名，似稷而小，穗黄色。稷亦穀名，一名穄，苗似蘆，高丈餘，穗黑色，實圓重。云『或曰粟也』四字。如此恐得其實。蓋古之粱，即今之粟；古之粟，即今之穀。粟，穀實之總名。《説文》：稷，五穀之長。謂獨長於衆穀也。《本草》：稷，今穄也，與黍同類。穄音祭。

三章，疏：噎者，咽喉蔽塞之名。《詩緝》：食窒也如噎。謂氣逆而如噎也。

君子于役王二。 大夫妻思其君子。 異。

經　一章，箋：羊牛從下牧地而來。

賦而興也。 上三句，謂君子之役無期可歸。 次三句，則以家中目前之所睹者以起興，雞則必棲于塒與桀，猶人必當止於家，今乃不得止息。 日夕則羊牛必來，猶人出有期必當歸，今乃無期可歸，則思君子之心容可已乎？

傳　一章，畜，許六反。　二章，枤，以即反。　疏：庶，幸也。 幾，覬也。 庶幾者，幸覬之意。 覬，几利反。

君子陽陽王三。 前篇婦人。 異。

經　陶，《釋文》音遥，毛義與傳同。　《語録》：問：《君子陽陽》詩，不作淫亂説如何？曰：有箇《君子于役》如何，别將這箇做一樣説。『由房』，只是人出入處，古人屋，於房處前有壁，後無壁，所以通内。 所謂『焉得諼草，言樹之背』，蓋房之北也。　箋：君子禄仕在樂官，『招我』，欲使我俱在樂官也。

此詩或爲淫亂之辭，而朱子不然者。 豈以『執翿』爲舞器，『由敖』爲舞位，非淫者之所宜有乎？ 然則以大夫招其妻入於舞位，亦或有微礙否？ 竊意此誠賢者仕於伶官，如《簡兮》比，中。房，毛謂房中之樂。疏：天子房中之樂以《周南》，諸侯以《召南》。鄭箋或得其説也。但『招我』之『招』，不必作相招禄仕爾。

揚之水王四。戍申之人。

經　疏：言甫、許者，以其俱爲姜姓，既重章以變文，因借甫、許以言申，其實不戍甫、許也。六國時，秦、趙同爲嬴姓，《史記》、《漢書》多謂秦爲趙，亦此類也。《詩緝》：楚小於薪，蒲輕於楚，『不流束蒲』則弱之極矣。

此詩也，『彼其之子』，指留國中不出戍之人而言。猶莫非王事，我獨賢勞之意，怨辭也。水本可以載巨舟，今悠揚緩流，乃至不能流一束之薪。以比王本號令天下，今號令不行，至不能保其母家；况賦役不均，而『彼其之子』乃安處於家，不與我同出戍。思而又思，何日月我得歸哉。平王既不能正王室，又以畿内之民下戍於不共戴天之讎，而且賦役不均，故其民怨之而言如此。

傳　一章，屯，徒門反。數，色角反。　三章，疏：蒲柳有兩種，皮正青者曰小楊，皮紅者曰大楊，其葉皆長廣於柳葉，皆可以爲箭幹。毛云：蒲，草。　題下，施，式豉反。

中谷有蓷王五。婦人見棄自述。

經　禮義陵遲，風俗澆薄，百姓失其夫夫婦婦之道，以貧而仳其妻，始怨而終悔也。蓋天方旱時，蓷草生於谷中幽陰之地者，遇暵而且乾矣，於是夫豫防食之不足，仳離其妻。婦人乃嘅然而嘆，以遇夫之艱難困厄故也。脩如脯，亦乾之義也。婦人嘆之不足，又歗以發其憂思，以不幸而遇其夫之不善者故也。久而天雨既降，蓷之暵者，今則濕矣，是則禾黍復蘇，可以有得食之望。而女之既離者，不能再合，雖泣而嗟嘆無及，深恨覆水之不可復收也。夫之與婦，固當偕老，貧富苦樂，皆宜共之而不變。今非有可出之罪，於天之方旱，亦未見其黎民靡有孑遺之勢，而輕儇無義，遽仳離之，將豫置於死地，宜其嘆歗涕泣而怨之深也。及其旱之既解，而室家之道已絶，則雖嗟何及哉！于以見上之人教化無素，致下民無道，可以覩東周之風矣。詳味其辭，人在言外，蓋當時君子之言，非婦人之所自作也。

傳　一章，鵻、萑并音佳。《爾雅》：萑，蓷。蓋草本名萑，又名蓷。毛氏以鵻字代萑字，故傳從之。葉似荏，《爾雅》注及《詩》疏皆作葉似荏，今傳中萑字誤。蓋鵻即萑，不可謂之似萑也。《爾雅》疏：臭穢草，茺蔚也，又名益母。荏者，白蘇、紫蘇類也。茺，昌嵩反。蔚，紆勿反。穀不熟，饑。菜不熟，饉。　二章，《語録》『淑，善也』三字，合移在『歎矣』字下。蹙，子六反，懟，徒對反。

兔爰王六。　君子不樂其生。

經　罹音離。吪，五戈反。

傳　一章，難，奴旦反。　庶幾，見《君子于役》。　二三章，《爾雅》：繴謂之罿。罿，罬也。罬謂之罦。罦，覆車也。注：今之翻車，有兩轅，中施罥以捕鳥。一物五名，展轉相解。繴音壁。罬音輟。覆，方六反。罥，古縣反。

序　《左氏傳·桓公五年》：王奪鄭伯政，桓王，鄭莊公。鄭伯不朝，王以蔡、衛、陳人伐鄭，鄭伯禦之。王爲中軍，虢公林父將右，周公黑肩將左。鄭原繁、高渠彌以中軍奉公，曼伯右拒，祭仲足左拒。戰于繻葛，王卒大敗，祝聃射王中肩。拒，俱甫反。繻音須。聃，他甘反。射音石。中，竹仲反。

葛藟王七。　民流離失所。　異。

經　葛藟本生於山谷丘陵，在河之滸，爲非其所，興己之失所也。

傳　一章，遠見《鄘·蝃蝀》。　《左氏傳·昭二年》：鄭罕虎如晉，叔向曰：君若不有寡君，雖朝夕辱於敝邑，寡君猜焉。又《二十年》：齊公孫青聘于衛，衛亂，從諸死鳥。賓將掫，主人辭，賓曰：寡君之下臣，君之牧圉也，若不獲扞外役，是不有寡君也。注：有，相親有。掫，祖侯反。　三章，《爾雅》：夷上洒下曰漘。疏：夷上平上，洒下陗下。愚謂洒猶洗也，岸上面平夷，而其下爲水洗蕩，齧入若脣也。洒，蘇典反。

采葛王八。　淫奔。　異。

傳　二章，《爾雅》：蕭，萩。疏：萩，一名蕭。今人所謂萩蒿是也。或云牛尾蒿，似白蒿。白葉，莖麤，科生，多者數十莖。可作燭，有香氣，故祭祀以脂爇之爲香。許慎以爲艾蒿，非也。今傳作荻也，誤字。萩，雌由反。　焫如劣反　三章，艾，《爾雅》：一名冰臺。注：今艾蒿也。灸，紀有反。

大車王九。　淫奔者畏大夫。　異。

傳　一章，毳衣以宗彝爲首，次藻，次粉米，凡三，繢於衣。黼黻凡二，繡於裳。宗彝有虎、蜼，毛蟲也，故曰毳。《詩緝》：王之三公八命，其卿六命，大夫四命。及其出封，皆加一等，八命加一等，即上公九命。其未出封則與侯伯同服，公與侯伯同服，則卿與子男同服。此詩所謂周大夫者，上大夫卿也。蜼，位、柚、壘三音。

丘中有麻王十。淫婦。異

經　玖，見《衛·木瓜》。

愚恐『嗟』非其人之字，特歎語爾，以三章『之子』可見。『子國』則所私之人，上下兩章皆異其文也。

王詩譜

王詩十篇，惟《黍離》、《揚之水》，灼知平王之詩，餘皆不知何王之世。鄭從序説，分爲平、桓、莊三王，未詳是否。

鄭一之七變五。

傳　《鄭詩譜》：桓公爲幽王大司徒，問於史伯曰：王室多故，余懼及焉，何所可以逃死？史伯曰：其濟、洛、河、潁之閒乎？是其子男之國，虢、鄶爲大，虢叔恃勢，鄶仲恃險，皆有驕侈怠慢之心，加之以貪冒。君若以周難故，寄帑與賄，不敢不許。是驕而貪，必將背君，君以成周之衆，奉辭伐罪，無不克矣。若克二邑，鄢、蔽、補、丹、依、疇、歷、莘，君之土也。修典刑以守之，可以少固。桓公從之。後三年公死犬戎之難。武公卒取十邑之地，右洛左濟，前莘後河，食溱洧焉。疏：謂濟西洛東，河南潁北，八國皆在四水之間。鄶音檜。冒音墨。帑音奴。掘，渠勿反。

文王二弟，虢仲封東虢，鄭滅之，即鄭之制，今鄭州滎陽縣也；虢叔封西虢，晋滅之，今陝州是，若虢州則其竟之所至也。《國語》『虢叔恃勢』，左氏『虢叔死焉』者，仲之後也。左氏『虢仲爲王卿士』者，叔之後也。

緇衣鄭一。周人愛武公。

傳　一章，《考工記》『三入爲纁，五入爲緅，七入爲緇』，注：染纁者三入而成，又再染以黑則爲緅，又復再染以黑乃成緇。《説文》：纁，淺絳也。《廣韻》：緅，青赤色。緅，緇尤反。朝，直遥反。稱，昌孕反。更，古行反。餐，蘇尊反。疏：退適治事之處爲私，對在天子之庭爲公。此私朝，在天子宫内。《詩緝》：天子皮弁，以日視朝，凡朝服，君與卿大夫同。今天子之卿而服緇衣者，蓋既朝於天子而退治事，則釋皮弁而服緇布衣，以聽其所治之政。其服以緇布爲冠，以黑羊皮爲裘，以緇布爲衣而裼之，其上加朝服。十五升緇布爲之，其裳皆素。《詩記》：諸侯入爲卿士，皆受館於王室。適子之館，親之也。鑿，即各反。粟一石得米六斗爲糲，糲米一石舂爲八斗爲鑿。糲，郎達反。朱子：漢有白粲之刑，給舂導之役。是也。

題下，《詩緝》：孔子云：於《緇衣》見好賢之至。《孔叢子》。又云：好賢如《緇衣》，惡惡如《巷伯》。《禮記·緇衣》。《緇衣》之詩，繾綣殷勤，可謂好之至。《巷伯》之詩，欲取讒人投畀豺虎有北有昊，可謂惡之至。《詩》之好賢惡惡多矣，獨舉二詩，以其至者言之也。

將仲子鄭二。淫婦。異。

經　此詩詞氣類《野有死麕》之卒章，然有畏父母、諸兄、國人之言，猶爲善於彼也。此可見理義根於人心，有終不可泯者。身之陷於淫邪，不能禁其欲也，有畏人之意，良心之存也。儻上之教化行，而下之風俗厚，若此婦人，豈不能修飭而以貞信自守邪？然則小民心術之微，皆上之人有以興喪之耳。

傳　三章，韌音刃。

叔于田鄭三。國人愛共叔

經　二章三章，傳有音釋而無其説，蓋與首章之意同也。無飲酒、服馬，謂無如叔之善飲酒、服馬者。此詩雖段不義得衆而人愛之，然詳味其辭，非小人黨惡者之言，蓋君子知幾者所作也。終篇雖全稱美，略無譏刺之辭，而所美者，惟田狩飲酒之事，舍是蓋無足言者。且公子居大都，專事驅騁田獵，沈湎于酒，而人心歸仰如此，則將何所不至邪？禍敗之來，豫知之矣。

傳　一章，《左氏傳·隱公元年》：初，鄭武公娶于申，曰武姜，生莊公及共叔段。莊公寤生，驚姜氏，惡之。愛段，欲立之，請於武公，公弗許。及莊公即位，爲之請京，使居之，謂之京城大叔。既而大叔命西鄙、北鄙貳於己，又收貳以爲己邑，至于廩延。大叔完聚，繕甲兵，具卒乘，將襲鄭。公伐京，京叛大叔段，段出奔共。共音恭。大音泰。

大叔于田鄭四。同前。

經《通解》：狩者捕禽獸以共承宗廟，示不忘武備，因以爲田除害。鮮者何也？秋取嘗也。取禽嘗祭。已祭，取餘獲陳于澤。射宮也。然後卿大夫相與射，命中者，雖不中取也；命不中者，雖中不取也：所以貴揖讓之取，而賤勇力之取也。鄉取于國中，勇力之取也。今取于澤，揖讓之取也。所以襢裼暴虎，獻于公所。《詩緝》：組文五采相間，手執六轡如組之文，言其齊比。

傳　一章，衡，車軛也。疏：澤，水所鍾。水希曰藪。祖即襢字，偏脱衣袖也。疏：脱衣見體曰肉祖。凡服裏有袍襗之屬，然後服裘，以同色之衣裼之，裼上加襲衣，襲上加朝服。凡獨言祖者，祖去襲而露裼。言祖裼者，則并祖去裼而露肉也。襗音宅。　二章，舍音捨。拔音跋，括也，矢銜弦處。　覆，芳福反，倒也。蕭，弓弰也。《禮》疏：弓頭稍剡差斜似簫，故謂爲簫。射者既發矢，則弓隨勢傾倒，直指於前以送矢。弰，師交反。　二章，箭音同。　題下，大叔之大，音泰。

清人鄭五。　鄭棄其師，鄭人賦之。

經　三章，陶陶，《釋文》徒報反，驅馳貌，今傳無音，必當讀如桃。而解爲樂而自適之貌，則當爲餘招反。　好，毛、鄭皆釋爲容好，與傳同，而《釋文》呼報反。此字疑從傳如字讀者是。

傳　一章，重，平聲。　二章，句，古侯反。　三章，凡兵車，執弓矢者在左，主五兵者在右，御者在中。唯將軍則鼓懸車中，而將立鼓下，御者在左，車右在右。　題下，《春秋·閔公二年》『鄭棄其師』，《左氏傳》：鄭人惡高克，使帥師于河上，久而弗召。師潰而歸，高克奔陳。《詩》疏：是時狄侵衛，衛在河北，鄭在河南。恐其渡河侵鄭，故禦之。

羔裘鄭六。　美大夫。　異。

傳　一章，侯，美也。《釋文》、《韓詩》訓。　卒章，英，見《召南·羔羊》。

遵大路鄭七。　淫婦爲人所棄。　異。

經　二章，好，《釋文》一如字，一音呼報反。傳無音而訓爲情好。當從呼報音。

傳　一章，摯與攬同，擥持也。　疏《喪服》云：袂屬幅，袪尺二寸。則袂是袪之本，袪爲袂之末。　惡，烏路反。說音悅。　二章，《家說》：毛注：魗，棄也。疏不得其說，遂曰魗與醜同。醜，惡，可棄之物。故傳以爲棄。案《説文》㲉，棄也。引《詩》此句則不假醜義矣。㲉即𩴍字。

女曰雞鳴鄭八。詩人述賢夫婦。異。

傳　一章，《周禮·司弓矢》：矰矢茀矢用諸弋射。注疏：結繳於矢謂之矰。繳，繩也。矰，高也。言矰高者，取向上射飛鳥之義。茀之言刜也，以弋飛鳥。刜羅之謂結，繳以羅取而刜殺之也。《説文》：繳，生絲縷。蓋用生絲爲繩也。《韻會》：刜，斷也，斫也。矰音增。茀，扶弗反。繳，章略反。刜，孚勿反。昵，尼質反。二章『中也』之『中』，陟仲反，爲去聲。三章，珩、瑀、琚、璜，音行、禹、居、黄。蠙，部田反，蚌之別名。《内則》：子事父母，左右佩用，左佩紛帨、刀、礪、小觿、金燧，右佩玦、捍、管、遰、大觿、木燧。注疏：紛帨，拭物巾。刀、礪，小刀及礪礱。小觿，解小結之觿，貌如錐，以象骨爲之。金燧，可取火於日。玦，當作決，以象骨爲之，著於右手大指，所以鉤弦開體。捍謂拾也，以皮爲之，著於左臂，以遂弦。管，筆彄也。遰，刀鞞也。木燧，鑽火也，晴則取火於日，陰則鑽火。又婦事舅姑，左佩紛帨、刀、礪、小觿、金燧，右佩箴、管、線、纊、施縏袠、大觿、木燧。注疏：縏，小囊也。袠，刺也。以針刺袠而爲縏囊，故云縏袠。餘物不言施，獨于針、管、線、纊之下而言施縏袠，明爲四物施也。帨，始鋭反。礪，力制反。觿，許規反。捍，户旦反。遰，時世反。礱，力工反。著，知略反。彄，苦侯反。鞞，必頂反。鞶，步干反。袠，陳乙反。刺，七亦反。爲，于僞反。遺，于醉反。

有女同車鄭九。淫奔。異。

經　子金子：遠望之，則『有女同車，顔如舜華』；近視之，則『將翺將翔，佩玉瓊琚』；問其人，則孟姜也，信美且都矣。此蓋淫人睥睨之詩。

山有扶蘇鄭十。淫女戲所私。異。

經　此詩恐是淫女見絶於男子，而復私於人，乃思絶者之美好，而厭所私者之狂狡也。或曰《有女同車》，男戲女；《山有扶蘇》，女戲男。其男子之言曰：有女與我同車、同行者，貌如舜華、舜英，我將之以翺翔。佩玉固若美矣，然豈如彼美孟姜，容貌則洵美且都，語言則使人不忘哉。同車者則所與淫之女，孟姜則戲設之辭也。女則以《山有扶蘇》答之，如傳意。

傳　一章，『扶蘇，扶胥，小木』，毛傳文。疏謂未詳所出。　二章，《爾雅》：紅，蘢古，其大者蘬。疏：紅名蘢古，大者名蘬。一名馬蓼，葉大而赤白色。餘同傳。蘬，丘軌反。　獪，古外反。

蘀兮鄭十一。淫女。異。

經　子金子：蘀，木葉之將落者，風吹則落矣。以見人生之易老，故欲且與之相樂也。今案此説，則當爲比體。

狡童鄭十二。淫女見絶而戲其人。異。

經　恐此爲淫女見絶於人而思其之詞，言既與我絶，爲思子之故，使我不能餐息。正言而怨之也。

褰裳鄭十三。淫女語所私。異。

經　二章，洧，于軌反。

傳　一章，《地理考異》郡縣志：溱水，源出鄭州新鄭縣西北三十里平地。　二章，《漢地志》：潁川郡陽城縣陽城山，洧水所出，東南至長平入潁水，經洧水過新鄭縣南，溱水從西北來注之。溱溱同。

丰鄭十四。　淫女悔不奔。　異。

傳　一章，箋：有面貌丰丰然豐滿者，待我於巷中。　疏：巷是門外之道。　三章，箋：褧，以襌縠爲之。　詳見《衛·碩人》。　疏：婦人之服，不殊裳而經，衣裳異文者，以詩須韻句，故别言之耳。　其實婦人之服，衣裳俱用錦，皆有褧，故互言之。

東門之墠鄭十五。　淫者。

經　此男女相倡和之辭，其事則始相爲亂，久而復會，共道前日之邪思也。　一章，男道女所居之地，曰東門有墠，墠之外阪，上有茹藘之草。　其地即女之居也，於此而望之，室則邇矣，不得見其人而甚遠也。　二章，則女自道所居之地，曰東門有栗之所，行列之家室即我居也。　我豈不爾思乎，但子不就我而不得見爾。　朱子謂刺詩雖有鋪陳其事不加一辭者，而賦之之人，常在所賦之外；凡若其自言者，則淫邪之人所自賦也。　嘗於《桑中》之序論之，是固然矣。　然以後世觀之，爲於放淫之辭，深能道狎邪之情狀者，未必皆其所自作，亦當時善爲詞章而深知風俗者爲之。　但決非意誠心正之君子，而其言不可以爲訓，廼若勸而非刺者，故不足道爾。　人情不大相遠也，何古之邪亂者多長於言，今之邪亂者多不能爲之乎？　故愚於《東門之墠》，以爲詩人道其男女倡和淫邪之言而成之，非其自作者也。　愚觀《詩》，此類亦多，非獨此篇，亦非獨淫邪之詩爲然也？

傳　一章，除地，除草也。町，吐鼎反。町町，平意。蒐，所留反。茜，倉甸反。《爾雅》：陂者曰阪。注：陂陀不平之貌。陂陀，音坡駝。　識音志。　二章，行，户郎反。

風雨鄭十六。　淫奔之女見所期之人而悦。　異。

經　小序以爲亂世思君子亦通，但不必以雞鳴喻君子之不變。蓋雞專取其夜將旦，司晨之鳴，常在昏暗之時，不專取日中之鳴也。『風雨如晦』，正不足以取喻。蓋此詩非興體，乃比體也。喈喈、膠膠不已，皆雞聲紛雜之意。風雨比時之昏，雞鳴比政之亂，儻於此時得見君子以爲政，則國事安得不平？民疾安得不瘳？人心安得不喜哉？

序　佻，他凋反。

子衿鄭十七。　淫奔。　異。

傳　一章，純，至尹反。緣，于絹反。　疏：衿與襟同，交領也。　二章，綬，《玉藻》注：所以貫佩玉相承受者也。組、綬一物也。　毛氏：士佩瓀珉而青組綬。疏《玉藻》：士佩瓀玟而緼組綬。此云青組綬，蓋讀《禮記》本與鄭異。瓀，而兖反，石次玉。珉、玟同眉貧反，石似玉而非。緼音温，赤黄色。　三章，疏：《爾雅》：觀謂之闕，謂宫門雙闕。此言城闕，謂城之上別有高闕，非宫闕也。　儇，許緣反。

揚之水鄭十八。　淫者相謂。　異。

經　一章，楚，見《周南·漢廣》傳。

鄭君兄弟爭國，日尋干戈，民皆化之，骨肉相怨。有兄弟之知義者，人又從而誑惑離間之，於是則自勸而作此詩。言悠揚之水，不能流一束之楚，以興宗族，微弱不足以禦外患。况我兄弟終少，惟予二人而已，他人離間之言，乃誠無實而迋女，決不可信。苟如此，則骨肉猶可以自相保也。此雖兄弟自保之辭，亦足以風諫其上。

出其東門鄭十九。　君子見淫奔者而作。　異。

傳　一章，疏：縞，細繒，色白。綦，青而微白，爲艾草色。　二章，荼，毛云：英荼。箋：茅秀。疏：茅草秀出之穗。

序　五爭事，見《春秋傳·桓十一年》：初，祭仲爲莊公娶鄧曼，生昭公，故祭仲立之。宋雍氏女於鄭莊公，生厲公。故宋人誘祭仲而執之，祭仲與宋人盟，以厲公歸而立之，昭公奔衛。是一爭也。十五年，祭仲專，鄭伯使雍糾殺之。仲殺雍糾，厲公奔蔡，昭公復入。是二爭也。十七年，高渠彌弑昭公，而立公子亹。是三爭也。十八年，齊人殺子亹，轘高渠彌，祭仲立公子儀。是四爭也。莊十四年，厲公自櫟侵鄭，傅瑕殺子儀，納厲公。是五爭也。女，尼據反。

野有蔓草鄭二十。男女相遇。異。

溱洧鄭二十一。淫奔自叙。異。

經　一章，勺，時灼反。

傳　一章，《本草》澤蘭及蘭草，注云：澤蘭生水澤中及下濕地，苗高二三尺，莖幹方，青紫色，作四稜，葉生相對，如薄荷微香，葉尖有毛，不光潤，花帶紫白色，萼亦紫色。蘭草大抵相類，葉光潤尖長，有岐，花紅白色而香，生水傍。又曰：澤蘭方莖，蘭圓莖。《本草》芍藥，注：春生紅芽作叢，莖上三枝五葉，似牡丹而狹長，高一二尺，夏開花，有紅白紫數種。《古今注》：將離相別，贈以芍藥。芍藥一名可離，故相贈。《詩記》：蘭即今之蘭，勺藥即今之芍藥。陸璣必指爲他物，蓋泥毛公香草之言，必欲求香於柯葉，置其花而不論爾。《通典》：周制，春官女巫掌歲時祓除、釁浴。歲時祓除，如今三月上巳如水上之類。釁浴，謂以香薰草藥沐浴之。《韓詩》曰：鄭國之俗，三月上巳之日，溱洧水上招魂續魄，秉蘭草祓除不祥。蔡邕曰：今三月上巳祓於水濱。蓋出此。凡言祓者，祉也，以爲祈介祉也。後漢三月上巳，官民皆潔於東流水上，曰洗濯祓除，去宿垢疢爲大潔。潔者，言陽氣布暢，萬物訖出，始潔之矣。禊者，潔也，言自潔濯也。上注字皆《通典》。沈約《宋書》：魏巳後但用三日，不復用巳。祓，敷勿反。疢，丑刃反。鄭篇下，衛淫奔之詩：《匏有苦葉》、《靜女》、《新臺》、《牆有茨》、《桑中》、《鶉之奔奔》、《蝃蝀》、《氓》、《木瓜》九篇。鄭淫奔之詩：《將仲子》、《遵大路》、《山有扶蘇》、《蘀兮》、《狡童》、《褰裳》、《丰》、《風雨》、《子衿》、《有女同車》、《東門之墠》、《揚之水》、《野有蔓草》、《溱洧》十四篇。自《將仲子》至《子衿》九篇，皆女惑男之語。愚竊謂《風雨》爲思君子之詩，《揚之水》謂兄弟相保之詩。

鄭詩譜

鄭桓公友初封，三十六年爲犬戎所殺。子武公掘突立，二十七年卒。子莊公寤生立，四十三年卒。太子忽立，是爲昭公。宋劫祭仲立莊公子突，是爲厲公，四年出奔。祭仲迎昭公入，厲公居櫟。二年，高渠彌弑昭公，立昭公弟子亹。元年，齊襄公殺子亹，而祭仲立昭公弟子儀。《史記》曰子嬰。十四年，厲公自櫟侵鄭，傅瑕弑子儀而公入，七年卒。子文公踕立，四十五年卒。鄭詩二十一篇，可譜者四篇。自武公至文公七君，其間凡一百四十三年，可見者三君耳，餘不可知也。

緇衣

右武一詩

叔于田　大叔于田

右莊二詩

清人

右文一詩

齊一之八變六。

傳　疏：《左傳》：齊晏子曰：昔爽鳩氏始居此地，爽鳩氏，少皞氏司寇。季萴因之，虞夏諸侯。有逢伯陵因之，殷諸侯。蒲姑氏因之，即周公所滅者，太公封齊未得其地，後兼有之。而後太公因之。《世家》云呂尚之先爲四岳，佐禹平水土有功，封於呂，姓姜氏。尚隱於渭陽，西伯獵而遇之，曰吾先君太公望子久矣，故號之曰太公望。載與俱歸，立爲太師。武王平商，封於齊都營丘。《爾雅》：水出其左，營丘。注疏：齊郡臨淄縣，淄水過其南及東，而城内有丘，即營丘也。萴，實側反。東至于海，北至于無棣。索隱曰：淮南有故穆陵門，是楚之境。無棣在遼西孤竹，服虔以爲太公受封境界所至，不然也，蓋言其征伐所至之域。

雞鳴齊一。　言古賢妃諷今。

經　三章，薨薨，見《周南・螽斯》傳。

古者太師奏雞鳴則君起，臣朝君，辨色而入，君日出而視朝。此詩蓋國君昏惰，夫人賢明，相警早出視朝之言，不必爲陳古刺今之作。一章，夫人謂雞既鳴，則君當起之時，卿大夫之入朝者亦且盈庭矣。然匪維雞之鳴，亦有蠅飛之聲矣。蓋蠅飛則天明，所以速之也。二章，國君謂視朝之法，東方明矣，則朝乃昌盛矣。今之明非東方之明，乃月之光耳。此昏惰之言，所以拒前章夫人之意也。三章，夫人又言曰：雖天明而羣蟲飛後，豈不願與子同夢，然禮不可違，豈可肆其情乎？況今早起會朝，頃刻亦且歸，則大夫退後，猶可爲宮中之宴樂。今幸毋遲出，無以予之故，使子爲人所憎也。此詩之辭，則宮中之史，敘述君與夫人之言以成之也。

還齊二。獧者相譽。

經　箋：謂我儇譽之也，譽之者，以報前言還也。譽音餘。《詩緝》：子之還揖我，謂我儇，以子之能，尚且見推。此自矜於其黨，以氣陵之之辭。《詩記》：齊以遊畋成俗，詩人載其馳驅而相遇也，意氣飛動，鬱鬱見於眉睫之間，染其神者深矣。夫豈一朝一夕所能及哉。

傳　三章，《爾雅》并疏：牡名貛，牝名狼，其子名獥。絶有力名迅。迅，疾也。狼鳴能大能小，善爲小兒啼聲以誘人。去數十步，其猛健者，雖善用兵者不能免。貛音歡。獥音亦。

著齊三。不親迎，詩人設女子言。

傳　一章，疏：門屏之間謂之宁。謂正門内兩塾間，人君視朝所宁立處。著與宁音義同。

纊音曠。瑱，土甸反。紞，都覽反。疏：紞，用雜綵線織爲之。箋：君五色，臣三色。疏：謂色無正文，以經素青黄，故曰臣三色。人君位尊，備物當具五色。《詩記》：昏禮，壻往婦家親迎，既奠雁、御輪，壻乃先歸，俟于門外。婦至，壻揖以入，及寢門揖入，升自西階。齊人既不親迎，故但行婦至壻家之禮。俟於著，所謂壻俟於門外，婦至，壻揖婦以入之時。俟於庭，庭在大門之内，寢門之外，所謂及寢門揖入之時。俟於堂，升階後至堂，所謂升自西階之時也。壻導婦入，故於著、於庭、於堂，每節皆俟之。二章，道音導。

東方之日齊四。淫奔。異。

經　此詩蓋賦體。女子有早奔從男子而莫歸者，故其人直述其事如此。

東方未明齊五。詩人刺興居無節，號令不時。

經　人君勤則國治，惰則政昏，固其理也。未日出而視朝，可以言勤乎，而曰『不夙則莫』，真可見興居無節，號令不時者矣。然視朝之早，若無大過者，而其臣遽已怨悱興刺何歟？蓋天下之道中而止，聖人制禮，因人心之所同然，未有不由乎中也。夫人之所自爲，不必能合乎中，而見人之失中，則未有不能言者。况爲人上者，可不謹乎？《雞鳴》視朝之晚，此詩視朝之早，皆不能中，聖人於齊并存之，豈無意哉？君子讀《詩》以自警，則於應事必求合於中，使無可議則善矣，豈特居人君之位，而於視朝之一事爲然哉？

傳　一章，朝，直遥反。別，必列反。

序　《周禮》注：縣壺以爲漏。疏：謂懸壺於上，以水沃之，水漏下入器中，以没箭刻爲準法。縣與懸同。

詩意但言興居無節，號令不時，而無明刺挈壺氏之語，故傳亦無挈壺之意。而於序下言之，若果刺挈壺氏，則三章是也。

南山齊六。　刺齊襄公、魯桓公。

經　蕩，徒黨反。

傳　一章，魯桓公名軌，一名允，隱公弟。　箋：魯桓公夫人，襄公素與淫通。　二章，《士喪禮》：夏葛屨，冬皮屨。《天官·屨人》有屨，有舄，有命屨、功屨、散屨。注：其色有纁黄白黑。複下曰舄，襌下曰屨。下謂底。複，重也。襌音單。《禮書》：二組屬於笄，順頤而下結之謂之纓，纓之垂者謂之緌。　三章，《詩緝》：《齊民要術》云：種麻欲得良田，耕不厭熟，縱横七遍以上，則麻生無葉。衡從其畝，蓋古法也。　題下，繻音需。濼，盧篤反，又音洛。讁音責。乘，繩證反，又如字。

甫田齊七。君子戒訓時人。異。

經　三章，突，《釋文》：土活反，又土納反。卒相見謂之突。韻中又作陀骨反，犬從穴中暫出也。《詩記》：苟由其道而循其序，則小者俄而大，微者俄而著，厥德修罔覺，非計功求獲者所能與也。

傳　一章，無田之田，與佃同，音電。《爾雅翼》：莠草似稷無實，今之狗尾也。《戰國策》：幽莠之幼也，似禾。張，之亮反。王，于況反。二章，毛訓：桀桀，猶驕驕。《釋文》：桀，居竭反。今傳用毛訓，則桀字當從陸音。三章，强，其丈反。

盧令齊八。譽獵者。異。

經　一章，美仁，當與《鄭·叔于田》同。

敝笱齊九。刺魯莊公不能防閑文姜。

傳　一章，《説文》：笱，曲竹捕魚。魴，見《周南·汝墳》。疏：《孔叢子》云：衛人釣於河，得鰥魚，其大盈車。子思問曰：如何得之？對曰：吾下釣垂一魴之餌，鰥過而不視。又以豚之半，鰥則吞矣。是鰥爲大魚也。《詩緝》：魴、鱮皆中魚，則鰥亦中魚也。衛人所釣，偶得大者，以爲大而詫之。此詩配魴、鱮言之，不必便是大者。　二章，鱮，字書皆似吕反。今傳從《釋文》作才吕反，是類隔切。當從韻讀如叙。　疏：鱮之頭尤大而肥者，徐州人謂之鰱，或謂之鱅。《詩緝》：今鰱、鱅相似而小别，鰱頭小，鱅頭大。鰱音連。鱅，與恭、常容二反。《詩記》：如雲、如雨，言從之者衆也。許穆夫人思歸唁其兄弟，許人尤之，終以義不得而止。若魯君剛而有制，使魯人無肯從者如許人焉，則文姜雖欲適齊，尚可得乎？　題下，禚，諸若反，齊地。祝丘、防，皆魯地。穀，齊地。

載驅齊十。　刺文姜。

傳　一章，疏：簟字從竹，用竹爲席，其文必方，故云方文席。竹、革同飾後户，爲車之蔽。三章，《詩緝》：汶水有二，許氏以爲出琅邪朱虚縣東大山，東至安丘入濰；桑欽以爲出泰山萊蕪縣原山西南入濟。曾氏：入濟者，徐州之汶也。入濰者，青州之汶也。今臨清新開馬之貞記：汶水東出原山，西流過萊蕪、奉高、汶陽之南，剛城之北，又西至龍山南，分爲四派：其南河至陽城南梁山，東匯爲大澤；其一過壽良北；其一經郈亭南；其北曰坎河，同流至壽張安民亭，與北濟合。凡東蒙徂徠之陰，岱嶽之陽，諸山溪澗之水，皆濛於汶，魯之大川也。此蓋專言魯竟之汶。濛，徂紅反。郈，厚、候二音。

猗嗟齊十一。刺魯莊不能防閑文姜。

經　《詩緝》：文姜之事，齊襄大惡也，詩皆歸咎於它人。蓋不忍斥言其君之惡者，齊臣子之情也。

傳　一章，蹌，七羊反。

一章，《詩緝》：「抑若揚」，若猶而也，言進退高下不失其宜。　二章，《通釋》：朱子，今案《周禮·梓人》有皮侯、采侯、獸侯，其曰「張皮侯而棲鵠」者，天子大射三侯，用虎、熊、豹皮飾侯之側，而畫以五采之雲氣，號曰皮侯。而又各以其皮爲鵠，綴之中央，三分其侯之一，似鳥之棲，故謂之棲鵠。其曰「五采之侯」者，賓射之侯也，正之方外如鵠，亦三分其侯而居一，中二尺，畫朱其外，次白，次蒼，次黄，次黑，充其尺寸，使大如鵠，而亦畫其側爲五采雲氣。三正之侯，則去玄、黄。二正之侯，則去青、白，直以朱、緑也。《射義》注所謂「畫布曰正，棲皮曰鵠」是也。其曰獸侯，則燕射之侯，此《記》所謂「天子熊侯白質，諸侯麋侯赤質，大夫布侯畫以虎豹，士布侯畫以鹿豕」者是也。蓋皆用布而皆畫獸頭於正鵠之處，故名獸侯。且天子、諸侯則以白土、赤土塗其布以爲質，士則用布而不塗，其側所畫雲氣采色之數，則亦如采侯之差等也。鵠，古毒反。　《禮書》：侯制，凡侯道天子虎九十弓，弓六尺。熊七十弓，豹五十弓。弓二寸以爲侯中，倍中以爲躬，躬，身也。謂中之上下幅。倍躬以爲左右舌、下舌半上舌。左右出於躬者。九十弓者五十四丈，其中方丈八尺。七十弓者四十二丈，其中方丈四尺。五十弓者三十丈，其中方十尺。五十弓者，其中方十尺，則上躬、下躬各二丈；上左右舌四丈，而出躬各一丈；下左右舌三丈，而出躬各五尺。綱以持舌，上綱與下綱各出舌一尋，而繫於植。故五十弓之侯，用布十六丈；七十弓之侯，布二十五丈二尺；九十弓之侯，布三十六丈。凡布幅廣二尺二寸，兩畔各削一寸爲縫，則幅止二尺。畿外諸侯，以熊侯、糁侯、豻侯爲三侯，其數上同于天子。三章，《左氏傳》：莊公十年，齊桓公、宋閔公伐魯，戰于乘丘，公以金僕姑射南宫長萬。金僕姑，矢名。長萬，宋大夫。乘，去聲。長，上聲。

齊詩譜

齊自太公十二世至襄公諸兒，在位十二年，齊詩十一篇，唯《南山》、《敝笱》、《載驅》、《猗嗟》四篇爲襄公詩，餘不可考。《南山》、《敝笱》、《載驅》、《猗嗟》四詩，皆爲文姜而作，竊疑有魯人之辭焉。《猗嗟》有曰『展我甥兮』，固齊詩也。《南山》前二章刺齊襄，後二章刺魯桓，蓋已難定爲何國之詩矣。至於《敝笱》不能制魚，專比魯莊不能制文姜，『齊子歸止』亦自此以往之辭；《載驅》之『魯道有蕩』，亦据魯而言也。意者二篇實魯詩，聖人諱其惡，故附之於齊，是以魯無變風，惟存四頌於後。雖曰美魯君，實亦著其僭矣。春秋卒它國之君，於魯則書『公薨』之意一也。

魏一之九變七。

傳　《書》蔡氏傳：雷首，冀州山。《地志》：在河東郡蒲坂縣南，今河中府河東縣也。析城，亦冀州山。《地志》：在河東郡濩澤縣西，今澤州陽城縣，山峰四面如城。坂，甫遠反。濩，烏號反。　枕，之鴆反。解，下買反。　《詩記》：《水經注》：故魏國，城南西并去大河可二十餘里，北去首山十餘里，處河山之間，土地迫隘，故《魏風》著《十畝》之詩。　嘗考《漢地理志》，汾水出太原郡汾陽縣北山，西至汾陰入河。汾陰，蓋河東之縣也。《通典》：汾陽即嵐州宜芳縣，汾陰即萬泉縣，隷河中府。　《詩緝》：魏、晉皆有儉嗇之風，然其詩若作在獻公并吞以後，則其俗漸已荒侈，此詩每刺勤儉，知其在未并於晉以前也。　行，户郎反。

葛屨魏一。　刺儉。

傳　一章，繚音遼。見音現。　二章，摘，它狄反。

汾沮洳魏二。　刺儉。

經　汾，扶云反。沮，子豫反。洳，如豫反。　子金子：此詩無義興也。

公路、公行、公族，大夫也。采莫、采桑、采藚，細民之事也。大夫而爲細民之事，是急於利而用心褊也。彼其之子雖美，奈奪民之利何？此其所以興刺也，此則賦也。

傳　一章，疏：莫，莖大如箸，赤節，節一葉，似柳葉厚而長，有毛刺，今人繅以取繭緒。其味酢而滑，始生可以爲羹，又可生食。五方通謂之酸迷，冀州謂之乾絳，河汾間謂之莫。二章，《史記》：扁鵲，姓秦，名越人。遇長桑君曰：我有禁方，欲傳與公。乃出其懷中藥予扁鵲：飲是以上池之水，三十日當知物矣。扁鵲飲藥三十日，視見垣一方人，視病盡見五藏癥結。索隱曰：方，猶邊也。言能隔牆見彼邊之人。三章，疏：蕒，一名牛脣，如續斷，寸寸有節，拔之可復生。葉如車前，味亦相似，蕮音昔。疏：《左傳・宣二年》：晉成公立宦卿之適以爲公族，又宦其庶子爲公行。適，都歷反。

園有桃魏三。　憂國小無政。

經　此無義興也。園有桃則其實之殽矣，心之憂則歌且謡矣。不我知者，見我之歌謡，則以爲傲世陵物也。於是答之曰：彼爲政者之所行，果爲是乎，子所言何爲如此也？是則我心之憂矣，誰復能知之乎？然初不難知，其莫知者以不思耳。

傳　一章，疏：謡既徒歌，則歌不徒矣。故毛傳曰：曲合樂曰歌，樂則琴瑟也。《行葦》傳：歌者，合於琴瑟。歌謡對文。如此散則歌爲總名，未必合樂也。

陟岵魏四。孝子行役念親。

傳　岵、屺，傳訓從毛，而《爾雅·釋山》云多草木，岵。無草木，屺。《説文》：岵，山有草木也。屺，山無草木也。疏以爲毛傳寫誤。李氏：初曰陟岵，以草木蔽障害於瞻望，故中曰陟屺，以屺瞻望有所不見，故卒曰陟岡。蓋所思漸極，則所登漸高，期於瞻望可及也。

十畝之閒魏五。賢者不樂仕於危國。異。

傳　一章，《釋文》：還本作旋，恐不必叶。若如本字讀，則閑亦不必叶。　張子：周制，國郛之外，有聽爲場圃之地者，疑家授十畝以毓草木。《詩記》：政使周制果家賦園廛十畝，魏既小，豈容尚守古法？況詩所謂十畝者，特甚言之爾，未可爲定數也。李氏：詩中言多則曰『則百斯男』，言少則曰『靡有孑遺』，言廣則曰『日辟國百里』，言窄則曰『一葦杭之』，十畝亦此類。

伐檀魏六。詩人美君子不素食。異。

經　一章，《釋文》：貆，貉子也。貉，户各反。　三章，漘，見《王·葛藟》傳。

傳以詩人見君子伐檀欲以自給，乃寘河干而不用，欲自食其力而不可得。而又述君子之志，謂不耕獵則不可得禾獸，可見其守義厲志。於是自贊之曰：彼君子是不素餐者。惟末兩句爲詩人之言爾。愚竊以爲此詩人之所自道也。蓋首三句比也，言伐檀木將以爲輻輪，而車所以行陸者也，今乃寘之河濱，河水之清，將何所用車乎？以比己之勤勞於事，乃屏棄不用也。小人在位，悠悠逸豫，無功受禄，而貪得無厭，於是乃問之曰：爾不稼穡，不狩獵，而禾獸之多如此？乃正言之曰：彼君子者，則必有功而後食，不素食其禄也。然則此雖刺貪鄙之小人，而朝廷舉措失宜，必致禍亂大可見矣。子金子曰：自叙之詩，不敢自以爲君子，故美他人之不素餐者。

傳　一章，《莊子·大宗師》：子桑户、孟子反、子琴張三人相與友，子桑户死，鼓瑟相和而歌曰：嗟來桑户乎！而已反其真，而我猶爲人猗！　後漢徐穉，字孺子，豫章人，家貧，常自耕稼，非其力不食。　二章，秉，把也。　三章，鶉，烏含反。　疏：飧，水澆飯。

碩鼠魏七。　民困貪殘。

經　一章，貫，毛訓事，故作古亂反。今傳訓習，當作古患反。

詩人欲『適彼樂土』，固畏從政者之貪殘而欲去，然亦未知所去者何土。下言『樂土樂土』，猶是意望料想之辭，得樂土而居之，其得我所乎？次言得樂國而居，其得我養生之直道乎？上二章，食黍、食麥，固可見其貪殘，至於苗而未秀者，亦已食之，則其貪虐尤甚，所以其民尤急於去也。樂土、樂國，猶有其所欲去之急，則邑外之郊，亦姑往之，惟欲出此境也。然『樂郊樂郊』，又將長號於誰使之拯我乎？可見其民窮蹙之甚，進退無據，不聊其生，國其可久存哉？逝，發語辭。

傳　一章，《詩緝》：陸璣疏：今河東有大鼠，能人立，交前兩脚於頸上，跳舞善鳴，食人禾苗，人逐則走入樹空中，有五技，或謂之雀鼠。魏國，今河東縣，宜謂此鼠也。五技：能飛不能上屋，能游不能渡谷，能緣木不能窮木，能走不能先人，能穴不能覆身。《爾雅》字作鼫。

唐一之十變八。

傳　《詩緝》：堯都有四：《地理志》太原晉陽，太原郡晉陽縣。注云：故唐國，晉水所出，一也。河東平陽，河東郡平陽縣。注云：堯都也，在平河之陽，二也。中山唐縣，中山國。張晏注云：堯爲唐侯國於此，三也。河東㲋縣，順帝改曰永安，臣瓚於晉陽下注云：所謂唐，今河東永安是也，去晉四百里。師古云：瓚説是也。四也。《詩》之唐國。其説有三：《詩譜》以爲堯始居晉陽，後乃遷平陽，於《詩》，唐國爲晉陽。皇甫謐以爲始封於中山唐縣，後徙晉陽，及爲天子，都平陽，於《詩》，唐國爲平陽。臣瓚又以唐國爲永安。今考堯都雖有四，而《詩》之唐國，當從《詩譜》爲晉陽。蓋成王封叔虞於堯之故墟曰唐侯，其子燮以晉水所出，改爲晉陽。晉陽實晉水所出，則唐叔虞之始封在晉陽矣。唐以堯得名，晉以水得名，其地一也。《前編》：太行在今懷州之北，連亘數州，爲河北脊，以接恒岳。程子謂太行山千里片石，衆山皆石山起峰爾。恒山北岳在今定州之北，太行在今太原府榆次縣。高平曰原。河東視天下最高，率多山險，但榆次縣與平定軍諸處爲高平爾。太岳，今晉州霍邑縣霍太山也。

蟋蟀唐一。國人相勸。異。

經　蟋，斯栗反。蟀，所律反。

傳　一章，疏：蟋蟀，一名蛬，一名蜻蛚。楚謂之王孫，幽州謂之促織。蛬，俱勇反。蜻，子盈反。蛚，力結反。　疏：遂者，從始鄉末之言。　務閒，乎艱反。舍音捨。　三章，《春官·巾車》庶人乘役車，注：方箱，可載任器以供役。《詩》疏：收納禾稼亦用此車。

山有樞唐二。答前篇。異。

傳　一章，莖，田結反。《爾雅疏》：刺榆，其針刺如柘，其葉如榆，爲茹美於白榆。《詩緝》：榆有十餘種，葉皆相似，皮及理異。此榆蓋總言榆爾，不知專指何榆也？《爾雅》榆，白枌。孫炎云：榆，白者名枌。毛於《東門之枌》以枌爲白榆，是也。枌乃榆之白者，榆非白枌也。

疏：走馬謂之馳，策馬謂之驅。

愚謂此詩固欲廣前詩人之意，而寬其憂也。蓋《蟋蟀》以爲不可不樂，而又不可過於樂，不特思其職之所居，而又豫防事變憂患之不測，其憂固已深矣。然其勤儉自守，思患豫防，其言猶可制。而此詩所思又在身後，且『宛其死矣』之言，又若朝不謀夕者，故曰憂愈深而言愈蹙也。

二章，疏：栲生山中，似樗，因名山樗。亦類漆樹，俗語櫄樗。栲漆相似如一。又陸璣云：山樗與下田樗無異，葉似差狹，吴人以其葉爲茗。方俗無名此爲栲者，似誤。今所云爲栲者，葉如櫟木，皮厚數寸，可爲車輻，或謂之栲櫟。櫄音椿，與杶同。樗，敕居反。櫟音歷。檍音億。《爾雅》注疏：二月中，葉疏，華如練而細蘂，正白，名曰萬歲。或謂之牛筋，葉新生可飼牛。筋音斤。

揚之水唐三。　國人將歸沃。

經　《左氏傳》、《史記》：晋穆侯之太子曰仇，其弟曰成師。穆侯卒後四年，仇立，是爲文侯；卒，子昭侯立，封叔父成師於曲沃。師服諫曰：吾聞國家之立也，本大而末小，是以能固，故天子建國，諸侯立家。今晋甸侯也而建國，本既弱矣，其能久乎？成師是爲桓叔，後七年，晋大臣潘父弑昭侯而迎桓叔。晋人敗桓叔，立孝侯，誅潘父。後六十年，桓叔之孫武公終并晋國。《詩緝》：子者，設言欲叛之人，如潘父之徒。君子，謂桓叔。言今子欲奉此服於桓叔，我將從子往沃以見之，則如何不樂乎。謂從之，則可免禍而無憂也。時沃有簒國之謀，潘父將爲内應，而昭公不知，此詩正發其謀以警昭公也。至於『我聞有命』，又以見禍至甚迫而不敢以告人，乃反辭以見意。若真欲從沃則是潘父之黨，必不作此以泄其事，且自取敗也。自桓叔至武公屢得志矣，而晋人終不服，相與攻而去之。其後更六世六七十載，迫於王命，而後不敢不聽，在昭公時，晋人豈從沃哉？若助桓叔而匿其情，則此詩不作可也。

傳　一章，鑿鑿，毛氏：鮮明貌。李氏：如『粢食不鑿』之鑿。　巉，鉏咸反。純，之尹反。《詩緝》素，絲也。以素爲衣，謂中衣也。中衣者，朝服、祭服之裏衣也。大夫以上，祭服中衣用素也。曰朱，朱緑也，謂染繒爲赤色，爲中衣之緑。曰襮，領也，謂繡黼領也，繡刺白黑文以裺領也。《玉藻》云：以帛裏布非禮也，注云：中外宜相稱也。冕服，絲衣也，中衣用素。皮弁服、朝服、玄端，麻衣也，中衣用布。又疏云：凡服先以明衣親身，次加中衣，冬則次加裘，裘上加裼衣，裼衣上加朝服。中衣其制如深衣，但中衣之袖稍長耳。此以素爲衣，是以素絲爲之，謂冕及爵弁之中衣也。朝燕之中衣，皆以布爲之，蓋朝服以布爲也。公之孤及天子大夫四命皆爵弁，自祭、大夫士助祭於君亦服爵弁。以上則中衣亦用素，但不得用朱襮也。《郊特牲》：繡黼丹朱中衣，大夫之僭禮也。大夫僭，知諸侯當服之也。裺音偃。疏：《地理志》：河東聞喜縣，故曲沃也。今隸解州。　三章，《左氏傳》：齊景公無嫡子，鬻姒之子荼嬖。哀五年，公疾，使國惠子、高昭子立荼。諸公子出奔，陽生奔魯。六年，陳乞攻敗高、國，使召陽生。八月，夜至於齊，國人知之。十月，立之，是爲悼公。注：國人知而不言，言陳氏得衆。

椒聊唐四。不知所指，序言沃。

經　一章，子金子：陳與可云：序謂沃蕃衍盛大，此誤看詩句。『椒』謂晋也。『彼其之子』，沃也。聊，粗略之意。以椒之粗略蕃衍，不過盈升，而彼沃則碩大無朋，則此之椒聊豈能遠長哉？今案此當爲比體。　李氏：《本草》古升，上徑寸，下徑六分，深八分。則升小於匊。《漢志》千二百黍爲龠。蓋龠爲合，十合爲升，則升大於匊。陸農師謂兩手爲匊，兩匊爲升。先曰升，後曰匊，互相備。

傳　一章，比，吡至反。

綢繆唐五。詩人叙昏姻夫婦之辭。異。

經　箋：三星在天，三月末、四月中。在隅，四月末、五月中。在户，五月末、六月中。仲春會男女，禮也。今過時之人，自謂昏姻之道失矣，而忽得遂此，所以樂也。詩上四句，皆詩人述夫婦之言。下二句，皆詩人自道其夫婦之喜。此蓋於六月之時成昏，而作詩者歷敘自仲春以後，失時漸久，以至於今也。『今夕何夕』，同一時見此者，同一夫婦。而上二句追叙其失時也。『子兮子兮』，首章指女，卒章指男，二章則兩指之也。

傳　一章，繆，芒侯反，類隔切，今改莫彪反。　心星，東方蒼龍七宿之第五星。　三章，李氏：《國語》雖曰女三爲粲，而又曰粲，美物也。　是言美女也。

杕杜唐六。　無兄弟而求助。異。

經　杕，徒細反。　《詩記》：『豈無他人，不如我同父』，言他人之不足恃。『嗟行之人，胡不比焉？　人無兄弟，胡不佽焉』，言苟以他人爲可恃，則彼行道之人，胡不自相親比也？　凡人無兄弟者，胡不外求佽助也？　蓋深曉以行道之人必不相親比，苟非兄弟，必不相佽助，信乎豈無他人，不如我同父也。

此詩亦因晋沃骨肉相爭，致使民之兄弟欲相棄背，而知理者自相戒之辭，與《鄭風・揚之水》相類。　前三句以朱子之意求之，後六句以東萊之意求之，恐得此詩之旨。

傳　一章，疏：赤者爲杜，白者爲棠。　陸璣：赤棠與白棠同爾，但子有赤白美惡，子白色爲白棠，甘棠也，少酢滑美；赤棠子澀而酢無味，赤棠木理韌，亦可作弓幹。　酢，七故反。　韌音仞。

羔裘唐七。　不知所謂。　異

經　『羔裘豹袪』，見《鄭・羔裘》傳。　子金子：婦人留所愛之詞也。『羔裘豹袪』，謂其人也。『自我人居居』，留其下也，『豈無他人，維子之故』二句可見。

傳　疏：袂是袖之大名，袪是袖頭之小稱。

鴇羽唐八。　民從征役，不得養父母。

經　鴇音保。　蓺，魚祭反。　稷黍，見《王·黍離》。

傳　一章，疏：鴇連蹄，性不樹止，樹止則爲苦。《韻會》：虎文，俗呼爲獨豹。　疏：柞櫟，徐州謂爲杼，或謂栩也。　柞，疾各反。　櫟，郎狄反。　杼，食汝反。　疏：不攻緻，謂不攻牢、不堅緻也。　愚謂君子以王事不可不攻牢堅緻，故盡心竭力在外，而不能蓺黍稷也。　緻，直利反。　三章，《埤雅》：鴇性羣居如雁，自然而有行列。《本草》：粱有青粱、黄粱、白粱，皆粟類也。　種蒔多白粱，青、黄稀有。　青粱穗有毛，粒青，米亦微青而細於黄、白粱也。　黄粱穗大毛長，殼米俱粗於白粱。　白粱穗大毛多而長，殼粗扁長，不似粟圓也。

序　朱子曰：昭公七年，潘父弑昭公而納桓叔，不克，晋人立昭公之子平，是爲孝侯。一世。　八年，曲沃桓叔卒，子鱓立，是爲莊伯。　十五年，莊伯伐翼，殺孝侯。　晋人立其弟鄂侯。二世。　六年，莊伯伐翼，鄂侯奔隨。　王命虢公伐曲沃，而立虢侯之子光，是爲哀侯。三世。　元年，翼人復逆鄂侯而納諸鄂。　二年，莊伯卒，子稱立，是爲武公。　九年，武公伐翼，逐翼侯于汾隰，夜獲之。　晋人立哀侯之子，是爲小子侯。四世。　四年，武公殺之。　明年，遂滅翼。　王命虢仲立哀侯之弟緡。五世。二十八年，武公又殺之。自孝侯至是，大亂五世矣。

無衣唐九。武公請命于天子。異。

傳　一章，《春官·司服》注：鷩冕七章：一華蟲，二火，三宗彝，畫於衣；一藻，二粉米，三黼，四黻，繡於裳。鷩，卑列反。

七爲節。繁，蒲官反。屬，之欲反。斿，力求反。　鼇與僖同。《詩緝》：武公有無王之心而後動於惡，篡弒大惡，王法所不容。彼其請命，豈真知有王哉，正以人心所不與，非假王靈則不能定也。王不命焉而請之，非禮也。不聞朝王而請命于使，尤非禮也。聖人不删者，所以著世變之窮而復周之衰也。《詩記》：以《史記》、《左傳》考之，平王二十六年，晉昭侯封成師於曲沃，專封而王不問，一失也。三十二年，潘父弒昭侯，欲納成師，而王又不問，二失也。四十七年，曲沃莊伯弒孝侯，而王又不問，三失也。桓王二年，莊伯攻晉，王非特不能討曲沃，反使尹氏、武氏助之。及曲沃叛王，王尚能命虢伐曲沃，立晉哀侯，使其初出於正，豈止於此乎？四失也。十五年，武公弒晉小子侯，明年，猶能命虢仲立緡於晉；又明年，猶能命虢仲率諸侯伐曲沃。至是武公篡晉，僖王反受賂命之，五失也。以此五失觀之，則禮樂征伐移於諸侯，降於大夫，竊於陪臣，所由來者漸矣。　幾，居衣反。

有杕之杜唐十。君子好賢。異。

傳　一章，疏：道路，男子由右，女子由左。言左右，據南鄉。西鄉爲正，在陰爲右，在陽爲左。　二章，疏：言道之周，遶之故爲曲也。

葛生唐十一。婦人思其夫。

經　一章，葛，見《周南·葛覃》。楚，見《周南·漢廣》傳。

傳　一章，疏：蘞之子正黑如燕薁，不可食，幽州名烏眼。其莖葉煮以哺牛，除熱渴。薁，于六反。

序　程子：此詩思存者，非悼亡者，序誤。

采苓唐十二。戒聽讒。

經　一章，苓，見《邶·簡兮》傳。　卒章，葑，見《邶·谷風》。

傳　箋：采此苓於首陽山之上，山上信有苓矣，今之采者未必於此山，然而人必信之。喻事有似而非者，此比說也。《本義》：采苓者積少以成多，如讒言積漸以成惑。其首陽蓋興所見也，此興說也。　《本義》：聞人之言，且勿聽信，置之，且亦勿以爲然。　疏：首陽山在河東蒲坂縣南。今案首山即雷首山，首陽乃雷首山之南。《地理考異》：伯夷墓，在永樂縣南三十五里雷首山南。永樂即蒲坂縣也。　箋：苟，且也。傳『姑舍置之』，姑即其義。　二章，疏：苦菜，荼也。見《邶·谷風》。

唐詩譜

案唐叔虞十一世至昭侯，封成師于曲沃。七年，潘父弑昭侯，子孝侯平立；十五年，曲沃莊伯弑孝侯，子鄂侯郄立，六年卒，子哀侯光立；九年，曲沃武公虜哀侯，子小子侯立；四年，武公弑之，天子立哀侯弟緡爲晉侯；二十八年，曲沃武公滅晉。自昭侯至侯緡，六世六十九年。成師是爲曲沃桓叔，卒，子莊伯鱓立，卒；子武公稱立，三十七年滅晉，二年而卒；子獻公佹諸立。自昭侯至武公共七十一年，唐詩十二篇，可譜者四，疑者二，其半不可知也。

揚之水　椒聊

右昭二詩。

鴇羽

右在晉沃爭亂五世之間。

無衣

右武一詩。

葛生　采苓

右二詩疑在獻世。

詩集傳名物鈔卷四

秦一之十一 變九。

傳 《鄭譜》及疏：秦者，隴西谷名。《漢地理志》：隴西秦亭秦谷是也。鳥鼠與秦谷，俱在隴西，故云近。《爾雅》：鳥鼠同穴，其鳥爲鵌，其鼠爲鼵。鵌，大吾反。鼵，徒忽反。伯翳佐禹治水土，舜命作虞官，掌上下草木鳥獸，賜姓曰嬴。《秦本紀》：秦之先，帝顓頊之苗裔孫曰女修，生大業，大業生大費，是爲伯翳。《地理志》秦之先曰伯益。又云：嬴，伯益之後。則伯翳、伯益，聲轉字異，猶一人也。大費生大廉，玄孫曰孟戲、中衍，爲殷太戊御，後世遂爲諸侯。其玄孫曰中潏，保西鄙，生蜚廉，子惡來革，子女防，子防皋，子太几，子大駱，生成及非子，成爲大駱後。周孝王封非子爲附庸，邑之秦。子秦侯立，卒，子公伯立；卒，子秦仲立。厲王無道，西戎反王室，滅大駱族。宣王以仲爲大夫，誅西戎，死之。王立其子莊公爲西垂大夫，居犬丘。卒，子襄公立。西戎與申侯弒幽王，襄公將兵救周，送平王徙雒邑，王封爲諸侯。於是始國，與諸侯通使，遂有岐、豐之地。卒，子文公立；卒，孫寧公立；卒，三父廢太子武公，而立其弟出子。後三父復殺出子，而立武公。卒，弟德公立，初居雍城。中音仲。潏，古穴反。以上并譜及疏。　汧，輕煙反。《地理志》：汧水出扶風汧縣西北，入渭。　疏：初洛邑與宗周通，封畿東西長，南北短，相覆爲千里。《本紀》：賜襄公岐以西地。文公以岐東獻之周。鄭言得八百里地，是全得西畿。春秋之時，秦境東至河，《本紀》之言不可信。　雍，今扶風雍縣。《地理考異》：犬丘，在汧、渭之間，即槐里是也。以上并疏。

車鄰秦一。國人誇美秦君。

經　一章，寺，《釋文》如字。又音侍。　二章，毛氏：陂者曰坂，下濕曰隰。陂音坡。《詩緝》：《地里志》：隴西郡有隴坻。師古云：隴坻謂隴阪，即今之隴山。此郡在隴之西，故曰隴西。《三秦記》：其阪九回，不知高幾許，欲上者七日乃越，高處東望秦川。然則阪固秦地所有也。坻，丁計反。又音底。　《詩紀》：『既見君子，并坐鼓瑟』，簡易相親之俗也。『今者不樂，逝者其耋』，悲壯感嘆之氣也。秦之强以此，而止於爲秦者亦以此。　吴正傳：逝者，謂自此以往。　三章，《爾雅》：楊，蒲柳。注：《左傳》所謂董澤之蒲。疏：生澤中，可爲箭笴。《埤雅》：楊有黃、白、青、赤四種。白楊葉圓；青楊葉長；赤楊霜降則葉赤，材理亦赤；黃楊性堅緻，難長。笴，古旱、谷我二反。緻，直利反。難長之長，知丈反。

并坐鼓瑟、鼓簧，君臣之際，禮儀等威猶未能辨，蓋其習於夷狄之常也。故見寺人之令則驚異而誇之矣，然告其君者則止曰『不樂則耋』而止耳。有盈滿之心，無警戒之意，作詩者未爲知義之君子也。其流風日甚，至於始皇窮奢極欲，宫觀相屬，鍾鼓充之，其漸蓋始於此。而其尊君卑臣亢抑太甚，遂使上下之情不通而致敗，則又等威無辨之弊而力反之以至於甚也。秦之亡，未必盡因《車鄰》之一詩，然君子立言，不可不審也。

傳　一章，《詩緝》：鄰鄰，密比之意，言車之衆。　疏：《天官》内小臣與寺人别官，言『寺人，内小臣』者，謂寺人是在内細小之臣，非謂寺人即是内小臣之官也。燕禮，諸侯之禮也。云『獻左右正與内小臣』，是諸侯有内小臣也。《左傳》齊寺人貂，晉寺人披，是諸侯有寺人也。

二章，疏：《易》注：耋，年踰七十。《左傳》注：七十曰耋。愚謂自七十至八十皆可言耋。

駟驖秦二。　國人美秦君。

經　一章，驖，《釋文》：又吐結反。

此但以君所乘車而言，四馬一色，君車之選也。『媚子』，公之御者也。『六轡在手』，在其手也。『公曰左之』，命此人也。『舍拔則獲』，君射之善，又以見御之良也。詠其辭意，則車馬侍從之盛，不言而可見矣。

傳　一章，觖與𩋵同，古穴反，見《小戎》傳。　二章，毛氏『冬獻狼，夏獻麋，春秋獻鹿豕羣獸』，疏：田獵是虞人所掌，獸人所獻之獸以供膳，毛引《獸人》以證之也。愚案疏言如此，故傳以『之類』兩字例之，而不仍毛，質言之也。又案《天官·獸人》『春秋獻獸物』，今毛云『鹿豕羣獸』，不知何據。《周禮》注疏：狼膏聚，聚則温，故冬獻。麋膏散，散則涼，故夏獻。春秋寒温適，凡獸皆可獻也，及狐狸。　射獸、射必之射，皆食亦反。中，陟仲反　六御當爲五御。逐禽，詳見《小雅・車攻》。　爲，去聲。

小戎秦三。婦人誇西征車甲之盛及思其良人。

經　卒章，鏤音漏。

傳　一章，疏：《考工記》：國馬之輈，深四尺有七寸。注：馬高八尺，兵車乘車，軹崇三尺有三寸，加軫與轐七寸，又并此輈深，則衡高八尺七寸。除馬之高，餘七寸，爲衡頸之間，是輈在衡上，故頸間七寸也。愚案《考工記》又曰：六尺有六寸之輪，軹崇三尺有三寸也，加軫與轐四尺也。注疏：此車之高者也，軹是軸頭處輪之中央。轐，伏兔也。蓋四馬車一轅，車軸上有伏兔，尾後上載車軫，軫始有車輿，則軸去地三尺三寸；上又兼伏兔及軫并七寸，車輿去地總四尺也。《詩記》：輈前駕於服馬之衡上，其後則乘前軫直逼後軫也。轐音卜。《左氏傳・定九年》：齊伐晉夷儀，王猛曰：『我先登。』東郭書斂甲曰：『曩者之難，今又難焉！』猛曰：『吾從子，如驂之靳。』疏：靳，當胷之皮。驂馬之首，當服馬之胷，胷上有靳。《釋文》本或作有靳者，非。靳，居覲反。　《詩緝》：陰，以板横側置車之前及左右三面。　金銀銅鐵鉛，總謂之金。謂消白金，未必皆白銀也。　疏：《左傳・哀二年》鄭無恤曰：『兩靷將絶，吾能止之。』駕而乘材，兩靷皆絶。是横軜之前，别有驂馬一靷也。輻音福。疏：色青黑名綦，馬名爲騏，知其色作綦文。二章，疏：盾，以木爲之。三章，韔與閉同。疏《儀禮·既夕》記説明器之弓云『有韔』。今案《禮》本作柲，蓋與韔通。

蒹葭秦四。不知所指。異。

經　《詩記》：此詩全篇皆比。『所謂伊人』，猶曰所謂此理也。三章，毛氏：涘，厓也。

蒹葭蒼蒼，而白露爲霜矣，人無百年，而良時已邁矣。所謂伊人，惟在水一方爾；所謂至道，豈遠吾身哉？但遡迴從之，則道阻而且長；用私智求之，則理鑿而且迂。獨遡游從之，則宛在水中央也；惟以樂易公平之心求之，則無所往而非道也。人其可不思日月之易邁，而迪知大道以至其極乎？此或非詩人之本意，亦學者之一義也。

傳　一章，《詩緝》：小者曰蒹，中者曰萑，大者曰葭。三物共十一名：蒹，水草。一名薕荻，似萑而細，高數尺，牛食之令肥彊。又曰今人以爲簾箔，因此得名是蒹、薕荻，一物而三名也。初生爲菼，長大爲薍，成則名萑，又名爲騅，是一物而四名也。初生爲葭，長大爲蘆，成則名葦，又名華，亦一物而四名也。郭璞云菼似葦而小，又云蒹似萑而細，是蒹小於萑，而萑小於葦也。《韻會》：菼中赤，始生末黑，黑已而赤，故謂之菼。其根旁行，牽揉槃互，其行無辨而又彊，故又謂之薍。江東呼爲烏蓲。至秋堅成謂之萑。其初生三月中，其心挺出，本大如箸，上鋩而細，揚州人謂之馬尾。葭、蘆皆葦之未秀者，葦則大葭也。其華遇風則吹揚如雪，聚地如絮。萑音完。蒹音廉。菼，吐敢反。亂，五患反。蘆音丘。二章，《爾雅》：小渚曰沚，小沚曰坻。三章，直音值。

終南秦五。國人美其君。

經　一章，梅，見《召南·摽有梅》。

傳　一章，李氏：終南西距鳳翔、武功，北距萬年、長安。毛氏：錦衣，采色也。狐裘，朝廷之服。疏：錦者，雜綵爲文，故云綵衣。白狐皮爲裘，其上加錦衣爲裼，又加皮弁服也。《玉藻》注：君衣狐白毛之裘，則以素錦爲衣，覆之使可裼也。袒而有衣曰裼。必覆之者，裘，褻也。凡裼衣、上衣象裘色，裘是狐白則上服亦白，皮弁服以白布爲之。衣之白者，唯皮弁服耳。《玉藻》又云：錦衣狐裘，諸侯之服也。謂在天子之朝服此耳，受天子之賜歸，則服之以告廟，於後不服。其視朝受聘，則服麑裘也。箋：渥丹，言赤而澤也。漬，疾賜反。二章，疏：黻在裳，言黻衣者，衣大名，與繡裳異其文耳。刺，七亦反。

黄鳥秦六。哀三良。

經　《左氏傳釋文》：車音居。鍼，其廉反。惴，之瑞反。《地理考異》：《括地志》：

秦穆公冢，在岐州雍縣東南二里。三良冢，在雍縣一里故城内，今鳳翔府大興縣也。

傳　一章，貿音茂。殉，辭順反。穆公卒，以三良殉事，見《左氏傳・文六年》。　題下，以遺之遺，于醉反。從死之從，才用反。與，羊茹反。

晨風秦七。　婦人念其君子。　異。

經　二章，櫟，見《唐・鴇羽》苞栩注。

傳　一章，疏：鸇似鷂，青黄色，燕頷勾喙，嚮風摇翅，乃因風飛急疾擊鳩鴿燕雀食之。鸇，張連反。勾音鉤。鴿音閤。　扊，以冉反。扅，戈支反。户扃也。《風俗通》：百里奚爲秦相，所賃澣婦自陳能歌，呼之，援琴撫弦而歌曰：百里奚，五羊皮。始别時，烹伏雌，炊扊扅。今富貴，忘我爲？問之，乃其妻也。伏，扶富反。　二章，疏：駮，獸名，似馬，白身黑尾。此駮木名，梓榆也，樹皮青白駮犖，遥視似駮馬。崔豹《古今注》：山中有木，葉似豫章，皮多癬駮，名六駮。　三章，疏：木有唐棣、常棣，傳必以爲唐棣，未詳聞也。赤羅，今楊檖，又名山梨、鹿梨、鼠梨，實亦有大如梨之美者。　酢，七故反。

無衣秦八。　秦人樂攻戰。　異。

經　此蓋天子命襄公討西戎時詩，『王于興師』一語可見。

先王之制，民居於近郊者，五家爲比，五比爲閭，四閭爲族，五族爲黨，五黨爲州，五州爲鄉。居遠郊者，則有鄰、里、酇、鄙、縣、遂。而家之數如鄉之數，使之相保相受，救其凶災而賙其不足。其在野則八家同井，使之友助扶持，有事則會萬民爲卒伍而用之。平居暇日，情意之孚，恩愛之接，固已彼此交得懽心；一旦同在戰陣，晝識面貌，夜記聲音，而左提右挈，協心力戰，可以揚威而制勝；不幸而敗，亦爭相爲死，此王者之兵所以無敵也。秦舊周也，先王遺化猶有存者，其曰『豈曰無衣，與子同袍』者，相賙之意也。『修我戈矛，與子同仇』者，相死之心也。但秦不善用之，一導之以武事而不知以禮，故敦厚之風，化爲剛暴之氣，而遂至於不可禁也。此詩之作，君子知其有漸矣。酇，子管反。賙音周。　西戎乃秦人不共戴天之讎，而又有王命興師，是以同心疾之，謳吟思鬬。雖其風俗所致，然以義動者，人樂爲之死，亦必然之理也。

傳　一章，疏：《玉藻》：纊爲襺，緼爲袍。注：緼謂今纊及舊絮，然則純著新緜爲襺，雜用舊絮爲袍。其制度則一，故云：袍，襺也。襺，古典反。緼，於粉反。《詩記》：《曲禮》疏：戈，鉤孑戟也。如戟而横安刃，但頭不嚮戟上爲鉤也。直刃長八寸，横刃長六寸，刃下接柄處長四寸，并廣二寸。《周禮·冬官》戈柲六尺有六寸，注云：柲，猶柄也。孑，居列反。柲音祕。疏：《考工記》酋矛常有四尺，注：八尺曰尋，倍尋曰常。常有四尺，是二丈也。夷矛則三尋，長二丈四尺。　二章，澤即襗，蓋古字通也。《説文》襗，絝也。絝即袴。　題下，招音喬，舉也。朝音潮。易，以豉反。

渭陽秦九。康公送舅。

傳　一章，疏：雍在渭南，水北曰陽。晋在秦東，行必渡渭。《郡縣志》：京兆府咸陽縣，本秦舊縣，渭水，南去縣三里。秦咸陽，在今縣東二十二里。《周禮》：巾車，金路以封同姓，象路以封異姓，革路以封四衛，木路以封蕃國。皆諸侯也，故人君之車曰路車。二章，疏：瓊者，玉之美名，非玉名也。瑰是美石之名。瓊，毛氏韻赤玉。題下，《左氏傳》及《史記》：晋獻公佹諸娶于賈，無子。賈，姬姓國。烝於齊姜，武公妾。生秦穆夫人、太子申生。又娶大戎狐姬生重耳，大戎，唐叔子孫别在戎狄者。小戎子生夷吾。允姓之戎。子，女也。伐驪戎，驪戎男女以驪姬，姬姓男爵。生奚齊，其娣生卓子。驪姬嬖，欲立其子。十一年，譖使太子居曲沃，重耳居蒲城，夷吾居屈，羣公子皆鄙。二十一年，驪姬使太子祭齊姜，歸胙于公，姬毒而獻之。太子縊，重耳、夷吾皆出奔。獻公使荀息傅奚齊。二十六年，獻公卒，奚齊立，大夫里克殺之。荀息立卓子，里克又殺之。齊桓公、秦穆公納夷吾，是爲惠公。元年，殺里克，許賂秦伯而不與。六年，秦伐晋，獲晋君，既而歸之。八年，太子圉質於秦。十三年，逃歸。十四年，惠公卒，子懷公圉立。初，重耳之出也，至狄，又過衛、齊、曹、宋、鄭、楚，楚送諸秦，秦伯納女五人。懷公立之明年，秦伯納重耳，是爲文公。佹音晷。重，平聲。女以之女，去聲。子金子：申生既是世子，則齊姜當是元妃，左氏所載或失其實。《左氏傳·文六年》：晋襄公卒，靈公少，晋人以難故，欲立長君。公子雍仕秦，襄公庶弟。趙孟使先蔑逆之。趙孟，趙盾。七年，秦康公送公子雍於晋。穆嬴日抱太子啼於朝，穆嬴，襄公夫人。太子夷皋即靈公。宣子患穆嬴，宣子即趙孟。乃背先蔑立靈公，以禦秦師，敗之于令狐。八年，秦人伐晋，取武城，以報令狐之役。十年春，晋伐秦，取少梁。夏，秦伐晋，取北徵。十二年，秦伐晋，取羈馬，晋人禦之，秦師夜遁。宣元年，晋侵崇。秦與國。二年，秦伐晋，圍焦。皆因令狐之役，而相侵伐之不已也。令音零。

權輿秦十。君待賢者有始無終。

傳　一章，《詩緝》：造衡自權始，造車自輿始。　二章，疏：簋是瓦器，亦以木爲之。圓曰簋，内方外圓也，以盛黍稷。方曰簠，内圓外方也，以貯稻粱。皆容一斗二升。公食大夫禮是國君與聘客禮食，故宰夫設黍稷六簋。今惟四簋，蓋謂之每食則燕食耳，非禮食也。　題下，耆與嗜同。爲，去聲。鉗，巨廉反。强，上聲。

秦詩譜

愚案：秦仲立爲附庸之君，十八年，宣王命爲大夫，二十三年死於戎。子莊公立，襄公追稱公。四十四年卒。子襄公立，七年，救周有功爲諸侯，於是始國，與諸侯通使，十二年卒。子文公立，五十年卒。孫寧公立，十二年卒。三父立少子出子，六年，三父弒之而立寧公之太子武公，二十年卒。弟德公立，二年卒。子宣公立，十二年卒。弟成公立，四年卒。弟穆公任好立，三十九年卒。子康公罃立，十二年卒。十二君，二百三十六年，詩十篇，可譜者七篇。《權輿》，恐康公以後詩也。

車鄰　駟驖　小戎

終南　無衣

右襄五詩。《車鄰》，序以爲秦仲，愚竊謂秦仲固嘗爲附庸之君，以西戎滅大駱之族，宣王命爲大夫。蓋日與戎戰，六年而死，非可樂時也，詩語不類。然則《車鄰》實襄公詩爾。

渭陽

右穆一詩，康公爲太子時作，正穆世也。

黄鳥

右康一詩。三良殉穆，則詩作於康世。

陳一之十二變十。

傳　外方，見《王風》。孟諸，《前編》：在應天府虞城縣西北。虞閼父至封陳，見《左氏傳·襄二十五年》閼，於葛反。父，匪武反。大音泰。妻，七計反。《樂記》：武王封黄帝之後於薊，封帝堯之後於祝。《史記》：封黃帝之後於祝，帝堯之後於薊。《通鑑外紀》從《樂記》，蘇子由《古史》及《皇王大紀》、鄭漁仲《通志》諸書多從《史記》。薊音計。　疏：恪者，敬也。王者敬先代，封其後三恪，尊於諸侯，卑於二王之後。　好，呼報反。樂，魚教反。覡，胡狄反。男曰覡，女曰巫。

宛丘陳一。　刺歌舞無度。

傳　一章，思，息字反。樂音洛。　二章，疏：吳揚人謂之白鷺，齊謂之春鉏，頭上長毛長尺餘，毵毵然與眾毛異好，欲取魚時則弭之。楚威王時，有朱鷺合沓飛翔而來舞。然赤者少，此所持其白羽也。毵，蘇含反。《詩記》：冬夏，祁寒大暑之時也，人之好樂於是時，必少息焉。今也『無冬無夏』，則它時可知矣。　三章，疏：《離》九三『鼓缶而歌』，則是樂器。《坎》六四『樽酒簋，貳用缶』，注云：大臣以王命出會諸侯，主國尊於簋，副設玄酒以缶，則又是酒器。《左傳·襄九年》『宋災，具綆缶』，則又是汲水之器。然則缶可以節樂，若今擊甌，又可以盛水、盛酒，即今之瓦盆也。

東門之枌陳二。　男女相樂。

經　一章，栩，見《唐·鴇羽》

傳　一章，枌，見《唐・山有樞》。　著，陟畧反。　疏：婆娑，盤辟舞。《詩記》：婆娑不必是舞，但徘徊翱翔之義。　二章，疏：善旦，謂無陰雲風雨。　三章，芘芣，音毗浮。　疏：一曰蚍衃，小草，多華少葉，葉又翹起，似蕪菁，華紫緑色，可食，微苦。　遺，去聲。

衡門陳三。　隱居自樂。　異。

經　二章，魴，見《周南・汝墳》。　三章，《本草》：鯉魚脊中鱗一道，數至尾無大小，并三十六鱗。有赤鯉、白鯉、黄鯉三種。

前一章有自足之意，後兩章無外慕之心。　此雖賦體，而實似比也。

傳　一章，《考工記》門阿，注：棟也。疏：屋脊。　《爾雅》：門側之傍堂謂之塾。注：夾門堂。《顧命》疏：塾，門内北面。　《考工記》門堂，注：門側之堂。引《爾雅》門側之堂謂之塾。則堂即塾也。今又案屋之基亦曰堂，《大誥》弗肯堂，注：不肯爲堂基。如《周禮》堂崇三尺，堂崇一筵。《禮記》：天子之堂九尺。《史記》：坐不垂堂。皆指堂基而言也。今傳上既有塾字，則堂字作基説爲長。　《説文》：宇，屋邊，即屋四垂也。

《衡門》之詩，隱士所作。阿塾堂宇，傳因疏文之舊，亦大約言門之深者有是名也。命士之堂三尺，庶人蓋無級門之制，豈復若是巍巍哉。然則衡門固隱士之常爾。

泌，泉水也。毛傳文疏：《邶》有『毖彼泉水』，知泌爲泉。《詩緝》：『毖彼泉水』，乃毖然流出貌。毛以此泌與彼毖字異義同，亦當爲泉水之流貌，非謂泌爲泉水也。

東門之池陳四。男女會遇。異。

傳　一章，漬，疾賜反。　晤，毛氏：遇也。箋：猶對也。　解，下介反。　三章，韌，而振反。疏：菅似茅而滑澤，無毛，根下五寸，中有白粉者。柔韌宜爲索，漚乃尤善。

東門之楊陳五。男女期會不至。異。

傳　一章，啟明，見《小雅·大東》傳。　二章，肺，《釋文》：普貝、蒲貝二反。

墓門陳六。刺無良。異。

經　二章，鴞，于驕反。

傳　二章，疏：鴞，一名鵩與梟，一名鴟。陸璣云：大如斑鳩，緑色，惡聲之鳥也，入人家凶。賈誼所賦鵩鳥是也。其肉甚美，可爲羹臛，又可爲炙。《詩緝》：鴞，怪鴟也，鵩也，鵂鶹也，即《瞻卬》之「爲梟爲鴟」也。或曰：鵩似鴞，則鴞又非鵩矣。梟，古么反。臛音壑。鵂鶹，音休留。

序　《春秋·桓六年》：秋八月，蔡人殺陳佗。《左氏傳》：陳侯鮑卒，文公子佗殺太子免而代之，蔡人殺五父而立厲公。五父，陳佗也。免音問。父音甫。

防有鵲巢陳七。男女有私憂間。異。

傳　一章，疏：苕，饒也。幽州謂之翹饒，蔓生。　迂，居望反。間，居諫反。　二章，疏：瓴甋，一名甓，郭璞：甗甎也。瓴音零。甋，都歷反。甗音鹿。

月出陳八。男女相悦而相念。異。

經　《詩緝》：皎，月光皎潔。皓，月光之白。興佼好之人，明豔白質，如月之初出而皎潔。《神女賦》：其少進也，皎若明月舒其光。正用此。《詩記》：照，月光之被物。慘，言不舒而幽愁。此詩用字聱牙，意者其方言歟。

株林陳九。刺靈公淫夏姬。

傳　一章，《寰宇記》：陳州西華縣西南三十里，有夏亭城，城北五里有株林。《郡縣志》：宋州柘城縣本陳之株邑，故柘城在寧陵縣南七十里。　疏：徵舒字子南，以字配氏，謂之夏南。徵，陟陵反。　靈公名平國，共公子。　題下，案《左氏傳》、《史記》：靈公十四年，公與其大夫孫寧、儀行父通於夏姬，皆衷其衵服以戲于朝，泄冶諫曰：公卿宣淫，民無效焉！公告二子，二子請殺洩冶，公弗禁，遂殺之。十五年，公與二子飲於夏氏，謂行父曰：徵舒似汝。對曰：亦似君。徵舒怒，公出，自其厩射而殺之。二子奔楚，徵舒自立爲陳侯。明年，楚莊王伐陳，殺徵舒，立靈公子午，是爲成公。父，方武反。衵，汝栗反，婦人近身内衣。射，食亦反。御，魚巨反。

澤陂陳十。　男女相念。

經　輾轉，見《周南・關雎》傳。

《月出》，男子思婦人也。《澤陂》，婦人思男子也。

傳　陳國下，錯，七故反，重平聲。復，方六反。

陳詩譜

陳詩十篇，惟知《株林》爲靈公之詩，餘不知何世。靈公者，胡公之十八世也，靈公十五年弑，當周定王之八年，魯宣公之十年。

檜一之十三變十。

傳　《左氏傳》：顓頊氏有子曰犂，爲祝融。《楚語》：顓頊命南正重司天以屬神，火正黎司地以屬民。火當爲北。《史記·楚世家》：帝顓頊高陽生稱，稱生卷章，《世本》名老童。卷章生重黎，重黎二人，司馬誤合。爲帝嚳高辛火正，甚有功，能光融天下，帝嚳命曰祝融。祝，火。融，明也。共工氏作亂，帝使祝融誅之而不盡，帝乃誅重黎，而以其弟吴回居火正爲祝融。吴回，亦卷章生。吴回生陸終。陸終子六人，其四曰會人。《詩》疏：此即檜之祖也，妘姓。檜本祝融所封之墟，唯妘姓之後處其地。妘音云。稱，尺證反。外方，見《王風》。《前編》：滎波，孔氏以爲一水。《周禮·職方》：其川滎雒，其浸波溠。則二水也。泲水入河而南出溢爲滎，今鄭州滎澤是其處。《爾雅》：水出自洛爲波。而《山海經》曰：婁涿之山，波水出其陰，北流注于穀。二説未知孰是。西漢末，泲水不復南溢而滎涸。滎音榮。溠音詐。泲，子禮反。《家説》：《公羊傳·桓十一年》古者鄭國處于晋，先鄭伯有善於鄶公者，通乎夫人，乃取其國而遷鄭焉。《鄭語》：桓公友[二]寄帑於虢、鄶。《周語》：鄶由叔妘。注：鄭武公滅之，則通乎叔妘者武公也。　鄶滅，又見《鄭譜》。　爲，于僞反。

愚案：《檜風》急迫褊陋，《鄭風》放蕩淫邪，蘇氏之説恐未然也。以《詩》之次言之，魏列晋前，其意似邶、鄘之於衛，鄭、檜相去遠，恐亦不得爲此例。

羔裘檜一。國君好潔衣服游宴，不彊政治。

經　羔裘、狐裘，國君所得服，非奢也。然羔裘以視朝可也，而以逍遥翱翔；狐裘朝天子可也，而以自朝其羣臣，則固已失禮之正矣，而又不能彊於政治，惟服其服，尸其位而已。觀如膏、有曜之言，則實有好潔衣服之僻。大夫見其暗弱，必又諫而不從，故曰：我豈不於是而思之？然知其終不可格君之心，惟心勞而憂忉忉耳。久則憂而至於傷，又久則不可形之於言，惟中心自傷悼耳。

傳　一章，《詩緝》：狐裘有白，有青，有黄。《玉藻》云：君衣狐白裘，錦衣以裼之。此狐白裘也。又云：君子狐青裘豹褎，玄綃衣以裼之。此狐青裘也。又云：狐裘黄衣以裼之。此狐黄裘也。鄭氏以狐白之上加皮弁服，天子以日視朝，侯在天子之朝亦服之。以黄衣狐裘爲大蜡之後作息民之祭則服之。《郊特牲》云：黄衣黄冠而祭，息田夫也。引此爲證。以狐青爲臣下之服，諸侯不服之。《玉藻》稱君子狐青裘，注：以君子爲大夫士也。此詩狐裘不言其色，鄭氏以爲黄衣狐裘，謂檜君以祭服而朝也。蘇氏以爲狐白，謂檜君以朝天子之服而聽其國之朝也。二説不同。狐青爲臣下之服，非檜君所服。檜君好潔，其衣服亦必不服狐黄，當從蘇氏以爲狐白。　卒章，漬，疾賜反。

素冠檜二。　思見三年之喪。

經　舉世不能行三年之喪，有人獨能行之，君子以絶無而僅見，故悲且喜而作此詩也。一章，三句皆言服喪之人，謂今我庶幾見此服素冠者，蓋不特衣冠之合度，抑且急於哀戚而顔容悲其瘦瘠，其心哀而憂勞。二、三章，首句復言其服，下二句則君子之自言也心傷悲、心蘊結，悲其盡哀也。與同歸、與如一，喜其盡禮也。上言勞心，下言我心，故所指有彼此之異。

傳　一章，縞，古老反。紕，并移反。則冠之冠，去聲。　禫，徒感反，除服祭名。《儀禮》疏：二十七月禫，徙月樂。二十八月復平常正作樂也。間，間廁之間，去聲。　三章，韠，見《曹·候人》。　韍，分物反。　題下，疏：肖，似也。不有所似，謂愚人也。《檀弓》云：子夏既除喪而見，夫子予之琴，和之而不和，彈之而不成聲，作而曰：哀未忘也，先王制禮而弗敢過也。子張既除喪而見，予之琴，和之而和，彈之而成聲，作而曰：先王制禮不敢不至焉。彼説子夏之行，與此正反，必有一誤，或當父母異時也，毛公當有所據。今案劉向《説苑》亦載此事，與毛傳同，但以子路爲子貢。然夫子之於門人，未有稱其字者，恐毛公所傳或誤爾。　爲，于僞反。衰，倉回反。見，賢遍反。援，于元反。衎，苦旦反。夫三之夫，音扶。

隰有萇楚檜三。　民苦政賦，不如草木。　異。

傳　一章，疏：《爾雅》萇楚，一名銚弋。《本草》一名羊桃。陸璣：葉長而狹，華紫赤色，其枝莖弱過一尺，引蔓于草上。銚音遥。　少，詩照反。　二章，累，良僞反。

匪風檜四。　賢人嘆周室衰。

傳　二章，飄，符遥反，類隔切，今易并遥反。《釋文》又必遥反。　疏：廻風，旋風也。三章，《説文》：鬵，大釜。一曰鼎，大上小下，若甑曰鬵。

曹一之十四變十二。

傳　《鄭譜》曹在濟陰定陶，夾於魯衛之間。　疏：曹都在濟陰，其地則踰濟北，魯在其東南，衛在其西北。　《前編》：陶丘，在今曹州定陶縣。　雷夏，今濮州雷澤縣。西北雷夏陂，東西二十里，南北十五里。　計古雷澤必大於今。　荷澤在今曹州濟陰縣南三里。

蜉蝣曹一。　刺見近忘遠。

經　子金子：君子念夫人雖不知久遠之計，而亦知所以自修，故心之憂之，而欲其以我爲歸也。　蓋君子之於人，無不欲其入於善，苟有一毫自治之心，固君子之所欲進之也。

傳　一章，疏：蜉蝣，聚生糞土中，似甲蟲，有角大如指，長三四寸。甲下有翅，能飛。夏月陰雨時，地中出，豬好噉之。　蛣，去吉反。　蜣，去王反。　《爾雅》注：身狹而長，有角。傳當加『有』字。　三章，掘閲，疏：此蟲土裏化生，言其掘地而出，形容鮮閲也。　閲者，悦懌之意。

朱子不取《詩緝》更閱，謂升騰變化也。

候人曹二。　刺君近小人。

經　一章，戈，見《秦・無衣》。

傳　一章，疏《夏官・候人》：上士六人，下士十有二人，史六人，徒百有二十人。則諸侯候人亦應是士，而徒數必少。其職『各掌其方之道治，與其禁令，以設候人』，注：禁令，備姦寇也。設候人者，選士卒以爲之。有四方來者，則致之于朝，歸則送之于竟。荷戈兵防衛姦寇。殳，見《衛・伯兮》。　疏《玉藻》韠之制『下廣二尺，上廣一尺，長三尺，其頸五寸，肩革帶博二寸』，祭服謂之芾，它服謂之韠。緼，赤黄之間色，所謂韎也。珩，佩玉之珩。黑謂之黝，青謂之葱。《周禮》，公侯伯之卿三命，下大夫再命，上士一命。曹爲伯爵大夫再命，是大夫以上皆服赤芾，於法又得乘軒，故連言之。軒，大夫之車也。緼音温。韎音妹。黝，於九反。　晋文公入曹事，在《左氏傳・僖二十八年》。　僖負羈，曹賢大夫。　二章，鴮音烏，一作洿。疏：今鵜鶘也，好羣飛，入水食魚，形似鶚而極大，喙長尺餘，直而廣，口中正赤，頷下胡大如數升囊。若小澤中有魚，便羣共杼水，滿其胡而棄之，令水竭，乃共食魚。鶘音胡。杼，丈吕反。《詩緝》：鵜鶘當入水中食魚，今乃在魚粱之上，竊人之魚以食，未嘗濡濕其翼。如小人居高位竊禄，不稱其服也。　三章，稱，尺證反。

鳲鳩曹三。 美君子用心均一。 異。

傳　一章，秸，戛、吉二音。 鞠音菊。《爾雅》作鴶鵴。 又名穫穀。 陸璣又名擊穀。 又名桑鳩。 或謂之肩題。 齊人名擊正。 案戴勝自生穴中，不巢生，而《方言》云戴勝非。《詩緝》凡十一名。　子金子：如結，言心不放。　二章，疏：《玉藻》：雜帶，君朱緑，大夫玄華，士緇辟。是有雜色飾焉。 弁類多矣，韋弁以即戎，冠弁以從禽，弁絰以弔凶，不得與絲帶相配，唯皮弁是視朝常服。

下泉曹四。 思治。

經　《詩記》：《匪風》、《下泉》，雖皆思周道之詩，然《匪風》作於東遷之前，此一時也；《下泉》作於齊桓之後，又一時也。

泉固以潤物也，然必於春夏之時乃能發生，至於寒則不適於用，而徒以浸彼稂蕭蓍草而又傷之耳。 於以見王澤不下流，而所被之政非澤也，所以寤而即嘆，以念先王之治。 寤嘆則見其憂思之極，嘆之不已，惟寐則已爾。 卒章，則先王之政也。

傳　卒章，《左氏傳》注：解縣西北有郇城。 服虔曰：郇國在解縣東。　題下，復，扶又反。 間，居莧反。 治，去聲。

曹詩譜

曹叔振鐸至共公八十五世，而有《候人》詩，其言與《左氏傳》合，餘三詩莫知其世。

豳一之十五變十三。

《詩記》：《豳》居風雅之間，何也？風之所爲終，而雅之所爲始也。變風終於《曹》，思明王賢伯之不可得，於是次之以《豳》，反之於周公，而後至於《鹿鳴》，言周之所以盛者，由周公也。周世次見《周南》。子金子：公劉之遷豳也，史謂周道之興自此，則《國語》所謂十五王而文始平之者。自公劉數之爾，不然則以有德之宗數之，猶殷言賢聖之君六七，漢言七制之主也。讀《篤公劉》之雅，可想見公劉度地建國、和輯人民之規焉；讀《七月》之詩，可想見豳民因天力本、孝慈忠愛之俗焉。漢儒舊序以《篤公劉》爲召康公之所獻，以《豳·七月》爲周公之所陳。意者豳之遺詩歟，召公獻之以備燕享之樂，使成王知立國勤勞之故；周公陳之以爲矇工之誦，使成王知故國衣食之原：故《篤公劉》列於雅，而《豳·七月》自爲風。蓋自三聖相授，其禮樂聲教之盛，漸被四海。后稷於此，有部家室，子孫皆有令德；其後雖當夏道衰微，一再轉徙，而修其訓典，奕世載德；加以公劉之賢，生聚再繁，邦家再盛。故國人叙其建立之規，道其風土歌謡之美，吹之管籥，和以土鼓。周人世守之，以爲其先公之樂，至有天下，而亦專官掌之。周官籥章之職，掌土鼓豳籥是也。土鼓葦籥，皆堯之遺音也，而豳籥則公劉之遺音也。豳籥所歙之詩，則豳詩。豳雅，豳頌也。豳詩，《七月》之詩也。豳頌，雖不知其的爲何詩，而《篤公劉》之篇，豈非豳雅之詩歟？或者顧謂公劉之時，夏道將墜，國介戎狄之間，計無文物，《篤公劉》、《七月》之詩，蓋出周、召之筆，追述先公之事爾。是獨不思夏當三聖之後，義理素明，言語素雅，其文章最盛，但載籍失其傳耳。其存者與其雜見傳記者，可想見也，豈至周、召之時，而後始有如此之文哉？且周詩固有追述先公之事者，然皆明著其爲後人之辭。《生民》之詩，述后稷之事也，而終之曰以迄于今；《緜》之詩，述古公之事也，而係之以文王之事：此皆後人之作也。若《篤公劉》之詩，極道岡阜、佩服、物用、里居之詳，《七月》之詩，上至天文、氣候，下至草木、昆蟲，其聲音、名物，圖畫所不能及，安有去之七百歲，而言情狀物如此之詳，若身親見之者？又其末無一語爲追述之意？吾是以知其決爲豳之舊詩也，況史氏已明言詩人歌樂思其德乎。雖然《七月》爲豳之舊詩固也，何以不居《二南》之前，而居變風之末歟？曰：《詩》皆采之當世，而前世之詩，存者不可泯也，故《豳・七月》附於十五國風之後，猶《商・那》附於三頌之末也。《七月》即非周公之所自作，何以係周公諸詩？曰：豳，周公之采邑也。周公食邑於豳、岐之間，以其爲周之舊邑，故曰周公。然周即爲一代有天下之號，則周公之詩，不可謂之周而謂之豳焉。《豳》詩既周公之所陳，故凡周公之所作，與爲周公而作者，皆附之。然則《公劉》爲雅，《七月》獨不可爲雅歟？曰：風雅固各有體也。　音并見《周南》。

七月豳一。周公陳戒成王。

經　一章，《詩緝》：畞，大抵以南爲正，故每曰南畞。　五章，爲，于僞反。　六章，毛氏：春酒，凍醪也。疏：凍時釀之，即《酒正》三酒中清酒也。《詩記》：《月令》注：古者穫稻而漬米麴，至春而爲酒。　毛氏：眉壽，豪眉也。疏：人年老者，必有豪眉秀出。《詩緝》：眉壽，衰矣，養氣體焉，以助之也。　斷，絶之之義，當音短。　七章，索，素洛反。　卒章，沖，直弓反。　兕觥，見《周南·卷耳》。

凡事豫則立，《七月》之詩，豫而已矣。有天下國家者，豫其所當豫，則無有不善矣。詩中以日言者，雖爲建子之義，其實主於陽而言，然止於四之日者。『春日載陽』、『春日遲遲』，即辰月也，蠶事必在季春故也。建巳爲正陽之月，不曰六之日，而曰四月者，蓋陰陽之生皆以漸，夏至一陰生，非生於夏至之日，謂至夏至之日而成一陰也。其始實自小滿之日，六陽已極，而微陰萌兆，馴致而成。故君子探其理於建巳，惟以月言之也。

傳　一章，放，甫兩反。篇内同，下去聲。　《晉天文志》：東方心三星，天王正位也。中星曰明堂，天子位；前星爲太子；後星爲庶子。　子金子：《堯典》：仲夏火中。《月令》則季夏昏心中，季冬曉心中。故周家有火中寒暑乃退之説，謂季夏火昏中，暑極而退；季冬火曉中，寒極而退也。豳公之詩，上距堯未遠，歲差不多，故七月之昏，則亦見火之西下矣。　《釋文》：耜，耒下耓也，廣五寸。耒，耜上句木也。耜，古以木爲之。《易》曰：斲木爲耜，揉木爲耒。亦以金爲之，《周禮》注：古者耜一金，兩人併發之。耓，他丁反。耒，盧對反。句音鉤。長，知丈反。

《甫田》箋：田畯，司嗇，今之嗇夫也。《韻會》、《詩詁》云：《周禮》無田畯之職，蓋六遂中鄰、里、酇、鄙、縣、遂之長，高者爲大夫，卑者爲士，通稱田畯，蓋農田之俊也。

瞽矇，見《綱領》。　《周禮》注疏：諷，誦。謂闇讀之，不依琴瑟而詠也。　二章，倉庚，見《周南·葛覃》。　稺，直利反。　蘩，見《召南·采蘩》。　啖音淡。遠，于願反。　三章，萑葦，見《秦·蒹葭》　疏：斨即斧也，唯銎孔異耳。隋，狹而長也。銎，斧斤受柄處也。隋，徒禾、湯果二反。銎，曲容反。　疏：《春秋》：伯趙氏司至。伯趙，鵙也。以夏至來，冬至去。陳思王《惡鳥論》云：伯勞以五月鳴，應陰氣之動。陰爲殘賊，蓋賊害之鳥也。其聲鵙鵙，故以其音名云。《詩緝》、《月令》：仲夏，鵙始鳴。蓋至七月則鳴之極而將去矣。　毛氏：朱，深纁也。祭服玄衣纁裳。　四章，箋：物成自秀葽始。《詩緝》：曹氏曰：《釋草》葽繞，蕀葾。注云：今遠志也，其上謂之小草。《說文》云：劉向說葽味苦，謂之苦葽。《本草》遠志又有棘葾、繞葽、細草三名，四月采根葉陰乾。參訂諸說，知葽爲遠志矣。四月陽氣極於上，而微陰已受胎於下，葽感之而早秀。案嚴粲：葽，毛不指爲何草，鄭疑爲王萯，陸璣亦無明說，唯曹氏以爲遠志，證據甚明。　萯音婦。　《詩緝》：蜩，蟬也，諸蟬之總名。《釋蟲》云：蜩蜋、蜩螗，蜩。郭璞引《夏小正》云：蜋蜩者五色具，螗蜩者蝘，俗呼爲胡蟬。故《爾雅》疏蜩者目諸蟬也。蜋音郎。

螗音唐。蝘音偃。《説文》：草木皮葉落墮地爲蘀。疏：于，往也。于貉言往不言取，狐貍言取不言往，皆是往捕之而取其皮。故毛言：于貉，謂取狐貍皮。并明取之意也。今案《爾雅》『貍、狐、貒、貈，醜』，是四物同類也。又別條疏：《字林》云：貈似狐，善睡，其子名貆。詳此則貉與狐貍非一物，傳以爲一物，未詳。貒音湍。貈即貉字。貆音喧。五章，《爾雅》：蜇螽，蜙蝑。注疏：所謂舂黍也，幽州謂之舂箕，蝗類也。長而青，長角，長股，股鳴者也。或謂似蝗而小，斑黑其股，似玳瑁。五月中以兩股相切作聲，聞數十步。《詩緝》：舊説以爲即螽斯者非。蜇音斯。蜙蝑音嵩須。疏：《爾雅》：翰，天雞。謂小蟲，黑身赤頭，一名莎雞，一名酸雞，又曰樗雞。陸璣：如蝗而斑色，毛翅數重，其翅正赤。六月中飛而振羽，索索作聲。幽州謂之蒲錯，今絡緯蟲是也。翰音翰。李氏：《考工記》以股鳴者，以翼鳴者。以股鳴者，斯螽是也。以翼鳴者，莎雞是也。蟋蟀，見《唐·蟋蟀》。箋：在野至入床下，皆謂蟋蟀也。言三物如此者，將寒有漸，非卒來也。疏：篳户以荆竹織門，以荆竹通風，故泥之。愚案：穹窒兩句，四事皆治室之事，塞向以禦北方之寒氣，墐户以禦南方之寒氣，謂之穹室，則南牖亦或塞之矣。六章，疏：鬱，唐棣之類，樹高五六尺，實大如李，正赤，食之甜。《本草》一名雀李，一名車下李。蘡薁，亦鬱類而小別。晋《宫閣銘》云：華林園中有車下李三百一十四株，薁李一株。車下李即鬱，薁李即薁，二者相類而同時熟，故言鬱薁也。蘡，於盈、於耕二反。《詩記》：葵，承露也。大莖小葉，華紫黄色，可茹。公儀休所援是也。《埤雅》：有紫白二種。

《小宛》疏：菽，大豆也。采其葉以爲藿，以芼牛，謂以鼎煮牛，取其骨體，置之於俎，其汁則芼之以藿，調以五味，乃盛之於鉶，謂之鉶羹。鉶音刑。　釀，女亮反。　《詩記》：壺，枯者可爲壺，嫩者可供茹。疏：甘瓠可食，就蔓斷取而食之。李氏：壺性蔓生，斬之故曰斷。　荼，見《邶・谷風》。　少，式照反。長，知丈反。　七章，秸音戛。《説文》禾，藁去皮。　稻，稌也。性宜水，即今南方所食稻也。稌音杜，又音土，又通都反。秫音述，糯也，又稷之黏者。　菰音孤。《韻會》：雕菰也，亦作雕胡。即枚乘所謂安胡之飯，今所食茭苗米也。粱，粟也。　愚案：麥非納於十月也，此蓋緫言農事畢爾。　卒章，《左氏傳・昭四年》：其藏冰也，深山窮谷，固陰沍寒，於是乎取之。注：沍，閉也。必取積陰之冰，所以道達其氣，使不爲災。道，去聲。　疏：沖沖，非貌非聲，故云鑿冰之意。　《天官・凌人》：掌冰，正歲十二月令斬冰。注：正，謂夏正。正歲，冬季。　《禮》：獻羔，祭司寒也。　著，直略反。　《左氏傳》：食肉之禄，冰皆與焉。大夫、命婦喪浴用冰。又曰：自命夫命婦至於老疾，無不受冰。冬無愆陽，至民不夭札。皆《左氏傳》文。注：食肉之禄，謂在朝廷治其職事就官食者。命婦，大夫妻也。老，致仕在家者。愆，過也。愆陽，謂冬温。伏陰，謂夏寒。苦雨，霖雨爲人所患苦。厲，惡氣也。短折爲夭，夭死爲札。與音預。札，側八反。　燮，悉協反。　《儀禮・鄉飲酒禮》：尊兩壺于房户間。《士冠禮》注：置酒曰尊。今傳云兩尊壺，恐傳寫之誤。　《詩記》：豳之先公，國容未備，無君臣之間，故曰『朋酒斯饗，曰殺羔羊，躋彼公堂，萬壽無疆』。　題下，中音仲。

歙，即吹字。

鴟鴞豳二。周公遺成王。

經　《前編》：武王崩，成王立，年十三，周公位冢宰，正百工。成王元年，三叔流言於國曰：公將不利於孺子。周公乃告二公曰：我之弗辟，我無以告我先王。於是辭位出巡狩於邊。鄭康成曰：周公遭流言之難，避之而居東都。朱子謂弗避之説，宜從鄭氏。蓋是時三叔方流言於國，周公處兄弟骨肉之間，豈應以語言之故，遽興師以誅之？聖人氣象，大不如此。且王方疑公，公固不應不請而自誅之。若請之於王，王亦未必見從，當時事勢亦未必然也。《前編》又曰：周公居東二年，則罪人斯得。孔氏以居東爲東征，非也。斯得者，遲之之辭也。朱子曰：管、蔡流言，成王疑之，未知罪人之爲誰也。及周公居東二年，成王悟，乃知罪人在管、蔡也。若曰所謂罪人者，今得之矣。或問居東二年，非東征乎？朱子曰：成王方疑周公，周公豈得即東征乎？二年，猶待罪也。成王三年，周公爲詩以貽王，名之曰《鴟鴞》。後王感風雷之變，迎周公反國。三監及淮夷叛，周公乃作《大誥》，東征誅管叔，殺武庚，放蔡叔，寧淮夷東土，三年而後定。　子金子：《七月》之詩，周公遭變時所陳也。夫成王方有疑於周公，公方避位居東，而顧爲是諄諄幾於强聒者。嗟乎！此周公忠愛之誠也，夫豈以居東而遂忘其君也哉？然亦惟居東故可以忠告爾，向使居中秉國，則成王益深不利之疑，雖吐赤心，其孰能信之。聖人所處，其脱然無累之心，與其拳拳不已之心，并行不悖也。于後公乃爲詩貽王，名曰《鴟鴞》，則《鴟鴞》最後作也，成王之疑亦將釋矣。《鴟鴞》之詩，其情危，其辭急，蓋有以憂武庚之必反，王室之必摇也。夫昔也武庚以周公利權間三叔，而今也奄君又以周公見疑嗾武庚，則躑躅之變，勢所必至。故周公汲汲爲成王言之，爲鳥言以自喻，或以喻先王也。曰『鴟鴞鴟鴞，既取我子』，謂其已誘管蔡也。『毋毀我室』，謂其勿更摇毀王室也。『恩斯勤斯，鬻子之閔斯』，傷管蔡也。二章，言先王創業之備，固也，今此下民，孰敢侮予？微管蔡之内叛，武庚之外連，則固未易侮也。三章，言先王之勤勞也。四章，言王室之孤危，外患之必至，其辭不得不急也。既而成王悟，周公歸，而管、蔡、武庚卒於叛，蓋其參謀造禍非一日矣。　鴞，于驕反。

徹字，《釋文》無音，《韻會》撤字在徹字下，作敕列反者，有剥訓。則詩中徹彼當作敕列反。

愚案：傳以《鴟鴞》之詩爲誅武庚後作，益以周公居東爲東征也，其原皆因《金縢》『我之弗辟』之『辟』，讀爲『致辟管叔』之『辟』，故其説如此，亦朱子早年之説也。及後《與蔡仲默論書手帖》則曰：『弗辟』之説，只從鄭氏爲是。向董叔重辨，此一時信筆答之，謂當從古注説。後來思之不然，今《書》説悉已改定，而《詩傳》乃若此者，未及改也。若從避音而以前説求詩，則聖人之心與當時事勢之實皆可見矣。然又知讀書者，於字音訓詁不可不致謹也，一字之誤，遂至義理懸絶如此，其可視爲小學之事而忽之哉？　此詩大意，前二章主武庚而言，後二章言己勤勞，以告成王也。首章謂武庚既誘管蔡，流言而失君臣之義，兄弟之親，爲周家之罪人，所謂取我子也。次章言周室經營亦已鞏固，汝武庚者毋徒起覬望之心。三章自言自武王以來至成王初年，盡力經營之勞苦。末章謂盡瘁事國，乃未足以定天下。室翹翹，謂我家管蔡之内亂也；風雨飄搖，言武庚之外撓也：則我其能不鳴之急與？所以感悟成王也。

傳　一章，鴟鴞，即《陳・墓門》之鴞也。鵂鶹，音休留。攫，俱縛反。爪，持也。撲，取也。二章，繆，莫侯反，紐音，今易莫彪反。三章，疏：萑，苕亂之秀穗也。亂，見《秦・蒹葭》。萑，户官反。苕，徒彫反。亂，魚患反。藉，慈夜反。四章，殺，所界反。

東山豳三。周公勞歸士。

經　三章，洒，所解反。埽，素報反。

舊説周公東征誅管、蔡歸而作。朱子謂成王感風雷之變而迎周公，於是周公東征三年矣，歸作此詩。子金子曰：周公出避東居而歸，其民，周公邑采之民。東征乃東行，非東伐也。若異日東征之事，成王爲主，天子之六師，設有勞歸之詩，則當爲雅而不在《豳風》矣。愚詳味詞意，恐果東伐歸後之詩，其證有三：東征之役，固成王親行，而傳謂周公伐奄三年討其君，是周公亦行矣，其期正與『于今三年』相應，一也。誅管、蔡，伐奄，蓋嘗有戰陣之勞矣，居東未嘗戰，而此曰『勿士行枚』，二也。先儒謂三代雖改正朔，而月數未嘗易，然則《詩》、《書》以月言者，皆夏正之月也。《多方》稱『五月丁亥，王來自奄，至于宗周』，古者師行日三十里，則行役歸途在三四月間也。成王迎周公乃在秋熟未穫之時，詩稱『十月穫稻』，則周公歸在九月間也，而《東山》草木蟲鳥皆夏月氣象，三也。若成王主兵，勞詩不當在《豳風》，則當時以周公之作，倒附之《七月》諸詩，亦未可知也，況風雅音節各有不同乎。朱子嘗言之矣。但周公居東有二，自流言之行，公則避而居東二年，有風雷之變而迎公以歸。然後作《大誥》東征，三年而歸。此詩則作於東征而歸之時也。

傳　一章，慆，《釋文》吐刀反。《説文》：濛，微雨。士，事。毛傳文，非鄭氏。行，户郎反。陳，直刃反。箸，從竹、遲據反，今俗作筯。繣，《周禮釋文》胡卦、胡麥二反，或音卦，徽也。勞，去聲。蓋爲之爲，于僞反。二章，疏：栝樓，一名天瓜，葉如瓜〔二〕，葉形兩兩相值，蔓延，青黑色，六月華，七月實，如瓜瓣。疏：鼠婦，一名委黍，在壁根下、甕底土中生，似白魚。疏：蠨蛸，一名長踦，小蜘蛛長腳者，俗呼爲喜子。此蟲來著人衣，當有親客至，有喜。踦音欺，腳也。《詩記》：町畽，廬傍畦壠，爲麋鹿之場。又曰區種法，伊尹作爲區田，一畝之中，地長十八丈，作十五町，町間分十四道，通人行。畽爲田里所聚。三章，疏：鸛，雀。似鶴而大，長頸赤喙，白身黑尾翅，又有負釜、黑尻、背竈、皂裙四名。《埤雅》：鸛知天將雨，俯鳴則陰，仰則晴。尻，苦高反。疏：蚍蜉，大螘也，小者即名螘。此蟲穴處，輦土爲塚以避溼。蚍音毗。蜉，扶牛反。螘，宜倚反。濕，失入反。《詩記》：有陰雨之候，則婦思念其勞而悲嘆，蓋行者於陰雨尤苦而念之切也。『我征聿至』，謂我之行者，其遂至也。婦人灑掃以待夫之至，顧見苦瓜繫於栗薪，因感其夫久匏繫於外，嘆曰『自我不見，于今三年』矣。　四章，倉庚，見《周南・葛覃》。　疏：馬色有黄處有白處曰皇。有騂處有白處曰駁。騮音留，赤色也。褘，許韋反，帨巾也。衿，其鴆反，繫佩帶。《士昏禮》：母施衿結帨，曰：勉之敬之，夙夜無違宫事。　題下，思，息字反。望女之女，音汝。勞苦、勞詩之勞，皆去聲。鞏，古勇反，固也。

破斧豳四。　軍士答周公勞己。　異。

經　《語録》：《破斧》詩，看聖人這般心下，詩人直是形容得出。這是答《東山》之詩，古人做事苟利國家，雖殺身爲之而不辭。如今人箇箇計較利害，看你四國如何，不安也得，不寧也得，只是護了我斨我斧莫待缺壞了。又曰：『周公東征，四國是皇』，見得周公用心始得。

傳　一章，隋，徒禾、湯果二反。銎，曲容反，義見《七月》。　勞己、勞之之勞，皆去聲。被，去聲。　《詩緝》：詩人言兵器，必曰弓、矢、干、戈、矛、戟，無專言斧、斨、錡、銶者。斧雖兵器所用，而以斨并言，乃豳民所用以采桑者。又錡爲鑿屬，銶爲木屬，以類言之，知皆非兵器矣。周公奉王命以討罪，有征無戰，又遲之三年，不爲急攻之計，未嘗從事於戰陣。惟行師有除道樵蘇之事，斧斨之用爲多，歷時之久則必弊。故此詩言管蔡之亂何能爲哉，但能破我斧缺我斨而已，其兵器元無損也。舊説破斧缺斨，爲戰陣殺戮之多至於如此。且《東山》序謂『一章言其完』，孔氏云：東征無戰陣。然則破斧缺斨非爲戰也。周公提王師以臨小醜，若用其兵力，一鼓滅之，何待三年乎？觀《尚書》所載周公之化商，勤拳懇惻，如父兄之愛其子弟，真所謂『哀我人斯』也。苟殺戮之多，至於破斧缺斨，則是與之血戰而僅勝之，亦疲弊甚矣。故血流漂杵，孟子所不信。揮刀紛紜，韓氏之陋也。《語録》：陳淳問：被堅執鋭，疑是麤人，如何謂聖人之徒？曰：不是聖人之徒，便是賊徒。有麤底聖人之徒，亦有讀書識理底盜賊之徒。二三章，疏：鑿屬曰錡，木屬曰銶，未見其文，亦不知其狀。《釋文》：銶，一解云今之獨頭斧。

題下，問，去聲。

伐柯豳五。東人喜見周公。異。

經　伐柯非難事也，然必須斧；娶妻亦非難事也，然必須媒。東人之於周公，被其風而化其德，思慕之極，瞻之固若在前也。然而貴賤之殊，道里之遠，亦未易見也，故其企望如此，及其因事而東，則幸而得見，故喜之而如二章之所言也。子金子：舊説謂諷成王當使人通周公之意，亦通。

傳　一章，疏：《考工記》：柯長三尺，博三寸，厚一寸有半，五分其長，以其一爲之首。注：首六寸，謂今剛關頭斧。柯，其柄也。疏：漢時，斧近刃皆以剛鐵爲之，又以柄關孔。二章，《爾雅》疏：豆以木爲之，高一尺，口足徑一尺，其足名鐙，中央直豎者名校。校徑二寸，黑漆飾朱，中大夫以上畫以雲氣，諸侯以象，天子以玉，皆飾其口也。其實四升，用薦菹醢。籩以竹爲之，亦受四升，口有藤緣，形制如豆，盛棗、栗、桃、梅、菱、芡、脯、脩、膴、鮑、糗、餌之屬。鐙音登。葅，臻魚反。膴，呵姑反，腊也。糗，去久反。餌，仍吏反。《士昏禮》：親迎之日，初昏，陳三鼎，實特豚，合升，舉肺脊二，祭肺二，魚十有四，兔腊一。婦至，布席于室中，夫席在奥，東向，婦席西向。皆設醬葅醢，載牲體、魚腊于俎而設之，及黍、稷、湆。堉揖婦，即對筵，皆坐祭，薦黍、稷、肺。贊爾黍授肺脊皆食，以湆醬，祭舉食舉。三飯卒食，酌酳，然後用巹。鼎三者，升豚魚腊也。特猶一也。合升，合左右胖升於鼎。舉肺脊者，食時所先舉。下文凡言舉者同。每皆二者，夫婦各一耳。湆，肉汁。爾，移也，移置席上。酳，以酒潔口。巹，破匏爲二，各用一。迎，魚覲反。湆音泣。巹音謹。此爲同牢之禮，約《禮經》注大略言之。

九罭豳六。東人願周公留。異。

經　《語録》：《九罭》詩，分明是東人願其東，故致願留之意。公歸豈無所，於汝但暫寓信處耳。公歸將不復來，於汝但暫寓信宿耳。『是以有衮衣兮』，『是以』二字，如今都不説，蓋本謂緣公暫至於此，是以此間有被衮衣之人。『無以我公歸兮，無使我心悲兮』，其爲東人願留之詩，豈不甚明白？止緣序有『刺朝廷不知』之句，故後之説詩者，悉委曲附會，費多少辭語，到底鶻突。某嘗謂死後千百年，須有人知此意，自看來，直是盡見得聖人之心。又曰：寬厚温柔，詩教也，若如今人説，《九罭》詩乃責其君之辭，何處討寬厚温柔之意？

傳　一章，《爾雅》：疏：『九罭』，謂魚之所入有九囊。《詩緝》：毛以爲小網，諸家或以爲大網，郭璞言有百囊網，則九囊者不得爲大。又有不及九囊者，則九囊亦不爲甚小，蓋常網也。鯶音混。《爾雅翼》：鱒魚目中赤色一道，横貫瞳。魚之美者，食螺蚌，多獨行，見網輒避。魴，見《周南・汝墳》。　蜼，位、柚、壘三音。卷音衮。九章之義：龍取其變；山取其鎮；華蟲取其文；火取其明；宗廟之彝取其孝，彝之所以畫虎蜼者，以其義與智也；藻取其潔；粉米取其養；黼取其斷；黻取其辨。

狼跋豳七。　美周公。

經　《語録》：『狼跋其胡，載疐其尾』，此興〔三〕是反説，亦有些意義。『公孫碩膚』，如言幸虜營及北狩之意，言公之被毀，非四國之流言，乃公自遜。此大美耳。此古人善於辭命處。又曰：魯昭公分明是爲季氏所逐，《春秋》卻書云『公孫于齊』，如其自出云耳。是此意。又曰：狼性不能平行，每行首尾一俯一仰，首至地則尾舉向上，胡舉向上則尾疐至地，故曰『狼跋其胡，載疐其尾』。孫，蘇困反。

傳　一章，疐，丁四反，類隔切，今易陟利反。　疏：跋，前行曰躐。跆，卻頓曰疐。《説文》云：跋，蹎。丁千反。跆，躓。竹二反。躓即疐也，然則跋與疐皆是顛倒之類。以跋爲躐者，謂跋其胡而倒躓耳。老狼有胡，謂頷下垂胡。進則躐其胡，謂躐胡而前倒也。退則跆其尾，謂卻頓而倒於尾上也。《詩緝》：狼猛健之獸，雖善用兵者禦之，亦不能免，平時不至跋疐。其老者雖項下垂胡，若在平地，亦無跋之之理。所言跋胡疐尾者，謂其落機穽之時，進退求脱不能耳。跲，極業反。《詩記》：鄭氏《屨人》注：王舄有三等，赤舄爲上。冕服之舄，《詩》云王錫韓侯，玄衮赤舄，則諸侯與王同。複下曰舄。又曰：几，人所憑以爲安，故几几，安也。被，去聲。二章，聞音問。

《豳》篇下，《周禮》注：田祖，始耕田者，謂神農也。田畯，古之先教田者。《禮記·郊特牲》：天子大蜡八，歲十二月，合聚萬物而索饗之也。主先嗇而祭司嗇，饗農及郵表畷、禽獸，迎貓，迎虎，祭坊與水庸。注疏：所祭八神：先嗇一、司嗇二、農三、郵表畷四、貓虎五、坊六、水庸七、昆蟲八。所祭之神，合聚萬物而索饗之，但以此八神爲主。十二月，周之正數，建亥之月也。先嗇，若神農者。司嗇，后稷是也。農，田畯也。郵表畷，是田畯於井間所舍之處。郵，若郵亭、屋宇處所。表，田畔。畷，謂井畔相連畷。於此田畔相連畷之所，造此郵舍，田畯處焉。禽獸，下文貓虎之外，但有助田除害者，悉包之。坊者，所以畜水，亦以鄣水。庸者，溝也，所以受水，亦以泄水。昆蟲，螟螽之屬。《周禮》息老物，鄭氏曰：萬物助天成歲事，至此爲其老而勞，乃祀而老息之。蜡，仕嫁反。郵，有周反。畷，知劣、知衛二反。坊音房。鄭氏於二章下曰：是謂豳風。六章『以介眉壽』下曰：是謂豳雅。八章下曰：是謂豳頌。疏：凡繫水土之風氣謂之風，『女心傷悲』是民之風，故知是豳風。雅者正也，王者設教以正民，作酒養老，是美政，故知穫稻爲酒是豳雅。頌者，美盛德之形容，成功之事，男女功畢，無饑寒憂，置酒稱慶，是功成之事，故知『朋酒斯饗』、『萬壽無疆』是謂豳頌。豳雅頌説見前，此但存説。舊　剟，株劣反，割聚，又都括反。

豳詩次序

七月

豳國舊詩，周公遭變居東時所陳。

伐柯

東人喜見周公。

狼跋

周公居東，詩人美之。

鴟鴞

周公居東二年而遺王。

九罭

周公將歸，東人願留。

東山

周公東征，歸而勞士。

破斧

軍士荅周公。

十五國風 一百六十詩

正風二十五詩

周南十一詩　召南十四詩

變風一百三十五詩

邶十九詩　鄘十詩　衛十詩

王十詩　鄭二十一詩　齊十一詩

魏七詩　唐十二詩　秦十詩

陳十詩　檜四詩　曹四詩

豳變之正七詩

正詩

正之正二十三

周南十一

關雎　葛覃　卷耳

樛木　螽斯　桃夭

兔罝　芣苢　漢廣

汝墳　麟之趾

召南十二

鵲巢　采蘩　草蟲

采蘋　甘棠　羔羊

殷其靁　摽有梅　小星

江有汜　何彼穠矣　騶虞

正之變二

召南二

行露　野有死麕

變詩

變之正七十二

邶十四

柏舟　綠衣　燕燕

日月　終風　凱風

雄雉　匏有苦葉　式微

旄丘　簡兮　泉水

北門　北風

鄘六

柏舟　定之方中　蝃蝀

相鼠　干旄　載馳

衛七

淇奧　考槃　碩人

竹竿　芄蘭　河廣

伯兮

王四

黍離　君子于役　君子陽陽

大車

鄭四

緇衣　羔裘　女曰雞鳴

出其東門

齊二

雞鳴　甫田

魏四

葛屨　汾沮洳　陟岵

伐檀

唐八

蟋蟀　山有樞　綢繆

杕杜　鴇羽　有杕之杜

葛生　采苓

秦九

車鄰　駟驖　小戎

蒹葭　終南　晨風

無衣　渭陽　權輿

陳一
　衡門
檜三
　羔裘　素冠　匪風
曹三
　蜉蝣　鳲鳩　下泉
豳七
　七月　鴟鴞　東山
　破斧　伐柯　九罭
狼跋
變之變六十三
邶五
　擊鼓　谷風　静女
　新臺　二子乘舟
鄘四
　牆有茨　君子偕老　桑中

鶉之奔奔

衛三

氓　有狐　木瓜

王六

揚之水　中谷有蓷　兔爰

葛藟　采葛　丘中有麻

鄭十七

將仲子　叔于田　大叔于田

清人　遵大路　有女同車

山有扶蘇　蘀兮　狡童

褰裳　丰　東門之墠

風雨　子衿　揚之水

野有蔓草　溱洧

齊九

還　著　東方之日

東方未明　南山　盧令

敝笱　載驅　猗嗟
魏三
園有桃　十畝之間　碩鼠
唐四
揚之水　椒聊　羔裘
無衣
秦一
黄鳥
陳九
宛丘　東門之枌　東門之池
東門之楊　墓門　防有鵲巢
月出　株林　澤陂
檜一
隰有長楚
曹一
候人

校勘記

〔一〕『友』，原作『光』，據《詩集傳》及《史記·鄭世家》改。

〔二〕『瓜』，此段爲疏引《本草》語，疑有脱字。《本草綱目》卷十八『瓜』前有『甜』字，《毛詩李黄集解》『瓜』前有『木』字。

〔三〕『興』，原作『與』，據《朱子語類》卷八十一改。

詩集傳名物鈔卷五

小雅二

傳　鄭氏《詩譜》：《小雅》十六篇爲正雅[一]，《六月》之後謂之變雅。　《釋文》：從《鹿鳴》至《菁菁者莪》，凡二十二篇皆正，《小雅》六篇亡，今唯十六篇。　《語録》：問《二雅》所以分？曰：《小雅》所繫者小，《大雅》所繫者大。『呦呦鹿鳴』其義小，『文王在上，於昭于天』，其義大。問變雅，曰：亦只是變用它腔調。　又曰：《大雅》氣象宏濶，《小雅》所陳各止一事。　又問：《詩》亡然後《春秋》作，先儒謂東遷之後，《黍離》降爲《國風》而《雅》亡，恐是孔子删《詩》時降之？曰：亦是它當時如此，當初在豐鎬時，其詩爲《二南》，後來在洛邑時，其詩爲《黍離》，只是自《二南》進而爲《二雅》，自《二雅》退而爲《王風》。　又曰：雅蓋是王公大人好生地做，都是識道理人言語，故它裏面説得儘有道理，好子細看，非如《國風》或出於婦人小夫之口，但可觀其大槩。　別，彼列反。朝音潮。鼈音僖。説音悦。齊，側皆反。

鹿鳴小一，正一。燕享賓客。

經　鹿見野之有苹，而呦呦和聲，呼其羣以共食，以興君有酒食，召集嘉賓而共饗也。燕享之意全在此興中，故下文秖見作樂奉幣耳。『人之好我，示我周行』，冀之之辭也。二章，承上章而言。德音者，有德之言，即示我之周行也。既足以示民，使不偷薄，則君子所當取則而傚傚之。君子，凡有位者也。德音，《邶・谷風》訓爲美譽。《豳・狼跋》云猶令聞。此『德音孔昭』，是言其平日德音素甚明也，故足以示民，使不偷薄，而君子當則傚矣。如此則與上章意不相蒙，上章則求以言語示周行，此章則欲以德行、威儀示法則。愚恐二説皆通，讀者擇之。《詩記》：燕禮有親踈之義，有尊卑之别，有長少之序，有内外之分，有賓主之位，人倫之道，莫有不備。而『我有嘉賓』，踐其禮，安其樂，誠信感於人心，故聞者、見者靡不孚而化之，不曰『德音孔昭，示民不恌』乎？觀其禮而知則且傚者，不亦君子乎？别，必列反。長，知丈反。少，式召反。

此又與前二説不同，記于此以備慎思。蓋傳意以嘉賓平日美譽足以示人，《詩記》以燕禮足以示人，愚則説以旅語之善言足以示人，各有攸當。

又曰『式燕以敖』，言其禮之從容也。夫莊而不至於矜，和而不至於流，此其德之純也。

傳　一章，《爾雅》蘋蕭，注：今名蘋蒿。疏：葉青白色，莖似箸而輕脆，始生香，可生食，又可蒸食。《詩緝》：苹有二種。《爾雅》苹，蓱。其大者蘋。水生之苹也。又云：苹，藾蕭。陸生之苹，即鹿所食是也。藾音賴。脆，七歲反。使，去聲。瑟，見《周南·關雎》。《樂書》：萬物成乎艮，則始作而施生，故其音匏，中而爲笙。古者造笙，以曲沃之匏，汶陽之篠，列管匏中，而施簧管端。有長短之制，法象鳳凰，其形鳳翼，其聲鳳鳴，其長四尺。大者十九簧謂之巢，以衆管在匏，有鳳巢之象。小者十三管謂之和，以大者倡則小者和也。簧，見《王·君子陽陽》傳。箋：飲之而有幣，酬幣也。食之而有幣，侑幣也。疏：《公食大夫禮》：賓三飯之後，公受宰夫束帛以侑。注云：束帛，十端帛也。侑，猶勸也。主國君以食賓，殷勤之意未至，復發幣以勸之，欲用深安賓也。是禮食用幣之意。《饗禮》亡，而《聘禮》注云：致享以酬幣，故知飲之而有幣，謂酬幣也。而所用幣無正文，不過束帛、乘馬而已。此諸侯酬大夫禮也。其天子酬諸侯，及諸侯自相酬，不必用束帛、乘馬。《聘禮》注又曰：琥璜爵，蓋天子酬諸侯也。謂以琥璜將幣以送爵，琥以繡，璜以黼，此則饗之酬幣。天子食之侑幣無文。飲、食、乘，并去聲。疏：《鄉射》記『古者於旅也語』，注云：禮成樂備，乃可以言語先王禮樂之道，是飲酒至旅酬之禮，而語先王之道也。分，扶問反。《緇衣》：私惠不歸德，君子不自留焉。詩云『人之好我，示我周行』，注疏：私惠，謂不以公禮相慶賀，時以小物相問遺也。言人以私小恩惠相問遺，不歸依道德，如此者，君子之人不用留意，於此等之人，不受其惠也。故文王燕羣臣，惟欲以正道示我，不以褻瀆邪辟之物相遺也。二章，菣，去刃反。疏：荆楚之間謂蒿爲故。　疏：以目視物，以物示人，古同作視字。後世視物、示人之字異，由是經傳中二字多相雜亂。　三章，疏：苓，生澤中下地鹹處，牛馬亦喜食之。　題下，《學記》：大學始教，《宵雅》肄三，官其始也。注：宵之言小也。肄，習也。習《小雅》之三，謂《鹿鳴》、《四牡》、《皇皇者華》也。此皆君臣宴樂相勞苦之詩，爲始學者習之，所以勸之以官，且取上下相和厚。《語録》：人學之始，須教它便知有君臣之義始得。肄，羊至反。　本爲之爲，于僞反。食之之食，音嗣。樂之、樂而之樂，音洛。夫音扶。

四牡小二，正二。　勞使臣。

經　三章，栩，見《唐・鴇羽》。

章各五句，一章、二章、五章賦也，自爲一體。上二句爲一節，下三句爲一節，第二句、第五句用韻，其命辭用意皆同。三章、四章興也，亦自爲一體。上三句爲一節，下二句爲一節，第二句、第三句、五句用韻，命辭用意亦同。一篇之中，賦興既異體，其文又自各爲一體也。

《詩記》：父至尊也，母至親也，知母之親則知父之尊矣，知父之尊則知君之重矣。卒章及母而不及父，本其恩所起以教愛也，愛母則敬父矣，敬父則尊君矣，未有愛親而不愛其君者也。

子金子：卒章獨言『將母』者，父，丈夫也，猶能自養；婦人非子不能自養，此尤人之情也。

傳　一章，《詩記》：《説文》煮海爲鹽，煮池爲盬。故安邑之出爲盬。盬苦而易敗，故傳以不堅訓之。　此勞臣之勞，郎到反。勞使、出使之使，去聲。分，去聲。情思之思，去聲。二章，嘽嘽，毛氏：喘息之貌，馬勞則喘息。李氏：今之駱馬最耐勞苦，以耐勞苦之馬，今則喘息，則其勞可知矣。　李氏：『不遑啟處』，大意爲不暇居處之義。　三章，傳：鵻當作隹。《爾雅》作隹其。夫不，夫，方于反。不，方浮反。又如字。《爾雅》作鳺䳓，音同。《詩緝》：一鳥十四名：鵻也，隹其也，䳕鳩也，祝鳩也，鳺鳩也，䳁鳩也，鶌鶋也，楚鳩也，鴔鳩也，荆鳩也，乳鳩也，鵴鳩也，鵖鳩也，鵓鳩也。䳕音浮。鶌音昆。鶋音皇。鴔音汾。鵴音匊。鵖音役。鵓音葵。　養，《釋文》以上反。　四章，枸檵，音苟記。《詩緝》：即枸杞。《本草》又名仙人杖、西王母杖，其根名地骨，其莖榦三五尺作叢，春作羹茹，微苦。　卒章，使，去聲。勞，去聲。題下，《魯語》：叔孫穆子名豹。聘於晉，晉悼公饗之，樂及《鹿鳴》之三，而拜樂三，曰：君之所以况使臣，臣敢不拜？《四牡》，君之所以章使臣之勤也，敢不拜章？《左氏傳》在襄四年。勞、使，皆去聲。本爲之爲，去聲。

皇皇者華小三，正三。　遣使臣。

經　《左氏傳·襄四年》：穆叔即叔孫豹。曰：《皇皇者華》，君教使臣曰『必諮於周』，臣聞之，訪問於善爲咨，咨親爲詢，咨禮爲度，咨事爲諏，咨難爲謀。《魯語》：《皇皇者華》，君教使臣曰每懷靡及，諏、謀、度、詢，必咨於周。臣聞之，咨才爲諏，咨事爲謀，咨義爲度，咨親爲詢，忠信爲周。二傳注皆謂咨之於忠信之人。《解頤新語》：咨者訪其事也，諏有聚議之意，謀有計畫之意，度有體量之意，詢有究問之意。　二章，駒，見《陳·株林》傳。　三章，騏，見《秦·小戎》。　四章，駱，見《四牡》傳。

傳　一章，之使，如字。餘皆去聲，下同。　三章，忍，《釋文》音刃。李氏：如絲調直也。五章，《爾雅注疏》：陰，淺黑色。毛淺黑而白兼雜毛者名駰，今謂之泥驄。　題下，本爲之爲，去聲。夫音扶。

常棣小四，正四。　燕兄弟。周公。

經　三章，《詩記》：此章言兄弟相須之意。急猶脊令首尾相應，急難之際，其相應如是也。《詩緝》：脊令行則摇。在原，是其行時也。行而在原，則摇其身，首尾相應，如兄弟急難相救也。

一章，毛以爲常棣之華，鄂然外發之時，豈不韡韡而光明。鄭以爲常棣之華，其鄂柎韡韡然光明。疏以爲毛以衆華俱發而光明，興兄弟衆多而和睦。鄭以華喻兄，鄂喻弟，相覆而光明，猶相順而榮顯。愚案：毛以韡韡者在華，鄭以韡韡者在鄂，味經詞氣，毛説爲長。以華鄂分比兄弟，雖似差勝，然但作無義興，不必如疏家所言，毛意亦可也。柎與跗同。　後三章，謂雖有陳列籩豆之盛，而飲酒醉飽，必兄弟具在，然後能和樂相慕。謂與人燕樂，必得兄弟而後和，雖妻子好合如琴瑟，必兄弟皆翕合，然後和樂可久，豈惟它人，至於妻子之親，苟不好愛於兄弟，則亦不能久也。欲宜室家、樂妻帑，非厚於兄弟，皆不可也。試究之圖之，其信然乎？蓋人於同氣不能厚，是猶薄於親也，人而不知厚其親，而乃厚於妻子及它人，是所謂不知本，此心違於理者遠矣。違於理者遠，則其感召亦有悖於理者及於身矣，雖妻子其能保乎？

傳　一章，《爾雅》：唐棣，栘。常棣，棣。李氏：《何彼襛矣》、《唐棣之華》與《論語》所舉，則所謂栘。此《常棣》與《采薇》言『維常之華』，則所謂棣。《詩記》：今玉李也，華鄂相承甚力。　二章，惡，烏故反。闕，烏還反。射音石。盾，食準反。《東漢郡國志》：河南尹中牟有管城。故管叔邑。河内郡山陽有蔡城。蔡叔邑。《通典》管城縣屬鄭州，與中牟縣鄰。山陽即懷州脩武縣。《尚書》孔傳：蔡叔所封，圻内之蔡；仲之所封，淮汝之間。圻内之蔡已滅，故取其名以名新國。今案《郡國志》所言，即圻内之蔡也。　三章，疏：脊令，雀屬，大如鷃雀，長腳，長尾，尖喙，背上青灰色，腹下白，頸下黑如連錢，故杜陽人謂之連錢。《詩緝》：雪姑也。爲，去聲。分，扶問反。孫音遜。難，去聲。五章同。　四章，務，《釋文》如字。讀者又音侮，此從《左傳》及《外傳》文，傳亦曰《春秋》傳作侮。罔甫反。愚案：此字陸氏、朱子皆作去、上二音讀。　狠，胡懇反。　六章，饜，于豔反。　卒章，帑，《釋文》依字，吐蕩反。經典通爲妻帑字。　題下，幾音機。復，扶又反。

伐木小五，正五。　燕朋友故舊。

經　《語録》：《伐木》大意，皆自言待朋友不可不加厚之意，所以感發之也。　一章，《詩記》：興之兼賦比者也。　《詩記》：詩人多有相因之辭，如伐木而感鳥鳴，蓋因此以興焉者也。故下章皆以伐木言之。　友聲謂應聲。　《語録》：若能盡其道於朋友，雖鬼神亦必聽之相之，而錫之以和平之福。　三章，乾，古寒反。　《詩緝》：此言無酒，設言之耳。一詩之内，凡言我，皆燕朋友者自我也。

傳　一章，好，呼報反。　二章，《淮南子·道應訓》：惠子爲惠王爲國法，梁惠王、惠施。王以示翟煎曰：善可行乎？　煎曰：不可。今夫舉大木者，前呼邪許，後亦應之，此舉重勸力之歌也。豈無鄭衛激楚之音哉，然不用者，不若此其宜也。治國有禮，不在文辨。邪，余遮反。去，起吕反。　毛氏：以筐曰釃，以藪曰湑。疏：筐，竹器也。藪，草也。漉酒者，或用筐，或用草，用草者用茅也。《左傳》包茅，縮酒。藪，素口反。漉音鹿。　《語録》：古人縮酒用茅，非謂祭時以縮酌求神也。《禮記·特牲篇》縮酌用茅，注：謂泲之以茅縮去滓也。此詩下章注云：湑，莤之也。《釋文》謂以茅泲之去其糟也。如今人或以器或以布帛去酒滓然，想古人不肯用布帛，故用茅。泲，子禮反。莤，與縮同。　《爾雅注》：俗呼五月羔爲羜。　殺，所界反。樂音洛，下章同。　三章，餱，《説文》乾食。徐鍇：今人謂乾飯爲餱。

天保小六，正六。　下報上。

經　《本義》：此詩文意重復，以見愛其上深至如此。詩人爾其君者，蓋稱天以爲言。《語録》：皆人臣頌祝其君之言，然辭繁而不殺者，以其愛君之心無已也。　一章，《詩記》：除，有消去之義。所稟之薄者，雖小福不能容載；惟其甚厚，故福祉之來，不問多寡，其受之也，皆若消去而未嘗有者，所謂『何福不除』也。　卒章，《家説》：月弦、日升，言其始盛。『南山之壽』，言其久盛也。

前三章言受福于天，後三章言受福于祖。單厚、多益、戩穀，乃受福于天之實；吉蠲、孝饗，爲受福于祖之實。蓋天將降大任於是人，必使其氣質清明、好善全德，而爲受福之基，故單厚、多益、戩穀皆言『俾爾』。既有此德，則福之至有不期然而然者。庶，則言歸之者衆也。第三、第六兩章，皆言得福之厚無窮，蓋兩結受福于天與祖之意，各有所指也。君子誠以格天，孝以事祖，故有此效，人而能盡誠孝之道，則其德莫可尚矣。人臣祝其君，容有大於此者乎？

傳　三章，長，知丈反，卒章同。　四章，諏，遵須、將侯二反，謀也。　《周禮·大宗伯》：以祠春享先王，以禴夏享先王，以嘗秋享先王，以烝冬享先王。《詩》疏：若以四時當云祠、禴、嘗、烝，詩以便文，故不依先後。自殷以上則禴、禘、嘗、烝，至周公則去夏禘之名，以春禴當之，更名春曰祠。　《前編》曰：《路史》以稷生纍蠒，纍蠒生叔均。《史記》謂不窋卒，子鞠立；鞠卒，子公劉立。而《路史》又謂公劉之去后稷已十餘世矣。《世本》云公劉、慶節、皇僕、差弗、僞榆、《史記》作毁隃。公非、辟方、《史記》缺辟方，皇甫氏謂公非字辟方者，非是。高圉、侯牟、《史記》缺侯牟，皇甫氏謂高圉字者非。亞圉、雲都、《史記》缺雲都，皇甫氏謂亞圉字者非，《漢書表》云亞圉弟。太公組紺《史記》作公叔祖類，《世表》作祖類，皇甫氏云公祖 一名組紺。諸盩、《史記》缺，《路史》號太公。亶父。追王太王。子金子：案《世本》自不窋、鞠、公劉至季歷已十七世，《史記》拘於『十五王文始平之』之數，遂謂后稷之子爲不窋，曾孫爲公劉，前既缺代，又自公非以後缺四世不書。皇甫氏不得其説，遂以四世爲字，而組紺又自有四名。獨《索隱》覺其非而不明辨，《路史》已明辨而不斷十五王之説。今案《國語》十五王，蓋自公劉數至文王爾。音切見《周南》一。

傳言公叔祖類，據《史記》而言之也。然則自叔均以下，不窋以上，不知其名，所祭者不知幾代，今皆不可考矣。

嘏，舉下反。祝爲尸致告於主人之辭。　五章，遺，唯季反。黔，其淹反，黑色。　六章，恒，《釋文》古鄧反，韻同。無古登反。恐此當作協。　《語録》：承是繼承，自相接續之意。松柏非是葉不彫，但舊葉落時，新葉已生。

采薇小七，正七。　遣戍役。

經　《語録》：首章略言征夫之出，蓋以玁狁不可不征，故舍其室家而不遑寧處。至二章，則既出而不能不念其家。三章，則竭力致死而無還心，蓋不復念其家矣。至四章、五章，則惟勉於王事，而欲成其戰伐之功也。卒章，則其事成之後，極陳其勞苦憂傷之情而念之也。三章，疚，居又反。

《采薇》以下三詩，雖曰遣戍勞還，而專主於玁狁，蓋非汎言也。抑當是之時，有玁狁連西戎爲中國之患，命將出師，或周公作此詩而遣勞之，故能深知其情而極道之，而且勸之以義如此。後凡出師，則皆以此歌之也。

傳　一章，薇，見《召南·草蟲》。玁狁，北狄也。《史記》唐虞以上有山戎、獫狁、葷粥，戰國後爲匈奴。注：堯曰葷粥，周曰獫狁。葷，許云反。粥，余六反。獫，與玁同。

古者席地，跪與坐無大異，大率皆雙膝著地，直其身則爲跪，安其身則爲坐。啟居，即跪坐也。舍，始野反。風，福鳳反。愾，口溉反，怒也。《左氏傳》：敵王所愾。復，扶又反。中音仲。

三章，剛，謂薇老而堅也。十月爲陽，《爾雅》文也。時坤用事，嫌於無陽，故以名此月爲陽者，鄭氏説也。扶陽抑陰，固聖人之意，陰既極矣，而名其月爲陽，果能扶陽乎？不然，則是以虚言而欲奪造化之實以誑世也，必不然矣。夫陰陽消息，自微而著，皆有其漸。一陽之生，至子半而成，其肇基乃在亥半，則小雪之時，正六陽之極，陽絶於上而回於下之幾也。因是而名十月爲陽，正闡幽之意，則其義豈不著明矣乎。

四章，將、帥，并去聲。五章同。　五章，《語録》：問：『小人所腓』傳：腓，猶芘也。又引程子曰：腓，隨動也，如足之腓，足動則隨而動也。案《易・咸》傳：腓，足肚，行則先動，足乃舉之，非如腓之自動，本義亦曰欲行則先自動。由程子前説觀之，則腓爲隨足以動之物；由後二説觀之，則腓爲先足而動明矣：不當引之以解此詩之義，不若猶芘之云得之。《生民》『牛羊腓字之』傳，亦以腓爲芘，若施於此語，與上文『君子所依』意義亦相類也。答曰：此非大義所繫。今詳兩説誠不合，當删去；然版本已定，只於補脱中説破可也。又『百卉具腓』，又有他訓，不知此字竟是何義也。　戴侗《六書故》：腓，脛後肉，腓腸也。『小人所腓』，言小人卒徒隨車如腓也。行音杭。弰，師交反，弓末也。　疏：魚獸皮爲弓鞬矢服，海水潮及天將雨，其毛皆起；水潮還及天晴，則毛復如故。鞬，居言反，弓衣也。　難，去聲。　六章，《爾雅注疏》：蒲柳生澤中，可以爲箭。《左傳》：董澤之蒲。

出車小八，正八。　勞還率。

經　二章，子金子：『僕夫况瘁』，謂我憂心已自悄悄，僕夫况又勞悴。　四章，黍稷，見《王・黍離》。　子金子：載訓初亦可。《夏小正》：寒日滌凍塗。　五章，上六句與《召南・草蟲》同。　卒章，蘩，見《召南・采蘩》。

一章，受命而出；二章，臨事戒懼；三章，奮揚威武。皆主於出而言也。四章，叙其歸期；五章，室家之望；六章，振旅凱旋。皆主於歸而言也。

傳　一章，《爾雅》：邑外謂之郊，郊外謂之牧。注疏：邑，國都也。界各十里而異其名。勞，郎到反。還音旋。率與帥同。語，去聲。難，乃旦反。　二章，龜蛇曰旐，鳥隼曰旟，及下交龍爲旂，皆《周禮・司常》文，注：龜蛇象其扞難避害，鳥隼象其勇捷，交龍一象其升朝，一象其下復。疏：龜有甲能扞難，蛇見人避之是避害，鷹隼能擊故云勇，鳥飛疾故云捷。又《大司馬》：諸侯載旂，郊野載旐，百官載旟。今案傳意以《曲禮》師行之法爲解，則不用《周禮》意也。　旟，又見《鄘・干旄》。　茲，箋或作滋，意同。滋，益也。　幟，昌志、式志二反。　子金子：出師以喪禮處之，士泣涕，蓋必死也，惟必死是以能勝。　四章，《語録》：問簡書二説，曰：後説爲長，當以後説在前。前説只據左氏『簡書同惡相恤之謂』，然此是天子戒命，不得謂之鄰國。　五章，將、帥，并去聲。　與，平聲。　《采薇》箋：昆夷，西戎也。疏：西方曰戎夷，是總名。　卒章，倉庚，見《周南・葛覃》。

杕杜小九，正九。　勞還役。

經　《詩緝》：此詩四章，皆不言戍役來歸之事，唯述其未歸之時，室家思望之切如此，則今日之歸，其喜樂爲何如也，所以慰勞之。　一章，杕杜，見《唐・杕杜》。　三章，杞，《詩緝》：枸檵也。見《四牡》。

一章言冬未歸，二章言至春將莫亦未歸，三章言春已莫而未歸，四章言所期俱過而將歸也。

傳　一章，勞，去聲。還音旋。　三章，罷音皮。　四章，灼龜曰卜，揲蓍曰筮。揲，實葉反。蓍，升脂反。　繇，直又反，蓍龜之辭也。　題下，將、帥、勞，并去聲。

南陔小十，正十。笙詩。異。

白華小十一，正十一。笙詩。異。

華黍小十二，正十二。笙詩。異。

右鹿鳴之什

魚麗小十三，正十三。燕饗通用。異。

經　二章，魴，見《周南·汝墳》。　三章，鯉，見《陳·衡門》。

傳　一章，《埤雅》：鱨，今黄揚魚，性浮而善飛躍，故一曰揚鯊。性沈，大如指，狹圓而長，有黑點文，常沙中行，亦於沙中乳子。又曰吹沙，長三寸許，背上有刺，螫人。螫音適。　解，下賣反。鮀，徒何反。　二章，《詩緝》：毛氏以鱧爲鯛。《本草》云：蠡，一名鮦，今黑鯉魚，道家以爲厭者也。郭璞云：鱧，鮦。山陰陸氏云：鱧，今玄鯉，與蛇通氣。是郭璞、陸氏皆同。毛説以鱧爲今之烏鯉魚也，今不從。舍人云：鱧名鯇。陸璣云：鱧，鯇也，似鯉，頰狹而厚。是舍人與陸璣皆以鱧爲鯇魚也，今從之。鮦，同、童二音。蠡音禮。鯇，户板反。　三章，《詩緝》：毛氏及前儒皆以鮎釋鰋，惟郭璞以鰋、鮎各爲一魚。鰋，今偃額白魚也。鮎，别名鯷。《本草》：鮧，一名鮎，一名鯷。是鮧、鮎、鯷爲一魚，不言是鰋。見郭璞與《本草》合，毛傳質略，當言似鮎耳。鮎，乃兼反。鯷，大計反。鮧音啼，又延知、在私二反。　五章，《詩記》：旨，即所謂嘉也。物雖嘉旨，然陸産不如水産之盛，澤物不如山物之蕃，猶未可以言偕也。　六章，《詩記》：有，即所謂偕也。物雖盛多而皆有，必適當其時然後盡善。所謂時者，不專爲用之之時也，苟非國家閒暇，内外無故，則物雖盛不能全其樂矣。　題下，間音諫。

由庚小十四，正十四。　笙詩。　異。

南有嘉魚小十五，正十五。　燕饗通用。

傳　一章，《釋文》，罩字有張教、竹卓兩音。樂字音洛，協句五教反。今宜俱讀作入聲，不必協韻。　左太沖《蜀都賦》：嘉魚出於丙穴。注：丙穴，在漢中沔陽縣北，有魚穴二所，常以三月取之。丙，地名也。嘉魚，鱗似鱒魚。《埤雅》：嘉魚，鯉質鱒鱗，肌肉甚美，食乳泉，出於丙穴，穴口向丙故也。鱒，才損反，義見《豳・九罭》。　罶，助角反。《爾雅》疏：今楚罶也。罩以竹爲之，無竹則以荆，故謂之楚罶。　重，直容反。　二章，箋：樔者，今之橑罟。《爾雅》作罺。并側交反。　橑，力弔、力條二反。　四章，鵻，見《四牡》。

崇丘小十六，正十六。　笙詩。　異。

南山有臺小十七，正十七。　燕饗通用。　異。

經　上一截，初曰『邦家之基』，以其本而言；次曰『邦家之光』，則發而有光華矣；又次言『民之父母』，則以其效言也；其下則祝其壽而已，眉壽固壽矣，髮白而復黄，面黧而浮垢，又老之甚者也。下一截，前兩章祝其壽，就君子之身而言；次兩章曰『德音不已』而『茂』，則以及於人者言之；末則又言保艾其後，又非一時也。此詩雖各以兩木起興，易韻成文，而其言亦有敘也。

傳　一章，夫音符。　道音導。　二章，楊，見《秦・車鄰》。　三章，陸璣：杞，一名苟骨，山木也。其樹如樗，理白而滑，可以爲函及檢板。其子爲木蝱，可合藥。　四章，栲杻，見《唐・山有樞》。　五章，枳，諸氏反，陸璣：枸木本從南方來，其木能令酒薄，若以爲屋柱，一室之内，酒皆少味。《語録》：枸是機枸子，建陽謂之皆拱子，甘而解酒毒。　著，直略反。　楸音秋。

由儀小十八，正十八。　笙詩。　異。

蓼蕭小十九，正十九。　燕諸侯。　異。

經　三章，《詩記》：天子之待諸侯，甚燕樂而豈弟也。　天生烝民，不可以無統，故立之君以主之。　其始蓋自下而推之也，德化足以服乎一方者，故共推以爲一方之主。　而萬方之主，又共推其德之至盛，足以服乎天下者一人，以爲天下之共尊而取法焉。　聖聖相繼，於是制爲典禮，定其等衰，上下相維，無相偪僭。　然天子雖爲天下之共戴，而其用禮，乃與其臣非有大相遼絶之勢。　蓋遠則疎而近則親，疎則離而親則合，故天子之禮用十有二，而上公之禮用九，君臣相去之間特三命爾。　所以三公坐而論道，更相可否，堯庭之都、俞、吁、咈，虞庭之賡歌，君臣之間，雍雍和樂，而敬愛之心未嘗不存乎其中。　三代聖君，蓋莫不由是道也，觀宴樂羣臣之諸詩可見矣。　至於《蓼蕭》之詩，尤見卑孫樂易，直猶賓主相敵，慶幸之辭，安有一毫自尊陵下之意？　其曰見君子而我心寫，燕笑語，是以有譽處，固備其謙接之語。　至曰『爲龍爲光』，則又其卑孫之極者也。　上之人禮容揖孫乃如此，而爲下者所以承順悦服又當何如邪？　豈弟之氣象，盈於朝廷，被於天下，其化安得不至於比屋可封哉？　自秦始皇尚氣勢而不知德義，又自尊而卑人，務使君臣之禮懸絶如天地，然後上下之情離，而亂臣賊子奸名犯分者愈衆矣。衰，初危反。偪，彼即反。孫、易，并去聲。　此詩後三章下兩句皆言諸侯，唯首章下句言己。

傳　一章，《詩緝》：毛云蕭，蒿也。《釋草》：蕭，萩。郭璞云：即蒿也。陸璣：蕭，今人所謂萩蒿，或謂之牛尾蒿，似白蒿，莖麤，科生，有香氣，故祭祀以脂爇之爲香者也。　朝音潮。二章，蕃音煩。　三章，易，以豉反。　《左氏傳·宣二年》：初，麗姬之亂，詛無畜羣公子。事在僖四年。麗，吕支反。詛，莊助反。　《春秋·昭元年》：秦伯之弟鍼出奔晉。《左氏傳》：秦后子有寵於桓，如二君於景。其母曰：弗去，懼選。鍼適晉，其車千乘。司馬侯問焉，曰：子之車盡於此而已乎？對曰：此之謂多矣。若能少此，吾何以得見？趙孟曰：吾子其曷歸？對曰：鍼懼選於寡君，是以在此。鍼，其廉反。蓋鍼，桓公之子，景公之弟也。桓公愛之，是以富至千乘。《史記》謂富而或譖之，恐誅，乃奔。選，數也，恐數其罪而加戮也。　四章，沖，《釋文》直弓反，一音敕弓反。　鑣，悲驕反，義見《衛·碩人》。

湛露小二十，正二十。　燕諸侯。

經　三章，杞，見《南山有臺》。棘，見《邶·凱風》。　四章，桐椅，見《鄘·定之方中》。

此詩皆無義興，一章以匪、不二字興下不、無二字，二章兩在字相應，三章則承上在彼二字，卒章則如歐陽公謂詩人比事多於卒章別引他物是也，下兩句皆以莫不承之。其末章之興，尤爲無義者也。

傳　一章，乾音干。　疏：夜飲者，君留而盡私恩之義，故言私燕也。《儀禮・燕禮》曰：宵則庶子執燭於阼階上，司宮執燭於西階上，甸人執大燭於庭，閽人爲大燭於門外。注：宵，夜也。庶子，世子之官也。燭，燋也。甸人，掌共薪蒸者。庭大燭，爲位廣也。閽人，門人也。爲，作也。作大燭以候賓客出。疏：凡燕法設燭者，或射之後終燕則至宵，或冬日則不射亦宵也。燋者，古者無麻燭而用荆燋，未爇曰燋。但在地曰燎，執之曰燭，樹于門外曰大燭，於門内曰庭燎。甸，大練反。閽音昏。燋，哉約、哉妙二反。共音恭。　卒章，喪，息浪反。　題下，見《彤弓》題下。

右白華之什。

彤弓小二十一，正二十一。　錫有功諸侯。

傳　一章，弛，式氏反。飲，於鴆反。府藏之藏，徂浪反。分，扶問反。　疏：饗者，亨太牢以飲賓，是禮之大者，故曰大。飲賓曰饗，謂以大禮飲賓，獻如命數，殽牲俎豆，盛於食燕。《周語》曰：王饗有體薦，燕有折俎，公當饗，卿當燕，是具禮盛也。　漢哀帝建平四年，上發武庫兵，送侍中董賢及乳母王阿舍。執金吾毋將隆奏：武庫兵器，天下公用，今便僻弄臣、私恩微妾，而以天下公用給其私門，非所以示四方也。毋將之毋，音無。　《易・屯》：九五，屯其膏。注疏：膏，謂膏澤恩惠之類。屯難其膏，不能博施。　韓信言：項羽之爲人也，見人慈愛，言語嘔嘔；至人有功當封爵者，印刓敝，忍不能予。此婦人之仁也。嘔，凶于反，悦言也。刓，户官反，訛缺也。予，上聲。　二章，疏：右謂設饗禮以勸其功，此勸既非勸酒，故卒章醻亦不得爲醻酒。《詩記》：尊而右之。《詩緝》：右與宥、侑通，皆助也。《左傳》云：王饗醴，命之宥。注：以幣物助勸，是饗禮必有賜，以爲宥而彤弓，則宥之大者也。　三章，説、悦同。

疏：案《燕禮》賓既受獻，西階上，坐卒爵。賓以虚爵降，賓坐取觚，卒盥，揖升酌，以酢主人於西階上，主人拜受，遂卒爵。是主人獻賓，賓酢主人也。又曰：主人盥洗升，媵觚於賓，酌散西階上，坐奠爵拜賓。賓降筵答拜，主人坐祭，遂飲。主人酌膳，賓西階上拜，受爵于筵前，反位。主人拜送爵，賓升席，坐祭酒，遂奠于薦東。是主人又飲而酌賓曰醻也。媵，以證反，送也。或讀作揚，提舉也。散，悉旦反。

傳於『右』曰勸也，尊也；於『醻』曰厚也，勸也：是皆取義於弓而不取義於饗也。蓋此詩專主於錫弓，言錫弓則饗意自見，未有不饗而錫者也。是『醻』字借醻酒之義以爲厚勸之喻，觀傳有『猶』字可見矣。

題下，《左氏傳・文四年》：衛甯武子聘魯，公與之宴，爲賦《湛露》及《彤弓》。不辭，又不答賦。使行人私焉，對曰：昔諸侯朝正於王，王宴樂之，於是賦《湛露》，則天子當陽，諸侯用命也。諸侯敵王所愾，而獻其功，王於是賜之彤弓一、彤矢百、玈弓矢千，以覺報宴。今陪臣來繼舊好，君辱貺之，其敢干大禮以自取戾？ 武子，甯俞也。 朝正，謂朝而受政教也。 愾，苦愛反。玈音盧，黑也。 好，呼報反。 爲，于僞反。 《詩緝》：《書・文侯之命》：彤弓一，彤矢百。《左傳》：晋文公敗楚於城濮，獻功於王，王饗醴，命晋侯宥，賜彤弓一、彤矢百。 陳氏曰：《春秋》所載，皆謂諸侯有功則王賜之彤弓，以旌伐功而已，未嘗謂既賜然後得專征也。《王制》言賜弓矢然後征，蓋言天子命諸侯征伐，故賜弓矢以將王靈耳，安得有專征之言乎？ 鄭氏遽謂得專征伐，由漢而下有無君之心者，徼求弓矢之賜，脅諸侯而肆其姦者紛然，蓋康成啟之也。濮音卜。 徼音驕。 《周禮・大司馬》：以九伐之法正邦國，馮弱犯寡，則眚之；賊賢害民，則伐之；暴内陵外，則壇之；野荒民散，則削之；負固不服，則侵之；賊殺其親，則正之；放弑其君，則殘之；犯令陵政，則杜之；外内亂，鳥獸行，則滅之。 注及《釋文》：馮，皮冰反，猶乘陵也，言不字小而侵侮之。 眚，所景反，猶人眚瘦，謂四面削其地。 伐者，兵入其竟，鳴鍾鼓以聲其罪。 壇與墠同，音善，謂置之空墠以出其君，更立其次賢者。 負恃險固不服事大，則侵之，兵加其竟而已。 正之者，執而治其罪。 殘，殺也。 犯令者，違命也。 陵政者，輕政法不循也。 杜之者，杜塞使不與鄰國交通。 滅，謂誅去之。 晋穆帝永和七年，荆州刺史桓温屢求北伐，詔書不聽，温拜表輒行。 安帝隆安三年，孫恩陷會稽等郡，劉牢之鎮京口，發兵討恩，拜表輒行。

菁菁者莪小二十二，正二十二。 燕賓客。 異。

經　二章，沚，見《召南・采蘩》。　三章，陵，見《吉日》。

傳　一章，疏：莪，蒿。一名蘿蒿。生澤田漸洳之處，葉似邪蒿而細，科生，三月中莖可生食，又可蒸，香美，味頗似蔞蒿。漸，子廉反。洳，如豫反。　三章，疏：言古者貨貝，謂古者寶此貝爲貨也。《漢食貨志》：以大貝、牡貝、幺貝、小貝、不成貝爲五也。大貝四寸八分以上，直錢二百一十文。牡貝三寸六分以上，直錢五十文。幺貝二寸四分以上，直錢三十文。小貝一寸二分以上，直錢一十文。以上四種，各二貝爲朋。不成貝寸二分，不得爲朋，率枚直錢三文也。鄭氏因經廣解之，言有五種之貝，其中以相與爲朋，非總五貝爲一朋也。《志》所言王莽時事，莽多舉古事而行五貝。故知古者貨貝焉。

愚案：一章曰興也，而又著或曰比，下章倣此；於下三章則皆曰比，蓋互見也。意四章皆可作興，亦皆可作比也。前三章言莪，而卒章言舟，則與《湛露》同。

六月小二十三，變一。 宣王時，詩人叙尹吉甫伐玁狁有功。

《釋文》：從《六月》至《無羊》十四篇，是宣王之變《小雅》。朱子不盡從其說。

經　末章，祉音耻。《詩緝》：《釋文》云：合毛炙物曰炰。鼈可煮不可炰，今云炰鼈，謂火蒸煮熟之也。

此詩蓋從征之君子所作，詳味其辭，若親履其事者。一章，總言盛夏出軍之由。二章，言車服備而軍出。三章，言攻伐之事。四章，言玁狁侵地，以啟下章驅逐之所至。末章，言軍凱旋也。詩前五章皆言車馬之盛，但前四章汎言軍中之車馬，五章乃言吉甫之車馬。一章我，我朝廷也；二章我，我軍衆也；卒章我，我吉甫也。一章之服，軍帥之服也；二章之服，軍衆之服也。

傳　一章，疏：言載之者以戎服，當戰陣之時乃服之，在道未服之。《周禮·春官·司服》凡兵事韋弁服，注：韋弁，以韎韋爲弁，謂淺赤色韋也。韎音妹，又莫拜反。弁制，見《衛·淇奧》。成、康、昭、穆、共、懿、孝、夷八王而至厲王，厲王好利，榮夷公爲卿士，用事，王暴虐侈傲，使巫監謗者，告則殺之。三十七年，國人叛而襲王，王出奔彘，太子靜匿召公家。周召二相行政，號曰共和。共和十四年，王崩于彘，二相立太子靜，是爲宣王。二章，《詩記》：漢文帝詔：吉行五十里，師行三十里。《前漢律歷志》：武王伐紂，初發以十月戊子，而戊午渡孟津。孟津去周九百里，師行三十里，故三十一日而渡。皆中之中，陟仲反。應，去聲。

三章，《詩緝》：《説文》曰：顒，大頭也。脩，以言其身之長。愾，苦愛反，義見《彤弓》題下。廣，以言其腹背之充。顒，以言其首之大。三者相稱，所以成其大也。將、帥，皆去聲。四章，度，徒洛反。《詩記》：整居，言無憚也。《爾雅》：十藪，周有焦護。注：扶風池陽縣瓠中是也。今案池陽即三原也，但郭注以焦護爲一所，傳既引之而又云：焦，未詳所在。此意未詳。　疏：鎬，王肅以爲鎬京，故王基駁曰：下章云『來歸自鎬，我行永久』，言吉甫自鎬來歸，猶《春秋》公至自晋、至自楚也。前漢劉向疏吉甫之歸，周厚賜之。其詩曰『來歸自鎬，我行永久』，千里之鎬，猶以爲遠。顔師古曰：鎬，非豐鎬之鎬。　涇，見《邶·谷風》傳。幟，旗也。毛氏：鳥章，錯革鳥爲章。疏：錯，置也。革，急也。畫是急疾之鳥於縿也。《詩緝》：白旆，白，帛也。以絳帛爲旆，以帛續旐，末爲燕尾，戰則旆之。疏：白旆，謂絳帛。九旗之物皆用絳，此旟而言旆者，散則通名。錯，七故反。革音急。縿音衫。詳見《鄘·干旄》。《詩記》：軍前曰啟，後曰殿。元戎十乘以先啟軍行之前者，所謂選鋒也。《兵法》：兵無選鋒曰北。《史記·三王世家》注：《詩》『元戎十乘，以先啟行』，韓嬰《章句》曰：元戎，大戎，謂兵車也。車有大戎十乘，謂車縵輪、馬被甲，衡扼之上盡[二]有劍戟，名曰陷軍之車，所以冒突先啟敵家之行伍也。《家説》：行，當音杭，韻協。縵，莫干反。被，去聲。　五章，《詩緝》：有文有武之吉甫，乃萬邦以之爲法，辦一玁狁餘事耳。

采芑小二十四，變二。　宣王時，詩人敘方叔征南蠻有功。

經　《詩緝》：南征北伐二詩，皆班師時作。《六月》之詞迫，《采芑》之詞緩。《六月》似討而定，《采芑》似畏而服。　一章，李氏：毛以『薄言采芑』爲菜，『豐水有芑』爲草，『維糜維芑』

爲穀。王氏皆以爲穀。《詩緝》：新田、菑畝、中鄉，不應指菜。　騏，見《秦・小戎》。　二章，《詩緝》：芾與佩皆非軍中之服，路以金路則非戎路，馬有和鸞則非戎馬。　蓋方叔克壯其猶，如吴起將戰不帶劍，武侯臨陣不親戎服，羊祜輕裘緩帶，杜預身不跨馬，故詩人詠其車服之美而已。　三章，軝，疾飛貌。　四章，《詩緝》：少年輕俊之人，勇力求勝，未能深謀遠慮。　唯方叔老成，故能尚謀不尚戰，以謀爲壯，不以力爲壯也。《六月》之詩，事勢急迫；《采芑》之詩，辭氣雍容。以北伐則四夷交侵，初用兵也；南征則北方已服，中國粗定，方叔乘北伐之威以臨蠻荆也。下篇《車攻》則中興之功成矣。　粗，徂古反。

傳　一章，肥可生食，疏作脆可生食，《詩緝》同，當以脆爲正。　蕢音買。　將，子匠反。乘，食證反。　背音佩。　《爾雅》：田一歲曰菑，二歲曰新田，三歲曰畬。　疏：菑，災也。始災殺其草木，江東呼初耕地反草爲菑。　新田，新成柔田也。　畬，和柔之意，田舒緩也。《詩疏》《臣工》傳及《易》注皆與此同，唯《坊記》注云：二歲曰畬，三歲曰新田。　當是轉寫誤。《韻會》：田一歲曰菑，始反草也；二歲曰畬，漸和柔也；三歲曰新田，已成田而尚新也；四歲則曰田矣。若二歲曰新田，三歲則爲田矣，何名爲畬？　鄭注《坊記》之説爲是，但於《采芑》、《臣工》不暇辨耳。《爾雅》既從毛注之失，孔疏又言鄭注轉寫之誤，皆非也。　古者馳車一乘，則革車一乘。　馳車，戰車。　革車，輜車，載器械、財貨、衣裝者也。　馳車用四馬，革車用十二牛。《司馬法》：一車甲士三人，步卒七十二人，炊家子十人，固守衣裝五人，厩養五人，樵汲五人。　馳車七十五人，革車二十五人。《詩緝》：路車，金路也。以有奭言赤，又《巾車》鉤樊纓，今有鉤有膺，知其爲金路。疏：《春官·巾車》注：鉤，婁頷之鉤也。以金爲之，是鉤用金，在頷之飾也。膺，樊纓也。在膺之飾，惟有樊纓。樊，與鞶同，謂今馬大帶。纓，今馬鞅。金路其樊及纓，以五采罽飾之而九成。罽者，織毛爲之，若今之毛氍毹，以衣馬之帶鞅也。《巾車》云：金路，鉤、樊、纓九就，同姓以封。或方叔爲同姓也？方叔元老，五官之長，是上公也，上公雖非同姓，或亦得乘金路矣。樊音盤。頷，户感反。罽音計。氍，極俱反。毹，山于反。二章，治，去聲。毛氏：錯衡，文衡也。疏：錯，雜也。雜物在衡，是有文飾。鑣，見《衛·碩人》。朱芾，見《曹·候人》及後《斯干》。疏：三命至九命皆葱珩，非謂方叔唯三命也。

三章，《爾雅》：鷹隼醜，其飛也翬。注疏：謂隼，鷂之屬，鼓翅翬翬然疾飛，是急疾之鳥也。齊謂之擊征，或曰題肩，或曰雀鷹，春化爲布穀者是。《埤雅》：鷹之搏噬，不能無失，獨隼爲有準，每發必中。或曰即今呼爲鶻者。疏：《周禮》有鐲、鐃，無鉦，《説文》云：鉦，鐃也，似鈴，柄中，上下通。然則鉦即鐃也。《説文》又云：鐲，鉦也，鐃也。則鐲、鐃相類，俱得以鉦名之。故《鼓人》注云：鐲，鉦也，形如小鍾。是鐲亦名鉦也。鐲似小鍾，鐃似鈴，是有大小之異耳。但鐲以節鼓，非静之義，故知鉦以静之指謂鐃也。鐲音濁。鐃，奴交反。疏：出曰治兵，入曰振旅。莊八年《公羊》文也，《公羊》本曰祠兵，《周禮》、《左傳》、《穀梁》、《爾雅》皆作治兵，明彼爲誤，故箋改其文而引之。四章，與音預。

車攻小二十五，變三。　宣王會諸侯東都，因田獵，選車徒。

傳　一章，《詩記》：案字書訓釋，《説文》并以龐爲高屋，蓋馬之高大也。　復會之復，扶又反。　二章，李氏曰：毛氏，甫，大也，田者大艾草以爲防。鄭氏謂鄭有甫田，甫草，甫田之草。案左氏曰：鄭有原圃，則圃者鄭圃之名。今鄭氏以圃爲甫田，固非其字，又以甫草爲甫田之草，其説爲迂，當從毛氏。　三章，數，色主反。　《詩記》：敖，山名。晋師救鄭在敖、鄗之間，士季設七覆于敖前，則敖山之下，平曠可以屯兵，翳薈可以設伏，所謂『東有甫草』，即此地也。《括地志》：滎陽故城在鄭州滎澤縣西南十七里，殷時敖地，周時名北制，在敖山之陽。鄗，苦交反。　覆，夫又反。　四章，《詩記》：諸侯人君宜朱芾，而此赤芾者，會同故也。治其臣庶則朱芾，君道也，故方叔服其命服則朱芾。會同於王則赤芾，臣道也，故其會同有繹則赤芾也。　疏：《天官·屨人》注云：舃有三等，赤舃爲上。冕服之舃，下有白舃、黑舃。此云金舃者，即禮之赤舃也，故箋云：金舃，黄朱色，加金爲飾。　疏：《大宗伯》注：時見者，無常期。諸侯有不服者，王將有征討之事，則既朝覲，王爲壇於國外，合諸侯而命事焉。　殷，衆也。十二歲王如不巡狩，則六服盡朝，禮畢，王爲壇合諸侯以命政焉。　如是則會同禮别，不得并行。蓋會者交會，同者同聚，理既是一，故《論語》及此連言之。　見音現。屬，之玉反。　五章，柴，《釋文》又音才寄反。　著，知略反。　七章，《漢書》：景帝三年，太尉周亞夫引兵擊吴楚，深壁而守。夜，軍中驚，内相攻擊擾亂，至帳下。亞夫堅卧不起，頃之，復定。頻小反。射，食亦反，下如字。腢音愚，又五偶反。乾音干。髀，補爾、步未二反。踐，子淺反。膘，字書無此字。中，竹仲反。案傳文與毛傳顛倒，今依文取疏及《釋文》解之。而傷謂當面射之，踐毛謂在傍而逆射之，二者皆爲逆射。不獻者，嫌誅降之義。不成禽不獻者，惡其害幼少。膘者，脅後髀前肉也。腢，肩前也。自左膘射之達過於右肩腢爲上殺，以其貫心死疾，肉最潔美。故以爲乾豆，謂乾之足以爲豆實供宗廟也。達右耳本，蒙上文言，自左射之達右耳本而死者爲次殺，以其遠心死稍遲，肉已微惡，故以爲賓客也。髀，謂股外。髃，水膁也。射左股髀而達過於右脅髃爲下殺，以其中脅死最遲，肉又益惡，充君之庖也。凡射獸，皆逐後從左廂而射之。每禽取三十，而宗廟、賓客、君庖各十也。膁，口簟反，腰肉。

吉日小二十六，變四。　宣王田獵。

經　《語録》：問《車攻》、《吉日》詩，朱子曰：好田獵之事，古人亦多刺之，然宣王之田，乃是因此見得其車馬之盛、紀律之嚴，所以爲中興之勢者在此。其所謂田，異乎尋常之田矣。

傳　一章，《晋天文志》：房四星，亦曰天駟，爲天馬，主車駕。南星曰左驂，次左服，次右服，次右驂。亦曰天廄。《爾雅》注：龍爲天馬，故房謂之天駟。《詩疏》：《校人》：春祭馬祖，

二章，差，初佳反。

夏祭先牧，秋祭馬社，冬祭馬步。既四時各有祭，馬祖常祭在春，而將用馬力，則又用彼禮以禱之。《通典》：隋制，仲春用少牢，祭馬祖於大澤，積柴於燎壇，禮畢，就燎以剛日。愚案此雖隋禮，其初必有所考，想三代之禮大略如此。　二章，《禹貢》謂東過漆沮，孔氏曰：漆、沮，二水名，亦曰洛水，出馮翊北。《寰宇記》：漆水自耀州同官縣東北界來，經華原縣合沮水。沮水，《漢志》：出北地郡直路縣東。即今坊州昇平縣北子午嶺，俗號子午水，下合榆谷慈馬等川，遂爲沮水。至耀州華原縣合漆水，至同州朝邑縣東南入渭。洛水，出慶州廢洛源縣北白於山，經上郡雕陰縣秦望山南，過襄樂郡，又東南過同州衙縣，以入于渭。衙縣，即白水縣也。程大昌泰之《雍録》：《禹貢》止有漆、沮，秦漢以後，始有洛水。所謂洛水者，《地志》出北地郡歸德縣北蠻夷中，即洛源縣。其水自入塞後，逕鄜、坊、同之三州，始入渭。孔安國輩謂自馮翊襄德縣入渭者也。漢襄德、唐同州衙縣，亦朝邑縣也。所謂沮水者，《長安志》：自邠州東北來，至華原縣，南流合漆水入耀州富平縣石川河。石川河者，沮水正派也。所謂漆水者，《長安志》：漆水自華原縣東北同官縣界，東南流入富平縣石川河，是爲合漆之地。此三水分合之詳也。若槩三水而命其方，則漆在沮東，至華原乃合沮；沮在漆西，既已受漆，則遂南東而合乎洛；洛又在漆、沮之東，至同州白水縣與漆、沮合，而相與南流以入于渭。三水雖分三名，至白水縣則遂混爲一流，故自孔安國、班固以後，論著此水者，皆指襄德入渭之水爲洛，而曰洛即漆、沮者，言其本同也。《禹貢》導渭序漆、沮在灃、涇之下，灃之入渭在盩厔縣境，蓋在咸陽西南；涇之入渭在陽陵，則在咸陽之東；漆、沮入渭在褱德，又在陽陵東北三四百里也。《地理考異》：《書》漆、沮在灃、涇之東，爲渭之下流。《吉日》漆、沮，乃會於東都，維田獵之後，則宜爲下流之漆、沮，於東都爲地近，非《緜》之漆、沮也。餘見《大雅・緜》。馮，皮陵反。華，胡化反。雍，於用反。鄜，方無反。褱，即懷字。邠，即豳字。盩，張流反。厔，陟栗反。　三章，趨，疾走也。共音恭。　四章，挾，《釋文》子洽、子協、户頰三反。兕，又見《周南・卷耳》傳。　中，陟仲反，疏：小者射中必死，苦於不能射中；大者射則易中，唯不能即死。小豝云發，言發則中之。大兕云殪，言射著即死。異其文者，言中微而制大。《周禮・酒正》：五齊：一曰汎齊，二曰醴齊，三曰盎齊，四曰緹齊，五曰沈齊。注疏：醴，猶體也。此齊熟時上下一體，汁滓相將，故名醴齊，造用秫稻麴蘖。《詩緝》：少麴多米，二宿而熟。饗爲盛禮，王饗諸侯則設醴，示不忘古禮之意也。齊，才細反。緹音體。秫音述。蘖，魚列反。

鴻雁小二十七，變五。　流民喜宣王勞來安集。以下時世多不可考。

傳　一章，勞來，上力報反，下力代反。還音璿。　二章，毛氏：一丈爲板，五板爲堵。疏：累五板也，板廣二尺，故《周禮》説一堵之牆，長丈，高一丈。李氏：案《公羊傳》五板而堵。何休謂堵凡四十尺。許慎《五經異義》、《戴禮》及《韓詩説》八尺爲板，五板爲堵，板廣二尺，積五板高一丈。愚案疏説則堵方一丈，李氏説則堵長四丈而高一丈，二説不同。　三章，閒音閑。傳有六『知』字，一、二、四音智，三、五、六如字。

庭燎小二十八，變六。　王早起視朝。

經　燎，力召反。

此固王者勤於視朝之詩，而左右之臣設言以述王之意也。王問曰『夜如何其』？則對曰『夜未央』，王則意其庭燎已光，君子其至而鸞聲將將矣。頃之，又問『夜如何其』？則對曰『夜未艾』，蓋夜亦將盡矣，王則意其庭燎既久而光漸微，君子至之近，而鸞聲噦噦矣。既久，又問『夜如何其』？則對曰『夜鄉晨』，王則意其天明而見庭燎之煙火相雜，君子皆至而可以辨其旂之色矣，於是出而視朝。可見卧不安席，中夜以思，惟恐時之後也。或曰非問答之辭，左右之臣直述其事也。其自言曰『夜如何其』？夜猶未央也，而庭燎已光矣，君子已有至者，而鸞聲將將矣。既而又言『夜如何其』？夜猶未艾也，庭燎則然之久而明少矣，君子至之多，而鸞聲噦噦矣。久而又言曰『夜如何其』？夜則鄉晨矣，天漸明而見庭燎之煙矣，君子皆至，而可見其旂之色矣，於是王出而視朝也。蓋王勤於政事，及時視朝，而號令嚴肅；執事者，恪恭陳列以時；百官之入朝者，亦皆先時而至，而車服威儀莫不和整以俟聽朝。終篇未嘗言王之勤，而勤勞之意自見於言外。二者必有一得詩意也。

傳　一章，《周禮・司烜氏》：凡邦之大事，共墳燭庭燎。注：墳，大也。樹於門外曰大燭，於門内曰庭燎，皆所以照衆爲明。疏：庭燎與大燭一也，在庭中故曰庭燎。《郊特牲》曰：庭燎之百，由齊桓公始也。庭燎之差，公蓋五十，侯、伯、子、男皆三十，其百者天子禮。庭燎所作，以葦爲中心，以布纏之，飴蜜灌之，若今蠟燭。《詩》疏：古制未得而聞，要以物百枚，并而纏束之。今則用松、葦、竹，灌以脂膏也。又見《湛露》。烜音毁。共音恭。并，卑政反。鸞鑣，見《秦・駟驖》傳。　三章，煇，《釋文》音暉。

沔水小二十九，變七。　憂亂。

經　一章，鴥，見《采芑》。

末章，飛隼而循中陵，民言訛僞者，何乃莫之懲止邪？於是謂其友曰：當敬以自持，否則，讒言其興而見及矣。憂而戒之之辭也。讒言固可憂，惟敬足以勝之，詩人之學知所本矣。

傳　一章，見音現。疏：朝，朝也。欲其來之早。宗，尊也。欲其尊王。臣之朝君，猶水之趨海，故以水流入海爲朝宗。朝也之朝，張遥反。

鶴鳴小三十，變八。　不知所由，必陳善納誨之詞。異。

傳　一章，疏：鶴形大如鵝，高三尺，喙長四寸餘，多純白，或有蒼色者。今人謂之赤頰，常夜半鳴，高亮，聞八九里，雌者聲差下。　數，上聲。　蘀，見《豳・七月》。　二章，疏：穀，幽州謂之穀桑，荆揚謂之穀，中州謂之楮，殷中宗時，桑穀共生是也。江南人績其皮以爲布，又擣爲紙。其葉初生可爲茹。　邵子論玉石又一意也，略與前説不同。　横，户孟反。

右彤弓之什。

祈父小三十一，變九。　軍士怨久役。　序以爲刺宣王，未見必然。

傳　一章，疏：古者祈、圻、畿同，字得通用。　賁音奔。　《周禮·司右》：上士二人，下士四人，胥八人，徒八十人。凡國勇力之士，能用五兵者屬焉。《虎賁氏》：下大夫二人，中士十有二人，胥八十人，虎士八百人。掌先後王而趨以卒伍，軍旅會同亦如之。舍則守王閑，王在國則守王宫。《詩記》：禁衛天子之爪牙而使之遠戍，是轉予于恤也。愚案或曰一説，則於爪牙二字爲切而得詩意。　卒章，令音零。　養，去聲。　題下，數，色主反。

白駒小三十二，變十。　賢者去不可留。　同上。

傳　一章，疏：苗宜云圃而云場者，以場圃同地，對則異名，散則通。　《釋文》：繫足曰絆。《左氏傳》注：在胷曰靷。　絆音半。　靷音引。　漢陳遵以列侯居京師，耆酒，每大飲，賓客滿堂，輒關門取客車轄投井中，雖有急，終不得去。　耆，讀曰嗜。　三章，《史記》：田横，故齊王族，楚漢間自立爲齊王，與漢戰，敗而入海，居島中。高帝即位，使使召之曰：田横來，大者王，小者迺侯耳。

黄鳥小三十三，變十一。　民適異國，不得其所。　舊以爲宣王詩。

經　一章，穀字，從㲉從木者，木名也。從㲉從禾者，百穀之緫名，亦善也。此詩『集於穀』者，木也。『我肯穀』者，善也。二字當辨。　《詩緝》：興也。民適異國，不得其所，無可告語者。唯黄鳥可愛，平時飛鳴往來於此，故於其將去，呼黄鳥而告之曰：爾無集于我之穀，無啄我之粟矣。蓋此邦之人不肯以善道待我，我亦不久於此，將旋歸復反我邦之宗族矣。與黄鳥告別之辭也。　二章，《詩緝》：『不可與明』，言以横逆加己，不可與之求明白也。黄鳥本好鳥，非可惡者，以比不善之俗，或不甚切。　恐《詩緝》説爲興者是。

傳　一章，穀，見《鶴鳴》。　二章粱、三章栩，并見《唐・鴇羽》。　黍，見《王・黍離》。

我行其野小三十四，變十二。　民依昏姻不見卹。　同上。

經　一章，蔽芾，見《召南・甘棠》。　畜訓養，當音許六反。

傳　一章，《爾雅》又曰：壻之父爲姻，婦之父爲婚。　二章，陸璣：羊蹄似蘆菔，而葉長赤，蠶爲茹，滑美也。蠶即煮。　蓷，徒雷反。　三章，疏：葍，一名蔔，河内謂之蒮，幽州謂之燕葍，一名䔰，其根正白，可著熱灰中温噉之，可蒸茹以禦飢。葍音富。䔰音續。　題下，道，徒到反。行，下孟反。以爲之爲，如字。餘皆去聲。賙音周，振贍也。

斯干小三十五，變十三。築室既成，燕飲以落之。舊説宣王。

經　《詩記》：一章，總述其宫室之面勢而願其親睦。二章、三章，述其作室之意與營築之狀，至於『風雨攸除，鳥鼠攸去』，則宫室成矣。故四章言望其外，則雄壯軒翥如此；五章言觀其内，則高明深廣如此。望其外則未入也，故曰『君子攸躋』，言其方升也；觀其内則已入也，故曰『君子攸寧』，言其既處也。六章以下，皆頌禱之辭。　黄氏：先言其基址壯厚而不拔，兄弟之安居而不争；次則言其室家之制度，居處之觀悦；又次言垣牆之固，棟宇之麗，堂室之美；末數章則願其男女之衆多，子孫之蕃衍，而禱頌之意盡矣。　李氏：宣王之營宫室，可謂得禮，不失之侈，亦不失之陋。如所謂斯翼、斯棘、斯革、斯飛等句，不失之陋；然將以除風雨、去鳥鼠，則不失之侈矣。《易》曰：上古穴居而野處，後世聖人易之以宫室以待風雨。然則聖人作宫室之意，惟欲待風雨而已。　一章，毛氏：幽幽，深遠也。　二章，百堵，見《鴻雁》。卒章，罹，力馳反。

傳　一章，《詩記》：宣王作室，後臨水，前對山。《詩緝》：《西京賦》言長安於前，則終南、太一於後，則據渭踞涇，祖述斯干也。鎬，在上林苑中。此所謂干，謂大水之傍必鎬水也。舊以干爲澗者非，澗是水之小者。　南山，見《秦·終南》。《檀弓》：晋獻文子成室，晋大夫發焉，張老曰：美哉輪焉！美哉奂焉！歌於斯，哭於斯，聚國族於斯。文子曰：武也得歌於斯，哭於斯，聚國族於斯，是全要領以從先大夫於九京也。君子謂之善頌、善禱。文子，趙武也。京，當爲原。頌謂張老，禱謂文子。二章，《詩緝》：美作室而言嗣續妣祖者，蓋厲王之亂，百度廢墜，宫室亦壞，宣王既已中興王業，乃築宫室以復舊觀，足以見中興之盛，故曰嗣續妣祖。若竟土未復，雖作宫室，不足言嗣續矣。三章，《詩緝》：君子雍容於其間，心廣體胖，是以大也，所謂居移氣也。四章，企，丘豉反。《詩緝》：跂，腳跟不著地。翼，若《論語》翼如之翼。跟音根。五章，奥，室西南隅也。窔音杳，東南隅也。奥窔之間，在户之西而牖之下，正幽暗處也，故曰冥。六章，箋：莞，小蒲之席。疏：莞、蒲，一草之名，蒲麤，莞細。《司几筵》有莞筵、蒲筵，麤者在下，美者在上也。莞細而用小蒲。《爾雅》：莞，苻蘺。注：西方人呼蒲爲莞蒲。又《釋文》：草叢生水中，莖圓，江南以爲席，形似小蒲而實非。《爾雅》：羆如熊，黄白文。疏：有黄羆，有赤羆，大於熊。憨，呼甘反。疏：虺，細頸大頭，色如文綬，文間有毛似猪鬛，鼻上有針，大者長七八尺。一名反鼻，人亦名曰蝮虺，而非《爾雅》蝮虺也。蝮，方六反。七章，《周禮·占夢》：中士二人，史二人，徒四人。掌其歲時，觀天地之會，建厭所處之日辰，建謂斗柄所建，謂之陽建，故左還於天。厭謂日前一次，謂之陰建，故右還於天。假令正月陽建在寅，陰建在戌。辨陰陽之氣，謂休王前後也，生王者休，王所勝者死，相所勝者囚。春三月，木王，火相，水休，土死，金囚。以日月星辰占六夢之吉凶。日月之行及合辰所在。一曰正夢，無所感動，平安自夢。二曰噩夢，驚愕而夢。三曰思夢，四曰寤夢，覺時道之。五曰喜夢，六曰懼夢。季冬聘王夢，聘，問也。獻吉夢于王，乃舍萌于四方，以贈惡夢，遂令始難毆疫。舍萌，猶釋菜。萌，菜始生也。舊歲盡，新年至，於此時贈送去惡夢。噩，五各反。舍，讀爲釋。難，乃多反。毆，同驅。《禮運》：宗祝在廟，三公在朝，三老在學，王前巫而後史，卜筮瞽侑皆在左右，王中心無爲也，以守至正。注疏：宗，宗伯。祝，太祝。王弔臨則前委於巫。動則左史書之，言則右史書之。卜筮，主決疑。瞽，樂工，主和。侑，四輔，典於規諫。皆所以慎居處也。臨，力鴆反。八章，疏：《典瑞》云：四圭有邸以祀天，兩圭有邸以祀地，圭璧以祀日月，璋邸射以祀山川。從上而下遞減其半，故知半圭曰璋。射，食亦反。疏：芾從裳色，祭時服纁裳，故芾用朱赤。但芾所以明尊卑，雖同色而有差降。《乾鑿度》以爲天子之朝朱芾，諸侯之朝赤芾。朱深於赤，天子純朱，明其深也；諸侯黄朱，明其淺也。舉其大色則皆謂之朱。餘見《曹·候人》。三入爲纁，淺絳也。赤與黄爲纁。初生之子，未能勝衣，褓褓而已。今不獨衣之衣，又必衣之裳者，服之備也，所以期其成人也，故曰服之盛也。

九章，褓音保，疏：縛兒被也。婦人所用瓦，唯紡塼而已。《語録》：瓦，紡時所用之物。舊見人畫引《列女傳》，漆室手執一物，如今銀子様，意其爲紡塼也，然未可必。紡，妃兩反。遺，于季反。《列女傳》：孟子處齊閒居，擁楹而歎，孟母曰：何也？對曰：今道不用，願行而母老，是以憂也。孟母曰：夫婦人之禮，精五飰，羃酒漿，養舅姑，縫衣裳而已矣，故有閨内之修，而無境外之志。《易》曰在中饋，無攸遂。《詩》曰無非無儀，唯酒食是議。以言婦人無擅制之義，有三從之道。五飤，《月令》：天子春食麥，夏食菽、食稷，秋食麻，冬食黍。《周禮・疾醫》掌養萬民之疾，而曰以『五穀』。疏謂依《月令》五方之穀，據養疾而食也，非必入於藥。則通於上下，皆以是五穀爲飤也。或曰闞澤《九章》有粟飤，糲飤、稗飤、鑿飤、御飤凡五等，未詳是否。　閒，何閒反。　夫音扶。　羃，莫狄反。　養舅之養，去聲。　闞，苦濫反。　子金子：欲其生男女，固祝願之辭，而熊羆、虺蛇之事，又其設辭形容也，豈當時之人，果以夢熊羆爲得男，夢虺蛇爲得女乎？　題下，圮，部鄙反，字從土，從戊己之己。

無羊小三十六，變十四。　牧事有成，牛羊衆多。

經　一章，來思，見《白駒》傳。　二章，餱，見《伐木》。

首章言牛羊，而三章獨言羊者，蓋牛服耒[三]乘車。動知人意，是牛易於馴者；羊負狠好鬬，難於馴擾，今但『麾之以肱』，則『畢來既升』，其馴可知也。故首章亦言其戢戢而和，於牛則惟曰濈濈也。羊且能馴，則牛之馴不言自見矣。或曰二章乃獨言牛爾，故此章唯言羊也。

傳　一章，《釋文》：呞，丑之反，食已，復出嚼之也。江東呼爲齝，音洩。　二章，揭音竭，擔也。　《說文》：蓑，草雨衣也。　笠，簦無柄也。愚謂簦即今傘，音登。　三章，愚案飛曰雌雄，走曰牝牡，此曰禽獸者，大約言之也。　兢兢，與毛傳同曰堅彊。《釋文》：兢，其冰反。當從此音。　牢，防獸閑也。　葦，主水反，箠也。　楚，荆也。　皆驅羊之器。　四章，朱子『占夢之説未詳』，豈古者卜筮之家有是説與？　《詩記》：此牧成而考之之詩，故以吉祥之事終焉。豐年則民閑樂，故以田以魚。　夢魚，斯豐年之祥也。　旐者旟者，皆田官所建。　旐統人少，旟統人多，今建旐之處乃建旟，則民庶衆矣。

節南山小三十七，變十五。　家父刺王用尹氏致亂。

《釋文》從此至《何草不黄》四十四篇，前儒申毛皆以爲幽王之變小雅。

經　《詩記》：案《左傳》：韓宣子來聘，季武子賦《節》之卒章，杜氏謂取『式訛爾心，以畜萬邦』之義，然則此詩在古止名《節》也。　一章，南山，即終南山。　見《秦·終南》。　三章，《詩記》：京室以大族爲氏，朝廷以尊官爲氏。　氏者，安危存亡所出也。　尹氏大族也，太師尊官也，故曰『尹氏太師，維周之氐』。　四章，《詩記》：『式夷式已，無小人殆』，謂尹氏所與圖事者也。『瑣瑣姻亞，則無膴仕』，謂尹氏以親暱而置之高位者也。　五章，《詩記》：鞫訩、大戾，匪降自天，皆尹氏爲之也；民罹其害，無可奈何，而歸之於天也。　在民視之則難，在王爲之則易，進賢而退奸，爲國之至理，而二者之情狀，惟平其心者見之。　王如幡然平其至，則尹氏必不居位，而民之怨息矣；王如坦然平其心，則尹氏自不能逃其罪，而民之惡怒遠矣：夫何難哉？愚案傳以此章刺王及尹氏，東萊以此章專刺王。　愚恐以爲專刺尹氏亦可通，而與之前後兩章意貫，尤見詩人忠厚之意。　七章，《説文》：領，項也。

此詩刺王用尹氏，前九章惟極言尹氏之罪，而卒章以言歸之王心，則輕重本末自見，此家父之善於辭也。其所以刺尹氏者，大要有二事，爲政不平而委任小人也。一章，言尹氏之失民望而致愁蹙。二章，言爲政不平，而不顧天怒民怨。三章，言太師爲國根本，爲政當均平，而其任之重如此。四章，言任用小人，連引私黨。五章，言君子可消天變。六章，承上言尹氏不但不能弭天變，抑且生禍亂。下四句則應前第四章，而又起下章欲遁逃之意。七章，言欲遁無所徃。八章，言小人情狀。九章，言尹氏自用拒諫。十章，歸之於王。

傳　一章，大音泰。父音甫。　二章，荐與薦同音。重，直用反。喪，息浪反。讟，徒谷反，謗也。　三章，《語録》：均，本當從金，所謂如泥之在鈞者，鈞只是爲瓦器之車盤也。蓋運得愈急，則其成器愈快，『秉國之鈞』，只是此義。今《集傳》訓平者，此物亦惟平乃能運也。　四章，疏：兩壻相謂曰亞者，一人取姊，一人取妹，相亞次也。取，去聲。　五章，并，去聲。　六章，長，上聲。爲之之爲，去聲。　卒章，適，陟革反。間，古莧反。當，去聲。夫音扶。

正月小三十八，變十六。　大夫刺幽王。

經　此詩大槩刺小人用事，訛僞相挺，變亂是非，己不得志而憂世之必亂也。一章，總言其大略，蓋賦而興也，正月而霜，固天示災異，然正陽之時而有窮陰之應，此天氣變亂無常，因以興起下訛言變亂是非之意。終篇未嘗言災變，惟首句言之，故知因以起興也。二章，歎己之遭亂。三章，憂國必爲人所滅。四章，訛僞之勢甚一時，足以勝天。五章，言如山之高卑易見者，訛言尚欲亂之，有如指鹿爲馬，而上下成俗，不知其非。六章，憂身之無所容。七章，言用人不常。八章，言政事暴惡，其勢若火。九章，言不可無君子之輔。十章，承上章輔佐而言當謹慎之意。十一章，言禍亂之極無所逃。十二章，言小人得志而連其親舊。十三章，亦言小人得位而良民受禍也。

傳　一章，《詩記》：凡譸張爲幻以罔上惑衆者，皆謂之訛言。《詩緝》：鼠病而憂在于穴内，人所不知也。　三章，喪，息浪反，卒章同。被，平祕反。　四章，號，乎刀反，九章同。別，彼列反，五章同。《史記》：吴入楚，伍子胥鞭平王尸，申包胥使人謂之曰：子之報讎，其以甚乎！吾聞人衆者勝天，天定亦能勝人。　五章，有山本卑小者也，今則以爲岡陵，是訛言也。　五章，占夢，見《斯干》。　衛侯，慎公頮。　六章，虺，見《斯干》。《爾雅》：蠑螈，蜥蜴，蝘蜓，守宫。注疏：一物形狀相類而四名，在草澤中者名蠑螈、蜥蜴，在壁名蝘蜓、守宫也。《詩緝》：蜥蜴，上音析，下音易。《釋文》蜴，星歷反，字又作蜥。是以蜴爲蜥，誤矣。《韻會》説同，今當讀蜴音易。蠑音榮。螈音原。蝘音偃。蜓，徒典反。　蝵音適，蟲毒也。　七章，崎嶇音欹軀，山陰也。墝埆音敲殼，瘠薄也。　易，去聲。九章同。　八章，《史記》：幽王娶申后，生太子宜臼。初，宣王後宫無夫而生女子，懼而棄之，童謡曰：檿弧箕服，實亡周國。王聞之，有夫婦賣是器者，王使執而戮之。逃於道，見後宫所棄子，收之，犇於褒。褒人有罪，入所棄女子於王以贖罪，是爲褒姒。幽王三年，見而愛之，生子伯服。餘見《王風》。檿，烏簟反，山桑也。檿弧，以檿爲弧也。箕，木名。服，矢房。箕服，以箕爲服也。《輿地廣記》：興元府褒城縣即褒國。爲國之爲，于僞反。九章，難，乃旦反。十章，數，所角反。十二章，《孔叢子·論勢篇》：秦攻趙，魏大夫以爲於魏便，子順曰：不然，秦勝趙，必復他求，吾恐受其師也。先人有言：燕雀處屋，子母相哺，煦煦焉相樂也，自以爲安矣。竈突決上，棟宇將焚，燕雀顔色不變，不知禍之將及己也。可以人而同於燕雀乎？子順名斌，孔子六世孫，時相魏安僖王。煦，呼句反。卒章，窶，郡羽反，貧也。勝音升。

十月之交小三十九，變十七。大夫刺幽王。

箋以此下四篇爲厲王之變雅。

經　三章，《史記》：幽王二年，三川竭，岐山崩。

幽王内有褒姒之邪嬖，外有皇父之貪殘，牽引惡類，相爲表裏，褒姒禍之本，皇父罪之魁，此詩所以刺也。首章，言極陰之月，陰壯而日食。二章，言日食因不用善人，婦也，臣也，小人也，皆陰類也，相與蠱王心而敗政事，故譴見于天也。三章，言又有冬月雷電之異，山川之變。四章，言所以致此者，皇父引惡黨而褒姒爲之内主也。五章，述皇父采邑民人而言，蓋皇父爲卿士，始固有采邑矣，今則改築于向，遷徙舊邑之民，方當種藝之時，廢其田廬而去。六章，言皇父選朝臣以爲其國之臣，然不能選賢，惟取貨賄。七章，民人從役，惟恐遭讒被虐。卒章，歎邑人及己之勞，而安天命以終之。

傳　一章，奇，居宜反。復，扶又反。亢，苦浪反。去，起吕反。參，初簪反。差，义宜反。背音佩。　四章，予，余吕反。朝音潮。　二章，『于何不臧』，未知有何災禍之應也。

《常武》之詩曰『王命卿士，南仲太祖，太師皇父』，是卿士兼太師也。太師，三公之首，而卿士兼之，則非太宰之屬明矣。《常武》之『皇父』，賢者也，故詳著其官而又本其祖，蓋非《十月》之『皇父』矣，然足以證卿士或説之未然。

疏：《周禮·序官》『趣馬，下士』，箋言中士，誤也。　六章，箋：禮，畿内諸侯二卿。疏：皇父封於畿内而立三有事，是增一卿以比列國也。　《左氏傳》注：憖，且也。　强，其兩反。

七章，重，平聲。　説、悦同。　卒章，樂音洛。被，皮義反。

雨無正小四十，變十八。　饑饉臣散，不去者責去者。異。

經　一章，駿音俊，又音峻。

一章，言昊天降災，雖曰賦而實如比，蓋全章皆言王之無德也。二章，言人心離散。三章，言己之忠言不用，又戒在位者，言上雖不道，己則不可不自敬也。四章，言羣臣無臣無忠諫者。

五章，言惡直好佞。六章，言仕之難也。七章，責去者。首章雖曰饑饉，而終篇大意皆刺王之不德也。然忠厚惻怛之意，正己勸人之言，前後屢見，作詩者蓋暬御之賢者也。

傳　一章，《爾雅注疏》：凡草菜可食者通名爲蔬。可食之菜皆不熟爲饉。　遽，其據反。題下同。　二章，長，知丈反。　悛，七全反。　四章，《國語》，見《大雅・抑》題下。《漢百官表》：侍中加官，得入禁中。應劭曰：入侍天子，故曰侍中。《百官志》：掌侍左右，贊導衆事，顧問應對。　訊，訖黠反，無憂貌。　五章，惡、好，並去聲。　卒章，疏：泣，無聲出淚也。連言血者，以淚出於目，猶血出於體，故以淚比血。　爲，于僞反。

右祈父之什。

校勘記

〔一〕『雅』，原作『絲』，據叢書集成本改。

〔二〕『盡』，原作『畫』，據《史記・三王世家》集解引《韓詩章句》、《句考》改。

〔三〕『未』，原作『末』，據四庫本改。

詩集傳名物鈔卷六

小旻小四十一，變十九。　王惑邪謀，不能從善。

經　一章，言君邪辟，不用善謀而用不臧。二章，言臣阿比，共違善謀而從不臧。一章之謀猶，君之謀猶也；二章之謀猶，臣之謀猶也。一章謀臧之謀，指臣之謀；二章謀之之謀，指衆人之謀也。三章，又言臣無有任責而決衆謀。四章，又言君臣不法古而無遠慮。五章，言天下未嘗無才，但不能用之，則望望而去。六章，言爲國者，當於事未形者戒謹恐懼以終之。

傳　一章，辟音僻。斷，丁貫反。二章，相和之和，去聲。詆，多禮反。三章，數音朔。五章，治，直吏反。卒章，易，以豉反。喪，息浪反。題下，别，彼列反。去，起吕反。

小宛小四十二，變二十。　遭亂兄弟相戒免禍。異。

經　此詩遇亂而戒兄弟修德以免禍，修德當法其親，免禍則謹其德。前四章修德之事，後二章免禍之意。一章，宛彼鳴鳩，本不能高舉，今乃能飛戾于天，以興人皆可學而進其德也。二章之『人』，即接一章之『人』，蓋其父實賢者。而敗德賈禍，莫父母之賢。晝夜思以效之。

甚於酒，故先當慎。三章，言不但自敬其身，又當教其子孫亦爲善。四章，言脊令飛鳴，無有止息，人當視之自力勇往爲善，無辱父母。五章，言亂世不能自容如此。卒章，戒慎之意，謂温温恭人，則可免禍也。下五句皆因『温温恭人』一句而言。

傳　一章，《詩緝》：鳴鳩，鶻鵰也。即《氓》詩食葚之鳩，郯子所謂鶻鳩氏司事，莊子所謂鷽鳩也。《爾雅》：鶌鳩，鶻鵃，似山鵲而小，短尾，青黑色，多聲。舊説及《廣雅》皆云斑鳩，非也。鳴鳩小物，決起而飛，槍榆枋，時則不至，椌於地而已矣。今飛戾天，勉强故也。鶻音骨。雕，鵃並音嘲。郯，徒甘反。鷽音學。鶌，九勿反。決，呼穴反。槍音鏘。枋音方。二章，《詩緝》：齊聖廣淵、底至齊信、生而徇齊，皆言聖人之事，此言齊者，止謂整肅也。復，扶又反。三章，菽，見《豳・七月》。《爾雅》：果贏，蒲盧。注：細腰蜂也。俗呼爲蠮螉，又曰螟蛉。桑蟲，俗謂之桑蝎，亦曰戎女。《解頤新語》：説者考之不精，乃謂蜾蠃取桑蟲負之，七日化爲其子，雖揚雄亦有類我之説。近人取蜾蠃之巢毁而視之，乃自有細卵如粟，寄螟蛉之身以養之。其螟蛉不生不死，蠢然在穴中，久則螟蛉盡枯，其卵日益長大，乃爲蜾蠃之形，穴竅而出。蓋此物不獨取螟蛉，亦取小蜘蛛，寄卵於蜘蛛腹脅之間，蜘蛛亦不生不死，久之蜘蛛枯而其子乃成。今人養晚蠶者，蒼蠅亦寄卵於蠶之身，久之其卵爲蠅。穴繭而出。殆物類之相似者。《列子》：純雄，其名穉蜂。《莊子》：細腰者化。《説文》：天地之性，細腰、純雄無子。此皆信説《詩》者之言也。蠃與蠃同。蠮，一結反。螉，一紅反。蝎，無販反。四章，脊令，見

《常棣》。　五章，《爾雅》：桑扈，窃脂。注：俗謂之青雀，觜曲，食肉，好盜人脯肉脂膏，因名。疏案《釋獸》：竊毛，皆謂淺毛。此鳥其色不純，故曰竊。八鳸言竊者，皆淺也。且四色已具，則竊脂者淺白也。《埤雅》：案《淮南子》馬不食脂，桑扈不啄粟，非廉也。蓋桑扈一名而二種，桑鳸竊脂，鳭鷯剖葦，此一種也；桑扈竊脂，棘扈竊丹，此一種也。蓋對剖葦言者，青質，觜曲，食肉，好盜脂膏者也；對竊丹言者，素質，其翅與領皆鶯然而有文章者也；所謂『交交桑扈，率場啄粟』者，正以其性之盜竊脂膏者言之，故以啄粟爲失其性。鳭，丁幺反。鷯，力凋反。　辟音闢。　卒章，隊音墜。

小弁小四十三，變二十一。　太子宜臼被廢而作。

經　五章，公是先生《七經小傳》：鹿足伎伎，顧其子也。雉求其雌，求其妃也。言王放逐太子，曾不如鹿；廢黜申后，曾不如雉。木壞則無枝，無枝則木死。亦若王受讒，放逐太子，自殘其嗣。嗣誠殘，王亦且斃踣矣。

一章，總言怨慕之意。二章，憂國之將亡。三章，言親不我子。四章，被黜而無所往。五章，無親戚之可依。六章，怨其親之忍。七章，怨親之信讒。八章，雖謹畏而終被黜。篇內五『心之憂矣』，一曰『云如之何』，其詞尚緩；二曰『疢如疾首』，則切於身矣；三曰『不遑假寐』，則晝夜無有休止；四曰『寧莫之知』，則無所告訴而倉卒急迫；故終之以涕隕也。

傳　一章，鵯，匹、卑二音。《爾雅》：鷽斯，鵯鶋。注疏：雅烏也，不反哺。又曰：楚烏。《詩》疏：此鳥名鷽，而云斯者，語辭，猶蓼彼蕭斯、菀彼柳斯。以劉孝標之博學，而《類苑》鳥部立鷽斯之目，是不精也。鶋音居。閒音閑。　被，平柲反。　六章同。　《語録》：問《小弁》詩只『我罪伊何』一句，與舜『于我何哉』意同，曰：作《小弁》者，自是未到得舜地位，蓋亦常人之情耳。只『我罪伊何』上面説『何辜于天』，亦一似自以爲無罪相似，未可與舜同日而語。　二章，易，以豉反。慣、眊，並見《邶・柏舟》。　三章，《孟子》注：廬井邑居，各二畝半以爲宅，故爲五畝。疏：六尺爲步，步百爲畝，畝百爲夫。井方一里，有田九百畝，中爲公田，八家各受私田百畝，公田十畝，餘二十畝爲廬舍，是一家受二畝半也。又《周禮》夫一廛，注：一廛，城邑之居，蓋亦二畝半。田作之時，民皆出居田間之廬，以便耕穫；農事既畢，則入居邑中之廬，以避風寒：兩處皆樹以桑梓也。遺，于貴反。末屬之屬，殊玉反。　四章，淠，孚計反，類隔切，今易匹詣反。　萑葦，見《秦・兼葭》。　五章，《詩緝》：鹿見人則奔宜速矣，而伎伎然舒緩者，顧其羣也。　妃音配。　六章，隕音蘊，從《釋文》；据字書，隕當作于敏反。　隊與墜同。先，去聲。　七章，箋：醻，旅醻也。疏：醻、酬通用。酬有二等，即酢而酬賓者，賓奠之不舉，謂之奠酬；至三爵之後，乃舉鄉者所奠之爵，以行之於後，交錯相酬，名曰旅酬，謂衆相酬。此喻得讒即受而行之，故知是旅酬，非奠酬也。　夫音扶。題下同。　卒章，《語録》問：『莫高匪山，莫浚匪泉，君子無易由言，耳屬于垣』，傳作賦體，疑莫是以上兩句興下兩句邪？曰：此只是賦，蓋以爲莫高如山，莫浚如泉，而君子亦不可易其言，亦恐有人聞之也。　末四句義，見《邶・谷風》。　題下，關音彎，射音石。

巧言小四十四，變二十二。　大夫傷於讒。

經　吴正傳：此詩前三章刺聽讒者，後三章刺讒人。　二章，僭，毛訓數，側蔭反；鄭訓不信，子念反。　今傳謂『僭始，不信之端』，則當從鄭音。　四章，《語録》：『奕奕寢廟』一章，本意只是惡巧言讒譖之人，却以『奕奕寢廟』與『秩秩大猷』起興，蓋以其大者興其小者，便見其所見極大，形於言者，無非義理之極致。　憴當作瘇。《説文》引《詩》作瘇。

一章，呼天而言曰：天爲民之父母乎，而使天下之無罪者，遭暴亂如此之大。　復言曰：昊天震威已大，使我遭暴亂，而我自審實無罪辜，乃爲人所譖爾。　上四句總言朝廷之事，下四句乃言及己。　二章，言小人欲行讒言，每以小者試其上，而讒實亂之階，上人當知所好惡。　三章，言上之人不明理知言，而好疑多惑，好疑則信詛盟，多惑則聽詐妄。『止共』者，止於敬也。　讒人謬敬而欺以媚其上，有若盜賊，則明告之王曰：是非實敬也，徒爲王之病爾。　四章，言人讒我也，雖詭祕其事，而我之度之也無不知。　五章，戒人毋用讒。　君子樹木，必擇荏染有用者樹之；往來行言，則心必辨之，不可欺也。　若碩言則當出諸口，巧言而出諸口，則取羞辱而已。　卒章，謂讒者居水側，就其實而言之，細弱疾病之人，它無所能，而讒譖之謀亦太多。　然物以類聚，末句深慮其徒黨之盛也。夫人既被讒，終篇未嘗有怨懟詆斥之語，拳拳專欲諷上之審聽，而五章且以開讒人之迷。不自憂其身而惟憂天下之亂，不惡怒其人而發其羞耻之心，詩人之忠厚如此。

傳　二章，斷，丁貫反。復，扶又反。　三章，長，丁丈反，類隔切，今易展两反。數音朔。歃，所甲反。要，平聲。要，勒也。《周禮・司盟》注疏：盟者，書其辭於策，殺牲取血，坎其牲，加書於上而埋之，謂之載書。有疑會盟者不協也。神謂日月山川。王之盟主日，諸侯之盟主山川，王官之伯會諸侯而盟其神主月。《韻會》：盟者以血塗口旁曰歃。　李氏：考之《春秋》，如伯有之亂，鄭伯與其臣下盟，蓋盟者生於君臣相疑而致也。君臣相疑，不能察其實，而但爲盟誓，適所以長亂矣。　塱，在力反，疾也。　五章，以口、厚協爲苦户音，此詩前章多兩句換韻，恐此二字不必協。　卒章，惡，烏故反。　疏：微、尰，皆水濕之疾。骭，脚脛也。瘍，瘡也。膝脛之下有瘡腫，是涉水所爲，以此人居下濕之地故也。骭，户諫反。瘍音羊。脛，形定反。

何人斯小四十五，變二十三。　蘇公刺暴公。

經　二章，啨音彥。　四章，飄，《釋文》避遥反，又匹消反。《爾雅》同上切，又見《檜・匪風》。　六章，祇，上支反。

傳　一章，疏：《左傳》曰：周克商，使諸侯撫封，蘇忿生以温爲司寇。則蘇國在温。今河内温縣地，在東都之畿内。春秋之世，爲公者多畿内諸侯，偏檢《書》《傳》，未聞畿外有暴國，故曰皆畿内國名。《春秋》蘇稱子，此云公者，子爵而爲三公也。　從行之從，才用反。題下同。　二章，女音汝。　四章，《爾雅》：迴風爲飄。注：旋風也。　五章，左太沖《魏都賦》魏國先生盱衡而誥，注：盱，張目也。眉上曰衡，謂舉眉揚目也。誥，告也。　六章，説，悦同。

七章，疏：塤，燒土爲之，大如雁卵，又曰大如鵝子，小者如雞子。《樂書》：包羲氏灼土爲塤。塤，立秋之音也。平底六孔，水之數也；中虚上鋭，如稱錘然，火之形也。塤以水火相合而成器，亦以水火相合而成聲，故大者聲合黄鐘、大吕，小者聲合太蔟、夾鍾，要歸中聲之和而已。《風俗通》謂圍五寸半，長一寸半，有四孔，其二通，凡六孔也。《爾雅》：大塤謂之嘂。以其六孔交鳴而喧譁故也。又曰：六孔，上一、前三、後二。塤、壎同。大蔟之大，音泰。嘂音叫。　《樂書》：篪之爲器，有底之笛也。大者尺有四寸，陰數也；其圍三寸，陽數也。小者尺有二寸，則全於陰數。皆有翹以通氣，一孔上達，寸有二分而横吹之。《爾雅》：大篪謂之沂。疏：《廣雅》云八孔，鄭司農注《禮》云七孔，蓋不數其上出者故也。沂音銀。　《周禮·司盟》：掌盟萬民之犯命者，詛其不信者。疏：盟是盟將來，詛是詛過往。《釋文》：以禍福之言相要曰詛。　屬音燭。應、和，並去聲。　卒章，疏：蜮如鼈，三足，南越婦人多淫，故地多蜮，淫女惑亂之氣所生也。又曰：一名射影，江淮皆有之，人在岸上，影見水中，投人影則殺之。

或曰含沙射人皮肌，其瘡如疥。《釋文》：一名射工，俗呼水弩。　題下，復，扶又反。

序　韓有將軍暴鳶，秦有將軍暴鷙，漢有御史大夫暴勝之。傅，符遇反。

巷伯小四十六，變二十四。　被讒爲寺人。

傳　一章，毛氏：貝錦，錦文也。箋：文如餘泉、餘蚳之貝文也。興者，喻讒人集作己過以成於罪，猶女工之集采色以成錦文。蚳，直基反。《爾雅》：餘貾，黄白文。餘泉，白黄文。疏：水介，蟲也，龜鼈之屬。其文彩之異、大小之殊甚衆，古者貨貝是也。餘貾，黄爲質，白爲文。餘泉，白爲質，黄爲文。又有紫貝，其白質如玉，紫點爲文，皆行列相當。其貝大者，當有至一尺六七寸者。貾，與蚳同。　被，皮義反。後同。　二章，箋：箕星哆然，踵狹而舌廣，今讒人因人之近嫌而成言其罪，猶因箕星之哆而又侈大之。李氏：上言『成是貝錦』，則以喻讒人織其罪；此言『成是南箕』，因其近似而遂譖之也。《詩記》：南箕之星本非箕，張大其口以成其名爾。貝錦、南箕皆曰『成是』者，言我本無是實，因萋斐張大以成之爾。愚案：三説大率相類而微有不同，鄭以爲箕踵二星本小，舌二星漸大，所以成箕。是己實有小失，而讒者張大之爾。李以爲因近似而譖，則是行己本正，讒者因改易其説爲邪僻以譖之爾。呂以無實而張大，則是已絶無過，讒者架虚搆成其禍也。《詩緝》：箕，東方之宿，考星者多驗於南方，故曰南箕。　閟音秘，幽深也。　三章，《詩緝》：緝緝，續也。接續增益，緝緝然如女之績；往來輕飄，翩翩然如鳥之飛。相與經營，謀爲讒譖而已。四章，儇，虚緑反，輕薄貌。好，呼報反。五章，樂音洛。六章，重，平聲。惡、好，並去聲。卒章，寺人，見《秦·車鄰》。題下，長，知丈反。間音諫。

谷風小四十七，變二十五。朋友相怨。

經　此詩前二章，以『習習谷風』興朋友相得，雨與穨興朋友相棄。蓋『習習谷風』，和調之東風也，此和樂之意，『維予與女』、『寘予于懷』之氣象也；雨則陰沴，穨則暴疾，此乖剌之意，『女轉棄予』及『棄予如遺』之氣象也。雨風字，即谷風之風。兩及字，則謂自風以至於雨，以至於穨也。後章則四句爲興，始則習習谷風，至風之甚，則草木皆萎死，而唯見山之崔嵬爾，此則風之尤暴者也。夫鼓陽氣以生物者莫若風，及其慘急摧敗，亦莫風若也。故以喻朋友之始合而終离。

傳　一章，傳意似作無義興。難，乃旦反。二章，《爾雅》：焚輪謂之穨。注：暴風從上下。疏：迴風從上下。卒章，傳意謂谷中之風而及於崔嵬之山，是所被者廣矣。風本生物者也，而草木猶不免於萎死，是天地之功亦有所不足也。而况於朋友豈無小過哉，當存大義而全交道可也，今乃忘我大德而思我小怨乎？此與愚前説意不同。被，皮義反。

蓼莪小四十八，變二十六。　孝子不得終養。

經　二章，瘁，《释文》：《雨無正》徂醉反，此诗似醉反，皆训病。傳並從《釋文》，字書無似醉反，當從《雨無正》音讀。　五六章，飄，見《何人斯》。

傳　一章，莪，見《菁菁者莪》。　《詩緝》：《釋草》云：蘩之醜[二]，秋爲蒿。釋云：醜，類也。言蘩蕭蔚莪之類，春始生，氣味既異，故名不同，至秋老成則皆蒿也。此説莪、蒿甚明，蓋始生爲莪，長大爲蒿。爲莪猶可食，爲蒿則無用。喻父母生長我身，至于長大，乃是無用之惡子，不能終養。此孝子自怨其身之辭也。　養，子亮反。重，直用反。　二章，蔚，去刃反。《爾雅》：蒿，菣。蔚，牡菣。蓋蒿之類不一，菣則青蒿，牡菣則其無子者也，一名馬新蒿。　三章，《詩緝》：缾以汲水，罍以盛水。缾小喻子，罍大喻父母。缾汲水以注于罍，猶子之養父母。缾罄竭則罍無所資，爲罍之耻，猶子窮困則貽親之羞也。　四章，《詩緝》：鞠、畜、育皆養也，所從言之異耳。父生母鞠，此總言我身是父母所生養，下乃詳言父母之恩勤也。拊謂以手摩拊其首而防其驚，是初生之時。初生而言畜養，謂乳之也。長謂養之，稍長則能就口食矣。稍長而言育養，謂哺之也。已而行戲於地，父母或去之，則回首以顧視之，復謂顧之又顧，是反覆不能暫捨，愛之之至也。在家容其行戲，或自内而出，或自外而入，未可令其自行，則抱之於懷。此曲盡父母愛子之情也。反覆之覆，芳六反。　五章，《詩緝》：孝子行役，念親之没，瞻南山之烈烈，感飄風之發發，觸目皆悲傷也。　卒章，養，子亮反。　題下，魏邵陵厲公嘉平四年，詔胡遵、諸葛誕率衆攻吴東興，安東將軍司馬昭爲監軍。吴諸葛恪敗之，死者數萬人。昭問曰：今日之事，誰任其咎？　司馬王儀對曰：責在元帥。　昭怒曰：司馬欲委罪于孤邪？　遂斬之。　子裒痛父非命，隱居教授，三徵七辟皆不就，廬于墓側，旦夕常至墓所，拜跪悲號。讀《詩》至此，三復流涕。　後司馬昭子炎篡魏爲晉，裒終身未嘗西向而坐，以示不臣。

大東小四十九，變二十七。　譚大夫嘆東國困役傷財。

經　二章，糾糾，見《魏・葛屨》傳。　卒章，挹，酌也。

一章，言上不恤下而賦役不均也。　興而言周道既平且直，在位之所行，而小人之所效，此蓋借道路以喻王道也。　今顧之而出涕者，以路而言，則賦役由是而西；以王道而言，則非先王之法矣。　二章，上四句傷於財，下四句困於役。　三章，欲得休息之意。　四章，言賦役不均，羣小得志，而中四句有傷財之意。　五章，言爲西人所虐視而覬天之監。　六七章，傳言已明。

傳　一章，簋，見《秦・權輿》。　毛氏：飧謂黍稷。　疏：禮之通例，皆簠盛稻粱，簋盛黍稷。　疏：《雜記》：匕用桑，長三尺，喪祭也。　吉祭及賓客之匕則用棘。　古之祭祀享食必體解，其肉之胖既大，故須用匕載之，謂出於鼎，升之於俎也。　胖音判，牲之半體。　《尚書》孔傳：砥細於礪，皆磨石也。　涕下之下，去聲。　譚，見《衛・碩人》。　二章，杼，梭也。　緯音渭。勝音升。　三章，幾，平聲。復，扶又反。艾音乂。　五章，《晉・天文志》：天漢起東方，經尾箕之間，謂之漢津。乃分爲二道，其南經傳説、魚、天籥、天弁、河鼓，其北經龜，貫箕下，次絡南斗魁、左旗，至天津下而合南道。乃西南行，又分夾瓠瓜，絡人星、杵、造父、騰蛇、王良、傳路、閣道北端、太陵、天船、卷舌而南行，絡五車，經北河之南，入東井水位而東南行，絡南河、闕丘、天狗、天紀、天稷，至七星南而没。下凡言星，同出《晉志》。　織女三星，鼎峙而成三角，在天市垣北。　疏：《周禮》有市廛之肆，謂止舍處。十二次日月所止舍，亦肆也。　更，古行反。

六章，牽牛六星，北方宿。　疏：《車人》言大車牝服二柯，又三分柯之二。大車謂平地任載之車，柯長三尺。此謂較長八尺也。兩較之内爲箱，是車内容物處。柯音哥。較音角。

疏：庚，續也。日既入，明星長續日之明，故謂明星爲長庚。　畢八星，西方宿。　疏：言織之用緯，一來一去，是報反成章。今織女之星駕則有西無東，不見倒反，是有名無成。此説與傳少異。　卒章，箕四星，東方宿。二星爲踵，二星爲舌。　南斗六星，北方宿，在箕北。北斗七星，其六在紫微垣内，其一在外，運乎天中，臨制四方。　見，賢徧反。粃，卑几反。

四月小五十，變二十八。　遭亂自傷。

經　三章，飄，見《何人斯》。　六章，瘁，殂醉反。　箋：仕，事也。七章，箋：翰，高也，當作去聲讀。

此詩雖遭亂自傷，亦怨役使之不均也。前三章合而言，則自夏至冬，亂無已時。分而言，則首章亂及於身，歷夏三月，無所訴而呼其祖；二章百草皆病，以興無所歸；三章喻嚴暴之極而役使不均。四章，山之卉，維梅、栗不變，在位者乃化爲惡何邪？五章，水則有清時，我之禍乃無已。上章以山不變反興人之變，此章以水之變反興禍之不變。六章，江漢滔滔者，南國且以爲紀，而我躬爲勞瘁，王乃曾不有我。七章，非四者而無所逃。卒章，以山隰興君子作歌，以四物興告哀，此興之無義者也。

傳　二章，腓，《釋文》房非反，與《説文》合。傳作芳非反，恐誤。　六章，江漢，見《周南·漢廣》。　七章，疏：《説文》云：鶉，鵰也。從鳥，敦聲，字異於鶉。《釋文》：字或作鷻。《埤雅》：鶉能食草，似鷹而大，黑色，俗呼爲皂鵰，其飛上薄雲漢。《爾雅》：鳶鳥醜，其飞也翔。注：布翅翱翔。《埤雅》：高飞曰翱，布翼不动曰翔。鳶，鈍者也，以風作之則高飛。今傳云鷙鳥，本《説文》。又見《大雅·旱麓》傳。　鱣、鮪，見《衛·碩人》。　卒章，蕨薇，見《召南·草蟲》。　杞，見《四牡》。　枸檵，音苟計。　棟，所革反。《爾雅》：白曰棟，赤棟則榡。好，呼報反。　輞音罔，車輪之牙。牙音訝。

右小旻之什。

北山小五十一，變二十九。　大夫行役。

经　李氏：《北山》之大夫，不如《北门》之忠臣；《北门》之忠臣，又不如《汝墳》、《殷其靁》之婦人。　一章，杞，即前篇之杞。　四章，瘁，徂醉反。　五章，李氏：有棲遲於家而偃仰者。棲遲，見《陳・衡門》傳。

傳　卒章，從，七恭反。

無將大車小五十二，變三十。　行役勞苦憂思。　異。

傳　一章，疷，《釋文》都禮反，亦訓病。

小明小五十三，變三十一。　大夫行役，久不得歸，異。

經　一章，涕，上禮反。　二章，還，旬宣反。　譴，詰戰反。　三章，蕭，見《蓼蕭》。　菽，大豆也。《詩記》：采蕭穫菽，冬之事也。蕭所以祭，菽所以畜，不得有備，故憂之而感。詩言『其毒大苦』、『憚我不暇』，可謂甚矣；其三章乃曰『自貽伊戚』，不敢咎其上而祇自咎；其後二章，且告其友勤職事，親善人，以忠其上：詩人之忠厚也。

傳　一章，數，色主反。　疏：君子舉事尚早，故以朔爲吉。《周禮》正月之吉，亦朔日也。

三章，遺，唯季反。幾，平聲。

鼓鍾小五十四，變三十二。　義未詳。或曰幽王流連於樂。

傳　一章，鍾，見《周南·關雎》。　樂音洛。　三章，《樂書》：鼛鼓有筍簴，中高而兩端下。　見音現。　卒章，琴瑟，見《周南·關雎》。笙，見《鹿鳴》。《周禮·考工記》：磬氏爲磬，倨句一矩有半，其博爲一，股爲二，鼓爲三。參分其股博，去一以爲鼓博，參分其鼓博，以其一爲之厚。注：必先度一矩爲句，一矩爲股而求其弦，既而以一矩有半觸其弦，則磬之倨句也。疏：句據上曲者，股據下直者，弦謂兩頭相望者。假令句股各一尺，今以一尺五寸觸兩弦，其句股之形，即磬之倨句折殺也。股者磬之上，鼓者其下所當擊者，博爲一。假如黄鍾之磬，股博四寸五分，股爲二，則長倍之爲九寸；鼓爲三，則鼓長一尺三寸五分。參分其股博去一以爲鼓博，則三寸也。參分其鼓博以其一爲之厚，則一寸也。倨音據。句音鉤。參音三。度，特各反。殺，所界反。　籥舞，見《邶·簡兮》。

楚茨小五十五，變三十三。　公卿有田禄者，力農奉祭。異。

此下十诗皆正雅错脱。

經　《語録》：《楚茨》精深宏博，如何做得變雅？　問《楚茨》以下四篇，先生謂即《豳》

雅，反覆讀之，其辭氣與《七月》、《載芟》、《良耜》等篇相類，無可疑。然又以爲述公卿力農奉祭，則恐未然。蓋周自后稷以農事肇祀，其詩未嘗不惓惓於此，今以爲《豳》風、《豳》雅者皆是也。古人未有不先於民而後致力於神者，恐不必專指公卿。答曰：此諸篇在《小雅》而非天子之詩，故正得以公卿言之，蓋皆畿内諸侯矣。此詩意趣宏博，辭氣縱逸，語緒參差，非它詩比。讀之茫然不知其際，久之始見其端倪。蓋一章謂勤於稼穡，所入者盛，得以爲祭祀之具。二章言牲體之絜。三章言俎豆之盛，又皆言神享而降福。四章，祝致神語。五章，送神，而起下章燕宗族之端。卒章，宗族燕而祝君壽福也。

一章，棘，見《邶·凱風》。黍稷，見《王·黍離》。

傳　一章，疏：蒺藜，布地蔓生，細葉，子有三角刺。箋：伐蒺藜與棘，茨言楚楚，棘言抽，互辭也。疏：庾是未入倉者，故曰露積，言露地積聚之也。《儀禮·特牲饋食禮》：前期三日之朝，筮尸，命筮曰：孝孫某諏此某事，適其皇祖某子筮某之某爲尸，尚饗。注：某之某者，字尸父而名尸，大夫士以孫之倫爲尸。疏：凡尸筮無父者，祭祖用孫列，皆取於同姓之適孫也。天子諸侯，取卿大夫有爵者，謂之公尸。大夫士，皆取無爵者，無問成人與幼，皆得爲之。孫幼，則使人抱。又《少牢饋食禮》：筮尸，命曰：孝孫某來日丁亥用薦歲事于皇祖伯某、妃配某氏，以某之某爲尸，尚饗。特牲，士之祭禮也。少牢，大夫之祭禮也。食音飼。諏，子須反。適孫之適，音的。少，失召反。奠，謂祭日主人主婦陳設實鼎及豆籩盤匜等。祝迎尸于廟門外，主人降立於阼階東，西面。尸入門左，北面盥，升自西階，主人升自阼階。祝先入，主人從，尸升筵，祝、主人西面立于户内，祝、主人皆拜妥尸，尸不言，答拜，遂坐。尸祭乃食，三飯告飽。侑曰：皇尸未實侑。尸又食。不飯告飽，主人不言，拜侑，尸又三飯。此上並《儀禮》、《特牲》、《少牢》二篇有不同，今約取其文。　神坐之坐，去聲。　二章，烝嘗：宗廟之祭名嘗，嘗新穀也；烝，進品物也。《詩記》：自黍稷成爲酒醴，至其爲祭，乃烝嘗之時也。《爾雅》疏：祊本廟門之名，設祭於廟門，因名其祭曰祊。凡祊有二種：一是正祭之時，既設於廟，又求神於廟門之内，《郊特牲》『索祭祝於祊』，及《詩》『祝祭于祊』是也；二是繹祭之時於廟門外，是廟門内外皆有祊稱。《詩》疏：知門内者以正祭之禮，不宜出廟門，門内得有待賓客之處者。《聘禮》、《公食大夫》皆行事於廟，其待之迎於大門之内，則天子之禮焉。《詩記》：凡祭，祼鬯求諸陰，焫蕭求諸陽，索祭祝於祊，求於陰陽之間，魂氣無不之，無不在，求之不可一所，故祝祭於祊而祀事所以孔明。食音嗣。焫，如悦反。　號，去聲。　三章，毛氏：爨，饔爨、禀爨也。疏：饔爨以煮肉，在門東南北上。廪爨以炊米，在饔爨之北。　疏：燔，火燒之名。炙者，遠火之稱。以難熟者近火，易熟者遠之。　從，才用反。《詩記》：『爲俎孔碩』，謂薦熟也。『或燔或炙』，謂從獻也。鄭氏合爲一事，誤矣。　疏：從獻，謂既獻酒，即以此燔炙從之，而置之在俎也。　疏：《有司徹》云：宰夫羞房中之羞，司士羞庶羞，注云：房中之羞，其籩則糗餌、粉餈，其豆則酏食、糁食；庶羞，羊臐、豕膮，皆有胾醢。房中之羞，内羞也。徹，直列反。糗，去九反。餌，而志反。資，作姿反。二物皆粉稻米、黍米所爲。合蒸曰餌，餅之曰餈。糗者，擣粉熬大豆也，爲餌餈之黏著，故以粉糗搏之也。酏，以支反。食音寺。糝，素感反。酏食者，酏餈也。取稻米溲之，小切狼臅膏以爲餈。臅膏，臆中膏也。糝食者，取牛羊豕三肉等分小切之，與稻米一肉一合以爲餌煎之也。膮音熏。膮，虛驕反。二物皆臛也。香美之名臛，羹類也。胾，側吏反，大臠也。醢音海，肉醬也。黏音拈。著，直略反。摶音團。餈與饘同。臅，昌蜀反。臛，黑各反。　盛，平聲。賓飲、復飲之飲，去聲。復，扶又反。少，式照反。長，陟丈反。四章，《左氏傳·定元年》：叔孫成子逆昭公之喪于乾侯，子家子不見叔孫，易幾而哭。注：幾，哭會也。不見叔孫，胡朝夕哭不同會。　予，羊主反。女音汝。　嘏，見《天保》。五章，注：利養也，成畢也，言孝子之養禮畢。養，去聲。　去，起吕反。　卒章，與音預。

信南山小五十六，變三十四。同《楚茨》。異。

經　吴正傳：一章疆理修，二章雨雪時，三章黍稷盛，四章菜葅具，五章犧牲備，六章祀事成。

傳　一章，終南，見《秦·終南》。　辟音闢。重，直龍反。　壟音隴。　《周禮》土田之制，鄉遂用溝洫法，百畝爲夫，夫間有遂，十夫有溝。都鄙用井田法，謂王城二百里至五百里，公卿大夫采地及畿内諸侯也。百畝爲夫，夫間有遂；九夫爲井，井間有溝。凡遂在田首，鄉遂以東西爲畝，則遂從而溝橫。都鄙以南北爲畝，則遂橫而溝從。遂則深廣各二尺，溝則深廣各四尺也。此傳謂順其地勢、水勢，則南東之説，不盡如《周禮》。　二章，霡，亡革反，類隔切，今易莫獲反。　四章，酢，即今醋字。又見《召南·摽有梅》。《説文》徐鍇注：菹，以米粒和酢以漬菜也。漬，疾賜反。　《詩記》：《後漢》注：《春秋井田記》：人受田百畝，公田十畝，廬舍在内，貴人也；公田次之，重公也；私田在外，賤私也。　五章，《周禮》、《禮記》經注疏：秬，黑黍也，釀以爲酒。鬱金香草葉十葉爲貫，百二十貫爲築，以煮之鐎中，而和秬鬯，謂之鬱鬯。又曰：暢，臼以椈，杵以梧。椈，柏也。梧，桐也。以柏香桐潔白，用擣鬱鬯，於神爲宜。鐎，子遥反。　疏：鸞即鈴也。謂刀環有鈴，其聲中節。故《郊特牲》曰：割刀之用，而鸞刀之貴，貴其義也，聲和而後斷。是中節也。中，陟仲反。斷，丁亂反。　疏：膋，腸間脂也。焫，如悦反。羶音馨。薌音香。

甫田小五十七，變三十五。公卿有田禄祭方社田祖。異。

經　《詩記》：此詩後二章皆述前二章之意。三章所言，述首章公適南畝勞農之事，故曰『曾孫來止』，『田畯至喜』。四章所言，述二章以御田祖祈福之事，故曰『報以介福，萬壽無疆』。自『曾孫之稼』以下，所謂大福也。　三章，田畯，見《豳·七月》。

傳　一章，箋：『歲取十千』，於井田之法則一成之數也。九夫爲井，井稅一夫，其田百畝。

井十爲通，通稅十夫，其田千畝。通十爲成，成方千里，成稅百夫，其田萬畝。欲見其數，從井、通起，故言十千。　疏：《前漢食貨志》：后稷始甽田，以二耜爲耦，廣尺深尺曰甽，長終畝。一晦三甽，一夫三百甽，而播種於甽中。苗生葉以上，稍耨壠草，因隤其土以附苗根。比盛暑，壠盡而根深，能風與旱。附根即雝本也。甽，亦作畎。晦，古畝字。上，時掌反。耨，奴豆反，鉏也。隤，愈水、以醉二反。案《志》本作隤，音頹。注謂下之也。能，讀曰耐。雝音壅。與，去聲。

齊〔二〕暱，近也。秀民，民之秀出者，賴，恃也。『野處而不暱』，《管子·小匡篇》作『模野而不慝』，注謂質朴而野，不爲姦慝也。　以食之食，音嗣。腐音父。復，扶又反。勞，去聲。

二章，疏：社者五土之神，能生萬物者。以古之有大功者配之。《祭法》：共工氏之霸九州也，其子曰后土，能平九州，故祀以爲社。《左傳》：共工氏有子曰句龍，爲后土。土官之名也，死以爲社神而祭之，故曰句龍爲后土。後轉爲社，故世人謂社爲后土。后土者，地之大名也。傳謂履后土而戴皇天是也。句龍職主土地，故謂其官爲后土。愚案疏意謂后土有二，名同實異，社則祭五土之神而以句龍配，非祭天地也。共音恭。句音鉤。　疏：《曲禮》：天子祭四方歲徧。注：謂祭五官之神於四郊，句芒在東，祝融、后土在南，蓐收在西，玄冥在北。又《大宗伯》注：四時迎五行之氣於郊，而祭五德之帝，亦食五官之神。少昊氏子曰重，爲句芒，食於木；該爲蓐收，食於金；修及熙爲玄冥，食於水；顓頊氏子曰黎，爲祝融、后土，食於火、土。是黎兼二祀也。后土轉爲社故。《曲禮》言歲徧常祀也，此秋成報功則總祭，故并言四方。句音鉤。

芒音亡。重，平聲。顓音專。頊，許玉反。　羅弊致禽以祀祊，《大司馬》文。此作獻禽恐誤。彼注云：羅弊，罔止也。秋田主用罔，中殺者多也，皆殺而罔止。祊，當爲方聲之誤也。秋田主祭四方，報成萬物。疏：祊，是廟門外。祊，必彭反。今因秋田而祭，當是祭四方神，故云誤。秋物成，四方神之功，故報祭之。　《禮記》注：先嗇，若神農者。疏：若，是不定之辭。以神農比擬，故云若。種曰稼，斂曰嗇。不云稼而云嗇者，取其成功收斂，受嗇而祭也。斂，去聲。《周禮》注：祈年，祈豐年也。田祖，始耕田者，謂神農也。《豳雅》亦《七月》也。《七月》有『于耜舉趾，饁彼南畝』之事。謂之雅者，以其言男女之正。田畯，古之先教田者。愚案此傳田畯，與經三章田畯不同，傳以神言，經以人言也。《豳雅》説詳見《豳風》總結題。《禮運》：蕢桴而土鼓。注：蕢讀爲凷，聲之誤也。凷，堛也，謂摶土爲桴也。土鼓，築土爲鼓也。《樂書》謂土鼓之制，窪土而爲之。故《禮運》言土鼓在乎未合土之前，與《壺涿氏》炮土之鼓異矣。愚案炮土之鼓，瓦鼓也。即《籥章》注：杜子春謂土鼓以瓦爲匡，以革爲兩面，可擊者也。《禮運》鄭注之意，則謂窪土爲坎，而以土凷築之有聲，以爲歌節，即《明堂位》所謂土鼓、蕢桴、葦籥，伊耆氏之樂者也。伊耆，古天子之號，于時未有炮土之器，故其制如此，此蓋樂之始也。蕢，苦對、古怪二反。桴音浮，讀作乎者誤。凷與塊同，苦對反。堛，普副反。摶，徒端反。窪，烏瓜反。合音閤。涿，陟角反。　三章，治，直吏反。　卒章，《詩緝》：未刈之禾曰稼，其稼在田，由高處視之，則稼在下而見其密，故如屋茅；由平處視之，則稼在上而見其高，故如橋梁。

若高處見其踈，平處見其低，則禾薄矣。露積之禾曰庾，其庾在野，隨意堆積，有平而高者，如水中高地之坻；有卓絶而高者，如高丘之京。稼則未刈，庾則刈而未入倉，於是求倉貯之，求車載之。

大田小五十八，變三十六。　農夫頌美其上，答前篇意。異。

傳　一章，種之之種，去聲，余皆上聲。　《詩緝》：多稼者或宜高燥，或宜下濕，或利先種，或利後種。故擇其種。先種、後種，去聲。其種，上聲。耜，見《豳・七月》。　二章，疏：房，謂米外之房，米生於中，若人之房舍。孚者，米外之粟皮。甲者，以在米外若鎧甲也。孚與桴同。鎧，苦改反。　《釋文》：童梁，草也。《説文》稂作蓈，云稂或字也。禾粟之秀，生而不成者，謂之童蓈。　莠，見《齊・甫田》。　疏：螟，似蚜蚄而頭不赤。螣，蝗也。蟊，或云螻蛄賊，似桃李中蠹蟲，赤頭，身長而細。蚜蚄，音子方。螻蛄，音樓姑。　去，上聲。爲、使，皆去聲。瘞，於曳反。　三章，《詩記》：穉，謂穗之低小，刈穫所不及者。穧，謂刈而遺忘，束縛所不及者。秉，謂束而輂載所不盡者。滯，謂成而折亂，秉穫所不通者。

瞻彼洛矣小五十九，變三十七。　諸侯美天子。異。

經　《語録》：問《瞻彼洛矣》，傳以爲諸侯美天子之詩，今考其間有『作六師』之言，則其爲天子之事審矣。然祈頌之語，則不過保其家室、家邦而已，氣象頗陋，反若天子告諸侯者。荅曰：家室、家邦，亦趂韻耳。天子以天下爲家，言家室何害？又凡言『萬年』者，多是臣祝君之辭。《詩》多有酬酢應答之篇，《瞻彼洛矣》是臣歸美其君，君子，指君也。想當時朝會于洛水之上，而臣祝其君如此。

傳　一章，《書》蔡氏傳：《地志》：洛水出弘農郡上洛縣冢領山。《水經》謂之讙舉山，今商州洛南縣也。至河南鞏縣入河。《爾雅》：茹藘，茅蒐。注：今之蒨也，可以染絳。疏：一名地血，齊人名茜，徐州名牛蔓。茹音如。藘音閭。蒐，所留反。蒨、茜，同倉甸反。韎，見《曹・候人》。《周禮・司服》：掌王之吉凶衣服，辨其名物與其用事。凡兵事，韋弁服。注：以韎韋爲弁，又以爲衣裳。《春秋傳》『韎韋之跗注』是也。疏：韎是蒨染，謂赤色也。二章，鞘音肖。毛氏：天子玉琫而珧珌，諸侯璗琫而璆珌，大夫鐐琫而璆珌，士恊琫而珕珌。疏：名爲琫珌之義未聞。天子諸侯琫珌異物，大夫士則同，尊卑之差也。天子玉琫，玉是物之至貴者。蜃謂之珧，蜃甲所以飾物也，形似琫。黄金謂之璗，美者謂之鏐，紫磨金也。白金謂之銀，美者謂之鐐。珕，蜃屬而不及於蜃。故天子用蜃，士用珕。《毛傳》定本及集本皆以諸侯珌璆，字从玉，又以大夫璆珌，恐非。愚案朱子以此詩言天子，則是飾鞞用玉琫珧爾。珧音摇。璗，徒黨反。璆音求，玉也。鐐音遼。鏐音留。珕，力計反。蜃，是忍反。蜯，步項反。

裳裳者華小六十，變三十八。天子美諸侯，答《瞻彼洛矣》。異。

經　一章，礜處，見《蓼蕭》傳。　三章，駱，見《四牡》傳。沃若，見《皇皇者華》傳。

右北山之什。

桑扈小六十一，變三十九。天子燕諸侯。異。

經　卒章，箋：兕觵，罰爵也。王與羣臣燕飲，上下無失禮者，其罰爵徒觩然陳設而已。柔，見《周頌・絲衣》傳。

一章，頌之也；二章，戒之也；三章、四章，戒而頌也。謙虛逮下之意盈溢於言辭之間，太平盛世之詩也。

傳　一章，竊脂，見《小宛》。　二章，《王制》：千里之外，十國以爲連，連有帥。二百一十國以爲州，州有伯。帥，所類反。　卒章，觩，見《周南・卷耳》。

鴛鴦小六十二，變四十。諸侯答《桑扈》。異。

傳　一章，箋：匹鳥，言其止則相耦，飛則爲雙，性馴耦也。　疏：罔小而柄長謂之畢，則執以掩物。鳥罟謂之羅，則張以待鳥。　二章，倒音到。　三章，莝與摧同。《說文》：莝，斬芻也。秣，食马穀也。食音嗣。

頍弁小六十三，變四十一。燕兄弟親戚。異。

傳　賦而興，章首二句也；比則七八兩句；餘則皆賦也。　一章，皮弁，見《衛·淇奥》。二章，何期，傳與箋同云猶伊何。《釋文》：期音基。　卒章，疏：《大戴禮》：曾子云：陽之專氣爲霰，陰之專氣爲雹。盛陽之氣在雨水則温暖，爲陰氣薄而脅之，不相入則摶爲雹也；盛陰之氣在雨水則凝滯而爲雪，陽氣薄而脅之，不相入則消散而下因水爲霰。是霰由陽氣所薄而爲之，故言遇温氣而摶也。《釋文》：摶，徒端反。

車舝小六十四，變四十二。燕樂新昏。異。

經　二章，《語録》：《列女傳》引《詩》『辰彼碩女』作『展彼碩女』。三章，幾，平聲。四章，鮮我，見《北山》傳。　五章，《語録》：高山、景行，便是那人。

傳　一章，舝，見《邶·泉水》。　迎，魚敬反。　二章，《爾雅》諸雉有鷮雉，注：即鷮雞也。陸璣疏：微小於翟，走而且鳴，音鷮鷮然。色如雌雉，尾如雉尾而長，頭上有肉冠，冠上叢毛長數寸，如雄雉尾角。《埤雅》：雉之健者爲鷮，尾長六尺。翟音狄。　四章，柞，見《唐·鴇羽》。　卒章，好，去聲。鄉音向。《表記》注：廢，喻力極罷頓，不能復行則止也。罷音皮。

青蠅小六十五，變四十三。　戒王聽讒。

經　《詩記》：蛆蟲所變而成者，青蠅也。其飛則聲營營然亂人之聽，其止於物則穢敗之，又從而生蛆，復變爲蠅，其穢敗於物，無有紀極也。又曰：青蠅穢不潔之物，驅之使去而復還，以比小人態狀可惡而又難遠。又曰：『營營青蠅，止于樊』，行且至于几席盤杅之間矣，蓋憂之也。

傳　一章，好，呼報反。

營營者，青蠅之聲也。變白黑者，青蠅之性也。見其飛之營營，則知其必變白黑矣；聽小人之讒，則知其亂是非矣。傳上言亂人聽，下言變白黑，意蓋如此。

卒章，榛，士巾反，木叢生也，《毛傳》：所以爲藩也。《釋文》一音側巾反者誤，小栗也。

賓之初筵小六十六，變四十四。　衛武公飲酒悔過。　異。

經　李氏：篇首既曰『賓之初筵』，三章又曰『賓之初筵』，首章言古之飲酒，其禮如此，而飲酒之後亦如此；三章言今之飲酒，其禮如此，而飲酒之後不如此也。　卒章，式，見《邶·式微》傳。

傳謂一章言因射而飲，二章言因祭而飲，是言古飲酒之禮也。三章以下，則今飲酒之失也。三章言飲而未醉，則威儀中適；醉而不止，則喪敗其威儀。四章言飲當知止，而戒其謹威儀。五章言飲不可至醉，而戒其謹言語。

傳　一章，疏：鋪陳曰筵，藉之曰席，筵、席通也。　即，就也。　《禮》注：大射謂祭祀射，王將有郊廟之事，以射擇諸侯及羣臣與邦國所貢之士可以與祭者，容比禮，節比樂，而中多者得與於祭。諸侯及卿大夫將祭其先祖，亦與羣臣射以擇之。凡大射各於其射宮。《儀禮·大射禮》：樂人宿縣于阼階東，笙磬西面，其南笙鍾，其南鑮，皆南陳。建鼓在阼階西南鼓，應鼙在其東南鼓。西階之西，頌磬東面，其南鍾，其南鑮，皆南陳。一建鼓在其南東鼓，朔鼙在其北。一建鼓在西階之東南面，簜在建鼓之間。鼗倚於頌磬西紘。注疏：笙猶生也，東爲陽中，萬物以生，是以東方鍾磬謂之笙也。鍾磬同十六枚，而在一簴。鑮如鍾而大，奏樂以鼓鑮爲節。建猶樹也，以木貫而載之，樹之跗也。南鼓，謂所伐面也。應鼙，應朔鼙也。先擊朔鼙，應鼙應之。鼙，小鼓也。頌，古文爲庸，言成功曰頌。西爲陰中，萬物之所成，是以西方鐘磬謂之頌。朔，始也。奏樂先擊西鼙，樂爲賓所由來也。鐘不言頌，鼙不言東鼓義同。建鼓南面者，諸侯軒縣，合有三面，爲辟射位，闕北面，無鐘、磬、鑮，直有一建鼓而已。簜，竹也。謂笙簫之屬，倚於堂。鼗如鼓而小，有柄，賓至，摇之以奏樂。紘，編磬繩也。鼓鼗於磬西，倚于紘也。縣音玄。鑮音博。應，於證反。鼙，部迷反。簜，待朗反。鼗，徒刀反。紘音宏。簴音巨。跗音夫。辟與避同。今案《大射禮》，諸侯禮也，故陳樂皆言諸侯。《大射禮》：賓至，主人獻賓，賓酢主人。主人獻公，公酢主人。主人酬賓，坐祭飲卒爵，降洗，酌膳，送爵，賓坐祭酒，遂奠於薦東。注：酬酒不舉，主人宰夫也。《禮》注：侯，所謂射布也。天子中之，能服諸侯。卑者中之，得爲諸侯。《通解》：《鄉射》記：凡侯：天子熊侯，白質；諸侯麋侯，赤質；大夫布侯，畫以虎豹；士布侯，畫以鹿豕。注疏：此所謂獸侯也，燕射則張之。白質、赤質皆謂采其地，白以蜃灰塗之，赤亦以赤塗之，其地不采者，白布也。熊、麋、虎、豹、鹿、豕，皆正面畫其頭象於正鵠之處。君畫一，臣畫二，陽奇陰耦之數也。朱子案：《周禮・梓人》有皮侯、采侯、獸侯，説見《齊・猗嗟》。畫，胡卦反。蜃，時忍反。正鵠，上音征，下古毒反。《禮書》：《司裘》〔三〕於王共虎侯、熊侯、豹侯，諸侯共熊侯、豹侯，卿大夫共麋侯，皆設其鵠，此《大射》之侯也。《大射》：量人量侯道以貍步，大侯九十，參七十，干五十。《鄉射》記侯道五十弓，弓二寸，以爲侯中。倍中以爲躬，倍躬以爲左右舌，下舌半上舌。夫王之虎侯謂之大侯，諸侯熊侯亦謂之大侯。諸侯大侯九十，參七十，干五十，則天子虎九十弓，熊七十弓，豹五十弓可知。豹五十弓，則麋亦五十弓可知。先儒謂弓之下制六尺，則九十弓者五十四丈，七十弓者四十二丈，五十弓者三十丈。弓二寸以爲侯中，則九十弓者，中丈八尺；七十弓者，中丈四尺；五十弓者，中十尺；侯中廣崇方，則五十弓之侯，用布五幅長丈，則中之布方丈矣。倍中以爲躬，則上躬下躬各二丈矣。倍躬以爲左右舌，下舌半上舌，則上左右舌布四丈，而出躬各一丈；下左右舌布三丈，而出躬各五丈矣。鄭氏謂半者，半其出於躬是也。《鄉射》記曰：侯道五十弓。

《射人》：若王大射，則以貍步張三侯。《大射》：量人以貍步量侯道。蓋貍善搏者也，行則止而擬度焉，其發必獲。大射擇士，欲其能擬度而獲也，故以貍步。非大射則弓而已。弓之下制六尺，貍再舉足亦六尺，其爲步同，其所用異也。古者制度取于身，而器用生於類，故侯道生於弓，而侯中亦生於弓。十弓者，侯道之所始也，故五十弓之侯，其上則象人八尺之臂，五八四十，而用布四丈。其下則象六尺之足，五六三十，而用布三丈。中其身也，上下其躬也，躬之左右出者舌也。持舌者綱，籠綱者縜也，其不及地者武而已，則下綱其足也，武其足迹也，中人之迹尺二寸。則侯之制度，取於身可謂備矣。共音恭。參讀爲糝，雜也。干讀爲豻，豻，飾也。胡，大也。擬度之度，待洛反。縜，于貧反。持，綱紐。又曰：《射義》：天子將祭，必先習射於澤，澤者所以擇士也。已射於澤，而后射於射宫。射中者得與於祭，不中者不得與於祭。天子澤宫，西郊小學也。諸侯澤宫，郊之大學也。《司裘》〔四〕：天子大射三侯：虎侯侯道九十弓，侯中道丈八尺，鵠方六尺；熊侯侯道七十弓，侯中丈四尺，鵠方四尺六寸有奇；豹侯侯道五〔五〕十弓，侯中十尺〔六〕，鵠方三尺三寸有奇。鄭氏謂王之大射，王射虎侯，諸侯助祭者射熊侯，卿大夫士助祭者射豹侯。天子諸侯與其臣大射賓射皆異侯，而燕射與其臣則同侯，異侯所以辨等，同侯所以一驩也。凡侯面北，西方謂之左。其張而未射也，不繫左下綱，中掩束之；及射則説束，遂繫左下綱。與音預。奇音羈。侯中之中如字，餘並張仲反。説音脱。下同。《大射禮》：司射告曰：大夫與大夫，士御於大夫。誓曰：公射大侯，大夫射參，士射干。卑者與尊者爲耦，不異侯。遂比三耦。注疏：御，侍也。大夫與大夫爲耦，不足則士侍於大夫，以備賓耦。與君爲耦，同射大侯；士與大夫爲耦，同射參侯。別侯則非耦也，比選次之也。大射賓射，天子三侯六耦；畿内諸侯，二侯四耦；畿外諸侯，三侯三耦。諸侯畿内外，各有一申一屈也。燕射則天子諸侯同一侯三耦，以燕私屈也，若卿大夫士例同一侯三耦。上耦出次，西面揖進並行，當階北面揖，及階揖，升堂，履物，而射，拾發以將乘矢。卒射，揖降，釋弓説決拾，襲，反位。三耦卒射亦如之。遂比衆耦，命衆耦如命三耦之辭。注疏：凡射者皆袒決拾，故畢而説之。拾發之拾，其劫反，更也。乘，時證反。乘矢，四矢也。射畢，設豐于西楹西，勝者之子弟，洗觶升酌散，奠于豐上。三耦及衆射者，勝者皆袒決遂，執張弓；不勝者皆襲，説決拾，卻左手，右加弛弓於其上，遂以執弣。一耦出揖如升射，勝者先升堂，不勝者北面坐，取豐上之觶興，立卒觶，坐奠于豐下，不勝者先降，反位。至衆耦皆如之。觶，支義反，三升爵。弣音撫，弓把中。今案大射禮，諸侯之禮也，凡天子、卿、大夫，皆諸儒推言之。其中之中，如字，餘並陟仲反。比，毗志反。二章，籥，見《邶・簡兮》傳。疏：尸，尊神之象，子孫敢獻之，是其能也。《釋文》：斞音俱，挹取酒也。疏：佐食，賓佐尸食者也。謂於賓客之中取人，令佐主人爲尸設饌食之人，名曰佐食。特牲佐食一人，少牢佐食二人，未知天子、諸侯當幾人也？復，扶又反。疏《特牲》：三獻之後，長兄弟洗觚爲加爵。又曰：衆賓長爲加爵。注云：大夫三獻而禮成，多之者爲加，是賓手挹酒，室人復酌爲加爵也。復酌，傳作復爵，恐誤。

《明堂位》注疏：崇，高也。康，舉也。爲高坫受賓之圭舉于其上也。三章，數音朔。媟，息列反。四章，讙，呼端反。五章，解，居隘反。反爲之爲，去聲。女音汝。

魚藻小六十七，變四十五。天子燕諸侯，而諸侯美天子。異。

經　『豈樂飲酒』、『飲酒樂豈』，固易韻以反覆其辭，然其意亦疑有異，上章樂而飲酒，樂四方和平，諸侯賓服也；下章飲酒而樂，樂禮儀既備，人情洽和也。

傳　一章，《地理考異》：今京兆長安縣昆明池北鎬陂。《郡縣志》：周武王宮，即鎬京也，在京兆府長安縣西北十八里。自漢武帝穿昆明池，鎬京遺址淪陷焉。

采菽小六十八，變四十六。天子答《魚藻》。異。

經　首章總言其來朝，二、三章叙車馬衣服之盛，四、五章則頌之也。一章，車馬、袞黼，封爵所命者也。二章，車旂、和鸞，今所乘而來者也。三章，則言謹其禮服，肅其儀度，而天子予之，予之，猶言稱許之也。既與之，則復命之，而申其福禄矣。四章，言柞之有榦而枝，有枝則蓬蓬其葉，猶天子之有諸侯也。故此可樂之君子，則爲天子鎮守邦國之臣，而萬福之所同集，君既忠其上，則左右之人，亦平平相率而從其君矣。又言『汎汎楊舟』，則以紼而纚維之；可樂之君子，則天子必揆度而厚其福禄，則其君優游於是爲至矣。後兩章，皆期望以慰其心，誘掖以堅其志也。屢言天子者，非天子所自言，主於歌者而言之也。

傳　一章，菽，見《豳・七月》。《禮》注疏：金路、象路，以金象飾諸末，謂凡車上之材於末頭皆飾之。　畫，胡卦反。刺，七亦反。鷩，必列反。毳，尺鋭反。絺，陟里反。盛，平聲。好，去聲。　二章，疏：正出，涌出也。水泉從下上出曰涌泉。《埤雅》：芹，水菜，一名水英。《爾雅》謂之楚葵，潔白而有節，其氣芬芳，而味不如蓴之美。故列子以爲客有獻芹者，嘗之，蜇於口，慘於腹也。蜇音浙。　三章，脛，胡定反。縢，徒登反。齊，側皆反。疏：《乾鑿度》注云：古者田漁而食，因衣其皮，先知蔽前，後知蔽後。後王易之以布帛，而猶存其蔽前者，重古道不忘本也。餘見《曹・候人》及《斯干》。　卒章，綷音律。度，徒各反。

角弓小六十九，變四十七。刺王不親九族，好讒佞。

經　五章，《詩緝》：讒人乘間而入，指馬爲駒，顛倒是非，不顧忌其後。讒言無實，久則自欺，而小人不恤也。　六章《詩緝》：讒人爲惡，如猱升木，本自能之，無所事教。王又信任之，是教猱升木也。《詩記》：小人樂於不善，而王又益之以不善之教，是以塗塗附也。　末章，《詩記》：粲然有文以相接，驩然有恩以相愛，中國之道也。中國道盡，則『如蠻如髦』，是謂大亂，故我是用憂也。

前四章刺不親九族，後四章刺好讒佞。二章，二『民』字，所指微有不同，上『民』字，即兄弟昏姻也。；下民字，眾民也。王既遠其兄弟昏姻，則彼亦如是而遠王矣。；王以薄德教其下，則下民莫不倣效，皆各遠其兄弟昏姻矣。然民之上智不可移，故兄弟之令善者不變，其質之不善者，則又習於不善而交相爲病矣。四章，謂民之不善也，各持其一偏以相怨悔，不能存恕自反，專以怨爲己，任爲之而不疑、若酬酢之受爵而不加遜讓。怨人者，人亦怨之。怨之所歸，禍之所集，故至於亡身也。五章，言讒人顛倒是非，固無所顧忌，而王聽之無厭，惟恐不言。猶之食，食之必宜於飽，如酌之甚，取其多則讒者計行，而愈有以增益其勢，故下章有教猱塗附之說也。『式居婁驕』者，謂用此以居之，則婁生其驕慢耳。婁驕之辭氣，猶《論語》言屢憎也。

傳　一章，疏：《冬官》以六材爲弓，謂幹、角、筋、膠、絲、漆也。又曰：角之中，恒當弓之隈。隈謂弓之淵，角之中央與淵相當。　好，去聲。下同。　五章，勝音升。　憊，蒲拜反。六章，獮猴，音彌侯。　著，直略反。　七章，瀌，符驕反，從《釋文》，此類隔而訛者，今改必驕反。長，上聲。

菀柳小七十，變四十八。　王者暴虐，諸侯不朝。

傳　一章，幾音機。　朝音潮。　《戰國策》：魯仲連曰：齊威王率天下諸侯而朝周，周貧且微，諸侯莫朝，而齊獨朝之。居歲餘，周烈王崩，齊後往，周怒，赴於齊曰：天崩地坼，天子下席，東藩之臣，因齊後至則斮。　斮，側略反，斬也。　二章，分，扶問反。

右桑扈之什。

都人士小七十一，變四十九。 亂後思昔日都邑人物之盛。 異。

傳　一章，《詩記》：都人士，《喪服》傳所謂都邑之士，所以别野人也。《詩緝》：士對女而言，謂男子也。　疏：狐色不等，若狐白，非君不服；狐青及小而美者，可以供公子；若黄狐及麤惡者，庶人亦服之。《玉藻》：犬羊之裘不裼，庶人無文飾也。此狐裘亦不裼，故曰狐裘色也。　復，扶又反。　二章，臺，見《南山有臺》傳。　夫音扶。　箋：以臺皮爲笠。疏：笠本禦暑，因可禦雨。前裘則冬所衣，此笠則夏所用。　衣，去聲。　疏：《玉藻》云：始冠緇布冠，自諸侯下達，冠而敝之可也。此應始冠而敝，今都人以爲常服者，士以上冠而敝之，庶人則雖得服委貌，因而冠之，而儉者服緇布。　《説文》：綢，密也。《詩緝》：言其髮美。《解頤新語》：其首飾綢直，一如髮之本然，謂不用髲髢爲高髻之類。　三章，充耳琇，見《衛・淇奥》傳及《鄘・君子偕老》。　瑱，吐電反。　姞，巨乞反。　疏：《節南山》尹氏太師，《常武》王謂尹氏，《昭二十三年》尹氏立王子朝，是其世爲公卿。《韓奕》爲韓姞相攸，《宣三年》左傳云姬姞耦，子孫必蕃。姞，吉人也，后稷之元妃也。言姬姞耦，明爲舊姓，以此知尹亦有婚姻矣。既世貴舊姓，昏連於王室，家風不替，是有禮法矣。　四章，疏：厲，垂帶貌。《禮》：大帶垂三尺。　《釋文》：長尾爲蠆，短尾爲蝎。　螫音釋。　揵，丘言、渠焉、巨偃三反，舉也。

采緑小七十二，變五十。　婦人思其君子。　異。

經　疏：婦人怨曠，非王政而録之於雅者，以怨曠爲行役過時，是王政之失，故録以刺王。三章，韔，見《鄭·太叔于田》傳。

傳　一章，《詩緝》：王芻，易得之菜，即菉蓐也。陸璣：其莖葉似竹，青緑色，高數尺，今淇、奥傍生，如草澀礪，可以洗笏及盤枕，利於刀錯，俗呼爲木賊，彼土人謂爲緑竹。　卷音權。舍音捨。　三章，狩，尺救反，從《釋文》恐誤，當作舒救反。　爲，于僞反。　卒章，疏：上章兼有狩，此偏言釣者，因上章釣文在下，接而申之。

黍苗小七十三，變五十一。　宣王時，召穆公爲申伯營城邑，行者作。　異。

經　《詩記》：天子子萬姓者也，大臣慮四方者也，方伯分一面者也。申伯之體勢不重，則無以鎮定南服，召穆公身爲卿士，豈得辭其憂責哉？　宣王雖深居九重，固未嘗一日忘之也，必待召公告厥成功，而王心始寧焉，此真知職分者也。

上公則下説，蓋申伯誠有功於天下而封之誠當矣，故民雖勞無怨，而且樂道其事也。其末章，既喜謝邑之平治，頌召伯之成功而歸重於王心之寧，忘己之勞以奉其上，惟欲得王心之安爾。此見忠實之情，太平之氣象也。

傳　二章，輓音晚。　三章，從，才用反。　末章，治、相，並去聲。

隰桑小七十四，變五十二。　喜見君子，不知所指。　異。

經　《釋文》：幽，於糾反。　疏：難，爲葉之茂。沃，言葉之柔。幽，是葉之色。言桑葉茂盛而柔輭，則其色純黑，故三章各言其一也。輭，乳兖反。

白華小七十五，變五十三。　申后怨幽王。

經　五章，子金子：『鼓鍾于宫，聲聞于外』，謂宫中鼓鍾，聲必外聞；宫中嫡庶之亂，外人豈不知哉？　七章，戢，莊立反。

全篇比體，而四、六、八章正比，餘皆反比。一章，言物必相須爲用，今王不然而棄我。二章，言天澤必普及微物，今王乃不圖其大者。三章，言小水潤澤，尚能浸灌稻田有用之美物；王之尊大，反不能施澤於所當施。四章，言物之貴者用之輕，位之尊者降而賤。五章，言有感則必有應，今念者固至而不見答。六章，言近惡而遠美。七章，言物皆有常而王心無常。八章，言褻於卑者，身亦自卑也。

傳　一章，疏：白華，茅類，漚之柔韌，異其名謂之爲菅，因謂在野未漚者爲野菅。漚，於候反，漬也。韌，而振反，堅柔也。　申后、褒姒事，見《正月》及《王風》。　二章，被，皮義反。

三章，滮，符彪反，類隔切，今易皮休反。　四章，毛氏：煁，烓竈也。疏：烓者，無釜之竈，其上然火謂之烘，本爲此竈止以然火照物，若今之火爐也。烓，於季反。　餁，如甚反。　六章，《埤雅》：鶖性貪惡，狀如鶴而大，長頸赤目，其毛辟水毒，青色，頭高八尺，善與人鬬，好啗蛇。

序　《前漢·班倢伃傳》顔師注曰：《白華》，《小雅》篇，周人刺幽王黜申后也。間音諫。　卒章，《釋文》：扁，邊顯反。　底，都禮反。　恐悞。

緜蠻小七十六，變五十四。　微賤勞苦。　異。

瓠葉小七十七，變五十五。　燕飲之詩。　異。

经　此詩恐是興體

傳　一章，毛氏：瓠葉，庶人之菜。箋：亨以爲飲酒之菹。　二章，箋：凡治兔之宜，鮮者毛炮之，柔者炙之，乾者燔之。《詩緝》：凡肉置火中曰炮，爇之曰燔，近火曰炙。　數，色主反。　三章，炕，苦浪反，乾也。

漸漸之石小七十八，變五十六。　出征勞苦。

傳　一章，將、帥，並去聲。　卒章，毛氏：畢，噣也，陰星。《尚書》孔傳：畢星好雨，月離之則多雨。啁，直角反，又音晝。《詩緝》：豕性負塗，常時雖白蹢者亦汙，今羣然涉水，濯其塗而見白，是久雨停潦多故也。停潦尚多，雨歇未久，而月離畢則又將雨矣，不遑它事，惟雨是憂耳。

序　箋：荆，謂楚也。舒，舒鳩、舒蓼、舒庸之屬。《地理考異》謂《地理志》丹陽郡丹陽縣，楚之先熊繹所封。《左傳》：熊繹辟在荆山。《括地志》：歸州巴東縣東南四里歸故城，熊繹之始國也。《輿地志》：秭歸縣東有丹陽城。《春秋》有舒，在今盧州舒城縣。舒鳩，今無爲軍巢縣；舒蓼，在安豐縣；舒庸，東夷國：謂之羣舒，皆偃姓，皋陶之後。鄝，與蓼同。

苕之華小七十九，變五十七。傷周衰，自憂不久。

經　芸，多貌。

何草不黄小八十，變五十八。征役不息。

傳　二章，樂音洛。　三章，兕，徐履反，紐音切，今易序紫反。　卒章，《詩緝》：《巾車》云士乘棧車，庶人役車。注：棧車不革，輓而漆之。役車方箱，可載任器以共役。毛氏以爲此有棧之車，役車也。疏申毛氏義，以爲此棧是車狀，其説不分曉，不若徑以爲士之棧車也。輚，謨干反。

右都人士之什。

小雅譜

文王年四十七即位，在位五十年。蓋立於殷王帝乙之七祀，文王元年，帝乙之八祀也，薨於王紂之二十祀而武王立。武王十三年滅殷，又七年而崩。子成王誦立，三十七年崩。子康王釗立，二十六年崩。子昭王瑕立，五十一年崩。子穆王滿立，五十五年崩。子共王緊扈立，十二年崩。子懿王囏立，二十五年崩。共王之弟辟方立，是爲孝王，十五年崩。懿王之子燮立，是爲夷王，十六年崩。子厲王胡立，三十七年出奔彘，五十一年崩。子宣王静立，四十六年崩。子幽王涅立，十一年弑。子平王宜臼立。

鹿鳴　四牡　皇皇者華
伐木　采薇　出車
杕杜　南陔　白華
華黍　魚麗　由庚
南有嘉魚　崇丘　南山有臺
由儀　菁菁者莪

右十七詩，文王、武王時詩。蓋夫子之删《詩》主於周，而周之盛德莫如文王，故四詩皆始於文王也。况雅、頌皆周公所定，則小雅之端《鹿鳴》諸詩，皆文王之詩明矣。以下或亦有出于武王時者，故不敢獨言文王也。

天保　蓼蕭　湛露

彤弓

右《天保》，諸侯羣臣報上；餘三詩，皆天子燕諸侯之詩。蓋武王、成王時詩也。

楚茨　信南山　甫田

大田　瞻彼洛矣　裳裳者華

桑扈　鴛鴦　頍弁

車舝　鱼藻　采菽

右十二詩，列於變雅。朱子以爲自《楚茨》至《車舝》十篇，乃正雅之錯脱，又以《魚藻》、《采菽》與《楚茨》等篇相類，然則亦皆武王、成王時之詩也。

常棣

右成王時詩

六月　采芑　車攻

吉日　黍苗

右五詩宣王。

節南山　正月　十月之交

小弁　鼓鍾　白華

右六詩幽王。

賓之初筵

右衛武公作。武公即位於宣王之十六年，卒於平王之十三年，然則此詩作於宣王、幽王、平王之時，皆不可知，未可以東遷雅亡之説斷之也。

鴻雁　庭燎　沔水

鶴鳴　祈父　白駒

黄鳥　我行其野　斯干

無羊　雨無正　小旻

小宛　巧言　何人斯

巷伯　谷風　蓼莪

大東　四月　北山

無將大車　小明　青蠅

角弓　菀柳　都人士

采緑　隰桑　緜蠻

瓠葉　　漸漸之石　　苕之華

何草不黄

右三十四詩，時世不可考。

校勘記

〔一〕『醜』前原有『配』字，據《詩緝》、《爾雅》文删。

〔二〕『齊』，疑衍字。

〔三〕〔四〕『司裘』，原作『司喪』，文節引自宋陳祥道《禮書》卷一〇五，據改。

〔五〕『五』，原作『三』，據《禮書》卷一〇五改。

〔六〕『尺』，原作『丈』，據《禮書》卷一〇五改。

詩集傳名物鈔卷七

大雅三

鄭氏《詩譜》，大雅十八篇爲正經，《民勞》之後謂之變雅。

文王大一，正一。周公追述文王之德，戒成王。

經　一章，子金子：『文王在上，於昭于天』，謂文王之德，首出庶物，昭徹于天，故千餘年之侯國，一旦受命，達于天下。　又曰：『有周不顯，帝命不時』，王文憲作『丕顯』、『丕時』。如《詛楚文》敢昭告于不顯大神，蓋不字乃丕字也，豈有告神而謂之不顯乎？

傳　一章，自后稷始封，至文王即位，一千九十七年；武王即位，一千一百四十七年；滅商，一千一百五十九年。　《昭七年》：衛襄公卒，王使如衛弔，且追命曰云云。　三章，《韻會》：築牆具題曰楨，兩頭横木也，旁曰榦。　五章，《詩記》：祼，謂以圭瓚酌鬱鬯，始獻尸也。宗廟之祭，以祼爲主。　毛氏：黼，白與黑也。《詩記》：黼繡於裳，雖章數不同，皆以黼爲裳也。　毛氏：冔，殷冠也。夏后氏曰收，周曰冕。　《左氏傳》虞人之箴有曰：獸臣司原，敢告僕夫。注：告僕夫，不敢斥尊。　喟，苦愧反。　卒章，聞，去聲。度，待洛反。　題下，監，去聲。朝，直遥反。

大明大二，正二。　周公陳文武受命，戒成王。　異。

經　一章，子金子：挾，如挾泰山之挾，謂提挾而有之也。　二章，《詩記》：『摯仲氏任』，繫其夫而言。太任，繫其子而言。　三章，《詩緝》：文王之德不回邪，故受此四方侯國之歸也，有一毫覬倖之心則邪矣。　四章，監，去聲。載，子亥反。　箋：天於文王，爲之生配於氣勢之處。疏：名山大川，皆有靈氣。《嵩高》曰：『維嶽降神』，『生甫及申』。詩人述其所居，是美其氣勢。　六章，燮，蘇接反。《詩記》：《書》燮友柔克，有和順之意。《詩緝》：保安之，右助之，而命之以伐商，以順而動，因天人之所欲，是之謂『燮伐』。《詩記》：言『大商』，乃所以大文武之德，以爲商大矣，非德大不能伐之也。

傳　二章，中，陟仲反。　嬀，矧爲反。　汭，如鋭反。　四章，郃，户答反。　五章，疏：比其舟而渡曰造舟，中央左右相維持曰維舟，併兩船曰方舟，一舟曰特舟。又曰：維舟，連四舟。維舟以下，皆水上浮而行之。　比，毗志反。　六章，長，丁丈反。類隔切，今易張丈反。　七章，朝歌，見《邶風》傳。　卒章，疏：騵，赤色黑鬣也。《檀弓》亦言戎事乘騵，明非戎事不然。因此武王所乘，遂为一代常法。騵音留。　題下，間，去聲。

緜大三，正三。　周公述太王、文王，戒成王。

傳　一章，蔓音萬。　《山海經》：“输次之山，漆水出焉，北流注于渭。”郭氏注：“今漆水出岐山，《詩》云『自土沮漆』是也。”《水經注》：“北流者，蓋自北而南也。”《漢志》：“右扶風漆縣有漆水，在縣西。”《寰宇記》：“鳳翔府普潤縣漆水，源出縣東南漆溪。”“唐普潤縣，即漢漆縣地也。”《雍録》：“案《水經》渭水自雍縣東下至岐山，與岐水、漆渠水會，三水大小相敵，故渭不能獨擅其名，是以猶得名漆也。此水東及周原之北，岐山之南，是爲太王之邑，故《詩》曰『居岐之陽，在渭之將』。其地山固名岐，而山南有水亦名岐也。岐、漆、渭三水同流，則岐水之陽亦漆水之陽也。故《頌》曰『猗與漆沮，潛有多魚』。毛氏釋之曰漆、沮，岐周之二水。其説確也。但詩兼漆沮言之，而諸書止言漆，不言沮，不敢强通。然則《緜》詩《潛》頌之謂漆、沮者，普潤之漆水也。太王、文王之都在岐，而普潤者，岐地故也。《地理考異》引段氏云：“漆、沮有二，皆出雍州，皆東入于渭，特有上流下流之別。《詩》『自土沮、漆』，在岐周之間，是渭之上流也。《書》東過漆、沮，敘于灃、涇之下，是謂之下流也。”输音俞。雍，於用反。餘見《小雅·吉日》。

今案《寰宇記》鳳翔府東至長安三百一十九里，長安東至同州二百八十里，則二水入渭之地，東西相去六百里，非一漆、沮明矣。雖岐下入渭之沮不可考其源委，然決非至華原合漆之水也。

豳，見《周南》及《豳》傳。　疏：年世久，故稱曰古公，猶云先公也。　大王之大，音泰。後並以意求之。　窑，餘招反。重，直容反。疏：陶，瓦器竈也。復者，地上爲之，取土於地，復築而堅之。穴者，鑿地爲之，土無所用，直去其息土而已。　二章，難，去聲。　《詩記》：『來朝走馬』，形容其初遷之時，略地相宅精神風采也。鄭氏以爲避惡早且疾，苟如是之迫遽，則豈杖策去邠雍容之氣象哉？　《語録》：舊嘗見横渠《詩傳》中說：周至大王辟國已甚大，其所有地，皆是中國與夷狄夾界所空不耕之地。今亦不復見此書矣。意者周之興與元魏相似，初自極北起來，漸漸强大，到得後來，中原無主，故遂被他取了。　《地理考異》：《郡縣志》：岐山，亦名天柱山，在鳳翔府岐山縣東北十里。　相，《釋文》息亮反。屬音燭。　《雍録》：邠在岐西北二百五十里，自邠而南一百三十里爲奉天縣，有梁山。渭水在梁山之南，踰梁山，循水可以達岐，所謂『率西水滸，至于岐下』也。大王都岐，在今鳳翔府西五十里，是爲岐周。　岐水之南，今有周原，南五十里，又有周城，云此周公采邑。　三章，《語録》：荼，恐是蓼屬，故詩人與堇並稱。堇乃烏頭，非先苦而後甘也。又云：荼毒，蓋荼有毒，今人用以藥溪魚。荼是堇類，則宜亦有毒而不得爲苦苣矣。如薺如飴，乃詩人甚言周原之美，非荼實能甘也。餳，夕清反，乾糖。　疏：《春官·華氏》：掌共燋契，以待卜事。注云：《士喪禮》云：楚焞置于燋，在竈東。楚焞，即契所用灼龜者也。燋，謂炬其存火也。《士喪禮》注云：楚，荆也。然則卜用龜者，以楚焞之木，燒之於燋炬之火，既然，執之以灼龜也。焞龜開兆，故曰楚焞。華，時髓反。焳，哉約反。焞，土敦反。《語録》：『爰契我龜』，乃刀刻龜也。古人符契，亦是以刀刻木而合之。　五章，度，待洛反。　六章，應，去聲。重，平聲。　堵，見《小雅·鴻雁》。樂音洛。　七章，王之郭門曰皋門。疏：宫之外郭門，王之正門曰應門。疏：謂朝門也。朱子曰：《書》天子有應門，《春秋》書魯有雉門，《禮記》云魯有庫門，《家語》云衛有庫門，皆無云諸侯在皋、應者，則皋、應爲天子之門明矣。意者大王之時，未有制度，特作二門，其名如此。及周有天下，遂尊以爲天子之門，而諸侯不得立也。　大社之大，音泰。　疏：起大事至謂之宜，《爾雅》文。大事，兵事也。有事，祭也。宜，祭名。以兵凶戰危，慮有負敗，祭之以求福宜，故謂之宜。　八章，聞，去聲。　《詩緝》：柞，柞櫟也。即《唐·鴇羽》所謂栩也。櫟音歷。棫音繸。《爾雅》注：叢生有刺，實如耳璫，紫赤可啖。《詩》疏：棫即柞也，其材理全白無赤心者爲白棫，直理易破，可爲犢車輻，又可爲矛戟矜，今人謂之白梂，或曰白柘。二説未知孰是。矜音芹，柄也。梂音求。　鮮，上聲。　《詩記》：此章或以爲專指大王，或以爲專指文王，義皆未安。《孟子》曰：文王事昆夷。文王猶事昆夷，則大王安得有『昆夷駾矣，維其喙矣』之事乎？《皇矣》之詩曰：『帝省其山，柞棫斯拔，松柏斯兑。帝作邦作對，自大伯王季。』然則『柞棫拔矣，行道兑矣』，安可專指以爲文王之詩乎？蓋敘周家之業，積施屈伸之理，始於大王而終於文王耳。　卒章，朝，直遥反。　疏：選士爲大夫，選大夫爲卿，則各以德而相讓也。閒音閑。馮，皮冰反。　《語録》：蹶，動也。生是興起之意。當時一日之間，虞芮質成而來歸相、道，並去聲。　疏：臣能曉喻天下，以王德宣揚王之聲譽，令天下皆奔走而歸趨之，故曰奔走。有武力之臣，能析止敵人之衝突者，是能扞禦侵侮，故曰禦侮。　殺，所界反。

者四十餘國，其勢張盛，一時見之，如忽然跳起也。又曰：麤說，如今人言軍勢益張。

棫樸大四，正四。　咏歌文王之德。　異。

自此至《假樂》，疑多周公作。

經　一章，棫，見《緜》。　趣，七喻反。　四章，《語録》：『倬彼雲漢』，則『爲章于天』矣。『周王壽考』，則何不作人乎？　此等語言，自有箇血脉流通處，但涵泳久之，自然見得條暢浹洽，不必多引外來道理言語，卻壅滯詩人活底意思也。周王既是壽考，豈不作成人材？　此事已自分明，更著箇『倬彼雲漢，爲章于天』喚起來便愈見活潑潑地，此所謂興也。興乃興起之義，凡言興者，皆當以此例觀之。《易》以言不盡意，而立象以盡意，蓋亦如此。　『遐不作人』，古注并諸家皆作遠字，甚無道理，《禮記》注訓胡字最好。　卒章，《語録》：『遐不作人』，卻是説他鼓舞作興底事。工夫細密處，又在後一章，如曰『勉勉我王，綱紀四方』，便都在他線索内，牽著都動。問：勉勉即是純亦不已否？　曰：然。如『追琢其章，金玉其相』，是那工夫到後。文章直箇是盛美，資質真箇是堅實。

竊謂卒章爲有義之興。言文王之德之純也，文之見乎外者，固若金玉之追琢；質之存乎中，則實金玉也，表裏如一，豈致飾於外而已？ 故勉勉其德之我王，能綱紀乎四方也。 首章，『左右趣之』，總下兩章。 二章，以處言。 三章，以出言。 四章，言興善人。 卒章，言定四方也。

傳　一章，迮，側格反。 著，直略反。　二章，圭瓚，見《旱麓》。　箋：璋，璋瓚也。 疏：《玉人》云大璋、中璋、邊璋，皆是璋瓚。 祭之用瓚，唯祼爲然。《祭統》云：君執圭瓚祼尸，大宗伯執璋瓚亞祼。《詩緝》：璋以爲瓚柄，所以祼也。 案圭之制，其廣三寸，其厚半寸，其頭斜鋭寸半，其長則天子尺有二寸，公九寸，侯伯七寸，半圭曰璋，言其廣之度也。

三章，涇，見《邶・谷風》。 櫂，直教反。《釋文》：楫謂之橈，或謂之櫂。《釋名》云：在傍撥水曰櫂。　四章，天漢，見《小雅・大東》。　卒章，《語録》問：傳言美其文，美其質，不知所美之人爲誰？ 曰：追琢金玉，以興我王之勉勉爾。 又曰：須是有金玉之質，方始琢磨得出；若是泥土之質，假饒如何裝飾，只是箇不好物事。

旱麓大五，正五。　咏歌文王之德。 異。

經　四章，清酒、騂牡，見《小雅・信南山》傳。　卒章，葛藟，見《周南・葛覃》、《樛木》。 條枚，見《汝墳》傳。

此詩五章，有『豈弟君子』一語者皆興，其一章無此語者爲賦，其意則在各章末句，相次爲義。一章，君子以豈弟之道干禄。二章，福禄自降。三章，德及乎人。四章，德感乎神。五章，神降之福。六章，謂德既格乎上下矣，而所以求福者未嘗少懈，此緝熙之工夫也，此所以爲文王也。

傳　一章，《地理志》：漢中郡南鄭縣旱山，池水所出，東北入漢。　疏：楛，莖似蓍，上黨人織以爲牛筥箱器，又屈以爲釵。　樂音洛。易，以豉反。　二章，縝，止忍反。　疏：瓚者，盛鬯酒之器，以圭爲柄，以黄金爲勺，青金爲外，朱中央，有鼻寸爲龍口，鬯酒從中流出。《漢禮》：瓚槃大五升，口徑八寸，下有槃口，徑一尺。則瓚如勺，爲槃以承之。天子之瓚，其柄之圭長尺有二寸，其賜諸侯蓋九寸以下。　疏：黄流，秬鬯也。釀秬爲酒，以鬱金之草和之，則黄如金色，酒在器流動，故謂之黄流。鬱鬯，見《小雅・信南山》。　三章，鳶，見《小雅・四月》。　五章，《釋文》：熂，許氣反，芟草燒之也。

思齊大六，正六。　歌文王之德而推本言之。

經　首章，專主於太任而言。謂太任有齊莊之德，故能生文王。其德之本則上繼於太姜，其德之化則下及於太姒。此四句因及太任之德之本效，以著其所以成文王之聖也。二章，言文王事神接人，各得其道。三章，言存諸身者，純亦不已。四章，言見諸事者，性與天合。卒章，言作成人材之盛。

傳　二章，子金子：御，迎也，以此道迎接於家國也。《詩緝》：鬼神歆之，無有怨恚而不滿者，無有痛傷而降禍者。　四章，難，乃旦反。　羑音酉。　卒章，《詩記》：聖人澤流萬世者，莫大於作人，所以續天地生生之大德也，故此詩以是終焉。　文王之無斁，孔子之誨人不倦，其心一也。　典謨作於虞夏，其稱堯、舜、禹、皋陶，已曰若稽古，則此詩追述文王以爲古之人，復何疑哉？

皇矣大七，正七。　敘太王、王季之德，及文王伐密、崇。

經　《語録》：詩稱文王之德處，是從『無然畔援，無然歆羨』上説起，後面卻又説『不識不知，順帝之則』，見得文王先有這箇工夫，此心無一毫之私，故見於伐崇伐密皆是道理合著恁地，初非聖人之私怒也。　問無然畔援、歆羨，恐是説文王生知之資，得於天之所命，自然無畔援、歆羨之意。　後面『不識不知，順帝之則』，乃是文王做工夫處。　曰：然。　又曰：周人咏文王伐崇伐密事，皆以『帝謂文王』言之，若曰此蓋天意云耳。　問：文王於君臣之義豈不洞見，而容有革商之念哉？　曰：此等處難説，孔子謂可與立未可與權，到那時事勢自是要住不得。後來人把文王做一箇道行看，不做聲，不做氣，如此形容文王，都没情理。　如《文王有聲》，亦説文王出做事。　且如伐崇，不是小小侵掠，乃是大征伐，『詢爾仇方，同爾兄弟，以爾鉤援，與爾臨衝，以伐崇墉』，此見大段動衆。　此處要做文王無意出做事不得。　又如説『侵自阮疆，陟我高岡。無矢我陵，我陵我阿。無飲我泉，我泉我池』，這看見都自據有其土地，這自是大段弛張了。蓋當商之季，七顛八倒，上下崩頽，忽於岐山下突出許多人也，是誰當得？　一章，子金子：耆音嗜，謂上帝愛好之也。　卒章，拂，符弗反。

傳　一章，耆致之耆，音旨。　二章，檿，《詩》、《書》、《釋文》及《韻會》並烏簟反，傳作烏劒反，恐本誤。　去，丘呂反。　疏：自斃，謂木自倒而枝葉覆地者，非人斃之，故曰自斃。行音杭。　疏：河柳，謂河傍赤莖小楊也，皮正赤如絳，一名雨師，枝葉似松。　櫝，去軌、去愧二反，又音匱。長，張丈反。『串夷載路』，《詩緝》：串，習也。夷，平也。載，語助也。即《周頌》所謂『岐有夷之行』，謂民歸之者衆，串習其平夷而成大路也。此說亦可備一義。爲，于僞反。　三章，兑字，毛氏於《緜》曰成蹊也，於《皇矣》曰易直也；《釋文》於《緜》吐外反，又徒外反，於《皇矣》徒外反。是義不同而音亦不一也。今傳於《緜》吐外反，訓通，以拔兑爲木拔道通；於《皇矣》則徒外反，亦以拔兑爲木拔道通。是音異而義同也。校之毛詁，俱當作吐外反。　四章，貊，武伯反。長，丁丈反。皆類隔切，即陌音，掌音。　問，去聲。　五章，子金子：畔援兩字相反，歆羡只是一意，但有淺深。歆，心動貌。羡，慕也。歆淺羡深。　舍音捨。　《左氏傳·昭十五年》：密須之鼓與其大路，文所以大蒐也。注：密須，姞姓，國在安定陰密縣。　文王伐之，得其鼓路以蒐。　案：安定郡即涇州，《兩漢》、《晉志》注皆引爲密國所在，則是密在涇州明矣。若寧州則北地郡也。而朱子之言如此，又以阮爲涇州故國，皆不知何據。　六章，鄉，許亮反。　《詩記》：用兵必有根本之地，文王駐兵於國都，以爲三軍之鎮，故曰『依其在京』。　《通鑑外紀》：西伯自岐徙鮮原，在岐山之陽，不出百里。　七章，《詩紀》：『不長夏以革』，雖難强通，然與『不大聲以色』立文既同，訓詁亦當相類。『聲以色』，謂聲音與笑貌也。『夏以革』，爲侈大與變革也。『不大聲以色』，則不事外飾矣；『不長夏以革』，則不縱私意矣。無外飾，無私意，此明德之實也。　子金子：『不大聲以色』，則是不言而信，不動而化。『不長夏以革』，凡事不自高，不自大，不輕改作，皆不爲已甚之意。『不識不知』，全不用其私智。　鄠音户。　閎音宏。　夭，《書》、《釋文》於表、於驕二反。　鈇音夫。　子金子：横渠嘗言殷自中世棄西方之地不顧，又昆夷、玁狁爲患，非王季不足當之。故自帝乙之時，王季以九命作伯，使專征伐。九命作伯，見《孔叢子》。　卒章，屬音燭。　《禮》疏：非時祭天謂之類。類雖非常祭，亦依正禮爲之。　《通典》：禡，師祭也，爲兵禱也。其禮亡，其神蓋蚩尤，或云黄帝。　子金子：禡，一説祭馬祖。　降，户江反。　夫音扶。

靈臺大八，正八。　民樂文王有臺池鐘鼓之樂。　異。

經　疏：靈臺無正文，諸儒説多異義。　鄭玄意謂大學即辟雍也，靈臺與辟廱同在西郊，靈臺、辟廱、明堂、宗廟皆異處。　《大戴禮》、盧植《禮記注》、蔡邕《月令論》、潁子容《春秋釋例》、賈逵、服虔注《左傳》，皆以廟學、明堂、靈臺爲一。　袁準論云：明堂、宗廟、太學，禮之大物也，事義不同，各有所爲，論者合以爲一，失之遠矣。夫明堂者，大朝諸侯講禮之處。宗廟，享鬼神，歲覲之宫。辟廱，大射養孤之處。大學，衆學之居。靈臺，望氣之觀。清廟，訓儉之室。各有所爲，非一體也。古有王居明堂之禮，《月令》則其事也，天子居其中，學士處其内，君臣同處，死生參並，非其義也。大射之禮，天子大侯九十步，辟廱處其中，今未知辟廱廣狹之數，但二九十八，加之辟廱，則徑三百步，公卿大夫、諸侯之賓、百官侍從之衆，非宗廟中所能容也。明堂以祭鬼神，故謂之廟。明堂、太廟者，明堂之内太室，非宗廟之太廟也。於辟廱獻捷者，謂鬼神惡之也。或謂之學者，天子之所學也。春秋君行告宗廟反獻於廟，《王制》釋奠於學以訊馘告，則太學亦廟也。潁氏以公既視朔，遂登觀臺，以其言遂，故謂之同處。夫遂者，遂事之名，不必同處也。明堂在南郊，就陽位，而宗廟在國外，非孝子之情也。告朔行政，謂之明堂，夫告朔行政，上下同也，未聞諸侯有明堂之稱也。齊宣王問孟子毁明堂，孟子曰：夫明堂者，王者之堂也，王欲行王政，則勿毁之。夫宗廟之設，非獨王者也。且説諸侯而教毁宗廟，爲人君而疑於可毁與否，淺丈夫未有是也。準之此論，可以申明鄭意，廟與明堂不同，則靈臺又且别處，故靈臺，辟廱皆在郊也。説音税。《月令論》：取其宗廟之清貌，則曰清廟。取其正室之貌，則曰太廟。取其堂，則曰明堂。取其四門之學，則曰太學。取其周水圓如璧，則曰辟雍。異名而同耳。《釋例》：太廟有八名，其體一也。肅然清静，謂之清廟。行禘祫，序昭穆，謂之太廟。告朔行政，謂之明堂。行饗射，養國老，謂之辟廱。占雲物，望氛祥，謂之靈臺。其四門之學，謂之太學。其中室，謂之太室。總謂之宫。因附見于此。靈臺乃占候、遊觀之地，辟廱乃行禮、作樂之宮，非一所明矣。作詩者頌文王之美而併數之，未嘗以爲一處也。說者合之，然後其論膠矣。　辟雍，《禮》注以辟爲明，雍爲和。《詩》注辟，水旋丘如璧；雍，節觀者。是《禮》注釋其義，而《詩》注釋其形也。自唐虞以來之學，未聞有水，而周之學有水，此蓋因文王一時之制，子孫遂承之以爲定法耳。如曰『乃立皋門』、『乃立應門』，古未有此名也，太王始爲之，後增益以爲天子門、諸侯三門之制。如曰『造舟爲梁』，古未有此名也，文王始爲之，後遂定爲天子造舟、諸侯維舟、大夫方舟、士特舟之制。愚意辟雍亦猶是爾。『築城伊減』，文王營豐之事也，營建城邑，且因一時溝洫之舊，蓋尚儉而惜民力也。安知辟雍之創，非因郊外田間溝澮以爲之乎？築其地爲學宮，仍不廢其水道，蓋亦一時之儉制也；武王鎬京之辟雍因之，故後世遂以爲定法耳。

傳　一章，度，徒洛反。　疏：《左傳》：秦伯獲晉侯，乃舍諸靈臺。注：在京兆鄠縣，周之故臺也。《三輔黃圖》：在長安西北四十里，高二十丈，周百二十步，在豳水東。《釋文》：祲，子鴆反，陰陽氣相侵漸成祥。　《孟子集注》：經，量度也。營，謀爲也。則經營皆圖度之意。《詩紀》：經，謂制其廣深；營，謂定其基址。　令，呂真反。樂音洛。題下同。　李氏：民謂其臺曰靈臺，非文王自名之也。　二章，《詩記》：『麀鹿濯濯』者，行止自若也。『白鳥翯翯』者，飛鳴自適也。『於牣魚躍』者，魚驚則潛，今牣而躍者，習於仁而自遂也。　《周禮・韗人》：鼓長八尺，鼓四尺，中圍加三之一，謂之鼖鼓。注疏：鼓四尺者，謂鼓面革所蒙者廣四尺一。面四尺，其圍十二尺，加以三分一爲四尺，總十六尺，徑五尺三寸三分寸之一也。中圍加三之一者，謂將中央圍加於面之圍三分之一也。韗音運。鼖、賁同。卒章，矇，見《綱領》。

下武大九，正九。　美武王纘三王之緒。

經　二章，求，匹也，即一章『配』字意。　四章，應，去聲。　此詩美武王。　一章，言繼三后之緒而有天下。二章，言繼先王之德，上合天命而信於天下。三章，言德爲天下法。四章，言天下法武王。五章，言子孫能繼武王之德則能永久。六章，言永久之效。

傳　一章，子金子：或疑『下』字誤，然周素非尚武之國，謂之『下武』亦可。《詩緝》：以武爲下者，周之家法也。　《語録》：問：三后在天，傳言既没而其精神上合于天如何？曰：便是又有此理。曰：恐只是此理上合于天耳。曰：既有此理，便有此氣。或曰：想是聖人禀得清明純粹之氣，故其死也，其氣上合于天。曰：也是如此。這事微妙難説，要人自看得世間道理有正當易見者，又有變化無常不可窺測者，如此方看得道理活。如云『文王陟降，在帝左右』，如今若説文王真箇在上帝之左右，有箇上帝如世間所塑之像固不可，然聖人如此説，便是有此理。　五章，荷，胡可反。　六章，朝，直遥反。　《史記》：秦孝公二年，天子致胙。十九年，天子致伯。二十年，諸侯皆賀。

文王有聲大十，正十。文遷豐，武遷鎬。異。

傳　二章，酆音户。　三章，淢與洫同。稱，昌孕反。　三章，《地理志》：酆水出扶風鄠縣東南，北過上林苑入渭。《郡縣志》：灃水出京兆府鄠縣東南終南山，自發源北流，經縣東二十八里，北流入渭。《禹貢》：灃水攸同。傳：終南，今永興軍鄠縣山也。東至咸陽入渭。酆、灃、豐同。　六章，郃，湯來反。而王之王，于況反。　卒章，遺，于貴反。愚謂當以或説爲正。

題下《語録》：問：文王更在十三四年，將終事紂乎？抑爲牧野之舉乎？曰：看文王亦不是安坐不做事底人，詩言武功皆是文王做來，載武王武功卻少，但卒其伐功耳。觀文王一時氣勢如此，度必不終竟休了。一似果實，文王待他十分黄熟，自落下來，武王卻似生擘破一般。

右文王之什。

生民大十一，正十一。周公尊后稷配天，推本言之。

經　一章，『歆』字絶句，毛氏讀。『敏』字絶句，鄭氏讀也。　子金子：姜嫄有郃氏女，見地有巨人之跡，履之而敏然歆歆，若人道之感，此是歆字絶句。於是即其『攸介攸止』之處而震動夙肅，震肅即孕也，由是有娠而生后稷也。《魯頌》亦云『上帝是依』，謂天之神憑依姜嫄之身而后稷也。　又曰：介，助也。於神所助之處，身所止之處，便初震動，初肅然而有娠也。

《前編》：案《史記》姜嫄，帝嚳元妃。蘇氏《古史》因之，遂以后稷爲帝嚳之子。嫄果元妃，何嫌於不夫而棄其子？稷果嚳元妃之子，何爲舍嫡不立而别立堯？周郊太祖，何爲祖稷而不祖嚳？周祀姜嫄，何爲舍祖而獨祀妣？命禹治水之時，堯之年已七十有餘矣，而禹猶曁稷嚳之遺。嫡何其少，堯之嫡兄弟何其賢劣也，堯有嫡兄弟不能立，又不能舉，待舜而後舉之，則堯何足以爲堯乎？鄭康成知《史記》之説爲不通，則謂姜嫄當堯之時爲高辛氏世妃。蓋其世胄之妃也，二王之後，得用天子之禮，故有郊禖弓韣之禮焉。其説固足以濟《史記》之不通矣。抑以世胄之妃生子，又何嫌疑而棄之哉？然則嫄稷母子果若是何人邪？曰證諸《詩》而已矣。《生民》之詩謂姜源履帝武而敏歆，《閟宮》之詩謂上帝依姜嫄而生稷，則固不必捨二詩而他考也。朱子曰巨跡之説云云，即傳一章『巨跡之説』至『何足怪哉』。故今以詩爲斷，不復上附於嚳焉。

《語録》：履巨跡之事有此理，如漢高祖之生亦類此，此等不可以言盡，當意會之可也。自歐公不信祥瑞，故後人纔見説祥瑞者皆闢之，後世祥瑞固多是僞妄，豈可因後世之僞妄，而併真實者皆以爲無？『鳳鳥不至，河不出圖』，孔子之言也，不成亦以爲非。

『弗無』之爲言有也，『弗無子』即有子也。如『莫匪爾極』者，皆是爾極也；『求福不回』者，求福之正也；『方社不莫』者，祭之早也；『其則不遠』者，則之近也：此類皆詩人之反辭。他書如『不有君子』者，無君子也；『無非事者』，皆是事也。其類不一，謂『弗無』爲有，何不可者？自毛氏以弗爲去，鄭氏以弗爲祓，皆主於祭祀而言，故諸儒之説始膠，而后稷之生終不得其實。《玄鳥》之詩曰『天命玄鳥，降而生商』，則契因祀郊禖而生，固經意也。而此經唯曰『克禋克祀』，何所據而遂亦以爲祀郊禖邪？ 夫禋者，精意以享神，不必附會爲何神也。 蓋姜嫄者，姜姓之處女，其性好事鬼神，能精意享祀，正猶陳大姬好巫覡禱祈鬼神之類。 爲其能禋祀也，故鬼神依之而生神子，於是因出郊履大人之跡而生稷焉。『克禋克祀』，非求子也。『以弗無子』，神之異也。 且克者，已然之辭，非致力於此之謂。 如成湯之『克寬克仁』，王季之『克明克類』，凡《詩》、《書》言克，類皆謂其能若是爾。 今試徐誦其文而以意隨之，謂姜嫄能禋能祀，是以有子，則辭甚順，理甚明；若曰禋祀以祓去無子之疾，則二『克』字爲不辭甚矣。 以是求詩，庶幾得詩人之意。

二章，子金子：『達』，如字亦通。『先生如達，不坼不副，無災無害，以赫厥靈』，詩人異之也，異之者，神之也。『上帝不寧，不康禋祀，居然生子』，姜嫄疑之也，疑之者，恥之也，恥之故棄之。 又曰：上帝不安享我之禋祀乎，胡爲使我不夫而育也？ 起下章棄寘之意。 三章，呱音孤。 訏，况于反。 子金子：不夫而育，疑而棄之；其異如此，神而收之。 四章，毛氏：幪幪然茂盛也，唪唪然多實也。 五章，褎，《釋文》徐秀反。 案字書當作余救反，若徐秀反，則袖字也。 子金子：后稷之穡，凡上章荏菽、禾麦、瓜瓞之類，但后稷所種斂，則各有助其成實之道。 蓋知其性及其漬種之法，與地之宜、天之時，故實有以方、苞、種、褎、發、秀、堅、好、穎、栗之也。 至下章秬秠、穈芑，則又自后稷而始種之爾。 堯以棄教民稼穡，有功生人，故封之。

又以其母感化而育，不由有父，故使其繼母氏之國祚之土，而命之曰姬氏。邰在武功，有后稷祠、姜嫄祠。又見《周南》。漬種、種褎之種，支勇反。　子金子又案：《易大傳》曰『神農氏作，斲木爲耜，揉木爲耒，以教天下』，則耕稼之利，其來久矣。《書》曰『播時百穀』，《詩》稱『誕降嘉種，貽我來牟』，則百穀之備，自稷始也。趙過曰『后稷始甽田』，則甽壠之法，自稷始也。晋董氏曰『辰以成善，后稷是相』，則農時之節，自稷始也。大哉！后稷之爲天下烈矣，其流慶子孫，光有天下，宜哉。《詩緝》：首章述姜嫄禱而生后稷，次章述稷生之易，三章述稷生而見棄，四章述稷幼好種植，五章述稷掌稼穡而封邰，六章述稷教播種，七章述稷祭祀，末章言尊稷配天。

傳　一章，祓音弗。韣音獨。疏：玄鳥至以下，至郊禖之前，《月令》文。玄鳥，燕也。燕至在春分二月之中，感陽氣而來，集人堂宇，其來主爲產乳蕃滋。故王者重其初至之日，用牛羊及豕之太牢祀於郊禖之神。敬其事，故天子親往，后妃率九嬪從之，而往侍御於祭焉。天子內宮有后也，夫人也，嬪也，世婦也，女御也，獨言九嬪，舉中而言。天子所御，謂已被幸有娠者也。使太祝酌酒飲之於郊禖之庭，以神之惠光顯之，既飲之酒，又帶以弓之韣衣，授以弓矢，使執之於郊禖之前。弓矢，男子之事，冀其所生爲男也。愚案傳但舉周之禮以解詩，上古禮未必盡然。況前言高辛世妃，則非高辛帝矣，亦不得用此禮也。今若以愚之前説求詩，則此説自不必用。

二章，副，孚逼反，此類隔切，今易拍逼反。　嬪音頻。拇，莫后反，足大指。娠音身，懷孕也。易，以豉反。　三章，《六書故》：腓，脛後肉，腓腸也。疏：羊初生達，小名羔，未成羊曰羜，大曰羊。『牛羊腓字之』，嬰兒不能跂乳，牛羊俯傴而乳字之，在其腓閒，故曰腓字。藉，慈借反。　四章，好種、好耕之好，呼報反。　五章，《詩緝》：他人之穡則任其自然，惟后稷之穡則盡人力之助，有相之之道焉，贊化育之一端歟。　潰，疾賜反。其種、爲種之種，支勇反，後章是種同。秠，補履反，不成粟也。　六章，秠，孚鄙反，類隔切，今易鋪鄙反。《爾雅》疏：秬是黑黍之大名，黑黍之中，一稃有二米者，別名爲秠。稃音孚，穀皮也。　七章，抒，食汝反。疏：抒臼，抒米以出臼也。《蒼頡》云：抒，取出也。　疏：蹂，踐其黍，然後舂之。淅，星歷反。疏：洮米也。洮音陶。　蕭，見《小雅·蓼蕭》。膟音律，膋音遼，皆腸間脂。爇，如劣反。　疏：軷，謂祭行道神。《秋官·大人》：凡祭祀供犬牲，伏瘞亦如之。注：伏謂伏犬，以王車轢之。此用羝，亦伏體軷上。今案《月令》注：行在廟門外之西爲軷，壤厚三寸，廣五尺，輪四尺，北面設主于軷上而祭之。又《夏官·大馭》：掌馭王路以祀，及犯軷。注：行山曰軷，犯之者，封土爲山，象以菩芻、棘、柏爲神主，既祭，以車轢之而去，喻無險難也。疏：菩芻、棘、柏三者，但用其一爲神主則可也。轢音歷。廣，古曠反。東西曰廣，南北曰輪。菩，負、倍二音。難，乃旦反。《詩緝》：内言炳蕭，外言軷，則羣祀皆舉矣。　傅音附。　卒章，葅，側魚反。醢，呼改反。疏：大羹，肉汁。太古之羹也，不調以鹽菜，以其質，故以瓦器盛之。大音泰。　題下，鼇音僖。

行葦大十二，正十二。　祭畢而燕父兄耆老。　異。

傳　一章，葦，見《秦・蒹葭》。　疏：葦初生爲葭，此禁牛羊勿踐，則是春夏時事。而言葦者，此愛其爲人用，人之所用在於成葦，故以成形名之。傳謂勾萌之時，正此意。　毛氏：戚戚，内相親也。　疏：親親，起於心内，故言内相親。《詩記》：唯體之深者爲能識之。《詩記》：『肆之筵』，所以行燕禮也。『授之几』者，優尊也。　二章，重，直容反。　疏：即言肆筵，上又設席，故知重席也，不過下莞上簟而已。《禮》注：筵，亦席也。鋪陳曰筵，藉之曰席。以在下爲鋪陳，在上人所蹈藉，故在下稱筵，在上稱席。　莞，故歡反。　李氏：緝御，即所謂更僕。　醻，市流反。　醓，阻限反。　疏：以肉作醬曰醓。醓，肉汁也。用肉爲醓，特有多汁，故以醓爲名。其無汁者，自以所用之肉、魚雁之屬爲之名也。　殽字，本當作肴，《説文》啖也。徐鍇謂已脩庖之，可入口也。　疏：燔、炙，是正饌。以脾與臄爲加助，故謂之嘉。　比，毗志反。　三章，鍭音侯，則下句字不必恊。　疏：《弓人》爲弓，唯言用漆，不言畫，則漆上又畫之。其諸侯公卿宜與射者，自當各有其弓，不必畫矣。　李氏引《荀子》云：天子彫弓，諸侯彤弓，大夫黑弓。《公羊傳》注亦云：天子彫弓，諸侯彤弓，大夫嬰弓，士盧弓。　鏃，作木反，矢鋒也。　疏：《爾雅》：金鏃翦羽謂之鍭。注：金鏑斷羽，使前重也。關西曰箭，江淮曰鍭。則鍭者，鐵鏃之矢名也。鏑音滴，即鏃也。　參亭之參，七南反。參分之參，蘇甘反。中，陟仲反。純音全。奇，紀宜反。案《儀禮·大射儀》公及諸公卿大夫射畢，司射視筭，二筭爲純，一筭爲奇。司射取賢獲，執之告于公，右勝則曰右賢於左，左勝則曰左賢於右，以純數告，若有奇者，亦曰奇；若左右鈞，則左右各執一筭以告，曰左右鈞。注：純，猶全也。耦陰陽也。又案《禮記》投壺之禮：賓主黨卒投，司射請數，二筭爲純，一筭爲奇，遂以奇筭告曰：某黨賢於某黨若干純。奇則曰奇，鈞則曰左右鈞。疏：二筭合爲一純，一筭謂不滿純者，故云奇。以左右數鈞等之餘筭，手執以告。勝者若雙數則曰若干純，隻數則曰若干奇。猶十筭則云五純，九筭則曰九奇，鈞等則左右各執一筭以告曰左右鈞。朱子曰：恐或是九筭，則曰四純一奇也。

搢音晋。疏：搢，插也。挾，謂手挾之。射用四矢，故插三於帶間，挾一以扣弦而射也。此謂卿大夫，若君則使人屬矢，不親挾也。《詩緝》：案《儀禮·鄉射、大射》皆云搢三挾一个。又云挾乘矢。注：方，持弦矢曰挾，弦縱而矢横爲方。凡挾矢於二指之间横之，謂左手執弓把，見矢鏃於把外，右手大指鉤弦，二指挾持其矢，故弦縱而矢横，弦與矢作十字，故方也。凡兩物夾一物曰挾，此矢在弦之外二指之内，故曰挾。乘，時證反。縱，子容反。見音現。　憮，好吳反。敖，五報反。偝音佩。《投壺》令弟子辭曰：毋憮，毋敖，毋偝立，毋踰言。注：弟子，賓主黨年穉者。爲其立堂下相褻慢，司射戒令之毋憮敖慢也。偝立，不正鄉前也。踰言，遠談語也。鄉，許亮反。　儁，祖峻反。《詩記》：『四鍭既鈞』，泛言射者也，故繼之曰『序賓以賢』。『四鍭如樹』，專言勝者也，故繼之曰『序賓以不侮』。　又曰：此章鄭玄以爲將養老，大射擇士，王肅以爲燕射。以詩之所敘，考之《儀禮》，王肅之説是也。然學者讀此詩，當深挹順弟和樂之風以自陶冶，若一一拘牽禮文，則其味薄矣。又曰：孔穎達難王肅燕射之説，謂燕射，旅酬之後乃爲之，不當設文於曾孫爲主之上，豈先爲燕射而後酌酒哉？遂從鄭氏以爲大射。抑不知此篇乃成周燕宗族兄弟之詩，非大射擇士時也。案《儀禮》燕射如鄉射之禮，射雖畢而飲未終，舉觶無筭爵，獻酌尚多，言酌大斗祈黄耇於既射之後，亦豈不可乎？　卒章，疏：醹，酒之醇者。　黄耇，又見《小雅・南山有臺》傳。　識音志。　蘄與祈同。　鮐，魚也，湯來反。

既醉大十三，正十三。　父兄答《行葦》。　異。

傳　二章，疏：歸俎者，以牲體實之於俎，故又謂之俎實。　三章，《詩記》：周之追王，止於大王，則宗廟之祭，尸之尊者，乃公尸也。　毛氏：公尸，天子以卿。　疏引《白虎通》：王者宗廟以卿爲尸，射以公爲耦，三公尊近，天子親稽首拜尸避嫌，故不以公爲尸。　㗅，古雅反。見《小雅・天保》。　四章，籩豆，見《豳・伐柯》。　《詩記》：靜，言其滌濯且敬也。　嘉，言其新美而時也。　五章，《特牲饋食禮》：嗣舉奠，盥，入，北面再拜稽首。尸執奠進。受復位，祭酒，啐酒。尸舉肝舉奠，左執觶。再拜稽首，進受肝，復位，坐食肝，卒觶，拜。尸備答拜焉。舉奠洗，酌，入。尸拜受，舉奠答拜。尸祭酒，啐酒，奠之。舉奠出復位。注疏：嗣，主人將爲後者。舉，猶飲也，謂舉而飲之。奠者，奠於鉶南。備，猶盡也。愚案：自尸執奠至尸備答拜焉，舉之事也；自舉奠洗酌入至出復位，奠之事也。前言祭酒、啐酒，嗣子也；後言祭酒、啐酒，尸也。四言舉奠，皆稱嗣子也。食音寺。盥音管。稽音啟。啐，取内反。觶，支義反。鉶音刑。《詩記》：祭祀之終，有嗣舉奠，所以致其傳付祖考德澤之意深矣。八章，媛，于眷反。

鳧鷖大十四，正十四。繹而賓尸。異。

經　二章，《詩緝》：來而宜之，謂樂之也。三章，湑，息汝反。《本義》：鳧鷖在涇在沙，謂公尸和樂，如水鳥在水中及水旁，得其所爾。在沙、渚、潨、亹，皆水旁爾，鄭氏曲爲分别，以譬在宗廟等處者，皆臆説也。

傳　一章，《爾雅》注：鳧似鴨而小，長尾，背上有文，今江東亦呼爲鸍。陸璣疏：大小如鴨，青色，卑脚，短啄，水鳥之謹願者也。《廣韻》：野鴨也。鸍，施、彌二音。疏：鷖，一名水鴞。《埤雅》：鳧好没，鷖好浮，故鷖一名漚。漚即鷗也，形色似白鴿小而羣飛。箋：祭祀既畢，明日又設禮而與尸燕。疏：言『公尸來燕』，則是祭後燕尸，非祭時也。燕尸之禮，大夫謂之賓尸，即用其祭之日，今《有司徹》是其事也。天子諸侯則謂之繹，以祭之明日。《春秋·宣八年》言辛巳有事於太廟，壬午猶繹，是謂在明日也。三章，沸，子禮反。見《小雅·伐木》。

四章，疏：潨字從水眾，知是水會聚之處。　卒章，《漢地理志》：金城郡浩亹縣，注：浩，水名也。亹者，水流峽山間，兩岸深若門也。　浩音誥。

假樂大十五，正十五。　公尸答《鳧鷖》。　異。

經　《語録》：《嘉樂》詩，次章不説其他，但願其子孫之多且賢耳。此意甚好，然此亦理之常，若堯舜之子不肖，則非常理也。又曰『干禄百福，子孫千億』，是願其子孫之多。『穆穆』至『舊章』，是願其子孫之賢。又曰：此詩末章即承上章之意，故上章云『四方之綱』，而下章即繼之曰『之綱之紀』。蓋張之爲綱，理之爲紀。下面『百辟卿士』至於庶民，皆是賴君以爲綱。所謂『不解于位』者，蓋欲綱常張而不弛也。

傳　一章，重，直龍反。　二章，適，丁歷反。

公劉大十六，正十六。　召康公戒成王。

經　一章，干，見《周南・兔罝》傳。戈，見《秦・無衣》。　詩中十『廼』字三『乃』字，義皆同。　二章，瑶，見《衛・木瓜》傳。　三章，《詩緝》：百泉，眾水也。案《通典》漢安定郡朝那縣地，唐爲原州百泉縣。蓋因《詩》『百泉』而得名。　五章，隰原，即《禹貢》原隰，在邠州。徹，尺列反。

傳　一章，公劉世次，見《周南》。　《釋文》：王肅云：公號劉名。《尚書傳》：公爵劉名。王基云：公劉，字也。周人以諱事神，王者祫百世，召公不當舉名。子金子曰：周家稱公，自公劉始。然則《書傳》之説爲是也。　《詩緝》埸、疆，皆田之界畔。然詩言『迺埸迺疆』當有小別，疆如封疆，所包者廣，故王氏於《信南山》言疆者爲之大界，然則埸是小界，今之小田塍也。塍，食乘反。　餱，見《小雅・伐木》。糧，《説文》：穀食。糗，去九反，《説文》：熬米麥。徐鍇曰：熠乾米麥也。熬音遨。熠，初爪反。　乾音干。　疏：戚、揚，皆斧鉞之別名，鉞大而斧小。《六韜》云：大柯斧重八斤，一名大鉞。　召音邵。　康公名奭，音適，見《召南》。　二章，《釋文》：相，息亮反。　鞞琫，見《小雅・瞻彼洛矣》。　鞘音肖。　《語録》：容糗，如今香囊。　三章，朱子：『嬪于京』、『依其在京』，則岐周之京也。『王配于京』，則鎬京也。《春秋》所書京師，則洛邑也。皆仍其本號而稱之，猶晉之云新絳、故絳也。《詩記》：洛邑，亦謂之洛師，正京師之意也。　論、難，並去聲。　度，徒洛反。　四章，筵，見《行葦》。　疏：饗禮當享太牢以飲賓，此唯用豕者。《周禮》：凡禮賓客，國新殺禮。公劉新至豳，殺禮也。　享音烹。　殺，所界反。《語録》：『君之宗之』，只是公劉自爲羣臣之宗主。　宮室成而祭之曰落。《左氏傳》：願與諸侯落之。　勞，郎到反。　屬音燭。　《左氏傳・哀四年》：楚襲蠻氏，蠻氏潰，蠻子赤奔晉。晉執蠻子與五大夫，以畀楚師。司馬致邑立宗焉，以誘其遺民，而盡俘以歸。注：楚復詐爲蠻子作邑，立其宗主。　五章，疏：東西爲廣，南北爲長。　辟音闢。　測景，見《鄘・定之方中》。　背，蒲味反。　箋：大國三軍，以其餘卒爲羨。今公劉遷於豳，民始從之，丁夫適滿三軍之數。單者，無羨卒也。疏：凡起徒役，無過家一人，以其餘爲羨，羨謂家之副丁也。三單，則是單而無副。三軍三萬七千五百人，從遷之家不滿此數，故通取羨卒始滿。今案傳謂三單未詳，蓋不取鄭説也，今姑記此以備訓詁。　《孟子集注》：周時一夫授田百畝，鄉遂用貢法，十夫有溝；都鄙用助法，八家同井。耕則通力而作，收則計畝而分，故謂之徹。《語録》：徹，通也，乃是横渠説。然以《孟子》考之，只曰八家皆私百畝，同養公田。又《春秋傳》云：公田不治則非民，私田不治則非吏。似又與横渠之説不同，蓋未必是計畝而分也。　疏：山西夕始得陽，故曰夕陽。　疏：夕陽者，總言豳人一國之所處，其界在山之西，不知是何山也。《書傳》説太王去豳，踰梁山。注云：梁山在岐山東北，然則豳國之東有大山者，其唯梁山乎？　卒章，《詩緝》：鍛，打鐵也。嵇康好鍛是也。　鄉，許亮反。　《地理志》：吴山在扶風汧縣西，即岍山，又謂之吴嶽。

泂酌大十七，正十七。　召康公戒成王。

經　一章，挹，酌也。豈，苦亥反。　二章，罍，見《周南·卷耳》傳　一章，疏：行者，道也。潦者，雨水也。行道上雨水流聚，故云流潦。　《詩記》：雖行潦汙賤之水，苟挹而注之，則遂可以餴饎。《孟子》曰：雖有惡人，齊戒沐浴，則可以祀上帝。此所以爲戒成王也。　毛氏：樂以彊教之，易以説安之。疏：樂者人之所愛，當自彊以教之。易謂性之和悦，當以安民。故云悦以安之。一人而云父母，故云有父尊，有母親。今傳用《表記》本語。樂音洛。易，羊豉反。

卷阿大十八，正十八。召康公戒成王。

經　《七經小傳》：召康公何以不欲成王似先王，而曰似先公？曰：成王之時，周之先王，惟有文武，皆聖人，不可似也；欲成王似其可及者，莫若先公也。召公戒成王作公劉之詩，周公戒成王作太王之詩，所以不及文武意皆可知矣。　一章，飄，避遥反。　六章，顒，魚容反。卬，五岡反。　七章，藹，於害反。

二、三、四章，上二句皆言已有之福，戒辭唯在第四句。『彌』者，益也，終也。欲王充益而終德性之所固有也。『俾爾』者，謂天錫爾上二句之福，所以使汝彌其性，果能若是，則有下句之效矣。　『顒顒卬卬，如圭如璋』，以德言也。『令聞』以聲譽言也。『令望』，以威儀言也。内外兼備，則爲四方之綱矣。　七、八章，上三句興第四句，『鳳凰』興吉士吉人，『止』與『天』則興王也。　九章，惟梧桐之生『菶菶萋萋』，則鳳凰之鳴『雝雝喈喈』，以興下章君子之車馬庶多而閑習，則吉士之來者衆矣。蓋賢者之進必以義，上之人致敬以有禮，則興者多也。

傳　三章，昄，符版反，類隔切，今易部版反。《釋文》又有方滿反，即類隔切版字。　五章，相，息亮反。行，下孟反。　七章，疏：《説文》：鳳，神鳥也，其像，鴻前麐後，蛇頭魚尾，鸛顙鴛思，龍文龜背，燕頷雞啄，五色備舉。出於東方君子之國，見則天下安寧，飛則羣鳥從以萬數。《山海經》：狀如鶴，五彩而文，首文曰德，翼文曰順，背文曰義，膺文曰仁，腹文曰信。飲食自歌自舞。《京房易傳》：高丈二。《漢書》：高五六尺。麐、麟同。　九章，疏：《爾雅》：櫬，梧。注：今梧桐。又曰：榮，桐木。注：即梧桐。然則梧桐一木耳。《埤雅》：以其皮青，號曰青桐。華浄妍雅，極可愛。橐鄂皆五，其子似乳，綴於橐鄂。櫬，初覲反。橐音羔。　卒章，《尚書》孔傳：賡，續也。載，成也。

民勞大十九，變一。　厲王時同列相戒。

經　《語録》：問：第二章末謂『無棄爾勞，以爲王休』，蓋以爲王者之休，莫大於得人，惟羣臣無棄其功，然後可以爲王之休美。至三章謂『敬慎威儀，以近有德』，蓋爲既能拒絶小人，必須自反於己，能反於己，又不可以不親有德之人。不然，則雖欲絶去小人，未必有以服其心也。後二章『無俾正敗』、『無俾正反』，尤見詩人憂慮之深。蓋『正敗』則惟敗壞吾之正道，而『正反』則全然反乎正矣。其憂慮之意，蓋一章切於一章也。先生頷之。　二章，惛音昏。三章，《釋文》：近，附近之近。　卒章，繾綣，《釋文》：上音遣，下起阮反。字書又上去戰反，下丘願反。

此詩每章皆以『無縱詭隨』、『式遏寇虐』對言，蓋詭隨，柔惡也；寇虐，剛惡也。人無正直之德，則柔者便辟側媚以容身，剛者强暴横虐以立威，情之常也。有國家者，於此二者，無縱而式遏之，則所進者皆正直之人矣。『無縱詭隨』，所謹者自輕以至重，惟繾綣者有遲回、顧戀、漸漬、諂巧之意，所以固結者深。是則小人詭隨之尤，而人少有覺之者，故於篇終言之，而與『無俾正反』同戒也。

傳　一章，幾，《釋文》音祈，近也。《詩緝》：遠謂夷狄，邇謂中國。治道略外而詳内，夷狄則撫柔之而已，中國則禮樂之治甚詳，故必能其事也。　專爲之爲，去聲。

疏引《左傳》服虔注：穆公，召康公十六世孫。今案《史記》但云召公以下九世至惠侯，而不著其年謚，謂惠侯當厲王奔彘之時，下至十五世則爲繆侯。繆侯七年，爲魯隱公元年，與疏不合。蓋國微史失，不可考信，故傳但曰康公之後。

疏：成、康、昭、穆、共、懿、孝、夷、厲，凡九王，不數成王，懿、孝兄弟同世，故曰七世。今案懿、孝，當云共、孝。　二章，讙，喧、歡二音。惛怓，毛氏：大亂也。今傳從箋。韻書惛，不明也。《説文》：怓，亂也。當訓爲昏亂，近毛意。　四章，女音汝。　箋：戎雖小子，而式弘大。《易》曰：君子出其言善，則千里之外應之，况其邇者乎？出其言不善，則千里之外違之，况其邇者乎！是以此戒之。

板大二十，變二。 同列相戒。 異。

經 五章，殿，都練反。 六章，李氏：苟能順天之理以牖民，則其教不肅而成，其政不嚴而治。 益者，言其無求多也。 特言攜者，以帶上文言之爾。 今之民既多邪僻矣，而又爲邪僻，何以牖民哉？《詩緝》：如往取物之必得，如手攜物之從也。 攜而必從，非別立一道以增益之也，因其所固有耳。 牖民之道甚易也，今民雖多邪僻，而本然之天自若，亦唯因其固有而開明之耳；勿自立法以彊之，自立法則是益也，非天也。 卒章，毛氏：戲豫，逸豫。 馳驅，自恣也。《詩緝》：戲豫，即《無逸》所謂耽樂。 馳驅，即《無逸》所謂遊田也。

此詩雖同列相戒之言，而後三章實君之任，蓋責同列以道其君，使知此也。 一詩之意，在『出話不然，爲猶不遠』兩語，故於首章見之。 而猶又話之本也，故下唯言『猶之未遠』。 二章，戒其出話之必合於道也。 三、四、五章，戒其當遠猶也。 三章，言不聽己之謀。 四章，言用事者皆年少而無老成。 五章，言善人見亂緘默，『小子蹻蹻』、『善人載尸』，雖各止一句言及，而意全在此二語。 後三章，正言以告之，使道王也。 六章，當順天以教民。 七章，當脩德以安衆。 八章，戒謹恐懼以終之。

傳 一章，《詩緝》：管，小物也。 蔑棄聖人，而管管然自用其私智，其所見亦小。 箋：凡伯，周同姓，周公之胤，爲王卿士。 疏：凡，蓋畿内之國。 杜預云：汲郡共縣東南有凡城。 共縣，漢屬河内郡，在周東都之畿内。　女音汝。夫音扶。四章並同。　二章，沓，徒合反。三章，嚻，《釋文》五刀反。毛氏：嚻嚻，猶聱聱也。聱，五報反，音與五刀近。今傳嚻，許驕反。字書嚻，聲也。與自得之意不類，當從《釋文》音。　芻蕘，毛氏及箋皆作薪采者。疏：芻者，飼馬牛之草。蕘者，供然火之草。蕘是薪，以薪亦是采取，故連言薪采。今案疏意，薪主蕘，采主芻，若言采薪則疑專主於薪，言薪采則采芻、薪蕘兩意備，當從薪采爲是。　四章，熇，《釋文》許酷反，一許各反。不必言叶，恐叶字誤。　少，施照反。　五章，毛氏：夸毗，以體柔人。疏：屈己卑身，求得於人，曰體柔。然則夸毗者，便僻其足，前卻爲恭，以形體順從於人也。傳雖不用此訓，而此説亦有理，因附見。　度，徒洛反。　六章，壎、篪，見《小雅·何人斯》。和，胡卧反。　璋圭，見《棫樸》。　道，去聲。　卒章，《語録》：渝，變也。渝未至於怒，亦大槩相似。　又曰：旦、明祇一意，這箇豈是人自如此，皆有來處，則纔有少肆意，他便見。又曰：這裏若有些違他理，便恰似天知得一般，所以説『日監在兹』。監，去聲。　又曰：天體物而不遺，指理而言；仁體事而無不在，指心而言。天下一切事，皆此心發見爾。又曰：『昊天曰明，及爾出王。昊天曰旦，及爾游衍』，言人之所以爲人者，皆天之所爲，故雖起居動作之頃，而所謂天者，未嘗不在也。

右生民之什。

蕩大廿一，變三。　託紂刺厲王。

經　一章，蕩，唐黨反。鮮，自淺反。　五章，號，户刀反，呼，又火胡反。　六章。蜩音條。　卒章，沛音貝。　《語録》：首章，前四句有怨天之辭，後四句乃解前四句，謂天之降命本無不善，惟人不以善道自終，故天命亦不克終，如疾威而多邪僻也。此章之意既如此，故自次章以下託文王言紂之辭，而皆就人君身上説，使知其非天之過。如『女興是力』、『爾德不明』與『天不湎爾以酒』、『匪上帝不時』之類，皆自發明首章之意。

首章，言人之多辟，非天命之本然，實自失其初爾，以起後章之意。二章，言用暴虐聚斂之臣，『天降慆德』，指三、四句。『女興是力』，指五、六句。三章，『而秉義類』，謂女以爲善類而秉之者，乃下文彊禦之類，蓋心德不明，以不義爲義也。流言者，便佞辯捷，如水之流也。『侯作侯祝，靡届靡究』，言任用非人，致民之怨謗，無所不至。此兩章皆用人之失。四章，言尚氣陵物，不知脩德，而惡人以類而聚。五章，沈湎於酒。此兩章皆脩己之失。六章，言政事亂。七章，言棄舊典。此兩章皆爲政之失。卒章，言君自絶於天，則必亡之兆，以終首章之意。此詩賦體而未嘗一及當時之事，皆以殷紂言之，雖謂之比可也。

傳　一章，《詩記》：受天地之中一也，則靡不有初；敗以取禍者衆，則鮮克有終。『鮮克有終，則命靡諶矣。　二章，《詩緝》：契始封於商，其地在上洛，湯受命於亳殷，其地在蒙，故後世或謂之殷。今曰殷商，并舉之也。　斂，去聲。　《詩緝》：君子小人之生，昔人以爲各有天命，將治則生君子，將亂則生小人。『天降慆德』，是將亂而生小人。然亂世未嘗無君子也，厲王之世，天非獨生榮夷、衛巫也，凡伯、召、穆之徒皆在焉，奈王不用何？　三章，應，去聲。　四章，疏：陪貳，謂副貳王者，則三公也。　五章，《詩緝》：湎酒不義，非天使之，是汝自爲惡也。言此以發首章『靡不有初，鮮克有終』之意。　六章，蜩螗，見《豳·七月》。　幾，平聲。《文選》注：《世本》注曰：鬼方，於漢則先零戎是也。　卒章，拔，皮八、本末二反。　蹶音厥。《孟子》注：夏禹之世號夏后氏。后，君也。禹受禪於君，故夏稱后。

抑大廿二，變四。　衛武公自警。

經　四章，洒，色懈反。　埽，素報反。　《詩緝》：庭，宮中也。廷，朝廷也。廷內，指宮庭而字作廷。《易》『揚于王庭』，指朝廷而字作庭。古字通用。　五章，玷，《釋文》：又丁念反。六章，朕，直稔反。　繩繩，見《周南·螽斯》傳。　八章，辟音璧。

此詩前八章，皆兩章相與爲義：九章以後，則四章相與爲義。德者，得之於心，外不可見，維發於威儀、言語，乃可見爾。故專致謹於此，制於外，所以養其中也。一二章言人不可不謹威儀，以起下章，謂威儀抑抑，是德之廉隅見於外者也。德雖人所固有，而氣質則有愚哲之不齊。然生民有欲不學，則無有哲而不變爲愚者矣。衆人而愚，固有氣質之病；若哲人而愚，則亦不能自强而反戾其常德爾。是以君子莫强於盡人道，則四方皆以爲訓。大其德行，審其謀猶，慎其威儀，則民皆法之矣。三四章始及於自警，曰『在于今』，則指己而言也。謂亂政敗德，莫甚於酒，今雖縱欲而惟湛樂之從，獨不念其紹繼之緒乎？不知廣求先王之道，而能執其法以守行之也？故皇天之所以厭棄之者，爲不能脩德而趨下如泉之流也。則又戒之曰：無淪陷相與而敗亡，宜先齊其家，次及於國與天下也。五六章戒其慎言謹行，五則歸重於言，六則歸重於行。又言感應之理，謂能惠于朋友、庶民、小子，則子孫繩繩，百世而萬民無有不承之者。七八章，慎德之要以及其效，此即《中庸》戒慎恐懼之工夫。謂視爾友於君子之時，和柔爾之顔色，固無過矣，然於人所共見，或勉强而爲之：，相爾在室中屋漏，不與物交之際，庶幾亦戒懼而無愧於心，則盡善矣。暗室屋漏，無以爲不顯而人莫我見，人雖不可見，鬼神其見之矣，鬼神無所不在，不可厭也。此武公精密工夫，作聖之具。下遂言爾君之爲德，必使極於善。止者，靜也。未動而接物之時，即上文戒懼於屋漏者也。淑慎於所止，以爲之本，及其發也，則不愆于儀，無僭差害理，人豈不爲之則哉？後四章，皆言受教納諫之事。九章，謂質之美者則可進德，德之進在乎聽善言。十章，能聽言之人，順德之行者也。十一章，拒諫之人，覆謂我僭者也。謂昊天之理甚明，人之生非爲縱欲爲樂也，在於脩德而盡人道爾。視爾乃夢夢不明，故我慘憂諄復以誨汝，而爾忽略其聽，反以我爲虐。此章自警之尤甚者。十二章，又叮嚀以戒其納誨。謂告爾小子久矣，非今始言之也。宜聽用我謀，庶幾行無悔也。而又以不能進德，則至喪國以終之。《衛世家》：釐侯卒，太子共伯餘立。共伯弟和，有寵於釐侯，多與之賂。和賂士以攻共伯，共伯自殺，衛人因立和，是爲武公。蘇子由《古史》曰：武公賢者，衛人謂之睿聖，武公奪適之事，未可誣之。且《詩》序言共伯蚤死，初無簒奪之文，故史遷所載，疑而不録。魯齋王子曰：武公少年奪適之罪，晚年進脩之功，功過自不相掩。然武公少時必有俊邁之姿，鍾愛於父，好施養士。士以是致共伯於死，以成武公之立，則或有之。爲法受惡，武公不能無罪。其後有脩革之學，復康叔之政，輸定難之忠，晚年所至，稱爲睿聖。是真有不可及者，君子尚論固難以老少相掩。愚案武公之詩，見於經者三，《淇奧》，人頌之之辭；《賓之初筵》、《抑》，則其自作也。其自作者，皆有戒醉酒、謹威儀、慎言語之意，豈武公少年之失在此乎？以其縱酒，故有失其威儀言語之間，及聞君子之言，幡然悔悟而自勑，乃能深造而致戒懼於不睹不聞之際。故晚年自爲箴戒之辭，必惓惓致謹於威儀言語，而其亂政覆德，必始於酒也。所以工夫能及於聖賢者，乃受教聽言之功。其十章之言，是其成德之所自乎。其次第先後，味詩可見。而人頌之者，亦以盡力於學問而成德也。由是觀之，《史記》之事，或不爲無，而魯齋之言，爲得當時之事實矣。於此見人之性本善，欲固易戕，而德亦易復也。以一人之身，前後懸絶如此，學問之道，其可誣哉！武公身親履之，故言之沈著而有味也。

傳　一章，哲知之知，音智。夫音扶。七章、十二章同。　二章，遠謀，當作遠圖。恐本誤。　四章，易，以豉反。　五章，鑢，良豫反。摩，錯也。三，息暫反。妻，七計反。　六章，爲，于僞反。　八章，《詩緝》：虹謂幻惑也。如蝃蝀，不正之氣，暫見于天，須臾散滅。　九章，《釋文》：忍音刃，本亦作刃。　疏：綸者，繩之别名。『言緡之絲』，正謂以絲爲繩，被之於木。　十章，令，力丁反。　卒章，女音汝。　題下，相，息亮反。長，丁丈反。朝音潮。舍音捨。賁音奔。寧，直吕反。暬，私列反。箴，之林反。道音導。矇音蒙。《國語》注：師長，大夫。士，衆士。旅賁，勇力之士，掌執戈楯，夾車而趨，車止[一]則持輪。規，規諫也。中庭之左右謂之位，門屏之間謂之宁。誦訓，工師所誦之諫書之於几也。暬，近也。事，戎、祀也。瞽，樂太師，掌詔吉凶。史，太史，掌詔禮事。師，樂師。工，瞽矇。誦、箴，諫也。《困學紀聞》：《隋經籍志》：《韓詩翼要》十卷，侯包撰。然則包學《韓詩》者也。　離，力智反。

桑柔大廿三，變五。　芮良夫刺厲王。

經　一章，倬，陟角反。　二章，騤，求龜反。見《小雅·采薇》傳。旟音璵，見《鄘·干旄》。旐音兆，見《小雅·出車》。燼，徐刃反。　四章，慇音殷，見《小雅·正月》傳。　五章，毖音秘。逝，語辭。　六章，遡音素。　稼穡，見《魏·伐檀》。　七章，蟊賊，見《小雅·大田》。　十五章，背音佩。下章同。遹，余律反。

此詩前八章刺王，後八章刺臣，故前以桑爲比，而後再以鹿起興，然用臣不當，亦君之過，故總言刺王也。一章，總言暴政虐民。二章，因王政不綱，諸侯更相征伐，民受軍役之暴。三章，憂迫之甚，去留無歸，秉心無競者，實君子之道也；今乃不能無競，而致怨厲之端，至今不已。四章，亦上章之意，而歸之于天。五章，言救亂當用賢。六章，承上章，言賢者不願仕而甘於農畝。七章，承上章，併稼穡而敗之，欲自食其力，亦不可得，喪亂之極，天亦不可問。八章，順理之君，必任良輔；不順理之君，則任己謀。九章，言在朝之人皆不信。十章，言愚者無遠慮。十一章，用惡人而民化爲惡。十二章，君子、小人各有道。十三章，貪夫用事，不受善言。十四章，承上章，言同僚勿以我誦言爲妄作。十五章，民之亂皆上所致。十六章，言惡類或有羞惡之心發見者，然其心不治，言行相違，而其情終不可揜，故曰『既作爾歌』以終之。

傳　一章，怳，許往反。箋：芮，畿内諸侯，王卿士也，字良夫。疏：周同姓國，在馮翊臨晉縣，在西都畿内。《解頤新語》：芮伯，周之世卿。《顧命》召六卿，芮伯在焉，成王時也。『芮伯作旅巢命』，武王時也。《史記》以芮良夫爲厲王大夫。前乎厲王，魯桓九年，王使芮伯伐曲沃，桓王時也。陰，於鴆反。號，平聲。三章，《士昏禮》：婦疑立于席西。注：正立自定之貌。四章，瘖，武巾反，類隔切，今易彌鄰反。疏：瘖字，從病而以昏爲聲，是昏忽之病。五章，別，彼列反。長，知丈反。六章，鄉，許亮反。唈，烏合反。疏：嗚唈，短氣也。七章，屬音燭。厲王三十七年，國人畔襲王，王出奔彘。召公、周公二相行政，號曰共和。共和十四年，厲王死，而宣王即位。八章，度，徒洛反。十章，幾音機。十一章，重，平聲。十二章，《解頤新語》：或用不順之人，則民之所行皆垢穢之事。曰中垢者，由中而發也。　十三章，圮，皮鄙反。眊音冒。説音悦。夫音扶。好、難，並去聲。與音餘。　十四章，中，陟仲反。　十五章，惡，烏故反。　卒章，荏，而甚反。文音問。

雲漢大廿四，變六。　仍叔美宣王。

經　一章，《釋文》：倬，陟角反。著，大也。　饑音飢。饉，渠吝反。義見《小雅·雨無正》。《詩緝》：左氏謂天災有幣無牲，此諸侯之禮耳。若《祭法》，禳祈於坎壇，雩禜祭水旱，皆用少牢，天子則有牲矣。禜，榮敬反。少，失照反。少牢，羊豕。　二章，瘞，於例反，埋也。　三章，孑，居熱反。　七章，疚音救。

一章，總言天旱人窮，索祭鬼神而無應。二章，言其詳而欲引災歸己，若成湯自責。三章，言民困之極，恐墮先王之業。謂自厲王之亂，周民已少，而遺民今又將盡。四章，祈望於祖禰先正。五章，欲避位逃禍而不可得。六章，責事神之或失。七章，君臣救災之勤。八章，勸率其臣以終之，總而言之，宣王遇災憂懼，始祈於外神，次祈於宗廟；既而無驗，則自揆事神之誠或未至；誠既盡，則又盡人事以聽天命也。其恐懼修省之意，仁愛惻怛之誠，反覆淫溢於言辭之間。宣王之所以賢，仍叔之善於知德立言，皆可見矣。

傳　一章，疏：河精上爲天漢。《詩緝》：或謂水氣在天爲雲，水象在天爲漢；或謂其斗間爲漢津，雲出漢津謂之雲漢。皆非也。夫雲合散不常，漢則隨天而轉，漢之在天，似雲而非雲，故曰雲漢也。史遷云：漢者，金之散氣，其本曰水。張衡云：水精爲漢。《左傳・昭十七年》：星孛及漢。梓慎云：漢，水祥也。雨者，水之施也，天將雨，其兆先見於漢。又見《小雅・大東》。　荐、薦同音。重，直用反。　疏：《周禮・大司徒》以荒政十有二聚萬民，其十有一曰索鬼神。注：索鬼神者，求廢祀而脩之，《詩》所謂『靡神不舉』也。故毛傳亦云：國有凶荒，則索鬼神而祭之。　疏：《周禮》：以蒼璧禮天，以黄琮禮地，以青圭禮東方，以赤璋禮南方，以白琥禮西方，以玄璜禮北方。四圭有邸以祀天，兩圭有邸以祀地，裸圭有瓚以祀先王，圭璧以祀日月星辰，璋邸射以祀山川。皆祭神所用，圭璧爲其總稱。三牲用不可盡，故言無愛。圭璧少而易竭，故言既盡。琮，才宗反。琥音虎。邸，丁禮反。裸音灌。瓚，才旦反。射，食亦反。

箋：烈，餘也。疏：撥，治也。烖、災同。行，下孟反。去，起吕反。三章同。復，扶又反。箋：仍叔，周大夫。疏：仍氏，叔字。　二章，疏：奠，謂置之於地。瘞，謂埋之於土。禮與物皆謂禮，事神之物。《詩緝》：在宫之神，莫尊於后稷，非不臨顧我，力不足以勝旱災。在郊之神，莫尊於上帝，力足以勝旱災，而不肯臨顧我。　四章，雩音于。辟音必。　疏：正，長也。先世爲官之長。《月令》注：百辟卿士，古之上公以下，若句龍、后稷之類，凡有采地，皆稱曰君，舉衆言之，故曰百辟。句音鉤。　五章，疏：《神異經》：南方有人，長二三尺，袒身而目在頂上，走行如風，名曰魃。所見之國大旱，赤地千里。一名旱母。遇者得之，投溷中即死，旱災消。此言旱神，蓋鬼魅之物，不必生南方爲人所執。　六章，《月令》注：祈穀于上帝，謂以上辛郊祭天，祈農事也。上帝，大微之帝也。疏：大微爲天庭，有五帝座，是即〔二〕靈威仰、赤熛怒、白招拒、汁光紀、含樞紐。郊天之時，各祭所感之帝，殷人則祭汁光紀，周人則祭靈威仰，以其不定，故總云大微之帝。又注：天宗，謂日月星辰也。大音泰。坐，去聲。熛，卑遥反。汁音協。方、社，並見《小雅・甫田》。度，徒洛反。七章，長，知丈反。秣音末。縣音玄。徹，直列反。疏：登，成也。祭祀之事，不縣其樂。左右之官，布列於位，不令有所脩造。無俚，見《漢書・季布傳贊》。俚音里。

崧高大廿五，變七。尹吉甫送申伯。

經　二章，亹，亡匪反。箋：于，往。于，於也。召，是照反。四章，功，事也。藐，莫角反。鉤膺，見《小雅・采芑》。五章，《詩緝》：賜以路車，即上文鉤膺金路也。乘馬，即上文四馬也。申伯以異姓受金路，異恩也，故侈君之賜而申復言之。疏：異姓得此賜者，命爲侯伯故也。

《史記》謂四嶽佐禹有功，虞夏之際，或封於申。然則申舊國，非宣王始封之也。謝非申國之舊，宣王改封申伯於此爾，觀『我圖爾居，莫如南土』之言可見矣。申之舊國，莫可考知，今南陽之申，因申伯而名。謝，地也。厲王之亂，申伯失其國，宣王以元舅之親，故録其功而改封於謝歟。申故侯爵，今又以其賢，加命爲方伯也。诗曰『四國于蕃，四方于宣』、『揉此萬邦』，見其功也。『南國是式』、『式是南邦』、『亹亹』、『番番』、『柔惠且直』、『聞于四國』，見其賢也。一章，神生申伯，所以輔周。二章，定封于謝。三章，先正經界而後遷民。四章，有城郭宮室而後錫命。五章，遣申伯之國。六章，祖餞委積之勤。七章，豫誦民之喜其來。八章，頌其德以送之。

傳　一章，疏：羣書多言五嶽，《毛傳》唯言四嶽者，以堯之建官立四伯，主四方之嶽而已，不主中嶽，故不言五也。　疏：《毛傳》南嶽衡山，《爾雅》及諸經傳多云霍山爲南嶽者，山有二名也。然《爾雅》云江南衡，《地志》：衡山在長沙湘南縣。《廣雅》：天柱謂之霍。《地志》：天柱在廬江灊縣。則在江北矣。而云一山二名者，本衡山一名霍山。漢武帝以衡山遼曠，移其神於天柱，又名天柱，亦爲霍，故漢魏以來衡、霍別爾。　華，胡化反。　《詩記》：甫、申，意者皆宣王時賢諸侯，同有功於王室者，甫雖不見於經，以文意考之，蓋當如此。鄭氏乃遠取於『訓夏贖刑』之甫侯，殆非也。　三章，長，知丈反。七章同。　五章，箋：圭長尺二寸謂之介，非諸侯之圭，故以爲寶。《詩記》：介圭，在《周官》雖天子所服，《韓奕》『以其介圭，入覲于王』，則當是謂諸侯之瑞圭。蓋介之爲言大也，詩人美大其圭而稱之，非《周官》之介圭。　六章，郿，芒悲反。芒音忘，類隔切，今易作忙悲反。　《詩緝》：王至豐，册命申伯於文王之廟，故行餞送之禮于郿。　數音朔。　《地官・遺人》：凡賓客、會同、師、役，掌其道路之委積。凡國野之道，十里有廬，廬有飲食；三十里有宿，宿有路室，路室有委；五十里有市，市有候館，候館有積。注疏：倉人主穀，廩人主米，計足國用，以其餘共委積。少曰委，多曰積。宿，可止宿。候館，樓可以觀望者也。一市之間，有三廬一宿。遺，維季反。委，於僞反。積，子賜反。七章，女音汝。

烝民大廿六，變八。尹吉甫送仲山甫城齊。

經　一章，監去聲。　七章，『四牡彭彭』，見《小雅・北山》傳。『八鸞鏘鏘』，見《小雅・采芑》傳。　卒章，『四牡騤騤』，見《小雅・采薇》傳。毛氏：喈喈，猶鏘鏘。遄，疾也。

宣王所以中興者，得賢才之多也，尹吉甫、召穆公、方叔、張仲、皇父、申伯、韓侯，皆賢人也，而樊仲山甫之德爲盛。宣王任之，各當其才，而德之盛者，乃居位之右，是又專以德命也。《烝民》之詩，反覆讚詠，雖兼職業事功言之，大率主於德爾。八章之間，凡言仲山甫者十有二，於以見惓惓尊慕之意。蓋詩人之情與作詩之體，於所愛者則喜其名而道之詳，於所惡者則不欲舉其名而言之甚略也。故《出車》之於南仲，《采芑》之於方叔，《六月》之於吉甫，《江漢》之於召公，《崧高》之於申伯，《韓奕》之於韓侯，皆屢言之；而《何人斯》之暴公，則維一言也。然則尹吉甫可謂知德而善言德行者歟！　其首章且言天命之原，人心之本，則當時仲山甫之下，吉甫又最賢歟？　一章，言天生仲山甫以助周。二章，言山甫之德。三章，言山甫之職。四章，又言其職，蓋於朝廷四方之事無所不掌也。將王命者行於朝廷，明若否者，掌四方之事，蓋若舜以百揆兼四岳，周公爲冢宰而兼東方諸侯伯，召公爲冢宰而兼西方諸侯伯也。五章，言其有中和之德而善撫其民。六章，言其德之全而善事其君。七章，言出而城齊。八章，勸其早歸也。『既明且哲，以保其身』，非外國家而自爲身謀也，事君致身，以死效官，人臣之常也。惟大臣則不然，大臣而惟以效死爲事，則國殆矣。夫任調燮之職者，消禍亂於未萌，召禎祥於無形，握斡旋之機，致天人之和，而措天下於泰山磐石，然後其身安富尊榮，進退優游，天下後世不可得而指議，豈非保身之大者？然惟明且哲者能之也，苟昧於幾微而致禍敗，諉曰我殺身報國而已，尚何取於大臣哉？其殺身不足以報敗國之責，雖有善者，亦無如之何矣。故明哲保身非爲身謀，乃所以定國也。三言『四牡』者，先四句，惟言車馬征夫之盛而未行；次四句，言彭彭鏘鏘，則往於齊也；下四句，則道其歸時之盛也。

傳　一章，疏：仲山甫，樊國君，侯爵。《周語》稱樊仲山甫諫宣王，韋昭云：食采於樊。《左傳》晉文公納定襄王，王賜之樊邑。則樊在東都畿内也。杜預云：經傳不見畿内之國稱侯者，天子不以此爵賜畿内也，如預之言畿内本無侯爵，傳言樊侯，不知何據？今案《左傳》注：樊，一名陽樊，野王縣西南有陽城。懷州河内縣本野王。《困學紀聞》：《權德輿集》云：魯獻公仲子曰山甫，入輔於周，食采于樊。　骸，雄皆反。藏，才浪反。長，知丈反。監，古暫反。　朱子：『昭假于下』，言周能以明德感格于天而在下。　而爲，于僞反。　二章，《詩緝》：山甫令儀令色，則動容周旋中禮矣，猶曰『威儀是力』何也？有德者固威儀之所自形，而謹其威儀者，亦所以檢攝而養其德也，外貌斯須不莊不敬，則慢易之心入之矣。大臣以道事君，而曰天子是順何也？順者，臣道也，坤道也。坤元承天，順也；六二直方，亦順也；事君盡禮，順也；有犯無隱，亦順禮也。將順正救皆出於忠愛，無往非順也。《周語》稱樊仲山甫諫宣王，然則『天子是若』，非面從容悦之謂也。《語録》：問『柔亦不茹，剛亦不吐』，此言仲山甫之德剛柔不偏也。而二章首舉仲山甫之德，獨以『柔嘉維則』蔽之；《崧高》稱『申伯番番』，終論其德亦曰『柔惠且直』，然則入德之方，其可知矣。曰：如此則乾卦不用得了。人之資稟自有柔德勝者，自有剛德勝者，今仲山甫『令儀令色，小心翼翼』卻是柔，但其中自有骨子，不是一向如此柔去。人看文字，要得言外之意。若以仲山甫『柔嘉維則』，必要以此爲入德之方則不可，人之進德須用剛健不息。《語録》：仲山甫之德『柔嘉維則』、『令儀令色』，則大賢成德之行而進乎此者。夫子之逞顔色怡怡如也，乃聖人動容周旋中禮之事，又非仲山甫之所及矣。至於小人訐以爲直，色厲内荏，則雖與巧言令色者不同，然考其矯情飾僞之心，實巧言令色之尤者，故聖人惡之。又曰：仲山甫『令儀令色』，此德之形於外者如此，與『鮮矣仁』者不干事。《論語》、詩人之意各異，當玩繹上下文意，不可只摘出一兩字看。　三章，女音汝。與，平聲。應，於證反。　四章，《語録》：『肅肅王命』以下四句，便是明哲。所謂哲只是曉天下事理，順理而行，自然災害不及其身，可以保其禄位。　六章，度，徒洛反。易，以豉反。　七章，行祭，見《生民》。　隘，烏懈反。　《齊世家》：太公封齊，都營丘；至五世胡公徙都薄姑，子獻公徙治臨菑。正義：薄姑城，在青州博昌縣東北六十里。營丘、臨菑，見《齊風》。

韓奕大廿七，變九。韓侯初立來朝，受命而歸，詩人送之。異。

經　一章，倬，陟角反。共音恭。　二章，綏，如誰反。　茀音弗。箋：簟茀，漆簟。以爲車蔽，今之藩也。疏：茀者車之蔽，簟者席之名，用席爲蔽。　錯衡，見《小雅·采芑》。玄衮，見《豳·九月》及《小雅·采菽》傳。　赤舄，見《豳·狼跋》。　鉤膺，見《小雅·采芑》。三章，箋：祖，將去而祀軷也。詳見《生民》。　炰鼈，見《小雅·六月》。　鮮魚，新殺中膾者也。中，陟仲反。　路車，見《秦·渭陽》。　籩豆，見《豳·伐柯》。　四章，《詩記》：古者任遇方面之臣，既盡其禮，復恤其私，使内外光顯，體安志平，然後能展布自竭，爲王室之屏翰。詩人述王錫命諸侯，而因道其娶之盛，其意蓋在於此。而王室奠安，人情暇樂，亦莫不在其中矣。　百兩，見《召南·鵲巢》。　『彭彭』及『八鸞鏘鏘』，見前篇。　五章，魴，見《周南·汝墳》。　鱮，見《齊·敝笱》。　麀，見《靈臺》傳。　熊羆，見《小雅·斯干》傳。　卒章，《釋文》：追如字，又都回反。　疏：毛赤文黑謂之赤豹，毛白文黑謂之白豹。　有黄羆，有赤羆，大如熊，其脂如熊白而麤理，不如熊白美也。

一章，韓侯來朝受命。二章，錫予之儀。三章，餞送之禮。四章，韓侯娶妻。五章，韓國富樂而室家和。卒章，爲北方伯。　詩人言國之富樂，必道其禽獸魚鼈之盛，蓋日用所須者，未嘗言及金玉也，是亦性情之正之一端也。五章，言韓國之樂，與《衛・碩人》之四章同意。

傳　一章，《地理志》：在馮翊夏陽縣，故少梁。梁山在西北。《地理考異》：在同州韓城縣東南一十九里。《爾雅》：梁，晋望。李氏：韓滅之後，故以爲晋之望。箋：韓侯爲晋所滅。李氏：非韓、趙、魏之韓，乃武王後，左氏所謂『邘晋應韓』者也。邘音于。見音現。朝音潮。三章同。　二章，介圭，見《崧高》。旂，見《小雅・出車》。疏：綏，即《王制》所謂天子殺下大綏者也。《天官・夏采》注云：徐州貢夏翟之羽，有虞氏以爲綏。後世或無，染鳥羽象而用之，或以旄牛尾爲之，綴於幢上，所謂注旄於竿首者。然則綏者，即交龍旂竿所建，與旂共一竿，爲貴賤之表章，故云綏章。　疏：揚者，人面眉上之名，則馬之鏤鍚，施鏤於揚之上矣。當盧者，當馬之額盧，在眉眼之上也。　疏：虎是獸中之最淺毛者，故知淺是虎皮。　去，起吕反。較，訖岳反。覆，孚救反。搤，於革反。　三章，《困學紀聞》：屠，溛水。李氏以爲同州郿谷。案《説文》有左馮翊郿陽亭，馮翊即同州也。溛，古穴反。郿音同屠。　疏：蔌，菜茹之總名。對肉殽，故云菜殽，謂爲菹也。　疏：筍，始出地，長數寸，鬻以苦酒，豉汁浸之，可以就酒及食。蒲，始生，取其中心入地蒻，大如匕柄，正白。生噉之，甘脆。鬻而以苦酒浸之，如食筍法。是筍、蒲菹之法也。鬻音煮。蒻音弱。　四章，疏：汾，於漢則河東永安縣，永安西臨汾水。《解頤新語》：晋侯居翼謂之翼侯，納諸鄂謂之鄂侯，鄭叔段居京謂之京城太叔，出奔共謂之共叔：其汾王之類乎？說者以莒君爲比，非也。莒夷無謚，於是有黎比公、郊公、茲丕公、著丘公，皆以號爲稱，與汾王以地爲稱不類矣。比音毗。著，直居反。《釋文》：妻之女弟曰娣。《公羊傳》：媵者何？諸侯娶一國，則二國往媵之，以姪娣從。姪者何？兄之子。娣者何？女弟也。箋：獨言娣，舉其貴者。媵音孕。靚音靜，又才性反。卒章，疏：《爾雅》：貔，白狐，其子豰。注：一名執夷，虎豹之屬。陸璣：似虎，或曰似熊，一名白狐，遼東名白羆。豰，呼木反。衆爲之爲，去聲。長，知丈反。

江漢大廿八，變十。　美宣王命召公平淮南之夷。

經　一章，江漢，見《周南・漢廣》。旟，見《鄘・干旄》。三章，徹，尺列反。四章，毛氏：敏，疾也。祉音恥。五章，圭瓚，見《旱麓》。箋：秬鬯，黑黍酒也。謂之鬯者，芬香條鬯也。疏：黑黍之酒，自名为鬯，不待和鬱。《春官・鬯人》注：秬鬯，不和鬱者。是黑黍之酒即名鬯也。和者以鬯人掌秬鬯，鬱人掌和鬱鬯，明鬯人所掌未和鬱也。

一章，師出。二章，功成。三章，疆理旁國。四章，宣布王德。五章，錫賚比康公。卒章，召公祝壽觀德。皆詩人道當時事實，而託爲召公之辭。三言『四方』，皆指淮夷左右而言，非天下之四方也，上章言『江漢湯湯』而曰『經營四方』、『四方既平』，下章言『江漢之滸，王命召虎』而曰『式辟四方』，辭旨可見也。『于疆于理，至于南海』，亦溢美之辭爾，詩人南海，蓋指當時頻海者爲海耳。

傳　一章，《詩記》：徐州在淮北，徐州有夷，則淮夷之在北者也；揚州在淮南，揚州有夷，則淮夷之在南者也。《江漢》、《常武》皆宣王之詩，而同言淮夷。召虎既告成于王矣，常武又曰『鋪敦淮濆，仍執醜虜』，故知淮夷之地不一。以地理考之，曰『江漢之滸，王命召虎』者，是淮南之夷也，若在淮北，則江漢非所由入之路矣。曰『率彼淮浦，省此徐土』者，是淮北之夷也，若在淮南，則徐土非聯接之地矣。疏：於《世本》，穆公是康公十六世孫。　二章，洸，見《邶・谷風》。　四章，奭音適。女音汝。　五章，《爾雅》：彝、卣、罍，器也。又曰：卣，中尊也。疏：尊彝爲上，罍爲下，卣居中，不大不小，在罍彝之間。案《禮圖》：六彝爲上受三斗，六尊爲中受五斗，六罍爲下受一斛。《詩》疏：案鬱人掌和鬱鬯，以實彝而陳之，則鬯當在彝。而此及《尚書》、《左傳》皆云秬鬯一卣者，當祭之時乃在彝，未祭則在卣，賜時未祭，故卣盛之。卒章，薛尚功《鐘鼎彝器欵識・郱敦銘》：惟二年正月吉，王在周邵宫。丁亥，王格于宣榭，毛伯内門立中廷，佑祝郱，王呼内史册命郱，王曰：郱，昔先王既命運汝作邑，繼五邑祝令，余惟嗇京。乃今錫汝赤芾、彤冕、齊黄、鑾旂用事。郱拜稽首，敢對揚天子休命，郱用作朕皇考龔伯尊敦。郱其眉壽，萬年無疆，子子孫孫，永保用高。銘文一百七字，敦蓋及器皆有之。案歐陽《集古録》：郱，周大夫也，有功，錫命爲其考作祭器也。宣榭，蓋宣王之廟榭。射堂之制，其堂無室，以便射事，故凡無室者謂之榭。宣王之廟制如榭，故謂之〔三〕宣榭。古者爵有德，禄有功，必賜於廟，示不敢專也。祭之日，一獻，君降立于阼階之南，南鄉，所命北面，史由君右，執策命之。再拜稽首，受書以歸，而舍奠于其廟。毛伯内門立中廷，佑祝郲者，毛伯，執政之上卿也，入廟門中其廷立，祝與郲皆在其右也。王呼内史策命郲者，内史掌諸侯孤卿大夫之策也。王曰者，史執策贊王命以告郲也。赤芾、彤冕、齊黄、鑾旂，所賜車服也。郲拜稽首，用作皇考龔伯尊敦者，所謂受書以歸，舍奠于其廟也。識音志。郲，皮變反。敦，都外反。

常武大廿九，變十一。美宣王平淮北之夷。

經　二章，父音同上章。省，息井反。處，上聲。　五章，《地理志》：臨淮郡徐縣，故徐國，嬴姓，蓋伯益後也。

一章，命皇父主兵。二章，命休父爲副。三章，言天子自將。四章，言戰伐。五章，言軍勢之盛。卒章，歸美於王。　三章，箋：紹，緩也。蓋『王舒保作』不疾也，『匪紹匪遊』不徐也，此言王師之節制。　『徐方繹騷』，言徐方之亂也。『震驚徐方』，言亂者震驚徐方之民也。『如雷如霆』，六軍之威也。『徐方震驚』，言亂者之畏懾也。

傳　一章，卿士，見《小雅·十月之交》傳。　將，子匠反。三章同。箋：南仲，文王時武臣。

二章，疏：《内史》職云：凡命諸侯及孤卿大夫則策命之。此當是尹吉甫爲卿而兼内史。　疏：《楚語》重黎氏世敘天地，其在周，程伯休父其後也。當宣王時，失其官守而爲司馬氏。韋昭云：程國，伯爵。休父，名也。案：父宜是字，而昭以爲名，未能審之。《郡國志》：

河南雒陽縣有上程聚，古程國伯休甫之國也。　疏：《周禮》：三農生九穀。注：原隰及平地。

四章，陳，直刃反。　卒章，朝音潮。復，芳六反。

瞻卬大三十，變十二。　刺幽王嬖褒姒，任奄人。

經　一章，卬音仰，　二章，上四句，箋：此言王削黜諸侯及卿大夫無罪者。　四章，鞫，居六反。　六章，幾，居希反。　卒章，藐，莫角反。鞏，九勇反。

一章，言國無定法，下蠹於民。二章，言用刑不當。三章，言嬖褒姒及用奄寺。四章，婦寺之邪態。五章，善人去國。六章，承上章。七章，言已逢禍患，又勸改過免禍。

傳　一章，蟊賊，見《小雅·大田》。　疏：蟊賊者，害禾稼之蟲。蟊疾，是害禾稼之狀。褒姒，見《小雅·正月》。　奄人，《周禮·司刑》注：《書傳》：男女不以禮交者，其刑宮。宮者，丈夫割其勢。《酒人》注：奄，精氣閉藏者，内門則用奄以守之。奄，《釋文》：於檢、於驗二反。《説文》作閹，英廉反，與此通用。　三章，知音智。下章同。　《説文》：梟，不孝鳥。日至，捕梟磔之。從鳥頭在木上。《詩緝》：鴟有二：鳶飛戾天者，鷹類也，亦單名鴟也。惡聲之鳥者，怪鴟也。此配梟言之，謂怪鴟也。又見《陳·墓門》。磔，陟格反。　四章，朝音潮。夫音扶。下章同。與音預。舍，上聲。下章同。　五章，《晋語》：史蘇曰：夫有男戎，必有女戎。注：戎，兵也。女兵，言其禍猶兵也。夫音扶。　六章，重，平聲。　卒章，《爾雅》：正出，涌出也。　瀵，甫問反。

召旻大三十一，變十三。　刺幽王任用小人，以致饑饉侵削。

經　一章，饑饉，見《小雅·雨無正》。　二章，蟊賊，見《小雅·大田》。遹音聿。　五章，疏，山於反。　六章，溥音普。　《語録》：問：《召旻》六章作賦體，疑是比體。答曰：作比爲是。

一章，愬亂。二章，用羣小致亂。三章，小人排黜君子。四章，凋瘵無生意。五章，歎小人不知退。六章，慮害及己。卒章，有舊德不能用。

傳　二章，椓，丁角反，類隔切，今易陟角反。　喪，息浪反。　四章，苴，水中浮草。《釋文》：士加反。字書與楂同音。傳誤。　五章，箋：米之率，糲十，粺九，鑿八，侍御七。疏：其術在《九章·粟米之法》，彼云粟率五十，糲米三十，粺二十七，鑿二十四，御二十一。言粟五升，爲糲米三升。以下則米漸細，故數益少。四種之米，皆以三約之，得此數。糲，闌末反。鑿，子落反。　怳，許往反。爲，于僞反。下章專爲之爲同。　六章，頻字，本從涉從頁，是水之厓也。

右蕩之什。

大雅譜

公劉

右豳國舊詩，成王時召公所獻。

文王　大明　緜

棫樸　旱麓　思齊

皇矣　靈臺　下武

文王有聲　生民　行葦

既醉　鳧鷖　假樂

泂酌　卷阿

右十七詩，成王時。

民勞　板　蕩

桑柔

右四詩，厲王時。

雲漢　崧高　烝民

江漢　常武

右五詩，宣王時。

瞻印　召旻

右二時，幽王時。

抑

右衛武公作。《國語》謂武公年數九十五，猶箴儆於國，以求交戒，於是作《懿戒》以自儆。此蓋武公晚年之詩，而武公卒于平王之十三年，則此詩乃平王時詩也。

韓奕

時世不可考。

校勘記

〔一〕「止」，原作「正」，據《國語・楚語》「旅賁」韋昭注及《儀禮經傳通解》卷三三改。

〔二〕「即」，原作「既」，當作「即」，據《禮記・月令》孔疏改。

〔三〕「之」，原作「文」，此段本公羊釋「宣榭」之文，據改。

詩集傳名物鈔卷八

頌四

清廟頌一。祀文王。

經　駿音峻。　《語録》：問：或疑《清廟》祀文王之樂歌，然初不顯頌文王之德者，何也？某應之曰：文王之德，不可名言。凡一時在位之人，所以能敬且和與執行文王之德者，即文王盛德之所在也。必於其不可容言之中，而見其不可掩之實，則詩人之意得矣。讀此詩者，想當時之聞其歌者，真若洋洋乎如在其上，如在其左右，又何待多著言語，委曲形容，而後足哉？妄意如此。答曰：此説是。　又曰：『對越在天』，便是顯處。『駿奔走在廟』，便是承處。　毛氏：顯於天矣，見承於人矣，不見厭於人矣。

『秉文之德』，總承上二句。其助祭能敬和明顯之諸侯，及濟濟之多士，皆執行文王之德也。『對越在天』，内敬也。『駿奔走在廟』，外恭也。其心足以對在天之神明，方可以盡駿奔走之職。其助祭之臣且如是，則主祭之君可知。文王之德化於後世如此，則無射於人可知矣。

傳　與音預。朝音潮。　題下，騂，息營反。愀，七小反。復，扶又反。疏：，山於反。乾音干。豆上之上，時掌反。筦、管同。

維天之命。頌二。　祭文王。異。

經　《釋文》：假音暇。溢音逸。毛氏：假，嘉。溢，慎也。箋：溢，盈也。　駿音峻。曾音增。

傳　簡，古莧反。

維清頌三。　祭文王。異。

經　維清明而緝續其光明者，文王之常也。既曰『緝熙』，又曰『文王之典』，是極贊文王之純德不已爾。所以自文王始嗣位主祭祀以來，積而至於今日乃有成，今周之所以致太平者，實文王爲之禎祥也。

烈文頌四。　獻助祭諸侯。異。

經　祉音耻。

傳　殖，丞職反。大音太。樂音洛。

天作頌五。祭大王。異。

傳　朱子《韓文考異》：岨與阻同。則此『徂』字當從阻音。据、據同。辟、僻同。易，羊豉反。

昊天有成命頌六。祀成王。異。

傳　《周語》：晋叔向曰：《昊天有成命》，頌之盛德也。其詩曰：『昊天有成命，二后受之。成王不敢康，夙夜基命宥密。於緝熙，亶厥心，肆其靖之。』是道成王之德也。成王能明文昭、能定武烈者也，夫道成命者而稱昊天，翼其上也。『二后受之』，讓於德也。『成王不敢康』，敬百姓也。夙夜，恭也。基，始也。命，信也。宥，寬也。密，寧也。緝，明也。熙，廣也。亶，厚也。肆，固也。靖，龢也。其始也，翼上德讓而敬百姓；其中也，恭儉信寬帥歸於寧；其終也，廣厚其心以固龢之。始於德讓，中於信寬，終於固龢，故曰成。向，許丈反。龢、和同。

我將頌七。祀文王於明堂，配上帝。

經　疏《禮》稱郊用特牲。《祭法》云燔柴於泰壇，祭天用騂犢。則明堂祭天，亦當特牛矣。而得有羊者，其配之人，自當用太牢。《詩緝》：『儀式刑』，猶《書》云『嚴祗敬』。累言之者，謂法之不已也。《語録》：問：右作左右之右，與舊不同。曰：《周禮》有『享右祭祀』之文，如《詩》中此例亦多，如『既右烈考，亦右文母』之類。此詩作保佑説更難，方説『維羊維牛』，如何便説保佑到『伊嘏文王，既右享之』也？説未得右助。

愚案：此詩右字無音，而釋曰尊也，神坐東向，在饌之右，所以尊之也。是則左右之右，爲上聲字。《時邁》亦釋曰尊而無音，亦當作上聲讀。《雝》詩『既右烈考，亦右文母』，亦釋曰尊也，而音又下引《周禮》『享右祭祀』以證之，均訓曰尊，而有上聲、去聲之不同。《語録》卻引『享右祭祀』以證爲左右之右，而《周禮》音義皆作侑。三詩音既不同，義亦似異，而《雝》傳及《語録》引用《周禮》亦覺不同，未詳如何。

傳　題下，《語録》：問：傳謂祀明堂，周公以義起，不知周公以後，將以文王配邪？以時王之父配邪？曰：諸儒正持此二議，至今不決。看來只得以文王配。且周公所制之禮，不知在武王之時，在成王之時，若在成王，則文王乃其祖也，亦自可見。

時邁頌八。　巡守祭告。

經　巡守諸國，出以時而動以禮，昊天其必子愛我矣。天之實右序有周，何以見之？巡以警諸侯，則諸侯震懼而畢朝；巡以祀鬼神，而鬼神感格以致享。若是則天實右序之，而王信爲天下之君矣。又言我周之德，昭明燭下無隱，慶讓黜陟，式序在位，皆得其當。故戒征伐而不用，敷德教於中國，若是則王信能保守天命而無失矣。『薄言震之，莫不震疊』，朝會之事也。『懷柔百神，及河喬嶽』，望祭之事也。『載戢干戈，載櫜弓矢』，偃武也。『我求懿德，肆于時夏』，修文也。

傳　守，式又反。朝音潮。

執競頌九。祭武王、成王、康王。異。

思文頌十。后稷配天。

經　吴正傳：天之於民，育之以全其生，教之以全其性而已，所以命聖人者以此也，聖人所以配天者亦以此也。文者，總言后稷之德。『莫匪爾極』，以全民之生者言也。『陳常于時夏』，以全民之性者言也。立我者稷也，命之者帝也。後言陳常者，富而教之也。

右清廟之什。

傳　遺，惟季反。

臣工頌十一。戒農官。

經　前四句美之，後則戒之也。嗟嗟臣工，能敬爾在公之事，王已賜爾成法，而又來咨度，可謂敬其事也。於是重歎以告之曰：莫春之時，將何所求乎？惟當言如何用力於新畬耳。於此時見來牟之美而歎之，知其必有成而將受上帝之明賜矣。以來牟之美，則可以卜上帝之必賜以豐年也。蓋歲之豐歉主於秋，而麥則以濟一時之食，故以此卜之也。今既得豐年之兆，惟宜命農人具農器以盡其力，則將忽見收成之不遠矣。

傳　重，直用反。度，待洛反。女音汝。爲，于僞反。朱子曰：鄭氏據《月令》『天子親載耒耜，措之于參保介之御間』，以爲車右衣甲持兵，故曰保介。案《吕氏春秋》亦有此文，高誘注云：保介，副也。鄭氏之聲説迂晦，不若高誘之明白。衣，去聲。新畬，見《小雅·采芑》。銚，七遙反，字與鍬同。疏：古田器。《韻會》：江淮謂之臿。臿，楚洽反。

噫嘻頌十二。戒農官。異。

經　駿音峻。《解頤新語》：周人以諱事神，『駿發爾私』、『克昌厥後』皆不諱，何也？蓋周之前無諱，至《書》稱元孫某，則諱之始也，然不以其名號之耳。不指其人，則亦不諱，如穆王名滿，後有王孫滿；襄王名鄭，後有衛侯鄭；匡王名班，《春秋》書曹伯班；簡王名夷，《春秋》書晋夷吾：皆周之故實也。

傳　奇，居宜反。箋：據《周禮·遂人》：凡治田野，夫間有遂，遂上有徑；十夫有溝，溝上有畛；百夫有洫，洫上有涂；千夫有澮，澮上有道；萬夫有川，川上有路。計此萬夫之地，方三十三里少半里也。疏：萬夫之地，廣長各三十三里餘百步，既三分里之一爲少半里，是三十三里又少半里也。《遂人》注：十夫，二鄰之田。百夫，一酇之田。千夫，二鄙之田。萬夫，四縣之田。遂、溝、洫、澮，皆所以通水於川。遂廣深各二尺，溝倍遂，洫倍溝。澮，廣二尋，深二仞。徑、畛、涂、道、路，皆所以通車徒於國都。徑容牛馬，畛容大車，涂容車一軌，道容二軌，路容三軌。遂、洫從，溝、澮横。九澮而川周其外，如是者九，則爲方百里之同。畛，之忍反。洫，况域反。涂、塗同。澮，古外反。廣，去聲。酇，祖管反。　雨，去聲。

振鷺頌十三。　二王之後來助祭。

經　戾，至也。　斁音亦。　《語録》：問：《振鷺》詩非正祭樂歌，乃獻助祭之臣，未審如何？曰：看此文意，都無告神之語，恐是獻助祭之臣。古者祭祀，每一受胙，主與賓尸皆有獻酬之禮，既畢然後亞獻，至獻畢復受胙。如此禮意甚好，有接續意思。

傳　鷺，見《陳·宛丘》。　朱子：先儒多謂辟雝在西郊，故曰西雝。《地理志》：陳留郡雍丘縣，故杞國，周武王封禹後東樓公，先春秋時，徙魯東北。　宋，見《商頌》。《左氏傳》注疏：有事，祭宗廟也。膰，祭肉。尊之，故賜以祭胙。以敵體待之，故拜其來弔，其餘諸侯則否。

豐年頌十四。　秋冬報賽田事。

經　廩，《説文》本作㐭，穀所振〔一〕入，宗廟粢盛。或作廩。

傳　黍，見《王·黍離》。　百考毛氏曰：數萬至萬曰億，數億至億曰秭。疏：《定本集注》云：數億至萬曰秭。案：甄氏曰：黄帝爲法，數有十等，及其用也，乃有三焉。十等爲億、兆、京、陔、秭、壤、溝、澗、正、載也。三等者，上、中、下也：下數十萬曰億，十億曰兆，十兆曰京；中數萬萬曰億，萬萬億曰兆，萬萬兆曰京；上數萬萬曰億，億億曰兆，兆兆曰京。毛氏數萬至萬曰億者，舉中數也。又云：數億至億曰秭，則有可疑。蓋黄帝數術中數交之，上萬萬京曰陔，萬萬陔曰秭〔二〕，此應云數萬至陔曰秭，而言數億至億曰秭者，有所未詳。今以甄氏所舉而下數計之，十萬曰億，十億曰兆，十兆曰京，則百億也。十京曰陔，千億也。十陔曰秭，萬億也。豈毛下數言之，而今本轉寫誤曰數億至億乎？　數萬數億之數，色主反。　方社，見《小雅·甫田》。

有瞽頌十五。　始作樂而合乎祖。

經　《釋文》：應，應對之應。

傳　《周禮》：瞽矇，上瞽四十人，中瞽百人，下瞽百有六十人。掌播鼗、柷敔、塤、簫、管、弦歌，鼓琴瑟。眂瞭三百人，凡樂事，相瞽矇。矇音蒙。塤音諠。眂瞭音視了。　箋：合者，大合諸樂而奏之。疏：合諸樂器於太祖之廟，太祖謂文王也。　軸音胤。　《樂書》：少昊氏冒革爲鼓，夏后氏加四足。商楹鼓，爲一楹而四稜，貫鼓於其端，猶四植之桓圭也。縣鼓，周人所造之器，始作樂而合乎祖者也。《禮》曰縣鼓在西，應鼓在東，以應鼓爲和終之樂，則縣鼓其倡始之鼓歟？宮縣，設之四隅。鞉與鼗同，所以兆奏鼓也，有雷鼗、靈鼗、路鼗。　椌，杜孔反，動也。令，力呈反。　敔音同圉。鉏音阻。鋙音语。櫟音歷。所櫟之木名曰籈，音真。《樂書》：簫，編竹而成，長則聲濁，短則聲清，其狀鳳翼，其音鳳聲，中吕之氣，夏至之音也。火生數二，成數七，而夏至又火用事之時，二七十四，則簫之長尺有四寸，蓋取諸此。《爾雅》：大簫謂之管，小者謂之筊。郭璞謂大者長尺四寸，小者尺二寸是也。然尺四寸者，二十四管無底而善應，故謂之管；尺二寸者，十二管有底而交鳴，故謂之筊。蓋應十二律正倍之聲也。中音仲。管音言，今《爾雅》本作言。筊，胡交反。　《爾雅》：大管謂之簥。注：長尺圍寸，併漆之，有底，如篪六孔。《周禮·小師》注：如篴而小，併兩而吹之。《樂書》：簥者，以其聲大而高也。簥音喬。篴與笛同。　闋，若穴反。曲終也。

潛頌十六。　季冬薦魚，季春薦鮪。

經　毛氏：漆、沮，岐周二水也。詳見《大雅·緜》。　鱣、鮪，見《衛·碩人》。鱨、鰋，見

《小雅·魚麗》。鯉，見《陳·衡門》。《解頤新語》：魚喜潛，取者必求之深，故曰『潛有多魚』。

傳　槮，《釋文》霜甚、疏廕、心廩三反。《埤雅》：鰷，形狹而長若條，性浮，似鱠而白。箋：冬魚之性定，春鮪新來。疏：冬月既寒，魚不行孕，性定而肥充，故薦之。河南鞏縣東北崖上山腹有穴，舊説云此穴與江湖通，鮪從此穴而來，北入河，西上龍門，入漆、沮。

雝頌十七。武王祭文王。異。

傳　《周禮·大祝》注：右，讀爲侑，謂祭祀侑勸尸食而拜。大音泰，下同。題下，『及徹，帥學士而歌徹』，《樂師》文，云『大師』誤。説者，則康成也。『蓋徹祭』下，詳《禮》疏恐當有『器』字。

載見頌十八。諸侯助祭武王廟。

經　鞗革，見《小雅·蓼蕭》傳。

傳　旂，見《小雅·出車》。箋：鶬，金飾貌。朝音潮。

有客頌十九。微子來見祖廟。

經　黄氏：周人愛微子也，見其所乘之馬亦愛之，見其所御之僕亦愛之。馬有潔白之色，人有萋且之敬，旅有敦琢之容，則周人之於微子，無所不愛也。箋：縶，絆也。

傳　箋：選擇卿大夫之賢者與之朝。玉言敦琢者，以賢美之，故玉言之。疏：敦、雕，古今字。《爾雅》玉謂之雕，又曰玉謂之琢，是雕琢皆治玉之名。《爾雅》：『有客宿宿』，再宿也。『有容信信』，四宿也。疏：古之朝聘，留停日數不可得而詳，不知於信信之後，幾日乃可去。

從，才用反。見，賢遍反。易，去聲。

武頌二十。周公爲《大武》之樂。

右臣工之什。

閔予小子頌二十一。成王免喪朝廟。

傳　疏：《烈文》箋云：新王即政，必以朝享之禮祭祖考，告嗣位。然則除喪朝廟，亦用朝享之禮祭於廟。　朝音潮。　《語録》：『陟降庭止』，傳注訓庭爲直，而說之云：文王之進退其臣，皆由直道，諸儒祖之，無敢違者，而顔監於《匡衡傳》所引獨釋之曰：言若有神明臨其朝廷。蓋衡時未行毛説，顔監又精史學，而不梏於專經之陋，故其言獨能如此，無所阿隨，而得經之本指。《後漢書·李固傳》：昔堯殂之後，舜仰慕三年，坐則見堯於牆，食則見堯於羹。

訪落頌二十二。成王延訪羣臣。

經　上，時掌反。下，遐嫁反。《詩記》：保其身無危亡之憂，明其身無昏塞之患。『紹庭上下』，欲法武王之正朝廷也。『陟降厥家』，欲法武王之齊其家也。『保明其身』，欲賴武王助其修身也。成王之學，有本末先後矣。

傳　《庭燎》傳：艾，盡也。則此『朕未有艾』，謂未能盡率昭考之道也。但傳於《庭燎》則艾音乂，而此音五蓋反，未詳。朝音潮。强，巨兩反。

敬之頌二十三。羣臣戒成王，王答之。異。

經　監，去聲。

『陟降厥士』，天無事而不在也；『日監在兹』，天無時而不在也，君子所以無不敬也。

傳　荷，合可、何佐二反。

小毖頌二十四。亦延問之辭。

經　毖音祕。《詩緝》：人近蜂則被其螫，信小人則受其惑。蜂不可使前，日之事無人使蜂螫我，乃我自取其辛螫也。我今始信桃蟲之微，能翻飛爲鳥。言小物之能成大，不敢不毖也。又曰：『莫予荓蜂』，猶云莫予毒也已。古文莫予、莫我之類，皆倒提予我以便文耳。『莫我肯德』，言无肯德於我；『莫予荓蜂』，言無荓蜂於我。他如莫我知、莫予云覯之類，皆倒辭也。

『莫予荓蜂，自求辛螫』，在我有間，物得以乘之。『肇允彼桃蟲，拚飛維鳥』，事機不謹，變必至於大。

傳　疏：《爾雅》：桃蟲，鷦鷯。注：鷦鷯，桃雀也，俗呼爲巧婦。鷦鷯，小鳥而生鵰鶚者也。陸璣：今鷦鷯也，微小於黄雀，其雛化而爲鵰，故俗語云鷦鷯生鵰。《埤雅》：《説苑》云：鷦鷯巢於葦苕，繫之以髮。鳩性拙，鷦性巧，故鷦俗呼巧婦，一名工爵，一名女匠。其喙尖利如錐，取茅莠爲巢，巢至精密，以麻紩之，如刺韈然，故一名韈雀。其化輒爲鵰鶚。鷦鷯，音焦苗。鷯，力幺反。紩音秩，縫也。《詩記》：一説猶言初爲鼠，後爲虎，不必謂桃蟲化爲鵰。

載芟頌二十五。未詳所用，疑與《豐年》同。

經　耜，見《豳·七月》。俶，尺叔反。　《説文》飶，食之香。

疏：椒是木名，非香氣，但椒木之氣香，作者以椒言香。《詩緝》：飶、椒皆酒醴芬芳之氣，椒之氣烈，故古者謂椒酒，取其香且烈也。　《釋文》：厭，於豔反。且，七也反，又子餘反。

傳　解音蟹。去，丘吕反。長，知丈反。畛音葑。閒音閑。勞，去聲。露積之積如字。共音恭。養，去聲。　《遂人》注：彊予，謂民有餘力，復予之田，若餘夫然。　《太宰》：以九職任萬民，九曰閒民，無常職，轉移執事。疏：其人爲性不營己業，爲閒民，而好與人傭賃，非止一家，轉移爲人執事，以此爲業。　《詩緝》：前曰『千耦其耘』，則既耕而耘，反土之後，草木根株有芟柞不盡者，則耘之；今曰『緜緜其麃』，則既苗而耘也。　李氏：胡考者，老人也。《禮·士冠禮》祝云永受胡福，注云：胡，遐也。

良耜頌二十六。同前。

經　筐、筥，見《召南·采蘋》傳。　饟與餉同，《廣韻》：饋也。自家之野謂之饟。　箋、豐年，雖賤者猶食黍。疏：《少牢特牲》大夫士之祭，食有黍，明黍是貴。《玉藻》『子卯稷食』，爲忌日貶，是稷爲賤食。有稷食之食，音嗣。　積，子賜反。　箋：捄，曲貌。

傳　刺，七亦反。去，起吕反。辣，盧達反。《説文》櫛，梳篦之緫名。《詩緝》：百室，在六卿爲族，而族師掌以歲時，校登其夫家之衆寡；在六遂爲酇，而酇長掌趨其耕耨與其戒令政事，莫不同之，故使之同時納穀，所以示親睦，均有無也。趨音促。題下，『籥章』至『息老物』，見《豳風》之末。

絲衣頌二十七。祭而飲酒。異。

經　鼒音兹。『兕觥其觩』，見《小雅·桑扈》傳。胡考，見《載芟》。

傳　疏：爵弁之服，玄衣纁裳，皆以絲爲之，故云絲衣也。《詩緝》：餘衣皆用布，惟冕與爵弁服用絲。大夫以上祭服謂之冕，士祭服謂之弁，其首服弁，則其衣服用絲，故知絲衣爲士助祭之服。《詩緝》：《雜記》云：大夫冕而祭於公，士弁而祭於公。註云：弁，爵弁也。爵弁，冕之次，其色赤而微黑，如爵頭然。塾，見《陳·衡門》。《爾雅》：鼎圜弇上謂之鼒。注：斂上而小口者。圜音圓。弇，古掩字。《特牲饋食禮》：先夕，陳鼎于門外，有鼎牲在其西，設壺禁在東序，豆、籩、鉶在東房。主人即位于門外，西面入，即位于堂下。宗人升自西階，視壺濯及豆籩。反降，東北面，告濯具。主人出，復外位。宗人視牲，告充。宗人舉鼎鼏，告潔。《詩》疏：特牲雖則士禮，而士卑不嫌其禮得同君，故準特牲爲説。鼏與幂同，莫狄反。鉶音刑。

酌頌二十八。頌武王。

傳　題下，勺音酌。《祭統》：舞莫重於《武宿夜》。黄震《東發日抄》、《武宿夜》，武曲名，即《大武》之樂。武王伐紂，至於商郊，停止宿夜，士卒皆歡樂歌舞以待旦，因名焉。

桓頌二十九。頌武王。

經　《釋文》：間，間厠之間。

傳　題下，類禡，見《大雅·皇矣》。禡，馬嫁反。

賚頌三十。封功臣。

般頌三十一。薄寒反。巡守柴望。

經　箋：敷，徧也。

傳　守音狩。朝音潮。

右閔予小子之什。

頌譜

時邁　雝

右二詩，武王時。

清廟　維天之命　維清

烈文　天作　我將

思文　臣工　噫嘻

振鷺　豐年　有瞽

潛　載見　有客

武　閔予小子　訪落

敬之　小毖　載芟

良耜　絲衣　酌

桓　賚　般

右二十七詩，周公所定，皆成王時作。

昊天有成命

右康王以後詩。

執競

右昭王以後詩。

魯頌

傳　《禹貢》：海岱及淮惟徐州。蒙、羽，二山名。蔡傳：地志：蒙山，在泰山郡蒙陰縣西南，今沂州費縣；羽山，在東海郡祝其縣南，今海州朐山縣。費，兵媚反。朐，權俱反。《前編》：武王滅商，封周公於魯，都曲阜，少昊大庭之墟，留相周。武王崩，成王立，元年，周公攝政，命伯禽代就封於魯。《鄭譜》：魯者，少昊摯之墟，國中有大庭氏之庫。疏：曲阜，在魯城中，委曲長七八里。《明堂位》曰：成王以周公有勳勞於天下，命魯公世世祀周公以天子之禮樂。是以季夏六月以禘禮祀周公於太廟，牲用白牡，尊用犧、象、山罍，鬱尊用黄目，灌用玉瓚大圭，薦用玉豆、雕篹，爵用玉琖仍雕，加以璧散，璧角，俎用梡嶡。升歌《清廟》，下管《象》。朱干玉戚，冕而舞《大武》；皮弁素積，裼而舞《大夏》。犧，素何反。瓚，才旦反。篹，素緩反，籩屬，以竹爲之。雕，刻飾其直。散，先旦反。梡，苦緩反。虞俎名。嶡，居衛反。夏俎名梡，始有四足，嶡爲之距。孔子曰：魯之郊禘，非禮也，周公其衰矣！程子曰：周公之功固大矣，皆臣子之分所當爲，魯安得獨用天子禮樂哉？成王之賜，伯禽之受，皆非也。《通鑑外記》：初魯惠公使宰讓請郊廟之禮於天子，王使史角往，魯公止之。陳傅良《春秋後傳》：諸侯之有郊禘，東遷之僭禮也。史曰：秦襄始列於諸侯，作西畤，祠白帝。僭端見矣。位在藩臣而臚於郊祀，君子懼焉，則平王以前未有也。魯之郊禘，惠公請之也。惠公雖請之，而魯郊猶未率爲常也，僖公始作頌，以郊爲夸焉。記《禮》者，以爲魯禮皆成王賜之，以康周公。案：衛祝鮀之言曰：周公相王室以尹天下，於周爲睦。分魯公以大路、大旂、夏后氏之璜、封父之繁弱、殷民六族，以昭周公之德；分之土田陪敦、祝宗卜史、備物典册、官司彝器。則成王命魯不過如此。隱公考仲子之宫，問羽數於衆仲。周公閲來聘，饗有昌歜、白、黑、形鹽，周公閲以爲備物，辭不敢受。衛甯武子來聘，宴之，賦《湛露》及《彤弓》，武子不答賦，曰：諸侯朝正於王，於是乎賦《湛露》；諸侯敵王所愾而獻其功，於是乎賜之彤弓。假如記《禮》之言得用郊禘，兼四代服器官，祝鮀不應不及。況魯行天子之禮久矣，隱公何以始問羽數？閲何以辭備物之享？甯武子何以致譏於《湛露》、《彤弓》？于以見魯僭未久，上自天子之宰，至于兄弟之國之卿，苟有識者，皆疑怪逐謝，而魯人並無一語及成王之賜以自解，故郊禘之説，當從劉恕。分，扶問反。父音甫。衆音終。歜，徂感反。　疏：伯禽卒，次考公酋、煬公熙、幽公宰、魏公濆、厲公擢、獻公具、真公濞、武公敖、懿公戲及伯御，又孝公稱、惠公弗湟、隱公息姑、桓公允、莊公同、閔公開，卒而僖公申立。從周公數之，故爲十九世。濆音沸。真音慎。濞，匹位反。《解頤新語》：魯頌之異於商周者四：商周，天下頌之，魯國人頌之，一也；商周以告神明，而魯用以燕樂，二也；商周子孫頌其先，魯臣下頌其君，三也；商周多事實，魯多禱頌，四也。

駉魯一。僖公富盛。異。

經　《詩緝》：薄言，發語辭。薄言，聊言之而已。疏：『薄言駉者』，有何馬也，乃有驕皇之類。　二章，騂，息營反。騏音期。　三章，駱、雒，並音洛。駵音留。

每章之意，惟在第七句。無疆者，廣大也。無期者，不苟於近利也。無斁者，持之能久也。唯所思者如此，故久而有富盛之效，正『秉心塞淵，騋牝三千』之意。其富盛非特馬也，因馬可以見其他爾。然思之無疆、無期、無斁，猶未知所思者當邪？否邪？至其卒章辭曰『思無邪』，則見其心之正，取於民者有制，其富盛皆所當得，非掊克苛斂以致之者。詩人一字之妙而意有餘，此孔子所以取之以蔽三百篇也。但此則人頌其君之辭，未必僖公能然也。

傳　一章，疏：腹謂馬肚，幹謂馬脅。　邑外至謂之坰，《爾雅》文。注云：邑，國都也。假令百里之國，五十里之界，界各十里。疏：大判而言，則野者，郊外通名，故毛氏傳：坰，遠野也。　驪，黑色。跨，髀間所跨據之處。白跨，髀間白也。騂，赤色。黃騂，謂黃而雜赤者。跨，苦化反。髀音陛。　皇，見《豳・東山》。　二章，駓，符悲反。伾，符丕反。二符字誤，《釋文》：駓，府悲反。伾，敷悲反。皆類隔切，今並易作攀悲反。　疏：駓，今之桃華馬。騅、駓皆云雜毛，是體有二種之色相間雜。如黃白曰皇，黃騂曰黃，止一毛色之中自有淺深，與此二色者異。騂爲純赤色，言赤黃者，謂赤而微黃，其色鮮明者也。上云黃騂曰黃，謂黃而微赤。騏謂青而微黑，今之驄馬也。　三章，驎，良忍、良辰二反。駁，北角反。鬣，力輒反，馬鬉也。騣，子紅反。　卒章，駰，又見《小雅・皇皇者華》。疏：彤，赤色。騢，今赭白馬。骭，膝下之名，腳脛也。豪骭，豪毛在骭而白長也。骭，户晏反。

有駜魯二。燕飲頌禱。異。

經　一章，《詩緝》：有駜然而肥强者維何乎？其駜然肥强者，是彼一乘之黄馬也，連言有駜，非一馬也。馬雖起興，亦以富盛者言之也。『在公明明』者，事上盡職也。『在公飲酒』者，撫下以恩也。『載燕』則又言夙夜無所事，惟燕樂耳。故上言樂舞容節，而後惟頌禱也。

傳　一章，治，去聲。樂音落。　三章，遺，去聲。

泮水魯三。飲於泮宫而頌禱。異。

經　一章，旆，見《小雅・出車》。鸞，見《秦・駟驖》傳。　二章，藻，見《召南・采蘋》。　三章，茆音卯。　五章，陶音遥。　六章，箋：訩，訟也。　七章，斁音亦。　八章，箋：懷，歸也。歸就我以善言，喻人感於恩則化。　魯齋：此頌伯禽詩，平淮夷，獻馘泮宫而作。

一章，言公至泮宫而羣臣從。二章，言飲羣臣而恩意洽。三章，既飲酒而祝其壽，且告以順大道而行，則有服人之效。四章以後，皆祝頌之辭而各有所指。曰『敬明其德』，是告之以明德工夫也，内則敬以明其德，外則敬以慎其威儀，則『維民之則』矣。是以見於事業者，『允文允武』，有孝而假烈祖求福祜也。五章，曰『克明其德』，是已能明其德也，故有『作泮宮』以下之效。六章，言軍師和而軍旅之盛也。七章，言勝淮夷。八章，言淮夷服。上三章道其所已然，後五章祝其所未然也。

傳　一章，毛氏：天子辟廱，諸侯泮宮。箋：辟廱者，築土雝水之外，使圓如璧，四方來觀者均也。泮之言半也，半水者，蓋東西門以南通水，北無也。疏：辟廱者，築土爲堤以壅水之外，使圓如璧。璧體圓而内有孔，此水亦圓而内有地，是其形如璧也。言四方來觀者均，則辟廱之宮内有館舍，外無牆院也。泮宮必疑南有水者，以行禮當南面，而觀者北面故也。雝、壅同。　芹，見《小雅・采菽》。　三章，疏：茆與荇菜相似，葉大如手，赤圓有肥者，著手中滑不得停，莖大如匕柄，葉可以生食，又可鬻，滑美。江南謂之蓴菜，或謂之水葵。　五章，《禮》疏：在學謀論兵事，其謀成定，受之於學。征伐還反，釋奠於學，以可言問之訊、截左耳之馘，告先聖先師。　訊、馘，又見《小雅・出車》及《大雅・皇矣》傳。　七章，疏：荀卿論兵云：操十二石之弩，負矢五十个。是以一弩用五十矢。荀則毛氏之師，故從其言，以五十矢爲束。鄭注《大司寇》一弓百矢。則鄭竟以百矢爲束。《尚書》、《左傳》皆云彤弓一，彤矢百。故束矢當百个。而在軍之禮，重弓以備折壞，或亦分百矢以爲兩束歟？　卒章，黮，尸荏反，誤，當作時審反。　鴞，見《陳・墓門》。　遺，于醉反。　疏：《禹貢》：荆揚貢金三品。鄭注：銅三色青、白、赤也。王肅以爲金、銀、銅。

閟宮魯四。僖公脩廟而祝頌之辭。

經　《孟子》『戎狄是膺，荆舒是懲』，周公方且膺之。子金子曰：王文憲嘗言《閟宮》之詩，蓋有錯簡，當從《孟子》爲正。蓋第一節說姜嫄、后稷，第二節說太王、文、武。第三節當說周公之功，而今詩但說成王封周公之子，似逸一節。下文『公車千乘』、『戎狄是膺，荆舒是懲，則莫我敢承』，當是第三節，言周公四征弗庭、伐淮踐奄之功。周無徐州，故淮夷爲荆州之界，而舒在今淮西也。第四節始及『王曰叔父』至『乃命魯公』。第五節方說『周公之孫，莊公之子』，方頌僖公。第六節說饗祀降福，而俾爾之祝以類相從，已後皆祝頌之辭。如此則孟子之時，詩未錯簡，而《孟子》所引正是周公也。　黍稷，見《王・黍離》。　重穋，見《豳・七月》傳。　菽，見《小雅・小明》。　稻，見《唐・鴇羽》傳。　秬，見《大雅・生民》。　三章，龍旂，見《小雅・出車》。　騂，赤也。色純曰犧。　四章，《釋文》：楅音福。犧，素何反。　籩豆，見《豳・伐柯》。　五章，台背，見《大雅・行葦》傳。　八章，祉音耻。　卒章，桷，方椽也。　舄音昔。

傳　一章，疏：《晉語》及《書傳》說天子廟飾，斵其材而礱之，加密石焉。諸侯斵而礱之，天子加密石也。礱，盧紅反。　疏：重穋、稙穉，生熟早晚之異稱，非穀名。先種曰稙，後種曰穉。當是先種先熟，後種後熟，傳略而不言。　郃，湯來反。　二章，斷音短。　豳、岐，見《大雅·緜》。　與，羊恕反。

『實始翦商』，謂周之所以滅商者，自此基之爾，大王非有翦商之謀也。蓋古公遷岐，人從之如歸市，而《吴越春秋》謂古公居三月成城郭，一年成邑，二年成都，而民五倍其初。此仿佛帝舜氣象，則德化及於民，其勢固不可遏也。但遷岐在殷王小乙之時，後高宗立，傳説爲相，中興，在位五十九年，次祖庚立七祀，次祖甲二十八祀，而文王生。《書》稱祖甲不義惟王，知小人之依，能保惠庶民，不敢侮鰥寡，肆祖甲享國三十三年。自遷岐至文之生已九十餘年，古公壽百二十歲，後不知的於何年卒，計在文王生一二年之後。則古公始終正居商令王有道之世，翦商之志，何自而生邪？《孟子》曰：由湯至於武丁，賢聖之君六七作，天下歸殷久矣，久則難變也，武丁朝諸侯有天下，猶運之掌也。紂之去武丁未久也，然而文王由方百里起，是以難也。古之君子，以事實論商周者蓋如此。求詩之過者多失其實，故傳止曰：蓋有翦商之漸。謂其國自是而漸大，真得詩人之意矣。而《論語集注》之云，則未及改定也。

四章，畫，胡卦反。　燗，似鹽反，湯中瀹肉。　去，起吕反，大音泰。　鉶音刑。　湆音泣。　和，胡卧反。　盛，平聲。　《爾雅》：瓦豆謂之登。　跗，方于反。　疏：《周語》：禘郊之事，則有全烝；王公立飫，則有房烝；親戚宴饗，則有殽烝。如彼文次，全烝謂全載牲體，殽烝謂體解節折，則房烝是半體可知。此云房，故知是半體之俎。　五章，將，子亮反。　奇，紀宜反。　英，又見《鄭·清人》傳疏：絲纆而朱染之，以爲矛之英飾。《小戎》『竹閉緄縢』傳：緄，繩。縢，約也。此縢亦謂約之以繩也。　二章，矛，又見《鄭·清人》傳。　疏：貝者水蟲，甲有文章。胄謂兜鍪，貝非爲胄之物，故知以貝爲飾。兜，當侯反。鍪，迷浮反。　疏：朱綅〔三〕，赤綫。謂以朱綫連綴甲也。綫即線字。　荆舒，見《小雅·漸漸之石》。　艾音乂。　六章，疏：泰山在齊魯之界，其陽則魯，其陰則齊。《書》蔡傳：泰山在今襲慶府奉符縣西北三十里。《郡國志》：泰山郡博縣有龜山。齊歸龜陰之田，杜預曰：田在山北，即襲慶府奉符縣也。《地理志》：泰山郡蒙陰縣，蒙山在西南。《書》蔡傳：在今沂州費縣。　七章，《地理考異》：鳧山在兖州鄒縣東南三十八里。嶧山，一名鄒山，在鄒縣南二十二里。其山東西二十里，南北十三里，高秀獨出，積石相臨，殆無土壤。　應，去聲。屬，之玉反。　八章，疏：常，魯南鄙，許爲西鄙。　朝音潮。　卒章，《地理考異》：徂來山，亦曰尤來，在兖州乾封縣，今爲奉符縣。《水經注》：山在兖州梁父、奉高、博城三縣界。後魏魯郡汶陽縣，有新甫山。汶陽故城，在兖州泗水縣東南。　教護屬功課章程，疏：教令工匠，監護其事，屬付功役，課其章程也。屬音燭。

魯頌譜

閟宫

右一詩，僖公。

右三詩，不知何世。《駉》本傳雖以爲僖公詩，而總説則以爲無所考。

駉　有駜　泮水

商頌

傳　契十四世至湯。案：《史記》：契一，昭明二，相土三，昌若四，曹圉五，冥六，振七，微八，報丁九，報乙十，報丙十一，主壬十二，主癸十三，湯十四，皆父子相傳。契音泄。自成湯至于紂二十八世，其二世太甲，受伊尹之訓，反善脩德，諸侯咸歸，是爲太宗；其後殷衰，至七世太戊，伊陟爲相，殷復興，是爲中宗；其二十世武丁，舉傳説爲相，殷道復興，是爲高宗：所謂三宗也。武王滅紂，封其子武庚于殷。成王三年，武庚叛，周公東征，誅武庚，而封紂庶兄微子啟於宋。《書》蔡傳：泗水出魯國卞縣桃墟西北陪尾山，源有泉四，四泉俱導，因名。西南過彭城，又東南過下邳入淮。卞縣，今襲慶府泗水縣也。宋即漢唐睢陽，宋應天府，今歸德府，其境東接泗濱。《書》蔡傳：孟豬在梁國睢陽縣東北，今應天府虞城縣西北孟豬澤是也。孟與盟同。《史記·宋世家》：微子卒，弟衍立，是爲微仲；卒，子宋公稽立；卒，子丁公申立；卒，子湣公共立；卒，弟煬公熙立；湣公子鮒祀弑煬公自立，是爲厲公；卒，子釐公舉立；卒，子惠公覸立，卒，子哀公立；卒，子戴公立。自微子至戴公十一君，傳謂七世至戴公者，蓋父子相傳爲一世。微子、微仲兄弟，當自宋公稽始，煬公亦以弟襲位，故自宋公至哀公爲七世，而戴公仍在七世之外也。鮒，符遇反。鼇音僖。覵，古莧反。　正考甫，宋大夫，微子之後，孔子七世祖。強，其兩反。　《史記正義》：《括地志》：宋州穀熟縣西南三十五里南亳故城，即湯都也；宋州北五十里大蒙城爲景亳，湯所盟地，因景山爲名；所謂北亳。　河南偃師爲西亳，帝嚳及湯所都，盤庚亦徙都之，湯即位都南亳，後徙西亳。

那商一。　祀成湯之樂。

經　鞉，見《周頌・有瞽》。　鼓，見《周南・關雎》。　衎，苦旦反。　嘒，呼惠反。　管，見《周頌・有瞽》。　萬舞，見《邶・簡兮》。

傳　『衎樂』之樂，音洛[四]。　闋，苦穴反。　齊，側皆反。　所樂之樂，五孝反。　爲，于僞反。僾音愛。　愾，開代反。　朱子曰：張子云：玉磬聲之最和平者，可以養心，其聲一定，始終如一，無洛殺也。　殺，色界反。　鏞，見《大雅・靈臺》傳。　《魯語》注：馬父，魯大夫。　言勉聖人行此恭敬之道久矣，不敢言創之於己，乃云受之於先古也。　父音甫。　題下，《魯語》注：名頌，頌之美者也。　輯，成也。　凡作篇章，義既成，撮其大要以爲亂辭。　詩者歌也，所以節舞曲終，乃更變章亂爵，故謂之亂。

烈祖商二。同上。

經　祜、酟，本皆候五反，傳於酟有叶字，恐誤。　眉壽、黄耇，見《小雅·南山有臺》傳。浦音普。

傳　定，丁佞反。

玄鳥商三。祭宗廟。

經　《釋文》：員音圓，又音云。

鄭氏謂此爲祫祭之詩，宜誠然也。　蓋詩敘歷世之君之德，不可奏于一廟故也。『天命玄鳥』至『宅殷土芒芒』，言契。『古帝命武湯』至『奄有九有』，言湯。『商之先后』至『在武丁孫子』，言羣后。『武丁孫子』至『大糦是承』，言諸侯之從。『邦畿千里』至『來假祁祁』，言善政自内及外，而其效如此。『景員維河』以下，又緫言殷之受禄于天也。

傳　鳦，烏拔反。　燕，色黑，故謂之玄鳥。　毛氏：春分玄鳥降，湯之先祖有娀氏女簡狄，配高辛氏，帝辛率與之祈于郊禖而生契。　箋：鳦遺卵，簡狄吞之而生契。《史記》：簡狄爲帝嚳次妃，三人行浴，見玄鳥墮卵，簡狄吞之，因孕生契。長而佐禹治水有功，帝舜乃命契爲司徒，封於商，賜姓子氏。《索隱》曰：契生堯代，舜始舉之，必非嚳子，以其父微，故不著名。其母有娀氏女，與宗婦三人浴於川，則非帝嚳次妃明矣。老泉蘇氏曰：《史記》載簡狄行浴，見燕墮卵，取而吞之，因生契，爲商始祖。神奇妖濫，不亦甚乎！使聖人而有異於衆庶也，天地必將儲陰陽之和，積元氣之英以生，又焉用此微禽之卵哉？燕墮卵於前，取而吞之，簡狄其喪心乎？史遷之意，必以《詩》有『天命玄鳥，降而生商』而言之，此遷求詩之過也。毛公之傳詩也，以鳦降爲祀郊禖之候；及鄭之箋，而後有吞踐之事。遷之説出於疑《詩》，而鄭之説又出於從遷矣。甚矣！遷之以不祥誣聖人也。子金子：案《史記》自謂以頌自次契事，然不得頌之意。《玄鳥》之頌曰『天命玄鳥，降而生商』，蓋古人以玄鳥至之日，祠于高禖以祈子也。簡狄以是日祈焉而孕，故傳述其感生之祥。《史》以行浴墮卵之事附之，幾於罔矣。《長發》之頌，禘祫之詩也，推其祖之所自出者，不過敘禹敷土之時，有娀外氏之盛。而契始受封有國，是開有商一代之基，而未見其爲嚳子也。豈以太史克有高辛氏才子之言，傳者有殷人禘嚳之説，遂繫之嚳與？然以頌次之，則史傳之言爲不可信矣。娀，夙中反。禖音梅。喪，息浪反。竟、境同。旂，見《小雅·出車》。《語録》：『景員維河』一句，不知説甚麽，想當時有此語，人都曉得，今不可曉。《家説》：毛氏諸詩注，景訓大，員訓益。《釋文》：河本作何。若依此訓，此文則是大益維何，問辭，下則應辭也。《家説》：《那》與《烈祖》二詩，皆五章，章四句，以韻考之可見。獨第五章各加『顧予烝嘗，湯孫之將』二句，以爲亂辭。据他詩例當稱五章，四章章四句，一章六句〔五〕，何不可者？而必欲準之《周頌》以爲一章，則失之牽合矣。《國語》稱《那》之末章爲其緝之亂，則元非一章明甚。又《長發》、《殷武》

此詩每章之首，皆承上章末字發辭，正與《文王》、《下武》等詩相類，此皆其分章處也。要之商、魯二頌，自與《周頌》不同，其詞義深淺較然可見，烏得以一律並言之哉？今案《商頌》皆毛鄭章句，而朱子從之。今著項氏之說于此，以存異義。

皆名著章數，不應一頌，自爲二體也。《玄鳥》一章，亦當分四章，章皆五句，獨第三一章七句。

長發商四。祫祭之詩。

經　三章，躋，子兮反。祗音支。

傳　一章，知音智。見音現。竟、境同。

四章，屬音燭。《史記正義》：有娀當在蒲州。今河中府。二章，應，去聲，三章同。與，平聲，卒章同。

五章，鄭氏共音拱，下同，珙亦同。駹音厖。綴，所銜反，見《鄘·干旄》。著，直略反。荷，上、去二音。

六章，《地理考異》：韋、顧、昆吾，皆祝融後。滑州韋成縣，古豕韋國。顧城，在濮州范陽縣東二十八里，夏之顧國。濮州濮陽縣，即昆吾之墟，亦曰帝丘。古昆吾國故城，在縣西三十里，昆吾臺在縣西百步。己音紀。《寰宇記》：解州安邑縣，桀所都。

卒章，《尚書》孔傳：阿，倚。衡，平。言倚以取平，亦曰保衡。題下，與音預。

殷武商五。祀高宗。

經　二章，羌，去羊反。　卒章，斲，斫也。梴，見《魯·閟宮》。楹，柱也。高宗中興之功，必以伐荆楚爲大，故作頌者惟言此，以見殷之復治者在是。蓋變夷猾夏，聖人所憂，四夷來王，盛德所及也。一章，伐楚而楚人服。二章，楚既服而可繼成湯。三章，諸侯皆從。四章，爲治有道，而天降之福。五章，中興之盛。卒章，廟成而祭也。

傳　一章，疏：周有天下，始封熊繹爲楚子，於武丁之世，不知楚君何人。《史記》熊繹，成王所封。　二章，疏：《周禮·大行人》：九州之外謂之蕃國，世一見。其國父死子繼，及嗣王即位，乃來朝也。見音現。朝，直遥反。

商頌譜

那　　烈祖

右太甲以後作。

殷武

右祖庚以後作。

玄鳥　　長發

右二詩，不知何世。

詩總圖

周　衛　鄭　齊　唐　秦　陳　曹　魯

文王

周南·關雎

葛覃

卷耳

樛木

螽斯

桃夭

兔罝

芣苢

漢廣

汝墳

麟之趾

召南・鵲巢
采蘩
草蟲
采蘋
行露
羔羊
殷其靁
摽有梅
小星
江有汜
騶虞
文王
武王
小雅・鹿鳴
四牡
皇皇者華

伐木

雝

武王

成王

小雅·天保

蓼蕭

湛露

彤弓

楚茨

信南山

甫田

瞻彼洛矣

裳裳者華

桑扈

大田

采薇

出車
杕杜
南陔
白華
華黍
魚麗
由庚
南有嘉魚
崇丘
南山有臺
由儀
菁菁者莪
武王在位七年　康叔封武王元年封。下同。　太公呂尚　胡公嬀滿　叔振鐸　文公旦
頌・時邁
鴛鴦
頍弁

車舝

魚藻

采菽

成王在位十七年。叔虞成王元年封。其子改爲晋。

豳・七月舊詩周公陳。

鴟鴞

東山

破斧

伐柯

九罭

狼跋

小雅・常棣

大雅・文王

大明

緜

棫樸

旱麓
思齊
皇矣
靈臺
下武
文王有聲
生民
行葦
既醉
鳧鷖
假樂
公劉舊詩召公陳。
泂酌
卷阿
頌・清廟
維天之命

維清

烈文

天作

我將

思文

臣工

振鷺

豐年

有瞽

潛

載見

有客

武

閔予小子

訪落

敬之

小毖

載芟

良耜

絲衣

酌

桓

賚

般

康王在位二十六年。

頌・昊天有成命

噫嘻康王以後。

昭王在位五十一年。

頌・執競昭王以後。

穆王在位五十五年。

共王在位十二年。

懿王在位二十五年。

孝王在位十五年。

夷王在位十六年。　非子孝王七年封为附庸

厲王在位五十一年。

大雅·民勞　鳌侯厲王二十五年立。

板

蕩

桑柔　鄘·柏舟

宣王在位四十六年。

小雅·六月　武公宣王十六年立。　桓公友宣王二十二年封。

采芑

車攻　淇奥

吉日

黍苗

大雅·雲漢

崧高

烝民

江漢
常武
　宣王
　幽王
　平王
小雅・賓之初筵　襄公幽王五年立。
　幽王在位十一年。
　　　　　車鄰
小雅・節南山　駟鐵
正月　小戎
十月之交　終南
小弁　無衣
鼓鐘
白華
大雅・瞻卬
召旻

平王在位五十一年。

國風·黍離　莊公平王十四年立。　武公　昭侯平王二十六年立。

揚之水

大雅·抑　邶·柏舟

緑衣　揚之水

日月　椒聊

終風　莊公平王二十八年立。

碩人

叔于田

太叔于田

桓王在位二十三年。　州吁桓王元年，弑君自立。　襄公桓王二十二年立。

南山

燕燕　敝笱

擊鼓　載驅

宣公桓王二年立。　猗嗟

新臺

二子乘舟

惠公桓王二十一年立。

牆有茨

君子偕老

鶉之奔奔

武公僖王二年始并晋。

莊王在位十五年。

僖王在位五年。

無衣

惠王　戴公　文公　獻公　穆公　共公　僖公

（惠王在位二十五年。　戴公惠王十七年立。　文公惠王五年立。　獻公惠王元年立。　穆公惠王十八年立。　共公惠王二十五年立。　僖公惠王十八年立。）

葛生　渭陽　候人　閟宫

采苓

定之方中

蝃蝀

相鼠

干旄

河廣

頃王在位六年。　黄鳥　靈公頃王六年立。

襄王在位三十三年。　康公襄王三十二年立。

株林

匡王在位六年。

定王在位二十一年。　穆公定王八年立。

式微

旄丘

右詩一百八十三篇，依朱子所定，知其時世如此，餘不可知也。

校勘記

〔一〕『振』，原作『報』，《説文》作『振』，收斂義，據改。

〔二〕『秭』，原作『稀』，『萬萬陔曰秭』出《孫子算經》，又上下文均作『秭』，據改。

〔三〕『緌』，原作『綏』，據《詩經注疏》、《詩集傳》改。

〔四〕『洛』，原作『隆』，作爲喜悦義之『樂』，標『樂音洛』，在《名物鈔》中凡十二見。此樂同義，『隆』當是『洛』之形訛，據改。

〔五〕『五章……六句』，據元朱倬《詩疑問・附録》引項氏原文當作『五章，四章章四句，一章章四句』。

浙江文叢

許謙集

〔下册〕

〔元〕許　謙　撰　蔣金德　點校

浙江古籍出版社

讀書叢説

點校説明

蔣金德

漢孔安國作《書傳》，其文詞義簡質，至唐孔穎達撰《正義》推衍，其後作《書》説者衆多，而大多不出前兩家之藩籬。宋朱熹弟子蔡沈，遵師之囑，窮十年之力，撰成《書集傳》一書。此書頗多對《書經》義理的闡發，是研究《書經》的佳本，元明清三代都列於學官，爲科舉學子所必習。元許謙受業於金履祥，上承王柏、何基、黄榦、朱熹，爲朱熹之正嫡。學問該貫淵博，爲元代講學師之冠。其有鑒於《書集傳》多未經朱子過目，發現蔡沈之《傳》尚多疏誤不足，即對其中有關天文、地理、律曆、典制具事、器物等重行考證，廣搜博采諸家之長，以理裁定之，言之不足，則繪圖製表以附，務求能完整闡發《書》之義理。其《書紀年》據其師《通鑑前編》編年，文中引其師語亦多。此書有補於《書集傳》之缺憾，多爲後來學者所稱引，當然有些亦非定論。

《讀書叢説》六卷，初刻於元至正六年，久已亡佚。爲工作便利，今以四庫全書本爲底本，《學海類編》本爲主校本，上海圖書館藏寶閒齋清鈔本爲校本，進行校點整理。各本殘缺大致相同，比對中僅補入少量字。校點中的疏誤，請高明指正。

讀書叢説目録

卷六

讀書叢説序

張　樞

孔安國始爲《書傳》，辭義簡質，至唐孔穎達撰《正義》，以推衍之。其後《書》説浸廣，見于著録著數十百家，間有所明，而其大要卒不能出夫二家之説焉。朱子爲經，于《書》屬之門人蔡氏，固嘗質疑問難，然非若《易》、《詩》之有全書也。本朝設科取士，並絀衆説而專用古注，《書》蔡氏猶以朱子故也。

蔡氏之説或有未備，仁山先生文安金公于《書表注》、《通鑑前編》引《書》語中既剖晰而著明之矣。先生受學之久，聞義之邃，獨患是經之傳出于朱子之門人，苟一毫之不盡，則學者無所折衷。乃研精覃思，博求其説，爲之圖説以示學者，使人人易知焉。《叢説》中所引傳疏諸家之説，或采掇其詞，而易置其次，不必盡如舊也。蓋皆有所裁定，而畢致其意，非徒隨文援引而已。雖其説時時少異于蔡氏，而異者所以爲同也。先生嘗誦金先生之言曰：『在吾言之則爲忠臣，在人言之則爲讒賊。要歸于是而已。』豈不信哉！

至正六年，門人南臺監察御史白野普花帖睦爾，與其僚大梁楊公惠移浙東廉訪使鋟版以傳，于是先生所著《詩名物鈔》八篇《四書叢説》十二篇與《讀書叢説》皆刊行。先生不幸無位，退而求之于經，不爲新奇，不求近名，卒以救往説之僞，得聖人之意，而會夫大中之歸。既没，而其言立，其施于人者溥矣。

讀書叢説卷一

書五十八篇

今文三十三篇伏生所傳凡二十八篇，而以《舜典》合於《堯典》，《益稷》合於《臯陶謨》，《盤庚》三篇合爲一，《康王之誥》合於《顧命》，因古文出後，方别出此五篇，故成三十三篇。

虞書四伏生爲二篇

堯典　舜典復出。　臯陶謨

益稷復出

夏書二

禹貢　甘誓

商書七伏生爲五篇。

湯誓　盤庚上　盤庚中復出。

盤庚下復出。　高宗肜日　西伯戡黎

微子

周書二十伏生爲十九篇。

牧誓　洪範　金縢

大誥　康誥　酒誥

梓材　召誥　洛誥

多士　無逸　君奭

多方　立政　顧命

康王之誥復出　呂刑

文侯之命　費誓　秦誓

古文二十五篇

虞書一

大禹謨

夏書二

五子之歌　胤征

商書十

仲虺之誥　湯誥　伊訓

太甲上　太甲中　太甲下

咸有一德　説命上　説命中
説命下
周書十二
泰誓上　泰誓中　泰誓下
武成　旅獒　微子之命
蔡仲之命　周官　君陳
畢命　君牙　冏命

亡書四十二篇

虞書十一
汩作　九共九篇　槀飫
夏書五
帝告　釐沃　湯征
汝鳩　汝方
商書十八
夏社　疑至　臣扈

典寶　明居　肆命
徂后　沃丁　咸乂四篇
伊陟　原命　仲丁
河亶甲　祖乙　高宗之訓

周書八

分器　旅巢命　歸禾
嘉禾　成王政　將蒲姑
賄肅慎之命　亳姑

漢文帝時，今文二十八篇出於伏生，即立[一]學官，夏侯勝、夏侯建、歐陽和伯治之。《史記·儒林列傳》：『伏生教濟南張生及歐陽生。』後漢蔡邕勒於石，謂之石經。孝武時，古文五十八篇并序一篇，出於孔壁。安國就古文體而從隸定之，存古爲可慕，以隸爲可識，故曰隸古。蓋安國以隸書雜古書法成字，故曰古文。伏生書全用隸文，故曰今文。孔安國作傳而未行世，皆未見。孝武末，民間有得《泰誓》於壁内者獻之，此僞書也，與伏生所傳者共爲二十九篇。故東萊張霸知五十八篇之數，又見百篇之序，而於今文内，似見得[二]《盤庚》本三篇，《康王之誥》自爲一篇，及僞書《泰誓》三篇，共三十四篇，而造僞書二十四篇，以合五十八篇。

孝成時，古文立學官，尋廢，故漢儒不見真古文。

東漢末，鄭玄亦不見古文，而見百篇序，及知五十八篇之目，則就伏生二十九篇内，分出《盤庚》二篇、《康王之誥》、《泰誓》二篇，爲三十四篇，足五十八篇之數。僞書二十四篇：《舜典》、《汨作》、《九共》九篇、《大禹謨》、《益稷》、《五子之歌》、《胤征》、《湯誥》、《咸有一德》、《典寶》、《伊訓》、《肆命》、《原命》、《武成》、《旅獒》、《冏命》等。前晉豫章内史梅賾上《古文尚書孔傳》，缺《舜典》一篇，而僞書始廢。

南齊蕭鸞時，姚方興上《舜典孔傳》，至隋時，此篇方行於北方。

右大意竝依疏文，蓋蔡傳序文節入疏文内，於伏生二十八篇者復出下誤入『舜典益稷』四字，故篇名及數目皆不能合，今按疏文説如上甚明。疏内明言孔安國於伏生《書》内分出《舜典》、《益稷》、《盤庚》二篇、《康王之誥》，共五十八篇。鄭玄則於前二十八篇併僞《泰誓》内，分出《盤庚》二篇、《康王之誥》、《泰誓》二篇，爲三十四，共僞書爲五十八。

書紀年

帝堯百載

《堯典》前初年事，後七十載事。《禹貢》蔡氏謂《禹貢》作於虞時。金先生《通鑑前編》係於水土平之年。

帝舜五十載

《舜典》　　《大禹謨》前初年事，自『格汝禹』爲三十二載以後事。

《皋陶謨》元載。《益稷》

右唐虞一百五十載，書六篇。

夏禹八歲又居喪二載。

啟九歲

《甘誓》三歲。

太康二十九歲

《五子之歌》十九歲。

仲康十三歲

《胤征》元歲。

相二十八歲浞滅之。

少康六十一歲

杼十七歲

槐二十六歲

芒十八歲

泄十六歲

不降五十九歲

扃二十一歲

廑二十一歲

孔甲三十一歲

皋十一歲

發十九歲

履癸五十二歲

右夏十七君，四百三十九歲，《書》三篇。

商湯十三祀即諸侯位十八歲而放桀，共三十祀。

《湯誓》元祀。　《仲虺之誥》　《湯誥》

太甲三十三祀

《伊訓》元祀。　《太甲上》三祀。《太甲中》　《太甲下》　《咸有一德》

沃丁二十九祀

大庚二十五祀

小甲十七祀

雍己十二祀

太戊七十五祀

仲丁十三祀

外壬十五祀

河亶甲九祀

祖乙十九祀

祖辛十六祀

沃甲二十五祀

祖丁三十二祀

南庚二十五祀

陽甲七祀

盤庚二十八祀

《盤庚上》元祀。《盤庚中》《盤庚下》

小辛二十一祀

小乙二十八祀

武丁五十九祀

《説命上》三祀。《説命中》《説命下》

祖庚七祀

《高宗肜日》

祖甲三十三祀

廩辛六祀

庚丁二十一祀

武乙四祀

太丁三祀

帝乙三十七祀

紂辛三十二祀

《西伯戡黎》二十一祀。　《微子》三十一祀。

右商二十八君，六百四十四祀，書十七篇。

周武王七年即諸侯位十三年而伐紂，共十九年。

《泰誓》十三年一月。　《泰誓中》

《泰誓下》　《牧誓》二月。　《康誥》蔡氏謂此武王封康叔之書，與《酒誥》、《梓材》皆武王書也。金先生按《逸周書》『二月甲申，俘衛君，而以衛封康叔，同監殷』。

《酒誥》　《梓材》金先生附《成王紀》爲作洛事。

《武成》四月。　《洪範》　《旅獒》十四年。　《金縢》

成王三十七年

《君奭》元年。　《大誥》三年。　《費誓》

《微子之命》　《立政》四年。　《多方》五年。

《周官》六年。　《召誥》七年。　《多士》

《洛誥》　《蔡仲之命》八年。

《無逸》十一年。　《君陳》　《顧命》三十七年。

康王二十六年

《康王之誥》初即位。　《畢命》十二年。

昭王五十一年

穆王五十五年

《君牙》三年。　《冏命》　《呂刑》五十年。

共王十二年

懿王二十五年

孝王十五年

夷王十六年

厲王五十一年

宣王四十六年

幽王十一年

平王五十一年

《文侯之命》元年。

桓王二十三年

莊王十五年

僖王五年

惠王二十五年

襄王三十三年

《秦誓》二十八年。

右周歷十八君，自武王滅商之年，至襄王二十八年，共四百九十九年，書二十八篇。竝依蔡氏説譜入王紀，其下注年者皆金先生所定。

自堯至襄王六十五君，堯元年至襄二十八年，歷年一千七百三十四，而惟十八君之世有書；以亡書攷之，亦惟沃丁、大戊、仲丁、河亶甲、祖乙五君之世有書十篇耳。自此二十三君之外，其餘豈無出號令、紀政事之言？蓋皆孔子所芟夷者。緯書謂孔子求帝魁之書，迄於秦穆，凡三千二百四十篇。雖其言未必實，然有書者不止二十三君則明矣。愚嘗謂聖人欲納天下於善，無他道焉，惟示之勸戒而已。故孔子於《春秋》嚴其褒貶之辭，使人知所懼；於《書》獨存其善，使人知所法。是故《春秋》之貶辭多而褒甚寡，《書》則全去其不善，獨存其善也，雖桀、紂、管、蔡之事猶存於篇，蓋有聖人誅鉏其暴虐，消弭其禍亂，獨取于湯、武、周公之作爲〔三〕，非欲徒紀其不善也。至於羿、浞之簒夏，幽、厲之滅周，略不及之，觀此，則聖人之心可見矣。

校勘記

〔一〕『立』，學海本作『命』。
〔二〕『似見得』，學海本作『但得見』。
〔三〕『爲』，學海本作『焉』。

讀書叢説卷二

堯典

典，從册，在丌上，皆象形字。以丌尊閣册爲典，爲兩體會意。以可常法而訓爲常，是就音假借。此字今備六書三體。

『欽明文思』，分而言之，欽體而明，用誠敬主於中，而精明發於外也；思體而文，用智意動於内，而文章著於外也。合而言之，欽明爲體，而文思爲用，主於中者誠敬，則思之發也周盡；存諸内者精明，則文章著於外者焕然矣。『光被四表，格於上下』，皆文思之昭著充塞，而放勳之極至也。

『光被四表』，横説『明文』。『格於上下』，竪説『欽思』。

『九族』，古注：高祖玄孫之親。蔡傳謂舉近以該遠，五服異姓之親，亦在其中。疏云：『異義，九族者，父族四、母族三、妻族二。鄭玄云：異姓之服，不過緦麻。非外族也。』朱子謂九族且從古注。

九族之説不一：

《白虎通》：父族四，謂父之姓，父女昆弟適人有子，身女昆弟適人有子，身女子適人有子者也；母族三，母之父母，母之昆弟，母昆弟子也；妻族二，妻之父，妻之母也。《朱子語録》：父族四，謂本族，姑之夫，姊妹之夫，女子之夫也。此與《白虎通》同。母族三，母本族，母母族，與姨母之家也。此與《白虎通》異。妻族二。亦與《白虎通》同。

按，《白虎通》言母之父母、昆弟及昆弟子，止是本姓一族，不可謂三族也。若《語録》之云，則母有母之族，而父反無之；二家皆言妻之母族，是又厚於妻而薄於父也。今但自高祖至玄孫而一服斷之，則上下旁殺之餘，外姓凡有服之親，皆該在其中，親踈畢舉，輕重皆當，而無前説之失。

《楚語》：『少皞之衰也，九黎亂德，顓頊受之，命南正重司天以屬神，命火正黎司地以屬民。堯復育重、黎之後，不忘舊者，使復典之，至於夏商。故重、黎氏世敍天地，而别其分主。』韋昭注曰：即羲氏、和氏。《史記·序傳》『火正』作『北正』爲是。而《楚世家》又敍重、黎如一人者，非。此兩氏子孫之世官也，則羲、和爲二伯，與仲、叔共六人無疑。金先生謂《書大傳》舜巡四岳，祀泰山、霍山，皆奏羲伯之樂；華山、弘山，奏和伯之樂。方與時，皆與二氏所掌者合，二伯當有其人也。

三方皆寅敬於日，而北方不言，於文勢亦少一句，非缺文也。蓋歲與方與晝夜各以類從，故春之中於東方，朝時賓日；秋則西方，昏時餞之；夏則南方，永時致之；冬則北方，宜於夜半，非禮日之時，而地去日遠，非所經地，故北方無祭日之文。

仲、叔專候天以驗曆，以日景驗，一也；以中星驗，二也；既仰觀而又俯察於人事，三也；析、因、夷、隩，皆人性不謀而同者，又慮人爲或相習而成，則又遠取諸物，四也。蓋鳥獸無智而囿於氣，其動出於自然故也。驗之詳如此所以正曆，正曆則專爲使民趨作訛成易之時。體天雖聖人之事，亦凡以爲民也。

易，改易也。仲冬建子之月，新舊承續之交，是除舊易新之時。疏謂：人三時在野，冬入隩室；物則三時生長，冬入囷倉：是人與物皆改易也。謹約蓋藏，循行積聚。『曰爲改歲，入此室處。』故在察其政，以順天常。

四方之職皆互文而見，宅西則嵎夷爲東可知；朔言方則三方可知；北曰幽都則南明都可知；言南交則朔方爲北可知；舉春日中則宵中可知；秋宵則日中可知；日永短則宵永短可知；春中星全舉七宿言鳥，則夏、秋、冬之爲龍、虎、玄武可知；夏獨舉大火一辰，則春鶉火、秋玄枵、冬大梁可知；秋、冬獨言一宿，則春星宿、夏房宿可知。至於分、申、殷、正，又是明互者。虞廷史官皆大賢，不惟紀事之精，其文章之妙，亦有不可勝既者。

日月之行，蔡傳與古注不同。横渠先生曰：『天左旋，處其中者順之，少遲則反右矣。』此蔡傳之説所由起。今重述其説，以明蔡傳之意。蔡傳天與日月行度分數，皆本疏文，但其言日月之行與疏異。

周天三百六十五度四分度之一。天本無度，而有經星所麗不動者可攷，以日行一晝夜之所至攷之，於經星必三百六十五日零三時然後周一匝，故以天分爲三百六十五度四分度之一而紀數，此以天體東西而言也。南北亦因分之，其數如上。東西以紀七政之常行，南北以紀分至日月之行道。蓋天體至圓，虛而包於地外，地則浮於氣中，地面常居天之半。天雖圓運，而有南北二極爲之樞，天動，而樞常居其所不動。北極出地三十六度，常見不隱。南極入地三十六度，常隱不見。《晉天文志》以夏至之日景而以句股法計之，自地上去天，得八萬一千三百九十四里三十步五尺三寸六分，此天徑之半。倍之，得十六萬二千七百八十八里六十一步四尺七寸二分。以周率乘之，徑率約之，得五十一萬三千六百八十七里六十八步一尺八寸二分，此周天之數也。今以其數分之，每度計一千四百單六里一百一十九步四尺一寸六分一千四百六十一分分之七百五十二。天一日繞地一周而過一度，以地面校之，是天一晝夜行三百六十六度四分度之一。如東方地面，今日天明時，見井一度，明日天明時，見井二度。天只定有三百六十五度四分度之一，因日不及天一度，故地面數之，見天過一度爾。

日行於天内，亦一日繞地一周，而不及天一度，以地面校之，是一晝夜行三百六十五度四分度之一。如東方地面，今日天明時，日在井一度，若日與天齊行，則明日天明時，亦在井一度。爲趕不上天，故只在井二度，是不及天一度也。日既不及天一度，而退行則盡三百六十五日零三時方再遇天前度，謂如今年夏至在井一度，只管退行，至明年夏至，方再到井一度。所謂日一歲一周天也。

太陰舊法，日行十三度十九分度之七，天度有奇零難合。今析一度爲七十六分，即[二]四其十九也。一晝夜不及天十三度七十六分度之二十八，即十九分度之七。盡將十三度以七十六析之，則一日共得一千零〔二〕一十六分，十三度析爲九百八十八，併元零二十八，共得此數。却以百刻分之，一刻得十分一釐六毫。以上月周天法。　一晝夜不及日十二度七十六分度之二十八，盡將十二度以七十六析之，一日共得九百四十分，十二度析爲九百一十二，併元零二十八共得此數却以百刻分之，一刻得九分四釐。以上月與日會法　以天度四分度之一析爲十九。

月亦行於天内，一日繞地未周，而不及天十三度七十六分度之二十八，是一晝夜行三百五十一度七十六分度之六十七。如今日天明時，月在井一度，明日天明時，卻在井第十四度中，未滿十四度。既一日不及天十三度二十八分，則二十七日又三十二刻有餘而遇天前度。如初一日卯時，月在井一度，至二十八日午時，仍在井一度。　其法二十七日，用十三度計之，得三百五十一度，又以二十八分計之，得七百五十六分，以七十六約之，得九度零七十二分。以九合三百五十一，共三百六十度七十二分。尚有四度零二十三分未徧，以四度皆析爲七十六，得三百四，合二十三，共得三百二十七分，而以刻法除之，爲三十二刻有餘。是總爲二十七日三十二刻有餘也。是則月一周天之數也。　然推步之法，日以計歲，月以計月，故論日則與天會，而定一歲之期；論月則與日會，而爲一月之限。所以月雖周天，在所不論也。今以前法求之，則二十九日又五十三刻少强。然後月與日會，而謂之合朔而成一月也。其法二十九日，用十二度計之，得三百四十八度。又以二十八分計之，得八百一十二分。以七十六約之，得十度零五十二分。以十合三百四十八，共得三百五十八度五十二分，尚有六度四十三分未徧。以六度皆析爲七十六，得四百五十六，合四十三，共得四百九十五十三刻計六時零三刻，如前月子初一刻，會於井一度，此月午初四刻内，會於井三十度未滿四刻。九分。而以刻法除之，爲五十三刻少强。是總爲二十九日五十三刻少强，爲日月之會也。

七政疑

唐堯命羲和居四方考天象，惟舉分至四中星，而知日之所在。又言『以閏月定四時成歲』，而知月之所行。典文簡古，存其大法。推步之術未詳也，西漢《天文志》始曰日東行，星西轉。而周髀家有日月實東行，而天牽西没之説，其論天轉如磨者則非，論日月右行者則是。自是志天文者轉相祖述，以爲定論。言日月則五星從可知矣。唐一行鑄渾天儀，注水激輪，一晝夜天西旋一周，日東行一度，月行十三度十九分度之七，晦明朔望，遲速有準。然則二十八宿附天西循而爲經，七政錯行而爲緯，其説爲得之。而文公傳《詩》亦猶是也。蔡仲默傳《堯典》則曰：天體周圍三百六十五度四分度之一，繞地左旋，一日一周而過一度。日月麗天亦左旋，日則一日繞地一周，而在天爲不及一度；月則尤遲，一日不及天十三度十九分度之七，積二十九日，復有餘分，而與日會合，氣盈朔虚而閏生。《典》、《謨》之傳，已經文公是正，而公蓋許之矣，意以爲日者陽之精，其健當次於天；月陰精也，其行當緩。月之行，晝夜常過於日十二度有奇，是陰速於陽。不若二曜與天皆西轉，則於陰陽遲速爲合宜。蓋亦祖横渠先生之意，其説可謂正矣。然愚以古説校之，其可疑者有七：天體左旋，七政右逆，則七政皆附著天體，遲速雖順其性，而西行則爲天之所牽爾，然有所倚著，各得循序。若七政與天同西行，恐錯亂紛雜，似泛然無統。一也。日，君道也；月，臣道也。從東行則合朔後月先行，既望則月在日後，及再合朔，是月之從日，爲臣從君爲順。若西行則日在月前，至望後再合朔，必日行從月，是君從臣爲逆。二也。大而一歲陰陽升降，小而一月日月合朔，此正天地生物之心，而陰陽得於此會合，而以造就萬類者也。以一歲之運，陰盛乃生意收斂之時，而品物流形，舉霄壤之間，曷嘗有一息間斷哉？其所以於盛陰閉塞之時，而生生猶不息者，正以日月之合以繼助元氣之偏也。然凡進者，陽道也，生道也；退者，陰道也，死道也。日月東行，則月之進，從日之進；西行，則月之退，又符於日之退。三也。日月雖皆進行，比天行不及則如退。日月五星行無殊，金、水在太陽前後，率歲一周天爲最速；次火，次木；惟土積重厚之氣，入天體最深，故在五星形最小，行最遲，而二十八歲一周天。若七政皆西行，則向謂遲者今反速，向謂速者今更遲。是金水行最遲，故一日即退一度，而一歲周天。土行最速，常及於天，大約二十八日，始不及天原闕度，而二十八歲然後周。四也。星雖陽精，然亦日之餘也。以日之陽次於天，且一日不及一度，星之陽不及日遠甚，而木十餘日，土十二餘日，始不及天一度，是木、土之精反過於日遠矣。五也。五星以退留、遲疾、伏伏、疾遲、留退五段推步。姑以歲星言之，大約退九十三日而留，留二十三日而遲疾伏，其行二百六十餘日而復留，而復退，是行常三倍於退，而退四倍於留之日。然行乃其常，而退乃其變也。若西行，則行爲退，退爲行，是五星進日甚少，而退日何其多。六也。

星家步星，伏行最急，疾行次急，遲行爲緩，留則不行，退則逆，而西北皆以星附著天體而言者也。若七政隨天西行，則天自天，星自星，不可附著天體，但附著則爲東行矣。然則星家所謂遲疾伏，皆爲最緩而不及天，所謂留則不可言留，乃行而與天同健，一日皆能過於太陽一度。至於所謂退，乃更速過於天運矣。七也。由是言之，則古法比蔡傳爲密，文公不可復作，而吾師亦已即世，無所質疑，姑識於此，以俟知者而問焉。

日月之行，當从古法，要而有序。蔡傳言日月尚可，若言五星則有不能通者。愚故著《七政疑》以明其説，若依古法，則日月之會亦以前法求之，易其進退足矣。

或問：天度四分之一而有餘，歲日四分之一而不足，故天度常平運而舒，日道常内轉而縮，天漸差而西，歲漸差而東，此天行之速邪？日行之速邪？日非有遲速也。日之於天，晝夜百刻，必滿一度，三百六十五日之外，當二十五刻而周天，果爾，則天日常合而無差矣。蓋日乃不滿二十四刻而成歲，所以不能滿天度四分之一。一歲之差不可見，積歲之久乃見爾。問者曰：天本無度，因日行而謂之度，日行既成歲，則是周天矣，又何以不及天邪？曰：天固無度，而經星附麗者昭昭，日行不滿而成歲，則今歲冬至與去歲冬至之度，必微有不及。問者又曰：成歲以日周天爲率，當必待滿天度而定爲歲，何故云有行不至邪？曰：日之行有冬有夏，南北旦旦推移，夏至至北之極，即回而漸南，冬至至南之極，即回而漸北，南北周回有定則。故一周歲自不能滿三百六十五日二十五刻，而止二十三刻餘也。以天而言，一度析爲九[三]百四十，則四分之一當得二百三十五，而日之行一歲，止及三百六十五度二十四分餘耳，歲與天安得不差乎？閏法，十九歲氣朔分齊爲一章，此亦大畧也。蓋十九歲猶有餘分未盡，若整齊則須十一月甲子朔子時半冬至爲曆元，而十九年爲章，二十七章爲會，五百一十三年。三會爲統，一千五百三十九年。三統爲元，積四千六百一十七年，則日月皆無餘分，而又得十一月甲子朔夜半冬至，而又爲曆元矣。

篇中六『咨』字，『下民其咨』之『咨』，訓嗟，愁怨之意。餘五字，孔例訓嗟。蔡在『帝曰』下者，則訓嗟，在『疇』下者，訓訪問。《説文》曰：『謀事曰咨。』五『咨』皆謀訪之意，恐不必作兩訓，但從訪問之意看，自有意，况古文皆作『資』。

『登庸』，未須便指曰禪位，大意亦是欲授相職，故放齊舉胤國之君。蓋堯廷大事必咨四岳，治水禪位是也，而此但曰『疇』，可見其輕重，若『朱』是丹朱，恐不必放齊舉。

『下民其咨』，『其』之爲言，意之之辭也。聖人治天下，民生富贍而水旱有備，斯時雖有水災，民未病也。然聖人愛民之心如慈母之於子，豈待饑寒叫號而後衣食之邪？故其咨之，言先已意之矣。

金先生曰：史稱黄帝生玄囂，玄囂生蟜極，蟜極生嚳，嚳生子堯，則堯，黄帝之玄孫也。又稱黄帝生昌意，昌意生顓頊，歷窮蟬、敬康、句芒、蟜牛，以至瞽瞍而生舜，則舜黄帝八世孫也。堯舜俱出於黄帝，則二女之妻，不亦亡宗嬻姓亂序無别乎？世系之傳，《史記》失考，司馬遷漢史也，其紀漢之初，已不知高祖之世系，父曰太公而不知名，母曰劉媪而不知氏，耳目所及尚如此，傳聞者其足信乎？考之《書》曰『虞舜』，曰『嬪於虞』，是虞者有國之稱也。《國語》史伯曰：『成天地之大功者，其子孫未嘗不章，虞、夏、商、周是也。虞幕能聽協風以成樂物生，夏禹平水土以處庶類，商契和合五教以保百姓，周棄播殖穀疏以衣食民人，其後皆爲王公侯伯。』夫以虞幕竝契稷而言，則幕爲有功始封之君，虞爲有國之號。左氏：『史趙曰：自幕至瞽瞍無違命，舜重之以明德。』『自幕至瞽瞍』，則非自黄帝、昌意、顓頊、窮蟬、敬康、句芒、蟜牛以至瞽瞍也。或曰《国語》不曰『幕能帥顓頊』，左氏不曰『陳，顓頊之族』乎？曰：幕之出於顓頊，左氏、《國語》之説固足徵；謂顓頊必出於黄帝，《史記》之説果足徵乎？黄帝氏殁則少昊氏作，是爲五帝之首。《國語》稱『少昊之衰，九黎亂德，顓頊受之』，則少昊似一代之通稱，後世始衰，非少昊帝之世即衰也。而《史記》於黄帝之後不及少昊，懸紀顓頊，指爲黄帝之孫，隔遠無序。少昊之代何所往？而黄帝之孫何其壽？莫難明者譜諜，莫易知者朝代。《史記》序朝代尚有遺，則其序譜諜豈足信乎？《書》稱帝堯『明俊德以親九族』，使堯舜果同出於黄帝，則爲同高祖之族也，舜在九族内，爲父母弟所惡，屢瀕於死，而不一顧省，豈足謂之親九族？迨四岳明揚，而直妻以二女，豈足謂之『克明俊德』？以天下之大聖人，推而納諸天下之大惡，則《史記》、《世本》誣陷聖人，罪不勝誅矣。

舜父不知其名，瞽者無目之稱也。古注謂『不能分别好惡，故謂之瞽』，非也。《史記》作盲者子。

舜母名握登，舜生而母死。瞽瞍更娶而生象，象傲。瞽瞍愛後妻子，常欲殺舜。蓋瞽瞍有虞之國君，欲殺舜者，愛象而欲奪嫡也。然欲殺之，乃嬪虞以前事。舜以孝感，烝烝乂，不格姦，然後嬪之也。孟子不辯世俗之訛，唯在發明聖人之心耳。

舜典

『濬哲』，體；而『文明』，用。存於中者深沉而智哲，則見於外者文理而光明。『温恭』，用；而『允塞』，體。見於外者知粹而恭敬，則知存中者誠信而充實。此即『玄德』而『重華協於帝』者也。

『讓德弗嗣』之下，王魯齋先生謂堯試舜如此之詳，而『讓德弗嗣』之下無再命之辭，巽位之際，亦無丁寧告戒之語，何也？按《論語·堯曰篇》首二十字乃此脱文也。

以形體謂之天，以主宰謂之帝。上帝者，昊天上帝也。昊，廣大也。言廣大之天，主宰帝也。《祭法》曰：『燔柴於泰壇，祭天也。瘞埋於泰折，祭地也。用騂犢。埋少牢於泰昭，祭時也。相近於坎壇，祭寒暑也。王宫，祭日也。夜明，祭月也。幽宗，祭星也。雩宗，祭水旱也。四坎壇，祭四方也。山林、川谷、丘陵能出雲，爲風雨，見怪物，皆曰神。有天下者祭百神。』蔡傳全用此語釋『肆類』至『羣神』四句。祭天即類上帝，所以于『泰昭』以下至『雩宗』，釋六宗，至於『四方』以下，皆該在羣神中。『相近』當爲『禳祈』，『宗』當爲『禜』，皆誤字也。泰昭、王宮、夜明、幽宗、雩宗，皆壇名。『坎壇』，則坎爲下地，而壇封土也。『時』，四時，謂陰陽之神。陰陽之氣出入地中，故埋其牲。寒暑不時，或禳之，或祈之。祭暑必於國南之壇，祭寒必於國北之坎，求其類也。『王』，尊名宮壇之營域，天以日爲君，故號之日君，而爲宮以祭之。夜之有明者月也，故以名月壇。禜，營也，亦謂營爲壇也。幽者暗也，星見於夜，爲幽暗之時，故祭星之壇爲幽。禜星五緯也，或司中、司命之類，亦是於昏始見禜之。雩，吁嗟而祭龍也。建巳之月，龍星見之時，於北祭之，或水，或旱，亦於此祭。言『騂犢』於上，以見祭天之用特。『埋少牢』冠於泰昭之上，則以下皆用少牢可知。羣神如山林、川谷、丘陵、墳衍，民所取財用；又如法施於民，以死勤事，以勞定國，能禦大菑，能捍大患，則祀之之類。然此皆常祀，舜蓋特祭之而告攝位也。

『六宗』，疏中名不一，今記於此，以廣異聞：歐陽、大小夏侯皆云所祭者六，上不謂天，下不謂地，旁不謂四方，在六者之間，助陰陽變化，實一而名『六宗』。孔光、劉歆謂乾坤六子：水、火、雷、風、山、澤。賈逵謂天宗三、日、月、星；地宗三：河、海、岱。馬融云天、地、春、夏、秋、冬。鄭玄云禋與祭天同名，六者皆天神，謂星、五緯。辰十二次。司中、司命、文昌第五第四星。風師、箕。雨師。畢。張髦云祀祖考三昭、三穆。司馬彪云：天宗，日、月、星、辰、寒、暑之屬；地宗，社稷、五祀之屬；四方之宗，四時、五帝之屬。

凡數，天子用十二，天地之極數也。自上公以降，則用九以至於二，凡八等。君用其奇，而臣用其偶，陰陽之義也。故上公九，而侯伯七，子男五。天子之三公八，卿六，而大夫四。凡車旗、冠服、圭璧、器用，皆以此爲節，上可以兼下，隨所宜而用也。君則兼其奇，臣則兼其偶。

圭制博三寸，厚半寸，上剡寸半，其長則隨命數，惟天子之大圭長三尺。蓋天子之圭有二，搢大圭而執鎮圭也。桓雙植也，象宫室爲桓楹，以宫室須桓楹乃安。天子在上，得諸侯乃安，故桓圭有文，如重立狀。桓或作瓛。信，直也。躬，曲也。信者尊，足以侯外而蔽内；躬者卑，足以長人而已。一説信圭之體直，躬圭之體曲。一説圭皆直，而瑑人形於其上，信者直而躬者曲。璧則體圓而徑五寸，肉倍好，則好一寸，而肉兩旁共四寸也。《禮》注疏曰：穀所以養人，蒲爲席所以安人，故瑑爲穀蒲之形爲飾。又曰：子男不執圭者，未成國也。圭者天之用，璧者天之體，盡其用者必盡其體，得其體未必盡其用，圭璧所以不同也。愚謂子男之國止五十里，所以謂之未成國。圭爲天之用，其數奇也。璧爲天之體其形圓也。

『燔柴以祀天』，蓋以牲燔其香氣，上達於天也。『柴』字古注、蔡傳皆作祭天，若巡狩四岳，一歲四祭，不亦瀆乎？金先生謂祭山則埋，祭水則沈，禮也。今不能徧沈埋，故亦柴之，使氣旁達，舊説『柴』作一句，非，當連下讀。

望者，巡狩至方岳，不能徧祭羣神，止於岳下總望而祭之。秩則隨所祭之神品秩高下，如岳視三公，瀆視諸侯，餘視伯子男。疏家謂牲幣、粢盛、籩豆、爵獻之數，引《大行人》云：上公九獻，侯伯七獻，子男五獻。掌客上公饔餼九牢，飧五牢；侯伯饔餼七牢，飧四牢；子男饔餼五牢，飧三牢。又上公豆四十，侯伯三十二，子男二十四。此即秩之類也，但恐唐、虞、周禮有不同耳。至於天子祭之，則祀四望山川毳冕，羣小祀玄冕，亦如其秩。

律呂相生圖

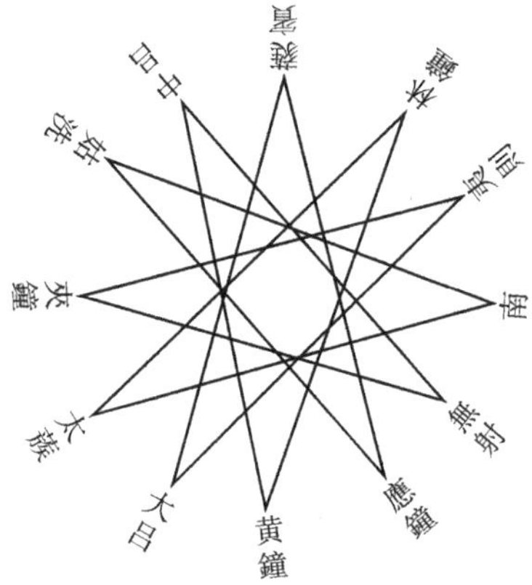

律吕相配圖

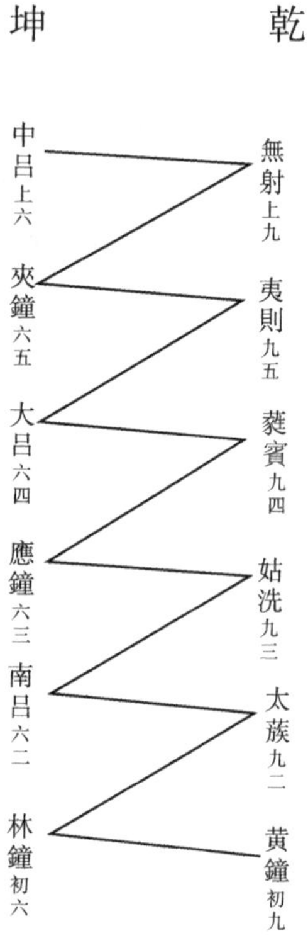

天地果有初乎？凡有形者，必由始以終，由成而敗，天地亦囿於形者也，惡得無初？然則孰始而孰終之？理爲之體而氣爲之用也，盈天地之間者唯萬物，其能生物者氣也，其所以生物者理也。人爲萬物之靈而用物者也，故可以參天地而贊化育。然天地因氣而成，人物憑氣而生，氣不可以目見耳聞也。而有形者必有聲，聲則可以耳聞而不可以目見，此用之微者也，故近於氣者莫若聲。聲之發雖出於一，而其高下清濁亦莫不有節焉。自陰陽分而爲五，五而爲十二，五與十二相因而爲六十，而陰陽之用周矣。故聲之條理亦在五與十二爾，萬物之聲未有外於此者也。人爲物靈，故其聲獨著而多變，有哀樂、喜怒、敬愛之感，則有噍殺、嘽緩、發散、粗厲、直廉、和柔之應，其感也無窮，則聲之變也多矣。聖人以物之聲皆出於自然，而人之聲乃發於有意，出於自然則合於道者多，發於有意則違道或遠，故合人物之聲制爲之節，因人之所本有而易求者以協之，以盡其用。自聖人之明哲，聲律身度，豈不能自爲之制，而必取物之無知者謂之聲之和，反以協人之聲，寧智不及之邪？蓋不自用聰明而任道，因物之自然而節人之有意，皆欲歸於中而已。故聲之妙，可以動天地，感鬼神，和人心，協物類。自載籍所紀聲之用之效之感，不可勝數，其應之善惡有殊，則係乎聲之中正、淫邪，其所以能感，則爲聲與氣爲最近故也，是以聖人慎之而立法焉。自伏羲有網罟之詠，伊耆有葦籥之音，葛天之八闋，神農之五絃，古之制聲也尚矣。然以聖哲自爲之，而法未立也。黄帝氏欲立憲以垂萬世，故使伶倫自大夏之西，昆侖之陰，取竹之嶰谷生而竅厚薄均者，竹孔與肉厚薄均等者，截以爲筩，不復加削刮也。斷兩節之間，而爲黄鐘之宫，因制十二筩，吹其六以應鳳鳴爲陽，六應皇鳴爲陰，比黄鐘之宫而皆可以生之，是爲律本。定六律、六吕之制，以候氣之應，而調宫商角徵羽之聲，故聲協和中聲，候氣不爽，五聲六律，旋相爲宫，而聲不窮矣。然律之制，豈惟用於樂而已？故又因以爲度而度長短焉，又因以爲量而量多少焉，又因以爲權衡而平輕重焉，故備數、和聲、審度、嘉量、權衡，而聖人治天下之具，無違聲之妙用，與天地侔矣。

數始於一。物必有對待，有陽則有陰，有天則有地，故有二。天地之體圓方，圓者徑一而圍三，故有三；一倚二亦三也。方者徑一而圍四，故有四；一倚三亦四也。圍三者以一爲一，而用其全，見其三而不可缺也，故三。圍四者以二爲一，而用其半，見其二而不可析也，故二。所謂參天兩地也，合三與二則五也；一倚四亦五也。天地之數五而已，以此爲不足以盡天下之數，故又以一、二、三、四因於五，而爲六、七、八、九，五五自相因而爲十，以一倚六、七、八、九，亦七、八、九、十，故天地之數，各以奇偶，亦止於十焉。然一函三，三而三之則爲九，故九爲陽之盛，而十則復爲一矣。陽統夫陰者也，故用數止用九焉。又以九因三則爲十二，故十二又爲天地之用數也。天有十二次，地有十二位，天地之數止於一元，而元有十二會，運有十二世，歲有十二月，日有十二時，夫寒暑一周而爲一歲，不可誣也，而一周之間，日月之會必十二度，此象著於天者也；斗杓之指必十二方，此象著於地者也。故十二者，又天地之用數也。然數止於是而已，過此以往，雖百千萬皆積而至者也。然則數衍於三而盛於九，合於五而極於十，其始皆原於一也。一者太極也，太極者何？理而已矣。今夫黄鐘亦始於一爾。以次而言，則位固居一矣，一則函三，故三爲其徑之數，徑一圍三，則九乃其圍之數。以九伸之而自相因，爲長九寸之數，故黄鐘爲衆律之原，百度之本也。陽至於此，不可復加，而陰亦不可先陽。故有減而退，無益而進，三分損其一，以下生林鐘；由是而三分，益之損之，上生下生，至於仲吕而止，皆原於一，而莫非陽九之用也。

《漢律曆志》曰：數者，一、十、百、千、萬也，本起於黄鐘之數，始於一而三之，三三積之，歷十二辰之數，十有七萬七千一百四十七，而五數備矣。律十有二，陽六爲律，陰六爲吕。律以統氣類物，吕以旅陽宣氣。黄鐘，黄者，中之色。鐘者，種也。陽氣施種於黄泉，孳萌萬物，爲六氣元。始於子，在十一月。大吕：吕，旅也，言陰大，旅助黄鐘宣氣而芽物。位於丑，在十二月。太簇：簇，奏也，言陽氣大，奏地而達物。位於寅，在正月。夾鐘，言陰夾助太簇宣四方之氣而出種物。位於卯，在二月。姑洗：洗，絜也，言陽氣洗物辜絜之也。位於辰，在三月。仲吕，言微陰始起未成，著於其中旅助姑洗宣氣齊物。位於巳，在四月。蕤賓：蕤，繼。賓，導也。言陽始導陰氣使繼養物。位於午，在五月。林鐘：林，君也，言陰氣受任，助蕤賓君主種物使長大楙盛。位於未，在六月。夷則：則，法也，言陽氣正法度而使陰氣夷當傷之物。位於申，在七月。南吕：南，任也，言陰氣旅助夷則任成萬物。位於酉，在八月。亡射：射，厭也，言陽氣究物而使陰氣畢剥落之，終而復始，亡厭也。位於戌，在九月。應鐘，言陰氣應亡射，該藏萬物而雜陽閡種。位於亥，在十月。有三統之義焉。十一月，《乾》之初九，陽始著爲一，萬物萌動，鐘於太陰，故黄鐘爲天統，律長九寸。九者，所以究極中和，爲萬物元也。《易》曰：『立天之道，曰陰與陽。』六月，《坤》之初六，陰氣受任於太陽，萬物生長，楙之於未，令種剛强大。故林鐘爲地統，律長六寸。六者，所以含〔四〕陽之施，楙之於六合之内，令剛柔有體也。『立地之道曰柔與剛。』正月，《乾》之九三，萬物簇出於寅，人奉而成之，仁以養之，義以行之。寅，木也，爲仁；其聲商也，爲義。故太簇爲人統，律長八寸，象八卦，所以順天地，通神明，類萬物之情也。『立人之道，曰仁與義。』是爲三統。三律皆整，寸無餘分。

《周禮·大師》：『掌六律六同，以合陰陽之聲。』鄭玄注曰：『黄鐘初九也，下生林鐘之初六，林鐘上生太簇之九二，太簇下生南吕之六二，南吕上生姑洗之九三，姑洗下生應鐘之六三，應鐘上生蕤賓之九四，蕤賓又上生大吕之六四，大吕下生夷則之九五，夷則上生夾鐘之六五，夾鐘下生無射之上九，無射上生仲吕之上六。同位者象夫妻，異位者象子母。

十二律起算成法一寸十分法。

黄鐘九寸九陽之盛也，自一而函三，故黄鐘位居一而徑三分。徑一者圍三，則其圍九分。九其九，故八十一，爲黄鐘之長數。起於一，一則含三，故三者數之用。是以十二律皆以三損益之，陽不可過，故先損三分之一，而下生林鐘。

林鐘六寸以三分黄鐘之九寸，三爲一〔五〕分，三分損一，去其三寸，得林鐘之數。　三分益一，上生太簇。

太簇八寸以三分林鐘之六寸，二爲一分，三分益一，則加二寸，而得太簇之數。　三分損一，下生南吕。

南吕五寸三分寸之一自此以下，析寸爲分，皆以三加之。　以三分太簇之八寸爲二十四，以三約之八爲一分，三分損一得一十六，以三約其十五爲五而餘一，是爲南吕之數。　三分益一，上生姑洗。

姑洗七寸九分寸之一以九分南吕之五寸爲四十五，又以三乘其餘一爲三，合四十八，以三約之十六爲一分，三分益一，共得六十四，以九約其六十三爲七而餘一，是爲姑洗之數。　三分損一，下生應鐘。

應鐘四寸二十七分寸之二十以二十七分姑洗之七寸爲百八十九，又以三乘其餘一爲三，合〔六〕一百九十二，以三約之六十四爲一分，三分損一，得一百二十八，以二十七約其一百八爲四，而餘二十，是爲應鐘之數。　三分益一，上生蕤賓。

蕤賓六寸八十一分寸之二十六以八十一分應鐘之四寸爲三百二十四，又以三乘其餘二十爲六十，合三百八十四，以三約之一百二十八爲一分，三分益一，共得五百一十二，以八十一約其四百八十六爲六，而餘二十六，是爲蕤賓之數。　三分益一，上生大吕。

大吕八寸二百四十三分寸之一百四以二百四十三分蕤賓之六寸，爲一千四百五十八，又以三乘其餘二十六爲七十八，合一千五百三十六，以三約之五百一十二爲一分，三分益一，共得二千四十八，以二百四十三約其一千九百四十四爲八，而餘一百四，是爲大吕之數。　三分損一，下生夷則。

夷則五寸七百二十九分寸之四百五十一以七百二十九分大吕之八寸，爲五千八百三十二，又以三乘其餘二百四爲三百一十二，合六千一百四十四，以三約之二千四十八爲一分，三分損一，得四千九十六，以七百二十九，約其三千六百四十五爲五，而餘四百五十一，是爲夷則之數。　三分益一，上生夾鐘。

夾鐘七寸二千一百八十七分寸之一千七十五以二千一百八十七分夷則之五寸，爲一萬九百三十五，又以三乘其餘四百五十一，爲一千三百五十三，合一萬二千二百八十八，以三約之，四千九十六爲一分，三分益一，共得一萬六千二百八十四，以二千一百八十七，約其一萬五千三百九爲七，而餘一千七十五，是爲夾鐘之數。　三分損一，下生無射。

無射四寸六千五百六十一分寸之六千五百二十四以六千五百六十一分夾鐘之七寸，爲四萬五千九百二十七，又以三乘其餘一千七十五，爲三千二百二十五，合四萬九千一百五十二，以三約之一萬六千三百八十四爲一分，三分損一，得三萬二千七百六十八，以六千五百六十一，約其二萬六千二百四十四爲四，而餘六千五百二十四，是爲無射之數。　三分益一，上生中吕。

中吕六寸一萬九千六百八十三分寸之一萬二千九百七十四以一萬九千六百八十三分無射之四寸，爲七萬八千七百三十二，又以三乘其餘六千五百二十四，爲一萬九千五百七十二，合九萬八千三百四，以三約之三萬二千七百六十八爲一分，三分益一，共得十三萬一千七十二，而以一萬九千六百八十三，約其十一萬八千九十八爲六，而餘一萬二千九百七十四，是爲中吕之數也。

《漢志》又曰：『黄鐘參分損一，下生林鐘；參分林鐘益一，上生太簇；參分太簇損一，下生南吕；參分南吕益一，上生姑洗；參分姑洗損一，下生應鐘；參分應鐘益一，上生蕤賓；參分蕤賓損一，下生大吕；參分大吕益一，上生夷則；參分夷則損一，下生夾鐘；參分夾鐘益一，上生亡射；參分亡射損一，下生中吕。陰陽相生，自黄鐘始而左旋，八八爲伍。』

《史記·律書》：『生鐘分曰：子一[七]分。丑三分二。寅九分八。卯二十七分十六。辰八十一分六十四。巳二百四十三分一百二十八。午七百二十九分五百一十二。未二千一百八十七分一千二十四。申六千五百六十一分四千九十六。酉一萬九千六百八十三分八千一百九十二。戌五萬九千四十九分三萬二千七百六十八。亥十七萬七千一百四十七分六萬五千五百三十六。術曰：以下生者，倍其實，三其法；以上生者，四其實，三其法。』

西山蔡先生《律吕本原》曰：按黄鐘九寸，以三分爲損益，故以三歷十二辰，得一十七萬七千一百四十七，爲黄鐘之實。其十二辰所得之數，在子、寅、辰、午、申、戌六陽辰，爲黄鐘寸、分、釐、毫、絲之數；子爲黄鐘之律，寅爲九寸，辰爲八十一分，午爲七百二十九釐，申爲六千五百六十一毫，戌爲五萬九千四十九絲。在亥、酉、未、巳、卯、丑六陰辰，爲黄鐘寸、分、釐、毫、絲之法。亥爲黄鐘之實，酉之一萬九千六百八十三爲寸，未之二千一百八十七爲分，巳之二百四十三爲釐，卯之二十七爲毫，丑之三爲絲。其寸、分、釐、毫、絲之法，皆有九數，故九絲爲毫，九毫爲釐，九釐爲分，九分爲寸，九寸爲黄鐘。蓋黄鐘之實一十七萬七千一百四十七之數，以三約之，爲絲者五萬九千四十九；以二十七約之，爲毫者六千五百六十一；以二百四十三約之，爲釐者七百二十九；以二〔八〕千一百八十七約之，爲分者八十一；以一萬九千六百八十三約之，爲寸者九。由是三分損益，以生十一律焉。愚按數止於絲，以十七萬七千一百四十七，三約之也。然則十七萬七千一百四十七者，一爲三忽也，衍之則五十三萬一千四百四十一者，忽之數也。

又曰：黄鐘生十一律，子、寅、辰、午、申、戌六陽辰皆下生；丑、卯、巳、未、酉、亥六陰辰皆上生。其上以三歷十二辰者，皆黄鐘之全數。其下陰數以倍者，即算法倍其實。三分本律而損其一也。陽數以四者，即算法四其實。三分本律而增其一也。六陽辰當位自得，六陰辰則居其衝。林鐘、南吕、應鐘三吕，在陰無增損；大吕、夾鐘、仲吕三吕，在陽則用倍數方與十二月之氣相應。蓋陰之從陽，自然之理也。其上即〔九〕十二辰分字，以上子一、丑三、寅九是也；其下則十二辰分字，以下二、八、十六是也。

又十二律起算成法一寸九分法。

黄鐘九寸一數之始，九陽之盛也。故黄鐘位居一而圍九分，九其九，故八十一分爲黄鐘之長。九分爲寸，八十一分爲九寸也。百一而以三歷十二辰，其數一十七萬七千一百四十七，爲黄鐘之實，而以寸法一萬九千六百八十三約之得九，亦爲九寸。數起於一，一則含三，故三者數之用，是以十二律皆以三而損益之。陽不可過，故先損三分之一，而下生林鐘。

林鐘六寸法曰『丑三分二』，以三分黄鐘之長，一爲三寸，得其二爲林鐘之六寸。　三分黄鐘之九寸，則三寸爲一，損一亦得六寸。　二黄鐘之九寸爲十八寸，倍其實也，以三約之爲六寸。三其法也。　陰辰居其衝，故林鐘居未。下酉、亥、丑、卯、巳放此。　以黄鐘之實一十七萬七千一百四十七，三分損一，得十一萬八千九十八，爲林鐘之實。　三分益一，上生太簇。

太簇八寸法曰『寅九分八』，以九分黄鐘之長，一寸爲一，得其八，爲太簇之八寸。　三分林鐘之六寸，則一爲二寸，益一，亦得八寸。　四林鐘之六寸爲二十四寸，四其實也，以三約之爲八寸。三其法也。　陽辰當位自得，故太簇居寅。下辰、午、申、戌放此。　以林鐘之實十一萬八千九十八，三分益一，得十五萬七千四百六十四，爲太簇之實。　三分損一，下生南吕。

南吕五寸三分自此以下，析寸爲分，九分爲寸。　黄鐘分法二千一百八十七。　法曰『卯二十七分十六』，以二十七分黄鐘之長，一爲三分，得其十六，以三爲一寸，則十五爲五寸，一爲三分，故南吕之長五寸三分。　三分太簇之八寸，則二寸六分爲一，損一，亦得五寸三分。　二太簇之八寸，爲一百四十四分，倍其實也。以三約之，得四十八分，是爲五寸三分。三其法也。　以太簇之實十五萬七千四百六十四，三分損一，得十萬四千九百七十六，爲南吕之實。　三分益一，上生姑洗。

姑洗七寸一分法曰：『辰八十一分六十四』，以八十一分黄鐘之長，一爲一分，得其六十四，以九爲一寸，則六十三爲七寸，一爲一分，故姑洗之長七寸一分。　三分南吕之五寸三分，則一寸分爲一，益一，亦得七寸一分。　四南吕之五寸三分，爲一百九十〔一〇〕二分，四其實也，以三約之，得六十四分，是爲七寸一分。三其法也。　以南吕之實十萬四千九百七十六，三分益一，得十三萬九千九百六十八，爲姑洗之實。　三分損一，下生應鐘。

應鐘四寸六分六釐自此以下，析分爲釐，九〔一一〕釐爲分。　黄鐘釐法二百四十三。　法曰『巳二百四十三分一百二十八』，以二百四十三分黄鐘之長，一爲三釐，得其一百二十八，則二十七分爲一寸，一百八爲四寸；三爲一分，十八爲六分；二爲六釐；故應鐘之長四寸六分六釐。　三分姑洗之七寸一分，則二寸三分三釐爲一，損一，亦得四寸六分六釐。　二姑洗之七寸〔一二〕一分，爲一千一百五十二釐，倍其實也。以三約之，得三百八十〔一三〕四釐。又約之爲四十二分六釐，是爲四寸六分六釐。三其法也。　以姑洗之實十三萬九千九百六十八，三分損一，得九萬三千三百一十二〔一四〕，爲應鐘之實。　三分益一，上生蕤賓。

蕤賓六寸二分八釐法曰『午七百二十九分五百一十二』，以七百二十九分黄鐘之長，一爲一釐，得其五百一十二，則八十一爲一寸，四百八十六爲六寸；九爲一分，十八爲二分，八爲八釐：故蕤賓之長六寸二分八釐。　三分應鐘之四寸六分六釐，則一寸五分二釐爲一，益一，亦得六寸二分八釐。　四應鐘之四寸六分六釐，爲一千五百三十六釐，四其實也；以三約之，得五百一十二，又約之爲五十六分八釐，是爲六寸二分八釐，三其法也。　以應鐘之實九萬三千三百一十二，三分益一，得十二萬四千四百一十六，爲蕤賓之實。　三分損一，下生大吕。（以下原闕。）

鐘之實本數七萬三千七百二十八，三分益一，得九萬八千三百四，爲亡射之實。　三分損一，下生仲吕。

仲吕六寸五分八釐三毫四絲六忽此當折絲爲忽，九忽爲絲。　黄鐘之數，一爲三忽。　法曰『亥一十七萬七千一百四十七分六萬五千五百三十六』，以一十七萬七千一百四十七分黄鐘之長，一爲三忽，得其六萬五千五百三十六，則一萬九千六百八十三爲一寸，五萬九千四十九爲三寸；二千一百八十七爲一分，四千三百七十四爲二分，二百四十三爲一釐，一千九百四十四爲八釐，二十七爲一毫，一百六十二爲六毫，三爲一絲，六爲二絲，一爲三忽，是爲三寸二分八釐六毫二絲三忽。　三分無射之四寸八分八釐四毫八絲，則一寸五分八釐七毫五絲六忽爲一，損一，亦得三寸二分八釐六毫二絲三忽。　二亡射之四寸八分八〔一五〕釐四毫八絲，三而衍之，五十八萬九千八百二十四忽，倍其實也，以三約之，得一十九萬六千六百八忽，是爲三寸二分八釐六毫二絲三忽，三其法也，陰位倍之，爲六寸五分八釐三毫四絲六忽。　以無射之實九〔一六〕萬八千三百四，三分損一，得六萬五千五百三十六，倍之爲十三萬一千七十二，爲中呂之實，　以中呂之實本數六萬五千五百三十六，三分之餘一算，倍之亦餘二算，不能相生，故律止於中呂。

蔡先生曰：按《吕氏春秋》、《淮南子》上下相生，與司馬氏《律書》、《漢前志》不同，雖大吕、夾鍾、仲吕用倍數則一，然《吕氏》、《淮南》不過以數之多寡爲生之上下，律吕陰陽皆錯亂而無倫，非其本法也。　今按鄭康成注《禮》上下相生之説，即本《吕氏》、《淮南》之論。　又按《國語》韋昭注，於大吕、夾鍾、中吕三吕下，皆有本數，又有倍數，雖用鄭氏十分寸之法，而加倍之説又不全與鄭氏同，但未發明陽皆下生，陰皆上生之義，又若未盡了然爾。

陽生於子之半，而極於午；陰生於午之半，而極於子。　黄鍾應乾之初九，故位居子；林鍾應坤之初六，當位居午，而午亦陽也，故避而居未。　黄鍾隔八而下生林鍾，林鍾隔八而上生太簇，三者皆全寸，故爲三統。　天陽也，地陰也，而人亦陽也。　人雖生於地，而上同於天之陽，此見天人之合，而人可與天比德也。

六律亦謂之六始，六吕亦謂六間，夾鍾又曰圜鍾，林鍾又曰函鍾，南吕又曰南事，仲吕又曰小吕。

《漢志》曰：『度者，分、寸、尺、丈、引。本起黄鐘之長，以子穀、秬、黍中者，一黍之廣，度之九十分，黄鐘之長。一爲一分，十分爲寸，十寸爲尺，十尺爲丈，十丈爲引，而五度審。法用銅，高一寸，廣二寸，長一丈，而分、寸、尺、丈存焉。用竹爲引，高一分，廣六分，長十丈。』『量者，龠、合、升、斗、斛。本起於黄鐘之龠，用度數審其容，以子穀、秬、黍中者千有二百實其龠。合龠爲合，十合爲升，十升爲斗，十斗爲斛，而五量嘉。法用銅，方尺而圜其外，旁有庣焉，庣，吐雕反。方一尺，過九釐五毫，然後成斛。上爲斛，下爲斗，左耳爲升，右耳爲合龠。狀似爵，上三下二，參天兩地，圜而函方，左一右二，陰陽之象。圜象規，重二鈞，聲中黄鐘。』『衡權者，銖、兩、斤、鈞、石。本起於黄鐘之重。一龠容千二百黍，重十二銖，兩之爲兩，十六兩爲斤，三十斤爲鈞，四鈞爲石。』此法乃古法，而度量之器乃漢制。

五禮見《周禮·大宗伯》正文按《周禮》，注字取鄭玄、王昭禹《禮注》、《通典》、《春秋纂例》、《禮書》。

以吉禮事邦國之鬼神示。其别有十二。

以禋祀祀昊天上帝。禋之爲言煙，燔燎升煙，所以報陽。又曰精意以享爲禋，昊天上帝，冬至於圜丘祭之。又以春孟祈穀於上帝，禮神之玉以蒼璧，牲用一犢，幣用繒丈八尺，牲弊各隨玉色，器以瓦，爵以匏，藁秸及蒲爲藉神席。

以實柴祀日月星辰。積柴以實牲體，上下三祀皆同。日壇王宫，月壇夜明，牲幣俱赤，玉以圭璧。凡祭日月，歲四迎氣之時，祭日於東郊，祭月於西郊，一也；二分祭日月，二也；郊之祭，大報天而主日，配以月，三也；十月祭天宗，合祭日月，四也。四時之祭，二分二合，星謂五緯，辰謂日月所會十二[一七]次，星辰蓋於祭天宗時祭之。天宗，謂日月星辰之類，天之宗也。又周仲秋祭靈星，秋分享壽星南郊亦是。

以槱燎祀司中、司命、飌師、雨師。槱，積也。積薪而燎牲同上。司中，三能。司命，文昌宫星。或曰司中、司命，文昌第五、第四星。或曰中能、上能。風師，箕星；雨師，畢星。立春後丑日，祭風師於國城東北。立夏後申日，祀雨師於國城西南。立冬後亥日，祀司中、司命於國城西北。

以上祀天神。

以血祭祭社稷、五祀、五嶽。陰祀自血起，貴氣臭也。不言祭地，此皆地示，祭地可知。夏后氏以五月祭地示。殷以六月祭。周夏日至，禮地示於澤中之方丘，在國北，黄琮、黄犢、黄幣。其神州地示，謂王者所居吉土，兩圭五寸，有邸，黝犢黑幣，北郊築壇名泰折。社者，五土之神。五土者，山林、川澤、丘陵、墳衍、原隰，各吐生物，羣生賴之。又曰土地之神，能生五穀。稷者，五土之中，特以原隰，以此生五穀功多。稷爲五穀之長，故名其神，表言其處能生穀也。共工氏子勾龍能平水土，故祀配社。烈山氏子柱能殖百穀，故祀配稷。湯遷柱而祀棄。周制天子三社：大社、王社、亳社。諸侯三社：國社、侯社、亳社。大夫一社。社稷壇皆北面，兩[一八]圭有邸。天子太牢，諸侯少牢，黝色黑幣，日用甲，三獻。王昭禹曰：門户，司出入之神。中霤，司居處之神。竈，司飲食。行，司道路。人資之以安，故祀之。户以羊，竈以鷄，中霤以牛，门以犬，行以豕，歲徧。五嶽升血，兩圭有邸，五寸，少牢牲幣各隨方色，器用蜃，五獻。不言四瀆，或省文。

以貍沈祭山林、川澤。祭山林貍，祭川澤沈。

以疈辜祭四方百物。疈辜，疈牲胸而磔之，以十二月合聚萬物而索享之，即蜡祭也。八蜡以記四方，一曰先嗇，田祖也，若神農爲王。二曰司嗇，若后稷爲佐〔一九〕。三曰農，田畯也，古之先教田者。四曰郵表畷，田畯爲郵亭，督約百姓處，五曰猫虎，迎貓爲食田鼠也，迎虎爲食田豕也。六曰防，爲障水也。七曰水庸，溝也。八曰昆蟲螟螽之屬，能爲穀害者。索鬼神而致百物，百物謂岳鎮、海瀆、五土、井泉，能雲雨，有功益於人者。動物，羽、蠃、毛、鱗、介，四靈等。

以上祭地示。

以肆獻祼享先王。肆者，進所解牲體，謂薦熟特〔二〇〕也。獻，獻醴，謂薦血腥也。祼之言灌也，以鬱鬯灌地，謂始獻尸求神也。此禘祭也，以夏之孟月爲之，不知年數。

以饋食享先王。饋食，主於有黍稷，互相備也。肆獻以牲體爲主，饋食以熟食爲主。凡祭者必祼，下四者皆同。此祫祭也，三年一祭，行於冬。

以祠春享先王。

以禴夏享先王。

以嘗秋享先王。

以烝冬享先王。

此四時常祭。

以上享人鬼。

以凶禮哀邦國之憂。其別有五。

以喪禮哀死亡。親者服焉，疏者含襚。

以荒禮哀凶札。荒，人物有害也。《禮》曰：『歲凶，年穀不登，君膳不祭肺，馬不食穀，馳道不除，祭事不縣，大夫不食粱，士飲酒不樂。』

以弔禮哀禍烖。神所示爲禍，天所毁爲烖，弔以慰之也。

以襘禮哀圍敗。國見圍，師敗績，同盟者會合財貨以更其所喪。

以恤禮哀寇亂。兵作於外爲寇，作於内爲亂，恤以救之。

以賓禮親邦國。其别有八。

春見曰朝。此以下六禮，以諸侯見王爲文。　朝在春，東方諸侯。朝，猶早朝之朝，欲其來之早。

夏見曰宗。南方諸侯。宗，尊也。

秋見曰覲。西方諸侯。覲，勤也。

冬見曰遇。北方諸侯。遇，偶也，若不期而俱至。

時見曰會。無常期。諸侯有不服，王將征討。既朝覲，王爲壇於國外，合諸侯而命事。

殷見曰同。殷，衆也。十二歲王不巡狩，則六服盡朝，既畢，爲壇合諸侯以命政。

時聘曰問。天子有事乃聘之。

殷覜曰視。一服朝之歲，以朝者少，諸侯使卿以大禮衆聘焉。

以軍禮同邦國。其别有五。

大師之禮，用衆也。用其義勇。

大均之禮，恤衆也。均〔二二〕其地政、地守、地貢之賦，所以憂民。

大田之禮，簡衆也。因田習兵，簡閲車徒。

大役之禮，任衆也。築宫室，任其力。

大封之禮，合衆也。正封疆溝涂，所以合聚其民。

以嘉禮親萬民。其别有六。

以飲食之禮親宗族兄弟。有食宗族飲酒之禮，所以親之。

以昬冠之禮親成男女。

以賓射之禮親故舊朋友。射禮，雖王亦立賓主，天子在學時，亦有朋友。

以饗燕之禮親四方賓客。朝聘者。

以脈膰之禮親兄弟之國。脈膰，社稷宗廟之肉，以賜同姓之國，同福禄。

以賀慶之禮親異姓之國。異姓，王婚姻舅甥。

右五禮皆周制，其隨時損益，雖不盡與唐虞同，然亦皆其遺法也。今存者惟周禮耳，觀此則可見古禮之大槩矣。

《典命》云：『諸侯之適子誓於天子，攝其君，則下其君之禮一等；未誓，則以皮帛繼子男。』誓，謂天子命之爲樹子也。降一等，謂公子如侯，侯子如伯之類。今注『世子執纁』，以未誓者言也。『公之孤四命，以皮帛眡小國之君。』今不言『皮』，虞周禮異也。凡帛其長一丈八尺，兩而合之爲卷。五卷凡十端，共爲一束。三入爲纁，淺絳也，赤與黄色。六入爲玄黑，而有赤色，玄以下原闕。

直、寬、剛、簡及皋謨九德，皆是言其天質之善。或學而成此質者，則如此防其過，濟其不及。若性質乖戾卑下者，又不在此。

五聲十二律相配圖

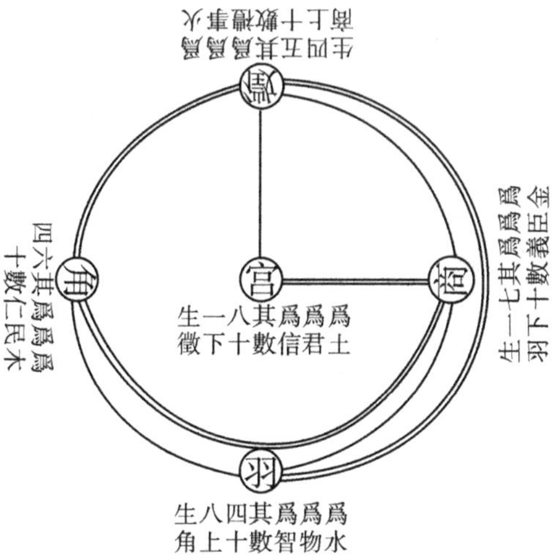

《漢志》，商，章也，物成孰可章度。角，觸也，物觸而出，戴芒角。宫，中也，居中央，暢四方，唱始施生，爲四聲綱。徵，祉也，物盛大而繁祉。羽，宇也，物聚藏宇覆之。四聲爲宫紀。

五聲生於黄鐘，黄鐘爲宫，而管九寸。九之，則其數八十一。三分去一，益一，下生、上生，至於角而止。角不能生宫者，君不可先，亦仲吕不能生黄鐘之義也。宫，君象也，處於中，君之所也。向明而治，君之道也。故損而首生徵，自徵而商、羽、角，象天道之左旋也。以宫、商、角、徵、羽爲序，而配以君、臣、民、事、物，以數之多寡爲先後也。民居左，養民當以仁也。臣居右，臣所守者義也。事居前，理事尚明也。物在後，不以物爲先也。其配於律，如黄鐘爲宫，太簇爲商，姑洗爲角，林鐘爲徵，南吕爲羽，順數多寡之序言之也。以律相生之序，則又順宫、徵、商、羽、角相生之序言之也。

八音配八風圖

主朔易者坎也，爲果蓏者艮也，震竹而巽木也，蠶火精也，瓦土類也，兑金而乾玉也，故八音之配如是也。匏竹則木類也，金石則土類也。東，生之方也；西，凝之方也。絲成於夏，而革成於冬也。亦各從其類也。

百揆輔弼君身，總攝庶政，故居一。民以食爲天，故后稷居二。飽食煖衣，逸居而無教，則近於禽獸，故司徒次之。道之不從，齊之以刑，故士次之。工以備器用，亦以率天下之工也，故工次之。山林、川澤、草木、鳥獸各得其序，所以養生送死，故虞次之。衣食足，教化行，刑罪遠，器用良，牲殺備，然後可以行禮，故秩宗次之。禮以節其外，樂以和其中，故典樂次之。禮樂達於天下，則德言興，善行立，故納言次之。此九官之序也。

《堯典》四『欽』字，《舜典》亦四『欽』字。『欽明文思』，史臣頌堯之全德也。『欽哉欽哉』，史臣頌舜用刑之善也。餘五『欽』則戒人。是皆堯舜躬行心得之餘，措諸人者也。堯舜之聖，亦惟『欽』而已矣。讀二《典》者之所當知，而日用之所當先也。

校勘記

〔一〕『即』，原作『節』，據學海本改。

〔二〕『零』，原闕，據自注計算當爲『零』，學海本正作『零』，據改。

〔三〕『九』，原標『闕』，據下文四乘二三五當爲九四〇，據改。

〔四〕「含」，原作「合」，據《漢書·律曆志》改。

〔五〕「一」原作「十」，據學海本改。

〔六〕「合」，原作「分」，據學海本改。

〔七〕「一」，原作「二」，據《史記·律書》改。

〔八〕「二」，原作「一」，據前後數計算當作「二」，學海本正作「二」，據改。

〔九〕「即」，原作「昂」，據學海本改。

〔一〇〕「十」，原作「千」，據學海本改。

〔一一〕「九」，原作「比」，據學海本改。

〔一二〕「寸」，原作「千」，據學海本改。

〔一三〕「十」，原作「寸」，據學海本改。

〔一四〕「二」，原作「一」，據前數計算當作「二」，學海本正作「二」，據改。

〔一五〕「八」，原作「六」，據《漢書·律曆志》改。

〔一六〕「九」，原作「六」，據《漢書·律曆志》改。

〔一七〕「二」，原作「三」，據《書集傳》改。

〔一八〕「兩」，原誤作「函」，據《周禮·典瑞》改。

〔一九〕「佐」，原作「位」，按此「佐」對上「主」言，學海本正作「佐」，據改。

〔二〇〕「特」，原作「時」，「特」指牲體，據學海本改。

〔二一〕「均」，原脱，據《周禮·大宗伯》文補。

讀書叢説卷三

大禹謨

三《謨》皆陳於帝舜之前，乃《舜典》之餘事。《禹謨》自『格汝禹』以下，舜晚年事，以禹王天下，故在皋、益前。

『允若茲』一章，『萬邦咸寧』以上，以效驗言。『稽於衆』以下，以工夫言。稽衆從人則嘉言罔伏，『不虐無告』則萬邦咸寧，『不廢困窮』則野無遺賢。后、臣克艱，禹本兩平説，舜則歸重於己，謂惟堯時克其意。若曰惟『后克艱厥后』，則『臣克艱厥臣』。

東萊先生曰：不虐、不廢，不必横政暴刑也，哀憐矜憫之心，有一毫精神念慮不到，是廢之虐之也。

『益曰吁』一章，五『罔』、三『勿』、二『無』，皆儆戒之目。作四節看：上三『罔』，屬『儆戒無虞』一句，蓋此三者多失於無事之時。三『勿』自爲一節，歷數之也。下二『罔』，屬『百志惟熙』一句，蓋違道、從欲只爲私意錮蔽，私則志不廣矣，若所見者大，必不違道、從欲，要在『道』、『欲』二字上。下兩句又結上三節，謂於是八者無怠無荒，則四夷皆來王矣。

『六府』，蔡傳謂：或相制以洩其過，或相助惟補其不足。如濬川設防，四時變國火以救時疾，斬冰出冰以節陰陽氣之類，然頗費力。金先生曰：《禮記》殷制：『天子之六府曰：司土、司木、司水、司草、司器、司貨，典司六職。』蓋本有虞氏之舊制也。土、木、水三司，其名不易。司草則穀府，司貨則金府，司器則火府，鎔冶之事也。鄭氏謂在周則『司土，土均也。司木，山虞也。司水，川衡也。司草，稻人也。司貨，丱人也』，在虞豈非司空、朕虞、后稷、共工之職歟？或九官之外自有專司六府者歟？或當時六府以事而名，不必專職歟？六府各脩其職矣，而政事之大有三焉，教之以正其德，通之以利其用，節之以厚其生。此三事所以同天下也，故謂之和。正德則厚典庸禮之事，如司徒敷教、伯夷降典、后夔典樂、士制百姓皆是。利用即同律度量衡、懋遷有無化居之事。厚生則制用均節之事，如老者衣帛食肉，黎民不饑不寒，三十年之通民無菜色是也。舊說三事，既指人力之爲六府，乃指五行自然之利，非類例矣。

『念兹在兹』四句，蔡傳：禹自道也。金先生謂：禹勉帝舜『念兹〔一〕』，謂念之也熟，則雖捨之而不可易；言之也熟，則雖外之而不可違。如此則與上下兩『念』字相應，而三『念』字皆是一意。

『降水儆予』一章，總言『功』、『德』二字。『成允成功』、『汝惟不伐』、『嘉乃丕績』，皆以功言也。克勤儉、不滿假、『汝惟不矜』、『予懋乃德』，皆以德言也。

『成允成功』，能成其實、成之功也。

汝惟不矜、不伐四句，言禹惟其不矜、不伐，故天下莫與爭能爭功。蓋矜伐者，自有能與功也，凡物據以爲己有，則人亦將據之，故有爭；我不以爲有而無所據，則無迹之可尋，人何從而爭之乎？故禹之功、能雖極大，人竟莫能指而與之爭相上也。又一説：禹惟但不矜不伐而已，而人之功、能，自然無出其上者，况敢爭乎？

人心可善可惡，理欲皆可包在裏許。目視、耳聽、鼻臭、口味、四肢之奉，皆是道心，則一於理而雜以私，惻隱、羞惡、辭讓、是非是也。『精』，則於凡人心之所接處，事事察之極精，而知理欲分曉。『一』則專守於理，而不使一毫私欲間於其間，其及於事物，信能執其中矣。『精』是知得到，『一』是守得堅，『中』是行得及。如此即純是道心，然亦未嘗出於人心之外，但無私耳。

『弗詢之謀』，金先生謂己之謀也。人言無考於實者，勿聽；己謀不詢於衆者，勿庸。

皋陶謨

『曰若稽古』，尊辭也。堯、舜、禹、皋，其德與位固有不同，而史臣皆以此稱之。蓋於此下各叙德而後及功者，二《典》法也。堯舜之德，固又非禹比，禹雖亦有帝位，而《謨》中所載，實虞廷事，故《禹謨》但叙其功而不言德。皋陶始終臣道也，故但叙其言而又不及其功。此蓋史臣之意也。

史臣以臯陶所言『允迪厥德，謨明弼諧』兩語，明臯陶之謨，亦以見臯陶之德，而一篇綱領亦惟在此兩句。『慎厥身脩』、『惇叙九族』、『安民』及『天敘』以下，皆迪德之類也。『庶明勵翼』、『知人』及『九德』以下，皆明諧之類也。然迪德則可以知人，明諧則可以安民。而『知人』之目，其末戒以『兢兢業業』，則又迪德之事。『安民』之目，其中有服刑之用，則又『明諧』之事。雖分言互言，各有條理，大要不過兩端耳。

『九德』，金先生曰：自『寬』以至『彊』九者，氣質之性也；自『栗』以至『義』九者，變化進修之學也。有上九者，而無下九者以濟之，是氣禀之偏，非所以爲德之中也。（以下原闕。）

我躬行心得而措諸彼，亦使之惇五典，庸五禮而已。至於人蹈典禮而有德，則命五服以章之，悖典禮而有罪，則用五刑以討之。用賞用刑，所以勸戒，使人皆歸於德也；而賞刑之政事則當勉而又勉者也。四『天』字，皆言出於天理之自然，而不敢忽，不敢容私於其間者也。

『天聰明』至『敬哉有土』一章，此專戒君所以當迪德者也。『明威』天之所加於君身者也。天難諶，命靡常，善則降祥，不善則降殃，必然之理也。天豈有意哉？亦以民爲聰明爾。勑我自我不惇庸，命德討罪之不當，則民怨而天怒矣。末又明言之曰天人一理，上下通達，無有少間，有土者可不敬哉？能敬則能安民矣。

益稷

『四載』，蔡傳：『水乘舟，陸乘車，泥乘輴，山乘樏。』此從古注説。陸德明曰：『輴，丑倫反。樏，力追反。』疏曰：『《史記·河渠書》：「泥行蹈毳，音蕝。山行即橋。丘遙反。」徐廣注：「橋一作輂。」几玉反。尸子云：「泥行乘蕝。」《漢溝洫志》：「泥行乘毳，與橇同。山則梮。居足反。」如淳謂毳以板置泥上，以通行路。韋昭謂梮，木器也，如今轝牀，人轝以行。又按《夏本紀》：「泥行乘橇，山行乘檋。」然則輴與橇、毳、蕝爲一物，板置泥上也。樏與橋、輂、檋、梮爲一物，木牀，人轝以行也。』

『安汝止，惟幾惟康』。其弼直，惟動丕應徯志』，金先生曰：『「止」者，静也，謂未動之時。「安」，猶保養也。「幾」，事端之微也。「康」，安静而不爲也。大抵君心當静止，無爲之時，必安静以存養之。惟當察其幾微之端，亦惟當守其康靖無爲之規。其爲之輔弼者，亦於此時當致其忠直之益。必如是而後可以善其動，動而愜乎人心之同然。』

『股肱耳目』，應翼、爲、明、聽。翼，輔也〔二〕，以肱言；爲，行也，以股言；明，以目言；聽，以耳言。

『宗彝』，宗廟之尊彝也。有六彝，虎、蜼各居其一，虎取其義，蜼取其智。會彝於衣，則取其孝也。

疏：『鄭氏云：性曰采，施曰色，以本性施於繒帛，故云以五采施於五色。』

唐虞之禮不可考，今凡言禮者皆周禮爾。皋謨五服與五刑對言，主於諸侯卿大夫而言之。《益稷》十二章，則兼上下言之也。《典命》：『上公九命，侯伯七命，子男五命，其衣服皆以其命數爲節。王之三公八命，卿六命，大夫四命，及其出封，皆加一等。公之孤四命，公侯伯之卿三命，大夫再命，士一命。子男卿再命，大夫一命，衣服皆視其命數。鄭氏推王之上士三命，中士再命，下士一命。』《司服》：『王祀昊天上帝則大裘而冕，享先生衮冕，享先公饗射鷩冕，祀四望川毳冕，祭社稷五祀希冕，祭羣小祀玄冕。公之服自衮冕而下，侯伯自鷩冕而下，子男自毳冕而下，孤之服自希冕而下，卿大夫自玄冕而下。』蓋王之三公、卿、大夫曰『出封加一等』，則在王朝爲降一等，是三公鷩冕，孤與卿毳冕，大夫希冕矣。《司服》所謂孤、卿、大夫者，諸侯之孤、卿、大夫也。先儒以鄭氏所言，周升三辰於旂服，則自山龍以下者，臆説也。大裘之上，亦蒙以衣，然則備十二章之服歟？總是而言之，則十二章之服，獨王祀帝之所用，衮冕則王之享先王也。上公也鷩冕，則王之享先公饗射也。侯伯也、王之三公也毳冕，則王之祀四望山川也。子男也、王之孤也、卿也希冕，則王之祭社稷五祀也。王之大夫也、公之孤也玄冕，則王之祭羣小祀也。王之上士也、中士也、下士也，公侯伯之卿也、大夫也、士也，子男之卿也、大夫也，命數不同而同服其服者，則繅旒有異也。雖周制如此，其必有所本，唐虞之制從可知矣。

『絺』字，古注：『勑其反。葛之精者。』疏：『讀爲黹，紩也。』黹，展几反。紩，直質反，縫也。蔡傳從之，則是以繒爲裳，而以線紩之也。

蔡傳：衣之六章，其序自上而下；裳之六章，其序自下而上。此謂衣則日月爲尊，裳則黼黻爲尊也。疏云：『衣在上爲陽，陽統於上，故尊在先；裳在下爲陰，陰統於下，故重在後。天子諸侯下至黼黻，大夫粉米，兼服藻火，是上得兼下也。士不得服粉米，大夫不得服黼黻，是下不得僭上也。』

杏溪傳先生合樂圖

堂上樂　堂下樂

磬《書》鳴球也。　鞉　鼓

升歌三終。一歌　二歌　三歌

笙入三終。一笙　二笙　三笙

琴　管　間歌一歌一笙，相間而作，共三終。

鏞　一歌　一笙

二歌　二笙

瑟　笙　三歌　三笙

樂有四節，曰升歌，曰笙入，曰間歌，曰合樂。升歌者，工升自西階，歌某詩是也。笙入者，工以笙入於堂下，奏某詩是也。間歌者，堂上歌某詩，堂下笙某詩，一歌一笙相間而行也。合樂者，堂上堂下之樂竝作也。升歌三終，笙入三終，間歌三終，合樂三終，通之爲十二。而謂之九成者，升歌、笙入共爲三成也；蓋間歌合而言之爲三終，分而言之爲六終，與升歌、笙入同也，是六終乃爲三成；合樂三終，則六終具其中矣，故謂之九〔三〕成。

《書》言『戛擊鳴球，搏拊琴瑟以詠』，蓋詠時擊磬拊琴瑟也，此是説升歌。三成。言『下管鼗鼓，笙鏞以間』，蓋間時奏笙堂下，而隨之管鼗鼓鏞也，此是説間歌。三成。言『簫韶九成，鳳凰來儀』，此是説合樂。三成。以上九成，不言笙入者，笙入與升歌爲三成，故不言。

校勘記

〔一〕『兹』，原作『之』，此段爲釋『念兹』文，當作『兹』，據學海本改。

〔二〕『翼，輔也』，原作『輔翼』，據學海本改。

〔三〕『九』，原作『三』，此段文釋前『謂之九成者』，當作『九』，據學海本改。

讀書叢説卷四

禹貢

州境	山	水	澤	原隰	土	田	賦	貢	草木	夷	貢道
冀州	既載壺口，治梁及岐。至于岳陽。	至于衡漳。恒衛既從。		既修太原。覃懷厎績。大陸既作。	厥土惟白壤。	厥田惟中中。	厥賦惟上上錯。	島夷皮服。		島夷。	夾右碣石入于河。
濟河惟兗州	九河既道。灉沮會同。	雷夏既澤。	桑土既蠶，是降丘宅土。	厥土黑墳。	厥田惟中下。	厥賦貞，作十有三載乃同。	厥貢漆絲，厥篚織文。	厥草惟繇，厥木惟條。	浮于濟漯，達于河。		

海岱惟青州	海岱及淮惟徐州
岱畎。	蒙羽其藝。羽畎。嶧。
濰淄其道。	淮沂其乂。
	大野既豬。
海濱廣斥。	東原厎平。
厥土白墳。	厥土赤埴墳。
厥田惟上下。	厥田惟上中。
厥賦中上。	厥賦中中。
厥貢鹽絺，海物惟錯，岱畎絲枲，鉛松怪石。厥篚檿絲。	厥貢惟土五色，羽畎夏翟，嶧陽孤桐，泗濱浮磬，淮夷蠙珠暨魚，厥篚玄纖縞。
	草木漸包。
嵎夷既略。萊夷作牧。	淮夷
浮于汶，達于濟。	浮於淮泗，達于河。

淮海惟揚州	荊及衡陽惟荊州
三江既入。	
彭蠡既豬，陽鳥攸居。震澤底定。	江漢朝宗于海，九江孔殷，沱潛既道。
厥土惟塗泥。	雲土夢作乂。
厥田惟下下。	厥土惟塗泥。
厥賦下上上錯。	厥田惟下中。
厥貢惟金三品，瑤琨篠簜，齒革羽毛惟木。島夷卉服，厥篚織貝，厥包橘柚錫貢。	厥賦上下。
篠簜既敷，厥草惟夭，厥木惟喬。	
島夷。	厥貢羽毛齒革，惟金三品，杶幹栝柏，礪砥砮丹，惟菌簵楛，三邦底貢厥名，包匭菁茅。九江納錫大龜。厥篚玄纁璣組。
沿于江海，達于淮泗。	
	浮于江沱潛漢，逾于洛，至于南河。

荊河惟豫州		伊洛瀍澗，既入于河。	滎波既豬，導菏澤，被孟豬。		厥土惟壤，下土墳壚。	厥田惟中上。	厥賦錯上中。	厥貢漆枲、絺紵。錫貢磬錯。厥篚纖纊。			浮于洛，達于河。
華陽黑水惟梁	岷嶓既藝。蔡蒙旅平。	沱潛既道。			厥土青黎。	厥田惟下上。	厥賦下中三錯。	厥貢璆鐵銀鏤砮磬，熊羆狐狸織皮。		和夷底績。	浮于潛，逾于沔，入于渭，亂于河。
黑水西河惟雍州	荊岐既旅，終南惇物，至于鳥鼠。三危既宅。	弱水既西，涇屬渭汭，漆沮既從，灃水攸同。	至于豬野。	原隰底績。	厥土惟黃壤。	厥田惟上上。	厥賦中下。	厥貢惟球琳琅玕。織皮。		三苗丕敘。崑崙析支渠搜，西戎即敘。	浮于積石，至于龍門西河，會于渭汭。

《禹貢》專爲紀治水之成功，而併及貢賦之數，故九州紀水道、土色、田賦之等、貢物、貢道爲詳，餘皆或見或不見。古史言簡而意密，則又有言外之意。惟冀、梁、雍言山獨詳，諸州不言者，天下之勢，西北高而多山故也。徐雖言山，乃蒙、羽之小者，又止言藝，則不專主於導山。冀、青、梁不言澤者，冀、梁多山而地峻，青邊海而水易洩，故三州無澤也。雍雖多山，而豬野在其西北之偏，黄河之外，地形稍下，故有之也。揚、荊、豫、梁不言原隰者，諸州有大澤者無原隰，有原隰者無澤，揚州彭蠡、太湖，其浸甚大；荊州雲夢，闊數百里；豫之滎波、菏澤、孟豬，皆

巨浸；則原隰之地固少矣。兗、徐、雍，二者皆有者，兗止言宜桑之土耳，而雍則豬野在河外，原隰在河内，相去甚遠，惟徐之東原不同，東原地甚卑，常有水患，雖曰原，其實下濕，謂居濟之東而稍高爾。梁州二者皆無者，爲多山而下不足豬水，且無曠平之地也。梁、雍無篚者，多山之地，惟山獸皮，而所織爲罽，不假於篚也。兗、荆、豫不言夷者，凡地接於出海邊垂之地則有夷，豫居天下之中；荆雖居於南，而《禹貢》之地不踰嶺；兗雖在東北，而其東南則接青、徐，西北皆冀境：故三州無夷也。兗、徐、揚獨言草木者，三州在東方，皆河、淮、江之下流，被水特甚，草木不生，今水既泄而生草木，故特書此以表地平也。至於冀之不言境域及貢篚，則傳已言之矣。

田賦之等	田	賦
上上	雍	冀　豫錯
上中	徐	豫　冀錯
上下	青	荆
中上	豫	青
中中	冀	徐

中下	兗	雍	揚錯
下上	梁	揚	梁錯
下中	荊	梁	
下下	揚	兗	梁錯

書隨山九條八法：

既載　冀既載壺口。

治　冀治梁及岐。

至于　冀至于岳陽。既修太原云云。　雍至于鳥鼠。

其藝　徐蒙羽其藝。

既藝　梁岷嶓既藝。

旅平　梁蔡蒙旅平。

既旅　雍荊岐既旅。

既宅　雍三危既宅。

書治水十五條十一法：

至于　冀至于衡漳。

既從　冀恒衛既從。　雍漆沮既從。

會同　兗灉沮會同。

攸同　雍灃水攸同。

其道　青濰淄其道。

其乂　徐淮沂其乂。

既入　揚三江既入。

豫伊洛瀍澗既入于河。

既道　兗九河既道。　荊沱潛既道。　梁沱潛既道。

孔殷　荊九江孔殷。

既西　雍弱水既西。

屬　雍涇屬渭汭。

書澤十條八法：

既澤　兖雷夏既澤。

既豬　徐大野既豬。揚彭蠡既豬。豫滎波既豬。

底定　揚震澤底定。

導　豫導菏澤。

被　豫被孟豬。

至于　雍至于豬野。

土　荆雲土。

乂　荆夢作乂

書原隰七條六法：

既修　冀既修太原。

底績　冀覃懷底績。雍原隰底績。

既作　冀大陸既作。

既蠶　兖桑土既蠶。

廣斥　青海濱廣斥。

底平　徐東原底平。

書土十一法：

土色五：

白、冀、青。黑、兖。赤、徐。

青、梁。黄。雍。

土性六：

壤、冀、豫、雍。墳、兖、青。墳壚、豫。有性無色。

埴墳、徐。塗泥、揚、荆。皆有性無色。

黎。梁。細而疎也。

『既』二十一：

書山四：

既載一，冀既載壺口。既藝一，梁岷嶓既藝。

既旅一，雍荆岐既旅。既宅一。雍三危既宅。

書水八：

既從二。冀恒衛既從。雍漆沮既從。

既道三，兖九河既道。荆沱潛既道。梁沱潛既道。

既入二，揚三江既入。豫伊洛瀍澗既入于河。既西一。雍弱水既西。

書澤四：

既澤一，兖雷夏既澤。既豬三。徐大野既豬。揚彭蠡既豬。豫滎波既豬。

書原隰三：

既修一，冀既修太原。既作一，冀大陸既作。

既蠶一。兖桑土既蠶。

書草木一：

既敷一。揚篠簜既敷。

書夷一：

既略一。青嵎夷既略。

底六：

底績三：冀覃懷底績。梁和夷底績〔一〕。雍原隰底績。

底平一：徐東原底平。

底定一：揚震澤底定。

底貢一：荆三邦底貢厥名。

『惟』字三十有四，當有三義：

語助三十：

州名之上八：冀無。　厥土下五：冀、揚、荆、豫、雍。　厥田下九：厥賦下一：冀。　草木下四：兖草繇、木條。　揚草夭、木喬。　厥貢下三：徐惟土。揚惟金。雍惟球琳。

訓『及』三：

青海物惟錯。　揚羽毛惟木。　荆惟金三品。

訓『獨』一：

只荆州『惟箘簵楛』之『惟』，以『三邦底貢厥名』觀之，當作獨義。

山總四十有二

正導二十有七：

岍　岐　荆山北　壺口　雷首　太岳　底柱　析城　王屋　太行　恒山　碣石正陰列十

有二。西傾　朱圉　鳥鼠　太華　熊耳　外方　桐栢　陪尾次陰列八。　嶓冢　荆山南　内方　大别次陽列四。　岷山　衡山　敷淺原正陽列三。

雜見十有六：

梁　岐冀。　岱青。　蒙　羽　嶧徐。　蔡　蒙梁。　終南　惇物　三危　積石　龍門　崐崘　合黎雍。　大伾兗。

水總四十有二：

正導九：弱水　黑水　河　漢　江　濟　淮　渭　洛

雜見三十有三：洚水　漾　滄浪　三澨　沱梁州沱。　澧　九江　沇　汶　泗　沂　灃　涇　漆　沮雍州沮。　澗　瀍　伊以上導水。　衡漳　恒　衛　灉　沮兖州沮。　漯　濰　淄　三江　沱荆州沱。　潛荆州潛。　潛梁州潛。　桓　沔　流沙

澤總十有一：

竝見前圖。兖、徐、雍各一，揚荆各二，豫四。

原隰總九：七見前圖。冀三，兖、青、徐、雍各一。　東陵　陶丘

水道會同源圖

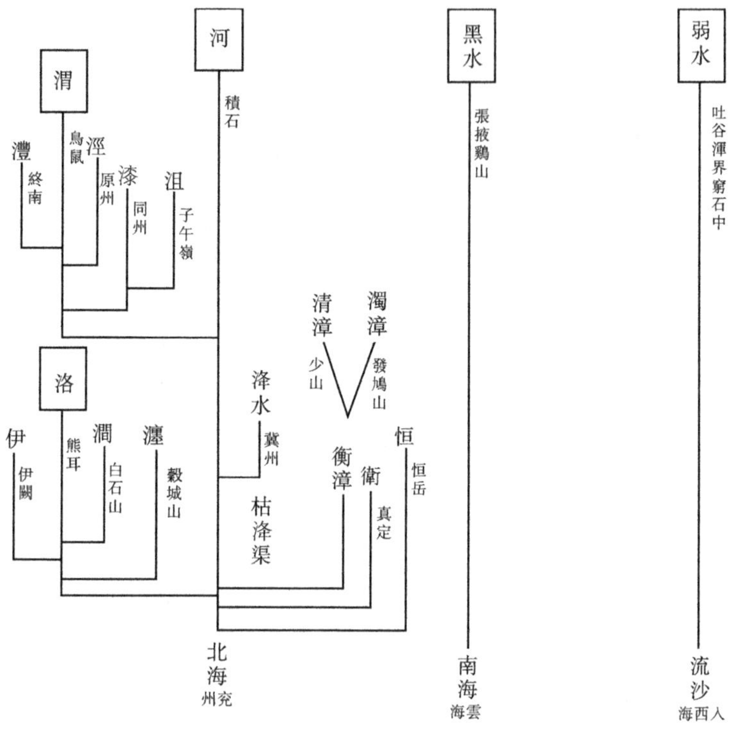
弱水
吐谷渾界窮石中
流沙
入西海
黑水
張掖鷄山
南海
雲海
河
積石
北海
兖州
濁漳
發鳩山
清漳
少山
衡漳
衛
真定
恒
恒岳
涿水
冀州
枯涿渠
渭
鳥鼠
灃
終南
涇
原州
漆
同州
沮
子午嶺
洛
熊耳
伊
伊闕
澗
白石山
瀍
穀城山

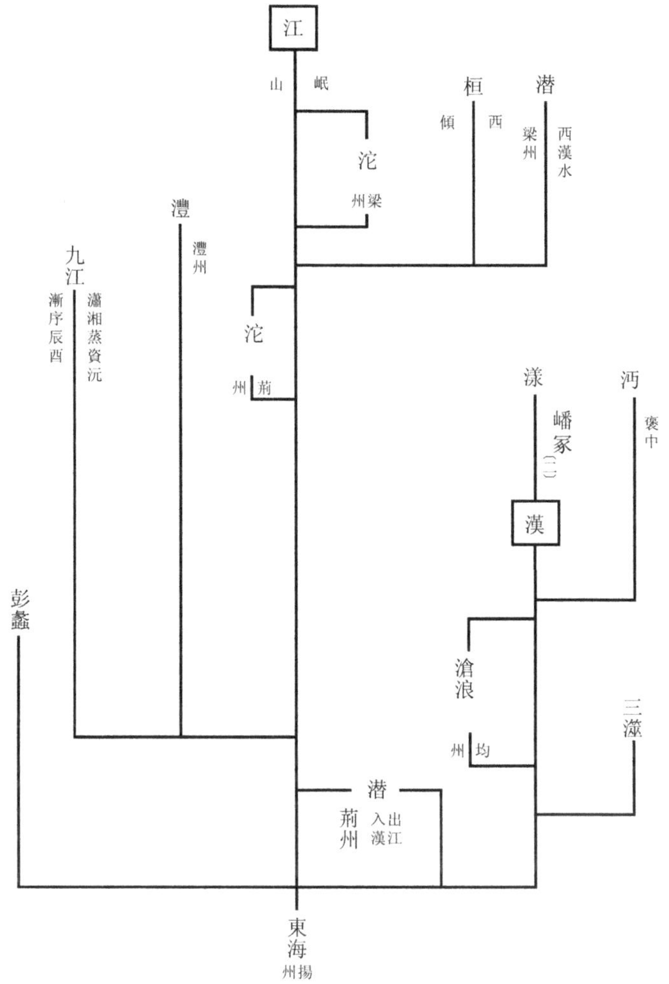
江
岷山
沱
梁州
桓
西傾
潜
西漢水
梁州
灃
灃州
九江
瀟湘蒸資沅
漸序辰酉
沱
荆州
漾
嶓冢（二）
沔
褒中
漢
滄浪
均州
三澨
彭蠡
潜
出江入漢
荆州
東海
揚州

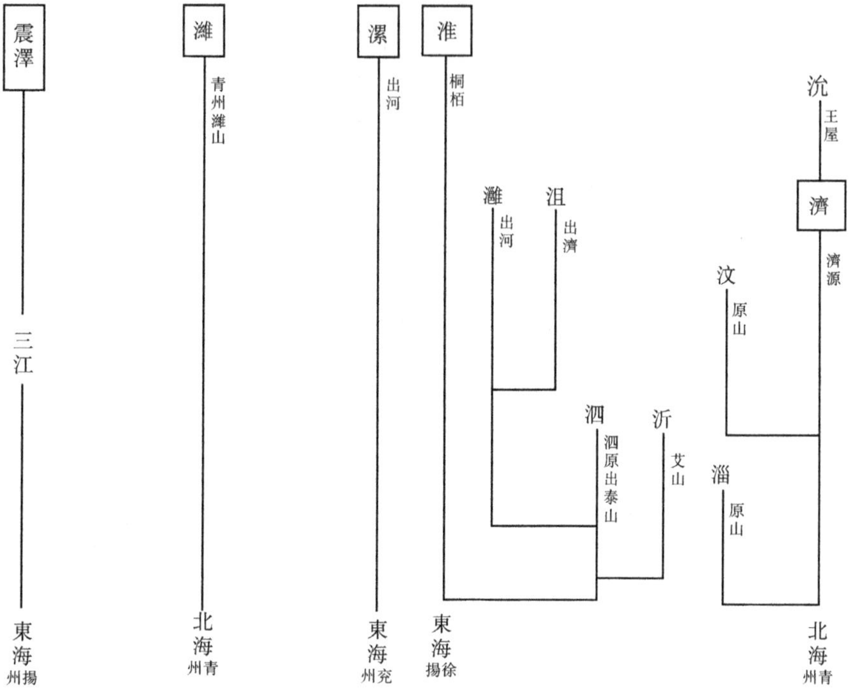
沇
王屋
濟
濟源
汶
原山
淄
原山
北海
青州
沂
艾山
泗
泗原出泰山
沮
出濟
灉
出河
淮
桐栢
東海
徐揚
漯
出河
東海
兗州
濰
青州濰山
北海
青州
震澤
三江
東海
揚州

服圖

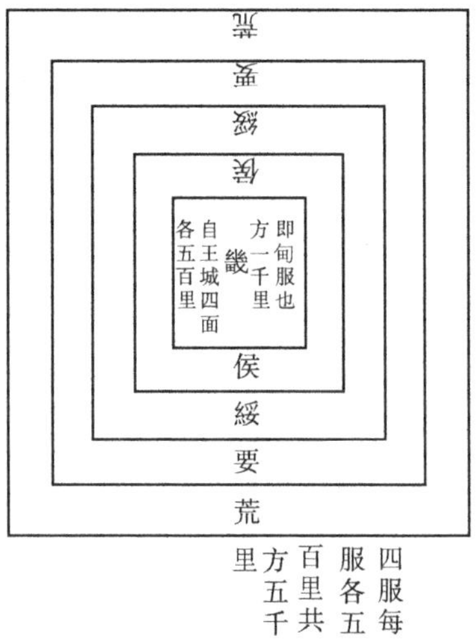

甘誓

《周禮·小宗伯》："『大師則帥有司而立軍社，奉主車。』注曰：『王出軍，必先有事於社及遷廟，而以其主行。社主曰軍社，遷主曰祖。《春秋傳》曰：軍行，祓社釁鼓，祝奉以從。《曾子問》曰：天子巡守，以遷廟主行，載于齊車，言必有尊也。』

五子之歌

『逸』者，縱肆而不收斂；『豫』者，怠惰而不恭敬。故以滅其本有之德。下文『盤遊』方説遊樂。

夏都安邑在河北冀州之境，窮國在窮石，居安邑之北。太康十九歲據《前編》。度河而南畋，故羿拒之于河，不使北歸，羿遂有河北之地，稱帝夷羿。而河南仍屬太康，夏國猶存也，故五子但惜冀方之喪。後十年，太康崩，仲康立，十三歲崩，夏后相立，八歲，寒浞烹羿而據其國。王相二十八歲，浞弑王。自作歌之歲，計三十二年而浞滅羿，又二十年而浞滅夏。

胤征

『官師相規』至『邦有常刑』，皆遒人狥於路之言也，此正先王之所謹臣人之憲而修輔者。疏云：平等有闕，猶尚相規，見上之過，諫之必矣；百工之賤，猶令進諫，百工以上，不得不諫矣。

自『政典』之上截斷，以下爲誓師之辭。『天子威命』以上，使士衆同心同力，欽承威命，以毋犯《政典》先後時之誅。『火炎崐岡』以下，戒其多殺，當擇善惡。『威克厥愛』以下，戒其縱緩。『其爾衆士懋戒哉』一語，總結上文。

『政典』以下，是戒士衆毋太過、毋不及，然有兩意，『先時者』，訓輕進而邀功；『不及時者』，謂失期而怯敵：皆是致敗之道，此以軍陣言。『火炎崐岡』，戒威鋒猛暴；『愛克厥威』，戒威武不振：此以氣勢言。

校勘記

〔一〕『梁和夷底績』，原脱，據上圖抄本補。

〔二〕『冡』，原誤『家』，據《禹貢》『嶓冡導漾』改。

讀書叢説卷五

湯誓

《湯誓》一篇，首尾皆以天命言。蓋生成萬物者天之道，而福善禍淫者亦天之道也。爲君者體天而教養其民，而仁愛之心流及庶彙，能紥贊化育者，則可謂之天子，天則錫之福。居於其位而暴虐烝民，是逆天生生之意，尸其位而不克肖天，不能任責，則天必降之禍，易有德者而任之。

絶命受命，雖曰聖人之心與天爲一，其感召契合之妙，有非人所能知者。然天聰明，自我民聰明，亦以彼之惡極，天下之人無不怨；我之仁至，天下之心無不歸。只就民心上看天意，得時即動，動則如意，即是受天命。張子所謂『間不容髮』者，蓋非聖人之聰明睿知，洞見天理人心，而有一毫私意於其間者，則爲妄作僭亂，其間何啻千里！

《湯誓》止是誓亳衆，所以有『不恤我衆』、『夏罪其如台』之語。可見天下皆怨桀，獨亳衆樂湯之化，不知有桀之暴故也。

仲虺之誥

人之所不能爲者，湯能爲之，是其勇；人之所不能知者，湯能知之，是其智。『矧予之德』爲句，朱子曾有此説，謂况存〔一〕我之德彰著，人之言誦我之德者，滿於聽聞。『德懋懋官，功懋懋賞』，懋，勉也。人能勉於德者，則以官勉之；能勉於功者，則以賞勉之。此古注之意。

『用人惟己』，謂用人則取人之善，爲己之善。是則有小善者無不用之，但欲成我之德爾。自『邦乃其昌』以上，釋湯慙之辭。『德日新』以下，勉湯之辭。『佑賢』以下八事，正湯所以得天下之道。惟其賢、德、忠、良者，則佑、輔、顯、遂之；弱、昧、亂、亡者，則兼、攻、取、侮之。是其賞罰皆得其當，無非奉天命、順天道而爲之，所謂栽者培之，傾者覆之也。兼、攻、取、侮，即十一征而天下無敵之事。『推亡固存』，謂凡可以亡國之道，湯皆推而去之；凡可以存國之道，湯皆固而守之：此邦國乃如此其昌也。此正贊湯之德，謂其順天，有功於天下，而不必慙之意。

『王懋昭大德，建中於民，以義制事，以禮制心，垂裕後昆』，金先生曰：此承『德日新』之意而言也。『懋昭』即『日新之推也，『中者』，無過不及之正理。舉天下事物莫。以下原闕。

伊訓

此前原闕。秋之辭有曰凡天子崩，諸侯薨，既殯，而嗣子爲君，《康王之誥》是也。未就阼階之位，來年正月朔日，乃就位南面而改元，《春秋》所書是也。啖子所言周禮也，三代之禮相因，此禮其有自來矣。『祠』者，祭告之名。『先王』、『厥祖』，皆湯也，自伊尹而言則曰先王，自太甲而言則曰厥祖。此太甲即位改元之初，伊尹欲發訓以告，故特行此禮，蓋非常禮也。喪三年不祭，唯祭天地社稷，越紼而行事，嗣君固不得行祠事，而臣子一也，伊尹亦安得吉服以攝祀乎？成王崩，太保逆子釗入翼室，越九日，王與太保皆麻冕受傳顧命，見諸侯乃釋冕及喪服，召公爲之也。伊尹將陳烈祖之德、官刑之制，質之於湯主而告之，故特祠焉。此伊尹、召公變禮行權，非可執常禮議之也。湯之崩，雖不可考知在何月，三祀十有二月，以冕服奉嗣王歸亳，蓋適當除喪之初，則元祀十有二月，湯猶未葬也，直告於殯宮爾。伊氏蓋堯之後，尹其名也。侯服、甸服羣后，近畿之諸侯也。

冢宰，大宰，卿之長也。『百官總己以聽冢宰』，謂百官各總己之職以聽伊尹之訓。斯與孔子之云辭同而意異者也。伊尹之訓，雖主於告王，而官刑之戒，蓋亦兼告羣后百官，故史臣之序如是。

古注以太甲繼湯立者，則是謂踰月而改元者非，蔡氏辨之甚詳。蔡氏謂太甲繼仲壬而立者則非，胡五峰辨之甚詳。

『三風十愆』，疏曰：舞及遊畋得有時爲之，而不可常然，故三事特言『恒』。歌則可矣，不可樂酒而歌，故以『酣』配之。

『聖謨洋洋，嘉言孔彰』，聖人之謨訓，固廣大而難窺測，如官刑之嘉言，則甚彰著易見。

太甲

伊尹之德與湯竝而孟子曰：『湯之於伊尹，學焉而後臣之。』高宗亦曰：『昔先正保衡作我先王。』然則尹又湯之先覺者，湯之所以受天下爲天下王，而尹不與者，特以勢耳，湯爲諸侯而尹則匹夫故也。其奉天命而伐夏救民，謀猷措置及立國之規模，皆湯、尹並其功勞。及湯既没，故尹獨以天下爲己任，其告太甲之言，大率多有己與湯同其天下之意。其丁寧告戒太甲，使之毋墜失基業者，尤諄諄也。後三篇皆此意。

金先生説『欽厥止』之『止』與《益稷》『安汝止』之『止』皆作此心靜止未發、未接物時説，謂於平日不接物而心靜之時，以敬存此心，使之虚靈專一，故於接物之際，動皆中理。『欽』者，敬也。上『慎乃儉德』，戒其驕奢。『惟懷永圖』，戒其苟且。若『機張』、『省括於度』，戒其輕發。故於不接物時戒其敬，而動則率乃祖之攸行。

『無輕民事，惟難；無安厥位，惟危。』二『惟』字，作接語辭看。

言逆於心，毋以爲怒，必求諸道，合於道者宜從之。言遜於志，毋以爲喜，必求諸非道，不合於道者去之。逆耳之言，非必可從；遜志之言，非必可違。故又在求於道，專以道爲中。

咸有一德

『監于萬方，啟迪有命。眷求一德，俾作神主。』『有命』，是始初天賦之以清淳之美質。『德』，是作爲止於至善者。正如《中庸》言天下至聖，先曰『聰明睿知，足以有臨』，是以質言。其下仁義禮知四者，是以德言也。蓋天降生人，其得氣之清而聰明睿知，亦時有其人，但能全其德者少。既曰『湯武反之』，則知有美質，失而不能反者亦多矣。天既厭夏，於是監觀萬國，凡有命者皆開啟迪導，使之全其德，而又獨求萬行全善、聖德具備者眷念之，俾作祀神之主，於是得湯與尹焉。其語意有如孟子『出乎其類』、『拔乎其萃』兩語。

『啟迪有命』、『受天明命』，兩『命』字所指不同，上『命』字，氣兼理；下『命』字，全以理言。『有命』，是天降生人之命，是理氣兼有。『明命』是『俾作神主』之『命』，是湯德之全，動與天理合，而天自然歸之，獨以理言。『明命』，當與上『命靡常』之『命』同。

『惟吉凶不僭在人，惟天降災祥在德』，惟吉凶之及於人，未嘗僭差，在人爲善不善爾；惟天之降災祥亦無他，在德之一不一爾。僭祥當兩讀，疏云：『指其已然則爲吉凶，言其徵兆則爲災祥。吉凶，已成之事，指人言之，故曰在人；災祥，未至之徵，行之所招，故言在德。吉凶已在其身，故不言來處；災祥自外而至，故曰天降。其實吉凶亦天降也。』

『德無常師，主善爲師；善無常主，協於克一。』蔡氏之意曰：『「德」者善之總稱，「善」者德之實行，「一」者其本原統會。德兼衆善，主於善，故得一本萬殊之理。善原於一，協於一，故達萬殊一本之妙。金先生之意曰：「德」指行言，「善」指理言，「一」指心言。「協」，參會考比之意。古今之德皆可師，而制行不同，不可拘一定之師，在於擇其善而已。天下之理雖善，而隨時取中，則又不可拘一定之主，所以參會考比之者，又在於此心之克一而已。蓋古今德行，或柔或剛，或正或〔二〕直，或清或和，或無爲或勤勞，在我不可拘一定之法，必擇善者從之。然善無定主，均一事也，或施之彼時則爲是，施之此時則爲否；均一節也，或用之此事則非，或用之彼事則是，所謂時中是也。所以參比會同之者，非純誠有定之心，其孰能精擇而無差也哉。

蔡氏德善一皆以理言，專主一本萬殊之說。其說渾融，恐用功者難見入頭處。且本文謂德『主善爲師』，是師善以成德也。若曰『德兼衆善』，則善爲德之子目，於主而師之之義，恐有微礙。於下兩句用功，恐爲尤難，當從金先生說，則條理分明而脉絡貫穿，學者可以爲用功之方矣。

金先生曰：『「七世之廟，可以觀德」，即前可以知後。「萬夫之長，可以觀政」，即小可以知大。蓋人之修德，豈止尊一身、安天下、利一時而已？至於廟享百世不祧，亦其餘澤也。長萬夫者尚可觀其政之善惡，况爲天下之君！或有小惡，乃謂人之不知乎？深勉戒之也。

末三句只一意，『匹夫匹婦不獲自盡』者，舉凡天下之民，有一人不得遂其生，其情無所告訴，不得上達，蓋因自廣狹人所以致此，是則德澤不能盡徧，不能成平治之功矣。

盤庚

『五邦』，蓋湯居亳，一；仲丁遷囂，二；河亶甲居相，三；祖乙遷耿，四；徙邢，五。自囂以下，皆河北地。

『由』《説文》作『甹，木生條也』。『蘖』與『枿』同，伐木餘枿，謂斫髡而復生。

『汝曷弗念我古后之聞』，汝何不以所聞於古后者，而思念我今日之事乎？

『用降我凶德』，金先生曰：猶《傳》所謂『有汾、澮以流其惡』，《國語》所謂『沃土民不才，瘠土民好義』之意。蓋消斯民沉溺重腿之疾，而絶後世驕奢淫侈之風也。

篇末『朕志』絶句，則『若否』二〔三〕字如傳意。或『否』字絶句，則『若』爲虚字，謂告汝以我之志及非我之志者，汝皆當欽之。

説命

『知之曰明哲，明哲實作則。天子惟君萬邦，百官承式。王言，惟作命；不言，臣下罔攸禀令。』知道固謂之明哲，然豈徒知而已，實欲見之辭令事爲，以爲民之準則，使人法而行之可也。

居天子之位而君臨萬邦，百官之所承仰法式，王出言則爲命令。今王固以明哲之資君萬邦，乃默不發言，則臣下無所禀令，而王亦失爲君之道矣。

『恭』者敬身以處，『默』者不言而居，『思道』者思天下之理。惟其思之精，故此心誠敬純一，通於神明。心爲人身之主宰，帝則天之主宰也。天者理之所自出，帝則理之妙而莫測者也。此心誠敬，與理爲一，則自然達於神妙，而説之心亦純誠無間者也。故高宗夢帝賚良弼，惟在於説。此以心感心，以理融理，而莫可以情觀者也。

傅氏本堯之後，説蓋姓伊祁。而傅氏也，或曰説不知其本姓氏，以築於傅巖，以地爲氏。

若金用作礪，鈍則欲使之鋭，謂事有所不得行，而求輔其決：此以行言也。若濟用作舟楫，阻則欲使之通，謂理有所不能明，而求輔其通：此以知言也。若旱用作霖雨，枯澁燥竭，欲得其沛然，謂義理未融，而求其滋助以致於化：此以涵養言也。

金先生曰：『若藥弗瞑眩，厥疾弗瘳』，謂言不直，則己之宿疾不除。『若跣弗視地，厥足用傷』，謂知不明，則行有所不遂。

『明王奉若天道，建邦設都，樹后王君公，承以大夫師長，不惟逸豫，惟以亂民』。天者理之所自出，故王者法天象，莫大於天。雖無所不覆，而化育萬物者亦豈自用？凡日月星宿雨露風霆，皆所以爲天之用，而代天之行者也。王者雖處至尊之位，豈能以一人之聰明徧及庶物？故樹立君長以共治之，皆奉順天道而爲之也。雖位有尊卑，皆在民之上，豈惟使其身安康豫樂而已，正欲其治民也。二語總指有位者而言。下文四『惟』字，則歸重於王，聖王上法於天，則臣敬順而民從治；精神運量、命令舉措稍爽於天，則下有不得其所者矣。

『惟天聰明』下四『惟』字，有三意：第一字起語辭，第二獨意，三、四則接語辭。『惟口起羞』下四『惟』字，則歷數之辭。

『干戈省厥躬』，謂欲以干戈加於人，則先當自省其躬。在我之德已至，澤已加於人，而有不順者，則動而丕應厥志者，在我者有一毫未盡，則在彼有辭。而丕應厥若我者有一毫未盡，則在彼有辭，而我之心不能無愧矣。王者之師有征無戰，不可輕動也。此當與益贊禹征苗之意兼看。禮煩又是黷祭裹面事。黷祭是祭之數。禮類是一祭之間用禮煩碎。

金先生曰：『求多聞，時惟建事』，此學于往行也。『學古訓，乃有獲』，此學于前言也。所謂考迹以觀其用，察言以求其心也。總之曰：『事不師古』，以不學前言往行則不能長世也。

『惟斅學半』以下當看表注。

高宗肜日

（下闕）

微子

微子之去，恐商亡身没，商祀遂絶，先出而不與滅亡之禍，則身存而或可繼殷之祀。一意也。紂之朝固不容直臣，而曾勸帝乙立微子，則微子乃紂之所深忌，不出恐致紂有殺兄之惡。二意也。前儒皆已言之。蓋殷之三仁，箕子、比干，太師、少師也。居位任職，惟有死義，無去義。微子不過一公子耳，可以去而不必致死。故微子自欲遜于荒。而二子詔（下闕）〔四〕

校勘記

〔一〕『存』，學海本作『在』。

〔二〕『或』，原本脱，據學海本補。

〔三〕『二』，原作『一』，據學海本改。

〔四〕自『干戈省厥躬』條『丕應厥若』至『二子詔』，原缺，録自北圖清抄本。

讀書叢説卷六

泰誓

讀《泰誓》者，有三大條目當先辨：其一，舊説以虞芮質成爲文王受命之年，至九年，文王卒，武王立，仍冒文王之年而不改元，至三年，觀兵孟津。蓋因《書》『九年，大統未集』，及《史記·伯夷傳》『父死不葬』，而附合《書》序『十有一年』之説，此不可信，蔡氏已辨之。其一，小序『十有一年，武王伐殷』，經『十有三年春，大會於孟津』，孔氏謂序『十一年』爲觀兵，經『十三年』伐紂。歐陽公從序，以爲經誤。此説非，當從經，蔡氏亦已辨。其一，『王曰』，蔡氏以爲史臣追稱。此説非也。湯武知天命已去桀紂而歸己，故正位號，以天子而伐獨夫，若猶用舊名，則是諸侯而伐天子，豈足號令天下哉？《泰誓》、《牧誓》、《武成》諸篇證驗明白，蔡氏皆曲爲之説，故反有滯礙。『類上帝』，告皇天，天子之禮也。『予一人』，天子之名也。『六師』，天子之六軍也。豈特此哉，如曰『有道曾孫周王發』，又曰『昭我周王』，若當時未稱王，史何故破碎本語，一一改之？

『命我文考肅將天威』作一句，謂皇天命文考使敬將天威，以定天下。或『考』字絶句，則謂皇天既怒紂，則命我文考矣，文王於是敬將其天威，欲有爲而未集。

『以爾友邦冢君，觀政於商』，師能左右之曰以之，『以』謂武王率諸侯事殷，以觀殷之政事，視其能悛惡與否，非謂有所窺伺也。

牧誓

車上五兵：戈、殳、戟、酋矛、夷矛。戈長六尺六寸，次殳長尋有四尺，自是而上，各益四尺，至於夷矛則長二丈四尺。

崇，尊之也。長，居人之上也。信任而使令之，是皆左右便辟用事者，又甚則使之有位而居大夫卿士之任。

洪範

神龜負文

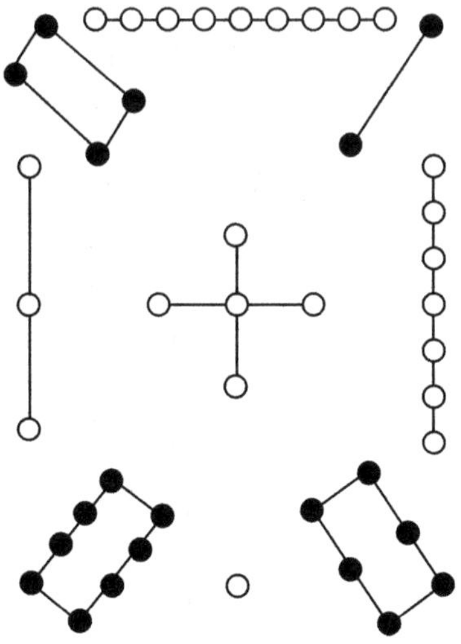

大禹次九疇本經

二、敬用五事。　七、明用稽疑。　六、乂用三德。

九、嚮用五福，威用六極。　五、建用皇極　一、五行。

四、協用五紀。　三、農用八政。　八、念用庶徵。

大禹法象龜文，止於前十句。其『初一曰』至『次九曰』二十七字，是箕子對武王陳述之辭。其後九疇之目，亦禹之經，箕子陳之時，散〔一〕見於後。

『十有三祀』，以見武王於伐紂之後，既釋箕子之囚，即訪之，急於求道也。箕子，殷所封爵邑。武王克商，封先代之後及功臣殆徧，而經不言封箕子，蓋箕子不臣周，而武王亦遂其志，故止仍其舊邑而已。

王問天陰定下民，而輔合其居止〔二〕，我不知其秉彝人倫之所以能敘者。其意若曰：天生民之初，無言語以告訓，無聲色以警示，而民之彝倫自然有敘，其所以然如何？蓋極本窮源之問也。意武王惟知箕子之有道知天，未必豫知箕子有《洪範》之傳也。儻先知世有《洪範》之傳，武王安得不深造其理，而直待問於箕子乎？箕子之對若曰：天道所以流行不息者，五行也，其生物者亦此也。人禀五行之氣以成形，禀五行之理以爲性，然則令彝倫所以叙者，乃天道之自然，不待諄諄命之，而不可以逃者也。故九疇之叙者，五行次即及五事，餘亦皆不外乎？（以下原闕）

酸，木實之味。辛，金氣之味。今於五金之器，盛物久而後見，惟銅爲甚。甘則穀味爲多。以上聖賢取用之意各自不同，觀造化者不可執一，此類可見。五味，唯木實皆有，於此又見五行之中，又各具陰陽五行。

蔡傳：五行有聲色氣味。水之聲羽，色黑，氣朽。火之聲徵，色赤，氣焦。木之聲角，色青，氣羶。金之聲商，色白，臭腥。土之聲宫，色黄，氣香。味則經文是也。

恭、從、明、聰、睿，金先生曰五事之則。肅、乂、哲、謀、聖，金先生曰五則之功，謂修五事之效也。從者順於理也，明聰謂無不見聞。是於見聞者，極知其善惡邪正，所謂『視遠惟明，聽德惟聰』是也。睿者通乎微，以一事言也。聖者無不通，以萬事言也。自通一事以至於萬事，自睿以至於聖，聖所以爲效也。總而言之，睿似貫，聖似一，見事之明，所以爲知哲；聽事之詳，所以成我之謨謀。

五行、五事，第二重皆言『曰』，第三重皆言『作』，五行之『曰』，謂其自然如此也；五事之『曰』，謂其當如此也。言『作』則皆謂馴致以至如此也。

用八政總曰農，民以食爲天也，故食居一。孔傳：『農，厚也。』蓋非訓農爲厚，謂農所以厚民也。貨非必金玉珠貝也，布帛亦貨也。食以養其口，非布帛不足以養其體，故貨居二。此二者皆出於農，爲政有此本，然後可施其餘。有衣食以養其身，而不知此身及衣食之所從來，則無異於禽獸，則當爲祭祀以報本，故祀居三。有衣食祭祀，又當有土地宫室以居之，故司空居四。然亦以民事所始之先後而言，蓋上古民之初生，雖未有火食、粒食之美，冠履、衣裳之制，固已食禽獸之肉而衣其皮矣，而食又居衣之前；古人飲食必自祭其先，此天性不待教而能者，觀豺獺之祭魚獸可見矣，故食、貨祀之次如此。而分井授廛，爲宫室以易巢穴，又在其後，故司空次祀後也。慮飽食煖衣，逸居而無教，故司徒居五。教而不從，刑以威之，故司寇居六。《洪範》，治天下之道也，欲教化達於天下，必諸侯遠人有交際之道，故賓居七。萬國之衆，或有不朝不臣，必加以兵，故師居八。

『八政』，即《周禮》六官，『冢宰制國用』，則食貨冢宰也。祀賓，宗伯也。師，司馬也。與三官共六官。

蔡傳：『曆數，步占之法』，步謂推其常，占謂察其變。

『時人斯其惟皇之極』一語，總上三節言。此三者之[三]人，君既念之受之錫之福，則是人斯其能歸於皇極矣。

無偏、陂、好、惡，無偏、黨、反、側，戒辭也。遵王之義、道、路，勸辭也。王道蕩蕩、平平、正直，贊辭也。會其極，遵其義、道、路也。歸其極，皆至於蕩蕩、平平、正直也。大抵『皇建其有極』一語，爲君之職。此韻語，乃教民歌詠之，以求合於君之極者也。

金先生曰：三德『直』字，與『克』字相類，謂平康之世，以正道直而行之。

『蒙』者，木兆。蒙，冒也。蓋兆直上，如木冒土而出者也。

蔡傳：『貞《屯》悔《豫》皆八[四]，蓋《易》九六變，而七八不變。《屯》☳☵、《豫》☷☳，此一四五爻變者皆九六也，而二三六爻不變者皆八也。

五事五兆庶徵，皆順配五行，則肅、乂、哲、謀、聖，與雨、暘、燠、寒、風自以類應。雨者，陰陽之和也。貌恭而肅，則敬德潤身，百體和順，故時雨順之。金先生曰：言從而乂，則號令順理，人心開明，故致時暘之順；視明而哲，則陽明内主，故致時燠之順；聽聰而謀，則閉藏默運，好謀能斷，故致時寒之順；思睿作聖，則妙萬物而無迹，故致時風之順。

狂、僭、豫、急、蒙而爲恒若之應，則是五事皆不能謹，而其心術、威儀、事功之舛謬所致也，必求其説及於上五者則鑒矣。狂，縱也，狂縱則泛濫流下，如水之洋溢，有潤下之勢，故恒雨順之。僭者，差也，太過也，僭差而過，則剛果發揚，如火之燄，燄有炎上之勢，故恒暘順之。豫，怠緩也，優游無斷，姑息不忍，猶生物而不能成物，是有春而無秋也，故恒燠順之。急，嚴迫也，嚴苛峻迫，暴虐不仁，有摧折而無發生，是長秋殺而無春榮也，故恒寒順之，此所謂周末無寒歲，秦亡無燠年者也。蒙，昏昧也，昏晦黯闇，瞀亂溷濁，政事無章而風行於地，則蠱亂飛揚，故有恒風之應也。五事皆順於則，故五者時至而間見；五事皆不順於則，則政令偏陂而恒有此應矣。

日月麗乎天，四時各有常道，雖經於宿度，而不入於宿之中。或有入於宿中，則爲失常道，而隨宿之所主爲災異。間有當自宿内過者，則不爲異。夫休咎之徵，自上而生，豈特王爲然？凡居民上者，皆足以致之，但其應有大小爾。民則不足以致徵，而休咎係上人之得失，故撫民者當視民之好惡而好惡之。其所好不過飽煖安逸，煢獨得所而已，此其常也。然生民有欲所好，又豈止此而已哉？則其好必有異於衆者。故爲上者，順其常而遏其異，此治民之道也。譬則星雖所好不同，而日月之行，自有常道，星有好亦不得施。儻爲人上曲從民之私欲以干譬，則上害於政，下妨於民，而爲國之病矣。譬則日月失當行之道，而入於星宿之中，以其所好而應立至也。日行處不見星象，故但言月。

日有中道，月有九行。中道者，黄道也。天本無黄道，步天者，欲按圖以定太陽周歲經行之處，而以黄色紀之，此黄道之名所由起。而日君象也，其所經行則爲中，故曰中道。蓋天之北極，出地面三十六度；自極之南五十五度，爲天之中；又南十二度，爲夏至之日道，是去極六十七度也；又南二十四度，爲春秋分之日道，是去極九十一度也；又南二十四度，爲冬至之日道，是去極百一十五度也。所謂北至東井去極近，南至牽牛去極遠，此南北字，以人仰望於天，而於夏至、冬至之時，見日經行去極之遠近而言也。東至角，西至婁，去極中者，此東西字，則以二十八宿一定之位而言，以角亢七宿居東，奎婁七宿居西者也。去極中則亦以二分之時，仰觀於天，見其經行者，而於冬夏至之遠近爲中也。凡此皆言日行之道。九行者，青、赤、白、黑道各二，并黄道爲九也。日一歲一周天，故以分至定日經行之位。月一月一周天，而歲十二與日會，故凡言月之行道，必以朔望而言之。月之於日，臣之於君之象也。臣從君而行，有扈從而不敢當道，嫌似君也。故月常行下道，而不敢當君行，常與黄道異塗而相去六度，至二道之交，則在一度之間。但言道者主於圖，而圖所以仰窺，故必易置宿度東西之位而左右[五]，然後可得而通也。若以定位而言，則青道白道，以圖横看，青道二出黄道東，而立春、春分行之者，謂巳、辰、卯、亥、戌、酉六辰之位，青道皆出黄道之東，而南北爲青黄道之交。白道二出黄道西，而立秋、秋分行之者，亦謂上六辰之位，白道皆出黄道之西，而南北爲白黄道之交也。蓋日春三月在亥、戌、酉三辰，秋三月在巳、辰、卯三辰故也。赤道、黑道，以圖豎看，赤道二出黄道南，而立夏、夏至行之者，謂申、未、午、寅、丑、子六辰之位，赤道皆出黄道之南，而東西爲赤黄道之交。黑道二出黄道北，立冬、冬至行之者，亦謂上六辰之位，黑道皆出黄道之北，而東西爲黑黄道之交也。以日夏三月在申、未、午三辰，冬三月在寅、丑、子三辰故也。若以經行而言，則春秋冬之月道，望常行於日道之内，而朔常行於日道之外。惟夏之月道，朔望皆行於日道之外，如春分之朔當在婁，而望當在角。在婁者去極九十七度，在角者去極八十五度，上弦去極六十七度，下弦去極百十五度也。秋分之朔當在角，而望當在婁。在角者去極九十七度，在婁者去極八十五度，上弦去極百十五度，下弦去極六十七度也。夏至之朔當在井，而望當在牛。在井者去極七十三度，在牛者去極一百九度，兩弦各去極九十一度也。冬至之朔當在牛，而望當在井。在牛者去極一百二十一度，在井者去極六十一度，兩弦亦各去極九十一度也。然此特以分至言其大畧耳，大要以日之所經行而爲之進退。蓋日主於氣，月主於朔，而九行以氣言者，月從日也。但氣朔必不齊，月之爲〔六〕道，常在四立，以漸推移，朔望兩弦，隨所而遇，故朔望值兩道交處必蝕。凡此皆言月之行道，然日月之行，二分二至，相去懸絶如是者，蓋亦以日時漸差而然，非謂春分方在此，而夏至遽移至彼也。觀此則日有中道，月有九行之説，或可見矣。

南望去地面

冬至	日三十一	朔二十五	望八十五
夏至	日七十九	朔七十三	望三十七
二分	日五十五	朔四十九	望九十一

此以大較言之，若朔望遇交，則日月必蝕。

魯齋先生福極對義圖

壽	短折
富	貧
康寧	疾、憂
攸好德	惡、弱
考終命	凶折

福極本天之所與，而君民共之者也。君建皇極於上，則能備受五福，而六極不足以及之矣。君則順天以理民，集五福於身而導之，使之避極而趨福，所謂斂福以錫之也。其予奪蓋可與天同功，而不可有一毫私意於其間，有一毫之私，則有不當錫之福，不當加之極矣，此蓋係於

皇極之建不建也。夫鰥寡孤獨者常有養，水旱凶荒則賙其急，仁政以閑其良心，醫樂以濟其夭死，錫之壽也。分井廛以生其財，輕賦斂以厚其用，錫之富也。諸侯用命，盗賊屏息，則民以康；徭役不與，游畋[七]有時，則民以寧；脩身以先之，學校以教之，則能攸好德；明德於良心未喪之前，慎罰於惡幾未甚之際，則可考終命。反是，則用極於民矣。然民之一身，天所以與之者素有分，而秉彝好德之心，又上下之所同然，是民欲受天之福，則惟好德之一節耳。能好德，則四福亦莫不隨之，而六極自遠矣。雖其分有厚薄之不同，而知富貴之在天，能殀壽而不貳，是皆好德者爲能，而所以承四福者也。故《洪範》之書言錫之福，惟曰有猷、爲、能、守、好德者也。此福雖主於禄而言，然亦可見上之導下，下之敬天，惟在於好德而已。上之人能使下好德，則可遂其錫福之公；下之人能攸好德，則可享天所賦之分。上之人好德，則能建其有極；下民好德，則能錫汝保極矣。故《洪範》惟言錫福，而不言錫極，蓋入此則出彼，而善固人之所本有也。

金先生洪範經傳文

一、五行：漢石經無『一』字，餘傳俱無疇數。一曰水，二曰火，三曰木，四曰金，五曰土。水曰潤下，火曰炎上，木曰曲直，金曰從革，土爰稼穡。潤下作鹹，炎上作苦，曲直作酸，從革作辛，稼穡作甘。金先生曰：此九疇之目，蓋大禹本經。其發明者，蓋禹之意，而箕子傳文也。然則此自『水曰潤下』以下，爲箕子傳文。

二、五事：一曰貌，二曰言，三曰視，四曰聽，五曰思。禹經。貌曰恭，言曰從，視曰明，聽曰聰，思曰睿。恭作肅，從作乂，明作哲，聰作謀，睿作聖。箕傳。

三、八政：一曰食，二曰貨，三曰祀，四曰司空，五曰司徒，六曰司寇，七曰賓，八曰師。禹經，無傳。

四、五紀：一曰歲，二曰月，三曰日，四曰星辰，五曰曆數。禹經。曰王省惟歲，卿士惟月，師尹惟日。歲月日時無易，百穀用成，乂用明，俊民用章，家用平康。日月歲時既易，百穀用不成，乂用昏不明，俊民用微，家用不寧。庶民惟星，星有好風，星有好雨。日月之行，則有冬有夏。月之從星，則以風雨。此箕子五紀傳，舊錯簡在庶徵。歲統十二月，月統三十日。故觀五紀而法之者，王自省如歲，卿士省如月，師尹省如日。蓋師尹統於卿士，卿士統於王，其事任大小可見，故各以其位之大小，以盡其職分之所當然。儻上不逼下，下不僭上，則上和下順，而有『百穀用成』以下之善應。無易者，不僭不逼之意也。或僭逼橫生，所謂既易，而有『用不成』以下不善之應。星宿雜陳於天，亦猶庶民之處於下也。師尹以上，治人者也；庶民，治於人者也。其所好不同者蓋無窮，而治之者則以常道而已。苟狥民之欲，則枉常道而亂矣，故曰『月之從星，則以風雨也』。然兩日月字不同，上日月統於歲者也，下日月麗乎天者也。蓋上取法歲於月日，而下取法於星故也。五紀不言曆數，言歲月日星，則曆數固在其中矣。

五、皇極：皇建其有極，無偏無陂，遵王之義。無有作好，遵王之道。無有作惡，遵王之路。無偏無黨，王道蕩蕩。無黨無偏，王道平平。無反無側，王道正直。會其有極，歸其有極。禹經。曰皇極之敷言，是彝是訓，於帝其訓。凡厥庶民極之敷言，是訓是行，以近天子之光。曰天子作民父母，以爲天下王。箕傳。

六、三德：一曰正直，二曰剛克，三曰柔克。禹經。平康正直，强弗友剛克，燮友柔克；沈潛剛克，高明柔克。箕傳。

七、稽疑：擇建立卜筮人，乃命卜筮，曰雨，曰霽，曰蒙，曰驛，曰克，曰貞，曰悔，禹經。凡七，卜五，占用二。衍忒，立時人作卜筮，三人占，則從二人之言。汝則有大疑，謀及乃心，謀及卿士，謀及庶人，謀及卜筮。汝則從，龜從，筮從，卿士從，庶民從，是之謂大同，身其康彊，子孫其逢吉。汝則從，龜從，筮從，卿士逆，庶民逆，吉。卿士從，龜從，筮從，汝則逆，庶民逆，吉。庶民從，龜從，筮從，汝則逆，卿士逆，吉。汝則從，龜從，筮逆，卿士逆，庶民逆，作內吉，作外凶。龜筮共違於人，用靜吉，用作凶。箕傳。

八、庶徵：曰雨，曰暘，曰燠，曰寒，曰風。禹經。曰時五者來備，各以其叙，庶草蕃廡。一極備，凶。一極無，凶。曰休徵，曰肅，時雨若。曰乂，時暘若。曰哲，時燠若。曰謀，時寒若。曰聖，時風若。曰咎徵，曰狂，恒雨若。曰僭，恒暘若。曰豫，恒燠若。曰急，恒寒若。曰蒙，恒風若。箕傳。

九、五福：一曰壽，二曰富，三曰康寧，四曰攸好德，五曰考終命。禹經。斂時五福，用敷錫厥庶民，惟時厥庶民，於汝極，錫汝保極。凡厥庶民，無有淫朋，人無有比德，惟皇作極。凡厥庶民，有猷，有爲，有守，汝則念之，不協於極，不罹於咎。皇則受之，而康而色。曰予攸好德，汝則錫之福，時人斯其惟皇之極。無虐煢獨，而畏高明。人之有能，有爲，使羞其行，而邦其昌。凡厥正人，既富方穀，汝弗能使有好於而家，時人斯其辜於其無好德。汝雖錫之福，其作汝用咎。箕傳。舊以有皇極之語，故錯簡在皇極。

六極：一曰凶短折，二曰疾，三曰憂，四曰貧，五曰惡，六曰弱。禹經。惟辟作福，惟辟作威，惟辟玉食，臣無有作福、作威、玉食。臣之有作福、作威、玉食，其害於而家，凶於而國，人用側頗僻，民用僭忒。此福極總傳，舊錯簡在三德。

金縢

三王『有丕子之責於天』，金先生從朱子説。如責其侍（闕）之責，謂天責取武王於三王也。蔡氏疑前既言『天責取』之，後卻言『無墜天之寶命』，似乎相反，故作『三王當任保護之責』。而『于天之下，有闕文』，然詳文意，其重乃在『定爾子孫』及『先王永有依歸』兩句。其意蓋曰：元孫遇危暴之疾，蓋將必死，若是三王蒙天責取武王，則以旦代之，蓋予仁順於祖考，又能事鬼神也。鬼神即天，不必措三王也。武王乃昔〔八〕受命於帝，遂能定爾子孫，而撫有天下。今三王幸勿墜天元降之命以佑武王，則先王有依而子孫永定。蓋謂前後雖皆天命，而前命所係者重，三王宜佑之，而以我應天之後命也。

大誥

『有天艱於西土』至『我有大事休』，金先生以爲命龜之辭。蓋因武庚之叛而卜，今并以祝辭告於衆，所以前不叙殷叛事，無費辭也。自『茲不忘大功』以下共爲一章[九]，兩『天降威』與前『天降割』皆言武王崩也。上『天降威』告於衆也，下『天降威』述命龜之辭也。『閉』者，有所避而不出之意。言今茲不敢忘武王之大功，且不敢避天威而不爲。凡武庚之叛，意皆在『茲』字内。於是用寧王所遺之大寶龜，以介紹知天之明命，即祝之曰：有大艱難之事於西土，我[一〇]周國本爲西土之人，如三監[一一]亦且摇蕩不靜，於此蠢動，故[一二]殷小厚之國，大敢經紀其遺叙。以天[一三]降威於我國，武王初喪，又知我國有兄弟之疵隙而民不安靜，言曰：我將復殷之天下，反鄙邑我周國。今於其蠢動之明日，民有獻賢者十人，出爲予助，以往撫寧大難，繼我[一四]先王所圖之功。我有此大事其休美乎！既命之則[一五]我灼龜而卜乃並吉。並吉者，習吉也。金先生之大意如此。

『天棐忱辭』，朱子曰：棐本木名而借爲匪字。顔師古注《漢書》云『棐，古匪字，通用』是也。『天畏以忱』，猶曰天難諶爾。孔傳訓作『輔』字，殊無義理。（文闕。七十一卷）金先生書中

『棐』字皆作『匪』説，惟《洛誥》不然。

康誥

『乃服惟弘王，應保殷民，亦惟助王宅天命，作新民』，言汝之所當服者，惟在廣王德意，和保殷民，亦惟助王宅定天命，作新斯民。『應保』，養之也。『作新』化之也。上有『惟』字，下亦有『惟』字，語意若曰惟當如此，又當如此。

『非汝封』四句，刑殺者，天所以討有罪，非汝封可以私意刑人殺人，無或以私意刑人殺人。又言非汝封可以私意劓刵人，無或以私劓刵人。蓋謂非獨刑之大者不可私，刑之小者亦不可以私意用也。

酒誥

《周禮·春官》：『大史掌建邦之六典，以逆邦國之治，掌灋以逆官府之治，掌則以逆都鄙之治。』『内史掌王之八枋之灋，以詔王治。』四者即《天官》大宰所建之六典、八灋、八則、八柄也。

大宰掌建邦之六典，以佐王治邦國：大宰即冢宰，天官也。典，经常之法也。邦國，王及諸侯皆是也。六典，六官各掌其一，冢宰則相職也，故皆建之。

一曰治典，以經邦國，治官府，紀萬民。太宰所掌。治典者，八政事法制，所以治天下之大法皆主之。

二曰教典，以安邦國，教官府，擾萬民。春官司徒所掌。擾者，勞而熟之之謂。司徒掌徒衆，其政莫大於教人爲善，故曰教官府而擾萬民。

三曰禮典，以和邦國，統百官，諧萬民。春官宗伯所掌。禮之用有叙而和，故曰和，曰統，曰諧。

四曰政典，以平邦國，正百官，均萬民。夏官司馬所掌。政之大者爲兵，故司馬獨曰政典，外以平邦國之亂，内以政而正百官職方制貢賦，故曰均萬民。

五曰刑典，以詰邦國，刑百官，糾萬民。秋官司寇所掌。

六曰事典，以富邦國，任百官，生萬民。冬官司空所掌。冬官主事，故曰任百官，主空土以給民，故曰富邦國，生養萬民。

以八灋治官府：百官所居曰府，此是朝廷之官府，故下文惟曰邦而不及國。邦者，天子之邦也。

一曰官屬，以舉邦治。官屬，謂六官，其屬皆六十。

二曰官職，以辨邦治。官職，謂六官之職，如治職、教職之類。辨，别也，謂各司其職。

三曰官聯，以會官治。官聯，謂國有大事，一官不能獨治，則六官共舉之。《小宰》有『六聯』，謂祭祀、賓客、喪荒、軍旅、田役、斂弛也。

四曰官常，以聽官治。官常，謂各自領其官之常職。

五曰官成，以經邦治。官成，謂官府之成事品式。

六曰官灋，以正邦治。官法，謂職所主之法度，掌祭祀、朝覲、會同、賓客之法度。

七曰官刑，以糾邦治。

八曰官計，以弊邦治。三年大計羣吏之治而誅賞之。

以八則治都鄙：則，亦法也。都之所居曰鄙。都鄙，公卿大夫之采邑，王子弟所食邑在畿内者。

一曰祭祀，以馭其神。馭謂敺之納於善。

二曰灋則，以馭其官。

三曰廢置，以馭其吏。

四曰禄位，以馭其士。

五曰賦貢，以馭其用。

六曰禮俗，以馭其民。謂昏姻喪紀之禮。

七曰刑賞，以馭其威。

八曰田役，以馭其衆。

以八柄詔王馭羣臣：

一曰爵，以馭其貴。

二曰禄，以馭其富。

三曰予，以馭其幸。幸，謂言行偶合於善，則有以賜予之，以觀後。

四曰置，以馭其行。有賢行則置於位。

五曰生，以馭其福。生，猶養也。賢臣之老者，王者以養之。

六曰奪，以馭其貧。臣有大罪，没入家財。

七曰廢，以馭其罪。廢，猶放也。

八曰誅，以馭其過。誅，責讓也。

此皆大宰之所建，而大史内史又以逆王詔王也。然内史之八枋，則一曰爵，二曰禄，三曰廢，四曰置，五曰殺，六曰生，七曰予，八曰奪。名與次有與前不同者，因事無常而互見也。

太史、内史，王朝官，非衛所有。蓋此章『百宗工』以上皆言殷之舊臣，侯、甸、男、衛亦以近殷都者言之也。自『矧惟爾事』以下，方指衛國官。

『宏父定辟』，蔡傳：宏父，事官，司空也，主廓地居民。廓即辟也，則『定辟』之『辟』，當作開闢之義。

梓材

《梓材》，舊以爲告康叔爲政之書。蔡氏以爲簡繩斷爛，而誤屬一篇之中，意不可强合。金先生曰：《梓材》之書，營洛之書也。其總叙見於《召誥》，曰：『周公乃朝用書，命庶殷侯甸男邦伯。』其命庶殷，即《多士》之書叙所謂『惟三月，周公初於新邑洛用告商王士』者也。其命侯甸男邦伯，《梓材》之書是也。其叙即《康誥》之叙，所謂『惟三月哉生魄[一六]周公初基，作新大邑於東國洛，四方民大和會，侯甸男邦采衛，百工播民和，見士於周，周公咸勤，乃洪大誥治』，蘇氏所謂《洛誥》之敘是也。《梓材》前章皆『咸勤』之意，後章則乃『洪大誥治』之辭，其間辭意無不脗合者。篇首『王曰封』之『封』，誤衍之也。左氏曰『成王合諸侯城成周以爲東都』，是作洛之際，必合諸侯，各率其卿士大家，將其徒衆以受役，所謂『四方民大和會，侯甸男邦采衛，百工播民和，見士於周』也。『周公咸勤』，則勞來撫恤之也。大家則皆將其醜類，從於諸侯，以聽役於王室。爲諸侯者，當以其臣民下通意於大家，以其臣上通意於王室。承上勞下，邦君之常職也，故曰『以厥庶民，暨厥臣達大家，以厥臣達王，惟邦君汝若恒』也。古者動大衆，興大役，則司徒率徒衆，司空畫土疆，司馬以軍法治之。君行師從，師師者，一師之長也，即三卿也。卿行旅從，尹旅者，一旅之長，三卿之副也。周公喻邦君，又欲邦君告其卿大夫，曰『予罔暴厲殺人』，蓋不欲以軍法從事也。然亦必邦君先能敬以勞來其民，則自此以徃，卿尹皆能敬以勞來其民，故曰『越曰：我有師師、司徒、司馬、司空、尹旅。曰：予罔厲殺人，亦厥君先敬勞，肆徂厥敬勞』也。古者徒役起於大[一七]家丘甸，而罪隷之人，又服役於其下。故凡往日姦宄殺人者，自有本罪，而所連歷之人，古法所謂胥靡，今法所謂干連知情藏匿者，與爲公家之事，而竝緣傷人者，皆入於罪隷。今既興[一八]此大役，服勞王事，皆與赦除，同於良民。故曰『肆徃姦宄殺人歷人宥，肆亦見『見』疑作『爲』。厥君事戕敗人宥』也。凡此優恤赦宥之事，皆邦君所當承流。

則又述王啟侯監之言在於爲民，不在於厲虐，故曰『王啟監厥亂爲民，曰無胥戕，無胥虐』也。古者興役動衆，孤寡之人無所與，不幸而在焉，必加優恤之。若晋師之歸老疾，勾踐反耆老之子是也。古者徒役之中，亦有臣妾，如女子入於舂藁之類，蓋供樵爨之役，於此亦必優恤之，故曰『至於敬寡，『敬』疑作『矜』。至於屬婦，合由以容』也。則又繼述王教邦君之命皆爲恬養之仁，而不在他，故曰『王其效邦君越御事，厥命曷以？引養引恬』也。自此以上皆爲咸勤之事，而又以『自古王若茲，監罔攸辟』結之。宅洛之事，上承武王定鼎之意，而繼志述事以文太平。故即作洛之時，田里、居室、器用之事爲喻，故曰『惟曰：若稽田既勤敷菑，惟其陳修爲厥疆畎；若作室家，既勤垣墉，惟其塗塈茨；若作梓材，既勤樸斲，惟其塗丹雘』者。此遷洛之議，而又述『今王惟曰』以繼之。夫營洛之事，一爲四方朝貢道里之均，故曰『先王既勤用明德，懷爲夾，庶邦享，作兄弟，方來，亦既用明德。后式典集，庶邦丕享』；爲殷民密邇王化，故曰『皇天既付中國民，越厥疆土於先王，肆王惟德用，和懌先後迷民，用懌先王受命。』而又終之曰『已，若茲監。惟曰：欲至於萬年，惟王子子孫孫永保民』，則又述之德意，使諸侯皆知之，不惟作洛之際敬勞其民，而所以爲國家久長之計者，亦無出於保民者。此又《召誥》之意，凡此正〔一九〕所謂『洪大誥治』也。

召誥

『王敬作所，不可不敬德』二句，再提起前『敬德』之語，而以夏商往事爲言，當監之。而『疾敬德』下至『嗣若功』共爲一章，言王者以敬爲安居之所，今王不可不疾敬其德，不可不監視夏殷二代。禹湯有德，既服天命，當有歷久之年，其後子孫不能延長，弗克享國。我於天命幽微之理皆不敢知，我但不敬其德者，即早墜壞其所受之命而喪亡爾。今王嗣文武而受其大命，我亦惟此夏殷二國之命，繼禹湯及二代賢哲之君有功者，庶幾不墜文武所受命，固不可不疾敬德而以敬爲所也。我者爲成王言〔二〇〕也。前言相夏殷，謂天命無常不可保，此言國祚興亡，惟在人君敬德，不敬德不〔二一〕可信。

洛誥

周公至洛而卜，蓋卜下都以處商民。舊説以下澗東瀍西爲卜王城，非也。《召誥》召公三月戊申，至洛卜宅，得卜則經營。庚戌，攻位。甲寅，位成。翼日乙卯，周公至洛，則達觀於新邑營，無再卜之意。《洛誥》『乙卯朝至於洛』，與《召誥》合。夫召公既卜且攻位而有成矣，周公乃再卜之何耶？儻卜而不吉，又將遷位耶？則召公爲不可信矣。况武王定鼎於郟鄏，所以營東都，繼先志也。而謂卜都於河朔又何也？儻以卜河朔爲下都，澗東瀍西爲王城，則尊卑緩急又無序矣。此時王城已定，周公但卜處商民之地，以河朔頗近商舊都，遷民之便，而先卜之。次及澗瀍，二者皆惟洛食。『我乃』者，改事之辭，是兩卜也。又『卜瀍東，亦惟洛食』，是三卜也。蓋王都在洛，三卜之龜墨，皆以洛與此地對定，故皆惟洛食也。舊説以澗東瀍西爲王城，蓋以二水皆南流入洛故也。且泳瀍水出穀城，澗水出新安，流而至洛，其經行已遠。今亦不詳周公所卜定於何處，而王城迫近洛水之陽，蓋不患其説之不通也。

『孺子其朋』至『敘弗其絶』，金先生之意，謂『孺子』成王也。『朋』者，友之也。『其』者，期辭也。孺子其友於百工，謂與之議論謀猷，公其心以與共天下之事。又言『孺子其朋』，而往治於洛，無若火始然，其光燄燄，用此小明以御事，則心機日熟而欲日熾，必至灼爍延熱而不可絶矣。

王以秬鬯二卣，曰明禋，以休享於周公，以爲事周公如事神明也。禋，精意以享也。鬱鬯，雖所以祭宗廟，而賓客亦以此祼之。如《周禮·大行人》『上公再祼而酢』、『侯伯一祼而酢』之類，是天子待諸侯之禮也。然則此文惟『禋』字爲主爾，『鬯』非必事神明也。

多士

金先生以《多士》之書即《召誥》告庶殷之書也，『三月』，即《召誥》周公至洛之三月。孔傳以爲周公致明年三月，蔡氏以爲成王祀洛次年三月，皆彷像之辭，恐不得事實。

『朕不敢有後』，謂所以遷居於西者，非我樂於不安也，是惟天命如此，無敢有違，故我不敢後之爾，無我怨。

君奭

『天命不易』，謂未受命時，不可以易受。『天難諶』，已受命而又不可信，惟恐將移而之他。

『天惟純佑命』至『罔不是孚』，金先生曰：天所以純佑命者，則商家實有許多故家遺俗，王朝羣臣無不兼持其德，明恤官屬。外而藩屏侯甸，以〔二二〕及奔走之人，皆能各用其德，以輔厥辟之治。故一人有所作爲於四方，人心無不孚信。

『迪見冒，聞於上帝』，『見』謂德昭著於上，『冒』謂德覆冒於下，然後聞於上帝。『見』就自身言，『冒』就及民言。

『收罔勖不及』，金先生曰：召公收身而退，不勉其所不及。

多方

奄蓋與淮夷、徐戎同叛，以應武庚者，成王、周公既定殷，而就伐奄，至三年然後平，只一時事，未嘗兩出軍。《孟子》謂『伐奄三〔二三〕年討其君』，與《詩・東山》三年歸之説合，即此事也。

所以三年之久者，奄非能抗天下之兵也。聖賢用兵不以多殺人急成功爲事，直欲其心服爾，故若是其久也。

『告爾四國多方』至『弗永寅念於祀』，告爾管、蔡、商、奄之四國及多方之國，紂罪貫盈，禮宜誅絶，而廢其宗祀；其民久化紂惡，亦皆當誅。惟爾殷侯武庚，仍爲殷君而尹正其民者，我惟大降宥爾之死命，恩可謂大矣！爾乃昏罔不知，方且大思圖謀天命，爲叛逆之事，是乃弗長永敬念於宗祀，而自欲絶之爾。

『自作不典，圖忱於正』，自爲不合典常之事，乃欲圖謀人信之以爲正。

立政

『兹惟后矣，謀面用丕訓德，則乃宅人』，自『乃敢告教厥后』以下，乃大臣深知俊乂之德，博求之而告於君，謂可居三宅。此一節謂於是夏之爲君者，聞其言又不輕信，而必謀之於人，面之於己，灼見才德，然後用之，果有大訓於德，則乃使之爲三宅人。

『兹乃三宅』，所以無義民者，蓋因桀弗如其先君任人之道。

成湯既升陟居天子之位，乃丕釐上帝耿光之命。『丕』以推其大規，『釐』以理其條目。乃用人居於三宅，所用之人，則克即其宅，謂果能勝其任也。然人才當廣求，雖已有人徧居三事，又當畜才以待其需。儲之以待充三事者，則謂之三俊。『曰三有俊，則克即其俊』，謂實能有其才也。湯則深嚴思惟其治天下丕大之法式，事制曲防已有成規，然後能用三宅三俊。所以在商邑則能和協於此，在四方則雖遠，莫不於丕式之中以見君德。

『文王惟克厥宅心』三句，謂文王惟自能宅安其心，則能自立此常事司牧之人，皆是能俊有德者。

成湯、文王於三宅之人能宅之者，蓋能因紬繹其人，灼知其心，兹乃使之乂事。繹則謀面之謂也。

以上皆金先生之意，推而爲説。從表注、句讀、段落，方可從此説。

周官

『六服』，《周禮・大行人》：邦畿方千里，其外方五百里謂之侯服，又外五百里甸服，又外五百里男服，又外五百里采服，又外五百里衛服，又外五百要服，要服，蠻服也。九州之外謂之蕃國。《職方氏》：方千里曰王畿，其外侯、甸、男、采、衛、蠻、夷、鎮、蕃，各方五百里。二説不同。蓋『方五百里』，總言兩面也，一面二百五十里，王畿及九服，共方五千五百里。《職方》九服，而《大行人》自侯至要止六服，謂九州内也。九州外蕃國，則兼夷、鎮、蕃而言，世一見者也。此書『六服』，即要以上六服也。

傳曰：有虞氏官百，夏二百，商三百，周三百有六十。

『道』，即事理當行之路。『論道』者，論脩身治人之常道，所以爲經邦之本者也。『陰陽』則天地所以造化，氣運有不齊，人君固當變和調理。『經邦』，即變調也。

『化』，即經邦之運用。副貳三公經邦之化，敬明天地之道。三公言變理，參天地，贊化育，德隆位尊而任大也。三孤位卑，不過敬明其道，以啟導其君耳。

前言『六服』，此又言『五服一朝』，聖人詳内畧外，不治夷狄，歲朝止於五服。

顧命

『誓言嗣』，謂恐不及戒誓以言嗣子之事。

『須材』，金先生謂即下文禮器、几席、車輅、戈鉞之屬。舊説供喪用，與上下文不相入。《周禮·司几筵》：『凡大朝覲、大饗射，凡封國、命諸侯，王位設黼依，依前南鄉，設莞筵紛純，加繅席畫純，加次席黼純，左右玉几。』鄭玄謂：『次席，桃枝席，有次列成文。』然則此所謂篾席，乃三重席之最上重也。《書》疏：『篾，析竹之次青者。』

『弁』者士也，立堂下。『冕』者大夫也，立堂上。『戺』，階下之隅角。東西堂，東西廂之前堂，是兩夾室之南。堂上東西垂，謂凡堂上東西面各一階横下，而各有一人立於其階之上際。『側階』，則東房北堂之上也。

『三宿、三祭、三咤』，宿，肅也。用此一同三宿而三祭。孔傳以『咤』爲奠爵，蔡氏從之。

親没而始受顧命，雖不敢死其親，用祭服祭禮而不哭，然三咤之情則不可遏也。金先生曰：咤，歎也。疏謂『經典無此咤字，咤爲奠爵，傳記無文』。

『王答拜』，金先生曰：明爲後也，古者始喪，雖卑者亦拜之，此雜用喪禮故也。

金先生曰：在喪祭告，王不飲福，太保攝飲福，故『太保受同，祭嚌，宅。』『宅』，亦當作『咤』，絶句。

康王之誥

天子五門：一曰皋門，外朝所在，朝覲四方諸侯之所；二曰庫門，府庫所在；三曰雉門，外設兩觀，懸象魏其内，左祖右社之途；四曰應門，其内治朝之所在，亦曰内朝。日朝羣臣之所；五曰畢門，又曰虎門，又曰路門。其内燕朝之所在。既曰朝羣臣於治朝，而退適路寢聽政，即此地也。今曰應門之内，則宜曰治朝，或曰内朝。蔡傳既言『外朝在路門外』，而又曰『應門之内，蓋内朝所在』，兩語不相應，恐上『外』字誤。

『羑』，金先生曰：字書：『羑，進善也。』即『誘』字。『羑若』，蓋天誘其衷之意。言皇天以大邦之命而改命周，亦以文武大能承受其誘衷助順之理，而憂勤西土之民爾。

畢命

『道有升降，政由俗革』，治道有所當升，有所當降，初無執一之用，故爲政者，當視時俗爲之更張。

『辭尚體要』，辭令貴大體而不煩細，貴簡要而不泛濫。

君牙

暑雨、祁寒，小民怨咨者，蓋寒暑雨暘，天之令也，小民無知，爲其不便於己，且怨咨之。即民心之罔中也，其導之難也如此。故曰『厥惟艱哉』。思艱圖易，即導之中也。與上文作一串説下，此段似相應。此篇上下皆是説教，恐未及衣食。

呂刑

炎帝之末，諸侯有蚩尤者爲始作亂。蓋自天地開闢以來，風氣淳朴，民俗敦厚，皆知尊上，蚩尤乃始爲亂，故黄帝作法以矯正虔劉之。此言制刑之始。苗民『作五虐之刑曰法』，謂之『曰法』者，言專以刑爲治國之法，而不用禮教也。又謂『始淫劓刵椓黥』，言初過用其刑，而且并制罪無差等，皆是周聖人所制之刑而過用之，專用之耳，非謂苗始制刑也。如此看，則白無堯舜因有苗制刑而遂爲常法之礙。

皇帝者，總言堯舜也。蓋竄三苗乃舜居攝時事，未可專指舜，征苗分北乃舜時事。古註言堯，蔡傳言舜，恐皆失偏，當兼言之。

『皇帝清問下民』至『率乂於民棐彝』，金先生曰：清問下民，而民皆言有苗之暴虐，與其風聲氣習之爲害，於是以德爲威而人心知所畏，以德明民，而人心知所向。先命三后以爲教養之具，此『德明惟明』之事；而復命士師以刑法之防，此『德威惟畏』之事也。聖人制刑之本如此。伯夷降下典禮以示天下，天神、地祇、人鬼既各有正禮。然出禮則入刑，降典所以折其民之入刑者而回入於禮也。禹平水土以安民生，爲山川立主祭之典以正民心。蓋既絶地天通，於是修山川之正祀，又各使有土之君主之，不至於瀆。稷降播種之法，使農殖嘉穀。蓋前此民猶雜食草木之實，自稷教民稼穡，而民始皆殖嘉穀矣。三后成功，民俗殷盛，而後命皋陶爲士師，制百姓刑法之中，不偏於輕以惠姦，不過於重以虐民，立爲中典，亦所以使民祗敬爲德而已。蓋其君臣之間，和敬示德於上，而精明承德於下，躬行心得，其表裏政令皆可爲民之法，灼於四方，人心觀感，罔不爲德之勉。而後明刑法之中，治其民之非彝者而已。蓋教養如此，而猶或有非彝者，然後刑之也。　此篇始述有苗之刑，以爲暴虐之戒；繼述聖人之刑，以爲後世之準。聖人教養之具無一（以下原闕）。

視，豈非以德爲民所取中乎？

篇中十『中』字，『罔中於信』、『制百姓於刑之中』、『明於刑之中』、『觀於五刑之中』、『罔非在中』、『咸庶中正』、『罔不中聽』、『非天不中』、『於民之中』、『咸中有慶』，皆無過不及意。

文侯之命（闕）

費誓

戰車，甲士三人，御者居前，左執弓矢，右用五兵。弓矢爲長兵，五兵爲短兵。弓一用矢百，又有一弓以備損折，故《詩》曰『交韔二弓』。必二弓百矢具足，故曰『備』。五兵者，戈、殳、戟、酋矛、夷矛，建於車右，隨所宜用之。以金爲之，故曰『鍛』。唯殳積竹为之，为擊兵，不主刺。此言『戈矛』，總該五兵也。礪鋒刃，則又總上兩句，兼矢、戈、戟、矛言之。

凡言『常刑』者，軍律之常，於此申言之爾。曰『大刑』，曰『無餘刑』，則此誓之權也。

秦誓

《左傳・僖三十年》：晉文公、秦穆公同圍鄭，鄭人説秦伯，秦伯使其大夫杞子、逢孫、楊孫成之而還。《三十二年》：杞子告於秦曰：『鄭人使我掌北門之管，若潛師以來，國可得也。』穆公訪諸蹇叔，蹇叔曰：『勞師襲遠，遠主備之，勤而無所，必有悖心。』公辭焉。使百里孟明視、西乞術、白乙丙出師於東門之外，蹇叔哭之曰：『孟子！吾見師之出而不見其入也！』公使謂之曰：『爾何知？中壽，爾墓之木拱矣！』《三十三年》：秦师行及滑，鄭商人弦高遇之，以牛十二犒師，曰：『寡君聞吾子將步師出於敝邑，敢犒從者。敝邑爲從者之淹，居則具一日之積，行則備一夕之衛。』孟明曰：『鄭有備矣，吾其還也。』滅滑而還。晋原軫曰：『秦違蹇叔，以貪勤民，不哀吾喪，伐吾同姓。』遂發命，遽興姜戎，敗秦師于殽，獲三帥以歸。文嬴請而歸之。秦伯曰：『孤違蹇叔，以辱二三子，孤之罪也。』《文二年》：春，秦孟明視帥師伐晋，以報殽之役。晋侯禦之，秦師敗績。《三年》：秦伯伐晋，濟河焚舟，取王官及郊，晋人不出。遂自茅津濟，封殽尸而還。《史記》曰：穆公自茅津渡河，封殽中尸，乃誓於軍曰云云，以申不用蹇叔、百里奚之謀，故作此誓。

商周之書，多引夏商之興廢爲監。商周初興，起事之書，陳桀紂之惡以告之於衆，固宜也；至功成治定之後，凡所以告戒之辭，莫不引之爲說。蓋義理雖人心之所固有，又不若指其已然之跡以告之，尤爲易見。　起事數所征之罪（以下原闕。）

伊訓　太甲上　太甲中

太甲下　咸有一德　盤庚上

盤庚中　盤庚下　説命下

微子

周書

大誥　康誥　酒誥

洛誥　多士　無逸

君奭　多方　立政

顧命　康王之誥　畢命

君牙　冏命　文侯之命

引古

周書

周官　吕刑

校勘記

〔一〕『散』，原作『敬』，據學海本改。

〔二〕『止』，原作『正』，據《書集傳》改。

〔三〕『之』，原脱，據學海本補。

〔四〕『八』，原作『入』，據學海本改。

〔五〕『右』，原作『布』，據學海本改。

〔六〕『爲』，原作『易』，據學海本改。

〔七〕『畋』，原作『政』，據學海本改。

〔八〕『昔』，原作『者』，據學海本改。

〔九〕『共爲一章』，學海本作『二句一意』。

〔一〇〕『我』，原作『之』，據學海本改。

〔一一〕『監』，原闕，據學海本補。

〔一二〕『故』，原闕，據學海本補。

〔一三〕『天』，原作『大』，據學海本改。

〔一四〕『我』，原作『武』，據學海本改。

〔一五〕『既命之則』，學海本作『因命之曰』。

〔一六〕『哉生魄』，據學海本及經文補。

〔一七〕『大』，原作『夫』，據學海本改。

〔一八〕『興』，原作『與』，據學海本改。

〔一九〕『正』，原作『以上』，據學海本改。

〔二〇〕『言』，原作『我』，據學海本改。

〔二一〕「不」，原作「必」，據學海本改。

〔二二〕「以」，原作「況」，據學海本改。

〔二三〕「三」，原作「五」，據學海本改。

許白雲先生文集

點校説明

蔣金德

《許白雲先生文集》四卷、《補遺》一卷，元許謙撰。

許謙（一二七〇——一三三七），字益之，號白雲山人，人稱白雲先生。生於東陽白雲洞北之笠澤，七歲繼嗣金華從叔許觥，故爲東陽人，亦爲金華人。

關於許謙的籍貫，在明代本無異議，至隆慶年間，因東陽許族南北兩宗爭祠，形同水火，時縣令鄭準即將『東陽許謙』之『東陽』判爲東陽郡之東陽，在所修縣志中，將許謙列入留寓一門，以平息爭議。但代有識者知鄭準之誣，如邑侯李德舉、魯王監國時兵部尚書張國維、永康文獻大家胡鳳丹等均以東陽笠澤爲謙之出生地，巍山編修趙衍更撰文力辨之（見《康熙東陽縣志》）。今距白雲先生卒年已有六百七十多年，又因其子存仁、存禮在洪武年間遭難，家道衰落，資料散佚，但從現存的資料中還是可以斷定許謙是東陽人，亦爲金華人。

一、家乘與墓誌銘所載大體相同，並可補墓志銘所略。元黄溍《白雲許先生墓志銘》：『其先占籍京兆之興平，後有官於吴者，因家焉。九世祖延壽，宋刑部尚書。六世祖實，元豐間居笠澤，尋又徙婺爲金華縣人。曾祖諱經國，祖諱應龍，皆勿仕。考諱觥，淳祐丁未進士，卒官宣教郎，主管三省樞密院架閣文字。無子，以從父兄貢士君日宣之次子嗣，即先生也。』《康熙東陽縣志》趙衍文引《許氏家乘》云：『其先進孝子孜十七世孫名韶者仕京兆白渠邑宰，遂占籍也。後有孟寬爲平江吴縣令，又家之。九世祖延壽，宋刑部尚書。六世祖實，元豐間，由平江徙婺之金華。大父應鸞，由金華徙東陽。父日宣貢士君，生璟與先生。先生之從叔在金華者爲應龍子觥，無嗣，日宣以次子繼之，即先生也。』《東陽仰高許氏宗譜》載：經邦生應鸞，字大祥。宋嘉定間由金華遷轉東陽，居笠澤，爲東陽許氏笠澤派之一世祖。生二子：日暄、日旭。史傳、墓志銘行文簡練，族譜可補其遺。以上可證許謙生於東陽笠澤，繼嗣金華從叔（伯）明甚。

二、歷代衆多名人、文獻學家都認定許謙爲東陽縣人，後繼嗣金華從叔。如：明縣令李德舉《游白雲洞還謁白雲先生祠》詩：『金華四先生，淵源出同籍。東陽有白雲，至今留舊宅。我幸守此土，以時躬奠釋。』清張國鼎《遂初堂題壁》：『憶乙酉孟夏，兄在洞中刻《金剛經疏芥》，命鼎校字，兄曰：「白雲先生遺跡渺矣難追，今爲先隴所有。」』『兄』指張國維。清翰林院侍讀沈荃《康熙東陽縣志序》：『東陽，其以郡名，著於休文沈氏；其以縣名，著於白雲許氏。』此指許謙自署『東陽許謙』之『東陽』爲縣名。《康熙東陽縣志》載編修趙衍文：『許公實生吾邑西之笠里，其從叔居金華者無子，乞得先生，立以爲嗣。笠澤在今白雲洞之北，而先生之號因之，一驗也。』清胡鳳丹《白雲洞山集遺序》：『公生長於白雲洞之北笠里，後爲八華山長……仍以白雲自號，不忘本也，而其集也曰《白雲集》。』

三、東陽之有笠澤，後亦稱笠里，可證笠澤許氏先祖自從吴平江遷來。笠澤，史上有多解，一指太湖，一指松江，一指太湖東一小湖。但後來一般多用作吴平江之别稱。許謙六世祖實自笠澤徙居金華，祖應鸞於宋嘉定間由金華遷居東陽，成爲東陽許氏笠澤一支之始祖，即其所居地名曰笠澤，當爲可信。

四、檢元吴師道《禮部集》卷二十題《吴氏家述》後，有自署『京兆杜本』、『番禺吴存』、『東陽許謙』、『烏蜀山人柳貫』、『東陽張樞』、『臨川危素』六題辭。許謙與吴師道、張樞的關係，都在師友之間。張樞爲東陽人，後徙居金華，與許謙情形相同，故都以『東陽』冠於己名之前。按常理推之，遷居新地之人，必以故地人自稱。此兩『東陽』爲縣名明甚。

五、許謙在文集中提東陽之處頗多，都指元時東陽縣。如：《送李榮甫知事遷淮西》詩：『淮水出桐柏，浙江發東陽。』李是東陽縣人，此指縣。《送胡秋白衢州學正》詩：『東陽有佳士，簪盍鍾山下。』秋白亦爲東陽縣人，此亦指縣。《送胡古愚序》：『往年遇古愚子於市，友人蘇世賢指曰：「此東陽學者胡君也。」』古愚爲胡助之字，亦東陽縣人，當亦指縣。若將許謙自寫的『東陽學者胡君』與『東陽許謙』相較，有何區别？許謙一生從事於對經學的考辨，致力於對字句的精準訓詁，難道他在自署『東陽許謙』時，有意將前朝東陽郡來與他時時贊美的東陽縣製造歧義嗎？我認爲是不會的。

六、許謙卒後，元至正七年，婺州路總管府有《金仁山許白雲立謚咨文》：『蘭谿仁山金履祥、東陽白雲許謙二先生未嘗仕進，私淑之功，及人甚盛；載道之美，垂世有光。』金履祥是許謙之師，時屬元婺州路蘭谿州人。婺州路總管府是元朝相當今地市一級之行政機構，下轄六縣一州，其中有蘭谿州、東陽縣、金華縣，總管府駐地即在金華。立謚事需逐級上報，直至朝廷有關機構批准。總管府必定慎重審核，金、許二人的籍貫應該是不會錯的。既然將許謙之師金履祥標爲蘭谿，當不至於把許謙標作前朝東陽郡人，因此處不是文人的自署，而是政府機構的定語，只能作東陽縣一解。當然，在許謙卒後所刊刻之書中有作『金華許謙』，也是對的，正如張樞是當時東陽縣人，也是金華縣人。

元婺州路，唐稱婺州東陽郡，宋淳化前因之，東陽、金華縣爲其所轄。許謙生於東陽，長於金華，以故東陽郡爲其所屬地亦無不可，或亦可示其不忘故宋也。

許謙是元代經學大家、教育家，對其研究，決不會僅僅爲考定其出生於東陽笠澤，後繼嗣金華從叔而止。東陽的一些學者，已對許謙的生平、學術思想、教學實踐，有較深的研究，必能將其所承載的思想文化與精神内涵進一步繼承好，弘揚好。

許謙幼年即遭宋元朝代交替的巨變，入元後，面對元强力統治，許多知識之士退而隱居，把全部精力專注於中華傳統文化的傳承上，從事著書立説、辨學授徒，將希望寄於未來。許謙追隨其師金履祥，正是走這一路的。許謙資質聰穎，始能言，生母授以《孝經》、《論語》輒不忘，五歲入學，端莊如成人。七歲繼嗣金華之年，值元兵攻入臨安，占領全浙之時，遭宋亡家破，繼而生父亦亡，其生活困頓可以想見。而許謙能自力於學，寄居郡城郭邊，借書於人，以經史子集四部書分讀之，勤學不輟，所學日漸廣博。時許謙落落覊孤，莫從之遊，獲何基從子遯山先生幫助如鼓勵，悉出其家藏書使觀之，又館於家，率鄉子弟共師之，謙名始顯。在從事私塾教學時，力學如初。因在經學的研讀中，遇到一些疑難問題無從質詢，三十歲時，毅然棄教職，投入蘭谿金履祥門下爲弟子。金履祥爲朱熹嫡傳，上溯師承，從王柏到何基，到黄榦，黄榦則爲朱熹弟子。朱熹弟子衆矣，惟黄榦一支得以傳燈至許謙。金在宋末，曾至京城臨安向朝廷建言牽制擣虚之策，即以海船運兵至元後方擊其虚以牽制之。未被采納，即辭歸。後局勢危急，朝廷又想起他，起爲迪功郎、史館編校，則已時移勢變不及用矣。宋亡後，金即潛隱以教授生徒終身。許謙從金履祥學習四年，益自勤奮，經金的點撥傳授，油然融會，其學識大進，盡得師門之要。金對自己的傳人心有獨鍾，臨終前，將自己的力作《通鑑前編》授於他，後此編經許編次得以刊刻行世。

許謙開門授徒，長達四十年。延祐年間，南臺御史趙宏偉願以弟子事之，在金陵除館迎致先生。許謙强爲之出，旋即南還，屏跡東陽八華山中，在當地梅莧村弟子創辦的八華書院任山長，學者簞糧笥書而從。其間，許謙可能常往返於東陽、金華兩地，其長子許元亦在書院擔任教職（見《八華山志·許存仁傳》）。許元深得其父之傳，入明後曾任國子監第一任祭酒。其後，許謙聲名益著，遠近四方從學者益衆，至有無賢不肖以不及門爲恥者。前後著録弟子達千餘人，影響深遠，朱子之學大顯於時。時各種薦舉徵召紛至，許謙雖身在草萊，心存當世，但終不爲所動，而以布衣終其一生。嘗謂『吾非必於隱以爲名高，仕止惟其時耳』，其不仕元之志明矣。對弟子亦是如此，即不教授科舉之文，認爲這是義利之分的原則問題，因此其弟子亦多爲隱居講學著述之人。其教學宗旨：『以五性人倫爲本，以開明心術，變化氣質爲先，以爲己爲立心之要，以分辨義利爲處事之制。』學經則當平氣虚心，隨而求之、階之、梯之以達於上，顧實有益於己而止。要誦於口而心存，心存而身踐，以成天下之務。這就是聖人之道。在教學中，討論教授，終日無倦，至誠諄悉，内外殫盡，將粗疏攝入爲密微。能使怠惰者振起，鋒芒畢露者自抑，拘謹者開朗，放縱者自約束。雖學者材質不一，但都各有所得。

許謙作爲朱子嫡傳，其成就大多體現在對《四書章句集注》、《詩集傳》與蔡沈《書集傳》的詮釋注解中，撰有《讀四書叢説》、《詩集傳名物鈔》、《讀書叢説》。黄百家曾稱許謙『得朱子之學髓』，文章爲其閑遐之餘事。

《許白雲先生文集》四卷，初刻於明正統十三年，系李紳據其祖妣王氏家藏作者手稿編次而成，非出自作者自定。其詩文亦爲後來學者所稱道。其詩理趣之中頗含興象，五言古詩尤諧雅音，非一般涉理路之經學家可及。文亦醇古，無宋人語録之氣，可謂講學家兼擅文章者也。此次校點，以《四部叢刊續編》本（涵芬樓據常熟鐵琴銅劍樓藏成化二年刻本影印）爲底本，以《四庫全書》本（據宋犖家藏本轉抄）爲主校本，以明刻藍印本、鄧跋本爲校本，進行校勘整理，校勘記附於篇後。書尾增《補遺》一卷、《附録》一卷，供許謙研究者參閱。或有疏漏謬誤，望方家指正。

許白雲先生文集目録

許白雲先生文集卷之二

賦

序

記

行狀

許白雲先生文集卷之三

啓

文

書

許白雲先生文集卷之四

論

説

雜著

詞

補遺

許白雲先生文集序

明・陳相

吾婺道學之傳，自宋東萊呂成公以身任其道，倡鳴於南渡之後，卓乎不可及已。元有仁山金文安公，以其傳於北山何文定公、魯齋王文憲公者，而傳之白雲許文懿公。蓋北山得於勉齋黄氏，而勉齋實出考亭朱子之門。故傳得其正，粹然以道名家。他如待制浦陽柳公、侍講烏傷黄公、禮部蘭溪吴公、翰林東陽張公，以及國朝學士景濂宋公、待制子充王公，皆以斯文羽翼其道者也。海内論鄉學淵源之懿，師友繼承之篤，蓋莫如吾婺。而吾婺晚生後學一何繼承之寥寥哉？蓋嘗讀其文，則亦知其道矣。

近吾忝第賢科，拜憲職，出巡東廣。偶與方伯江浦張公論事之暇，談及吾婺在昔理學之盛，忽袖出許公《白雲集》寫本四卷見示。且曰：『欲刻之未能。』予得之，昕夕莊誦，殆忘寢食。儼乎身登其門，聆其誨，而嘆親炙之罔及也。』因節廪食之餘，助方伯公購梓，刻之庠舍，以嘉惠來學。方伯公謂予宜有序，因竊嘆曰：昔許公嘗云：『君子之身存，而其道之行不行者，天也；身亡，而其書之傳不傳者，人也。』夫書之傳，即其道之行。今許公身雖没已踰百年，而一旦賴方伯公出其遺書以行於世，使來學知所敬承，豈非待其人而傳乎！敢以此僭引諸篇端。

成化二年歲次丙戌春正月既望，後學金華陳相序。

許白雲先生文集序

明·李伸

斯道也，堯、舜、禹、湯、文、武以之相傳而至於周公、孔、孟焉，孟子殁而其傳泯焉。漢唐之儒，若賈誼、董仲舒、韓昌黎，亦庶幾乎斯道也，醇疵相間，故卒未有接乎孟氏之傳者。歷千又餘年，至於有宋，真儒輩出，如周、程、張、朱數君子者，始有以承孟氏之絶學。繼之以真西山、蔡九峯、胡文定之屬，皆所以闡明斯道者也。迨夫元之許魯齋、劉静修、吴草廬，又皆篤信斯道者也。其白雲先生則又得夫朱子之正傳，而能大顯斯道者也。先儒謂程子之道，得朱子而復明；朱子之大，至許公而益尊。夫豈不信！

今觀其文，究極夫六經，出入乎子史，浸淫於羣書，其規模固不出乎韓氏、柳氏之文，然不樂聲利，則非退之溺於功名之可擬；操持節概，則非宗元黨比勢要之可侔。修身體道，佩仁服義。故其發之於言辭也，深厚而雄博，至誠而諄悉。故曰根之茂者其實遂，膏之沃者其光曄。仁義之人，其言藹如也。若先生者，誠有以任夫聖賢斯道之統緒矣。

先生之没，迄今百有餘年，其所著之書，見其傳於世也。余幼時，得之於祖妣王氏之家。蓋王氏之先有諱麟者，寔受學於先生之門，故其家多存先生之遺書焉。此蓋先生之草稿也，其手澤尚新。惜當時未有能編次以成帙者，故詩文雜亂而無統紀，簡册歷久而頗殘缺。余因而次第之，分爲四卷，繕寫爲集，藏之巾笥，以俟他日託之有力者而板行之。

憶昔歐陽子得韓文於漢東李氏之敝筐，而甚愛之。時去韓子蓋已二百年矣，遂以之而倡率學者。其後天下之士，非韓不學也，至於今猶然。豈不盛哉！先生之文，隱而復見者而與韓無異。余得先生之文，愛而好之也而與歐不殊。蓋先生之學識純正，則超軼於韓子。余之闇劣卑微，則深慚於歐公，尚何足與先生文爲之輕重哉！幸知言君子倡率之，如歐之於韓也，則先生之文，不患乎不行於世矣。此余之所望也。歐陽之記韓文曰：『道固有行於遠而止於近，有忽於往而貴於今者。』蓋其久而愈明，不可磨滅，雖蔽於暫而終耀於無窮者，其道當然也。先生是集若行，則其所以左右聖賢相傳之道者，將爲不小也。

先生諱謙，字益之，世號白雲先生。詳見《元史》，兹不贅言也。

正統丁卯歲秋七月既望，金臺後學李伸序。

元史載白雲先生行實

元順帝至元三年冬十月，金華處士許謙卒。初，謙聞仁山金履祥講道蘭江上，委己而學焉。履祥曰：『士之爲學，若五味之在和，醯鹽既加，則酸鹹頓異。子來見我已三日而猶夫人也，豈吾之學無以感發於子耶？』謙聞之惕然。時履祥年七十，而謙年三十有一矣。履祥嘗告之曰：『吾儒之學，理一而分殊，理不患其不一，所難者分殊耳。』謙由是致其辨於分之殊，而要其歸於理之一。又曰：『聖人之道，中而已矣。』謙由是事事求夫中者而用之。履祥既没，謙益肆充闡，多所自得。自謂吾非有大過人，惟爲學之功無間斷耳。

謙制行甚嚴，而所以應世者，不膠於古，不流於俗，介而不矯，通而不隨，身在草萊，心存當世，素志冲淡，以道自樂。浙東憲府聞謙名而不察其志，辟以爲掾，避弗就。肅政廉訪使劉公庭直舉茂才異等，副使趙公宏偉舉遺逸，亦皆固辭。趙宏偉在南臺，命除舍館迎致謙，將使衆僚多士有所矜式。謙欣然爲之起，而不久留也。

謙既東還，以目眚倦於應接，屏迹八華山中，學者翕然籯糧笥書而從。居再歲，以兄子喪而歸。户屨尤多，遠而幽冀齊魯，近而荆揚吴越，皆百舍重趼而至。謙之教以五性人倫爲本，以開明心術，變化氣質爲先，以爲己爲立心之要，以分辨義利爲處事之制。至誠諄悉，内外殫盡。嘗曰：『己或有知，使人亦知之，豈不快哉！』或有所問難而辭不能自達，則爲之言其所欲言，而解其所惑。討論講貫，終日無倦。攝其粗疎，入於密微。聞者方傾耳聽受，而其出愈直切。惰者作之，鋭者抑之，拘者開之，放者約之。爲學者師垂四十年，著録迨千餘人，隨其才分，咸有所得。達官富人之子，望閭而驕氣自消，踐庭而禮容自飭。四方之士，以不及門爲恥。縉紳先生至於是邦，必即其家存問焉。

謙素多疾。先是金履祥病革，徒步往省之，會大雪，中寒濕。及奔兄璟喪於廣信，病增劇，不良於行。疾少間，而神更清茂。至是疾復作，謂其子元曰：『伯兄以是月二十三卒，我死殆與之同日乎？』及是日，正衣冠而坐，戒元以孝於母，友於弟。元復請所欲言，謙曰：『吾平日訓爾多矣，至此復何言？』門人朱震亨進曰：『先生視稍偏矣。』謙更肅容端視。頃之，視微瞑，遂卒，年六十八。門人以義制服者若干人。因其自號，題其墓曰『白雲先生』。謙字益之，所著有《讀四書叢説》二十卷，《詩名物鈔》八卷，《讀書傳叢説》六卷，《觀史治忽幾微》若干卷，皆行於世。謚曰文懿。

義烏黄氏溍曰：聖賢不作，師道久廢。逮二程子起而倡聖學以淑諸人，朱子又遡流窮源，折衷羣言而統一，由是師道大備。文定何公基，既得文公朱子之傳於其高弟文肅黄公榦；而文憲王公柏，於文定則師友之；文安金公履祥又學於文憲而及登文定之門者也。三先生，婺人。學者推原統緒，必以三先生爲朱子之傳適。文懿許公出於三先生之鄉，克任其承傳之重，三先生之學卒以大顯於世。然則程子之道得朱子而復明，朱子之道至許公而益尊，文懿許公之功大矣！

許白雲先生文集卷之一

四言古詩

白鳥甲辰六月十一日

僕屏居陋巷，一旦棟撓，讀《鴟鴞》二章而有感，因賦白鳥以自況。

有白斯鳥，生於林皋。稜稜骨格，翯翯羽毛。母兮天方，匪鸇伊鵰。含哺忘恃，哀鳴嗷嗷。嗷嗷哀鳴，遷於壞木。豈無好逑？敦彼獨宿。渴飲而泉，飢啄而粟。聊樂我員〔一〕，亦曷云足？

飄風自南，霖雨既淫。蟒斷山拔，龍興海吟。墮卵覆巢，林莫我深。翅翕罔舉，口禁若瘖。熒熒明星，上麗於漢。泛泛行舟，亦達於岸。維此好鳥，所止泮渙。控地決飛，鷦鷯斥鷃。鴻雁在渚，鶺〔二〕鴒在原。物以羣分〔三〕，維性是便。尒鳴雝雝，尒懷急難。無胥遠矣，今亶其然。

朝陽爰飛，夕月唳止。嗟彼燕雀，厥志焉擬。何天之衢，側目萬里。扶摇一冲，時之俟矣。

校勘記

〔一〕『員』，原作『冥』，此句引自《詩・出其東門》，『員』通『云』。上圖明刻本、鄧跋本正作『員』，據改。

〔二〕『鵻』，原作『鵃』，上圖明刻本、鄧跋本作『鶺』，『鶺鴒在原』出《詩・常棣》，古刻本中『脊』與『青』形近，因以致誤，據改。

〔三〕『分』，原作『兮』，據上圖明刻本、鄧跋本、四庫本改。

鬱松贈陶思齊任通波驛長

鬱鬱喬松，在彼中林。斲之礱之，以榱以楹。我材既良，胡寧靡成？日居月諸，亦迭而逝。謀猶孔臧，庶拔斯萃。奮然於懷，耿耿寤寐。泛彼柏舟，集於西沶。征夫遑遑，予取予求。爾言毋暴，我心則休。遥遥道途，跬步斯舉。悠悠天衢，始振其羽。聿其問津，雲漢之渚。

松澗 頌趙治書自號

挺挺長松，色正氣雄。風雨霜露，無能動容。直幹摩空，雲中之龍。泠泠幽澗，泉流石粲。甘則可掬，寒不可玩。孰云在山，爲江爲漢。維松之貞，倚澗之清。維德維用，相須以成。君子似之，克彰厥名。豈維棟梁，苓珀千歲。豈維澄源，潤物平施。盡其大全，始出乎類。秉心塞淵，有緝其光。本源之盛，枝派乃長。子孫繩繩，既壽且昌。

五言古詩

王申伯和此詩，不會予意，其言甚悲。余心少之，又作以終其説

壽夭齊彭殤，逍遥等鵬鷃。心室理未融，役役空瞶眩。得志鄙榱題，窮簷樂原憲。道在體自胖，奚必萬間羡？天地一穹廬，何適非所便。廓然居安宅，怡然觀物幻。老聃亦達人，以身爲大患。誰謂杜陵翁，乃有茅屋嘆！

上李照磨四首

道原出於天，合變無終窮。群經載道器，言異理則同。民生有物則，所要求厥中。先幾在知止，實踐乃聖功。心廣體自胖，萬象皆春融。寧爲四寸學，坐想成玄空。

濂溪振遺響，伊洛探玄旨。龜山載道南，江漢隔萬里。乾淳號鄒魯，三子森鼎峙。皇圖啓昌運，寰海共文軌。得人道乃弘，今古無不爾〔一〕。殊途固同歸，遐邇均一視。

中原清淑氣，世代生偉人。伯陽孔子師，千載今雲孫。窮經入閫奥，探道提綱綸。襟懷洒秋月，論議開愚昏。大材古難用，暫屈寧久伸？要當推所學，利澤均斯民。

東南互鄉子，古道昔所慕。悠悠三〔二〕十年，所向皆謬誤。私淑得碩師，引發使自趨，鞭繩

屨提掣〔三〕，遠道迷蹇步。緬懷天下士，一覩快披霧。摳衣登公堂，隅坐視朝莫。

校勘記

〔一〕『爾』，原作『在』，此詩押紙韵，據鄧跋本、四庫本改。

〔二〕〔三〕『三』，原作『二』，從金履祥師已三十一歲，當作『三』，據上圖明刻藍印本、四庫本改。

〔三〕『掣』，原作『製』，據四庫本、上圖明刻藍印本改。

酬潘明之

鴻鵠凌青霄，燕雀巢白屋。凌霄志寥廓，巢屋亦云足。故人眇天涯，歲月如轉燭。昔爲交手歡，今成斷腸曲。嵩華日以高，江漢日以卑。道異謀不同，何日傷別離？書成情未盡，路遠夢更迷。相思溪水頭，猶如送君時。

贈禽演周梅鼎

星翁術多岐，禽學出最晚。舊云南陽公，格物明萬變。天經環陬維，隱見易昏旦。大化運甄陶，衆彙歸冶鍛。人生囿炁中，安能外長算？周生儒家流，心學理已貫。羅縷角與根，捷若緒抽繭。謂我四十年，始晦終且顯。我生逢百憂，子語堪一莞。聖賢不言命，言命固已淺。富貴安可求？有義當自勉。子今方壯年，所志在高遠。挾此任所之，侯門有青眼。

觀水

江源可濫觴，萬里會流派。海鉅莫能量，有容德乃大。

寺中有蔣身卿索詩即席贈

豫章吟悲風，古刹響哀梵。空谷厭刼塵，涅滅成一浣。平生友于情，一夕嗟夢幻。升堂哭遺像，退坐起長嘆。誰歟身卿翁，儒雅閭里冠。屢出文字語，聊復解悲惋。對床聽風雨，咄咄夜達旦。月落雞三號，誰歌白石爛？

題曹提領湘靈廟聞樂見燈詩卷

重華陟遐方，馬斃車折軸。娥英失所天，往殉行且哭。聲疑衡山雲，淚染湘江竹。夫君不可見，異穴歎同穀。廟食三千年，境上惠徼福。事久竟忘哀，幻化驚耳目。音響鈞天和，光景清夜燭。曹公駭聞見，三月食忘肉。《簫韶》久已絶，豈假《湘靈》續？誰能寫新聲，如彼涓在濮。尚憶開元君，能傳《羽衣曲》。

遣興十首

光景何匆匆，志意空曼曼。百年能幾滿，歲月倏將半。起坐夜嚮晨，何由夢公旦？中流樹砥石，湍激從汗漫。未廻南楚轅，徒起北門嘆。

秋日常苦短，秋夜不可闌。葉鳴迅風晚，蟲怨零露寒。月白天炯炯，振衣〔一〕起盤桓。山川出浮滓，翳彼明不完。幽興中道絶，百感來無端。何當誅豐隆，致身無羽翰。清光亦何私，不照方寸丹。

少年學老農，旦莫言耘耔。種深本難拔，糞力生易滋。良苗勿揠長，惡草煩芟夷。天時互豐歉，人事更扶持。功備待日至，厚斂非所期。豈必務廣得？地力窮鎡基。惜哉無負郭，稼穡寧不知？

猗猗澧〔二〕有蘭，馥馥沅有芷。獵獵石上蒲，泛泛水中芰。鮮鮮三徑菊，旎旎百晦蕙。采掇集衆芳，粲爛成雜佩。佩服何所從，將以待君子。

東家有處子，二十不踰閾。婉娩聽姆言，將欲備四德。錦機織回文，字古人莫識。蘭麝熏衣裳，閨闥謹容飾。良人仰終身，寧不慎所適。膏沐豈爲人，自脩女子職。

蓬生衆麻中，不扶能自直。寒窗效蠹〔三〕鑽，孤陋寡聞識。古來貴尚友，萬善在熏炙。古人不可見，今人豈易得？千載遥相思，空使我心惻。相思令人瘦，相思令人老。人瘦尚可肥，老大徒自悲。

淵明千載人，犖犖瑚璉器。世醉不可醒，杯杓聊卒歲。高風起廉隅，終古誰足岐？聖人道中庸，用舍由禮義。甘心事麯櫱，沈湎〔四〕衹自穢。樂生亦知言，名教有樂地。

拾金復擲金，争如鉏不顧。子魚惡能廉，强制情已露。向非迫畏友，晝攫亦何懼。平生有心事，狼藉見遲莫。經德安可回？所履在平素。

春風榮衆芳，秋露悴百艸。羲和策日月，疾急兩飛鳥。枯桑號天風，俛仰波浩渺。氣流物隨化，金石不自保。人生寄蜉蝣，時邁胡不老？天地有終窮，微眇何足道。

乾坤無停運，清氣日夜生。人居覆載間，所息能不萌。握機養天和，持守如奉盈。得喪固有命，寵辱奚足驚？一身盤石重，萬鍾浮雲輕。丈夫有志願，誰謂吾無成？

校勘記

〔一〕『衣』，原作『夜』，據四庫本、國圖明刻鄧跋本改。

〔二〕『澧』，原作『灃』，語出《九歌·湘夫人》『沅有芷兮澧有蘭』，四庫本正作『澧』，據改。

〔三〕『蠹』，原作『蠅』，據上圖明刻藍印本改。

〔四〕『湎』，原作『涸』，據國圖明刻鄧跋本改。

送蕭仲堅隨伯兄赴江陰

朔風集飛霰，歲月倏云已。芸芸萬物機，亦各復根柢。胡爲北征雁，一舉成千里。澄川稻粱肥，雲水渺難涘。静集鳴相和，允爲得所止。紫陽有遺書，秘啓天地根。描摸失真趣，議論徒紜紜。仁翁繼的緒，夢奠嗟不存。皋比淑至道，與子昔屢聞。要在足目到，言語何足云。交際須得人，市道亦何益？張陳古英士，豈不重金石。一爲利所移，德怨易旦夕。輔仁可無友，獨學終固僻。唯應鮑叔賢，俛仰嘆陳迹。

次韻志懷〔一〕丙午

朔風漠沙白，瘴日越荔丹。出門萬里道，争似二頃田。拜塵素所薄，知命復何言。鄙夫競聲利，石火寒無烟。清風桐江水，捷徑終南山。丈夫時用舍，所貴無泚顔。得喪固一瞬，芳臭俱百年。坦途有覆轍，窮哭誰復憐。乾坤渺無際，我身蝨其間。浩氣貫元化，漸著豈不關？見可乃合道，行險秖自殘。平生作霖志，詎肯懷土安？風雲有嘉會，時至庸何難？君看激海鵬，振羽青霄端。

校勘記

〔一〕『志懷』二字，據四庫本補。

次韻木冰正月

堯甸九載水，商郊七年晴。灾祥氣所致，治世何重輕？方春時始和，嘉樹條垂冰。霰飛集杞柳，雨溜凝松楯。倐銀奮龍爪，圓玉刳蛟睛。恠招越犬吠，寒起巴猿憎。交薄粲精瑩，瞇目一色盈。虚牝激爽籟，木杪琳琅聲。上天命靡諶，怨咨非由人。餘寒自凝沍，生意中敷榮。殷雷發丙夜，羣蟄豈不伸？渾淪斡大化，徼〔一〕妙未易明。允矣理昭昭，誰歟視昏昏。元元繼無息，乃見天地心。運行烝適迕，變見成祲氛。勾芒職木正，歷日甫及旬。聖人體天道，尚德不尚刑。木冰紀麟筆，竹帛垂魯庭。王正今再書，徵古聊慰心。咎夔集天衢，秉令如雷霆。仁風勁〔二〕六合，趨走星火奔。文離可攘臂，暖日脂車輪。東郊滿芳艸，載驅適我情。胸中勿芥蔕，官府如冰清。

校勘記

〔一〕『徼』，上圖明刻藍印本、國圖明刻鄧跋本、四庫本作『竅』。

〔二〕『勁』，上圖明刻藍印本、國圖明刻鄧跋本、四庫本作『動』。

次韻景文杭州見寄

窮通豈人爲，有命在彼蒼。索居際良會，晴日消寒霜。内求德乃備，粹玉先光芒。古友安可尚，千載空相望。

茂陵智哲翁，多欲不自知。少君與五利，荒誕夫何疑。大藥可立成，篤信猶兒癡。屢失求愈切，至今令人嗤。神方苟可得，我輩何憚爲？

我生逢不辰，知學况遲莫。猥器抱謏聞，達者肯一顧？榆陰得先覺，知我乃有素。冠佩參翺翔，鞭策多警悟。孤山友寒梅，清質不受汙。遺我長相思，誠以夙昔故。久交敬不忘，相勗言愈苦。自憐春絮狂，風雨漬泥土。

自卑志易荒，勇鼓氣乃倍。富貴倘固有，鼎味終染指。蓋棺事方定，禍福可預計？譬彼陰陽流，屈伸理相繼。豈不爲身謀，風波有危事。安能鑿三窟，詭道收薛貴。

贈金月華

歲丁亢偏陽，祆魃肆大厲。不雨更八旬，赤地且千里。卧龍樂寒淵[一]，雷霆驅不起。泉枯土山焦，地墳名木死。顧兹咫尺苗，秀實何所恃？豈惟生怨咨，溝壑有老穉。月華探道窟，暘雨能力致。從人預爲期，膏澤應時至。人心與禾稼，蘇息兆生意。胡爲天瓢慳，長風捲晴霽。願君再作霖，歲事斯可濟。

校勘記

〔一〕『淵』，上圖明刻藍印本作『潭』。

贈江行父

有朋遠方來，傾蓋語已契。紛紛燕雀間，聽此孤鶴唳。中扃湛淵水，窺測渺無際。接入氣雖和，自律言頗厲。爲言君子交，相與期晚歲。珠玉生光輝，顧我形愈穢。

康莊多風塵，窮巷絶車轍。慷慨感前脩，探索心屢竭。干將鼓洪鑪，不化凡治鐵。泰山萬仞高，企足籍丘垤。意長時苦短，回首莫光滅。

海爲百川歸，流派各有源。清濁豈不異，皆可觀其瀾。威儀動三千，意象非一端。要知霄壤隔，乃在毫釐〔一〕間。畢公勤小物，垂訓古不刊。

子抱經濟具，我有丘壑情。半生猶滔滔，兩鬢俄星星。林間十畝地，坐嘯〔二〕觀枯榮。白雲與流水，無心誰能争？君看岐路多，執轡慎勿輕。奮策當坦途，毋使侵榛荆。

校勘記

〔一〕『釐』，原作『髮』，當爲平聲，據國圖明刻鄧跋本、上圖明刻藍印本、四庫本改。

〔二〕『嘯』，國圖明刻鄧跋本、上圖明刻藍印本作『笑』。

送高經歷

清風振千古，警省懦與頑。犖犖柱石器，盍置廊廟間？江南山水窟，適意聊盤桓。故園松菊思，轅駕孰可攀？鳳池有所待，驥足那得閑。

世南行秘書，孝先五經笥。上下千載間，罔羅無遺事。高談驚座客，揮麈〔一〕發精義。淵泉浩晝夜，混混達源委。鯫生時摳衣，一見心已醉。

芙蓉泛緑水，優游東海瀕。天風一披拂，七郡涵餘芬。行人畏驄馬，辟易清路塵。魑魅凛千霜，民物熙陽春。甘棠有仁〔二〕蔭，雙檜長輪囷。膺門賢可登，融座客常滿。文章有小技，揚善弃所短。何地不生材，文木雜櫟散。免爲爨下薪，匠石曾一莞。匪謂成棟梁，時人已青眼。少年苦跋涉，中歲頗悦道。秋霜苗未實，播植恨不早。乾坤眇無際，至理日探討。蒙頭媿種種，羲娥復佻巧。誰能分刀圭，使我長不老。昔年黄叔度，量若千頃陂。一時英俊人，那敢輕牛醫。終南多隱士，捷徑肆罔欺。承禎亦高識，至今人所嗤。君子病無能，何患不己知。簡珠混泥沙，賢否未易别。緬懷貞白姿，飾外祇自潔。蹄涔生寸波，一勺固已竭。燕石擅美名，和璧正遼絶。每聆許與辭，媿汗幾耳熱。綱紀需碩材，曹掾非冗食。胡爲鄉校選，乃及山林迹。蠅營非素願，蝟縮已成癖。南州徐孺子，不愛公府辟。亦感際會恩，終身以爲德。

校勘記

〔一〕『塵』，原作『塵』，誤，徑改。

〔二〕『仁』，上圖明刻本、國圖明刻鄧跋本、四庫本作『佳』。

孔衍聖幼年能書大字，以女妻之

玉樹生階庭，英材挺天秀。九齡書大字，學業日已富。東床有妙選，嘉耦聖人胄。洙泗後淵源，力積乃能究。勉哉南宫容，白日不可又。

趙天樂見示所著詩歌，因賦短句奉贈

神人栖三山，嘘吸備六氣。表裏冰雪清，欬唾珠玉瑞。先生天下士，逸氣欲蓋世。糠粃玄端衣，珍重紫霞帔。手抉雲漢章，道啓天地秘。喬期眇何許，心遠神與會。脱畧塵俗語，寧識烟火味？大篇富而温，短什清且麗。瞥見眼爲明，三復心已醉。大道貴玄默，名教資論議。損之至無爲，立言無乃累。緬懷赤松遊，泉石形夢寐。窮巷守環堵，扣户時問字。直欲外形軀，烟嵐挹空翠。三〔一〕寶勿發揚，固塞歸一致。胡爲尚呶呶，彝典敢無畏。

校勘記

〔一〕『三』，國圖明刻鄧跋本、四庫本作『至』。『三寶』，似指《周易參同契》『耳目口三寶，固塞勿發通』之『三寶』。

遊山〔一〕

九月十八日，訪疎寮于盤溪，偕趙肅夫及其子璉，何仲英先行，遡山策蹇馬追及。拜北山遺像。夜宴，座中楊舜舉善滑稽，與遯山應酬不倦。夜半，羅蘭似辭歸。霜風揺疎林，木葉翳荒徑。烟開山色明，日出天宇浄。行同二三友，緩步入幽夐。亦有童冠從，彷彿春服盛。後期策駑駘，蹇足心還濘。峰回路幾折，脱轡逢石磴。主人雅敬客，一笑出相迎。門庭對虚廓，彴畧壓澄瑩。緬懷百年人，嘉遯樂天命。盤溪異莘野，玉帛謝三聘。升堂拜遺像，生氣凛可敬。睥睨神欲交，鑚仰心不競。猶餘滿案書，鉛槧精考訂。昌哉賢子孫，對客且涵泳。須臾肆華〔二〕筵，列坐以齒定。肴核豐豆籩，魚肉富盤飣。勸酬逾十觴，罍滿缾肯罄。劇談屢絶倒，隱語若響應。醉客騎馬閑，夜久奎已正。鋪牀對窗月，樹近影交映。見聞絶囂塵，夢境亦清興。曉起還看雲，此樂殊未竟。

校勘記

〔一〕『游山』題下原標『二首』，實爲一首，據四庫本删。

〔二〕『華』，原作『芫』，據國圖明刻鄧跋本、上圖明刻藍印本、四庫本改。

贈潁川趙璉十九首有序〔一〕

潁川趙璉，從予遊逾〔二〕二載，復同〔三〕夜坐草亭，考索理義，始至大辛亥十月癸未，至皇慶壬子五月癸丑而止。誦講之餘，時相與步武庭中，倚樹凝立，仰觀俯察，莫匪佳趣。間以所見，輯成韻語，得十餘篇，於璉之行，書以贈之。

明星懸樹端，白月在户外。坐覺羣響空，默與萬象對。化流滿寥廓，境寂得清粹。涼風颯然來，動物各有態。人涵天地心，此意有誰會？

鴻雁西南翔，清叫哀夜月。長風吹羽翰，日短孤影滅。美人眇天涯，音〔四〕書中道絶。欲成新合歡，豈顧長契闊？有力日可追，有志山可移。所思勿棄置，亦有相逢時。

北風吹庭樹，顔色日慘烈。豈必驗枝條，根株意寧絶。粲然作春榮，所養在消歇。苟非中夜存，膏盡火隨滅。

風霜門外多，爐炭室中暖。欣此清夜永，任彼寒日短。浮塵自憧憧，五色紛過眼。静極樂則生，窮陰見剛反。

雨來鳴四簷，擊柝聲忽五。捲書成燕坐，繼燭且晤語。誰能理枕衾，聊復議今古。彼哉心不存，清響乃愁緒。

寒梅五樹花，粲粲仙子魂。昆吾切玉刀，鏤刻無纖痕。潔脩最所敬，況復揚清芬。窮陰塞宇宙，微陽挹〔五〕孤根。

群林正僵立，生氣獨若神。後塵殿兒女，朱紫何紛紜？勁草居疾風，下偃非可倫。人能我則效，尋丈徒云云。

浚深及寒泉，圓甃涵老瓦。泓然出清泠，脩綆木巽下。未能極甘冽，聊亦濟九夏。渫泥窮根源，引汲復誰捨？

角尾備龍形，奎參陳虎迹。玄龜東矯首，赤鳥南奮翼。垣墻限異居，列守各有職。昏晦明冬夜，赤烈乃夏日。紛張若無序，四向皆拱極。錯綜固萬殊，至理本歸一。

朔風厲中宵，洒牖聲瑟瑟。推簾有奇觀，上下銀一色。秉燭處虛簷，呈巧猶六出。春回日未多，到地亦瑞物。鏤玉不受塵，貞質天下白。願言潔其身，視此以爲雪。

營營晝陰遄，膏火繼不足。研磨豈苟苟，厭此春漏促。發端未終竟，落日亦已速。更宜坐須臾，無負數寸燭。

晨雞催我眠，春鳥呼我起。無端促更籌，酣寢非所喜。古道迷荊榛，本來直如矢。剪除須累工，寧可旦夕俟。

百草生階庭，蕪穢苦不治。紛拏亂人思，日夕事嫪雉。或云勿剪除，交翠總生意。物具理即存，觀者安敢泥？苟能探中和，所在達〔六〕源委。

好鳥鳴春林，出入百如意。入能脱卑汙，卓爾忘物累。盤錯雖紛綸，百慮歸一致。萬變攻我心，所秉元有義。

宵漏四十餘，疾急不可駐。役夫昧晨〔七〕夜，戍柝迷夙莫。商頌歌悠揚，未足發歸趣。竹徑流踈螢，蕉葉瀉清露。咿咿遠雞鳴，蠅聲無乃誤。

雲行竟太虛，澍雨溉下土。豈惟稻與粱，餘潤及草莽。一物失沾濡，軟施猶未溥。大鈞陶萬彙，寧復間爾汝。用之盡吾仁，先後宜有序。

美材非不多，礱斲有所待。爾生得清淑，如白可受采。靈明螢照夜，汙滓波翻海。精探復力脩，歲月德可改。罔念固作狂，勉勉敬與怠。

朋從固有道，聚散亦有期。不遠千里來，荏苒踰再朞。豈惟窮訓故，亦復語顯微。愛子量可容，愧我無所施。

大逵〔八〕雖九達，捷徑嫌多岐。剛明履中正，君子貴自持。我欲觀爾成，豈忍言別離。尚須勤寄書，慰我旦莫思。

校勘記

〔一〕題原脱，據四庫本補。又原題下詩十六首，亦據四庫本分爲十九首。
〔二〕『逾』，原作『途』，據國圖明刻鄧跋本改。
〔三〕『同』，國圖明刻鄧跋本、四庫本作『日』。
〔四〕『音』，原作『恩』，據上圖明刻藍印本改。
〔五〕『挹』，原作『抱』，據國圖明刻鄧跋本改。
〔六〕『達』，原作『違』，據上圖明刻藍印本、四庫本改。
〔七〕『晨』，國圖明刻鄧跋本、四庫本作『昏』。
〔八〕『逵』，原作『達』，據國圖明刻鄧跋本、上圖明刻藍印本改。

送李榮甫知事遷淮西

長松生岡陵，質與風木異。春和猶凜然，況處風霜地。塵埃飛六月，豈足爲我穢？一雨洗蒼蒼，凌空氣尤厲。

峩峩惠文冠，所任在鷹擊。立仗或不鳴，首尾較得失。民風已澆漓，得情良可惻〔一〕。尚須一分寬，但勿踰限閾。

淮水出桐柏，浙江發東陽。期會至滄海，千里遥相望。源澄撓不濁，水得固可量。願將此清泠，溥施彼一方。

校勘記

〔一〕『惻』，原作『測』，據國圖明刻鄧跋本、上圖明刻藍印本改。

送姜君澤赴浦江縣教

儒生解明經，地芥拾青紫。今古不同途，進取頗殊軌。尚餘庠序師，亦藉文學士。彬彬渭川人，自誠聊復爾。時猶困積薪，世乃收苦李。浦陽隔山雲，相望踰百里。苜蓿富朝盤，芹藻動秋水。振鐸揚教聲，衿佩若歸市。買骨天馬來，寧假終日俟。倘遇玄英翁，問訊今何似？

牧牛圖

木葉紅欲落，野草青未枯。犍犢喜跳踉，脱梏行江隅。牧人善防閑，爲擇牧與芻。母牛徐掉尾，呴嫗鳴相呼。阿童得所托，静中樂華胥。豈惟置簑笠，乾坤一籧篨。苟能物付物，拱默湛〔一〕如愚。

校勘記

〔一〕『湛』，原作『堪』，據上圖明刻藍印本改。

孔濤巨源携八世祖中丞擊蛇槐笏求詩

芒芒宇宙間，一氣陶庶彙。流行有天常，偏駁乃爲沴。惟人萬物靈，順正補其弊。所以致中和，能使天地位。中州際明時，和氣興善治。偏方或湮鬱，逖彼西北裔。神人猱雜居，詛盟成蠱媚。恠虺據琳宮，奔走傳詭異。潔牲祀朝夕，牧守率羣吏。孔公聖人胄，天質抱剛毅。直養氣已充，平素有集義。憐彼鰥人愚，惡此醜物厲。抽笏奮而前，一擊首隨碎。壯心發陽剛，排斥陰險類。諒玆咫尺簡，寧比劍戟利。敬存勝百邪，妖孽何所避？遂能格君心，謇謇居諫議。君家愛甘棠，什襲傳八世。豈惟子孫珍，觀者咸起畏。勿徒寶此傳，肖德惟尚志。

酬石抹州判

熊耳在長源，達河入於海。滔滔窮晝夜，浩浩潤千載。游滓泥不行，感嘆歲月改。洒然見清泠，流派知有在。

舉目泰華高，足疲苦難到。剛毅久不渝，白刃斯可蹈。君能握要機，一蹴已深造。振衣千仞岡，何適非笑敖。

核中自懷仁，日夕長根幹。扶踈茂枝條，本一末盈萬。一葉異顔色，元氣已不貫。是中豪釐差，遽爾生死判。簣虧不成山，敬勉何敢玩。

太道固如矢，多岐亦生疑。登天雖無階，累土當有基。得才爲我才，所貴不自欺。茫茫萬里途，脱轡空騖馳。

黔黎多昏蚩，無情尚奇詭。片言未易直，前角後或掎。紛拏雖百端，折衷固有理。彼有虞芮田，荒蕪白雲裏。

平生鑄干將，未得歐冶訣。脊臘形粗成，一割刃已缺。安得百煉剛，發硎光電徹？就君乞刀圭，爲我點凡鐵。

送何雲巘

采采泮水芹，握手同遊遨。重來二十年，相對嗟二毛。丈夫當自强，終〔一〕肯埋蓬蒿？子今誠壯遊，快楫乘飛濤。神州集英俊，諒亦容吾曹。良璞宜待賈，日夕慎所操。□□是耿耿，自晦不可韜。飲子白玉卮，左手持蟹螯。天風吹黄鶴，佇聽鳴九皋。

校勘記

〔一〕『終』，四庫本作『豈』。

石門洞

清溪護連山，雙壁鎖幽洞。初登戞徑險，小入喜境空。木落猱玃驚，叢卑禽鳥弄。蹬行幾盤折，彷彿天籟動。蒼崖倚空碧，仰睇石流湩。分張山霧輕，翕聚魯縞重。變化態萬千，蔽地風雷閧。粤從混沌鑿，天造景已貢。仙靈擅虚寂，緘閟未忍送。賢哉康樂翁，爲洗塵俗夢。胡爲百年後，樂與老者共。我來屬久晴，泉瀉澁如凍。巒氣噴林薄，眯目作寒霿。舟子招我行，風疾纜欲縱。後期當何時，坐對玉蝃蝀。

思遠樓

玄樓矗城端，簷影墮水涯。憑闌對堤草，鳴櫓飛浪花。舊聞會昌湖，一望十里賖。藩籬孰定地，相入如犬牙。河間尋丈〔一〕波，僅可通行艖。芙蕖已銷落，寒水浮枯葭。佳景不及遠，興思重咨嗟。夫人各有思，所異正與邪。潮汐蕩漓薄，鄭衛生淫哇。君子善發慮，身邇心則遐。徘徊興未已，古木啼昏鴉。

校勘記

〔一〕『丈』，原作『大』，據國圖鄧跋本、四庫本改。

華蓋山

羣山如斗形，華蓋氣獨壯。奮身地勢高，極目天宇曠。周回萬象澄，一一來獻狀。中江漾孤嶼，瀕海横疊嶂。樓臺市中居，棋列相背向。烈風攪蒼林，落日鳴白浪。蜃氣薄浮雲，溟濛杳東望。長濠浸寒水，短楫起漁唱。同遊豈特達，竟爾忘[一]得喪。山下出蒙泉，夷坐待清漲。一掬襟抱空，自謂羲皇上。

校勘記

〔一〕『忘』，原作『志』，據國圖明刻鄧跋本改。

中川龍翔興慶寺

孤嶼浮中川，晝夜汩潮汐。何年地維裂，中斷洲渚失。兩峯峙東西，蔽影互朝夕。浮屠據稜層，梵宇絢金碧。飛龍迫風雷，曾此一憩息。昔時椮栢居，今作大士室。了師擇靈地，爲假蛟鼉窟。聚沙合舊港，連亘如片石。山扉夜無關，神物便入出。亂流携故老，一一訪陳迹。軒亭倚葭葦，濤浪倚几席。豫章號淒風，篠簜翳寒日。憑高慨今古，天海相蕩激。景在人已[二]非，悠悠意何極。

校勘記

〔一〕『已』，原作『易』，據四庫本改。

暮過東津館

薄暮下東津，灘急舟劇箭。漁燈互明滅，隴月時隱見。清颸從東來，凉氣襲我面。目送兩山青，天長浄如練。

遊鍾山至八功德水

悠悠鍾山雲，朝夕礙我目。褰衣試〔一〕一往，行與雲相逐。驅馬出東門，十里至山麓。幽人昔已亡，誰能繼芳躅。猿鶴棄故〔二〕林，鼪鼯嘯深木。彼哉西方人，胡爲擅斯谷？豈云事幽棲，政爾眩華屋。泓泉抱何德，濁熱供一沃。巖回屐欲倦，小憩倚脩竹。凉颸自披襟，佳興亦云足。

校勘記

〔一〕『試』，原作『拭』，據四庫本改。

〔二〕『棄故』，上圖明刻藍印本、四庫本作『乘古』。

酬胡古愚

扁舟下吴會，來看鍾山雲。文名久藉藉，千里期遇君。笑談屢款曙，所見副所聞。襟懷秋水浄，氣宇春日温。試看一鶚舉，肯與凡鳥羣？瀛洲豈云[一]遠，薄言采其芹。

乾坤自闔闢，文章乃經緯。郁郁稱宗周，趨下日以弊。風氣有淳漓，恒性固無異。盡心全此天，言語亦餘事。修辭擬盤誥，微理猶恐泥。羡君嗜古學，摛藻[二]發清麗。源浚流且長，唐虞力能致。

秋風迫歸燕，宵露泫衰草。我留清溪曲，君望雙溪道。會合已恨遲，暌離奚遽早？論心議千古，何時一傾倒？爲我謝白雲，猿鶴故應好。

校勘記

〔一〕『云』，國圖明刻鄧跋本作『爲』。

〔二〕『藻』，原作『筆』，據四庫本改。

題蔣廟

乾坤孕羣象，形鉅氣乃異。蒼龍蟠艮維，雲雨爲物利。因神姓此山，依馮兩相濟。豈惟托幽靈，固亦秉忠義。死分在一時，廟食終百世。英風久逾彰，邦邑共徼惠。豐碑樹松陰，圓蘚護新翠。已逼吹帽節，來此宜小憩。山光倚空碧，耿與秋色對。黄花雖未多，聊復成一醉。

舟中雜興

冉冉江上蘆，離離路傍草。霜露侵衣裳，何用涉遠道。鴻雁方有序，孤飛在林表。豈不顧〔二〕其羣，長風翮難矯。

琥珀能拾芥，頑鐵亦戀磁。人生志氣合，寧獨不似兹？道義固可久，世情終易移。感應理有常，君看雲雨施。寸心諒匪石，懼彼不我知。

亭亭嶺上雲，玄鶴相與飛。俛啄戀故巢，不得從雲歸。秋風颺黄葉，飄飖各何之？簞糧事遠遊，在昔聞斷機。栖鳥辭茂林，徘徊更依違。悠悠兩江水，共此明月輝。

昆侖萬仞高，我欲遊其顛。有道固坦蕩，茅塞誰使然？駕車審中路，力策宜可前。子今行幾何，進退日月旋。上可顧八表，手援咫尺天。實理乃真見，仿像誠虚言。

嵐烟紫崔嵬，波月光滉瀁。星宿懸虚篷，雲雨暗送槳。震澤商氣深，雄風駕濤浪。白鷗與蒼雁，來往同簸蕩。

吴潮海門闊，飛雪噴秋響。重重越山迎，汩汩溪流上。舟行歷旬日，佳景閲萬狀。孤征抱結思，所感動悽愴。安得同心人，詠歌共清賞。

校勘記

〔一〕『顧』，原作『願』，據國圖明刻鄧跋本、上圖明刻藍印本改。

釣臺詩并序

子陵先生抱超世絶俗之姿，穅秕世事，視萬乘如一介，富貴尚安能淫之乎？　侯司徒乃欲日莫自屈語言，誠癡語也。　雖與之素舊，豈足窺其際哉！　知先生者，光武一人耳。三聘而起，論道故舊，言不及政，自儗巢父，以明素心。　光武固怏怏不能終屈先生，則遂其志矣。　世之論者，謂先生以風節自高而厲當世，愚未嘗不以爲過也，若是則有爲而爲之耳。　夫天之賦於人者有分，自聖人能全其天，下是則以其得數之多寡而成性，雖問學漸磨去其其泰甚，猶不能反於全。　先生得天之清淳，澹泊而成性者也。　鱗潛深淵，鳳鳴高岡，安其所遇，紛紛游塵誠不足以浼之。　不然，則光武賢君也，少與共學，以光武知先生之明，先生豈不知光武之可與有爲乎？　以賢人之招而不屈，可與有爲而不爲，是矯世立名者，豈先生之心哉？　在廷俊乂，各司其局，可以守成；際時清明，足遂高蹈，羊裘耕釣，樂我天真，奚必以汩汩以易所性！　所以縱言不屈，率意放禮，正欲示不臣之意也。　至於廉厲漢末，興起節義，固其高風有以動之。　此則仁人利益後世，自然之效，非先生素期其如此也。　某嘗七過釣臺之下而不獲登，皇慶二年十月六日，歸自金陵，始獲瞻先生之像於堂，因追論先生之志而系以詩。

盜莽絶炎運，虐焰煽方熾。英雄各懷忠，韜匿有所遲。真人一呼間，風雲浩無際。浮埃掃妖孽，盤石奠神器。先生澹無欲，耕釣聊避地。俯首千仞岡，一莞羣士戲。故人正九五，樂與共天位。棟梁及栟櫚，堂構亦粗備。龍遊白雲鄉，美豢寧受縶？事君當盡禮，豈不熟兹義。胡爲夜牀足，加腹罔敬忌。羊裘有何樂，若是志乃遂。高節全一時，善利自百世。桐江眇舊游，山水貯清氣。升堂挹餘風，塵心等蟬蜕。

送胡秋白衢州學正

東陽有佳士，簪盍鍾山下。變文摛風雲，論事共樽斝。爲言諸孫行，二妙皆作者。有懷不可見，情若江流瀉。今此逢少君，秋月澄霽野。儒術久不振，屏棄如土苴。泮林雖儲材，樲棘亂梧檟。固當詎[一]詖行，扶植歸大雅。太末古名邦，生才今豈寡。善性水同趨，範模待良冶。

校勘記

〔一〕『詎』，四庫本作『距』。

送敬參政

大行亘中州，上有千丈松。稜稜歲寒節，豈惟動春風。力可回萬牛，材大古所庸。爲國作柱石，矻矻扶棟隆。

秋霜凛清寒，忽化作霖雨。悠悠潮嶺間，草木得其所。上天仁萬物，寧猶〔一〕覆南土？旦夕均四方，雲行施斯普。

環堵陳簞瓢，頗亦厲清節。皇皇駟馬車，時委窮巷轍。勤渠義方教，誤立門外雪。一目冀北空，報德惟自潔。

旃旄樹朔風，祖道車百兩。衆賓對膺舟，帆舉纜已放。今宵使星出，耿耿魁柄上。鵬翼若垂雲，楚天眇四望。

校勘記

〔一〕『猶』，只，獨。國圖明刻鄧跋本、四庫本作『獨』，上圖明刻藍印本作『遍』。

山中次韻酬馬生

學道如登途，進進不可止。轍迹每多岐，驅策宜審是。古來爲己學，不怨人不以。理義丈夫心，聲利兒女喜。賦質雖人殊，秉彝固天啓。發蒙自得師，乃可聞義徙。時時受提命，旦旦易聽視。不見雄雞冠，亦有犁牛子。所以先覺言，取友尚論世。老魚怯龍門，終在萬壑底。平生若臨川，無楫莫知濟。知濟謬悠身，俯仰祇自愧。馬生勳業胄，所禀當有異。青春且努力，白日不足恃。要須積厚風，堪負大鵬翅。我來爲山色，涉澗漱屐齒。歸休旬日間，頗奪塵俗氣。胡爲浪驚喜，松下擁車騎。此中無捷徑，寧以是心至。學士希聖賢，如晦傒晴霽。顧〔一〕予方望洋，渺焉莫窺際。擿埴難索途，因親宜慎始。

校勘記

〔一〕『顧』，原作『願』，據國圖明刻鄧跋本改。

採藥

亭亭北山松，宿靄蔭深碧。蒼根走虬龍，巨幹蟠鐵石。平生棟梁具，不受霜雪厄。兔絲得所附，裊裊掛千尺。流肪入九地，千歲化琥珀。我欲掇其英，俯仰費搜摘。紅罏轉丹砂，石髓變金液。但恐茫昧間，圖驥不可索。意長時若促，雙髩日夜白。刀圭或可試，習習在兩腋。蓬萊三萬里，詎謂弱水隔？他時來山中，故老應不識。

贈相士蔣竹山

我昔河內家，舊有知人名。遺書滿天下，誰能得其精。蔣叟從何來，自托老門生。知我三十年，久〔二〕晦今當明。燕頷侯萬里，鳶肩列蓬瀛。世無貧賤人，安別貴與榮。我分已無聞，子言良可驚。何以贈子歸，妙諭不在形。

校勘記

〔一〕『久』，國圖明刻鄧跋本作『少』。

城東南有虎羣行，有司命獵者捕其二以獻

陰風曀晴空，羣虎不畏逐。豈惟牛與羊，亦有山婦哭。昨日當道行，今作机上肉。羣兇未盡去，何以慰荼毒？

長林肉醉後，怒目方負隅。何人奮强弩，一矢糜其軀。舊聞裴將軍，日斃三十餘。何如弘農郡，負子不待驅。

市人何喧喧，縛虎入闤闠。前驅挾弓矢，炳蔚尚光彩。操刀競屠割，童穉亦稱快。平生百步威，狼藉今何在？世事無不然，聞者足以戒。

種松

青松如秧針，植在山之磎〔一〕。豈惟娱心目，歲寒以爲期。未飽雨露恩，那識棟梁姿。蓬蒿塞三徑，埋没誰復知？秋風隕百草，秀色不少衰。雖然咫尺根，已見佳種奇。君看二十年，腰大數十圍。雪霜挺堅操，雲漢擎高枝。時有白鶴來，凡鳥那堪〔二〕棲？兔絲與凌霄，冉冉相附依。青松本貞固，不逐衆物移。大器固晚成〔三〕，何用嫌莫遲？願言堅汝節，黽勉待歲時。

校勘記

〔一〕『磎』，國圖明刻鄧跋本、四庫本作『蹊』。義同。

〔二〕『堪』，原作『敢』，據國圖明刻鄧跋本、四庫本改。

〔三〕『成』，原作『歲』，據國圖明刻鄧跋本、四庫本改。

對竹

主人樹修竹，近在桃李場。賦性雖不同，相友庸何傷？陽春破桃李，紅白争低昂。無言自成蹊，相媚色與香。何心伴幽獨，徒引蜂蝶忙。此君心本虚，寧逐春風狂？咄嗟桃與李，開落那能常。林間有寒梅，可與傲雪霜。

寄友人

丹鳳止高岡，衆鳥甘戢羽。昂昂九皋鶴，下上得所附。江南竹實多，朝陽自軒翥。延頸戛然鳴，四顧失其侶。豈不念相從，天闊無處所。鳳兮歸何時，耻與鴻雀伍。

主人厭城市，愛此林泉居。下有石一拳，上有松數株。念兹冷澹物，可伴憔悴軀。所期在晚節，俯仰足與娱。我心不可轉，比石堅有餘。峯頭問長松，歲寒知何如？

用潘明之韻贈陶思齊

黄花狎秋霜，正色凌寒柯。淵明千載士，風流今幾何？雲仍踵芳躅，餘子不足多。老魚在澗谷，尺水無巨波。遠游有壯志，拂劍鍾山阿。何當快翺翔，爲子擊筑歌。

又用韻遣興

秋山撼虚林，秋水揚素波。緩衣踞蟠石，怡盼庭樹柯。芳〔一〕景良可惜，去日亦已多。天寒道路遠，奈此兩髩何？興來勿引酒，醉飲空悲歌。丈夫志有適，慷慨捫太阿。

校勘記

〔一〕『芳』，原作『方』，據國圖明刻鄧跋本、上圖明刻藍印本改。

遊里城棲霞寺，衆將遷書塾

世途眩聲利，伥伥畢昏曉。平生嗜岑寂，夙昔事幽討。束書扣禪扃，問字來鳥道。豈期猿鶴驚，可厭鼪鼯嘯。避險辭窮林，搜奇得遥島。巖巒互起伏，郛郭若環抱。泉深源乃長，山静色更好。路窮佳境出，人遠塵跡掃。木杪栖莫霞，雲根被秋草。梵宫消歇餘，别室結構巧。道人謂余言，寥闃非所寶。我忻得所止，彼此尚奚校？本心若淵水，澄湛勿敢撓。既放豈易求？唯静乃能保。耳目各有官，外亂中必擾。所接絶紛華，高明宜可造。至虚養吾全，有動中其要。學在謹操存，寧復藴神妙？此山如有待，屐齒今始到。歸來二三子，不樂空自悼。

蔣聲父和前韻後衆不果遷再用韻

山虚風擅秋，林静露涵曉。樓居樂清浄，簡册肆探討。豈云尚幽栖，盍亦庶聞道？跫然空谷音，爲發蘇門嘯。黄花成久要，紛披樹烟島。落英入齒頰，清氣溢襟抱。石間漬芳泉，可使顔色好。南山有畸人，閉户獨却掃。巾〔一〕車招我來，雲邊弄瑶草。我將飛佩游，誰搆如簧巧。争夸魏有珠，不悟楚無寶。子輿昔尚友，從事犯不校。一勺覆易空，千頃濁難撓。是中存幾何，胡乃不自保？潤澤普沾濡，小草自膠擾。君看擊海鵬，霄壤隨所造。車中有幾馬，御者握機要。事如樞得環，闔闢用皆妙。顧兹天衢遥，非可一蹴到。甚矣猶自欺，卑哉亦堪悼。

校勘記

〔一〕『巾』，原作『中』，據四庫本改。

酬吴正傳

瀫江揚清波，秀氣産佳士。學優言更卑，神峻志無涘。求道本《五經》，尚友論千祼。文詞珠玉價，璀璀光燄起。焉能遂倒瀾，抱璞良有俟。《咸》《韶》亂桑濮，盆盎喜罍洗。大道無晦明，斯人有臧否。乾坤斡元化，晝夜川逝水。總總散萬殊，昭昭歸一揆。巨細含分差，毫釐辨疑似。是中有卓然，可變非至理。從容適中和，極樂烏可以？要須齊足目，豈必務口耳？真積乃有功，兩馬却成軌。某也獨何人，佔畢聊復爾。晻晻謬黑白，前却昧所止。輕塵栖弱羽，簸蕩天萬里。日莫途且長，心遠迹自邇。佳篇出壯語，三復興愧耻。古人吝許可，名實貴相擬。汝南月旦評，一言定非是。顧兹藐末材，譽論何過侈？神交居匪遥，千里如一跬。意篤故不忘，時能致雙鯉。

五言律詩

莫春郊外

行行多勝事，石竇濺流泉。白鳥浮雲外，青山落日邊。風平花委地，野迥草連天。春事成牢落，人生一夢然。

遯山先生挽詩

天假文章手，家傳道義心。錦標雲外夢，紫綬日邊音。玉樹留春色，甘棠鎖莫陰。曾分上池水，遺愛在人心。

遊智者寺

風日景颼颼，松陰繫紫騮。白雲千載寺，黃葉四山秋。地勝樓臺接，林深虎豹遊。人生自可樂，此外復何求。

梁朝舊蘭若，雄據北山南。衲子分諸榻，詩翁老一龕。登臺生遠興，引酒縱清談。更有黃冠叟，玄玄得共參。坐中有趙石泉。

贈閑雲屋

聰明大顛老，儒行墨其名。傳道千燈續，論文四座驚。雲和虛室白，山與此心清。禪味真堪悅，何煩酒更傾。

戲題智者法師所浴瓶玻璃瓶也

膽瓶容七尺，恍惚事非真。至道元無相，法身那有塵。擊牙知是妄，題木即爲神。此老如堪起，子言試一詢。

次韻潘明之見勉之作

道邇師何在？ 才疎學未傳。白駒空永日，華髮已流年。彭澤陶元亮，南山孟浩然。行藏無芥蔕，秋水碧虚烟。

蕭兄臨行索詩即席賦贈

相逢嗟久别，歸路復匆匆。我愧今原憲，君非舊阿蒙。山風驚落木，江日數飛鴻。舟颺西流水，明朝定向東。

次韻丘以道

善人不可見，弊帚直千金。往聖淵源在，遺經旨趣深。青燈供夜讀，黄卷對朝吟。至道非難致，危微在此心。

久懷聲藉甚，千里致雙魚。宦路終推轂，親闈且著書。才名賈太傅，文學馬相如。轍迹東循海，何時過我閭。

汲汲時能幾，蘧蘧夢未醒。自憐頭染白，誰解眼垂青。心事沾泥絮，生涯逐浪萍。何人可私淑，諸老漸凋零。

金先生挽辭

德粹身常潤，時艱志莫舒。治安曾獻策，私淑幸遺書。方寸涵千古，襟懷湛太虛。哲人今已矣，吾道竟何如！

統緒傳朱子，淵源繼魯翁。誨人沛時雨，對客藹春風。志立修身本，誠存作聖功。遺言猶在耳，一慟閟幽宫。

鄭夫人挽辭

早歲勤蘋藻，中年賦《柏舟》。諸孫昌義族，一子祔靈丘。貞德晴空日，浮生逝水漚。白楊滿虚墓，風動葉颾颾。

己酉余年四十

白髮三千丈，青春四十年。兩牙摇欲落，雙膝痺如攣。强仕非時彦，無聞愧昔賢。自期終見惡，未忍捨遺編。

花溪道中

板橋横古渡，村野帶平林。野鴨寒塘静，山禽曉樹深。雨微風栗烈，雲暗雪侵尋。安道門前水，清游豈獨吟。

天寒道路遠，此去復何求？適意真爲樂，浮生底用憂？雲容低野樹，風力逆溪流。喜見梅花笑，相迎傍驛樓。

浦川方仲觀入城從學，繼入公門，今歸侍親，求詩

百里來爲學，違親半載餘。莫雲飛故里，秋露浥行車。紅葉蟬聲老，黄花雁影疎。漢朝尊吏事，何必業詩書？

秋夜二首

月落牕仍暗，燈殘卷未收。家人摧杼柚，穉子問更籌。冷露蟲專夜，悽風樹怯秋。百年一瞬目，萬慮幾搔頭。

志大空懷璧，交疎少斷金。半生成白首，十載對青衿。朝市灰心久，山林托興深。紅塵多汩没，清夜幾沉吟。

過太湖

周迴萬水入，遠近數州環。南極疑無地，西浮直際山。三江歸海表，一徑界河間。白浪秋風疾，漁舟意尚閑。

偕璉南城晚望

落日山川迴，凄風鼓角收。故携童冠出，來傍女墻遊。橋柱鰲頭起，沙汀燕尾流。雲烟孤寺塔，燈火萬家樓。荒草仍嘶馬，微湍莫載舟。目存皆絶景，心遠豈窮幽。北顧思皇起，南瞻憶沈侯。會須擊刁斗，踏月竟歸休。

七言古詩

次韻鄭性之遊多寶寺

瞿曇雪山身幾年，智慧兩足言因緣。東周伯陽談道德，鉤奇探隱文五千。江源濫觴委成海，溉灌九土流潺湲。名山佳水占幾盡，金碧突兀凌霞烟。元和貞士掃稂秕，生辰月界箕斗躔。口箝吭扼氣莫吐，退則疐後行跋前。天文將喪鵬乃賦，唐風竟靡鳳不翽。北山雲仍嗜墳典，時被羽服還逃禪。寶山多寶信有得，徐卿唱和佳篇連。空雲悠悠露山迴，片石鑿鑿分泉涓。畸人見詩思涉地，雜沓蠅紙相縈纏。浮生每嘆虛過隙，困學未足追逝川。卧遊倏欻盡裨海，長嘯白眼瞻青天。

題延月樓

崦嵫稅駕紅塵息，玉鏡飛空天地白。嬋娟先得何處多，齊雲翚翥高百尺。清光無私照寰海，舉頭千里明長在。主人欲擅四時秋，夜夜掀簾爲延待。人生見月幾圓缺，今昔人殊同此月。人迷夢覺月晦明，終古相磨寧暫歇。倚闌清嘯酒莫遲，銅壺催曉輪易攲。

酬潘明之在嘉興來相招

華亭谷深紫烟濕，老鶴唳空眼垂碧。功名千歲衣染墨，遼陽骨換今幾日？華表時來語消息。九皋胎化頂未丹，海門雲冷高飛難。嘎然長鳴飲清湍，何當天風〔一〕吹羽翰，方壺圓嶠同盤桓。

校勘記

〔一〕『風』，原作『何』，據國圖明刻鄧跋本、上圖明刻藍印本改。

聞潘明之來錢唐，因何先生行聊用寄懷 丁未

君不見、絳侯木强尸相位，問以錢數莫知對。挈提綱維振領要，語言吶吶時稱治。又不見、弘羊平準容均輸，秋毫析判供主需。當年英氣亦蓋世，遺名身後今何如。君方小試居管庫，褰衣始躡青雲路。謹司出納人難能，談笑麾之有餘裕。斧斤刀鋸各有執，梓人中立一指顧。道傍腐鼠鳴鴟鴞，原上荒叢走孤兔。蠅頭微腥任逐逐，石峻泉清豈能汙？仕優爲學心更勤，五車文字晨莫親。置身道義中，尚友古天民。志昂跡濡滯，獨鶴游雞羣。湖光可入春事早，六橋風暖多芳草。馬蹄此日復追遊，日際白雲天尚杳。輙憑故人問音信，努力加湌爲君道。

題金月華藥物火候二圖

道涵萬物窮古今，冲虚無象那可尋。得之於心應於手，大地可使成黄金。陰符立言始三百，伯陽繼踵明至賾。千篇萬論從此興，直指真機二三策。汞鉛龍虎皆假類，道妙先天本非器。兔魚來得藉筌蹄，圖上豈堪真索驥。赤城山人探天根，微辭奥旨將淑人。兩圖先後互體用，守中謂可存元神。西南地暖生紫芝，陽精夜夜臨虚危。相時發機奪天巧，太阿凛凛宜堅持。自昔聞之將脱屣，遽置彝倫恐非義。羨君參透此玄關，片言已泄師傳秘。須信天涯岐路

多，三千六百争相訛。

贈滕玄一 庚戌

玄珠恍惚生秋水，善守谷神寧不死。虚中抱一求諸己，道不遠人應在邇。負笈擔簦空萬里，先生年來髩已斑。對客時復談九還，刀圭謂可回朱顔。行縢纏足環廛闤，神仙豈必居三山。

再贈江行父

予少多艱，晚始知學，獲登仁翁先生之門，雖諄諄提耳，而資禀〔一〕凡下，放心莫閑。年來多病，志氣衰落，無復世慮，逌然有山林遁迹之興。當代君子，人自爲學，求其趨同意合者蓋鮮。行父此來，言論數日，令人聳然，豈惟趨同意合，起我衰落之志氣者多矣。緬想先師，潸焉出涕。故於行父之行，再歌以贈之。仲兄進修精恪，可以想見其人，亦以此爲贄。行父過蘭江，遇舊友吴正傳，試一歌之，正傳其爲我有感。

春風吹林兮集衆芳，英華發兮朝生光。元氣浩博兮不可控，博觀有迹兮求無端。八荒無垠兮同此天，水之涘兮山之顛。貫金石兮遊魚鳶，楫操舟兮輪行車。事有幹兮物有初，泝流尋源兮合大同。頑堅藴璧兮琢與礱，蘭皋幽人兮芙蓉衣。擿抉闖茸兮握要機，交撞互擊兮聲琅人其逝兮涕泗滂，有美人兮在天方。羽翼短兮途路長，胡不念我兮歌斷腸。

校勘記

〔一〕『禀』，原作『品』，據上圖明刻藍印本改。

酬趙玉相併寄意方存雅

羸坑尺簡飛刼塵。升堂絲竹故可温。前修垂訓淑後昆。歲月幾何浩無垠。四列三條肇崑崙。斬絶枝葉求本根。勿縱老眼迷紛紜。榮觀燕處静爲君。灌溉方寸融陽春。操觚染墨如有神。洪流出峽萬里奔。采掇奇巧務掇文。惟勤割穫慵耕耘。荼蓼未薅空倉囷。浦陽山人嗜典墳。絶利應可求一源。高談驚座雄波翻。作詩來爲洗睡昏。字字圓潔磨瑶琨。平居却掃自掩門。夜對膏火朝清暾。未契妙理泥語言。雛鶴心遠身雞羣。四十已矣真無聞。羨君仁里有隱淪。清時尚復魚渭濱。文詞落筆四千鈞。直與元氣相吐吞。我鄉諸老名日湮。巋然獨覩靈光存。如川趨海知所尊。北顧每隔長山雲。我有蘭艾沐且熏。何時一瓣志可伸。憑君爲我言殷勤。

遊龍回寺碧雲堂有何無適草書

蒼鱗作霖回壑裏，竟化長岡飛不起。何年老僧飛錫來，强架櫓楹萬山底。碧雲石梯如登天，俯視所樹行其顛。巖巒起伏呈怪狀，壯若羣馬奔吾前。何〔一〕仙仙去不復返，滿壁龍蛇驚醉眼。可憐一半委塗泥，况〔二〕復阽危混苔蘚。山翁摸搨妙入神，永和繭紙且逼真。勸君勿辭一日力，爲我留爲百世珍。君不見、二王舊帖皆殘編，至今不惜千金傳。

校勘記

〔一〕『何』，原作『絅』，當爲『何』字之形誤。『何仙』，即何基之子何欽，字無適。據國圖明刻鄧跋本、四庫本改。

〔二〕『况』，原作『沈』，據國圖明刻鄧跋本、四庫本改。

次韻方存雅登八詠樓感舊

巧智相資外馳鶩，内殙爲惑黄金注。靈明汙滓互翕張，地厚天高幾易處。紫陽麗澤輝一時，浙源遠合江東婺。回翔八表掃秕糠，昭融千載披雲霧。直從頷下得明珠，驪龍睡困〔一〕那〔二〕能護。鞭笞鸞鶴仙已歸，步武室堂人亦去。先生聞道舊典刑，筆下縱横五花吐。山林嘉遁名自隨，富貴浮塵行所素。摛辭欲短子建墻，博物猶窮陸機疏。來凭玄暢恍舊遊，慨憶前題誰贊助。平生喜識龐德公，況復長哦落霞句。已降既見傾蓋親〔三〕，何用咨嗟歲年莫？簡編疑缺浩千萬，憑藉先知爲温故。微辭正欲辨白馬，古調寧惟聽朱鷺。嶔嶔小徑勿敢遊，且向康莊問人路。

校勘記

〔一〕『困』，原作『目』，據上圖明刻藍印本改。

〔二〕『那』，原作『郎』，爲『郍』之形誤，『郍』即『那』字。據國圖明刻鄧跋本改。

〔三〕『親』，原作『新』，據國圖明刻鄧跋本、上圖明刻藍印本改。

立秋日寄趙璉

蘭皋慘碧烟萋萋，徘徊不忍竟與違〔一〕。欲窮目力望江水，江風故換雙舟飛。歸來復對呶呶者，思才俯首西窗下。厩中駿足逐春風，執策臨之盡凡馬。拂硯挑燈披竹素，朝昏總是懷人處。有時獨倚南面樓，不見冥鴻北征路。

校勘記

〔一〕『違』，原作『麑』，據四庫本改。《石倉歷代詩選》、《宋元詩會》亦引作『違』。

題趙氏復墳詩卷

高岡擇地尋牛眠，北山鑿石椁已堅。百年丘壠豈易保？子孫爲主須親賢。昡人無父那知義，族屬昏愚同罔利。大明疑有玉爲魚，祇樹何辭金布地。聞孫投牒情懭[一]傷，青氈既復氣乃揚。羡門荆棘爲剪伐，宰上拱木重生光。吁嗟長陵一抔土，魂消骨化今何所？寒食誰將飯一盂，枯[二]柏蕭蕭泣愁雨。

校勘記

〔一〕『懭』，原作『哀』，據四庫本改。

〔二〕『枯』，原作『桰』，據國圖明刻鄧跋本、四庫本改。

送方存雅遊永嘉吴公父任永嘉文學，約與同往，未幾公父殁，今自爲此行。

思遠樓前會昌湖，花開十里紅芙蕖。香消色盡水痕落，秋氣颯爽涵冰壺。巨鰲戴山兩岐出，中江屹立雙浮屠。潮聲來往撞晝夜，惴惴不敢鳴鍾魚。雁峯南北插雲漢，千尺亂削青珊瑚。靈巖怪壑山鬼秘，木屐齒弊終迷途。二蕩，靈運所未見。先生卧遊亦已久，目擊自勝遥披圖。芹宫博士舊膠漆，待瓜未熟行與俱。絶絃掛劍歲月改，春風夢遠意竟孤。朅來清興復未罷，束書負笈爰載驅。永嘉奥學有祖述，伊洛餘澤猶沾濡。水心百年仰文獻，心齋一世稱範模。詞章問學各有得，耿耿輩出今豈無。搜羅人物覽世槩，收拾佳趣歸奚奴。平生遠游有志願，局束不得爲君徒。待君捆載珠玉富，敬誦想像聊爲娱。

送諸暨俞州判

北風蕭蕭吹江蘆，清霜載道冰在須。奚奴束書催上車，政成卷旆歸京都。暨陽眇處天一隅，里閭凋瘵煩爬梳。負戈攘臂衆暴寡，探囊胠篋争捐軀。天民秉彝同好德，帶牛端爲飢寒驅？倅州寛惠别淑慝，癉惡豈必連妻孥。甘棠蔽芾有餘蔭，百里寧謐無援枹。存心忠孝本天性，爲政固與常人殊。壽昌〔一〕自樂歸河中，希文隱憂居江湖。白雲舍近畢志願，青霄路迥寧躊躇。前年螟旱遍八區，一文不獲今豈無？願君易地盡仁愛，返淳敦俗需吾儒。

校勘記

〔一〕『昌』，原作『中』，據國圖明刻鄧跋本、上圖明刻藍印本改。

馮公嶺

層巒疊嶂危相倚，亂若飄風湧秋水。寒松荒草間蒼黄，照眼峥嶸三十里。初如井底觀空虚，一峯巍然中獨尊。縈回百折至絶頂，俯視衆嶺來兒孫。人言此山插霄漢，馬不容鞭僕夫嘆。攀援何異蜀道難，氣竭神疲背流汗。熟視徐行路覺平，心寛意適步更輕。志須預定自遠到，世事豈得終無成？我來正值窮冬月，倚杖〔二〕巖前嚼松雪。午店烟生野飯香，陽坡日近梅花發。寄語悠悠行路人，乾坤設險君勿嗔。胸中芥蔕未盡去，須信坦道多荆榛。

校勘記

〔一〕『杖』，原作『秋』，據上圖明刻藍印本、四庫本改。

題姑蘇臺

姑蘇城上姑蘇臺，青山百里峨眉開。平郊如掌思清遠，昔人樂極曾生哀。大讐未復敵不死，壯志消磨侈心起。會稽捷甲功自多，種蠡深謀誠未已。不知佳治能傾國，莫莫朝朝醉春色。勳臣抉眼視東門，越女還爲越人得。只今興廢總成空，唯餘碧草摇凄風。可憐千古臺前水，不洗當年甬東耻。

雨華臺

大江斷後誰絶前，右踞蒼虎龍左蟠。英雄角逐三百載，庭花玉樹歌聲殘。王氣消磨城郭改，荒村古木棲寒烟。我來兩月不出户，登臺始覺天宇寬。城中樓觀在井底，環視百里皆峰巒。烈風拔樹雲蔽野，飛電霹靂驅蜿蜒。虚亭坐視河海湧，平地立見波濤翻。天開翳掃群響息，空翠削出滁和山。陰陽雲雨〔一〕反覆手，向來喜懼誠無端。興亡世事亦如此，俯仰千歲須臾間。

校勘記

〔一〕『雲雨』，原作墨釘，據國圖明刻鄧跋本、上圖明刻藍印本補。

春城晚步分我字

紅樓鼓歇烏輪墮，淺水橫舟弄漁火。春風生草雉堞青，隨處軟茵供小坐。斷烟飛鳥入杳冥，闤〔一〕市行人競么麽。溪城斗大無遠趣，目礙雲山環〔二〕瑣瑣。驊騮騁駕路或迷，蜩鷽槍枋計〔三〕非左。歸同三子歌《考槃》，茫茫宇宙誰知我？

校勘記

〔一〕『闤』，上圖明刻藍印本、四庫本作『闗』。

〔二〕『環』，原作『壞』，據國圖明刻鄧跋本改。上圖明刻藍印本作『深』。

〔三〕『計』，原脱。『計非左』爲古常見語。據《元詩選》所引詩補。

友人招飲榴花下

獰風惡雨消餘春，春歸到處成清陰。萬枝濃緑幻春色，絳葩丹蕊俄森森。祝融行部過九地，誤縱炬火燒〔一〕園林。艷粧炙日色更好，冷冷着雨紅尤深。浩歌相對作痛飲，有花爲伴非孤斟。支頤半醉不成夢，恍惚錯錯供微吟。只愁明日便摇落，徘徊欲去還重臨。會須秋風拆珠實，當載樽酒相追尋。

校勘記

〔一〕『燒』，原作『堯』，據國圖明刻鄧跋本改。

放棹行

安溪潮平行棹多，黄頭竪兒倚棹歌。梅花照眼送寒色，酒暈着臉生春和。炎凉世態翻覆手，江水長静風吹波。出門一笑天萬里，白鷗浩蕩如吾何。

七言律詩

送焦達夫戊申

宦遊南土侍親闈，此日還鄉被綵衣。幾度論文方契合，一言話别忍相違？長風送棹江聲急，落日横雲雁影微。水際梅花如舊識，冷容對客共依依。

贈王斗山

骨肉斯文氣味投，春風芹藻憶同遊。故人别後無青眼，此日相逢笑〔一〕白頭。匣劍光横南斗夜，鳳梧陰冷峴山秋。唯應且試連鰲手，未許江干下直鈎。

校勘記

〔一〕『笑』,《八華山志》作『嘆』。按語稱斗山名庭槐,東陽畫溪人,長白雲二十九歲,訂忘年交,同師金仁山。

謝趙肅甫遺著

天產瑰奇淮蔡鄉,發揮倚數肇羲皇。靈龜入地千年老,神艾當陽十尺長。遠寄江湖憑驛騎,喜歸篷蓽對書牀。玩占從此無疑事,感物思人意不忘。

次韻潘明之易巾巾,陶思齊所製,并戲之。

漉酒當年制巧縫,雲孫此日藝仍工。接羅倒着情猶適,章甫從宜志未窮。西漢神仙新事業,前唐進士舊家風。自憐短帽無心整,鏡裏愁看兩鬢蓬。

三月十五夜登迎華觀

夜深來此倚闌干,十里樓臺俯首看。月到中天花影正,露零平地草光寒。氣清更覺山川近,意遠從知宇宙寬。長嘯一聲雲外落,幾家兒女夢初殘。

青田大鶴洞有葉法善試劍石，舊有玄鶴巢於上，復有青牛在於〔一〕下。

榕影扶疎路九回，仙家那復着塵埃。山間田在牛終隱，石上巢空鶴不〔二〕來。丹竈無灰惟白草，劍鋒有迹自蒼苔。洞中道士今何處，三扣雲關杳莫開。

校勘記

〔一〕『於』，原脱，據四庫本補。

〔二〕『不』，原作『下』，據四庫本改。

自飛霞觀登積穀山癸丑

磨崖字古翳苔痕，敗葉垂蘿徑可捫。靈運詩存池尚草，劉郎仙去洞無門。潮來江闊山風急，日落雲横海氣昏。欲望城中登絶頂，腥羶觸目不堪論。

自江心回，復遊西山

才返中川一棹雲，西巖無負此良辰。紫芝峰下長松晚，緑野橋邊流水春。竹杖持身行樂客，桃花映臉醉歸人。道傍孝子何年墓？宿草蕭蕭暗莫塵。

西山萬象亭

亂峯盡處接浮雲，東望悠悠萬事陳。百里江流縈縞帶，滿城居室比魚鱗。野僧倚竹嘯〔一〕留客，山鳥穿林啼喚人。落日亭中一杯酒，何年復此對晴春？

校勘記

〔一〕『嘯』，原作『笑』，據上圖明刻藍印本、四庫本改。

故宫

六朝城郭渺茫間，南國重來築九關。空恨赤龍潛越水，秪餘蒼隴對鍾山。茂禾夾道秋風疾，枯柳依墻落日閑。西闕巋然尋丈地，宫溝偃月共潺湲。

九月十七日登清凉寺翠微亭故址

梵宇峥嶸枕石頭，倚風極目立荒丘。黄花覆地初經雨，白雁横雲帶遠秋。城郭已非山故在，江淮失險水空流。衲僧八十仍多病，抆淚殷勤説故侯。材梓菴馬裕齋門僧。

春夜次韻

飢烏驚鵲起南枝，夢入槐柯覺亦悲。花裏樓臺春到早，竹間窗户月來遲。篝熏翠被爐存火，燈落紅星硯汙池。可惜風光半塵土，明朝火急報君知。

兩部蛙聲似打衙，披衣清坐厭紛譁。門同靖節日長閉，家近相如意可賒。低幕風生翻宿燕，小簷雨歇落輕花。玉琴聲斷尋幽夢，回首西牕月未斜。

送余之問赴烏臺

江南佳麗萃金陵，早歲遊觀壯氣伸。月旦當年曾許子，平原今日正須人。鷹鸇得志三秋翮，鴻雁隨陽萬里身。入手功名便回首，白雲深處有鱸蓴。

次韻子昭

經德無回貴自持，人心未信肯天欺。終期辭貨規楊震，未必償金汙不疑。弱卉霜零知勁草，健翎風薄寄深枝。公庭事簡多休沐，舉案同吟《四牡》詩。

次韻王中齋登拱翠樓

曾醉危樓坐石坡，彈箏擊缶醉婆娑。蓬飛已改流年髩，木老猶存舊日柯。紅樹參差秋水遠，碧山高下夕陽多。此時還縱西風眼，共倚闌干起浩歌。

秋莫有懷

十二闌干倚翠微，露華寒重逼羅衣。碧天連水思空遠，衰草滿庭人未歸。秋雨樓臺幾寂寞，春風院落自芳菲。冥鴻應有青霄侶，爲隔閑雲尚獨飛。

次韻王景元春莫

茂林陰裏據胡床，賸喜天然密幄張。水覆落花紅浪遠，壟翻秀麥翠雲長。春塘絮盡風無力，曉樹枝明露有光。隨分眼前生意足，對窗野草發幽香。

寄許克勤

小窗燈火對絃歌，探賾鉤玄義不頗。有志定須摶北海，離羣應是老西河。雲翻雨覆交情薄，瀾靡波頹末學多。清夜沉吟正相憶，柯山月落碧嵳峩。

七言絶句

即席用蘇世賢韻送郭子昭

攬轡春風入駿蹄，兩堤烟柳護晴溪。黄鶯自有留人意，相對殘紅不忍啼。
數載燈窗筆硯親，往來問字不辭頻。於今便有雲泥隔，折柳亭前又送人。
落花高下弄菲菲，多少離愁付笛吹。别後故人休忘却，與君重賦渭城詩。

社日

秋豚已腯野雞肥，笑對西風挹酒巵。有耳厭聽塵裏事，任教聾聵不須治。

哭空谷師

甘棠遺裔繼高陽，衣染緇塵樂法王。四十七年成大夢，那知今度夢充長。
玄雁離羣得意飛，稻粱秋静羽毛微。不知何處逢繒繳，雲冷空江夜不歸。
霜入楓林葉已丹，風鳴籟動助悲酸。山人歸去鶴空怨，清夜月高榕影寒。

次韻潘明之秋思

西風冉冉髩毛侵，鳳老梧衰鎖夕陰。倚遍闌干重回首，斷鴻千里莫雲深。

靈槎夢徹漏聲殘，河漢無雲動碧瀾。閶闔班齊香案近，天衢月白露華寒。

舟中贈璉

行人流水共悠悠，雨洒溪風萬點愁。别棹不來天欲暮，倚舷無語看浮漚。

過西湖

不見湖光十五年，滿堤烟雨復乘舡。蕩荷岸柳渾依舊，髩上星星只自憐。

夜過黄泥渡

夜深風息水安流，白雁黄蘆滿眼秋。行李蕭蕭官棹穩，卧看明月過真州。

趙昌甫詩卷（從原卷四移此）

昌甫以辛丑歲副月魯花使宋，大臣阻蔽，不使廷見，拘之他所。月魯花病卒，昌甫欲自决不果，囚繫三十六年。大兵下江南，然後歸。

馬宏不殉王忠死，常惠終隨漢節歸。亡國折衝無善策，使星千載自光輝。

許白雲先生文集卷之二

賦

擬古戰場賦

客有好遊者，贏金橐糧，脂車秣馬，四海之廣，萬里之遥，謂皆始於足下。蓋將追豎亥之遺蹤，繼子長之轍迹，于以觀天地之大。

於是浮河絶江，登隴下阪。途平馬疾，地險車緩。或臨深而俯瞰，或升高而望遠，對景物之虛曠，每徘徊而周覽。爰至巨野，恍若望洋。右倍山陵，前左大江。紛灌莽之杳杳，鬱叢薄之蒼蒼。縱一瞬而莫際，眇乎其數十里之封疆。爾乃心存目想，計度數量。豈古人有事於此，遺迹尚存乎渺茫。周迴隱隱，若城郭之瀰迤，峻隅已壞，而塊土成崗。頽垣斷續，綿延將百雉，類乎築甬道以取粟於敖倉。其汙下而漸漬者，蓋昔池而今隍。毁轅敗輻，朽腐而僅存其彷彿；斷刀折戟，消剥而何有乎鋒鋩？是時也，林木將脱，原艸未黄。風飀飀兮吹籟，日淡淡兮流光。羌四顧而無人，幾欲去而彷徨。就熟路以騁駕兮，久而至於野人之籬落，召彼故老而訊之，然後知爲古之戰場也。

感慨前脩，俯仰陳迹，肆盤桓以夷猶，不忍去者累日。行戰地，弔遺址。連井竈，綴壁壘。發卒募兵，聚芻積粟。破鉏耰而成棘稍[一]，買刀劍而賣牛犢。賁育之士，肩磨袂屬。勇敵虓虎，捷若飛鶻。一鼓氣作，三令容肅。雷轟礮石，電掣神纛。奮戈揚盾，穿胸洞腹。短兵近接，鐵騎橫蹙。殺氣排空，黄埃亂目。或乘利而得雋，或逐北而遇伏。或集厚陳而制勝，或懸孤軍而全覆。及乎弓已絶絃，矢不遺鏃，積骸爲觀，斷指可掬。姑小却以俟後圖，宜戢兵而虞大衄。以今度古，不能盡變化之萬一，而戰陳之具，鉦鼓之教，雖百年而猶信宿。是以竹樹吞吐烟塵之表，目睆睆[二]乎昆陽之旌旗；鸛鶴嘹唳風雲之間，耳聵聵乎八公之草木。月白兮髑髏寒，天陰兮鬼聲哭。彼進取之君，爭城爭地，而暴白骨如草菅，忍使天下之人，兄散弟離，子孤父獨。自夫達者而觀之，何異左蠻而右觸[三]也哉。

方今堪輿坱圠，開統拓迹。自江左之獻版圖，未嘗復有干戈之役，遐荒莫敢不來王，所謂不嗜殺人者能一。民皆安土，地不遺力。睠此大墟，固可制井經而務稼穡。飛潛動植，皆囿於發生之仁，熙熙如登春臺而享太牢之物。於是舞干羽於兩階，朝衣冠之萬國。

校勘記

〔一〕『稍』，四庫本作『矜』。

〔二〕『晼』，原訛爲『晼』，據《御定歷代賦彙》所引改。

〔三〕『觸』，原作『蜀』，據四庫本改。

序

贈李仲謙序

古之教者，自里閭至國都皆有學，自八歲至成人皆有教。其教之之術固詳，要其歸，禮樂二端而已。抑俎豆、登降、音器、歌舞爲之禮樂乎哉？反而求於吾心，則敬者禮之原，和者樂之本。然所以動息有存，不使斯須去身者，正以培植其本原。積於中者廣大成全，則其發於外者沛然有餘，措諸其事業無不當，蓋内外交養而相爲用也。三代而下，教者異法，至於以文辭誘人，可謂外其所當務。而今復翰墨詩章論材，抑末矣。

東陽縣博李君仲謙既涖事，執脯脩之贄於郡庠，而某適與之會。視其容貌甚〔一〕温，聽其言舒徐而有文，庶幾習於禮樂者。君故名家，其所養有素，願推所蘊以淑諸人人，俾學者幡然知禮樂爲先務，厚其積而痛抑其末，斯善矣。東陽爲婺望縣，山水佳秀之氣所鍾，名哲輩出，今以經學文章名家者有其人。昔子賤治邑，所父事者三人，兄事者五人。矧君掌教鄉邑，而年且富，是宜效先覺之所爲，取人之善以爲善。且古教人者，必以身先之。而聖賢之閫未易造，幸君亦毋虧一簣之功，以率先之，將見百里彬彬於禮樂，豈不盛歟！居數日來別，求贈言，謬書此爲李君勉。

校勘記

〔一〕『甚』，原作『其』，據國圖明刻鄧跋本、四庫本改。

送胡古愚序

東陽，婺望縣，東南山水嘉處。自天台、赤城蜿蜒盤礴，綿延數里，亘爲玉山，又數十百里，峙爲雙峴，經野建邑於焉是依。山之幽深秀特者，水必源於其間，稽之郡乘，浙江之浸，實肇林壑之下。經流曼衍，過於雙溪城南，澄瑩甘美，瀾湧湍激，不舍晝夜。天雨時至，澒洞奔放，勢可勝萬斛之舟。氣之積也厚，故其發也巨，終至於不可量也。山結水融，生物必異。靈而爲人，亦必有奇俊超邁，不規規於流俗者。夫良材美箭、佳菓旨酒，人皆得以爲利。士君子之敦詩書、脩辭蹈禮者，籍籍滿耳。而余之所見，多侈辭宏論，凌絶卓越。聽其言，觀其容，發揚蹈厲，每怳然自失。以余之駑下，固不足窺其際矣。意山水之鍾而奇俊超邁者，殆不必於此歟？余固有所待也。

嘗聞胡君伯仲子姓，皆務學深造，未能盡交。往年遇古愚子於市，友人蘇世賢指曰：『此東陽學者胡君也，將試仕於金陵頖宫，今行矣。』揖而過，不暇交一語，余重恨之。皇慶二年夏，余游金陵，而君尚在講席。其氣粹温，其儀濟蹌，誦其文若詩，皆清平古雅。余向之有待而欲見者，其在古愚子乎？

夫聖人之道，常道也，不出於君臣、父子、夫婦、昆弟、朋友應事接物之間，致其極則中庸而已爾，非有絶俗離倫，幻視天地，埃等世故，如老、佛氏之所云者，其道雖存於方册，而不明於世久矣。周、程、張、朱諸子出，而闢邪扶正，破昏警愚。秦、漢以來千五百年，英才多矣，而有昧於是。吾儕生於斯時，未必能躐於千五百年之才，而獨有見於聖人之道如是其明也，幸而生於諸子之後，固當平氣虚心，隨而求之，階之梯之，以達乎上，顧實有益於已而止，何庸倔强自熹，摭奇務新，力與作者争衡，又將轢而踐之哉！古之立言者，誦於口而可以心存，存於心而可以身踐，而成天下之務，則聖人之道也。今口誦之而不足明乎心，降其心以識之而不可施於事，是則老、佛之流之説爾。爲老、佛之説者，措之事固不能行於跬步，而自理其身，庸可以爲善人。則好爲異説者，其風又下於彼矣。道在天地間，弘博精微，非可以懆〔一〕心求也。而乃攘袂扼腕，作氣决眥〔二〕，售其説而競，復思〔三〕欲以厭今人，陵古人，則吾未之信也。

古愚氣和心廣，余嘗欲與從容論之，而以滿秩解去。君采芹藻之英，將以道淑諸人者也。以余之説評之，然歟？否歟？余非敢爲子勉也，子固余所敬也。

校勘記

〔一〕『懆』，原作『操』，據國圖明刻鄧跋本改。

〔二〕「背」，原作「背」，據國圖明刻鄧跋本改。
〔三〕「復思」，原作「後息」，據《宋元學案》卷八二引文改。

送郭子昭序

君子尚志，脩己以及人，不〔一〕偏廢學也。然下學上達，功不可畫，可仕而仕，進退有義，故自治常嚴。而及人者不汲汲學，每病於滿與怠。自滿者不思益，意怠者不足有爲。如是，則所謂及人者，豈果有志於行道哉？亦慕榮務得而已爾。進脩以爲之本，可仕之幾合於義，由是而行其志焉，君子固所願也。今之仕者，必欲登風憲之門，謂無掣肘之虞，得以遂其志。暨入其閾，乃無所志，而可耻者有之矣。

吾友汝南郭君子昭自浙東憲史遷浙西，復升爲御史掾，好善惡惡，介潔正平，所至有聲。昔者余與子昭同受業於仁山先生，時師門數十人，惟子昭與余合志以求道，温厚靜恭，不汩流輩。羣會無長語，晝講肄有條，夜執經問辨析理，較毫縷，率下漏過半，疲極俱罷，抵足卧，覺則復共索所未悟。稍閑，各言其志，思苴漏易弊，振奮以邁。尋常若是者甚久。後雖從仕，時相過語，不改不倦。別五載，復會金陵，道平生驩，皆叙離羣而自致者。子昭徧循大江之南，獲交當世君子，多隨其高下，師尊之，友接之，所自得者益〔二〕廣，而其正本大綱，不倍師說。大夫士論子昭當官廉慎，有補公道，如出一口。是子志真可尚，滿與怠之心未嘗生，而於脩己及人，兩方今無愧矣。爲憲掾史，三考滿秩，捧臺符上京都，類吏部選調九品官，常事爾，未足爲子喜。惟篤其初志，不忘所能而知所亡，實於中以應求者，不負其名，則官之崇卑非所較也。夫年進則責備其德，位升則愈大其任。拔類獎賢，以子之才，何所不至！

余性不喜諂，且知子昭最深，嘗慕淵、路相贈處，而余亦爲千里游，故以爲贈。

校勘記

〔一〕『不』，原脱，據四庫本補。

〔二〕『益』，原作『蓋』，據四庫本改。

送林中川序

漢自蕭何以佐命爲相國，而曹參次之，二人皆吏也，故終漢世，選官多繇吏。後雖設科博舉，而繇吏進者未嘗廢，名公卿大夫，今可指數者班班也。而自郡縣吏積功致大位者尤卓然，如于定國、楊震、陳蕃、王允、寇恂、馮異、趙廣漢、張敞輩數十人，皆繇是出。蓋天地儲才，以爲時用，視上之所好而趨之，得其人皆足以輔化興治，不必較其所從來也。然昔之進者雖自吏選，莫不尊德問學，秉義守禮，尚廉耻，謹節行，故能師表當時，流芳千載，非特操筆書牘、玩法舞文而已。聖朝混一之初，革文華取士之弊，它科目未設，選官頗類漢法，而庶人在官者，皆以年勞叙遷，可計日以俟進。其任用之重，蓋過於漢矣，故得人有爲名公卿大夫，亦不愧於古。

永嘉林君中川，久故儒家，抱問學而業吏，自縣若州，累升至於郡。來是郡居數載，徧歷諸曹，上官稱其能，下民服其明，士大夫誦其廉。休日每訪余，爲文字交，言亹亹皆有理致，賦詩則雅麗清新，語政事則優柔純熟，不迫不弛，可謂才矣。處郡曹滿三考，被省符領州縣幕，常事爾，可計日而取也。以君之才，宜有知者，豈久拘闠常文而局縮於此耶？繇是而爲大夫、卿、公，亦豈異哉！

今大府循例，更調天台。夫瓊臺、華頂、桐柏、石橋，皆山水清絶奇勝，生平欲嘯傲其間，而夢寐未能也。君或以無害督部邑，當窮極幽處，融其景物，寫之聲詩。因風以示，使得卧而游之，亦甚幸也。君之行，凡交友能爲詩者，皆歌以贈，某訥於辭，姑序此爲别。

送尉彦明赴開化教諭序

先王之教民何如哉？家有塾，黨有庠，術有序，國有學，凡民八歲以上，無不聚而教之。下責於大夫、士，與閭里之長，上則統之於大司徒。誦《詩》、《書》六藝之文以廣見聞，孝弟忠信之實以敦德行。故賓興以示勸，簡絀以致罰。夫以下民之微，而使天子之上卿拳拳教之者若是，其爲意益可見矣。近代以文辭取士而不考其實，惟務彫鐫鏤刻、破碎支離、詖淫邪遁之辭，靡所不至，《六經》之道，或幾乎息矣。聖朝敦尚實行，放斥浮辭，固學者之所願也。州若縣皆有學，立師而教之，抑彷彿古者之遺意歟？

尉君彦明，北方之學者也。來江南且十年，艱難險阻，雖屢嘗之，愈自篤，不能變其守。故其發爲聲詩，慷慨感激，清俊奇偉，時論稱之。明有司舉而升之，授以開化文學。開化，三衢下邑也。其山水之秀，人物之盛，彦明必能取之以爲吟詠之資，固足以適其性情。然愚所以望於彦明者，不止乎此。今〔一〕之設教者，乃古大司徒所統之職，位雖卑而責實重。況古之受教者，比屋皆然，今則惟業於儒家者耳。受教者多，則成德者衆；受教者少，則責效也嚴。故教之者亦當百倍於古，教者之功可也。《六經》，載道之器，欲求道者，不可外乎經。彦明必能舉是而教之，使立於舘下者，皆知求之於經，驗之於己。誠立行成，濟然爲東南文學倡。豈惟如是而已哉！秉彝好德之良心，人皆有之，將有不待教，聞風而興起者。十室之邑，必有忠信，彦明其留意焉。

校勘記

〔一〕『今』，原作『夫』，據上圖明刻藍印本、四庫本改。

送許克勤赴新昌教序

許，太岳之胤也，其先出自神農，周武王封文叔而國於許，其後子孫散居四方，以國爲氏。漢唐以來，代有顯者，而太史氏之譜諜不傳其世次，蓋不可得而考焉。然凡今以許爲氏者，則皆文叔之裔也。克勤生於真定，雖阻河帶江，相去數千里，要其始，固吾族也。

其侍親宦遊而南來，能自奮厲，好學不倦，孜孜汲汲於文字間者有年矣。謂學者將以行之，嘗小試於三衢清獻書院，引誘後學，循循有道。有司爲其賢，爲其多聞也，舉之於州，州升之憲府，以考其實，上之宣府，以授其任。今俾之分教新昌，以克勤之才之美而爲之，蓋綽綽乎有餘裕也。抑愚嘗有所聞，記問之學不足爲人師，況『小言破道，小辨害義』，克勤之賢，當不止於博聞記問而已。若曰致廣大而盡精微，則有《六經》、《四書》在，君其熟味之，以求聖賢之功用乎。

今駸駸功名之會，將挈挈而行矣。其於克勤，年雖若兄弟，而其議論文采，皆非所能及。既忝同姓，又辱同門，於其行也，敬書聞於師者送之，不惟析克勤之不忘斯言，而某亦欲以自勉云爾。

送逯〔一〕公平赴武義教序

武川居金華上游，地狹而土肥，有高山茂林，所產者棟梁之奇材，東南之美箭，故其民富庶而風俗勁急。舊爲東萊先生講業之地，其流風餘教猶有存者，士大夫能道詩書、通古今者，往往有之。頖宮承前代之舊，歷年之久，幾不能待風雨。前後掌教者，雖欲經營葺理之，而屢不果。昔者吾友掌教是邑，歷歷爲余道者如此。

今逯君公平往而繼兹職也，當講明道義，以紹東萊先生之遺風；興起學校，以光前人之舊業。尚勉之哉！逯君年當而志廣，好學而有文，以大材而居小任，其德業必有足聽聞者，某當洗耳以俟。

校勘記

〔一〕『逯』，原作『逯』，據清雍正刻查慎行校本改。

記

故朝列大夫婺州路總管府治中致仕朱公壙記〔一〕

先公諱某，字某，姓朱氏，人稱之曰遯山先生，婺之義烏人。曾祖諱某，妣某氏。祖諱某，妣某氏。考諱某，號存恕，妣某氏。先公生於宋淳祐癸卯四月丁巳，本從伯父諱某之子，存恕翁鞠爲嗣。咸淳戊辰，進士及第，調從事郎、處州軍事判官、奉國軍節度推官、國子監書庫官。至元混一區宇，縉紳交薦，授從事郎、定海縣尹，轉承事郎、同知黄巖州事，再調仙居縣尹。陞承務郎、同知浮梁州事。秩滿引年，除朝列大夫、婺州路總管府治中致仕。

先公性穎悟，於書無所不讀，研窮精深，博而能約。存恕翁從久軒先生得考亭之學，家庭夙夜問辨，理融心會。故制行方正，動必以禮，純孝友弟，稱於人人。爲政存心濟物而以恕行之。聽訟斷獄，明決平允。興學勸教，親爲程督。有毫髮可利，行之如不及。存恕翁謂濟人莫如醫，先公繼承先志，扶病造門者日常數十人，皆爲詳察熟慮而活之。好周人急，賑宗族鄉隣之貧者，不計家有無。皇慶癸丑十二月乙未，卒於家，年七十有一。鄉之遠近，無間親疎，皆哭出涕。

始娶同縣黄氏，先逝，生男益亦夭〔二〕，以仲兄州判諱某次男某爲子，父命也。繼娶東陽李氏，户部尚書大同之孫女，生二男某、某。一女適李某，庶女尚幼。孫男六，孫女四。皋，高節書院山長。繼善，以蔭補官未調。某等忍死，以延祐乙卯十二月丙申葬於前周山之原。先公文章行於世，士大夫傳誦之，學行政績，將請於立言君子以銘於墓，謹叙姓系官閥納諸壙。嗚呼哀哉！孤子某等泣血謹識。

校勘記

〔一〕從本篇行文看似非許代筆，姑存待考。

〔二〕『夭』，原作『大』，據國圖明刻鄧跋本、四庫本改。

行狀

總管黑軍石抹公行狀〔一〕

公諱庫禄滿，姓石抹氏，遼陽大寧人。契丹太祖后蕭氏能用兵，太祖併一諸部，擊滅隣國，侵軼中夏，以大其國家，后與有力焉。故世后皆蕭氏，而蕭遂爲右族。金滅契丹，易蕭爲石抹氏。公四世祖庫烈兒，閔宗國淪亡，誓不食金粟，率部落遠徙窮朔，以復讎爲志。曾祖脱羅華察耳，招來懷輯，徒衆益盛。祖野仙，饒智畧，喜騎射，年少任俠尚氣。金聞之，欲縻以爵，深晦匿以自全。太祖皇帝龍興，挺身而歸。出奇計，單騎掩取金東京。金一旦失於重鎮，遂震讋莫能抗。王師從下北京，定幽燕，席卷青齊，收地數千里。拜御史大夫、上將軍。特將擊蠡州，死之。父查剌，剛勇善射，有父風。先是大夫募豪勇士爲前行，號黑軍，所向無敵，常自將之。至是仍受查剌公御史大夫領黑軍，從下平陽、太原，降益都；南征力戰克敵，直取汴州；從征南京，先登。以功除真定路達魯花赤，兼北京路達魯花赤，公其長子也。

公生而卓異，幼少嬉戲，不與諸兒伍，出語輒警人。及長，魁梧俊拔，有大志。關弓滿二石，畫的於侯方寸，去百步射之無不中，繼發必破其括。從兩騎逐兔北野山，遇樵者奔曰：『虎纔負嵎，慎勿往。』公不聽，馳而前。虎踞地大吼，從騎失色。公戒毋動，獨按擊，復行直虎十步止，挾矢以待。虎躍而起，引馬少避，一發中其吭以死。喜交士大夫，論古今治亂、忠臣義士，必慷慨感激。至事之幾會，前人所處未善，以片言發之，切中要領，雖老生嘆莫及。襲父職，授總管黑軍。上知其才，降制略曰：『起本將家，致身戎伍，祖野仙，有展土開疆之效；父查剌，著攻城略地之功。尚克前脩，勉勉後效。』黑軍素畏服公。既領事，推誠撫下，不弛不苛。練習淬礪，常若赴敵。戊午歲，攻宋襄陽樊城，晝夜苦戰，與從弟度剌立雲梯上，直衝其堞，公手殺十餘人，度剌死之。中統三年，李璮反淄、青，公從東討璮，濟南分地以守。璮劇賊，皆精悍，數出兵奔突，公常陷陳斬獲以剉其鋒，後獨不敢犯公所部。帥衆攻城，盡鋭而進，城上矢石雨注，公不肯避，中飛矢卒。軍士奪氣，聞者愴惜之，時年四十有一。

公之用兵，不師古法，而審勢知變，出奇無窮。人或謂公曰：『爲將當運籌，發縱左右三軍，以逸使勞而可以制勝。公每臨陣，喜先卒伍，得非大將所爲，且復有失乎？』公曰：『惡死好生，人之情，吾不用斧鑕〔二〕驅，大夫士不以身先之，誰肯捐軀以致命耶？且男子當援枹死事，書之竹帛，炳炳然後世，豈呫呫死户牖下，效兒女子乎？我嘗聞漢伏波將軍誓以馬革裹尸，真丈夫也！』蓋公平昔之志如此，而終以是歿，悲夫！

公娶蒙古氏，子男二人，長某嗣職，次家兒，豐縣尹。卜是年某月某日葬興州書金山。公德業當書於太史氏，而孤某亦將請於立言君子銘其墓道，謹〔三〕爲次弟其行事大致如此，以備采擇焉〔四〕。謹狀。

校勘記

〔一〕本篇人名，四庫本音譯多異，『石抹』作『舒穆嚕』，『庫禄滿』作『庫嚕默』，『庫烈兒』作『格呼勒』，『脱羅華察耳』作『推勒博奇爾』。又將第一處出現之『野仙』作『額森』，『查剌』作『察剌』，『度剌』作『圖喇』，今仍其舊。

〔二〕『鑕』，原作『鑽』，據四庫本改。

〔三〕『謹』，原作『詞』，據國圖明刻鄧跋本、四庫本改。

〔四〕『焉』，原作『馬』，據國圖明刻鄧跋本、四庫本改。

治書侍御史趙公行述

公名某，字子英，其先甘陵人，祖避金季亂，南播潁川，因家焉。至元十三年，王師伐宋，公單騎從役。副帥宋都碍〔一〕授以兵，降臨江，下吉州，與有戰功〔二〕。時江淮初附，宋氏復梈於南，吉之獷〔三〕民假義稱兵。公以〔四〕帥命往討，道與賊別部遇，公設伏橋下，而熸攻其前。賊趨橋走，伏發皆殲焉。遂往擣其屯，賊知之，遽引衆出，與官軍道殊。諜知賊已過，還襲其背，擊敗之，斬其渠帥。徑前覆其巢，散其脅從，州遂以安。鐵面軍王昌誘初附五營衆爲亂，事露，株連五百餘人，皆論死。公爭曰：『此屬特詿誤，非始謀，今悉誅之，無以安反側。不如僇其渠，而撫其餘。』統帥從之，事乃定。累多錫金符。提舉瓜洲渡，居頃之，以例免。改衡州路總管府治中。州之清化，聚衆爲盜區。公計興屯田，迄今寧息。在郡七載，解去。卜居儀真，杜門閑十又五年，延致導江張先生須講明伊洛之學，潛心探索，究其指歸。行乎德懋，顯聞於時。

大德五年，遂以選起，簽江南浙西道肅政廉訪司事。先〔五〕四年，部郡鎮江旱，蠲民租九萬五千石。既而以飛語復徵，民無從出，則旁詈求辦。公始莅職，臺移覆其當。僚黨皆懲謗前却，公獨奮然自以爲任，按行驗實，復之如初。會秋大風，海溢于潤，于常，于江陰，飄溺廬舍，居民存者困不粒食。公將發粟食之，有司以言上未有報，掌拒不聽。公曰：『灾異若是，民瀕於死，寧便文字營爲從容計哉？如有不合，我當坐之，不以相及也。』遂發如干石，賴以不死者十七萬人，而沉骸腐胔亦就掩瘞。昔汲黯以漢朝貴近臣，持使者節便宜發粟，歸對孝武，片言陳謝。上雅敬重黯，慰諭不責也。人猶以爲難，謂義而知變。以公視之，果難乎哉！七年夏，大雨水，蘇、秀、常、潤，咸被其患。公巡部勸分飢食徙復，且督脩圩堤，以防後灾。居職踰三歲，刺姦廢庸，不憚强禦。凡以爲民者，人能言之。遷江南等處行御史臺都事。十一年，江南大飢，郡縣財粟俱殫，獨徵賄積臺者爲錢猶數百萬，公請舉以賑民。長僚之持豫未决，微有所論，公輒正色争之。中丞廉公語解其間，公争之益力，詞不少假。廉公不以爲忤，退謂人曰：『吾佐得趙君，尚何憂闕事哉？』行之一如公言。若公固所謂義形於色者也，而廉公之絀已從義，不矯以不忤，且誠以爲得，亦難能哉。推二公之道可行於天下，惟公無私而已。召拜御史臺都事，極言朝廷百官宜各共厥職，以起政事。識者韙之。今上時在東宮，雅知公賢，深所禮遇，嘗以字稱之，不名也。居一歲間，公告歸。除淛東海右道肅政廉訪副使，將行，詣宮辭。上獎諭再三，賜以衣段，使自擇其宜者，而親舉以授之，致恩渥焉。其見知聖朝若是。越俗多遽喪稽葬，公導之以禮，莫敢弗舉。禱雨而雨，祈暘而暘，心與天通，舉不違義。人謂三紀以來，越郡使者不愧職事，惟公與前按察使劉公仲脩而已。擢江南行臺治書侍御史。皇慶二年，甫及七袠，即致事而歸，君子以爲勇，可以勵苟得忘退者矣。

公之在淛西，官調所部造舟，自淮入河，至臨清。時山東歲侵，公建謂此有餘粟，彼有困民，此皆縣官赤子；且舟載不載，勞費等耳，宜以有餘捄不足。行省是其議，乘便漕致粟五萬石，民賴以蘇。其自任類如此。其在都臺，有選吏以才格與憲銓，常出入門下，深自媒，公一不顧。及已除官，公不以告，直謝遣之。其人大恨，久知之，乃大服。昔漢孝武時，號稱多才，或以智謀，或以勇功，或以文學、刑名，濟濟鏘鏘，充仞朝廷，可謂盛矣。而汲黯獨以亢直處躬，孤植其間。以帝之雄才大略，輕視羣臣，至不冠則不敢見黯；雖以言中其病，衹謂之戇，而終以社稷臣待之。淮南謀亂，擬漢廷羣臣，公孫弘之徒猶發蒙，而所憚獨黯，爲之低徊不發者久之。觀黯之才，似不羣臣若也，其事不大施也，而見重一時，取信後世者如此，其有以哉。若《春秋》大爲閑，《孟子》所謂大人者，黯近之矣。

某不佞，被遇於公，式其行事，接其言論風旨，而得其所知〔六〕。蓋公之爲人剛毅正直，獎善疾惡，出於天性。其爲政知大體，汲汲以教化風俗爲務，而清廉乃其餘事。觀其志，苟分義所在，死生禍福誠不足以動其心。雖立朝未久，業不大施，而事顯節完，孚〔七〕於人人。其行己大節，似汲長孺而才學過之，可謂邦之司直，人之儀則者矣。公玆謝事，頤神純嘏未〔八〕艾，其事其德，方將登載信史，永垂無窮，固不待鄙述而後明。然知而無稱，厥心慊〔九〕焉。謹采公行蹟，次第於編。若夫一言一行，雖足以爲稱，非大節所存，則畧而不書。然公之事，可以言而盡；公之心之德，不可以言盡也。後之載筆君子，或有考於斯，能即其事以求其心，於其所已施以觀其所未施，則公之心之德亦豈難知也哉！

校勘記

〔一〕『碍』，四庫本作『木違』。

〔二〕『功』，原作『多』，據國圖明刻鄧跋本、四庫本改。

〔三〕『獷』，原作『擴』，據四庫本改。

〔四〕『以』，原作『一』，據四庫本改。

〔五〕『先』，原作『去』，據國圖明刻鄧跋本、四庫本改。

〔六〕『知』，原作『如』，據四庫本改。

〔七〕『孚』，原作『浮』，據四庫本改。

〔八〕『未』，原作『禾』，據國圖明刻鄧跋本、四庫本改。

〔九〕『慊』，原作『傔』，據四庫本改。

許白雲先生文集卷之三

啓

答潘明之啓辛亥歲，以厚幣相招，欲使廢學家塾，辭之。繼書來欲不廢學而受幣。

右某啓。

伏以賢如鮑叔，知管仲而分財；貴若陳蕃，禮徐卿而下榻。古來交契，素尚心孚。雖云同氣而相求，蓋亦善敬而可久。拍肩執袂以爲合，莫逃子厚之譏；巧言令色鮮矣仁，宜服仲尼之訓。責善者朋友之道，爲利乃盜蹠之徒。

歲在龍蛇，始識荆州之面；日陪燕喜，寧鄙牛醫之兒？入幙爲賓，升堂拜母，插架三萬軸，許觀人間未見之書；主家十二樓，時覩帳後所列之樂。反覆究《六經》之藴奥，上下謨千載之興衰。風雨對床，烟雲入筆。類律吕之相應，曾塤篪之不如。豈麾不去，招不來，必進以禮，退以義。

某窮鄉晚學，下里陳人，丁世路之多艱，備嘗險阻；入闤闠而僑處，何所見聞？慕古道，真若望洋；得碩師，不能卒業。哲人其萎矣，無從挹座上春風；至學難知哉，祇徒映窗前夜雪。心思既竭，寢食屢忘。嗟四十而無聞，斷此生而休問。貧無儋石，猶寄鷦鷯之枝；誰有籯金，姑挾兔園之册。已踰十載，所得幾何？寧甘咈耳以騷心，尚勝沾體而塗足。豈謂故人之垂盻，忽廑聘幣之下臨。昨已引辭，實坐牽制。載酒肴從學，楊子雲詎敢拒之；有車轍在門，陳孺子亦所喜者。言之諄復，命更丁寧。最後錦箋之褒詞，仍許素飡而無位。載色載笑，食豈無薛公之魚；且戰且耕，世那有揚州之鶴？

此蓋伏遇明之少府聘君，英資挺特，德性剛明，不倚富而驕人，肯折節而下士。襲傳家東萊之舊學，讀淑人紫陽之遺書。此秀才展拓得開，積誠意豈有不動？筦庫飽韭溪之風月，冠綬爲花縣之神仙。薦剡先馳，飛騰可冀。暴公子之名聞已舊，宜被繡衣而來；劉更生之學積既深，終植青藜而照。然以軒冕爲餘事，長抱簡編以自娱。重煩行人之再三，欲得愚者之一慮。如某者卑污無似，齷齪自將，謂居交際之間，宜急義利之辨。龍門深邃，倘能客俗客之登；魚書殷勤，勿復通方兄之意。

其爲報謝，罔暨敷陳。謹具啓事，捧詣堦墀，祇候塵謝。伏惟垂〔一〕慈，俯賜鑒念。不宣。謹啓。正月某日，金華後學許某啓。

校勘記

〔一〕『垂』，原作『熏』，據四庫本改。

上憲使劉約齋啓辭舉茂異

一經猶抱，懼皓首而無成；三語初投，喜青霄之有援〔一〕。立身何似，知己難酬。伏念某家故業儒，幼嘗承學，屬宇宙之遷變，致身世之羈孤。鄰侯萬軸書，已成煨燼之末；顔淵五十畝，竟歸無何之鄉。甑幾生塵，席不暇暖。日忽忽其易暮，心遑遑而何之？欲奮蹇足於長途，思繼先人之墜緒。孫窗挾册，與曉雞而俱興；韓堂挑燈，對秋蟲而共語。淡乎無味，得不償勞。

既至壯年，始逢大匠，洗故學之荒陋，開大道之坦夷。使讀晦菴之書，而泝伊洛之源；可跂〔二〕夫子之墻，而見宗廟之美。携手提耳，諄諄然而命之；測海窺天，巍巍乎其大也。譬爲山方覆一簣而進，俄哲人夢奠兩楹之間。欲爲託驥之蠅，遂作喪家之狗。更嘗鑽仰，終止謬悠。祇僅不失身，無能改德。放深林而友麋鹿，何異囊中之錐；集敗甕而鳴醯雞，有來户外之屨。糊其口，豈好爲師？不圖擅高科之美名，而乃出崇臺之特命。得非所望，聞之若驚。雖率土之濱莫非臣，然中人以下難語上。何寒士帡幪於大厦，實化工斡運於洪鈞。爲其不求，是以見取。

惟茂材異等之舉，始西都元封之時，必先定於鄉評，然後皆於計吏。蓋多得特達清脩之士，寧容厠尋常闒茸之人？是豈虚名，欲副實用。欽惟大朝立法而遴選，亦舉前代故典而設施。取之者聞所聞，已縻好爵；將俾之覺後覺，容可素餐？自孔子而下，君師之職分，則學校之官教育之責重。人之大倫有五，義所當明；學之達德者三，誠則可進。事變之糅雜，物理之貫通，鬼神之幽，禮樂之著，先致知是爲博文之要，主持敬以收復禮之功。豈口耳之云然，宜足目之俱到。是須自得於己，而後可及乎人。詎謂下愚可當大任，是以背翻愧汗，面發赧容。維鵜在梁，預知被服之不稱；彼鴞集泮，終見倚席而無堪。勿謂兩生之高，恐貽多士之玷。信非長語，允出衷情。

兹蓋伏遇憲使詹事資政相公約齋先生，中夏鉅儒，王朝碩德。氣和而行粹，心正而意誠。疏太傅之官雖成，寧許出關而歸鄉里；暴公子之名已舊，今睹持斧而來海瀕。暫爲一道之福星，將作八荒之霖雨。涖政伊始，求才爲先。門不停賓，座無雜客。遂使蓬蒿之迹，亦居桃李之蹊。某敢不深感盛心，大究所學？簸之揚之，糠粃耳，此時恐有累於高明；淬之砥之，干將成，他日或可歸於陶冶。過此以往，未知所裁。

校勘記

〔一〕『援』，上圖明刻藍印本作『路』。

〔二〕『跋』，原作『跛』，據國圖明刻鄧跋本、上圖明刻藍印本改。

回潘縣尉啓

薦鶚騰中丞之疏，敢盜虛名？烹魚得故人之書，有慚善頌。褒語過榮於華衮，交情未絕於布衣。光粲珠璣，春回蓬蓽。七襄莫報，三復深藏。

共惟某官積善之餘，流芳甚遠。攀龍鱗於南國，喬木之家獨存；展驥足於西淮，甘棠之笏故在。有先覺親涵泳於麗澤，宜後昆益浚〔一〕治其深源。左圖右書，窮往古來今之理；朝經暮史，非尋章摘句之儒。禀賦抱剛明之資，變化成精粹之氣。學惟爲己，言必驚人。久盤礴於胸中，時發揮於筆下。錦心繡口，將追韓杜之踪；鐵畫銀鈎，欲接鍾王之武。或笑談資釋氏之空性，或游戲假莊生之寓言。不私其身，將用於世。登青雲而排閶闔，萬里壯遊；紆墨綬而佩銅章，一官自試。謹出納之司而會計當，習平準之書而輕重通。暫停冥海之鵬程，小聽華亭之鶴唳。方聞名之籍甚，忽〔二〕賦詞而歸來。謂宜綴視草之清班，乃復作爛柯之仙隱。江山行大猷之政，北部應無狐狸；溧水傳孟郊之詩，西臺當有鸂鶒。

念某天資椎魯，學問迂疎，道則高美，若登天不可幾及。爾出涯涘而觀海，奚以自多？顧方仰彌高，鑽彌堅，豈謂德可久，業可大？鷗梟野性，浮於江湖則誠宜；駑駘短〔三〕材，加之羈靮必致蹶。雖無吟風弄月，自得之樂，亦有傍花隨柳，適情之遊。夫何爲哉？如斯而已。罔敢要鄉黨之譽，復懶曳王門之裾。誤動長官之知，厪此秀才之舉，已非素志，徒增汗顔。踰垣而避豈自高，掛瓢而飲亦可喜。昨已投書而辭謝，忽承賀語之殷勤，感極而慙，懷之弗替。某惟知慕學，寧冀榮身？沮〔四〕溺之道非中庸，亂倫焉可？孔孟之言有天命，躁進何爲？復有誨言，幸毋棄我。

校勘記

〔一〕『浚』，原作『後』，據國圖明刻鄧跋本、四庫本改。
〔二〕『忽』，原作『勿』，據國圖明刻鄧跋本、四庫本改。
〔三〕『短』，四庫本作『下』。
〔四〕『沮』，原作『阻』，據國圖明刻鄧跋本、四庫本改。

賀趙松澗除行臺治書啓

恭審北闕傳宣，南臺貳憲，横榻異數，沐雨露於九天；簪筆總權，凛風霜於十道。小人破膽，君子彈冠。

伏惟某官，浩氣蟠空，清規照世。由學而大，中扃全以體仁；無欲故剛，外物不能屈己。見善有如不及，除惡惟務藴崇。既尊所聞，行所知，使頑者廉，懦者立。横流砥柱，疑事元龜。馳别駕以開衡岳之雲，鼓歸棹而載湘潭之月。敦詩書，説禮樂，樂以忘憂；制芰荷，集芙蓉，確乎不拔。產棟梁固爲時用，豈丘壑所能久留？允稱臺中之評，起持浙右之節。風飛雷厲，鬼泣神號。慷慨〔一〕登車，破吴會姦貪之黨；便宜發粟，活江瀕阻飢之民。當道適逢於豺狼。□□逢於鷸蚌，解紛糾於盤根之際，還舊貫於立談之間。至今去思，傳爲奇事。

峻躋烏府，高泛紅蓮。謂分司處荆揚之遥，俾舉職居京畿之近。希〔二〕知明主，亟稱直臣。使者被繡衣，上注意海邦之右；天孫織雲錦，親承恩香案之前。威感山川，光生原隰。七郡遽興善治，列城自無冤民。行屬縣而雨隨，祭東門而暘若。所操公溥，自契神明。進陟副端，實符衆望。昔在廷皆知憚黯，今弄〔三〕印無以易堯。白簡絳騶，耳目暫司於察視；内屏黄閣，腹心有待於論思。人所共期，理之必至。某愧識韓之太晚，辱知管之最深。鯫生得上於龍門，欣逢盛事；賀客敢私於燕厦，用布歡悰。

校勘記

〔一〕『慷慨』，原作『澄清』，據上圖明刻藍印本改。

〔二〕『希』，原作『絺』，據四庫本改。

〔三〕『弄』，原脱，據四庫本補。

賀憲使敬威卿除江西參政啓

恭審涣奉明綸，升參大柄。外開政府，任尤重於洪都；高炳台階，輝旁周於南海。除書甫下，迓吏斯來。切惟天朝分省之規，蓋循晋室行臺之制。德澤欲加於萬里，嘉謀兼賴於衆賢。肆選真才，共興善治。得人無競，有識交懽。

共惟某官，奕〔一〕世簪纓，在庭詩禮。温良豈弟，藹和氣以接人；中正直方，肅秋霜而蒞政。仁心及物，雅量鎮浮。究《元經》一字之微，大闡乃翁之奥學；萃正史百家之義，親承外氏之遺文。皆自得之筌蹄，庸發揮於事業。廉貪立懦，澄源清流。出阜邦財，優游糞海之利；貳司國憲，增重横槅之威。均賦〔二〕貢於版曹，進樞謨於宥府。從容引退，簡眷益隆。持斧來海瀕，勝之之名舊矣；攬轡清天下，孟博之志慨然。惟舉宏綱，豈苛細物？去良苗之稂莠，新泮水之宫墻。原隰光生，狐兔迹掃。私喜福星之徧照，俄驚化雨之遐沾。毗贊鈞衡，暫處藩維之遠；燮調鼎鼐，遄居廊廟之尊。

某自揆迂疎，誤蒙顧予。欣聞異渥，已陪燕賀之行；欲既懽悰，復贄魚緘之贄。

校勘記

〔一〕『奕』，原作『变』，據國圖明刻鄧跋本、四庫本改。

〔二〕『賦』，原作『職』，據上圖明刻藍印本、四庫本改。

賀蕭北野萬户破賊啓

北野四世祖，御史大夫，開國元勳。南方之役，侯聞命立行，與小校三人晝夜兼行，八日至贛。先是諸軍會者數萬，萬〔二〕户十餘人，皆顧望莫肯出兵。侯至，詰前失，自從輕軍衝盪，擣其巢穴。且與衆預定滅賊之期，後皆如所料。都帥命諸將羅拜以寵之。

右某啓。

共審征鑾任重，平蔡功多。勇而有仁，鼓三軍之士氣；算無遺策，奠千里之民居。露布升朝，凱歌載道。嘗謂兵雖凶器，武以止戈。堯舜時雍，且命皋陶作士；虞芮既質，猶迎太公爲師。居安慮危，有備無患。故於農事之内，即寓軍政其中；蒐狩在田，已辨鼓鐸鐲鐃之用；芟閲爲陳，復閑坐作進退之方。静足相維，動而必克。後世募從之制起，三代詰糾之政荒。聚不義而授不仁，忽者敗而貪者破。效死則可爲也，不教是謂棄之。然而勇不在師，智當謀帥。能將則多而益辨，善戰則弱可敵强。自平吴而論功，已脩文而爲治。桃林牛，華山馬，武事何庸？郊藪鳳，宫沼龍，休徵備至。

方四海之咸若，俄一隅之震驚；豈芻牧之失宜，致草竊之肆毒。固將安潢池之衆，奈久聚綠林之羣。天討有加，官軍既集。當决機而取勝，乃列壁而深居。欲尚巧遲，斯養虎以成患；不如乘勢，將縱賊而遺誰。顧方略之如公，宜簡知而有命。

共惟某官，山河間氣，宇宙英風。擊南溟之三千，吞雲夢者八九。偉哉異器！篤生名家。漢室龍興，酇侯之功第一；周官虎氏，丁公之爵幾傳。學泉流而淵涵，思雲停而水止。垂弧有四方之志，投筆建萬里之侯。説禮樂而敦詩書，在軍旅不忘俎豆。以其餘力，旁及百家。談炙轂而何窮，事應機而必中。令下之日，行不違時。服矢韔弓，素學固萬人之敵；披甲上馬，用奇將三騎而從。視彼釜中之魚，小試囊底之智。司馬八日至關右，神速折新城之陰謀；光弼中夜入洛陽，號令變行營之精彩。披地圖而知險要，數軍實而簡卒徒。間諜既明，姦詐盡露。肆衝突而莫禦，漸散離而就擒。徵側游魂，須伏波而可滅；智高小醜，待武襄而後平。剪除鱷鯢，廓清烟瘴。戒干戈之載戢，懼玉石之俱焚。亦有旄倪，甘從俘虜。召見諸侯將，皆膝行而入門。右招十九人，設〔二〕血飲以成事。山川如舊，烟火復安。競笳鼓而歸來，羅櫜鞬而迎拜。人争趨而賀戰勝，公自退而不言功。鼷鼠甚微，豈盡千鈞之發；海鰲能巨，試看一釣而連。有深藴而未揚，寧淺窺之可測？

我知已審，言大非誕。某與鹿豕遊，後燕雀賀。聞雞聲而起舞，焉用腐儒；銘麟閣而贊勳，以俟君子。無從抵掌，徒切傾心。謹具啓事塵賀，伏惟台慈，俯賜鑒念。不宣。謹啓。延祐二年十一月日，後學金華許某啓。

校勘記

〔一〕『萬』後原有『一』字，據上圖明刻藍印本、四庫本删。

〔二〕『設』，原作『謾』，據四庫本改。

文

復張子長文

二儀坱圠，萬彙阜蕃。氣立乎表，人生其間，得形質之正，賦性命之全。軀七尺而充塞宇宙，量方寸而包括乾坤。備其體而極其用，唯聖人其至焉。若夫哲人知幾，君子務本。微顯闡幽，探賾索隱。相彼稼穡，基此耕墾。步終海岳，足始尋引。戰戰兢兢，勤勤懇懇。豈曰能賢，惟懼不敏。蓋其一心危微，萬變參伍。下器上道，來今往古。融一理而會通，貫萬事之旁午。學不究於至善，人雖生而何補？

爾乃反身而誠，脩己以敬。心存道德，膺服謨訓。期不違仁[一]以樂顔，必有事而希孟。欲内外之兩得，豈口耳之四寸？及乎心廣體胖，面睟背盎，知本先而末後，乃旁通而曲暢。稽理亂，鑒興亡。涉百氏，獵《騷》《莊》。或遊戲翰墨，或發揮文章。既自得於黽勉，隨所往而徜徉。其家也，甕牖蓽門，水飲蔬食，秋燈簡編，春雨耒耜。入則家庭無間言，出則鄉黨有美譽。吟風弄月總閑情，隨柳傍花皆樂意。其通則致堯舜，達禮樂，振遺音，返淳朴。富貴若固有，俯仰無愧怍。然藏器待時，居易俟命。静而有常，動必以正。不矯矯以潔身，不汲汲以干進。嗟小人之務得，非君子之所性。至於咿喔呢呰，卑疵孅趨；望塵下拜，自鬻上書；營蠅苟狗，羶蟻餌魚；勢引利導，身辱名污：何其謬哉！亦有僞行釣譽，假隱求知；世俗易罔，君子可欺；少室索價，北山勒移。亦何取焉？

顧余下學，慕古莫企，小從大違，寸進尺退。功期九仞，業止一簣。晝荒遊而放心，夜起舞而攘袂。道途脩躋天更長，歲月蒼茫水俱逝。以爲詭隨非計，便佞乏才。稽往事以慷慨，懷良辰以徘徊。苟有狥以達義，寧不俟乎良媒？何好友之未逑，乃飛書而見識。羡子夙知，尚友古昔，範模經訓，馳騁史籍。雖百家之縱横，猶三餘之掎摭。目五行而俱下，口一誦而終憶。援弓矢以有待，兹墉隼之可射。尚宜致廣極高，抑鋒止鋭。茂葉發於深根，大聲出於宏器。誠既積而莫揜，道何遠之不至？殷勤畢余言，庶幾感君意。

校勘記

〔一〕『仁』，原脱，據四庫本補。

代副使趙公祭扎忽解平章

惟公稟天地之清氣，爲一世之大人。工師之表，國家之珍。學備體用，心抱經綸。剛健如中流砥柱，屹立而不可屈；廉介如秋霜夜月，精潔而莫翳以纖塵。小人望之，以爲毅然不可犯；君子即之，則粹然春日之温。居家制行，夙以孝聞。非惟日有酒食之饌，必婉容養志以娱親。

其出而仕也，以澄清天下爲己任；進而升於朝也，拳拳於堯舜其君。兩總憲綱，繼貳衡鈞。面折廷争，有回天之力。垂紳正笏，立於堂陛，其精神風采，足以厲乎大臣。退惡惟懼其不遠，進賢惟恐其不伸。御命而使於四方，見巨姦大憝〔一〕必去之，如農夫之務於芟芸。位居廟廊之上，而一區之室僅可以容身。儲無儋石，而飯蔬飲水，一童僕以自奉。惟事親延士，則曲致其殷勤。嘅清時猶或有虎狼之横道，欲起而驅之，庶幾乎風俗之淳。固將盡其忠節，奈適嬰乎逆鱗。被之以榮禄之美號，俾調燮於萬里之峨岷。扶老母，携幼子，跋涉於中道；積憂勤，感霜露，竟長逝於淇水之濱。逆旅蕭蕭，傷哉公魂！

公之生三十有九年，而清名巨〔二〕烈足流芳萬世者，充塞乎乾坤。死生壽夭，貧富窮通，固天之所命，亦胡不憗遺以福斯民！公孜孜爲善，而造物者報之乃如此，彼蒼蒼不可問，而幸有此不死者存。天下有識者，蓋莫不爲公惜。某昔嘗受知而引置公之烏幕，今尤憒惋而悲辛。某司糾南邦，不能匍匐以發一慟，臨風遥奠，以薦其蘩蘋。靈無不在，來鑒盤飧！

校勘記

〔一〕『憗』，原作『懃』，據國圖明刻鄧跋本、四庫本改。

〔二〕『巨』，原作『臣』，據國圖明刻鄧跋本、四庫本改。

代副使趙公祭王仁卿中丞

巍巍神州，正氣所鍾。篤生異人，出爲鉅公。惟公之心，既明且通。惟公之學，全天之衷。集學造其原，知至理窮。用先其本，孝弟盡恭。親闈豫悦，閨門肅雍。復以是心，移之於忠。集賢職近，樞揆位隆。屢司邦憲，穆如清風。非苛而明，非察而聰。美必將順，闕則彌縫。孜孜奉國，蹇蹇匪躬。移疾勇退，亟〔一〕將徵庸。文章滿家，星宿羅胷。退然外巽，浩然内充。近而即之，春和日融。人登公門，延欵顒顒。不棄薄德，不絶童蒙。入聽公教，答問撞鐘。出醉公德，如酌醇醲。有夷之清，其量能容。有惠之和，介存於中。小人自遠，君子所宗。未周六甲，炯炯雙瞳。胡厭斯世，入於幽宫。既富康寧，好德考終。令聞廣譽，南北西東。有子承家，克蹈厥宗。公其不死，人毋哀恫。

某昔受公知，化治陶鎔。座捧簡白，池泛蓮紅。司察東南，踪若飄蓬。既聞訃音，已越秋冬。遥陳一奠，樽俎不空。酒殽芳香，粢盛潔豐。山河阻深，虎豹蛟龍。魂神應感，萬里皆同。颯然來享，去勿匆匆。潸然出涕，不知所從。

校勘記

〔一〕『亟』，原作『丞』，據上圖明刻藍印本改。

祭朱治中文

天賦異質，切磋早成。握珠抱玉，赫然有聲。龍門峻深，風雨一躍。出參賓筵，坐資畫諾。乾旋坤移，即捲而懷。婆娑山林，肥遯日嘉。伯夷既歸，伊尹亦聘。欲潔其身，豈義之正。美錦能製，屏星列乘。威行惠浮，教興訟平。棠陰已成，菊圃方樂。金章望門，舟移夜壑。酒醪鍼石，遺愛在人。此心之推，一事之仁。公之文章，光燄不細。人知子雲，寧俟後世。丹旌翩翩，將返故宫。魂無不之，來鑒予衷。

書

上宋經歷書

八月三日，後學許某再拜致書經歷先生閣下。

《書》曰：『凡厥庶民有猷有爲有守，汝[一]則念之。』夫庶民至衆也，焉得人人而察之，故孔子曰：『舉爾所知。』謀猷有小大，事爲有難易，所守有誠僞。難制者心也，難明者理也，難窮者事也。以難制之心，究難明之理，而應難窮之事，或中焉，或否焉。未能定心而不外求者，類然也，人豈易知哉？故大禹曰：『知人則哲。』爲政以得人爲先。雖十室必有忠信，況大邑通塗，肩摩袂屬，豈無遺逸而在下者？上之人不能援而進之，使之阨窮而莫敢告，是之謂棄才。舍有所藏，用有所行，而乃招之不來，挽之不進，知自潔其身而不爲天下慮，貇貇乎木石居而麋鹿友，是之謂亂倫。或援之，或推之，不度其德、量其力，外以欺於人，内以欺於心，嚻嚻然而康而色，曰：『予攸好德。』惟恐自鬻之不克售，實乃嗜利無耻之人耳，是之謂不知命。棄才不可也，亂倫不可也，不知命尤不可也，君子適其可而已。

某生三十有六年矣，少經喪亂，及長奔徙流離，艱難險阻，無不嘗之。三十而知學，聖賢之言是誦，仁義是求，猶望洋而莫知所止，企宮墻之美而不得其門。惟無先人之廬以蔽風雨、負郭之田以供饘粥，故日與呶呶者甘於咈耳騷心，以自給其籾缊藜糗，亦冀斅學之半而有進於萬一焉耳。先生過聽，將謂有所抱負，乃欲引而置之掾史之列。其亦欲免其凍餒而已耶？抑將有所任使，而望其有補於公道也夫？某以椎魯之資，遲莫之學，而先强仕年，處激揚之地，其不殆於事也幾希矣。古之君子，未嘗不欲仕。道可以濟天下，德足以致中和，自脩者已至，然後思及乎人，然豈汲汲於進哉？未至於此，而且汲汲焉，則爲養爲貧者也。爲養爲貧而仕，抱關擊柝可也，乘田委吏可也。浙水東七郡，户不下數百萬，食禄者千餘人，利害休戚，進退黜陟，皆係乎一司。而欲使無一物不得其所，澄源而清流，彰善而癉惡，樹之風聲，而示之成憲，其爲任莫重於此者矣。某鄙人也，而謂可使贊畫諾於其間耶？不幸少孤而不逮事，雖欲養，誰爲養一身之貧，則食其力以自足，顧敢見得忘〔二〕義而爲知人之累耶？若夫和而不流，剛而無虐，孜孜爲善，諤諤在庭，大府豈少其人哉？而某則未能也。勾稽簿書，署名案牘，行入隊趨，進旅退旅，伺官長之顔色爲喜懼，尸素而優游者，閣下何取焉？而某亦以爲愧也。

夫鳥俯而喙，仰而窺，終日經營而不能飽，莫寄於一枝，而有風雨之憂，鷹鸇之虞，方且搶然而飛，嘎然而鳴，悠然而自得也。主人見而憐之，網羅而得之，飲食之，振拂之，置之華堂之上而日寓目焉。視其毛羽日益衰，光彩日益弊。蓋其樂放曠而畏拘檢也，故不若任其性爲愈爾。某之志有類乎此，故薦其説以終之，願先生垂察焉。某再拜。

校勘記

〔一〕『汝』，原脱，據《書》及四庫本補。

〔二〕『忘』，原作『志』，據國圖明刻鄧跋本、上圖明刻藍印本改。

上李照磨書

八月三日，後學許某再拜獻書照磨彝齋先生閣下。

學之爲道難矣哉！ 洙泗諸子，親得聖人爲之依歸，諄諄然命之者至矣，然其才有高下，則其得有淺深。 如天降時雨，溥博洋溢，而地有肥磽，則生物不能齊也。 聖人之道大而公，故其發言周而密。 自今推之，縱横反覆，無不從容中道。 當時惟顔子明睿純粹，故與之言終日不違。 曾子篤實深潛，故獨聞一貫之旨。 顔子早歿，其學不傳。 曾子傳之子思、孟子，其書出而道益明。 自餘傳之愈下，則不能無弊。 豈唯不傳，至莊周、荀卿、李斯之徒而後有失也。 雖親而炙之，其語言有不能肖於聖人者，如『仕而優則學』、『學而優則仕』之類是也。 所謂學優而仕者誠是矣，而謂仕先於學可乎？ 仕者上致君，下澤民，匹夫匹婦，不獲自盡，則責有所歸。 然不其可嘗試哉？ 雖然，子夏有爲言之也，列國大夫，世襲其任，蓋有未學而食禄爲政者矣。 然不明所以立言之故，使後之急於進者，指此以文其不學之過，其弊乃見爾。 孔、曾、思、孟則無是言矣。 開也謂『吾斯未能信』，則『子説』。 由也謂『何必讀書』，則子以爲『佞』。 曾子之學，自格物至於脩身，然後推之國家、天下。子思謂『不明乎善』，至於民不可治。孟子曰：『幼而學之，壯而行之。』其視子夏之言，大有逕庭矣。

某有志於學，未得其門而入者也，貧與賤乃命分内事爾。先生命之曰仕，則未可也。夫有志於進取者，公卿之門，形勢之途，其足迹未免於數數。强者則進捭闔縱横之説，弱者則爲卑疵孅趨之容。甚而苞苴之行，筐篚之遺，蓋不如是，則難乎其進矣。選之以公，用之而當者，蓋千百而什一也。先生自洙泗載道而南，利欲之私，無所撓於胸中；奔走之徒，無自紹於門下。某每介於賓階而奉清談者，惟道德性命而已，干禄之言未嘗進也。今乃力以挽之，謂某有知己之遇則可矣，而於某之心則有未察也。故敢爲矯潔之行以要譽乎？環顧其中，未見有可行者，懼蹈夫仕優則學之失耳。假之數年，得以饜飫乎《六經》，優柔乎百家，參稽於史傳，全鉛刀之利，庶幾一割焉，其成與否則天也。莊周曰：『風之積也不厚，則其負翼也無力。』以尺寸之翼，駕尋丈之風，而欲以是干青霄，薄飛鵬，不爲蜩鷽之類也幾希矣，某何敢焉。某再拜。

答吴正傳書

大《易》畫而人文開，典謨作而大道著，聖聖相傳，至夫子而大明，孟子没則日以晦矣。濂溪浚其源，程張疏其流，朱子放而極於海，可謂光前絶後，宜其悠久而無息也。今朱子之書滿天下，誦而習之者，豈少其人？能升其堂而闚其室，於今幾何人哉？去其世若此未遠，猶且如是，則繼今以往，其明晦未可知也。堯舜之道，孔子集其大成，中雖有晦明，無害也；孔子之道，朱子發其大全，中雖久晦，無害也。今朱子之言滿天下，誦而習之者既多，安知不有知朱子如朱子之知孔子者？亦未須預爲之憂也。竊獨自悲，抱朱子之書而誦之，若操扁舟下滄溟，遇風濤而失楫，倀倀乎無所底止，方憂己之不暇，尚敢憂人哉？

足下氣質清淑，求之於朱子之書，凡所誦言，既已得其要領矣。方且遑遑若有所不足，諄諄若有所求，是不自貴夜光之明，而欲求燿燿之助也。雖然，辱交既深，固知足下之心無不誠，而言無不信。來書之云云，蓋亦真以爲有所未足而欲求之耳。貧而求於富，寡而求於多，固宜矣。某之才之學，不逮於足下遠矣，而且以是來，蓋將警省其昏懦，鞭驅其駑怯，真不屑之教誨也。奉教以還，三復吟誦，初躍如其喜，且惕然而懼，故遲而不以書對者，有所不敢也。今足下以此爲疑，蓋深惜暗投其珠耳。

姑誦聞之於師者以復足下：昔文公初登延平之門，務爲儱侗宏闊之言，好同而惡異，喜大而恥小，延平皆不之許。既而言曰：『吾儒之學，所以異於異端者，理一而分殊也。理不患其不一，所難者分殊耳。』朱子感其言，故其精察妙契，著書立言，莫不由此。足下所示程子『涵養須用敬，進學在致知』之兩言，固學者求道之綱領。然所謂致知，當求其所以知，而思得乎知之至，非但奉持『致知』二字而已也。非謂知夫理之一，而不必求之於分之殊也。朱子所著書蓋數十萬言，巨細精粗，本末隱顯，無所不備。方將句而誦，字而求，竭〔一〕吾之力，唯恐其不至。

然則舉大綱，棄萬目者，幾何不爲釋氏之空談也。近日學者，蓋不免此失矣，吾儕其可踵而爲之乎？

抑愚又有所聞，聖賢之學，知與行兩事耳。講問辨詰，朋友之職也。至於自得之妙，力行之功，他人不得與焉，非自勉無所得也。某〔二〕雖愚鈍，然不可謂無志於此。足下於斯兩者涵泳從容，精脩力踐，旦旦有得，幸明以告我。賜中流之一壺，則感責善之德深矣。

校勘記

〔一〕『竭』，原作『謁』，據國圖明刻鄧跋本、四庫本改。

〔二〕『某』，原作『其』，據四庫本改。

上劉約齋書

道於萬物，無所不在。用物而中於道，與否則存乎人，均一事也。彼應之則非，此應之則是，非事物之理本有是非也。人於理有明不明，而措諸行事有當不當爾。昔者聖人與天同道，建皇極於上，天下之人，莫不服其睿知而懷其道德，與之俱化而不自知其所以然。雍雍熙熙，囿於和氣，舉天下無一事一物不得其所。此不言而教，不動而化，堯舜之世，比屋可封者，爲是故也。蓋陰陽運行無息，純粹清明之氣常少，而錯糅偏駁之氣常多，故聖人不世出。其得氣之清純而受大任者，既立乎其位而化當世矣，又深慮夫繼之者未善而晦斯道也，故不得已而後立言。此其以天之心爲心，而亘宇宙同胞其民也。

孔子之聖，適逢天運之失常，而不得立乎其位以化當世。又憂後世聖人之不復作也，故取前聖之言而折衷之，以爲不可易之大經。萬世之下，道之顯晦，則係乎人之明不明，而載道之器，未嘗不全於天地之間也。《詩》以順情性之正，《易》以謹事變之幾，《禮》以固其外，《樂》以和其中，《書》以示聖賢之功用，而《春秋》以誅賞其善惡。孔子之意，豈不曰：吟咏乎《詩》以養其原，涵養乎《禮》《樂》以成其德，應事則察乎《易》之幾，使知懼於《春秋》，而取法於〔一〕《書》也。《易》、《禮》、《樂》、《詩》，循天理，緣人情，品量節制，猶若有意爲之。《書》與《春秋》，則史官紀當時事實爾。孔子恐史之所録記善惡混殽，不足以示懲勸，於《春秋》嚴其褒貶之辭，使人知〔二〕所懼；於《書》獨存其善，使人知所法。故《春秋》之貶辭多，而褒甚寡；《書》則全去其不善，獨存其善而已。雖桀、紂、管、蔡之事〔三〕猶存於篇，蓋有聖人誅鉏其暴虐，消彌其禍亂，獨取乎湯武、周公之作爲，非欲徒紀其不善也。是故羿、浞之篡夏，幽、厲之滅周，畧不及之。觀此，則聖人之志可見矣。然則《書》者，紀聖賢盛德大業之全書，爲萬世之師法，綽綽乎有餘裕，雖火於秦而没其半，未害也。

後聖人而作史者，法於《春秋》作編年，而不敢加褒貶；法於《書》作紀傳，而不敢獨存其善而去惡。况傳聞之謬誤，考察之不精，輕信而不揆之於理，其誣罔聖賢，變亂事實者多矣。以堯之聖，《書》稱『明俊德』，『親九族』。而史遷輕信以爲堯、舜同出於黄帝，著於帝紀。堯以二女妻舜，是從曾祖姑配曾族孫也，謂之明德、親族可乎？以微子之忠賢，孔子謂爲殷之仁。而劉恕輕信以爲微子抱祭器歸周，列於《外紀》。以殷王元子，殷未亡而遽歸周，是賣國自全之人也，謂之仁可乎？即《二典》、《微子》之篇而觀之，則誣罔聖賢之罪昭矣。諸若此類，可勝舉哉！温公編年之書，其大義間有未明，朱子既釐而正之，前乎此，惜乎猶有所未暇也。抑《外紀》成於劉恕困病之中，亦非得意之書歟？

先師仁山金某吉父，生於《外紀》既成數百年之後，而於《書》逆求千古聖賢之心，沈潛反覆，覺與史氏所紀者大異。於是脩成一書，斷自唐虞以下，接於《通鑑》之前。一取正於《書》，而兼括《易》、《詩》、《春秋》之大旨，旁及傳紀、諸子百家。雖不敢如《綱目》寓褒貶於片言隻字之間，而罔羅遺失，芟夷繁蕪，考察證據，坦然明白。其於《書》則因蔡氏之舊，而發其所未備。其微辭奥義，則本朱子而斷於理。勒成若干卷，名曰《通鑑前編》。某受業師門，昔嘗竊窺一二，而未獲見其全書。至於病革，猶删改未已。將易簀，則命其二子曰：『《前編》之書，吾用心三十餘年，平生精力盡於此，吾所得之學，亦畧見於此矣。吾爲是書，固欲以開學者，殆不可不傳，然未可泛傳也。吾且殁，宜命許某次録成定本。此子他日或能爲吾傳此書乎！』某聞之，抱書感泣，今既繕寫成集矣。吾謂君子之身存，而其道之行不行者天也；身亡，而其書之傳不傳者人也。

先師學於北山何文公、魯齋王文憲公師友之門，而北山實勉齋先生之高弟。其爲學也，於書無所不讀，而融會於《四書》，貫穿於《六經》，窮理盡性，誨人不倦，治身接物，蓋無毫髮歉，可謂一世通儒。嘗大有志於天下而不見用，其命也夫！平生所著書，今或有傳者矣。而此編上論堯舜以來皆聖賢功用，殆非他書比。身没且十年而未克傳，此則人之過也。蓋山林之士，未嘗光顯於天下，雖抱瑰奇，人安知而信之？必得當世大人君子一品題之，然後可以發其蘊而新人之耳目，庶幾有信之者。韓退之擅一代之名，其文可必傳於世。島、郊、湜、籍之徒，獲交於退之，而其名至於今不朽。先生紹魯齋先生許子之的傳，而許子之學亦出於朱〔四〕子，則先師未嘗不同其原也。先生於文章，今之退之也，得一品題之冠於篇端，則是書可行於今、傳之於後必矣。

古人非窮愁不著書，先師之身亦窮矣，而此書則未嘗發於愁也。凡憤惋悲切、感激奮厲形於言辭，僅足發其心之不平，而非所以公天下也，然而傳者亦多矣。今以公天下爲心，著書以利後學，乃反鬱而未傳，則君子之所宜動心者。使未傳之書，因一品題之而得傳，則先生成人美之心盛矣。後學拜先生之賜大矣。然其書之可傳否也，則惟先生進退之。

校勘記

〔一〕『於』，據四庫本補。

〔二〕『知』，原作『之』，據國圖明刻鄧跋本、上圖明刻藍印本改。

〔三〕『事』，四庫本作『惡』。

〔四〕『朱』，原作『未』，據四庫本改。

回南臺都事鄭鵬南浼點書傳書

某比者方獲一識荆州，未能從容奉教，而除書亟下，高步烏府，拜别之日，殊深怏〔一〕然。嗣後屏居窮山，幾與世絶。詗候之敬，弗克尋問便郵，以伸彝義。惟有江東暮雲，領引西望，以寓傾向之懷耳。即日伏想蓮幕優游，履用納福。

近辱蕭侯傳示，教命俾點《書傳》舊不曾傳點善本，前輩方欲辭謝〔二〕，又恐有孤盛意，遂以己意，謾分句讀。素學淺陋，不能識知聖經賢傳旨意，錯謬必多，惟高明正之可也。圈之假借字樣〔三〕，舊頗曾考求，往往與衆不合。今以異於衆者，具别紙上呈。標上舊題爲《蔡氏書傳》。謹按古來傳註，必先題經名，然後曰某人註。如《易王弼注》、《書孔氏傳》、《詩毛氏傳鄭氏箋》，未有敢以己名加於經上者。今羅以通前題曰《蔡九峯先生書傳》，使死而有知，九峯於地下敢安此僭乎？况羅以通全竊九峯序意，自爲序文昭揭於前，而於九峯元序附於書後，其不知義甚矣！某輒以紙重護元標，乞命善書者易題曰《書蔡氏傳》，庶幾於義而安。末繇參承，即日餘寒尚峭，惟冀若時以道自重。

校勘記

〔一〕『怏』，原作『快』，與文意相違。據國圖明刻鄧跋本、四庫本改。

〔二〕『前輩』二字疑當置『辭謝』之後。
〔三〕『様』，原作『樸』，據國圖明刻鄧跋本、四庫本改。

回南臺都事鄭鵬南浼點書傳書 蓋鄭有讀書凡例之問。 此篇由卷四移此。

某比辱指使點正《書傳》，不揣蕪陋，弗克辭謝，輒分句讀，汙染文籍，高明不以爲鄙而麾之。旋拜書教，詞旨謙抑，若待君子，某何敢當？讀書凡例，亦非所敢知。其少年謬悠，爲貧賤所奪，不能力學，故根微源淺，所達幾何？雖一登碩師之門，其所成就如斯而已。讀書之法，無過熟讀精思、詳問明辨，無他道也。但恐大師宿儒有自得之學，非晚輩之所可測識者耳。千里相望，無由待立下風，即日春莫膗暖，伏冀順時，爲國自量。

與趙伯器書 延祐乙卯

自子敏教授去後，乏便不克寄書，日來想爲學日益，令祖相公尊履壽康，尊父、令叔動止咸吉。

某今歲留山中，頗得絶人事，與朋友旦夕相語，温習舊聞，微有新得。但目力不及，而寸心摧阻，非向時爲學比，其進蓋若挽强弩爾。思温一疾竟不起，五月十七日，已成長往。心墮膽裂，魂消神喪，不知所以自處也。始期一二年間，爲畢室家之願，付以祭祀之責，而某得以絶俗謝交，優游山林，以俟夭壽之命。而造物見誅，變生意料所不及。常以人之喜動而務進取者爲不安義命，而未必遂其汲汲之心。某切切務退，以求保全所畀賦，不欲戕之爾，天乃區區吝一静亦不以見畀，何耶？今則進退無據，後顧深憂，將何爲也？吾子聞之，亦能爲一嘆否？

王希文志甚專，力甚勤，然每爲虚曠玄遠之論，而欠循序縝密之功。大率[一]得之朋友漸漬，日固日深，遂以爲本所有也。數月間痛爲刮除，知就平實。近來年少氣鋭，喜怪厭常，仿想乎高大而不知有細微，每每奇論如此。吾子知所向，方希文談道，吾子純粹不絶口，固知不爲摇撼。否則迷不知復，流爲誕妄，非小失也。與希文暫歸城府，舟中觀吾子贈行序文，有訐直之風，無温厚之氣，多自廣狹人之意，少遜志務敏之心。且在我者，或未能盡超脱乎此，則爲是説亦太早計而自欺矣。

道固無所不在，聖人脩之以爲教，故後欲聞道者，必求諸經。然經非道也，而道以經存；傳注非經也，而經以傳顯。由傳注以求經，由經以知道，藴而爲德行，發之爲文章事業，皆不倍乎聖人，則所謂行道也。傳注固不能盡聖經之意，而自得者，亦在熟讀精思之後爾。今一切目訓詁傳註爲腐談，五代以前，姑置勿論，則程、張、朱子之書皆贅語耳。又不知吾子屏絶傳注，獨抱遺經，其果他有得乎？未也。不然則梯接凌虚，而遽爲此訶佛罵祖耳。由是觀之，吾子之氣亦少鋭歟？且序文見褒者則爲太過，而某平生之學，未敢外先哲之言以資玄妙也。固疑此文有激而然，識者觀之，或有以窺吾子，不可不謹也。

山中朋友從臾成《幾微》一書，多得助所不及。欲借前大地圖校正，幸禀令祖相公，得暫付至，以備參校。或希文家人，或别有約，便實封寄何教授處。希文歸日，必可返璧，不致浮沉也。此身若拘囚，不可復動，未知何日，千萬惜日問學爲正之歸，毋負向日歲寒之言，幸甚。

校勘記

〔一〕『率』，原作『牽』，據國圖明刻鄧跋本、四庫本改。

代人上書補儒史

某月某日，後學姓某，謹熏沐裁書，再拜上獻於某官閣下：

周官自公孤至下士凡八等，外取於諸侯，内舉於學校，皆以德以才。大夫而下，大事則從長，小事則專達，是受一命以上，皆得以行所學而遂其志。其贊治之吏曰史，則官長所自辟，蠲其課役，而使之造文書，給趨走而已，謾不敢可否事。漢初用蕭、曹爲相國，而二人皆出於吏，是以由吏入官者，終漢世不革。自縣郡佐史斗食吏進而爲公卿者，往往多碩德大才。如于定國、丙吉、薛宣、袁安、楊震之徒數十人，皆是選也。然雖爲吏，其於政事進退予奪皆得預參，廷辨面争，不專以詭隨爲事。是周之吏賤，而漢之吏貴矣。大朝式考古訓，自吏擇官，故由吏升而爲公卿者，不可一二數。今聖天子下明詔，設科取士而官之，德至渥也。有不得預於此者，則使由吏以進。夫取才於學，周制也；選官於吏，漢法也；由儒入吏，由吏拜官，則兼周漢之任人。然則今之爲吏者可謂貴，而士之生斯世，可謂幸矣。

某幼而誦，長而習，亦思以自治其身者有及乎人，而欲進無道，固知竽門非鼓瑟所也。方今文運開明，茅拔彙征，而某猶且佔畢呻吟於窮閻之下，則自棄甚矣。今亦既上名公府，而平昔局束固守，不能自衒鬻、立聲譽，以動上人之聽，而圭竇蓽門，儲無儋石，故亦無攀援之勢以爲進取之資，則是徒溷案牘，不得自奮也。惟明公寬仁愛人，汲引後進，有如不及。而某猶且緘嘿不一自鳴，則終無可以進之日矣。伏惟憐而幸之。陽和一噓，轉寒爲燠，使預於斗食之列。誠冀平日小有得者一試之爾，亦豈敢望復有升陟，如漢之爲吏者哉。惟明公鑒之。某再拜。

許白雲先生文集卷之四

論

學校論

三代取士於學校，爲致治之術；後世養士於學校，爲飾治之文。治道所以不同者，在於學校廢興而已。昔者聖人有高世之慮，絶人之智，舉天下而經綸之，以謂非人材不足以爲治；而槩人者，非教誨鼓舞之，不足以成其才。此學校所由興也。自閭里之塾，至於黨庠、術序、國學，教以三物，造以四術，尚賢以崇德，簡不肖以絀惡。其教之也詳，而取之也嚴。是故天下無不學之人，而用者無不材之士。以天下之大，付於人理之，而皆求備於學，故學校者，爲治之原也。聖人，百世之師。事不師古，而徒曰我善爲治，而不本於學校，不法於三代，吾未見其可也。

嬴政破滅吾道，非毁聖賢，銷簡編而尚鋒鏑，左仁義而右謀詐，遂使百世不復見三代之善治者，秦之罪也。秦不足道也，繼秦之後，足以有爲之時屢矣，將大有爲之君時出而習聞其説，樂爲其所爲。設科擇人而不取於學校，其流至於以文辭翰墨詸〔一〕天下之士，亦陋矣。然則使百世無善治者，非獨一秦也。魏晋以變詐攘奪得天下，烏足以知此？陵夷至於隋，俗益薄而僞益滋，道日喪而文日勝。雖或開學校，聚生徒，養之不能用，教之不法古。唐宋立學徧郡縣，得其名，未見其實，大抵失於養士以飾治爾。夫天下之人皆習今而厭古，以耳目之所逌者爲常，一旦捨其舊而新是圖，則將驚駭眩瞀而不知所止。事之既失，不遠而復可也。隳三代之法者，固秦之罪；復三代之古，以救秦之弊者，實漢之責。東都光武起自諸生，故功成而興學。明帝尊敬師傅，臨雍拜老，開學館，招經生，近古爲盛。亦不過舉祖宗之舊法，未能復乎古也。其責豈不在西漢乎！高祖馬上得天下，間關百戰之餘，繼以亂臣叛將承踵接武，弓不及韔，冑不及免，已入於長陵之土矣。況以溺冠慢罵之資，輔以叔孫通綿蕝鹵莽之學。責人不可求備也。文帝時，天下衣食足，可以施仁義，而謙讓未遑，惜哉！然則使百世無善治者，漢文之過也。武帝舉遺興禮，置博士弟子，倡爲章句訓詁之學，豈經濟之道哉？聖人之教，於此盡矣，嗚呼！

或者以爲湯舉伊尹於野，高宗舉傅説於徒，文王舉太公於釣，豈必皆學校乎〔二〕曰：人生自八歲皆入小學，及有十五年，選其俊秀者入大學以養成之。學校之外，豈有遺材乎？如伊、傅、太公之倫，學成而隱者也。堯之舉舜也何如？曰：陶唐之學，其詳良不可得聞，而堯舜性者也，亘古今一舜耳。當此之時，比屋可封，則其教化亦可知矣。禮樂至周而大備，非聖人之自私也，理也，勢也。吾故曰：爲治者不本於學校，不法於三代，未見其可也。

校勘記

〔一〕『訹』，誘惑。國圖清抄胡宗楙校本同，雍正金律刻本、四庫本作『計』。

〔二〕『乎』，據四庫本補。

朋黨論

余讀歐陽子《朋黨論》，洞見小人之情狀。嗟乎，君子之生斯世，何其不幸歟！愚以爲朋黨之禍，固小人爲之，亦世道衰而君子少也。何也？以其可以名指而數計也。唐虞之民，比屋可封，可以名指而數計乎？惟時小人則可以數計，曰共工，曰驩兜，曰三苗之君，曰鯀。堯舜之世，指小人之名而數計之，足以見天下皆君子而惟四小人也。朋黨之論興，亦指君子之名而數計之，足以見天下小人多而惟數君子也。

蓋嘗論天人之理一致耳，天之氣有陰陽，人之類有善惡。夫陽生於子而極於巳，消於午而盡於亥。春夏之時，雖或有嚴厲蒼凉之氣，不能終日，以陽方盛，不可奪故也。秋冬之時，雖或有炎蒸温燠之氣，亦不能終日，以陽既衰，陰得以專故也。以堯之時，而四凶入間於其間，爲善類之玷，故務决去。若衆陽之消微陰，不勞力而已復於和氣之中矣。陰道既盛，陽不得而勝之。猶國家之運衰，聖賢之君不作，羣小人進用，而數君子方欲與之力争而較勝，彼陰邪小人，必牽引醜類，排抑摧沮，無所不至，馴致其禍，自履霜而至堅冰也。君子小人不兩立，而寡固不可以敵衆，勢然爾。且黨之所逮，非惟居位食禄者而已，下而草茅布衣，凡行義有以異乎小人者，必皆搜擿而無遺。夫舉當世天下之善士，至今可以指其名而數之，則君子之少可知矣。《易》之爲書，道陰陽而明吉凶者也。在《夬》之上六曰：『無號〔一〕，終有凶。』微陰爲衆陽所決，雖號亦凶也。《剥》之上九曰：『碩果不食，君子得輿。』陰盛矣，惟孤陽如碩大之果獨存，譬君子在上，勢雖孤，猶爲衆人所仰望也。聖人之抑陰扶陽蓋如此。陽不可絶，剥窮則復。君子雖少，君人者能用之，猶可以爲善國，且將拔彙以進矣，在處之何如耳。

朋黨之禍始於漢，其亡國也不旋踵，唐不能監之而又亡，宋不能監之而又亡。嗚呼！使唐宋之君知殷監之不遠，而觀象以玩辭，則不蹈前人之危轍矣。

校勘記

〔一〕『號』，原誤作『歸』，據《易》文、國圖明刻鄧跋本改。

雍姬論

祭仲專，鄭伯使其壻雍糾殺之。雍姬知之，謂其母曰：『父與夫孰親？』母曰：『人盡夫也，父一而已。胡可比也？』遂告祭仲，仲殺雍糾。甚矣！雍糾之不智也。國之大事而謀及婦人，欲殺其父而先告其女，其死宜矣。

余獨悲夫雍姬之不獲於義也。夫非〔一〕有私憾而欲爲賊也，奉君之命除逼己者，其勢不兩立，非夫誅父，則父殺夫。糾雖爲大夫而不如仲之專，幾不密則禍立至。其言曰『父與夫孰親』，固知謀泄，則夫必死。身既從人，則當天其夫，乃不能擇義而以是爲問，遂至於夫戕而君危，惜哉！君臣也，父子也，夫婦也，人之大倫也。一事而三者預焉，此君子所難言也。非常之變，遇之者不幸也。雍姬之事，非常之變也。聖人制禮，情之施於所親，其等衰皆在於服。女子在家喪父母三年，已嫁則喪夫三年，而於私親降。由是觀之，蓋可見矣。且父而死，君命也；泄謀而死其夫，猶己殺之也。

然姬非不知親其夫也，蓋昔日未嘗聞姆師之訓，故於大義不能權其重輕，特卜於母以決其疑爾。則未知姬所問之意也，盍亦告之以三從之義，申之以敬戒之言，謂父固所當親，而已嫁則從夫者也。以是詔之，姬必有以處之矣。彼以請問之道來，乃遽語之以狂悖之語，姬以爲天下之大義誠如是也，遂殺其夫而不顧。姬之不義，母之教也。且『人盡夫也』之一言，豈惟陷其女於惡，將使天下後世爲人妻而聞之者，販易其夫，視若奴隸，意之所適，則雖奔誘棄背，亦或莫之禁也。壞夫婦之倫，傷君臣之義，祭氏之妻不容誅矣！

雖然，此雍姬之不幸也，夫不可殺而君事不可敗，則將視其父之死而不救歟？使姬而知義，其處此也如之何？諫其夫，使辭於君，不得命而先仰藥而死，不忍見其父與夫之相殘也。庶乎其可也。

校勘記

〔一〕『非』，原作『悲』，據國圖明刻鄧跋本、上圖明刻藍印本改。

説

夾谷可與字説

潁川夾谷君，名立，字可與。聰明人也，好學篤志，制行潔脩，言語有章，威儀彬彬。謂余曰：『父命以名，而友以字我，子其爲我説。』

竊以爲君之名若字，聖人之言也，豈容贅一辭？而訓詁辭義，前脩講之明矣，愚何敢贅？然此經凡六言，而目有四，其次第淺深，皎然無疑。自學而至於立，固已深造，進於權則大全矣。余觀君之以禮律身，以義度物，其幾於從〔一〕立而進於權者歟。昔者聖人使漆雕開仕，其自言曰：『吾斯之未能信。』夫盡心知性以知天，苟一毫不自慊，不啻爲未信也。聖人其不知，人而誰知？於開猶不得察其心之未盡者。惟開也，自知之明而不敢必是，亦爲學者師也。知人古所難，而自知亦不易。以余之昏陋，企君不可及。君明於自知，則亦以今之所至，驗之聖人之言，實其虛而充其所容，守其可而求其未可，吾見君之化於道矣。

校勘記

〔一〕『從』，國圖明刻鄧跋本、四庫本作『能』。

姚原魯字説

延祐丙辰五月二十有七日，信安姚君過余，揖而進，自道其姓名字，出書一卷授余，曰：『此吾友贈我以名若字之説，君亦幸以教我。』余取而讀之，有述姚君之語曰：『予名洙，父命以原魯代名。』又贊之曰：『至哉！乃翁之字其子也。』

余謂子生三月，父命之名，禮也。盈天地之間皆物，莫不有形與聲，惟動物之聲自己出，人則靈而用夫物者也。物之無窮，皆欲以供乎用。是以智者緣其形以聲名之，然後天下皆知名是者足爲是用，命之無不如意焉。人之類則又有上下、親疎之等，而以父子、君臣之屬，名而別之矣。然其生也無窮，而各欲親其親，姑謂之曰：子則衆人之所同也，故假物托類，私以名其子。爲子者，亦知此吾之專名也，故有命呼則唯而起。其父兄以是而呼之，他人亦得以是而呼之。自忠質趨文而自卑尊人之禮，至於既冠而成人者，又緣其名取義以字之。所以尊其名，則字者朋友之責。而以其名獨歸〔二〕之父兄，亦所以全父兄之尊也。故曰幼名、冠字，周道也。然周公之於召公，原壤之於孔子，曾子之於子夏，猶直名之而未盡以爲諱，是則古之道也。

今姚君自爲名而父字之，何謂哉？乃所願則使其子學孔子之道歟？蓋洙，魯水也；魯，聖人之居也。今洙之地非魯矣，猶求其原，不忘本也。聖人之道，常道爾，載之於經，充塞乎天下。猶水之在地，無往不有也，奚陳迹之尚而必求洙之原於魯乎？子在川上曰：『逝者如斯夫，不舍晝夜。』於水見道體之流行也。夫水漸涵濡潤，無細不入，其用微矣。及流而爲川，瀦而爲海，震蕩漂汩，汪洋漫衍，則物之鉅未有過之者。道之費不尤著於此乎？觀水必求其原，學道庸可不探其本乎？道之流行無間，形於目，接於身，錯綜於萬事，罔或非出於此，則統宗會元，其有在乎？雖然，語大而遺細，言遠而忘近，不知下學而務上達，譬之日月星辰皆天也，舉棄之而獨指蒼蒼者曰：天之全體在是。正今日學者之病也。

抑又有説焉，原者，水之始也；壑者，水之委也。蒙發於山，順而趨下，三危之黑水，積石之黄流，濟之沉伏，弱之散涣，渭之清，涇之濁，其始固〔二〕不可同也。及其歸於大壑，和比合同，始不見其跡；無損無益，始知其大。揚觱沸之泉，而曰聞道一日莫己若矣，則又非學也。且水險物也，剡木〔三〕而乘之，放於中流，一瀉千里，方快於心，而操之少懈則覆矣，其原則濫觴耳。是又不可不懼。

校勘記

〔一〕『歸』，原作『蹄』，訛字，據雍正刻本、四庫本改。

〔二〕『固』，原脱，據國圖明刻鄧跋本、四庫本補。

〔三〕『木』，原作『水』，據國圖明刻鄧跋本、四庫本改。

雜著

跋潘明之所藏吾丘衍書素書

道備於《六經》、《語》、《孟》，學者舍是則無所歸。周衰，老聃最先出，其言不能合乎中庸，然平陽嘗用之於漢。蓋其清静爲宗，而以柔道行之，所守者亦約之故也。世傳黄公《素書》，其老氏之徒歟？子房千載偉人，精忠貫日月，英氣蓋宇宙。時然後言，動中機會，功成志遂，明哲保身，三代而下，一人而已。自今觀之，子房之心學果盡得之此書乎？昔時圯上授受，果今之書乎？不必深論也。

明之潘君，學道本於經，而旁通曲究，見《素書》而喜之，蓋景慕子房之爲人，而併及其書也。道在天地間，亘古今若一，賢人君子得之者，如合符契，惟其所遇之時不同，故其設施有異爾。倘使子房生三代盛時，亦必興禮樂，致文明，功業不止如是而已。故效先覺者，當探其心，不當泥其迹。沙〔一〕丘之馬牝而黄，九方皋可謂善相者矣。明之之意，豈果書云乎哉？明之所藏本，武林吾丘衍書，衍以小篆妙今世，此卷尤可觀。

校勘記

〔一〕『沙』，原作『泥』，據四庫本、《佩文齋書畫譜》所引改。

跋陳君采家藏東坡墨蹟

伊尹元聖一德，身任天下，其就湯就桀，動皆至誠，固不可以後世常人之心議之也。子厚、東坡之論，亦各有所見爾。坡翁詞翰絶古今，其片言隻字皆可寶。此紙筆法精妙，凛有生氣，觀之使人興起。陳君其爲天下寶之。

跋妙沙經

彝倫常典，萬世不可變者，經也，古之聖人法言懿行，載之六籍而垂示終古者是已。聃瞿氏之言類名經，其道可常耶否耶，吾不學之不知也。抑嘗聞釋氏之徒誦其師之言，雖不可與吾道合，要皆以調伏此心爲主，而後可以盡其性。至於禍福因果，則其論之下者也。楊德公夢有告以《妙沙經》，曰求於人而得之，謂善果可由是致。然以爲世罕有，而人或未信也。質之於習其道者而信，且欲求言，余辭以不知而請愈力。余謂天下之言，雖道不同，亦各有理。《妙沙經》之理何在耶？吾不知也。夫夢生於想與因，非想與因，則心未有所主故爾。昔人夢鹿而得鹿，是亦想之類。今夢經而得經，其想耶，其非想耶？吾亦不知也。

跋趙閑閑註心經

先王之道，以養生送死、繼志述事爲孝。浮屠氏欲以真空悟人，而謂亦可覺死者。故凡天下之爲子者，莫不奔走趨事，庶幾祖考之一覺於魂揚魄落之後，其不靡然而從者鮮矣。院判白公飯僧以薦厥考，而閑閑趙公書《心經》以遺之，誠足以爲孝思之助耶，抑遊戲翰墨而已耶？觀其表章句義，若有自得者，則其志或可見矣。此卷失而復得，子通其寶之，而觀院判公所以孝其親者而勉繼其志。春秋祭祀，以時思之，固不必切切於覺云也。

右金正大八年，樞院判白某飯僧薦父，閑閑趙秉文亦與交，因書《心經》遺之，且自爲註釋。其卷失之已久，曾孫子通爲御史掾行部閩中，復得之。

書菴贊爲石抹執中作

典謨訓誥，其名爲《書》。經史百氏，書之類與。古今立言，浩若烟海。學貴博文，旁搜遠采。智哉君子，菴以居之。書契以來，罔羅無遺。燕坐斯菴，熟玩精索。日就月將，知至物格。萬言參錯，一理混融。斥排異説，信執其中。書亡道存，心化神應。待變無窮，何出非正。

北野兀者贊并序

夫道寓有形，心妙衆理。物無大，未有違乎道；心雖微，未始遺乎物也。故能全其德者能用物，不則扞格而不通，跌〔一〕蕩而無據，感於外并喪其内矣。北野蕭侯以兀者自號，是全其德而用物者與。且彼已相形，重此輕彼，囿於形者也；擴然無迹，物我俱亡，達者之觀也。自物觀心則心可均，自私用智則去道遠。彼兀者能止以止衆，其全於德者與。或曰：莊周所謂道德，固同於吾耶？侯故儒家，其名之也何庸？夫爝火之光，足以繼日月之不及；桔槔之汲，可以濟雨露之未濡。彼有取焉而取之，豈能亂吾所謂道德者哉？又曰：兀者，傷於形者也，奚可貴？彼固曰：外形骸而有尊足者。則侯之意，蓋欲愚智晦明，以全其德者也。作兀者贊。

魯鄭有人，無形心成。遊形之内，保始之徵。塵垢不止，以鑑之明。羿之彀中，命也不中。唯不知務，是以輕用。人以其全，笑吾者衆。受命獨正，遊心乎德。死生不變，萬物皆一。直寓六骸，何有乎兀？莊周寓言，洸洋自恣。孟軻亦云，辭不害志。有本如是，是之取爾。

校勘記

〔一〕『跌』，原作『趺』，據清雍正刻本、四庫本改。

李齊賢真贊

目秀眉揚，神舒氣緩。妙手描摸，毫髮無間。形色天性，所貴踐形。人見其貌，莫知其心。我知若人，交養内外。和順積中，睟面盎背，朝瞻夕視，如對大賓。力行所學，無負其身。

題趙仲明神

氣清而腴，髯漆而疎。二十餘年，貌肖不渝。蓋人可見者君之面，其不可探者有罔象之珠。進之進之，無愧此圖。

答或人問

《太極圖》之原出於《易》，而其義則有前聖所未發者。周子探大道之精微而筆成此書，其所以包括大化，原始要終，不過二百餘字，蓋亦無長語矣。

謂之去『無極』二字而無所損，則不可也。太極者，孔子名其道之辭；無極者，周子形容太極之妙。二陸先生適不燭乎此，乃以周子加『無極』字爲非。蓋以爲太極之上，不宜加『無極』一重，而不察『無極』即所以贊太極之語。周子慮夫讀《易》者不知太極之義，而以太極爲一物，故特著『無極』二字以明之，謂無此形而有此理也。以此坊民至今猶有以太極爲一物者，而謂可去之哉。朱子辨之精而曉天下後世者亦至矣，此固非後學之所敢輕議也。此外則無可疑可辨者矣，非朱陸二子之思慮不及也。

太極兩儀之言，《圖》本於《易》也，而兩儀之義則微有不同，然皆非天地之别名也。《易》之兩儀指陰陽奇偶之畫而言，《圖》之兩儀指陰陽互根之象而言也。《易》以一而二，二而四，四而八，八而十六，十六而三十二，三十二而六十四。《圖》以一而二，二而五，五而一，一而萬者也。《易》以陰陽之消長而該括事物之變化，《圖》明陰陽之流行，而推原生物之本根，《圖》固所以輔乎《易》也。惟以兩儀爲天地則大不可，以《易》之兩儀爲天地，則四象八卦非天地所能生，以《圖》之兩儀爲天地，則五行亦非天地所可生也。夫太極，理也；陰陽，氣也；天地，形也。合而言之，則形稟是氣，而理具於氣中。析而言之，則形而上、形而下不可以無别。所謂《圖》以陽先生於陰，與太極生兩儀者異。此猶有可論者。太極之中本有陰陽，其動者爲陽，静者爲陰，生則俱生，非可以先後言也。一元混淪，而二氣分肇。譬猶一木，析之爲二，兩半同形，何先後之有？《易》之辭簡，故惟曰『生兩儀』；《圖》之言詳，故曰『動而生陽，動極而静；静而生陰，静極復動。』陰陽既有兩端，出言下筆，必有先後，其可同言而並書之乎？况下文繼之曰：『一動一静，互爲其根。』則非先後矣。而下文又曰：『分陰分陽，兩儀立焉。』乃先言陰而後言陽。此周子錯綜其文，而陰陽無始之義亦可見矣。當以上下文貫穿觀之，不可斷章取義也。雖然，動静亦不可謂無先後，自一氣混沌，其初始分，須有動處，乃其始也。元會運世，歲月日時，大小不同，理則一也。其氣之運行，皆先陽而後陰。一歲之日，春夏先而秋冬後，春夏陽也。一元之運，子先而午後，子至巳陽也。數以一爲陽，二爲陰，一固先於二。人以生爲陽，死爲陰，生固先於死。孰謂陽不先於陰乎？但未動之前，亦只爲静，此乃互根之體，終不可定以爲陽先爾。

所謂太極之下生陰陽，陰陽之下生五行，及乎男女成形，萬物化生，《圖》中各有次序，則是太極與天地、五行相離，則又不可也。陰陽不可名天地，前既已言之矣。太極、陰陽、五行，下至於成男女而化生萬物，此正推原生物之根柢，乃發明天地之秘，而反以爲病，何其異耶？太極剖判，此世俗相承之論，非君子之言也。太極無形，何可剖判？其所判者，乃一元之氣，閉物之後，溟涬玄漠，至開天之時，則輕清者漸澄而爲天，重濁者漸凝而爲地，乃可言判爾。太極、陰陽、五行之生，非果如母之生子，而母子各具其形也。太極生陰陽，而太極即具陰陽之中；陰陽生五行，而太極、陰陽又具五行之中；安能相離也？何不即五行一陰陽、陰陽一太極之言而觀之乎？

所謂『乾道成男，坤道成女』，則二氣不待交感而各自生物，又不可也。此一節自『無極之真，二五之精，妙合而凝，乾道成男，坤道成女，二氣交感，化生萬物』作一貫説下，安得謂不交感而自化生耶？成男成女，朱子謂此人物之始，以氣化而生者，氣聚成形，遂以形化而無窮。真精合而有成，而所成者則有陰陽之異，其具陽之形者乾之道，具陰之形者坤之道。又合則又生，至於無窮，皆不出乎男女也。

今所問之言，果有所疑耶？或直以周子之言未當也？如其果疑，則以前説求之，或得其梗槩。直以言爲未當，則非敢預聞此不韙也。待承下問，敢以爲復。

七政疑

唐堯命羲和居四方，考天象，惟舉分、至四中星，而知日之所在。又言以閏月定四時成歲，而知月之所行。典文簡古，存其大法。推步之術，未詳。西漢《天文志》始曰日東行，星西轉。而周髀家有日月實東行，而牽西没之説。其論天轉如磨者則非，論日月右行者則是。自是志天文者轉相祖述，以爲定論。言日月，則五星從可知矣。唐一行鑄渾天儀，注水激輪，一晝夜天西旋一周，日東行一度，月行十三度十九分度之七，晦明朔望，遲速有準。然則二十八宿附天西循而爲經，七政錯行而爲緯，其説爲得之。而文公傳《詩》，亦猶是也。

蔡仲默傳《堯典》則曰：「天體周圍三百六十五度四分度之一，繞地左旋，一日一周而過一度。日月麗天亦左旋，日則一日繞地一周，而在天爲不及一度。月則尤遲，一日不及天十三度十九分度之七，積二十九日，復有餘分，而與日會合，氣盈朔虚而閏生。《典》、《謨》之傳，以經文公是正，而公蓋許之矣。意以爲日者陽之精，其健當次於天；月陰精也，其行當緩。月之行，晝夜常過於日十二度有奇，是陰速於陽，不若二曜與天皆西轉，則於陰陽遲速爲順合宜。

蓋亦祖横渠先生之意，其説可謂正矣。然愚以古説校之，其可疑者有七：

天體左旋，七政右逆，則七政背附著天體，遲速雖順其性，而西行則爲天之所牽爾。然有所倚著，各得循序。若七政與天同西行，恐錯亂紛雜，似泛然無統。一〔一〕也。

日，君道也；月，臣道也。從東行，則合朔後月先行，既望則月在日後，及再〔二〕合朔，是月之從日，爲臣從君爲〔三〕順。若西行，則日在月前。至望後，再合朔，必日行後〔四〕月，是君從臣爲逆。二也。

大而一歲陰陽升降，小而一月日月合朔，此正天地生物之心。而陰陽得於此會合，而以造就萬類者也。以一歲之運，陰盛乃生意收斂之時，而品物流形，舉霄壤之間，曷嘗有一息間斷哉！其所以於盛陰閉塞之時，而生生猶不息者，正以日月之合以繼助元氣之偏也。然凡進者，陽道也，生道也；退者，陰道也，死道也。日月東行，則月之進，從日之進，西行，則月之退，又符於日之退。三也。日月雖皆進行，比天行不及則如退。

日月五星行〔五〕無殊，金、水在太陽前後，率歲一周天，爲最速。次火，次木。惟土積重厚之氣，入天體最深，故比五星形最小，行最遲，而二十八載一周天。若七政皆西行，則向謂遲者今反速，向謂速者今更遲。是金、水行最遲，故一日即退一度，而一歲周天。土行最速，常及於天，大約二十八日始不及天一度，而二十八歲然後周。四也。

星雖陽精，然亦日之餘也。以日之陽，次於天，且一日不及一度。星之陽，不及日遠甚。

而木十餘日，土二十餘日，始不及天一度，是木、土之精，反過於日遠矣。五也。

五星以退留遲疾伏，伏疾遲留退五段推步。姑以歲星言之，大約退九十三日而留二十三日，而遲疾伏共行二百六十餘日，而復留，而復退，是行常三倍於退，而退四倍於留之日。然行乃其常，而退乃其變也。若西行，則行爲退，退爲行，是五星進日甚少，而退日何其多？六也。

星家步星，伏行最急，疾行次急，遲行爲緩，留則不行，退則逆而西，此皆以星附著天體而言者也。若七政隨天西行，則天自天，星自星，不可附著天體，且〔六〕附著則爲東行矣。然則星家所謂遲疾伏，皆爲最緩而不及天。所謂留則不可言留，乃行而與天同徤，一日皆能過於太陽一度。至於所謂退乃更速，過於天運矣。七也。

由是言之，則古法比蔡傳爲密。文公不可復作，而吾師亦已下世，無所質疑，姑識於此，以俟知者而問焉。

校勘記

〔一〕『一』，原誤在『統』前，據國圖明刻鄧跋本、《管窺外編》所引改。
〔二〕『再』，原作『在』，據國圖明刻鄧跋本、《管窺外編》所引改。
〔三〕『爲』，原脱，據《管窺外編》所引及四庫本補。
〔四〕『後』，《讀書叢説》、《管窺外編》、四庫本等作『從』。
〔五〕『行』，原脱，據《讀書叢説》、《管窺外編》、《稗編》補。
〔六〕『且』，原作『旦』，據四庫本改。《讀書叢説》、《管窺外編》作『但』。

八華講義

《書》曰：『惟學遜志，務時敏，厥脩乃來。允懷於兹，道積於厥躬。』人生無知無能，必學而後〔一〕有所得。學者當順遜其志，虚心以求，專以是爲務，無時而不敏，則所脩者即源源而來矣。蓋爲學之要甚速，人病不求爾，苟專力以求之，則無時無處非益也。其效之速既如是，能篤信而深念於此，攻之愈深，則道之積於身者日盛矣。『遜志』則有細密之功，『時敏』則無間斷之患，其來其積，皆自此得之。古來論學，實始於此，固萬世之成憲也。

然而所學果何事耶？學爲聖人而已。聖人果可學而至耶？聖人之性，非與人殊，不過盡人倫之至而已。學者以聖人爲之標準，知其的，日行以來其至；明其道而不計其功。至於聖賢之分量，成效之淺深，皆自然而然，已不得預也。一有計較期必之心，則非所以爲學矣。

且天之生人也，其倫有五：曰君臣、父子、夫婦、長幼、朋友。五者天下之達道，舉天下之事，錯綜萬變，莫不畢在五倫之中。天之賦人以形，即命之以性。其類亦有五：曰仁、義、禮、智、信。五者天下之常道，舉天下之理，枝派萬殊，莫不畢在五性之中。《詩》曰：『天生烝民，有物有則。』人倫，物之大者也；五常，物之則也。昔者聖人，『使契爲司徒，教以人倫，父子有親，君臣有義，夫婦有别，長幼有序，朋友有信，曰：「勞之來之，匡之直之，輔之翼之，使自得之，又從而振德之。」』使教者以是而教，學者由是而學，蓋人倫之外無餘事也，五常之外無餘理也。

父子之所以親，爲人心本有此仁；君臣之所以合，爲人心本有此義。心本具乎禮，長幼所以有序；心本具乎智，夫婦所以有別。朋友之所以交，非心本有此信乎？五常之理，元具於吾心而無少虧；人倫之事，日接於吾身而不能捨。此道之所以不可須臾離也，此學之所以當遜志而務時敏也。五常之道，配乎人倫，雖各有所主，然而未嘗不互相爲用。父子主於仁，而深愛和氣，愉色婉容，是仁之仁；父母有過，諫而不逆，是仁之義；應唯敬對，周旋慎齊，是仁之禮；先意承志，樂心不違，是仁之智；生敬死哀，事親有終，是仁之信：此子事父之大略也。君臣主於義，而以君成禮，弗納於淫，爲義之仁；道合則從，不可則去，爲義之義；責難於君，陳善閉邪，爲義之禮；達不離道，澤加於民，爲義之智；托孤寄命，節不可奪，爲義之信：此臣事君之大略也。由是而推之，保身以盡夫孝，致身以盡夫忠，細微委曲，莫非五常之用也。又反而推之，父慈其子，君使其臣，亦莫非五常之用也。又廣而推之，夫婦之別，長幼之序，朋友之信，而五常不可勝用矣。

鈞是人也，鈞賦是性也。聖人生而知之，安而行之；衆人則迷而漸遠，故效先覺之所爲，乃可明善而復其初。然而天下之理豈易窮？天下之事豈易周？非盡博學審問、慎思明辨之功不可也。自中古君師之職分，則敬敷五教之任不出於司徒；而切磋琢磨之責，全在於朋友。或扶持開導、獎勸誘掖於人欲未萌之先，或攻擊淬礪、防閑禁遏於天理既虧之後。心之方虚，則使戒懼於不睹不聞之際；意之初動，則使謹慎於己所獨知之時。是以講貫乎仁之理明，則父子得其正；義之理明，則君臣得其正；禮智之理明，則夫婦、長幼無不得其正矣。是故朋友之名，雖居五倫之後，而於學問之事實先。朋友之職，較之四倫若輕，而於學問之功實重。學者欲極夫四倫之理，宜盡朋友之道；欲盡朋友之道，在明夫信而已矣。天之道，一於誠，其流行則爲元亨利貞之德；人之性，一於信，其昭著則爲仁義禮智之綱。故曰：誠者天道，思誠者人道。信者，誠之異名。能盡人之信，則可契於天之誠矣。朋友講習，非信無以成德也。

某少而失學，長而寡聞，闒茸迂疎，鹵莽滅裂，雖嘗立於碩師之門，歷時淺而用工微，環顧其中，未少有得。諸君過聽，强要而來，欲以輔仁，内實懷愧。諸君天資卓犖，問學有素，年若道似，略無相踰，未知所以奉益也。然愚平昔誦聖人誨子路『知之爲知之，不知爲不知』之語，深所服膺，每欲以信自守。講問辨析，有分寸之知，敢不傾竭爲諸君言！苟所不知，不敢穿鑿爲諸君誑。諸君其亦篤於信以求信，天性敦於朋友，以求盡人倫，交勸互發，非彼得則此得焉。庶不孤此會也。

校勘記

〔一〕『後』，原作『復』，據四庫本改。

題節婦朱氏詩卷

余讀《禮》至《昏禮》，『萬世之始』，『壹與之齊，終身不改』，其禮嚴，其辭峻。是知夫婦者，天地之義，陰陽相須，容有貳乎？故夫死不嫁，此婦人守身之大法與！及讀《儀禮傳》，乃有夫死，妻穉子幼而適人之論。是蓋不得已而然。又知聖人制禮爲中人立法，賢者固不必俛而從也。婦人之職，奉祭祀，事舅姑，主中饋，相其夫君者非一端，而委身之後，守死善道則其大節也。世之知義者，固能行之，蓋亦鮮矣。

古汴朱氏，年四十而嫠，家徒四壁，獨撫幼女，冰蘗自守。紡績織紝以供衣食，奉公賦。養其姑，甘旨不廢，生事死葬，皆能以禮。辛勤且二十年。此其生質貞介，與禮義合，可謂加於人一等矣。

蕭君仲堅叙列事實，名公鉅儒皆爲詩辭以贊其美，將上之朝以求表厥宅里。宜哉！雖然朱氏盡婦道而已，未必求知於人也。古者婦人之令，不出閨門，使朱氏復知此義，寧不反有愠乎？若夫國家彰善之道，自宜採摭書之國史，千載之下，聞之而有興起者，奚但旌顯一時而已哉！然則又非朱氏之榮，乃國家之光也。

詞

次韻潘明之祝英臺 秋思

上簾鈎，開硯匣，詩興在風柳。磊魄胸懷，臨鏡謾搔首。看他冉冉來鴻，匆匆歸燕，時不再、且須傾酒。　釣鰲手，無奈萬里烟波，空舟竟何有？未卜行藏，心事幾凭牖。最宜野月穿窗，山雲擁户，箇中樂、有人知否？

蝶戀花 正月十一日

楊柳池臺春信早。簾捲東風，猶帶餘寒峭。暖透博山紅霧繞〔一〕，洞簫扶起歌聲杳。　初試花冠金鳳小。鬢亂釵横，長怯傍人笑。銀燭未殘樽未倒，雞聲漏水〔二〕頻催曉。

校勘記

〔一〕『繞』，原作『曉』，據上圖明刻藍印本改。

〔二〕『水』，上圖明刻藍印本作『箭』。

補遺

社日與許三畏諸生同飲輯自《八華山志》卷下

秋豚已腯野雞肥，笑對西風挹酒巵。有耳厭聽塵裹事，任教聾聵不須治。

贈許三畏留別三首輯自《八華山志》卷下

美材非不多，礱斲有所待。爾生能清淑，如白可受采。靈明螢照夜，汙滓波翻海。精探復力修，歲月德可改。罔念固作狂，勉勉敬與怠。

善人不可見，敝帚直千金。往聖淵源在，遺經旨趣深。青燈供夜讀，黄卷對朝吟。至道非難致，危微在此心。

大逵雖九達，捷徑嫌多岐。剛明履中正，君子貴自持。我亦觀爾成，豈忍言別離。尚須勤致書，慰我旦暮思。

通鑑前編序輯自《通鑑前編》

《通鑑前編》者，仁山先生之所著也。先生姓金氏，諱履祥，字吉甫，婺州蘭溪人。自言世本項氏，其先項伯入漢，以恩賜姓曰劉。暨五季吴越有國，避武肅王嫌名，從文更爲金氏。

先生幼知嚮方，長而好學，天文、地形、禮樂、刑法、田乘、兵謀、陰陽、律曆之書，靡不畢究。及壯，事文憲王先生柏，從登文定何先生基之門。講貫愈精，造詣益邃。何先生蓋受業於黄文肅公榦，文肅公則朱子之高第弟子也。先生嘗一舉進士不利，遂絶意進取。以布衣游諸公間，率以文義相處。當宋季年，睹國勢阽危，慨然欲以奇策匡濟，爲在位所沮，議格弗上。其語祕不傳，然當時計畫之士，咸歎其策不用。德祐初，以迪功郎召解中褐入史館編校，蓋將漸進用之，而國已不可爲矣。

中年以來，遺落世務，築居仁山之下。顓以講學著書爲事，訓誘學者，諄諄不倦。言論風指，皆可誦法。先生神勁而清，氣候明潔。平居獨處，終日儼然。至與物接，則盎然和懌。閨門之内，相敬如賓。生平篤於分義。有故人子坐事，母子俱繫奚官，其後分配爲隸，子母不相知，生死者垂十年。先生傾貲營購，卒贖以完。其子後貴，先生終不自言，相見勞問辛苦而已。聞者莫不歎息。方從王先生時，與同舍生夜步庭中，指謂之曰：『某星入某，次其分野，當有某變。』已而果然。鄆人李某者，嘗侍坐於先生，言次及其鄉里，先生因歷歷爲言其山川、風土、物産之宜，如指諸掌。某大驚服。先生之於學，其精博類如此。所著有《尚書表註》《論語孟子集註考證》、《大學章句疏義》行於世，文集如干卷藏於家。

先生嘗謂司馬文正公作《資治通鑑》，秘書丞劉恕作《外紀》，以記前事，顧其志不本於經而信百家之説，是非既謬於聖人，此不足以傳信。自帝堯以前，不經夫子所定，固野而難質。夫子因魯史以作《春秋》，始於魯隱之元，實周平王之四十九年也。然王朝列國之事，非有玉帛之使，則魯史不得而書，非聖人筆削之所加。况左氏所記，或闕或誣。凡若此類，皆不得以辟經爲辭。迺用邵氏《皇極經世曆》、胡氏《皇王大紀》之例，損益折衷。一以《尚書》爲主，下及《詩》、《禮》、《春秋》，旁採舊史諸子，表年繫事，復加訓釋。斷自唐堯以下，接於《通鑑》之前，勒爲一書，名曰《通鑑前編》，凡有十八卷，舉要三卷。既成，以授門人許謙，曰：二帝三王之盛，其徽言懿行，宜後王所當法。戰國申、商之術，其苛法亂政，亦後王所當戒。自周威烈王二十三年以後，司馬公既已論次，而春秋以前迄無編年之書，故是編不可以不著也。

先生之殁，今二十有五年矣。是書雖存世，亦莫能知者。謙永懷夙昔之話言，獨抱遺編而太息。門人御史臺都事汝南郭炯爲南臺御史日，嘗欲刊行是書，有志而未果。今肅政廉訪使平陽鄭公允中，爰始解驂，聿崇正學，尚論格人，章明善道。載閲是編，三復嘉歎，謂宜立於學官，傳之後世。迺詢之監憲左吉公，亦克欣贊，暨僚列賓佐罔不協從。亟命有司鋟諸文梓，共捐秩禄以佐其費。厥功告備，將表上送官，而命謙爲之序。

謙深惟先生以高明之學，負經濟之才，生於季末，道不克用。暨運啓休明，則年既老矣。其所著述，間已獲行於世。惟是編之作，廣博精密，凡帝王經世之大猷，聖賢傳道之微旨，具在是矣。或者得以充延閣之儲，備乙夜之覽，庶幾發揮聖學，啓沃淵衷，裨我國家稽古之治，爲生民無窮之澤，則先生爲不朽矣。謙不佞不足以明先生之心，發盛德之藴，敢纂録先生行事之大畧以標諸卷首。若夫著作之意，則已備於先生所自序，兹不詳述。皇元天曆元年十有二月庚子，門人金華許謙謹序。

論語集註考證序輯自《論孟集注考證》

古之聖人得其位，皆因時以制治。孔子酌百世之道以淑天下，而其事主於教。孟軻氏推尊孔子，傳於後世以迄於今。故《論語》、《孟子》者，斯道之閫奥也。繇漢而還，解之者率有不獲。至二程夫子肇明厥旨，今散見於遺書。嗣時以後，諸儒所著，班班可考。然各以所見自守，有得有失，未有能搜抉融液，折諸理而一之者。子朱子深求聖心，貫綜百氏，作爲《集註》，竭生平之力，始集大成，誠萬世之絶學也。然其立言渾然，辭約意廣，往往讀之者或得其粗，而不能悉究其義。或一得之致，自以爲意出物表，曾不知初未離其範圍。凡世之詆訾混亂，務新奇以求名者，其弊正坐此。此《考證》所以不可無也。

先師之著是書，或檃括其説，或演繹其簡妙，或攄其幽，發其粹，或補其古今名物之略，或引羣言以證之。大而道德性命之精微，細而訓詁名義之弗可知者，本隱以之顯，求易而得難。吁，盡在此矣！蓋求孔孟之道者，不可不讀《論》、《孟》；讀《論》、《孟》者，不可不由《集註》；《集註》有《考證》，則精朱子之義，而孔孟之道，章章乎人心矣。

謙自壯年服膺師訓，即知讀朱子之書。其始三四讀，胸中自以爲洞然顯白，已而不能無惑；學之頗久，若徐有得焉，及即其書而觀之，乃覺其意初不與己異；學之愈久，自以爲有得者不遂止於一，而與鄙陋之見合者，亦大異於初矣。由是知聖賢之言，理趣無窮；朱子之説，雋永當味。童而習之，白首不知其要領者何限！先師是書，亦憫夫世之不善學朱子之學者也。傳曰：『仁者見之謂之仁，知者見之謂之知，百姓日用而不知，故君子之道鮮。』謙於是深有感焉。故翻閲羣書，用加讐校，藏諸家，傳諸其徒。若好事君子能廣而傳之，是固謙之所望，亦先師之志云爾。許謙序。

題吴氏家述後輯自《禮部集》卷二十

昔李先生潛，訓其子以不欺而寧遲於取應，後三子相繼第進士。其一人名朴者，學於程門，致位尊顯，而先生贈開府儀同三司。夫世其德，且榮名追崇之，子道其庶矣乎。然二者得兼，固人之所願。抑富貴在天，世德在我，在我者可以勉，人則不能必於其天，有諸中失於外。君子且將曰：幸哉！有子如此。況内外兼之，而在外特未大慊於志，由是之焉，又自有致其光昭之道乎？

友人吴君師道，自其大父暨應奉公善，蓋於其鄉，既賢且文，數奇不遇於進士，用是遺其子孫。君奮儒科，爲大邑，所至有聲，亦既錫光幽壤矣。均弘盛典，其有待乎官資之崇歟！孔子曰：『孝者善繼人之志，善述人之事。』太史公曰：『爾爲太史，無忘吾所論著。』余觀此，竊有契云。東陽許謙謹題。

跋趙孟頫題畫詩 輯自《石渠寶笈》卷十

松雪與明遠契友，故其爲書神化莫測，與他書不同，誠爲至寶。覽者勿以尋常視之。至正〔一〕壬申金華許謙題。

校勘記

〔一〕《趙孟頫題畫詩》原藏養心殿。謙卒於至元三年，未見至正年號，且至正二十年中無壬申年號。或『正』字爲『順』字之抄誤，謙卒前五年爲至順壬申。

老老堂銘 輯自清道光《東陽縣志》卷十九

蔣君聲父，春秋六十有七矣。燕其鄉之大夫士耆年以上者十有六人於堂，而扁之曰『老老』，昭尚齒也。友人許謙與焉，喜而爲之銘曰：

自古在昔，飲酒於鄉。歲盈六十，迺坐於堂。維鄉之飲，崇禮明誼。肆觀於鄉，王道易易。駿龐既漓，俗流寖微。頒白提挈，老孰安之？慈子嗜利，德色借鉏。逝如頹波，孰從其初？維聲父氏，反古之道。燕樂高年，曰堂『老老』。秩秩有筵，匪伏匪臘。爲喜速賓，曰間我稼。

子姓如雲，奔走來御。出後杖者，無怠不吴。廬井革心，舊俗用謝。維吾聲父，諸老之一。實爲嘉會，俟主此室。老豈自稱，維以視教。自家徂鄉，庶曰知孝。昭哉聖世，未有遺年。作其尚齒，疇爲之先？顧瞻一鄉，聲父則然。太常之書，有扁斯懸。刻辭在側，蕲久弗諼。

學箴此則從文集附録移此，所附四跋文仍舊。

東平王生麟自燕城來，求受業於余。適余病劇昏瞀，莫能相告以道。留連僅一載，蓋垂橐而歸。於别也，復求一言，因書近作《學箴》以遺之。

聖人在位，言行皆道。素王無民，已任於教。天高淵深，學貴知要。緊人一心，酬醋之機。理備萬物，欲流易危。先民有作，唯此之治。精義入神，匪思不得。執辭泛求，幾逐於物。審是之宜，惟學之則。操之有道，有夢斯覺。闇然日章，如追如琢。舍心弗全，非聖之學。行平聲讀。至順二年九月十又七日，金華許謙益之父書。

《元史》取學術足以輔教傳後者，著《儒學傳》，而金華許謙居其一焉。謙字益之，世稱白雲先生，受學於同郡金履祥。履祥學於何基，基學於黄幹，幹則朱子入室弟子也。傳授之正，厥有源委，故當時登門者以爲榮幸。東平王君麟，踰齊魯，涉江淮，遠來從先生遊，及朞，謁告歸省。先生懼其荒而業也，手書所著《學箴》以勉之，而大要以存心爲本。吁！先生之教人者如此，史之所稱信不誣矣。既而王君以鄉貢進士典教昌平，其所以淑諸人者，又豈出乎先生規矩之外哉！惜余不及見之。嗣子延齡與余同官翰林，出此卷求題。輒疏其授受所自，識諸左方，以致景仰之私云耳。永樂辛卯三月望日，右春坊大學士兼翰林侍讀永嘉黄淮書。

右《學箴》一篇，金華許謙先生書以遺其徒東平王麟，辭優理至，誠有以得乎爲學之要。今麟之子延齡爲翰林檢討，用表章之，間以示予。讀之三復起敬，有以見先生教人以道。而麟必能造其閫奥，惜乎未有以考見其成也。且予聞麟之事先生，克盡其道。居維揚時，聞先生殁，悲不自勝，即爲發喪。後凡遇生辰忌日，必設祭，去酒肉不食。先生所著有《尚書表註》、《大學疏義》二書，麟又爲刻板以傳。於此可以見先生之德漸漬於人心者深，而麟之所以報先生者亦極其至也。傳曰『民生於三，事之如一』，麟蓋有焉。近世斯道不明，教者不以正而學者無其誠，有朝立館下而夕相詆訾，雖韓昌黎猶不能無憾於籍、湜輩，矧其他乎！求而麟之所爲，邈乎遼絶，麟可謂有道乎哉！先生之教，於是乎在矣。不揣僭踰，用敢書此於後，以警夫世之爲師弟子者。先生字益之，號白雲道士，《元史》有傳。麟字□□，領元鄉薦，仕爲昌平教諭以終，然所用未究其所學，吁，惜哉！因書此於卷末以歸延齡，宜寶之勿失也。永樂辛卯夏五月端陽日，翰林學士兼左春坊大學士廬陵胡廣拜手謹書。

昔聞翰林檢討王延齡先生云，其先君從許益之先生學，得考亭之正傳。先生嘗手書

《學箴》一幅以遺之，延齡珍藏於家。將終，授其甥李公方曙。方曙持以示予。字畫遒勁沈實，非表裏一於敬者不能作，見之不覺正立拱手。其辭則以一心爲酬酢萬變之主，然不能無欲以間之，在治而去之也。學貴知要，知要則能守約，故其傳萬世無弊也。學者宜服膺於是焉。後學東吴張洪拜書。

理學之在天地間，猶布帛菽粟之切於民生日用，不可以一日舍也；舍之則民凍且餒矣，雖有夜光之珍，連城之璧，奚以爲？故自三代以還，歷漢唐而宋，濂洛諸君子始接洙泗之傳，而大集於考亭；及考亭門人勉齋傳之，而得北山何文定公、魯齋王文憲公；二公相師友，而又得白雲許文懿公傳之。然皆婺人也，親相授受，不失其傳。考亭之學至是蓋益明矣。予嘗見公《白雲集》一帙，讀之，恨未全也。兹於方伯江浦張公所又得一帙讀之，末則附録示門人王君麟《學箴》一篇，係以永樂間諸翰林題跋。公其出而全之，豈不深有便於後學文懿之言，皆諄諄懇到，不背師説，真有功於理學也。公亦欲予言之，蓋益嘆夫欲尋文懿之緒餘者哉？天順六年壬午夏六月既望，翰林侍讀學士直文華殿後學雲間錢溥謹跋。

示及門 輯自《白雲先生傳集》卷三

士之爲學，當以聖人爲準的。至於進修利鈍，則視己之力量何如。然必得聖人之心，而後可學聖人之事。舍其書，何以得其心乎？聖賢之心，盡在《四書》；而《四書》之義，備於朱子。顧其立言詞約義廣，讀者或得其粗，而不能悉究其義。或以一偏之致自異，而初不知未離其範圍。世之詆訾貿亂，務爲新奇，其弊正坐此耳。始予三四讀，自以爲瞭然；已，不能無惑；久若有得，覺其意初不與己異；愈久而所得愈深，與己意合者，亦大異於初矣。童而習之，白首不知其要領者何限，其可以易心求之哉！

八華學規 輯自《八華山志》卷中

諸君以某一日之長來相與遊，未必有益也。然羣居而不同志，則事無成，故敢與諸君約。

心静明理之本。

念慮馳鶩，紛華牽引，皆心不静。

貌恭進德之基。

傲惰之氣，戲慢之容，皆貌不恭。

剛毅乃足自勵。

志不堅，必有退縮之心。

謙讓可以求益。

氣不下，必有拒人之色。

有善當與人共。

學問，人可共聞，不可私以自妙。

有惡勿忌人攻。

至友正欲聞過，不可陰爲陽掩。

以上各自省察，去其所有，勉其所無。

出入以時。

晨入，各書名於册，以至先後爲次第。昏時散歸。

有故必告。

非時特出，必告。或一日或半日不至，次日直書前故於名之下。

言語毋雜。

是非無預於己，人之陰私皆不必言。

講議毋譁。

相與議論，當温言盡意，以求理勝，剛暴之氣勿形。

觀書毋泛。

所明經外，觀通有常。

作事毋惰。

有爲，期於必成。

勿相爾汝。

稱友以字，自道以名。

勿作無益。

非進德修業則爲無益。

右請互相警省，同歸於善。幸勿外敬内慢，面從退違。

絳守居園池記補注

點校説明

蔣金德

《絳守居園池記》，是唐樊宗師在穆宗長慶三年（八二三），即守居構園池自爲之記。其文艱深奇澀，難以句讀。宋時曾有王晟、劉忱兩注，早已失傳。元成宗大德年間（一二九七—一三〇七），趙仁舉知晉州時爲記作注。元皇慶二年（一三一三），吴師道見趙注多疏陋，爲之補正數十處。許謙與吴師道關係極融洽，見吴補正猶有未盡，即據文勢辨正條理，悉以圈抹著之，計四十一條，供吴參酌，補注之名或是吴所加。吴將自補正數經竄易，於元至順三年（一三三二）結集刊定，並附許之補注。

許謙補注中指出，此『記守居之園池，非記守居也。舊注兼守居言，故多誤』。又在『前含曰槐』下注云：『此記叙園池景物，自正北之池始，次言池上之橋及亭，遂言橋正南之亭，次及入園之門，於是循而東，由東南至東北，次正北，次西北，至西而終。自西南之門，循東爲新亭，又東爲槐亭，此爲新亭之南也。』此言把握了記文的脈絡層次，對理解全文頗有益，爲後來注家所肯定。許謙認爲記文艱深險怪，文章之法不可取，但『其間有精到之語，皆滌蕩塵滓，採掇菁華』，不可僅以險怪視之。至於補注中之句讀注釋，許在跋言中稱『探其本或未也，雖然亦豈易至哉』，當有可再商榷處。可參見岑仲勉《絳守居園池記集釋》。

本此點校以四庫全書本爲底本。因補注是對吴師道補正的補充，雖吴注數經改易，今仍置於補注之前。標點則據其初意，一仍其舊。

絳守居園池記注目録

絳守居園池記〔一〕

唐・樊宗師　撰

絳即東雍，爲守理所，稟參實沉分，氣蓄兩河潤，有陶唐冀遺風餘思，晉、韓、魏之相剥剖。世説，總阙其土田士人，令無磽雜擾，宜得地形勝，瀉水施法，豈新田又蕞猥不可居？州地或自有興廢，人因得附爲奢儉，將爲守説致平理與，益侈心耗物害時與，自將失敦窮華，終披夷不可知。陴緬孤顛，跒倔，玄武踞。守居割有北，自甲辛苞大池泓，横硤旁，潭中癸次。木腔瀑三丈餘，涎玉沫珠。子午梁貫，亭曰徊漣，虹蜺雄雌，穹鞠覷蜃，礙佷島坻，淹淹委委，莎靡縵，蘿薔翠蔓紅刺相拂綴。南連軒井，陣中踴曰香，承守寢晬思。西南有門曰虎豹，左畫虎搏立，萬力千氣底發，彘匿地，努肩腦口牙快抗，雹火雷風，黑山震將合。右胡人鬅，黄帑纍珠，丹碧錦襖，身刀，囊韡，撾紹，白豹玄斑，飫距，掌胛，意相得。東南有亭曰新，前含曰槐，有槐肩護，霽鬱蔭後頤，渠決決緣池西直南折廡赴，可宴可衙。又東騖渠曰望月。又東騖窮角池，研雲曰柏，有柏蒼官青士，擁列與槐朋友，巉陰洽色。北俯渠，憧憧來，刮級迴西。巽隅閒，黄原玦天。汾水鉤帶，白言謁，行旦艮間。遠岦青縈，近樓臺井閭點畫察。可四時合奇士，觀雲風霜露雨雪，所爲發生收斂，賦歌詩。正東曰蒼塘，蹲瀕西漭望，瑶翻碧瀲，光文切鏤，梨壑撓撓收窮。正北曰風堤，乘攜左右，北迴股努，墆捩蹴墉，銜渠歆池。南楯楹，景怪爥，蛟龍鉤牽，寶龜靈鼉，文文章章，陰欱埶㰦，煙瀆靄䢡，桃李蘭蕙，神君仙人，衣裳雅治。可會脱赤熱。西北曰鼁，蜍原，開咍儲，虚明茫茫，嵬眼湏耳，可大客旅鐘鼓樂，提鵩挈鷺，倡池豪渠，憎乖憐圍。正西曰白濱，薈深。梨，素女雪舞百佾。水翠披，瞭瞭千幅，迎西引東土長崖，挾横埒，日卯酉。樵途塢徑幽委，虫鳥聲無人，風日燈火之，晝夜漏刻詭𡜟絢化。大小亭飷池渠間，走池隄上，亭後前。障乘墉，如連山羣峯擁。地高下，如原隰隄谿壑。水引古，自源卅里，鑿高，槽絶，竇墉，爲池溝沼渠瀑潨潺終出，汩汩街巷畦町阡陌間，入汾，巨樹木，資土悍，水沮，宗族盛茂，旁蔭遠映，錦繡交果枝香，畹麗，絶他郡。考其臺亭沼池之增，蓋豪王才侯襲以奇意相勝，至今過客尚往往有指可創起處。余退常吁，後其能無果有不補建者！池由於煬，反者雅、文安發土築臺爲拒，誅，幾附於汙宫。水本於正平軌，病井滷生物瘠，引古，沃瀣人便，幾附於河渠。嗚呼！爲附於河渠則可，爲附於汙宫其可？書以薦後君子。長慶三年五月十七日。

校勘記

〔一〕此記艱澀險怪，自唐至今，爲之句讀注釋者有十數家，衆説紛紜，終無定論。許謙在見吴師道《補正》後，又『重句而疏説之』，所以本記謹據吴師道《補正》標點，與他人句讀不合者必多。可參閲岑仲勉《絳守居園池記集釋》。

絳守居園池記注・補正

元・趙仁舉 注
元・吴師道 補正

絳即東雍雍，去聲。

按：春秋時爲故絳。《寰宇記》：至後魏始改爲東雍州。

爲守理所守，去聲。

爲太守治所。

補曰：唐諱治字，故云理。

禀參實沉分參，所金切。沉，或作沈。分，去聲。

《左傳》：高辛氏有二子，伯曰閼伯，季曰實沉。堯遷閼伯於商丘，主辰；遷實沉於大夏，主參。大夏，今晋陽縣是。

氣蓄兩河潤蓄，或作畜。

酈道元《水經注》：澮出絳縣，西入汾。《漢書》：汾水出太原汾陽縣北山，至汾陰入河。《説文》：汾出太原晋陽山，西南[二]入河。言東雍蓄此兩河之潤澤。

正曰：氣蓄，風氣含蓄也。

補曰：《左傳》：韓獻子曰：新田有汾、澮以流其惡。

有陶唐冀遺風餘思思，去聲。

《尚書》注：堯都平陽，爲冀州。

正曰：堯初爲唐侯，後爲天子，都陶，在冀州。《書》：惟彼陶唐，有此冀方。《詩·唐風·蟋蟀序》：風俗憂深思遠，乃有堯之遺風焉。

晋韓魏之相剥剖

《史記》三家分晋，韓、魏分平陽、安邑，趙分晋陽，故云晋。

世説總闞其土田士人

俗説總括其土田之經界及士民之名數。

正曰：不必以俗代世。

補曰：碑『總』下滅一字，義不可知，其字漫黑。唐諱『世』爲『代』，諱『民』爲人，此諱『民』而不諱『世』，不知何謂。

令無磽雜擾磽，口交切。

磽，瘠薄也。令土田無磽，士與民不得雜擾。

宜

皆得其宜。

正曰：句非，『宜』屬下文。

得地形勝瀉水施灒瀉，洗野、四夜二反。灒，或作法。

既得地之形勝，所以能瀉水施法，後有『鑿高，槽絶，竇墉』是也。

豈新田又蕞猥不可居蕞，才外反。

《左傳》『晋遷〔二〕新田』，今絳縣。是言新田非復小鄙不可居也。

州地或自有興廢

言此絳州之地，或自有興廢之時。『州』字或屬上句。

正曰：……『州』屬上句不可通，中讀則可。

人因得附爲奢儉

將爲守説致平理與説，或作悦。與，平聲。下同。

漢宣帝云：庶民所以無嘆息愁恨之聲者，政平訟理。

益侈心耗物害時與

增其淫侈之心，耗蠹其物，仍韓魏之剥剖以害時。『與』二句，不定之辭。

自將失敦窮華敦，或作瞰。

若爲太守者失敦厚，窮奢華。

終披夷不可知

果若失敦窮華，終披分其家，夷滅其身，不可測。

正曰：喜致平治，侈耗害時，言奢也。失喪其敦厚，窮陋其華麗，言儉也。因上文興廢奢儉，而云終披散夷滅，往事不可知已。

陴緬孤顛緬，或作緬。

陴，城上僻倪也。緬，險峻也。言絳城女墻峻險孤高。僻倪，音睥睨。緬，疑陑。

跒倔跒，苦下切。倔，渠勿切。

《廣韻》：不向前貌。言絳城形勢如此。

正曰：跒跁，行貌也。倔，屈强也。言陴之狀，孤高顛跋，跒跁屈强，若行不前也。注句非。

玄武踞

本名玄武，宋時諱玄，故曰真武。俗説此州不利太守，故真武廟厭之，至今北城謂之玄武岡。

守居割有北

割太守之居北地。

正曰：地之北，形爲玄武之踞，守居割其地。若如注説，則踞作據矣。《曲禮》：前朱雀，後玄武。地理家有玄武之説。

自甲辛苞大池泓泓，烏弘切。

正東西北包池，大而深也。

正曰：甲，東。辛，西。中包含大池也。苞、包通。

横硤旁

《説文》：横，闌木也。硤，石。以木石甃其池。

潭中癸次

潭中北地。

補曰：中，陟仲切。

木腔瀑三丈餘瀑，或作暴。

腔，《説文》内空也。言木中空，出水高三丈。

補曰：腔，取江切。

涎玉沫珠

涎垂如玉，沫濺如珠。

子午梁貫，亭曰徊漣

子北地，午南地，爲二橋貫徊漣亭，北者謂之通仙橋，南者謂之采芝橋。

正曰：爲梁貫南北二名，中有亭曰徊漣。按咸平中，孫沖序云：亭池渠堤，故處多徙移。諸亭異於樊文且多，皆非當時所名。今通仙、采蓮又孫序所無，疑亦後來名之者。

虹蜺雄雌

《爾雅》：雄曰虹，雌曰蜺。言二橋如虹蜺然。

穹鞠覤蜃鞠，居六切。蜃，時忍切。穹鞠，或作窮鞫。

窮鞠，曲脊貌。言水中見橋影如虹蜺曲脊，而俯覤如蜃氣，象樓臺狀。

正：注不必言影。

礙佷島坻佷，胡懇切。坻音池。

礙，止也。佷，鬪也。《説文》水中有山可依止曰島，水渚曰坻。言二橋如虹蜺鬪于島坻之上。

正曰：《廣韻》：佷，戾。行難也，但言止而不進之意。

淹淹委委委，平聲。

淹淹，漬也。委委，美也。狀水橋之景。

莎靡縵縵，莫半切。靡，或作蘼。

莎草名縵，《説文》：繒無文也。言莎之色美。

蘿薔翠蔓紅刺相拂綴薔或作藩。

言藤蘿之翠蔓、薔微之紅刺，相亂連遶。

正曰：《説文》：蘿，莪蒿屬。《爾雅》：唐蒙，兔絲。兔絲，女蘿。陸佃云：在木爲女蘿，在草爲兔絲。今文與薔並言，非類。當是止言薔，薔有翠蔓，故云蘿薔也。

南連軒井

言池南連香亭之北軒，軒下有井。

正曰：其南接連有軒有井處。

陣中踴曰香踴，或作湧。

香，亭名也。言薔薇花陣中踴出此亭。

承守寢晬思晬，雖遂切。

寢，卧也。言香亭當守寢居，可静穆思慮也。

西南有門曰虎豹

左畫虎，右畫豹，故曰虎豹。

左畫虎搏立畫，或作書。搏，補各切。

左以寅主東方，故東垣畫虎，若有所擊搏而起立。

萬力千氣

言虎氣力之多。

底發底音止。

底，致也。發，奮怒也。底音止。

正曰：底，典禮切，下也。趙本誤作底，故以致釋之。此言虎豹之氣力從下而發也。當連上作一句。

㲋匿地

㲋，家也。虎起搏立，㲋匿在下也。

努肩腦口牙怏抗怏，或作快。

《説文》：怏，不服也。努肩腦，向前露口牙，以抗拒而不服。

雹火雷風，黑山震將合

此形容虎與㲋鬭氣也。

右胡人髯

髯鬙，髮亂貌。

黄帤纍珠帤，於元切。纍，力追切，或作累。

《説文》：帤，幡也。幡上綴繫珠。纍，垂也。

丹碧錦襖

言胡人著二色錦衣。

正曰：丹，赤。碧，深青色。襖，袍也。

身刀囊鞾撾縚撾，或作檛。

撾，瓜頭環尾，柄尺餘。言胡人身有刀，脂皮作鞾似囊。縚，土刀切，與條同。

正曰：言鞾皮似刀囊，文縚以繫撾。

白豹玄斑

釋虎豹記云：豹主西方，故誌西壁。言豹白質黑章，在胡人旁。

飫距

言豹自以舌舐其距。飫，飽也。

掌胛胛，或作脾。

言胡人以掌撫豹胛。

意相得

言豹與胡人兩意相得。

正曰：自飫距下作一句。

東南有亭曰新新，或作薪。

虎豹門之東南有亭名

前含曰槐含音頷。

言新亭門口又有一亭名曰槐。

有槐屓護屓，或作贔，虛計切。

屓，用力也。有槐若施力遮護槐亭。

正曰：屓屬下文。

霶鬱蔭後頣

摯虞《槐賦》曰：豐融霮霶，蓊鬱扶疎。言若黑雲氣蔭亭之後簷也。

補曰：頣，頷也。簷下垂若頣頷也。『後頣』，與『前含』字相顧。

渠決決緣池西直南折廡赴緣或作緑。

決決，流行貌。廡，堂下廊也。言渠水緣大池西來，到南折回赴廊内去。

補曰：似韓子『水淲淲循除鳴』句。

可宴可衎

言此處可以宴集，又可決事。

又東騫渠曰望月

騫，疑騫音軒。《説文》：飛過貌。《西京賦》：鳳騫翥於甍標。言堂東過渠有亭曰望月。

今爲四望亭。

正曰：正是騫字，趙本誤。此形容亭勢如鳥騫飛也。《楚辭》騫翥，楊脩書飛騫，杜甫孤騫，柳用此字不一。東騫渠，是承上文之渠言之。注言『堂東過渠』非。

補曰：碑缺『渠』字。

又東鶱窮角池

言又過池之東南角。

正曰：『又東鶱』者，承上望月言之。『窮角池』者，極角之池。當下至『柏』字句。

研雲曰柏

研，磨也。有亭名曰柏。言亭之高，故曰磨雲。

有柏蒼官青士或作蒼青官士。

蒼官，松也。青士，竹也。言亭邊有柏、有松、有竹也。

正曰：有柏句。

補曰：蒼官、青士，指松、竹。據注云爾，不知樊意政如此否？後來王介甫之用蒼官，楊廷秀之用青士，皆出于此也。

擁列與槐朋友

言松竹柏序立而相親，與槐爲朋友。

正曰：『列』字屬上句。

巉陰洽色巉，鋤銜切。

言槐柏陰高，而松、竹之色相和合也。

正曰：陰色不必分屬。

北俯渠

北向俯視池渠。

正曰：『北俯』下至『西』字是一句。

憧憧來憧，尺容切。

憧憧，《説文》：不定也。

亂級廻西刮，古滑切。級，居立切。廻，或作面。

言近新、槐二亭之陴轉西而去。

補曰：刮，摩切也。學《漢書》刮席字。

正曰：刮柏亭之階級，非新、槐二亭也。渠以西來，歷南東北而復西，故以廻言也。

巺隅間

言園池之東南辰巳之間。隅，疑隅。

正曰：字書有禺日在巳曰禺中。

黄原玦天

黄原，絳南原也，其土赤色，故曰黄原。《白虎通》云：佩如環而有缺處曰玦。言南原盤廻掩映，見天如玦。

正曰：黄原斷處，如玦見天也。

汾水鈎帶

言園池内東南，顧見汾水遶絳，若鈎帶然。

白言謁

言此處可以白事、告言、請謁也。

行旦艮間

言平旦日初出時，閒行於園池内，望東北艮地。

正曰：當以『白言謁行』句，『旦艮閒』連下文。東北寅艮地，以旦言寅，如上言巽隅。

遠豈青縈

遠則有岡，青翠縈繞。

近樓臺井閭點畫察畫

近則樓臺井邑，點畫之間皆可察見。

補曰：按字書有畫無畫，畫，界也。胡界切者，兼訓繪。俗書作畫，上文有畫虎字。

可四時合奇士

觀雲風霜露雨雪

所爲發生收斂賦歌詩

正曰：自『可』字下至此一句。士、斂字中讀意自見。

正東曰蒼塘

亭名也，以其近水池之蒼碧，故曰蒼塘。

蹲瀕西漭望蹲，在昆切。或作遵。

漭，大水貌。言池邊蹲踞西望。

瑤翻碧瀲

言水之色。

光文切鏤

言水之光文似雕刻然。

補曰：碑缺光字。

梨壑撓撓收窮壑，或作深。撓，奴切切。

撓，撓亂也。

正曰：壑，坑也，谷也。言樹深而趨下撓撓亂動，收歛以至於盡也。

正北曰風堤

守居正北有堤，堤有風亭，故曰風堤。

正曰：風，亭名。下文『可會脱赤熱』可見。『堤』屬下句。

乘攜左右

言堤高峻，顧左右可以乘攜。一説登此堤必用左右扶策則可上。

正曰：隄之勢如乘如携，在亭左右。

北廻股努

股，脾股也。言隄上北去往來，兩股甚施力也。

正曰：堤形勢如股之努也。

墆捩蹴墉嵽，徒計切。捩，力計切，或作披。蹴，子六切。

墆捩，《廣韻》隱蔽也。蹴，蹋也。

正曰：捩，關捩也。言隱翳其關捩，若蹴蹋城墉。承『股努』而言。

銜渠歆池

銜，含也。歆，饗也。形容隄勢包渠若銜含，池水若歆饗也。

南楯楹

正曰：南欄楯楹柱，指風亭也。

景怪爥爥，或作孎。

爥與燭同。言楯楹雕刻形采奇怪，皆池中照見。

正曰：景象光怪相照燭，下有蛟龍黿鼉文章故爾。

蛟龍鈎牽

寶黿龗䗪䗪，薄猛切，或音睥、牌。

䗪，《説文》：蚌屬，長爲䗪，圓爲蠣。

文文章章

言照見似蛟龍黿䗪之文章也。

正曰：注『照見似』三字誤。自『南楯楹』以下言臨池之景。蛟龍黿䗪，言池中之物。注以

楯楹雕刻言，故咸言似。下句誤同。

陰欱墊㰠欱，呼合切。㰠，呼南切。

陰，闇也。欱，啜也。墊，下也。㰠，貪欲也。言似蛟龍之屬，或闇啜者有之，或下貪戲者

有之。

正曰：欱，歠。㰠，笑貌也。陰、墊，言水中。欱、㰠，言蛟龍黿䗪之狀。

煙濆靄㲨，桃李蘭蕙㲨，或作聚。

㲨，《説文》榮也，枲草也，麻屬。《詩》云：衣錦㲨衣。言桃李蘭蕙，加之以烟靄，似錦上著

襌縠衣也。

補曰：濆，散也。

神君仙人衣裳雅冶

《詩》注：上曰衣，下曰裳。又言烟靄在桃李蘭蕙之上，似神君仙人衣裳閑雅艷冶也。

可會 脱赤熱

遇夏可脱去赤日暑氣。

西北曰黿

亦亭名也，其基址如黿背隆高，故名。

蛿原

《廣韻》：豕掘地曰蝝。言守居西北有原形勢如此。

正曰：蛿音灰，趙誤作蝝，蝝音緣，蝗子也，字見《春秋》。黿蛿，亭名。『原』字屬下句。黿蛿，或曰原也。此文『甲辛』以下言近，『巽隅』以下言遠。其言近者，曰甲辛，曰子午，曰西南，曰東南，而不言東北、西北；其言遠者，曰巽隅，曰南，曰艮東北，曰正東，曰正北，曰西北，曰正西，而不言正南、西南，豈亦但據所見乎？

開哈儲哈，呼來切。

哈，笑也。見《楚辭》。儲，積也。言蛿原之上，開懷可笑，散積愁，或是言原之形勢如開口哈笑散儲也。

正曰：哈儲，與『隄乘携左右』句同。

虛明茫茫

言原上空明廣大也。碑缺上一『茫』字。

嵬眼澒耳

嵬，山貌。澒，大水聲。聳動見聞也。

可大客旅鐘鼓樂

可大會客旅，大作鐘鼓之樂。

提鷳挈鷺

二亭名也。言原勢高峻，可以提挈卑飛之鷳鷺也，故以名亭。

正曰：文凡亭名上必有『曰』字，二亭説非。

倡池豪渠倡或作倡、傗。

正曰：『倡』，越本作『倡』字，誤。『倡』有二音，蚩良切者訓樂，尺亮切者訓導，又發歌也。今按『倡』、『豪』與『提』、『挈』皆對文並類，『豪』亦非『譹』，今省文，言倡歌呼譹於池渠之間。

憎乖憐圍

正曰：憎乖散，憐圍合。

正西曰白濱

亭名也。近水故曰白濱。

薈深薈，烏外切。

薈，《説文》：草多貌。草多而深也。

補曰：碑缺『深』字。

梨

言有梨園。

正曰：當連下文而作讀，梨指木言。

素女雪舞百佾

佾，舞列也。言梨花之白，似百行素女雪中舞也。

水翠披

此説稻田也。水澆稻畦，翠色分披也。

瞡瞡千幅瞡，虚郭切。

瞡瞡，驚視貌。言稻畦若絹帛之幅千也。

迎西引東土長崖一作『迎引西東』。

州城西有長崖，自西來至城下。

挾横埒埒音劣。

挾，携也。横埒，卑垣也。土崖西來，俯視横埒，似有携挈意。

日卯酉日或作自。

日出没時。

樵途塢徑幽委塢或作隝。

言樵途、村徑皆深闇委曲也。

補曰：黄魯直送王郎詩全用此句，又贈王化善詩云：鳥聲無人兮，我友來即。

虫鳥聲無人『虫鳥』，或作『蟲鳴』。

風日燈火之

有風日燈火之時。

正曰：風日爲燈火也，此句妙。

補曰：『巽禺間』以下與『正北曰』以下，文勢似相對。巽禺『白言謁行』句上無『可』字，且艮間『四時合奇士』句上有『可』字，正東蒼塘首言蹲望，末言水與梨終之，而不言可以何爲。正北『會脱赤熱』、西北『大客旅鐘鼓樂』句上俱有『可』字，正西首言梨與水，而末言土厓、塢徑幽委，故亦不言可以何爲。

晝夜漏刻詭頠絢化頠，魚毁切。

詭，譎詐。頠，閑美也。絢，文采貌。晝夜，屬上句。言風之晝，或燈火之夜，漏刻之間，美惡怪異變化萬狀。

正曰：屬上句説非。

大小亭餖池渠間

餖，飣餖，貯食也。言大小亭如貯置於池渠之間。

補曰：以下又再總言之。

走池隄上亭後前走，去聲。

障乘墉

墉，城也。言女墻在城上。

如連山羣峯擁

正曰：連上句讀意自見。

地高下

如原隰隄谿壑

正曰：原高隰下，言地高下如原隰之堤障谿壑。

水引古

按《圖經》鼓堆水，言園池之水引自鼓堆。

補曰：鼓、古音同，可通。

自源卅里

言鼓堆在絳西北三十里。卅，《説文》：三十并也。

鑿高

有高處，水不得過則鑿之。

槽絶

有絶處以槽閣之。

竇墉

竇，竇穴也。言鼓水穴城而入。

爲池溝沼渠瀑潨潺終出爲，或作其。潨音叢。

潨，水會也。潺，水聲也。

正曰：當以『渠』字句，謂引水既爲池溝沼渠，猶有餘瀑流聚潺潺於而溢出。

汩汩街巷畦町阡陌間巷，或作衖。汩，于筆切。

汩汩，疾流貌。

正曰：言餘水之多。

入汾

正曰：連上是一句，『間』字讀。

巨樹木

正曰：下至『沮』字句，『木』中讀。

資土悍

水沮沮，將豫切，又子余切，或作祖。

《詩·國風》『彼汾沮洳』，沮，漸濕也。

正曰：資，訓助也，取也，賴也，稟也，給也。言樹木資土之悍，水之沮故大也。

宗族盛茂

『宗族』，言衆木也。

補：　碑作『茂盛』，通。

旁蔭遠映

《吴都賦》：宗生高岡，族茂幽阜。擢本千尋，垂蔭萬畝。

錦繡交果枝香

言樹木若錦繡相交加而香也。

正曰：果字句，謂果色不一。

畹麗一本麗下又多一麗字。

畹，田畝。言稻田之美麗。一説畹疑婉，通上下作一句。

正曰：《楚辭》滋蘭九畹。『枝香畹麗』，承『錦綉交果』而言，謂畹畝之華麗也。

絶他郡

考其臺亭沼池之增

蓋豪王才侯襲以奇意相勝

襲，重也。

至今過客尚往往有指可創起處

余退常吁

後其能無

正曰：『後』至『者』字一句。

果有不

補建者

正曰：『其能無』，疑辭。『果有不』，決辭。連用六字，文奇。

池由於煬

言園池脩建，始於隋煬帝時。

正曰：此言池之所始，注非。當下至『拒』句，池字、安字中讀。

反者雅、文安

雅，薛雅也，絳人。文安者，姓裴，聞喜人。曾應漢王諒反，因據此城。《隋史》『雅』爲

『粹』字，蓋書之誤。

發土築臺爲拒

發土築臺以拒王師。

誅

雅、文安既誅。或屬上句。

幾附於汙宮

《禮記》：殺其人，壞其室，洿其宮而豬焉。明不欲人復處之。《説文》：豬，水所停。

水本於正平軌

言正平縣令梁軏始引鼓水入城。

補曰：按孫冲序云：隋開皇三年，内軍將軍梁軌爲臨汾令。十八年，改臨汾爲正平。軌字世蕃，材令也。軌，趙作軏。字書：軏，父釳切。軌，矩鮪切。釋者槩謂車轊頭，音異義同。

正曰：連下至『便』句，水、軌、瘠三字中讀。

病井滷生物瘠

憂井水鹹生，物不豐茂。

補曰：瘠，瘦也。《唐志》：太原井苦不可飲，李勣引晋水以甘民食。皆地近斥鹵故。

引古

所以引鼓水。

沃瀞人便

人以爲便。

幾附於河渠

緣絳人爲便，幾附於河渠之書。

嗚呼

爲附於河渠則可

爲附於汙宫其可

補曰：『其可』字，用《左傳》襄二十六年子産語。

書以薦後君子

薦，進也。

長慶三年五月十七日

唐穆宗年號也。

補曰：觀記中所書景物，皆深春至中夏時也，豈紹述特詳於所已見者乎？ 趙本末有『記』字，據結語云『書以薦後君子』，則已具記意。 碑本『長慶』以下別作行，無『記』字。 是亦變體也。

《絳守居園池記》，前代註解者數家，趙仁舉出近時，宜益詳且精，余視之尤疎陋，因爲是正數十條，并補其缺遺者，著于右方。 按紹述文甚多，鮮有傳，是篇獨爲好事者蓄示詭異，折儇淺以資笑，甚矣人情之好奇也！　當有唐元和、長慶間昌黎公以文雄一世，從之游者，若李翺之純，皇甫湜之健，張籍之麗，郊、島之寒瘦，巨細無不有，而號稱險怪奇澁者，詩則盧仝，文則紹述，惟韓子足以兼之。故《月蝕》詩效盧，銘樊墓，用其體若將約其横騖，屬其殘斷，而矯其甚者。韓子之奇，奇之正也；二子之奇，奇之偏也。文章貴不用意，溢於正而奇出焉。蓋非能奇之爲奇，而不能不奇之爲奇也。是作也，其出於自然邪？其有意爲之邪？識者其知之矣。然昌黎盛推紹述，謂其詞必己出，至不煩繩削，而自合文從字順，則其他文殆不盡若此矣。或曰：子譏時人好奇，復從而辨釋之，不幾同浴而笑裸裎乎？曰：非也。周《誥》殷《盤》有奥義，缺文焉，是誠不可以意通也。而此之飾夷以艱，襲照以幽，易常以異，徐而察之可見矣。彼解者疲精竭力而猶惑焉，則樊子豈非過人者哉？　皇慶二年，歲在癸丑，九月二十九夜，吴師道書。

校勘記

〔一〕『南』，據《説文》補。

〔二〕『遷』，原作『近』，不辭，據《左傳・成六年》文改。

絳守居園池記補注

元·許　謙

絳守居園池記

記守居之園池，非記守居也。舊注兼守居言，故多誤。

絳即東雍，爲守理所

絳，春秋爲晋都，秦屬河東郡，後魏置東雍州，後周改絳州。此言絳之爲州，就東雍舊治之地爲治所。

世説總其土田士人令，無磽雜擾，宜得地形勝

令，善也。『世』至『令』一句。『世』之言者，此地既善，故宜擇其形勝處以爲園池。

『將爲』二句

言地興而人附奢。

『自將』二句

言地廢而人附儉，以守絳故，因以爲戒。文以二『將』字對言興廢。

隉陑孤顛跒偓

此言城之最高，蓋北城也。

玄武踞守居

守居踞城之北，在孤顛下。

割有北自甲辛

割守居北之半以爲園。

潭中癸次

蓋池在園北而少偏於東。

木腔瀑

蓋激渠水入也。

徊漣

橋上之亭。

虹蜺雄雌，穹鞫覷蜃，礙佷島坻

雄曰虹，色盛者，喻橋。雌曰蜺，色闇者，喻橋影。橋與影相合，中空而圓，如蜃狀。島坻，喻亭影。亭影倒侵，高厚而上者若島，低小而立者若坻。

香

園最南之亭也。蓋池之南，莎草蘿薔蔓連，至其南則香亭。

承守寢

香亭前承守寢居之後。

虎豹

入園之門也，東西與香亭並。

胛

音甲，背胛也。

前含曰槐

槐，亭名。『徊漣』上著『亭』字，下曰『香』則蒙之。其次叙門，故『新』上復著『亭』字。『槐』以下，凡曰某者則亭也，皆蒙之。爲臨於槐，故以槐名亭。此記叙園池景物，自正北之池始，次言池上之橋及亭，遂言橋正南之亭，次及入園之門，於是循而東，由東南至東北，次正北，次西北，至西而終。自西南之門，循東爲新亭，又東爲槐亭，是爲新亭之前也。

可宴可衙

亭之大，亦可以宴，亦可以聽政。謂可衙而又先言宴，則非廳可知。

又東騫窮角池研雲曰栢

東偏臨反渠有望月之亭，直望月之北，至於東北園之窮池之角，而渠自東折北之地建亭曰栢。下蒼官即栢也，與槐亭文勢同。若栢非亭名，則下『有栢』字爲贅。

刮級

非亭則無級。

巽隅間黄原玦天，汾水鈎帶

汾水自絳州東北而南下，經絳州則折而西，絳正在（四）［西］〔一〕折之間，故園之巽隅，有黄原如玦而倚天，汾水過於其外，折而如鈎，縈而如帶。

白言謁行旦

記中四隅則據園而言，東北西則據池而言。園之東南，正當守居之左。蓋絳依山而城，故白言謁者旦於原上往來也。以園則在巽，以城言則在寅甲間也。

艮間遠豈青縈近

遠岡之青者，縈紆而來，近於城之艮，故可俯瞰洞見城市。

蒼塘

池正東之亭名。下三句皆言西望池水遠且文。梨則池西白濱(測)[側][一]之梨也。

收窮者，極西北也。

風隄

正北池隄上亭名。

乘攜左右

北隄上築基特高起爲亭，乘於上若隄挈左右然。

北迴股努，坲捩蹴墉，銜渠歆池

隄上就築高爲風堤之基，其基北出直抵北城，如股銜渠。謂此股跨渠上，而渠流於其下。蓋北城之内即渠，渠之南即隄，隄之南即池。銜渠歆池，指隄之南北也。『南楯楹』以下言池。『煙潰』以下言亭兩傍之景。

可會脱赤熱

風隄之亭，面背皆水，兩旁花木陰翳，可會賓避暑氣。

原開哈儲

北城園西北之原也。於原上開懷咍笑，以散儲蓄之思。

白賓

亭名。與蒼塘、風隄皆因池取義，亭側多梨，即蒼塘所望者。池之東樹栢竹，故亭名蒼塘。池之西樹梨，故亭曰白賓。

水翠披

以下皆言城外之景，蓋白賓之亭高，可見田崖。

日卯酉

此下專言長崖。自日卯至酉常幽陰，惟風動林木而日射之，則僅若燈火之照也。

晝夜漏刻詭姽絢化

以下總言園池景。

大小亭餖池渠間

大小亭十：徊漣，池中之亭也。曰香，曰新，曰槐，曰望月，曰栢，臨渠之亭也。曰蒼塘，曰風隄，曰白濱，臨池之亭也。鼇蝝，原上之亭也。故曰餖池渠間。

走池隄上亭後前

言遊行之人。

陴乘墉如連山羣峯擁

一句。

地高下如原隰隄谿壑

園中之地，高平者如原，下濕者如隰，擁者如隄，流者如谿，深者如壑。

鑿高槽絶

此言城外引水。

竇墉爲池溝沼渠瀑

一句。此言引水入城。

汩汩街巷畦町阡陌間入汾

汩音骨。引古水自西北原之南鑿城以入，則南流折而東，又折而北，又折而西，環園畢，則自西北原之東穴城而出。渠之别流則循行街巷之間，上文所謂溝沼是也，既而復合於渠而出焉。街巷，此水流於城中者也。畦町阡陌，此水流於城外將入汾者也。蓋又經城北流東而入汾。

此叙池之始，因雅、文安發土築臺，後人因以其坎爲池。

池

此叙渠之始，下有『河渠』字，故易『渠』爲『水』。於文之終，乃叙池渠之本始，因以爲戒，亦文之一大奇也。記園池而終於池渠，蓋渠池即園之境故也。

水

韓子誌樊紹述墓，謂紹述有所著書總六十卷，雜文總三百十一篇，詩七百十九首。今皆亡矣。近世謂紹述文之存者僅一卷，亦未之見也。惟《絳守居園池記》獨傳，艱深陰怪，殆不可讀。豈紹述之文盡若是，而此篇以拔乎萃而能久邪？以獨奇而爲志怪者所寶，反得久邪？往年余得是文而讀之，强爲之句而多所未解。及觀吴君正傳補正，趙氏注釋，始得究其名義。然徐而誦之，意若猶有異者，因重句之而疏其説於右方，將復正於吴君焉。愚嘗謂六籍之下，盡文章之妙，正無過於孟子，奇無過於莊周。周雖外於聖人，而其學則自有所本，汪洋自恣之辭皆以明道，是豈徒尚奇倔而已哉？紹述之辭深已，探其本或未也，雖然，亦豈易至哉？其間有精到之語，皆蕩滌塵滓，採掇菁華，可但以陰怪目之乎？文章之法，固不在是，但取其怪以資笑談，亦過矣。延祐庚申四月十日，金華許謙書。

泰定丁卯，予在宣城得趙氏注《園池記》刊本。大德中知晋州日，翰林徐公琰、閻公復所爲序引者，讀之與向所見抄本多異。凡予所欲補正者，往往增改，而猶恨其有未盡也，因以其本復加刊定。篇中諸亭名，元注未之考，向畧考見其端。而許君按據文勢，辨正條理，悉以圈抹著之，皆與今改注合。竊伏精鑒，俾存而弗削焉。吁！自予始校此文，逮今二十年，參之見聞，屢經竄易，計今尚未得爲定藁也。區區者猶若是，况乎聖經賢傳之奥，而欲以一見了之，不亦舛乎！併書以自儆。至順三年，歲次壬申十一月二十二日，吴師道識。

附録

附録目録

序跋

四庫全書提要

傳記

墓志銘祭文哀辭

有關詩文

附録

序跋

題許白雲先生文集後

明・張瑄

二十六年前，余從今國學李先生遊，得《許白雲先生文集》一帙，愛之不啻拱璧，惜謄寫不佳。後官比部，命胥史沈純者録出，欲刊行之，顧力有未逮。及爲郡於吉，遷廣藩，力可爲矣。而庶政填委，北陌南阡，奔走之不暇，劻勷搶攘，事有急於此者。雖然，先生之名在天下，後世昭如日星，不係於言語文字之有無，區區言語文字，豈足以盡先生之道？而刊不刊，亦不係斯文之顯晦也，姑藏之以俟時云。成化乙酉冬十月穀旦，後學江浦張瑄謹書。

白雲存稿序

明・陳綱

右許文懿公先生詩文四卷，迺我先大父巡按廣東時刻者。今經五十四年，綱又承乏僉廣東按察司事，因憶少年時嘗讀是書，惜其傳之未廣。故事事之餘，即詢此板，蓋亦湮没無存矣。

既而奉勑兵備嶺西，遂命肇慶府儒學教授王玉輩博訪之。越數月，庠生梁玠蒐得此編，亦多殘闕。復命王玉輩多方考訂，其間仍脱落數葉，竟莫能得。噫嘻！是書匪直金華得之者少，而廣東得之者亦少，則天下學者不多得可知矣。亟欲節廪重刻，成我先大父之德，以廣其傳。適肇慶知府黄君瑗、同知徐君鍾淮僉曰：『某等亦嘗雅慕是書，求之未得，幸而得之，當各捐俸共成其美。』

若夫先生道統之緒，人品之高，詩文之雄，天下後世無不知之，復何容喙。然其立言甚富，固不止此。今復見者，亦獨此編，因易其籤曰《白雲存稿》。正德十三年冬十一月穀旦，後學金華陳綱謹識。

白雲存稿後序

明·黄瑗

白雲集者，元許文懿先生遺稿也。兵革之後，遺書幾絶，得而傳之者，先大□巡廣東金華陳公，今僉憲陳先生正之祖也，然尚未盛行。維時僉憲先生尚幼，越四十餘年，拜命入廣巡歷我端。首下車，博訪是集，得之不覺喜甚。亟命鋟於梓，頒諸兩學俊秀，尚欲共於世，使盛見先賢遺書，且不没先人樂道之善也。

按白雲之學出於金文安先生，文安出於吾文公朱夫子一脉流傳。其人品之高，又何待於言哉，亦豈在於是書之傳與否哉！然嘗論之，賢人之生，上世以功，後世以言。以功者及人也，以言者非得已也。負機阻會，所遭者或違焉而言隨之，言立而道立也。先生丁元季世，是豈行其志之日哉，不得已發於吟咏與夫議論之間。故因是集而知先生者，不知先生者也。然非是無以求先生於千載下，又不能不賴於是集也。嗚呼！兹或幸而有是集之傳，得以寤寐想像，揖先生於羹墻几席之間。抑或不幸殘編斷簡所傳者僅幾，無以睹先生之全也。兹名之曰《白雲存稿》，其愛慕之切，嘆惜之至，交寓於片字之間。作者之賢，述者之善，紹述者之用意深長，皆見之矣。正德十三年歲次戊寅冬月，知肇慶府事、前户部郎中閩中黄瑗拜書。

白雲先生許文懿公傳集跋

清·查慎行

《元史·儒學傳》載先生著作甚多，如《尚書、四書叢説》、《詩名物鈔》、《讀史治忽幾微》、《自省編》，約計不下百卷，獨不言有詩文集。明成化中始刻板於嶺南，焦氏《經籍志》所載《許文懿詩》一卷、《白雲集》四卷是也。顧嶺北流傳者絶少，正往年再刻於肇慶視初刻已殘缺，題曰《白雲存稿》。而此猶稱《白雲集》，蓋抄書仍取舊名也。余既手録之，别爲編目，略加詮次，中有所疑，不敢擅改，則乙其旁，行竢訪善本再訂云。初白老人慎行識

許白雲先生傳集序

清·戴錡

水行地中，千條萬派，莫不從崑崙發源而來。猶夫學者窮經立説，傳道解惑，有不自洙泗

來乎？由洙泗而濂洛，由濂洛而關閩，一脉相承，道統綿綿弗絶，何其盛哉！嗣後有造邪説以亂之，招岐途以引之，而終不能蠱惑人心，必以紫陽爲傳道之準。斯時知有南軒張宣公、東萊呂成公，相與扶植而輔翼之，以爲功之至鉅者矣。而不知無何、王砥柱於乾道、咸淳之間，必不能傳於金、許；無金許振興於紹定、大德之時，又何能綿遠於今茲也哉？

嘗讀《仁山文集》，知其傳道於白雲。始而曰『吾儒之學，理一而分殊』，既而曰『聖人之道，中而已矣』，總不外聖門博約之教。而先生遂領斯旨，身體力行，卒成大儒。考其從游，年月不滿三載，而仁山先生歿矣。非信道之篤，能如是之速哉！又嘗讀《元史》至《儒林傳》載許先生行實云：『制行最嚴。所應世者不膠於古，不流於俗。介而不喬，通而不隨。』時想其生平行誼，殆顔、閔之流與！其書不可不傳，傳其書則傳其道也。

婺州金子孔時，仁山先生之後裔，篤好理學。刻成先集，欲購白雲先生著述同刻一編，以表師弟相承之誼，而難得其書。東陽王虎文先生，博學君子也，藏書最富，有先生舊刻文集四卷，什襲寶之。聞欲重刊，欣然發出借録副本，縱臾剞劂流傳海内，以勸來學。成人之美，莫善於此。故不揣鄙陋，樂而序其顛末。知世間寶光，必不終掩也。雍正十年夏四月朔，檇李後學戴錡書。

重刻許白雲先生遺集序

清・王崇炳

婺學自北山四傳至白雲先生。中間魯齋、仁山，兩世皆單傳。至白雲而天下渾一，燕趙齊魯淮揚之士，皆百舍重繭而至，登弟子集者幾於千人，道風廣布，十倍於前矣。嘗試論之，北山如良玉溫潤，魯齋如明霞麗天，仁山如金刀切玉，白雲如和風被物，故其行廣。惜無嫡嗣，而葉景瀚、范景先皆有道者，柳道傳、黄文獻、宋文憲皆私淑門人也。

白雲著書甚多，今惟有零篇剩語散見於諸書，而鮮其全，好古者則重價購之不可得。予得此本於弟子蔡六平，急思得其人鐫而布之，計惟有金太學孔時能。時《仁山集》初告竣，而《金華徵獻略》方鳩工，未即與言。適檇李戴碧川先生爲麗正書院師，予門人黄殿選携此往示，戴先生喜而序之。見孔時慫恿之。遂决曰：『此仁山弟子書，猶吾仁山書也。』

先儒凡著一書，皆其一生之學問，與其一時之精神所到。精神之在天地，不可磨滅。如燈將燼，必有人焉吹其焰而續之。此皆彼此交感於作者之精神，而默應於數百年以前與數百年以後者。此數卷書，白雲著之，吾也藏之，孔時刻之，戴先生從旁鼓舞之。彼此相凑，若或使之。予以深山老學，以書爲命，無足爲難。難在孔時。然則孔時信今之超出流俗，而默與先賢相感通於性命間者也。時雍正十年四月既望，東陽後學王崇炳虎文謹叙。

白雲先生文集跋

清・黄廷元

右《白雲先生文集》四卷，余鶴潭夫子珍藏本也。曩時獲侍師門，示以吾婺先賢書集之盛。其東萊、魯齋、仁山諸公之文，幸皆鏤板。惟白雲一集，不惟板毁無存，即卷帖亦不多覯。予曾重價購藏，寶爲珙璧，以俟世之有力者梓之，余時默記於心。

今東湖余友孔時遣子就學，適先集鐫成。告以《白雲文集》世鮮流傳，又欣然欲刻。余不啻志愜心喜，往謁師門乞本付雕。夫子喜不自勝，出書相示。余莊誦一過，見其字句多訛，細爲較政，補其遺缺而詮次之，俾付諸梓。顧先生之集，自正德陳公綱鐫後，迄今二百餘年，書將湮没，復得金君孔時再爲刊刻，深羨克廣其傳之意。因題其籤曰『許白雲先生傳集』。爰不揣弇鄙，書之集後，以識此書始末。俾讀之者，知金君表彰先賢之心甚切而深，幸此集之不終於泯没也。雍正十年夏月，金華後學黄廷元謹跋。

許白雲先生文集跋

鄧邦達

白雲爲元代鉅儒，此本乃正德十三年刊本，傳世尤稀。先爲汪閬源、潘茉坡遞藏，後歸鬱華閣伯參祭酒，散出遂爲余所得。近世典籍漸就湮佚，明刻佳集亦頗矜貴，况師儒之遺著耶！余先得一鈔本，似就成化本録寫者，無正德時諸跋。特附記於此。辛酉六月初歸吴中，正闇學人。

許白雲先生文集跋

張元濟

元儒許謙，自號白雲山人，故其集因以爲名。其爲學之淵源及遺集之傳衍，具詳於李、陳二氏之序。《四庫》著録商邱宋犖傳寫成化張瑄刊本，前有金臺李伸、金華陳相二序，與此合。《提要》譏其體例踳駁，如七言古詩之《放棹行》、《故朝列大夫婺州路總管府治中致仕朱公壙記》、《題趙昌甫詩卷》及附録之《學箴》，編次失當，此本亦同。獨其斥《南城晚望》詩誤以五言長律八韻分爲二首，此則不然，豈宋氏傳寫之誤歟？抑所據爲正德重刻之本歟？是爲成化原刻，以宋氏藏弆之富，尚未能得，則此自以罕而見珍已。甲戌初春，海鹽張元濟。

許白雲先生文集跋

清・韓應陛

許白雲集，余向有一部。咸豐戊午五月在蘇州玄妙觀西書坊見此，知從長順卿家散出，中有朱筆校改字，蓋出長手。價極廉，收之。第三弓當係宋賓王書。六月六日，揮汗記於舟中，應陛。

四庫全書提要

讀書叢説提要

《讀書叢説》六卷，元許謙撰。謙字益之，金華人。延祐中以講學名一時，儒者所稱『白雲先生』是也。事迹具《元史·儒學傳》。自蔡沈《書集傳》出，解經者大抵樂其簡易，不復參考諸書。謙獨博覈事實，不株守一家，故稱叢説。如蔡氏釋《堯典》，本張子『天左旋，處其中者順之，小遲則反右』之説，不知左旋者東西旋，右旋者南北旋，截然殊致，非以遲而成右也。日東出西没，隨大氣而左以成晝夜，非日之自行。其自行則冬至後由南斂北，夏至後由北發南，以成寒暑。月之隨大氣而左，及其自行亦如之。謙雖不能盡攻其失，然《七政疑》一條，謂『七政與天同西行，恐錯亂紛雜，泛然無統』，可謂不苟同矣。舊説《洛誥》『我乃卜澗水東，瀍水西』，爲王城。據《召誥》、《洛誥》，周公皆乙卯至洛，在召公得卜經營攻位，五日位成之後，是王城無庸再卜。謙謂此時王城已定，但卜處殷民之地。故先河朔黎水，以近殷舊都，民遷之便。次及澗東、瀍西，次及瀍東，皆以洛與此地相對定墨，而皆惟洛食。瀍、澗流至洛，所經已遠，不知周公所卜者何處。又《吕刑》稱『惟作五虐之刑曰法』，稱『爰始淫爲劓、刵、椓、黥』，舊説以爲其刑造自有苗。謙謂苗乃專以刑爲治國之法，始過用其刑，非創造刑也。如此之類，亦頗不爲習聞所囿。至於説六律、五聲，漫録《律吕新書》；説唐虞之修五禮，漫録周官《大宗伯》之文；説《酒誥》太史、内史，漫録周官《太宰》六典、八灋、八則、八柄之文：殊屬泛衍。書内載其師金履祥説爲多，卷首書紀年一篇，即據履祥《綱目前編》起算，其間得失雜出，亦不盡確然。宋末元初，説經者多尚虚談，而謙於《詩》考名物，於《書》考典制，猶有先儒篤實之遺，是足貴也。《書》與《詩名物鈔》、《四書叢説》並刊於至正六年，其版久佚。此本爲浙江吴玉墀家所傳鈔，第二卷中脱四頁，第三卷中脱二頁，第五卷、第六卷各脱四頁。勘驗别本，亦皆相同，今亦無從校補，姑仍其舊焉。

詩集傳名物鈔提要

《詩集傳名物鈔》八卷，元許謙撰。謙有《讀書叢説》已著録。謙雖受學王柏，而醇正過之，研究諸經亦多明古義，故是書所考名物音訓頗有根據，足以補《集傳》之闕遺。惟王柏作《二南相配圖》，移《甘棠》、《何彼襛矣》於《王風》，而去《野有死麕》，使《召南》亦十有一篇，適如《周南》之數。師心自用，竄亂聖經，殊不可訓。而謙篤守師説，列之卷中，猶未免門户之見。至柏所删《國風》三十二篇，謙疑而未敢遽信，正足見其是非之公。吴師道作是書序，乃反謂『已放之鄭聲，何爲尚存而不削』，於謙深致不滿。是則以不狂爲狂，非謙之失矣。卷末譜作詩時世，其例本之康成，其説則改從《集傳》，蓋淵源授受各尊所聞。然書中實多采用陸德明《釋文》及孔穎達正義，亦未嘗株守一家，名之曰『鈔』，蓋以此云。

讀四書叢説提要

《讀四書叢説》四卷，元許謙撰。謙有《詩集傳名物鈔》，已著録。案《元史》謙本傳，謙讀《四書章句集注》，有《叢説》二十卷。謂學者曰：『學以聖人爲準的，然必得聖人之心，而後可學聖人之事。聖賢之心具在《四書》，而《四書》之義備於朱子，顧辭約意廣，讀者安可以易心求之乎？』黄溍作謙墓誌，亦稱是書敦繹義理，惟務平實，所載卷數與本傳相同。明錢溥《秘閣書目》尚有《四書叢説》四册，至朱彝尊《經義考》，但據《一齋書目》編入其名，而註云『未見』，則久在若存若亡間矣。此本凡《大學》一卷，《中庸》一卷，《孟子》二卷。《中庸》闕其半，《論語》則已全闕，已非完書。然約計所存猶有十之五六，即益以所闕之帙，亦不能足原目二十卷之數，殆後來已有所合併歟？書中發揮義理皆言簡意該，或有難曉，則爲圖以明之，務使無所疑滯而後已。其於訓詁名物，亦頗考證，尤足補《章句集註》所未備，於朱子一家之學可謂有所發明矣。

絳守居園池記提要

《絳守居園池記》一卷，唐樊宗師撰，元趙仁舉、吴師道、許謙三家所注也。宗師始末具韓愈所作墓誌中。是文乃長慶三年宗師官絳州刺史，即守居搆園池，自爲之記，文僻澀不可句讀。董逌《廣川書跋》稱嘗至絳州得其舊碑，剔刮劘洗，見其後有宗師自釋，然僅畧註亭榭諸名。其文仍不盡可解，故好奇者多爲之註。據李肇《國史補》，唐時有王晟、劉忱二家注，今並不傳，故趙仁舉補爲此注。皇祐癸丑，吴師道以爲疎漏，爲補二十二處，正六十處。延祐庚申，許謙仍以爲未盡，又補正四十一條，且謂宗師本記守居之園池，舊注兼守居言故多誤。至順三年，師道得謙之本，又重加刊定，復爲之跋，稱校此文二十年，屢經竄易，亦未得爲定稿。蓋其字句皆不師古，不可以訓詁考證，不過據其文義推測鈎貫以求通。文僅七百七十七字，而衆説紛紜，終無定論，固其宜也。以其相傳既久，如古器銘識，雖不可音釋，而不得不謂之舊物，賞鑑家亦存而不棄耳。謙稱宗師之文，傳者僅此篇。今考宗師别有《越王樓詩序》，載計有功《唐詩紀事》中，其僻澀與此文相類，謙蓋偶未及檢。國朝仁和孫之騄始合二篇而註之，題曰《樊紹述集注》，今别著於録云。

白雲集提要

《白雲集》四卷，元許謙撰。謙字益之，號白雲，婺源人，事迹具《元史·儒學傳》。謙雖從金履祥游，講明道學，然其詩理趣之中頗含興象。五言古體尤諧雅音，非《擊壤集》一派惟涉理路者比。文亦醇古，無宋人語録之氣，猶講學家之兼擅文章者也。惟與王申伯一詩，宗旨入於莊老，非儒者所宜言。求補儒吏一書代人干乞，亦可不必編置集中，爲有道之累。至於《南城晚望》詩，乃五言長律八韵，而誤分爲二首。《放棹行》乃七言古詩，而誤以爲律體。《故朝散大夫婺州路總管治中致仕朱公壙志》，末稱『孤子某等泣血謹識』，全篇皆子爲父作之詞，乃他人之文，誤爲收入。《題趙昌甫詩卷》，實七言絶句一首，題下『昌甫以辛丑歲』云云即詩之序，乃誤入雜著中。《學箴》一篇，既據謙手迹收入集中，即當題曰『補遺』，乃别共明人題跋題曰《附録》。考卷末舊跋，是集乃正統丁卯金臺李伸得殘編於其祖妣王氏家，皆謙之草稿，伸始編次成書，非出於謙所自定，故體例踳駁如是也。成化丙戌，江浦張瑄初刻於廣東，金華陳相爲之序。又有正德戊寅陳綱重刻，跋稱脱去數頁，竟不可得，又稱改其名曰《白雲存稿》。此本從商邱宋犖家轉寫，乃題曰《許白雲集》，亦無缺頁。觀卷末題識，蓋此跋從别本録入，故與書不相應，今亦削之不載云。

讀書叢説六卷

胡玉縉

如蔡氏釋《堯典》，本張子天左旋，處其中者順之，少遲則反右之説。不知左旋者東西旋，右旋者南北旋，截然殊致，非以遲而成右也。日東出西没，隨大氣而左以成晝夜，非日之自行。其自行，則冬至後由南斂北，夏至後由北發南，以成寒暑。月之隨大氣而左，及其自行亦如之。李慈銘《桃華聖解盦日記》云：自來言天者，皆曰天左旋，日月右旋。《晋書·天文志》乃有蟻行磨上之喻，謂磨左旋，蟻右行，磨疾蟻遲，不得不西。然其分左右旋無異説也。横渠剏爲天與日月皆左旋之説，而朱子取之，蔡傳遂用其説。後儒駁之是也。此以右旋爲南北旋，及以日東出西没爲隨大氣而左，皆出於西人之説，似非可以正元以前人之書。玉縉案：西説何不可正元以前人之書，李説似偏。（輯自《四庫提要補正》。）

《瞿氏目録》云：原書無自序，朱氏《經義考》以卷一書紀年後總論爲自序，誤。（輯自《四庫提要補正》。）

讀中庸叢説二卷提要

清・阮元

元許謙撰。案《元史》本傳，謙《讀四書章句集注》有《叢説》二十卷。朱彝尊《經義考》據《一齋書目》收入總經類，注云『未見』。《通志堂經解》亦未及編刻。蓋世已久不見其書矣。今《四庫全書》所收祇《大學》一卷、《中庸》一卷、《孟子》二卷而已。《中庸》本二卷已佚其半，《論語》則已全佚。今除《論語叢説》三卷已從元板影録進呈外，復從吴中藏書家得元板《中庸叢説》足本二卷，又影録副本以補前收之所未備，而許氏之書遂成完璧。案黄溍爲謙作墓誌載此書卷數二十，與本傳相符。今所録者俱遵元板，《論語》三卷，《中庸》二卷，合之《大學》一卷、《孟子》二卷，得八卷，皆首尾完整。明《祕閣書目》所載《四書叢説》亦止四册，殆與今本相同。蓋未可據墓誌、本傳而疑其尚有闕佚也。（輯自《四庫未收書目提要》。）

傳記

元史・許謙傳

許謙，字益之，其先京兆人。九世祖延壽，宋刑部尚書。八世祖仲容，太子洗馬。仲容之子曰洸、曰洞，洞由進士起家，以文章政事知名於時。洸之子實，事海陵胡瑗，能以師法終始者也。由平江徙婺之金華，至謙五世，爲金華人。父觥，登淳祐七年進士第，仕未顯以殁。謙生數歲而孤，甫能言，世母陶氏口授《孝經》、《論語》，入耳輒不忘。稍長，肆力於學，立程以自課，取四部書分晝夜讀之，雖疾恙不廢。

既乃受業金履祥之門，履祥語之曰：『士之爲學，若五味之在和，醯醬既加，則酸鹹頓異。子來見我已三日，而猶夫人也，豈吾之學無以感發子耶？』謙聞之惕然。居數年，盡得其所傳之奥。於書無不讀，窮探聖微，雖殘文羨語，皆不敢忽。有不可通，則不敢强。於先儒之説有所未安，亦不苟同也。讀《四書章句集註》，有《叢説》二十卷。謂學者曰：『學以聖人爲準的，然必得聖人之心，而後可學聖人之事。聖賢之心，具在《四書》；而《四書》之義，備於朱子。顧其辭約意廣，讀者安可以易心求之乎？』讀《詩集傳》，有《名物鈔》八卷。正其音釋，考其名物度數，以補先儒之未備。仍存其一義，旁采遠援，而以己意終之。讀《書集傳》，有《叢説》六卷。其觀史，有《治忽幾微》。倣史家年經國緯之法，起太皞氏，迄宋元祐元年秋九月尚書左僕射司馬光卒。備其世數，總其年歲，原其興亡，著其善惡。蓋以爲光卒，則中國之治不可復興。誠理亂之幾也。故附於續經而書孔子卒之義，以致其意焉。又有《自省編》，晝之所爲，夜必書之，其不可書者則不爲也。其他若天文、地理、典章、制度、食貨、刑法、字學、音韻、醫經、術數之説，亦靡不該貫。旁而釋老之言，亦洞究其藴。嘗謂學者孰不曰闢異端，苟不深探其隱，而識其所以然，能辯其同異，别其是非也幾希。又嘗句讀《九經》《儀禮》及《春秋》三傳，於其宏綱要領，錯簡衍文，悉别以鉛黄朱墨，意有所明，則表而見之。其後吴師道購得吕祖謙點校《儀禮》，視謙所定，不同者十有三條而已。謙不喜矜露，所爲詩文，非扶翼經義，張維世教，則未嘗輕筆之書也。

延祐初，謙居東陽八華山，學者翕然從之。尋開門講學，遠而幽、冀、齊、魯，近而荆、揚、吴、越，皆不憚百舍來受業焉。其教人也，至誠諄悉，内外殫盡。嘗曰：『己有知，使人亦知之，豈不快哉！』或有所問難，而詞不能自達，則爲之言其所欲言，而解其所惑。討論講貫，終日不倦。攝其粗疎，入於密微。聞者方傾耳聽受，而其出愈真切。惰者作之，鋭者抑之，拘者開之，放者約之。及門之士著録者千餘人，隨其材分，咸有所得。然獨不以科舉之文授人，曰：『此義利之所由分也。』

謙篤於孝友，有絶人之行。其處世不膠於古，不流於俗。不出里閭者四十年，四方之士以不及門爲耻。縉紳先生之過其鄉邦者，必即其家存問焉。或訪以典禮政事，謙觀其會通而爲之折衷，聞者無不厭服。大德中，熒惑入南斗，句己而行。謙以爲灾在吴楚，竊深憂之。是歲，大祲。謙貌加瘠，或問曰：『豈食不足邪？』謙曰：『今公私匱竭，道殣相望，吾能獨飽邪？』其處心蓋如此。廉訪使劉庭直、副使趙宏偉皆中州雅望，於謙深加推服，論薦於朝。中外名臣，列其行義者，前後章數十上，而郡復以遺逸應詔。鄉闈大比，請司其文衡，皆莫能致。至其晚節，獨以身任正學之重。遠近學者，以其身之安否爲斯道之隆替焉。至元三年卒，年六十八。嘗以『白雲山人』自號，世稱爲白雲先生。朝廷賜謚文懿。

先是，何基、王栢及金履祥殁，其學猶未大顯，至謙而其道益著。故學者推原統緒，以爲朱熹之世適。江浙行中書省爲請於朝，建四賢書院，以奉祀事，而列於學官。同郡朱震亨，字彦修，謙之高第弟子也。其清修苦節，絶類古篤行之士，所至人多化之。

王忠文集・元儒林傳・許謙

許謙，字益之，婺之金華人。九世祖延壽，宋刑部尚書。六世祖寔，學於胡文昭公瑗，號稱能以師法終始者。元豐間，居吴之笠澤，尋又徙婺，遂占籍焉。父觥，淳祐丁未進士，卒官宣教郎，主管三省樞密院架閣文字。無子，以從父兄之子爲子，即謙也。謙甫能言，母陶授以《孝經》、《論語》，入耳輒不忘。五歲，莊重如成人。

既長，遭國亡而家亦破。自力於學，借書於人，以四部分讀之，所涉向博，而有疑無所從質。聞鄉先生金履祥深明道學之要，其學得於王柏氏、何基氏，而何氏學於黄文肅公榦，黄氏之學，朱氏之學也，乃委己而學焉。於是履祥年已七十，而謙三十有一矣，請不拘常序就弟子列。履祥告之曰：『吾儒之學，理一而分殊，理不患其不一，所難者分殊耳。』又曰：『聖人之道，中而已矣。』謙由是致其辨於分之殊，而要其歸於理之一，每事每物求夫中者而用之。蓋自其登金氏之門，即以聖賢之學爲己任。師弟子間，口授指畫，盡得其相傳之奥。

閲四年，而金氏没。謙乃益加充闡，自得者爲多。於書無所不觀，窮探聖微。有不可通，即不敢强，於儒先之説所未安者，亦不敢苟同也。其讀《四書集注章句》，有《叢説》，敷繹義理，惟務平實。其言曰：『聖賢之心，具在《四書》；而《四書》之義，備於朱子。顧其立言辭約而義廣，讀者或得其粗，不能悉究其義。或以一曲之致自異，而初不知未離其範圍。世之詆訾貿亂、務爲新奇者，其弊正坐此耳。』讀《詩集傳》，有《名物鈔》，正其音釋，考其名物度數，以補先儒之未備。仍存其逸義，旁搜遠索，而以己意終之。讀《書集傳》，有《叢説》，時與蔡氏不能盡合，每誦其師之言曰：『自我言之則爲忠臣，自它人言之則爲讒賊。要歸於是而已。』讀《春秋》、《三禮》，有《温故管窺》、《春秋大義》凡數十百條，皆傳註所未發。於《三禮》則參伍考訂，求聖人制作之意，順天地之理，酌古今之宜，使通於上下，皆可遵用。中歲以還，於《易》尤深，仰觀俯察，益有見於陰陽往來、升降、消長、闔闢之故。謂伏羲之經，廣大悉備，文王、周公、孔子之辭，乃其傳注六爻之義，特發凡舉例耳。又嘗句讀《九經》、《儀禮》、《三傳》，於其宏綱要旨、錯簡衍文，悉别以鉛黄朱墨，意有所明則表見之。嘗謂士之爲經，苟句讀有不明，則義理滋晦，其事若小，所失蓋甚大也。其於史有《治忽幾微》，倣史家年經國緯之法，起太皡氏，訖宋元祐元年秋九月尚書左僕射司馬光卒。備其世數，總其年歲，原其興亡，著其善惡。且謂光卒則宋之治不可復興，誠一代理亂之幾。故附於續經書孔子卒之義，以致其意焉。書成以示其友張樞，爲言運祚之延促，豈必推之天命，猶有人事焉。漢世儒者言災異之興，消復之術，皆欲近修人事。天人之際，精祲相盪，善惡吉凶之應，其猶影響。有國者不可不仁民，蓋以此也。凡其爲書，俱已行世。其述作大旨具見序引，文多不盡載。

謙於天文、地理、典章、制度、食貨、刑法、字學、音韻、醫經、數術，靡不該貫。一事一物，可爲博聞多識之助者，必謹志之，而異端之説，必洞究其藴奥。其教學者，以五性人倫爲本，以開明心術，變化氣質爲先。以爲己爲立心之要，以分辨義利爲處事之制。至誠諄切，内外殫盡。爲學者師四十年，門人殆千餘人。遠而幽、冀、齊、魯，近而荆、揚、吴、越，皆百舍重趼，唯恐後之。部使者數列其行義於朝，郡舉茂才，又舉遺逸以應詔，皆固辭。江淛鄉闈嘗請持文衡，亦辭不就。然雖身在草萊，而心存當世。大德丁未，熒惑入南斗，句己而行，菑應在吴越，是歲大祲。謙憂之，貌加瘠。或謂曰：『先生豈食不足耶，而貌瘠甚，何也？』答曰：『今公私匱乏，道殣相望，吾食寧獨飽耶？』迨其晚年，身任正學之重，海内多士視其安否以爲斯道之隆替焉。

後至元三年卒，年六十八。門人以義制服者若干人，交友來會葬者若干人。因其自號，以題其表曰『白雲先生許公之墓』。郡府祠之於學宫。至正七年，賜謚曰『文懿』。部使者及御史復建言宜專立祠事，乃即郡城東作祠，祀何氏、王氏、金氏及謙，曰四賢書院。二子元、亨，皆篤學，世其家。

論曰：堯、舜、禹、湯、文、武、周公相傳之道，至孔子乃集其大成。宋周、程氏者作，復續斯道之統。而道南之學，由楊時氏，一再傳爲羅從彦氏，李侗氏，至朱熹氏又集其大成者也。然孔門羣弟子，唯曾氏之傳得其宗。曾氏以其所傳傳之子思，子思以傳之孟子，一出於正焉。朱氏之徒亦衆矣，得其宗者惟黄榦氏。榦傳何基氏，基傳王柏氏，柏之傳爲履祥，爲謙。其授受之淵源，如御一車以行大逵，如執一籥以節衆音。推原統緒，必以四氏爲朱學之世適。亦何其一出於正，粹然如此也。程氏之道至朱氏而始明，朱氏之道至金氏、許氏而益尊。用使百年以來，學者有所宗鄉，不爲異説所遷，而道術必出於一，可謂有功於斯道者矣。大抵儒者之功，莫大於爲經。經者，斯道之所載焉者也。有功於經，即其所以有功於斯道也。金氏、許氏之爲經，其爲力至矣。其於斯道，謂之有功，非耶？

史傳三編・許謙傳

許謙，字益之，婺之金華人。少孤，甫能言，世母陶氏口授以《孝經》、《論語》，入耳輒不忘。稍長，肆力於學，立程自課，雖疾恙不廢。既乃受業於金履祥，履祥語之曰：『士之爲學，若五味在和，醯醬既加，則酸鹹頓異。今子來三日矣，而猶夫人，豈吾學無以感發子耶？』謙聞之惕然。居數年，盡傳其奧。

謙之爲學，窮探渺微，雖殘文羨語皆不敢忽，遇不可通不爲强解，至舊説有未安則亦未嘗苟同也。讀《四書章句集註》，則著有《叢説》。讀《詩集傳》，有《名物鈔》。讀《書集傳》，亦有《叢説》。其觀史，有《治忽幾微》。他若天文、地理、典章、制度、食貨、刑法、字學、音韻、醫經、術數之説，靡不該貫。又嘗句讀《儀禮》及《春秋三傳》，别以朱墨，於其宏綱要領，意有所明則表而見之。其勤如此。性不喜矜露，所爲詩文，非扶翼經義，張維世教，未嘗下筆。晝之所爲，夜必書之，號《自省編》。其不可書，則不爲也。延祐初，居東陽八華山開門講學，學者翕然從之，幽、冀、齊、魯之士皆至。其教人至誠諄悉，内外殫盡。嘗曰：『己有知，使人亦知之，不亦快乎！』或問難而辭不能達，則爲理所欲言，而解其惑。討論講貫，終日不厭。攝其粗疎，入於密微。惰者作之，鋭者抑之，拘者開之，放者約之。及門著録者千有餘人，隨其材分，咸有所得。

謙篤於孝友，有絶人之行。而處世不流於俗，亦不膠於古。不出閭里四十年，四方薦紳過其鄉邦者，必就其門存問。或訪以典禮政事，謙觀其會通以折其衷，無不厭服。大德中，熒惑入南斗勾己而行，謙以爲災在吴楚。其歲果大祲，謙貌爲加瘠。或問之，曰：『公私匱竭，道殣相望，吾能獨飽耶？』中外名臣論薦其行誼者，前後章數十上，皆不就。至元三年卒，年六十八，賜謚文懿。嘗自號『白雲山人』，故世稱『白雲先生』。先是何基、王柏、金履祥之學未能大顯，至謙而後益著。江浙行省爲請於朝，建四賢書院以祠基、柏、履祥及謙云。

論曰：宋元之間，授受各有淵源。金華四子之學，出自黄榦，故世以爲薪火之正傳。考其遺書，各有所至，要皆力務私淑以維朱子之緒者也。謙之高第有宋濂，濂之高第有方孝孺，及孝孺殉義而一綫始絶。

元儒考略·許謙傳

許謙，字益之，金華人。生數歲而孤，稍長肆力於學，雖疾恙不廢。已，聞仁山金履祥講道蘭江上，委己而學焉。履祥語之曰：『士之爲學，猶五味之在和，醯醬既加，則酸鹹頓異。子來見我已三日，而猶夫人也，豈吾之學無以感發子耶？』謙聞之惕然。履祥嘗告之曰：『聖人之道，中而已矣。』謙由是事事求夫中者而用之。居數年，盡得其所傳之奥。嘗自謂：『吾非有大過人，惟爲學之功無間斷耳。』

延祐初，屏居東陽八華山，學者翕然從之。尋開門講學，遠而幽、冀、齊、魯，近及荆、揚、吴、越，皆不憚百舍求受業焉。其教人以五性人倫爲本，以開明心術、變化氣質爲先，以爲己爲立心之要，以分辨義利爲處事之制。至誠諄悉，内外殫盡。嘗曰：『己或有知，使人亦知之，豈不快哉！』討論講貫，終日不倦。惰者作之，鋭者抑之，拘者闓之，放者約之。爲學者師垂四十年，及門著録者千餘人，隨人材分，咸有所得。四方之士以不及門爲恥。搢紳先生至是邦，必即其家存問焉。歲大祲，謙貌如瘠，或問之，謙曰：『今公私匱竭，道殣相望，吾豈能獨飽耶！』其處心如此。中外名臣交章屢薦，而郡復以遺逸應詔，鄉闈大比請司其文衡，皆莫能致。至其晚節，獨以身任正學之重。遠近學者，以其身之安否爲斯道之隆替焉。順帝至元三年卒，年六十八。門人以義制服者若干人。常以『白雲』自號，世稱爲『白雲先生』。賜謚文懿。所著《四書叢説》、《書傳叢説》、《詩名物鈔》、《觀史治忽幾微》、《自省編》等書。

謙不矜露，所爲詩文，非扶翼經義，張維世教，則未嘗輕筆之書。吴澄謂其議論正大，援據精博，儼然新安尸祝。黄溍謂程子之道，得朱子而復明；朱子之大，至許公而益尊。史稱何基、王柏及金履祥殁，其學猶未大顯，至謙而其道益著。故學者推原統緒，以爲朱子之世云。適《元史》入《儒學傳》。

道光東陽縣志・留寓・許謙傳

許謙，字益之，謚文懿，金華人。累徵不起，著書立言，闡明理學，學者稱爲白雲先生。嘗屏迹邑之八華山中，講學授徒。既殁，邑人許和伯兄弟作亭故址，號白雲亭，以仰之。

按府志文懿公傳云，其先京兆人，九世祖延壽，宋刑部尚書。延壽之曾祖知平江吴縣，因家焉。八世祖仲容，太子洗馬。仲容之子曰洸，曰洞，由進士起家。洸之子實由平江徙婺之金華，至謙六世爲金華人。父鯱，登淳祐七年進士。六世祖實，學於胡瑗，能以師法終始。元豐間，居吳之笠澤，尋又徙婺之金華焉。父鯱，淳祐進士，無子，以從父兄子爲子，即謙也。二傳所敘如此。舊誌列人。九世祖延壽，宋刑部尚書。又按王忠文公《儒林傳》云：謙，婺之金華於寓賢明甚。世以郡名稱先生而謬爲本縣人，晋孝子裔又從而合祠之，今釐正矣。附識於此。

《康熙志》：字益之，由東陽至金華入繼從父鯱爲嗣。長師仁山金履祥，得其傳。《元史》載婺州路總管府以儒士金履祥所著《論語孟子考證》來上，上命刊行之，其門人東陽許謙序之曰：『聖賢之心盡在《四書》，而《四書》之義備於朱子。顧其立言辭約意廣，讀者咸得其粗，而不能悉究其義，或以一偏之致自異，而初不知未離其範圍。此金先生《考證》所由作也。始予三四讀，自以爲瞭然，已而不能無惑，久若有得，愈久而所得愈深。童而習之，白首不知其要領者何限，其可以易心求之哉！』蓋其傳心在兹矣。延祐甲寅間，應南臺副使趙公宏偉之請，不逾年，還至八華山講學授徒。其學以五性人倫爲本，以開明心術、變化氣質爲先，以爲己爲立心之要，以分別義利爲處事之宜。至誠詳悉，内外殫盡。四方之士，遠至齊魯，近則吳越，聞風而至者踵相接焉。所著書，曰《觀史治忽幾微》，起自太昊，終司馬光，大意謂光卒，即宋治不能復興。此先生晚年所手訂也。先生嘗以白雲山人自號，學者因稱爲白雲先生。先生既没，而許東陽之名始傳。

按《許氏家乘》：先生諱某，字某。其先晉孝子孜十七世孫名韶者，任京兆白渠邑宰，遂占籍焉。後有孟寬爲平江吴縣令，又家之。九世祖延壽，宋刑部尚書。六世祖實，元豐間，由平江徙婺之金華。大父應鸞，由金華徙東陽。父日宣貢士君，生璟與先生。先生之從叔在金華者爲應龍子觥，登淳祐丁未進士，除宣教郎，主管三省樞密架閣文字，無嗣。日宣以次子繼之，即先生也。源委固自歷歷。而黄文獻公《墓誌銘》云：某由平江徙金華，至謙五世，爲金華人，父觥云云，『以從兄日宣之子爲嗣，即謙也。』王忠文公《儒林傳》：『父觥，淳祐進士，無子，以從父兄子爲子，即謙也。』詳畧不同，要之繼嗣一爾。先生於進士觥，實爲繼父。至於生父之爲日宣，日宣之在東陽，固無所辭之。據《白雲洞志》：『生母陶氏所居，去白雲洞不一里而近。』陳君采曰：『天宫之北，陶氏世居焉，即此也，今其子孫猶有存者。』

舊志自成化以上，與《東陽文獻録》、《人物志》皆無異同。至正、嘉間，好事者削去繼嗣一節，而偏主金華，曰：『爲人後者，不復顧其本生父母。』此言固不可爲訓也。鄭侯準因而列諸寓賢，與羅隱、陸游、葉適三人爲一則，寥寥數行，復與書院之文重複登載。讀之不禁慨然。其云舊志，不知何主？至云以郡名稱先生，則亦未考歷代郡縣之因革矣，以吴晉之東陽爲元明之東陽，其可乎哉？原鄭侯所以爲此，初非有明見確據，徒以彼時許姓諸族並祖晉孝子孜，而一主虎峰墓，一主六孝祠，各專其祀而不相能。而主六孝祠者，又以白雲配食，於是議論多而攻訐起紛紜，彼此幾成門户。鄭侯改從舊祀，而别祀白雲，其勢不能不舉所生而歸之於郡寓賢之列，殆由此爾。顧毋乃矯枉過甚乎？

先編修太沖於嘉靖年間貽石臺孫氏書有云：『自師法不明，俗學無統，寥寥百年，無復有以儒先爲意者。』僭不自揆，訪遐剔幽，靡所不極。去春得王、許手澤於郡城，既又得畫像而登拜之，夏又得仁山稿數種，入秋又得吕、何、王、許四公之家乘於倪氏。一年之間，獲覩五公之蹟畧遍，亦一奇也。許公實生吾邑西之笠澤，其從叔居金華者無子，乞得先生立以爲嗣。笠澤今在白雲洞北，而先生之號以之，亦一騐也。先生二子，國初俱爲大寮，先後以詿誤被刑，嗣子遂絶。族屬疎於法網之嚴，考信亡於學術之廢，遂使先生之世衆罔聞知，重可慨矣！南宋以來，濂洛之學行，諸賢偶有經行之地，皆設書院以祀，况於生長之地乎！昔奉使滕公茂實，生於我東而再徙吳越，國史書爲吳人，宋太史力辯以爲宜從本生。若先生之道之學爲濂洛世嫡，使生他郡，亦將因其經行而封植其蹟，以風學者。况於實生我東，如奉使乎云云。此心此理，當有同者。抑竊先生生於東陽而設教亦於東陽，長於金華而歸葬復於金華，兩邑志乘俱可藉書，如宋景濂先生之於金華、浦江，未爲不可。徵文考例，其載筆之任與，要未敢以自專也。一邑之衆，百世之遠，不可謂無人。擇善決疑，以俟來者。

道光東陽志·人物志·許謙傳

按黄溍《墓誌銘》云：『其先占籍京兆之興平，後有官於吳者，因家焉。九世祖延壽，宋刑部尚書。六世祖寔，元豐間始居笠澤，尋又徙婺爲金華縣人。曾祖諱經國，祖諱應龍，皆弗仕。考諱觥，淳祐丁未進士，卒官宣教郎，主管三省樞密院架閣文字。無子，以從父兄貢士君日宣之次子嗣，即先生也。』《康熙志》、《許氏家乘》云：其先進孝子孜十七世孫名韶者，仕京兆白渠邑宰，遂占籍焉。後有孟寬爲平江吴縣令，又家之。九世祖延壽，宋刑部尚書。六世祖實，元豐間由平江徙婺之金華。大父應鸞由金華徙東陽。父日宣貢士君生環與先生。先生之從叔在金華者爲應龍子觥，無嗣，日宣以次子繼之，即先生也。先生於進士觥，實爲繼父。至於生父之爲日宣，日宣之在東陽固無所辭之。據《白雲洞志》：『生母陶氏所居，去白雲洞不一里而近。』陳君采曰：『天宫之北，陶氏世居焉，即此也。今其子孫猶有存者。』舊志自成化以上，與東陽《文獻録》、《人物志》皆無異同。竊先生生於東陽而設教亦於東陽，長於金華而歸葬復於金華，兩邑志乘俱可藉書。如宋景濂先生之於金華、浦江。未爲不可云云。謹按邑雙峴門外仰高祠，自明以來祀白雲先生。國朝給帑歲祭，嘉慶二十四年給帑修祠。今依次入傳。（參《康熙志》）

許存仁傳

清·許時霖

明國子祭酒諱元，字存仁公者，文懿公冢子也。恪守庭訓，其學一宗朱子，非《五經》、《四書》不讀，非濂洛關閩之學不講。明太祖下婺州，訪求白雲之後，召元與語，大悦，及葉瓚玉、胡翰、汪仲山、李公常、金信、徐孳、童冀、吴履、張啓敬、孫履，皆同時召至。置中書省，會食省中，日令二人進講經史，敷陳治道。已而乘輿還金陵，徵元至行在，拜京學教授，仍命入傅皇太子及諸王。歲乙巳，始置國子學，命爲博士。丙午五月，上發濠梁省陵墓，命從行。八月，進講經史，極陳《洪範》休咎之應，上悦。吴元年四月，上至白虎殿，見諸生有讀《孟子》者，問曰：『孟子何言爲要？』元對曰：『勸國告以行王道，施仁政，省刑罰，薄税斂，乃其要也。』冬十月定國子學官制，擢爲祭酒。明之有國子祭酒，自元始。乃設立教國子法，爲條數十，皆見施行。元爲祭酒垂十年，出入兩宫，最見禮遇，一切稽古禮文之事，至於人才進退，時政張弛，無不預議。

既而浙江僉事程孔昭誣劾其失，有詔勿治，安置韶州。後遇赦還，尋殺。元在韶即張曲江祠以居，好事者繪爲《南華謫居圖》以相傳示。弟亨公者，字存禮，繼伯承直郎璟公爲後。洪武八年，以薦官北平府教授。初存仁即八華書院設教，門弟子甚盛，其最著則東陽張文華一人。

（輯自《八華山志》）

墓志銘祭文哀辭

白雲許先生墓誌銘

元·黄溍

先生諱謙，字益之，姓許氏。其先占籍京兆之興平，後有官於吴者，因家焉。九世祖延壽，宋刑部尚書。六世祖寔，元豐間始居笠澤，尋又徙婺爲金華縣人。曾祖諱經國，祖諱應龍，皆弗仕。考諱觥，淳祐丁未進士，卒官宣教郎，主管三省樞密院架閣文字。無子，以從父兄貢士君日宣之次子嗣，即先生也。

先生天資高嶷，甫能言，貢士君之夫人陶氏授以《孝經》、《論語》，入耳輒不忘。五歲就學，莊重如成人。宋亡家毁，貢士君相繼淪没。先生稍長，僑居城闉，借書於人，以四部分而讀之，雖疾恙不廢。所涉向博，知解且至。既開門授徒而猶有所疑，無所從質。聞仁山金先生講道蘭江上，委己而學焉。金先生曰：『士之爲學，若五味之在和，醯鹽既加，則酸鹹頓異。子來見我已三日，而猶夫人也，豈吾之學無以感發於子耶？』先生聞之惕然。於是金先生年七十，先生三十有一矣，請不拘常序就弟子列。而所居相距尚遠，會金先生設教於吕成公祠下，乃獲便於參扣。金先生嘗告之曰：『吾儒之學，理一而分殊，理不患其不一，所難者分殊耳。』先生由是致其辨於分之殊，而要其歸於理之一。又嘗告之曰：『聖人之道，中而已矣。』先生由是事事求夫中者而用之。金先生殁，先生益肆充闡，多所自得。自謂『吾非有大過人，惟爲學之功無間斷耳』。

先生制行甚嚴，而所以應世者，不膠於古，不流於俗，介而不驕，通而不隨，身在草萊而心存當世。大德十一年，歲在丁未，熒惑入南斗，句己而行。先生以爲災在吴越，竊深憂之。是歲大侵，先生貌加瘠，或問曰：『先生豈食不足耶？』先生曰：『今公私匱竭，道殣相望，吾能獨飽耶！』其處心蓋如此。而素志沖澹，以道自樂。念東憲府聞先生名而不察其志，辟以爲掾，避弗就。肅政廉訪使劉公庭直舉茂材異等，副使趙公宏偉舉遺逸，亦皆固辭。趙公在南臺，命除舍館迎致先生，將使衆僚多士有所矜式。欣然爲之起，而不久留也。

先生既東還，以目疾倦於應接，屏迹八華山中，學者翕然簞糧笥書而從。居再歲，以兄子喪而歸，户屨尤多，遠而幽、冀、齊、魯，近而荆、揚、吴、越，皆百舍重趼而至。先生之教，以五性人倫爲本，以開明心術、變化氣質爲先，以爲己爲立心之要，以分辨義利爲處事之制，至誠諄悉，内外殫盡。嘗曰：『己或有知，使人亦知之，豈不快哉！』或有所問難而辭不能自達，則爲之言其所欲言而解其所惑。討論講貫，終日無倦。攝其麄疎入於密微，聞者方傾耳聽受，而其出愈真切，惰者作之，鋭者抑之，拘者開之，放者約之。爲學者師垂四十年，著録殆千餘人，隨其材分，咸有所得。達官富人之子，望閭而驕氣自消，踐庭而禮容自飭。四方之士，無賢不肖以不及門爲耻。搢紳先生至於是邦，必即其家存問焉。或訪以典禮政事，先生觀其會通而爲之折衷，聞者無不厭服。省臺諸公若王公士熙、耿公焕、王公克敬、鄭公允中、李公端、吴公肅、趙公天綱、陳公思謙、趙公仲仁前後列其行義於中朝，鄉闈主司曹集賢鑑、楊翰林剛中亦率同院剡上其名於省闈，郡復以遺逸應詔，先生終不爲動。仍紀至元之元年，屬當大比，諉先生以文衡，亦莫之能致也。嘗謂『吾非必於隱以爲名高，仕止惟其時耳。』晚年，尤以涵養本原爲上務，講授之餘，齋居凝然。一日，瞑目坐堂上。門人弗知也，徑入焉，則問：『其無人乎？』先生之側拱立。久之，先生顧而徐言曰：『爾在斯耶。』其習於静定久而安焉，可知也。

先生以早孤不逮事架閣公及其夫人韓氏，而事陶夫人克盡厥職。兄璟性剛嚴，委曲承順，怡怡如也。時氏姊有子而貧，無以爲養，迎歸，奉之終身。鍾愛二子而教飭有方。冠婚、喪祭、賓客之禮，必盡其情。文既老而益艱瘁，僦屋以居，有田不足具饘粥，而處之裕如。門人吕權、蔣玄、金涓方爲先生買田築室，而先生逝矣。

先生素多疾。金先生病革，徒步往省之，會大雪，中寒濕。及奔兄璟喪於廣信，疾增劇，不良於行，疾少間而神更清茂。三年冬十月，疾復作，謂其子元曰：『伯兄以是月二十三日卒，我死殆與之同日乎？』及是日，正衣冠而坐，戒元以孝於母，友於弟。元復請所欲言，先生曰：『吾平日訓爾多矣，至此復何言！』門人朱震亨進曰：『先生視稍偏矣。』先生更肅容端視。頃之，視微瞑，遂卒。享年六十有八。娶朱氏，承直郎廣德路總管府推官天與之女。子男二人，長即元，次亨以爲兄璟後。先生葬以其明年春正月壬寅，墓在縣西北婺女鄉安期里。交友來赴者若干人，門人以義制服者若干人，合泉布營葬事。因其自號而題表曰『白雲先生許公之墓』。其又明年，學者相率上狀郡府祠先生於學宮，僉肅政廉訪司事杜公秉彝建請贈官賜謚，未報。

先生於書無不觀，窮探聖微，靳於必得，雖殘文羡語，皆不敢忽。有不可通則不敢强，於先儒之説有所未安，亦不敢苟同也。讀《四書章句集註》，有《叢説》二十卷。敷繹義理，惟務平實。每戒學者曰：『士之爲學，當以聖人爲準的。至於進修利鈍，則視己之力量何如。然必得聖人之心而後可學聖人之事，舍其書，何以得其心乎？聖賢之心盡在《四書》，而《四書》之義備於朱子。顧其立言辭約意廣，讀者或得其詞而不能悉究其義。或以一偏之致自異，而初不知未離其範圍，世之詆訾貿亂、務爲新奇者，其弊正坐此耳。始余三四讀，自以爲瞭然，已而不能無惑；久若有得，覺其意初不與己異；愈久而所得愈深，與己意合者亦大異於初矣。童而習之，白首不知其要領者何限，其可以易心求之哉？』讀《詩集傳》，有《名物鈔》八卷。正其音釋，考其名物度數，以補先儒之未備。仍存其逸義，旁採遠援，而以己意終之。讀《書集傳》有《叢説》六卷。時有與蔡氏不能盡合者，每誦金先生之言曰：『自我言之則爲忠臣，自他人言之則爲讒賊，要歸於是而已。』其言《春秋三傳》，有《温故管窺》若干卷。間以《春秋》大義數十百條，與友人張君樞極論之，皆傳註所未發。於《三禮》則參伍考訂，求聖人制作之意，以翼成朱子之説。其語學者必順天地之理，酌古今之宜，使通於上下皆可遵用。又嘗句讀《九經》、《儀禮》、三傳，而於其宏綱要旨，錯簡衍文，悉别以鉛黄朱墨，意有所明則表見之。其後友人吴君師道得吕成公點校《儀禮》，視先生所定，不同者十有三條而已，其與先儒意見脗合如此！有老儒自以爲善言《易》，力詆程子。先生與之反覆辨論，辭詳義正，老儒語塞，乃謝曰：『不意子之於《易》，若是其精也！』先生中年以還，仰觀俯察，益有見於陰陽往來升降、消長闔闢之故，謂伏羲之經廣大悉備，文王、周公、孔子之辭，乃其傳注六爻之義，特發凡舉例耳。諸儒於象辭變占各有攸尚，要不可舉此而廢彼也。然獨未有所論述，豈不以孔子晚始好《易》，孟子深於《易》而不言《易》乎？其觀史有《治忽幾微》若干卷，倣史家年經國緯之法，起大皞氏，訖宋元祐元年秋九月尚書左僕射司馬光卒。備其世數，總其年歲，原其興亡，著其善惡。蓋以爲光卒則宋之治不可復興，誠一代理亂之幾，故附於續經而書孔子卒之義以致其意也。書成，以示張君樞，爲言運祚之延促，豈必推之天命，猶有人事焉。漢之大儒言災異，皆欲近修人事，上答天變，況聖賢之培植基本，祈天永命者哉。有國家者不可不仁民，蓋以此也。先生於天文、地理、典章、制度、食貨、刑法、字學、音韻、醫經、數術，靡不該貫。一事一物可爲博文多識之助者，必謹志之。至於釋老之言，亦皆洞究其藴。謂學者孰不曰闢異端，苟不深探其隱而識其所以然，能辨其同異，別其是非也幾希。凡其書俱已行於世，述作之大意則見於序引，文多不得以盡載。有《三傳義例》、《讀書記》，皆藁立而未完。諸生有《日聞雜記》，未及詮次。其藏於家者，有詩文若干卷。文主於理，詩尤得風人之旨。有《自省編》，晝之所爲，夜必書之，殆疾革始絶筆云。金先生所致《論語孟子考證》、《資治通鑑前編》，皆未遑刊定，垂殁，以屬之先生。今二書得以大備而盛行，先生力也。

自聖賢不作，師道久廢，宋初學者有師始於海陵胡公，先生六世祖受業於海陵，號稱能以師法終始者。逮二程子起而倡聖學以淑諸人，朱子又溯流窮源，折衷羣言，而統一其歸，使學者有所據以從事，由是師道大備。文定何公既得朱子之傳於其高弟文肅黄公，而文憲王公於文定則師友之，金先生又學於文憲而及登文定之門者也。三先生皆婺人，學者推原統緒，必以三先生爲朱子之世適。先生出於三先生之鄉，而克任其承傳之重，遭逢聖代，治教休明，三先生之學卒以大顯於世。然則程子之道得朱子而復明，朱子之道至先生益尊，先生之功大矣。

先生葬已十年，而元以張君樞之狀俾溍爲之銘。溍之少也無所識知，莫能從先生遊於高明之域，奔走汩没，不知老之將至，而爲庸人之歸，鄙陋之言，何足形容有道者氣象乎！重惟先生之交游多已凋謝，而溍偶獨後死，義不得辭也。敢悉取狀所述，序其首而爲之銘，以系於左方。銘曰：

道學之傳，天下爲公。婺之儒先，獨得其宗。鉅人迭興，踵武相接。逮於先生，綿綿四葉。先生之學，能自得師。實踐之功，出乎真知。萬殊之差，無微不析。一本之同，會歸有極。酬酢萬變，必用其中。涵養本原，以敬始終。際兹休明，力扶正學。聞風而來，罔間南朔。春陽時雨，隨地發生。洪纖高下，咸仰曲成。迪惟前人，學有師法。克生後賢，規重矩疊。先生有作，彌大而昌。師嚴道尊，於昔有光。先生之身，斯道所寄。視其安否，以爲隆替。天胡不憖，不訖耄期。山頹木壞，人將疇依？不亡者存，遺書孔有。文不在兹，尚啓爾後。（輯自《文獻集》卷八下）

祭許徵君益之文

元・吴師道

烏乎！紫陽朱子之傳，其在吾鄉，曰何與王，傳之仁山，以及於公，其道彌光。仁山之門，公晚始到。獨超等夷，遠詣深造。蓋其稟純明誠篤之資，厲堅清端介之操。退若不勝衣，而淵乎其似道。經傳之言，窮析精微；義利之辨，昭燭毫釐。雅正之文，古淡之句。纂言著書，根極理趣。明體適用，才堪佐時。金華勸講，法從論思。風紀之職，成均之師，使得處之，無適不宜。臬司早辟，崇臺列薦。禮幣踵門，綉衣往見。衆人所羡，公視藐焉，匪以爲高，吾病沉綿。烏乎！天既厄公以貧，又纏以病。貧非所憂，病也寔命。杜門不出，學徒四來。隨其淺深，耳受心開。方科目之暫興，競葩藻與掄魁。獨絶口而弗談，務善端之深培。蓋公之學，雖不及顯施以爲邦家之用，而猶巋然繫南北之望，足以淑一世之英才。

小子托交，殆三十年，指聖途而誘掖，極友道以磨鐫。骨肉不足以儷其親，金石不足以擬其堅。比居閒而處獨，益其究於遺編。不鄙予以不肖，將叩竭於師傳。前歲之冬，遠役江堧。幸音書之不絶，慰予心之拳拳。每言病以增劇，亦祇謂之常然。疊兩書於一月，乃永訣而終天。慨愚生之無成，昧出處於幾先。誓拂袖以來歸，永相從以周旋。竟一朝而舍我，獨後死而誰憐。歛不憑棺，窆不執引。我寔負公，夫復奚言！惟精神之如生，耿耿相炤，則無間於九泉。緘辭告哀，有泪如川。（輯自《禮部集》卷二十）

白雲先生許君哀頌辭

元・吴萊

古之學者必有師。世之説者嘗曰：『經師易遇，人師難得。』嗚呼！經師豈易得哉？自嬴秦焚滅經籍之餘，漢以來，老師宿儒失其本經，不惟口以傳授，則或新出於風雨壞屋之所藏，是以惟傳經久而不差者爲最難。至於人之所以爲人，示之以德義，道之以言語，則之以動作威儀，是將使人觀感興起而易至於不自覺者，無非教也。雖然，捨經則又何以爲人師哉？然以古今經訓學術之變迭興，而師道之所自來者寖遠，蓋惟伊洛諸老先生實始倡爲道統，而後知有所謂義理之學。已而考亭繼之，古今經訓學術之變，至此而遂定必也。誠明兩盡，知行竝進，可以深造夫三代聖賢之閫域。不然，則經有傳之益久而愈差者矣。是故古之學者，常得其師傳，每因經以明道；後之學者，既失其師傳，苟非明道，則固不能以知經。經既明矣，吾則又知人之所以爲人之道，不外乎此也。嗚呼！經師豈易得哉？

惟我許君，昔從蘭溪金君履祥學，金君本於王文憲公柏、何文定公基，而王、何二公則又本於黄文肅公榦，蓋此實朱學也。然君天資深厚，學力純至，手抄口誦，志行彌篤，而且樂與人爲善。家故貧，常僦屋以居。達人大官，踵門候謁，交剡論薦，而曾不爲之少動。山東、兩河、江淮、閩海之間，賓客弟子儋簦負笈，執經請業，又必爲之搜擿明白，斟酌飽滿而後去。初未嘗見其有惰容，是以終日危坐，學徒環列，無憮無敖，無嬉笑，無訾謷。昏瞀者革心，浮躁者易貌，而日就於漸摩變化之歸。嗚呼！ 考其師友淵源之所自來，君信可謂得夫師道之重矣，此蓋世之所共見而無間言者也。

君諱謙，字益之，世爲婺之金華人。家居教授凡若干年，年六十八以没。予適以事不及哭，而君平日遇予極厚，於是特疏哀頌一篇，以洩予情。此予所以深痛夫人師之難遇，而經師之尤不易得也。嗚呼悲夫！ 頌曰：

夫天下之生也衆矣，其生如醉而未醒，其死若夢而弗蜕。何經籍之可聞，豈聖賢之能對。倏焉蠛蠓之起滅，曶爾蝇蚋之攢嘬。惟古之大儒君子，涵養省察，戰兢惕厲。道不遠人，則天理民彝之所存；經以載道，則王綱聖髓之攸賴。宜身名之竝立，獨不與年壽而俱壞。嗚呼！ 許君博學無方，篤志不懈。上追洙泗之本原，前泝伊洛之宗派。昭日星之訓，則理全而無疵；闢荆棘之途，則辭達而罔礙。矧肅容而正襟，恒晬面而盎背。學徒麇來，賓客滿座，咸曰吾見其人矣，吾聞其語矣！ 是其車轍之同，門户之正者，發之於難疑答問之頃，形之於動作威儀之際，實足使人心悟而神會。吾固知其人物之標表，經學之沾溉。誠亦可以閎其中，而肆其外矣。已而天不憖遺，曾不使之多有壽考而奄然長逝。庭巷兮虚闃，書策兮塵壒。會稽先賢失予砥柱，襄陽耆舊奪我蓍蔡。宋屈轂之瓠，剖而無竅，則渡者日溺；鄭昭文之琴，彈而無聲，則聽者斯聵。此蓋我許君之所以警新學、鎮末俗者，遼乎邈矣，自不可求之於一時，而欲罄之於千載者也。嗚呼！ 青山如屏，流水如帶。惜哉遺烈，閟此幽隧，死而不朽，炯然若在。死而可作，則已莽兮黄土白雲之蕪穢矣。奈之何哉！其亦有可悲也夫，其亦有可慨也夫！（輯自《淵穎集》卷七）

金仁山許白雲立謚咨文

婺州路達魯花赤總管府承奉江淛等處行中書省劄付准中書省咨。

據浙東道呈婺州路申儒學傅職徐文虎等言：朱文公倡明濂洛之正學，發揮洙泗之微言，統緒屢傳。而蘭谿仁山金履祥、東陽白雲許謙二先生，未嘗仕進，私淑之功，及人甚盛；載道之美，垂世有光。宜加贈謚，以勵方來。浙東廉訪司僉事瞻思將仕體察相同，廉訪副使暢太中騰章復請，如蒙備咨都省，特加褒贈，實副朝廷崇儒重道之美意。本省今將浙東道廉訪司本牒文，并各儒行狀繳連在前咨，請照詳准此送據禮部，呈核准太常禮儀院關送。據博士廳呈議，得自紫陽朱子倡濂洛之學于江左，而一時碩儒多被其化。皇元混一以來，若仁山金履祥、白雲許謙，皆傳其業而得其正，光前修而啓後學者也。夫以仁山之英才大志，而肆力于天文、地理、禮樂、兵刑、陰陽、律曆之書，而各詣其精微。繼探聖賢心術之奥，研經義深潛之藴，古今之變，以成《尚書表注》、《大學疏義指義》、《論孟集注攷證》及《通鑑前編》以示學者。又著詩文曰《仁山新稿》，□稿以明其志。其他著撰，發揮聖藴而未就者，又多有焉。許謙始以羈孤誦習，其功已至。復從仁山深味道腴，致力於分殊之間，自得於躬行之際。所著書有：《讀詩集傳名物鈔》，以補朱子之未備，《讀書集傳叢説》，實與蔡氏有同異；《讀四書集注叢説》，以發先儒之逸義；及《觀史治忽幾微》，以明古今之治亂。至天象、地形、禮樂、制度之詳，田乘、刑法之變，醫藥、字學、音韻、陰陽、卜筮，諸子之言，靡勿研究。發爲文章，不事彫琢；歌咏之言，得風人旨。凡若干卷，曰《温故管窺》，言《春秋》、《三禮》者皆在焉。若《三傳義疏》、《典禮》、《讀書記》，皆未脱稿者也。夫二公以博碩該貫之學，淵粹充著之德，涵泳聖涯，潛晦不耀，而聲光益焯，聞望益崇，學者四集，著述皆富，其德業固不在黄勉齋之下也。而易名之典，可獨闕乎？在謚法，博文多見曰文，造道自得曰安，宜合二字爲金公之謚。又按謚法，忠信接禮曰文，文德充實曰懿，宜合二字爲許公之謚。具呈照詳准此。本部議得浙省浙東道呈婺州路申舉保金履祥、許謙學貫五經之精微，道接千載之統緒，隱居求志，著書立言。移准太常禮儀院，關夫二公以博碩該貫之學，淵粹充著之德，涵泳聖涯，潛晦不耀。博聞多見曰文，造道自得曰安，宜合二字爲金公之謚。忠信接禮曰文，文德充實曰懿，宜合二字爲許公之謚。以此參詳上項事理，合准本院所撰以爲兩先生謚號，如蒙准呈，宜從都省回咨本省，依上施行。准此。省府合下仰照驗，依上施行。奉此，總府除已下本路儒學依奉省府劄付内事理施行，合飭即涓吉備禮，于先賢祠安奉二先生神主，并下合屬州司縣依上施行去。後又承奉浙東道宣慰使司都元帥府劄付，亦爲前事，仰依上施行。奉此，總府合行照會，依上施行，須至照會者。元至正七年八月初九日。（輯自《八華山志》卷中）

許益之訃至慟餘有作五首

元・柳貫

賢輿寧論世，道大欲侔天。聖路無迂轍，師門有絶絃。全歸成此志，不朽待他年。逝水西風急，空林落照縣。

其二

宿學滋淪墜，微言亦混茫。絶韋方未厭，占鵩竟爲殃。正使羣籤在，其如一鑑亡。吾衰亦無慟，有淚忽盈眶。

其三

朱鉛銷日力，義理析秋毫。折衷群言定，離微獨見高。誰能同酌醴，更復競餔糟。此道闗休否，吾非苟譽髦。

其四

珠光分後乘，驥足仰前塵。故想身無事，猶如德有鄰。五窮偏害道，二豎不憐貧。斂服深衣去，初何媿古人。

其五

世豈無精鑒，人惟重所從。祇應茅季偉，偏善郭林宗。午館聞升復，宵隣輟相舂。鄉枌日凋瘁，蜡社哭相逢。（輯自《待制集》卷四）

許益之先生挽詩

元・鄭玉

斯文宇宙，人道得菑畬。流水無今日，閒雲有卷舒。前言端可識，後死竟何如！鄉里多才彦，千金爲購書。（輯自《師山集》）

又

宗朱偏寰海，婺水獨淵源。學悟文辭陋，人知德性尊。丘原今若此，洙泗復誰論？賴有遺風在，能令薄俗敦。

挽許益之二首

元・胡助

講道宗濂洛，窮居樂孔顔。平生黄卷上，多病白雲間。嗣派歸東浙，傳衣自北山。丘園終不起，天爵貴疇班。

易簀驚鄉黨，東南喪碩師。化人唯篤敬，稽古獨精思。雲谷生徒散，河汾弟子悲。遺書應有託，千載耿光垂。（輯自《純白齋類稿》）

許謙宅

《萬曆金華府志》：金華縣觀山，謙六世祖由平江徙居於此，因名許村。《婺書》：謙，別字白雲山人。宋亡家毁，僑居城闉。（輯自《浙江通志》卷二三九）

許謙墓

《金華府志》：在婺女鄉許官山。歲久荒圮，明成化間推官林沂重爲立石。弘治間，同知薛敬之題道左曰：『處士許白雲之墓』。（同上）

有關詩文

送許益之赴趙侍御招二首

元・吴師道

揚帆千里載書琴，此事光華喜見今。青眼憐才真有道，白雲出岫本無心。校書燈火西齋静，聽講衣冠北府深。歲晚幽期良自保，孤根未恨遠穹林。（輯自《禮部集》，下同。）

又

繡府烏臺峻碧霄，金陵佳麗末蕭條。詩書正氣屯諸彦，花月殘歌笑六朝。山倚石頭青入畫，江吞天際白吹潮。勝遊健筆追雄渾，爲寄林間慰寂寥。（輯自《禮部集》，下同）

四月癸卯，原父杜徵君自武夷山道蘭江，道傳、子長來會，明日往拜許君益之墓，道傳有詩，因次其韻

元・吴師道

五年絶朋儔，索居大江潯。來歸頓聞同，掃迹方投簪。何言得良會，星聚臨蘭陰。太常儼耆德，隱君澹沖衿。追琢金玉章，諷和鸞鳳吟。柴門閉潯雨，竹樹幽深深。笑言勞契闊，喜我病不斟。張子飛車來，頓忘山水淫。欣然鍾期遇，寶匣開瑶琴。獨嗟白雲老，不見傷我心。束芻拜墓下，衿佩來森森。斯文黯銷落，白日氛翳侵。經德固不回，豈弟神所歆。峩峩武夷峯，鬱鬱金華岑。前修未云邈，千載嗣遺音。

許益之秋夜雜興詩

元・吴師道

右古詩十二首，白雲先生許君益之之所作也。乙亥之夏，某病目甚劇，至秋稍平，則以文字承教於君。君勸以損讀省思，毋爲此，無益也。一日，忽寄是詩來，且以詩言之曰：『吾欲子

之見之，爾慎毋和也。』蓋君平時罕作詩，以爲不發於興趣之真，不關於義理之微，不病而呻吟者，皆非也。然則此豈苟作哉？觀其文貌音節，上泝晉魏，而寄興高遠，旨味淵泳，則有得於紫陽夫子感興之遺者也。既不鄙而教我，又慮其苦心動疾而愛我，君之於我，乃至此哉！後二年而君卒，又二年某歸自江東，始克拜其墓下。絶響僅存，手墨如故。嗟九原之不作，悼知己之寔稀。因叙梗槩於後，爲之輟筆泫然。

跋許益之古詩序

元・陳旅

右國子博士吴正傳氏所藏金華許先生古詩十三首。先生不喜矜露，人罕見其辭章。今寫此以遺正傳，豈非以相知之深。相好之篤而然歟！旅嘗病夫近世有儒者、詩人之分也，深於講學而風雅之趣淺，厚於賦詠而道德之味薄，要非其至焉者。其至焉者，無儒與詩人之分也。先生沈潛載籍，大而聖賢心學之藴，細而名物度數、文字句讀音義之詳，靡不究極。隱居終身，不以自外至者易其素守。計其平日之所以用心者，殆若未遑他及。而此詩冲澹醒藉，音節跌宕而興致高遠，乃若專久於爲詩者。是豈可以向所謂儒者目之哉，其庶幾吾之所謂至焉者邪。觀其詩，想其爲人，蓋亦一世之豪傑而不見於用者邪。旅學不進而志未衰，欲受教於淛河之東，而先生已矣。三復遺墨，不勝悵罔而歔欷也。（輯自《安雅堂集》）

與許益之書

元・吴師道

僕生幼而讀書，爲文盛氣而鋭，思貪博而騁能，自以爲適也。既而悔之，聞義理之學，聖人之道於是乎在。時則仁山金子講道淑婺之人而弗果從，家貧無書，里良師友又少，閉門矻矻，弗知所向。切自念道散於羣經，會於《四書》，周、程、朱、張諸儒又表章發揮之，微言精義，抉露無餘矣。遂慨然曰：『吾他無書，獨無《四書》乎？吾無所與游，獨弗能尚友古人乎！』於是誦其書，思其人，優游涵泳乎性命道德者幾時。始而茫乎其失也，繼而粲乎其明也，久而確乎其信也。

嗚乎！道迄孟氏不傳，毅如荀謂性惡，慤如揚謂善惡混，醇如董子謂性者生之質，懿如王通以性爲五常之本，正如韓愈氏言性有三品。斯五人者，其絶類離倫，非不卓卓然著矣，而皆昧於論性。今予之愚一朝而識之，天之予我者如此，先儒所以啓我者又如彼，奈何忍而棄耶？然聞之不如見之之親，見之不如授之之精。無師友以爲資，亦終焉寡陋是懼。環視當世，汙染淪胥，訕笑迂闊，友且未多見，况於師乎！

足下早登仁山之門，深探王、何之傳，質純而氣清，道信而學篤。於僕則又道先齒長，實師而非友也。比嘗幸得見，退而迫困世故，弗獲有請。一年於兹，足下又警迪之以文字者屢矣。僕誠不佞，試以所得於先儒而欲終身行者誦言之。涵養須用敬，進學則在致知。學者工夫，惟居敬、窮理二事。正容謹節存心，主一敬之事也。讀書問道，應事接物，窮理之方也。二者皆主於敬焉。斯言也，先儒所以會聖賢之精微而示人以約者與，備體用本末而入德之要與！僕之生也愚，而師之求也久。方將請事，於敬未能習而安也，而缺焉親炙，復若是，如進學何？足下倘嘉其志，矜其愚而辱教之，賜一言以自証，則先儒之啓我也，足下之成我也，幸孰大焉，幸孰大焉！

請傳習許益之先生點書公文

元・吴師道

竊以博士之官掌司書籍，講授經旨，是正音訓，今之職也。當職猥以疎庸，具員承乏。伏見監學雖有藏書，並無點定善本。諸生傳習，師異指殊，不無乖舛。嘗聞先儒有云：『昔人鄙章句之學者，以其不主於義理爾。然章句不明，亦所以害義理。』又云：『字書、音韵是經中淺事，先儒得其文者，多不留意。不知此等處不理會，枉費詞説牽補，不得其本義，亦甚害事也。』三復斯言，誠爲至論。

當職生長金華，聞標抹點書之法，始自東萊呂成公，至今故家所藏猶有《漢書》、《資治通鑑》之類。逮宋季年，北山何文定公基傳朱子之學於勉齋黄公，若魯齋王文憲公柏寔游其門，仁山金履祥並學於何、王。而導江張𩑶學於王氏，以教於北方。何氏所點《四書》，今溫州有板本。王氏所點《四書》及《通鑑綱目》傳布四方。金氏、張氏所點，皆祖述何、王。

近時許謙益之，乃金氏高弟，重點《四書章句集註》，及以廖氏《九經校本》再加校點，他如《儀禮》、《春秋》公穀二傳，併註《易》程氏傳、朱氏本義，《詩》朱氏傳，《書》蔡氏傳，朱氏《家禮》皆有點本。分别句讀，訂定字音，考正謬訛，標釋段畫，辭不費而義明。用功積年，後出愈精，學士大夫咸所推服。謙之學行，本道屢薦於朝，不幸而没。其他亦有著述，而點書特爲切要。今所傳多出副本，而其家藏乃親筆所定，可信不差，學者得之，真適道之指南也。如蒙監學特爲申明轉聞上司，委通經之士親賫善本，就其家傳録。并廣求吕子及何、王、金氏之書，頒之學宫，嘉惠後進，寔斯文之大幸！

代孫幹卿御史請刊近思録發揮等書公文

元・吴師道

竊謂傳道受業，必以正學爲宗。著書立言，貴乎世教有補。所宜章顯，以示激揚。當職往歲備員婺州路屬邑，獲聞北山何文定公基親學於勉齋黄氏，得朱子的傳，道德之望，爲時師表。亡宋屢召授以史館校勘、崇政殿説書，並辭不受。所著書有《大學》、《中庸》、《易大傳》啓蒙，《通書》、《近思録》等發揮，並用朱子本旨，不雜他説。《大學》等五發揮刊行已久，止有《近思録發揮》未就。内《太極圖》、《西銘》發揮先刊於紹興，其後門人仁山金履祥纂次訂定，見有全書。蓋《近思録》乃近世一經，而發揮之旨尤爲精要，非泛泛他書之比。金氏之學傳之許謙，紹述宗旨，南北從游者甚衆。屢蒙臺府及本道列薦，未仕而卒。謙所著述，有《讀四書叢説》、《詩集傳名物鈔》，尤有發明，四方傳録，多以未見爲恨。以上《近思録發揮》、《讀四書叢説》、《詩集傳名物鈔》三書，不過數十卷，計費不爲甚大。如蒙就於婺州路儒學錢糧内刊板流布，幸惠後學，其於教化不爲無補。

許文懿公像贊

明・劉基

四賢之傑，羣儒之英。學講八華，道闡六經。富哉訓謨，允兮明誠。溯源洙泗，千古儀型。

（輯自《八華山志》）

許文懿公謙像贊

明・孫承恩

山川藴靈，哲人繼出。子承三賢，亦克紹述。沿流泝源，直窮崑崙。紫陽之道，得子益尊。

（輯自《文簡集》卷四一）

白雲亭記

明・胡翰

距婺之東百有五十里，其邑爲東陽。未至邑四十里，其鄉爲懷德，其山有曰八華山者，故文懿先生講學之所也。山之麓，邑人許氏居之。其兄弟曰和伯，曰晋仲，自以其生也晚，不及登先生之門，幸嘗私淑諸人與有聞焉。顧瞻遺躅，流風餘韻，又幸而未泯，山川草木猶將被其榮矣，則吾寧能已其興起之情乎？乃作亭山中，書其扁曰『白雲亭』。白雲者，先生故所自號也，因其自號而扁之，尚德也。余聞之許氏，乃記之曰：

儒者之學，尊本明統。宋南渡以來，朱子嘗以是傳之黄文肅公，文肅傳之何文定公，文定之後王魯齋繼之，金仁山又繼之，至先生蓋五傳矣。延祐乙卯、丙辰之間，天下承平，諸公貴人方事文治，聞先生名者，争欲辟致爲時用，先生固辭。而侍御史趙公宏偉自金陵寓書，願率弟子以事先生。先生留金陵，踰年乃歸。從游者益衆，以目眚不能見客，遂屏迹山中。諸生贏糧笥書，從者如故。去湫隘而就爽塏，暢湮鬱而挹清淑，境與心會，業以專工，固一時之盛也。先生既没，門弟子又自爲學，逮今未六十年，何其微也！惟兹山表著郡邑，蒼莽百里間，余翹而望之，欲從和伯訪其故躅，曾不能一至焉。若先生之門，則嘗洒掃矣。方年少氣鋭，聞其所聞而莫究其所以聞也，見其所見而莫究其所以見也，又况其不得聞、不得見者，安能有諸身乎？

事往而世已殊，志存而力不逮，今老矣，獨不能已者何哉？萬物同宇以生，而人在天地猶一物耳，自幼至老，大都不過百歲，而百歲在天地猶須臾耳。以須臾眇焉之生，而欲並天地以立，與天地以爲終始者，豈有他哉，惟盡夫人所以爲人之道焉耳。人之所以爲人之道，其理命於天，所以爲性者五，著於人所以爲倫者五，明而誠之，皆吾固有者也。雖先生之受於仁山，仁山之受於魯齋，上泝朱子之傳，有不得窺者，豈能外是以爲教乎。由朱子等而至於河南二程子，又等而至於先聖人孔子，豈有異然乎！故曰以一物觀萬物，以一世觀萬世者，聖人也。聖也者，人之至者也；人也者，物之至者也。知其至而至之。吾雖不能以一觀萬，然去先生未遠，其道可識也。和伯之所尚，固有不能已者矣。

和伯之弟晋仲，與余生同歲，學同志，又與余友吴君德基先生之仲子存禮相友善。他日登斯亭，二三君子試以余言觀之，則凡興起其高山景行之思者，不假他求而得之矣。故余於其登覽之勝，風物之美，不暇摭而書焉。（輯自《胡仲子集》卷七）

葺八華山文懿公祠作

清·許永鉦

寶婺耿精光，山川邃凝結。磅礴吐華英，有秘則必洩。問誰跡古賢，王金遞作哲。有元紹前修，維公實其特。遯世非務光，素志夙以決。棲息八華山，詎謂煙霞癖！典型殊未遥，濂洛在咫尺。簡編恣討尋，身心得法式。清風灑幽襟，迎華布講席。遠而幽冀魯，近則荆吴越。其人雖已逝，高踪緬泉石。勉旃步後塵，有作貴能述。努力葺其祠，春秋得奠釋。何當景遺徽，咸以正無缺。（輯自《八華山志》）

許謙師友弟子録

文安金仁山先生履祥

金履祥，字吉父，蘭溪人。凡天文、地形、禮樂、田乘、兵謀、陰陽、律歷之書，靡不畢究。已向濂、洛之學，事同郡王魯齋，從登何北山之門，自是講貫益密，造詣益邃。

德祐初，以迪功郎、史館編校起之，辭勿受。宋季，國勢阽危，任事者束手罔措，先生獨進奇策，請以舟師由海道直趨燕、薊，俾擣虛牽制，以解襄、樊之圍。其敍洋島險易，歷歷有據，時不能用。宋亡，屏居金華山中，視世故泊如也。北山、魯齋之喪，先生率其同門之士，以義制服，觀者始知師弟子之禮。

當時議者謂北山之清介純實似和靖，魯齋之高明剛正似上蔡，先生則兼得之二氏，而並充於一己者也。居仁山之下，學者稱爲仁山先生，謚曰『文安』。所著《通鑑前編》二十卷，《大學章句疏義》二卷，《論語孟子集註考證》十七卷，《書表注》四卷。

百家謹案：仁山有《論孟考證》，發朱子之所未發，多所牴牾。其所以牴牾朱子者，非立異以爲高，其明道之心，亦欲如朱子耳。朱子豈好同而惡異者哉？世爲科舉之學者，於朱子之言未嘗不錙銖以求合也，乃學術之傳，在此而不在彼，可以憬然悟矣。

【仁山門人】

文懿許白雲先生謙

許謙，字益之，金華人，學者稱白雲先生。長值宋亡家破，力學不已。僑寓借書，分四部而讀之。年踰三十，開門授徒。

聞金仁山履祥講道蘭江，乃往就爲弟子。仁山謂曰：『士之爲學，若五味之在和，醯鹽既加，而鹹酸頓異。子來見我已三日，而猶夫人也，豈吾之學無以感發子耶！』先生聞之，惕然。仁山因揭爲學之要曰：『吾儒之學，理一而分殊，理不患其不一，所難者分殊耳。』又曰：『聖人之道，中而已矣。』先生由是致其辨於分之殊，而要其歸於理之一；每事每物，求夫中者而用之。居數年，得其所傳，油然融會。嘗自謂：『吾無以過人者，惟爲學之功無間斷耳。』中外列薦，皆不應，屏迹東陽八華山中，學者負笈重趼而至，著録者前後千餘人。侍御史趙宏偉自金陵寓書，願率子弟以事，先生爲之强出，踰年即歸。

其教以五性人倫爲本，以開明心術、變化氣質爲立身之要，以分辨義利爲處事之制，攝其粗疏，入於微密，隨其材分，咸有所得，以身任道者垂四十年。

先生雖身立草萊，而心存當世。大德十一年，歲在丁未，熒惑入南斗勾已而行，先生以爲變在吴、楚，竊深憂之。是歲大侵，先生貌加瘠，或問曰：『先生有不適邪？』答曰：『道殣相望，吾能獨飽邪？』嘗謂：『吾非必於隱以爲名高，仕止惟其時耳。』

晚年尤以涵養本原爲上，講學之餘，齋居凝然。一日，瞑目坐堂上，門人徑入，則闃其無人乎先生之側，拱立久之，先生顧而徐言曰：『爾在斯邪？』其習於静定如此。至元三年十月，病革，正衣冠而坐，坐呼子元受遺戒。元復請所未盡，先生曰：『吾平日訓爾多矣，復何言！』門人朱震亨進曰：『先生視稍偏矣。』先生更肅容而逝，年六十八。至正七年，謚曰『文懿』。

其所論著，論《四書》曰：『學以聖人爲準的，必得聖人之心，而後可學聖人之事。聖人之心，具在《四書》，而《四書》之義，備於朱子。顧其詞約義廣，安可以易心求之哉！』於《書傳》，與蔡氏時有不合，每誦仁山之言曰：『自我言之則爲忠臣，自他人言之則爲讒賊，要歸於是而已。』於《詩》則正其音釋，考其名物度數，以補先儒之所未備，仍存其逸義，旁採遠引，而以己意終之。於《春秋三傳》，有《温故管窺》一書。於史則有《治忽幾微》一書，仿史家年經國緯之法，起太皥氏，迄宋元祐元年秋九月尚書左僕射司馬光卒，總其歲年，原其興亡，著其善惡。蓋以爲光卒，則中國之治不可復興，誠理亂之幾也，故附於續經而書孔子卒之義，以致其意焉。嘗句讀《九經》、《儀禮》、《三傳》，而於大綱要旨，錯簡衍文，悉别鉛黄朱墨，意有所明，則表見之。其後吴師道得吕東萊點校《儀禮》以相參校，所不同者十三條而已，其與先儒意見脗合如此。有《許白雲集》。

臺掾郭先生子昭

郭子昭，汝南人，仕爲御史掾。受業於仁山，白雲謂：『師門數十人，惟子昭與余合志以求道，不汩流輩，羣會無長語。晝講肆有條，夜則執經問難，析理亳縷，率下漏過半，疲極抵足而卧，覺復共索所未悟。稍間，各言其志，思苴漏易弊，振奮以邁。尋常若是者久。』

文肅柳静儉先生貫

柳貫，字道傳，浦江人。受經於仁山，究其旨趣，又徧交故宋之遺老，故學問皆有本末。舉爲江山教諭，遷昌國學正，擢湖廣儒學副提舉，未上，改國子助教、太常博士，出提舉江西儒學。

秩滿歸，杜門十餘年。至元元年，召爲翰林待制兼國史院編修官，莅任七月而卒，年七十三，門人私謚文肅。其文與黄晋卿溍、虞伯生集、揭曼碩傒斯齊名，天下稱爲四先生。

正節衛耕讀先生富益見下《白雲門人》。

唐先生良驥

唐良驥，蘭溪人。

梓材謹案：《蘭溪唐氏譜》載『先生建齊芳書院，延仁山金先生講道著書』。可以知其概矣。《儒林宗派》亦列先生於仁山之門。

【白雲學侣】

修撰張子長先生樞

張樞，字子長，金華人。幼而夙慧，外家蓄書萬卷，悉取讀之，過目輒不忘。宇宙之分合，政治之得失，禮樂之廢興，以至帝號官名，歲月後先，皆無脱誤。每論及一人，則其世系閥閲與材質之良窳，歷如指掌。一日，白雲漫叩以高帝取天下之故，子長矢口而對，出入紀傳，語蟬聯不能休，白雲大奇之。既而以書上謁，請就弟子列，白雲不可，以友待之，由是斂華就實，而其學益粹。

至正間，脱脱修三史，奏辟爲長史，力辭不就。再以翰林修撰、同知制誥兼國史編修官召之，行至武林，以病辭歸而卒。

郎中吴正傳先生師道

吴師道，字正傳，蘭溪人。初工詞章，及閲真西山遺書，幡然志於爲己之學。嘗以持敬致知之學質之白雲，白雲覆以理一分殊之旨，由是造詣益深。元至治初，登進士第，授高郵丞，調寧國録事，遷池州建德尹。召爲國子助教，陞博士，其教一遵許魯齋成法。以母憂去職，尋以奉議大夫、禮部郎中致仕。先生於白雲雖不稱弟子，而其祭白雲之文曰：『小子託交，殆三十年，指聖途而誘掖，極友道以磨鐫，骨肉不足以儷其親，金石不足以擬其堅。比居閒而獨處，益共究於遺編，不鄙予以不肖，將叩竭於師傳。』然則先生不可謂不與於授受之際者也。

百家謹案：白雲高第弟子雖衆，皆隱約自修，非巖棲谷汲，則浮沈庠序州邑耳。如子長、正傳文采足以動衆，爲一世所指名者，則又在師友之間，非帖帖函丈之下者也。然白雲非得子長、正傳，其道又未必光顯如是耳。

【白雲同調】

貞獻趙松澗先生宏偉

趙宏偉，字子英，甘陵人也。金末，避兵居潁昌，其後卜居真州。豫於平宋之功，官至衡州總管府治中。解官一十五年，延致導江先生張𦤎，講明伊洛之學。起爲浙西廉訪使僉事。先是，鎮江以旱免租九萬五千石，已而以飛語復徵，民無所出，先生卒復之。是秋，大風海溢於潤、於常，居民不粒食，先生欲發粟食之，有司以未報不敢發。先生曰：『民且死矣，如以不待報得罪，我當獨坐之，不相及也。』於是全活者十七萬人，而沈骸腐胔亦俱得掩，時以爲汲黯復出。遷江南行御史臺都事。江南大饑，猶徵積逋數百萬，先生請弛之，行省不可，先生力争之。中丞廉公解之，先生争益力，廉公不以爲忤，退謂人曰：『賢佐也。』卒行之，時兩賢之。入爲内臺都事，尋除浙東海右廉訪副使，以許公白雲薦，禁越人之停葬者。擢江南治書侍御史，延白雲於金陵，率子弟師事之，白雲爲之强出。已而以七十遂致仕。先生在都臺，有選吏累求用，先生不之許也；及除官，先生亦不以告。其人始恨之，久而知之，乃大媿服。學者稱爲松潤先生。

【白雲家學】

祭酒許先生元

許元，字存仁，金華人。父白雲先生，學於仁山金氏，得朱子之傳。明祖初起，幸金華，訪求其後，乃驛赴金陵，拜京學教授，仍命入傅皇太子及諸王。乙巳九月，始置國子學，命學博士，奉命進講經史，極陳《洪範》休徵咎徵之應。

吴元年四月，上至白虎殿，問《孟子》何言爲要，對曰：『勸國君以行王道、施仁政、省刑罰、薄税斂，乃其要也。』冬十月，擢爲祭酒，最見禮遇。設立《教國子條例》數十事，皆見施行。既而浙江僉事程孔昭誣劾其過，安置韶州。遇赦還，卒。

梓林謹案：白雲之殁，以先生屬於張子長，先生欲師事之，則以白雲之待己者待焉。見黄文獻所作《子長墓表》。

教授許先生亨

許亨，字存禮，文懿之子。學有淵源，而工於文辭。赴任北平教授，宋濳溪作序以送之。

【白雲門人】

純孝范柏軒先生祖幹

劉先生名叔合傳

經略李先生國鳳合傳

范祖幹，字景先，金華人。白雲嘗語人曰：『吾得劉名叔而學知進，得李國鳳而學日彰，得范景先而學有傳。』先生之學，以誠意爲主，而嚴之以慎獨持守之功，嘗曰：『爲學之本，莫大乎正心修身。欲修其身，莫若理會君子之所謂道者三，知斯三者，則知所以修身矣。若切己之實，歸而求之可也，心不在焉而能自得其根本者，吾未之聞也。』

至正中，爲西湖書院山長，辭歸養親。李文忠鎮嚴州，修師資之敬。郡守王忠顯上其孝行，立純孝坊，學者因稱純孝先生。洪武十八年，疾革，召門人講學，危坐而卒。所著有《羣經指要》、《讀詩記》、《大學中庸發微》、《柏軒集》。

雲濠謹案：李先生字景儀，山東人。官亞中大夫、治書侍御史兼經略使。

經師葉南陽先生儀

葉儀，字景翰，金華人。立志堅苦，取四部書分程讀之，義有未明，質於白雲，隨所咨叩，咸爲之盡。久之，學業日進，白雲命其子存仁、存禮師之。白雲歿，先生率同門以義制服，經紀其喪。既而開門授徒，東南之士多趨之。洪武初，郡守王宗顯起爲五經師，學者稱爲南陽先生。卒年八十二。所著有《南陽雜稿》。

文忠敬先生儼

敬儼，字威卿，易州人也。其從大父鉉，精於經學，有《春秋備忘》，金人稱爲大寧先生者也。先生嘗爲浙東參政，涖金華，受業白雲，而以張子長爲友，白雲贈之詩曰『皇皇駟馬車，誤立門外雪』者也。

梓材謹案：謝山原稿作『其大父鉉』。考《元史》先生本傳：『祖鑑，同知嵩州事。鉉，其叔祖也。』據以正之。又案：先生官至中書平章政事，卒封魯國公，謚文忠。

學録唐存齋先生懷德

唐懷德，字思誠，金華人。梓材案：先生號存齋。受業白雲，不出户者十年，《六經》、百家之書無不研究。余闕持節海右，特容接之。或請余書揚雄《九州箴》，未知所出，先生曰：『此出《古文苑》。』即援筆寫之，不遺一字。嘗與宋景濂宿錢塘，辯諸子是非，凡九十餘種，交舉所疑以質，宋推其博。先生曰：『徒博則陸澄之書廚耳，吾則藉之以窮理而施諸事也。』

用部使者薦，擢金華教諭，遷衢州學録，未上而卒。所著有《破萬總録》、《六經問答》、《鉤玄集》、《書學指南》、《存齋集》，共百餘卷。

文安揭先生傒斯

教授朱明所先生公遷並見《雙峯學案》。

文公歐陽圭齋先生玄附師張貫之。

歐陽玄，字原功，其先家廬陵，與文忠同所自出，曾大父新始居瀏陽。先生幼岐嶷，母李氏，親授《孝經》、《論語》、小學諸書，八歲能成誦，始從鄉先生張貫之學，日記數千言，即知屬文。年十四，益從宋故老習爲辭章，下筆輒成章。弱冠，下帷數年，人莫見其面，經史百家，靡不研究，伊、洛諸儒源委，尤爲淹貫。

延祐元年，詔設科取士，先生以《尚書》與貢。明年，賜進士出身，授岳州路平江州同知，調太平路蕪湖縣尹，改武岡，召爲國子博士。初置藝文監，文宗親署爲少監，奉詔纂修《經世大典》，陞太監、檢校書籍事。拜翰林直學士，編修《四朝實録》，兼國子祭酒。重紀至元五年，足患風痹，乞歸，不允，拜翰林學士歸。復起，以疾未行。

詔修遼、金、宋三史，召爲總裁官，發凡舉例，俾論撰者有所據依。拜翰林學士承旨，除福建廉訪使，行次浙西，疾復作，乃上休致之請，作南山隱居，優游山水間，有終焉之志。復拜承旨，力辭，不獲命。奉敕定國律，尋乞致仕。將行，帝復降旨不允，進階光禄大夫。十七年，卒於崇教里之寓舍，年八十五，贈崇仁昭德推忠守正功臣、大司徒、柱國，追封楚國公，謚曰文。

先生處己儉約，爲政廉平，歷官四十餘年，在朝之日，殆四之三。三任成均，而再爲祭酒，六入翰林，而三拜承旨。文章道德，卓然名世。有《圭齋文集》若干卷。

方茗谷先生用

方用，字希才，望江人。少負逸才，與揭傒斯、朱公遷、歐陽玄同遊於許白雲之門，以羽翼斯文相砥礪，時稱許門四傑。著有《先儒宗旨》、《茗谷叢説》諸書。子三人，以詩禮世其家。

都事蘇栗齋先生友龍

蘇友龍，字伯夔，金華人。學經於白雲，以才推擇爲吏，擢令蕭山，轉行樞密院照磨，陞行省都事，多著能績。入明而卒。子伯衡。

雲濠謹案：先生門下侍郎轍之裔，宋文憲志其墓云：『伯夔字也，人稱之曰栗齋而不敢字。其先居眉州，文定長子遲知婺州，因家金華。』又言先生『上距文定蓋九世矣』。然其子平仲爲待制，遲八世孫，則先生距文定衹八世耳。

教授胡長山先生翰

胡翰，字仲申，金華人。從吴正傳師道受經，吴立夫萊學古文詞，又登白雲之門，獲聞考亭相傳的緒。嘗至京師，徧交當世名士，而於余闕、貢師泰尤善。避地南華山中著書。入明，除衢州教授，聘修《元史》，賜金繒而歸。居長山之陽，稱長山先生。卒年七十五。有《仲子文集》。

聘君朱丹溪先生震亨

朱震亨，字彦修，義烏人。初爲聲律之文，刻燭而成，已棄去爲任俠。既壯，則又悔之，遂往從白雲於八華山中。白雲爲開明天命人心之祕，内聖外王之微，先生聞之汗下。由是挾册坐至四鼓，默察理欲之消長，抑其粗豪，歸於純粹，數年而其學堅定。以其所得者行之鄉黨州閭之間，興利除害，郡邑不能奪也。又曰：『吾窮而在下，澤不能及遠，隨分可自致者，其惟醫乎！』於是得羅知悌之傳，遂以醫名，醫家傳之爲丹溪先生。

其學以躬行爲本，以一心同天地之大，以耳目爲禮樂之原，積養之久，内外一致。曰：『聖賢一言，終身行之不盡，奚以多爲！』浮豔之詞尤不樂顧，直以吾道蟊賊目之。

御史王先生餘慶

王餘慶，字叔善，金華人，受業白雲。嘗遊京師，番僧爲總統，欲見之，先生曰：『吾學將以明道，寧有屈身異教而道可明耶？』至正初，入經筵，爲檢討官，累拜監察御史。

吕竹溪先生溥

吕溥，字公甫，永康人。從學白雲，講究經旨。爲文落落有奇氣，詩動盪激烈可喜。冠昏喪祭，一依朱子所定禮行之。所著有《大學疑問》、《史論》、《竹溪集》。族子權，亦許氏弟子，早卒。

呂先生洙

呂洙，字宗魯，溥之兄也。在白雲門，服其精敏，未究而卒。有《周易圖説》、《太極圖説》、《大學辯疑》。

呂先生權

呂先生機合傳

呂權，字子義，永康人。從白雲，竟夕不寐。嘗自書其夢中之語曰：『青壁雖萬里，白雲只三尋。』已而三十八歲病卒。弟機，字審言，亦從白雲，通《春秋左氏》，尤精於《資治通鑑》。有篤行。

教授李静學先生唐

李唐，字仲宏，號静學，東陽人。從白雲遊。爲詩文以理勝，一時名輩相推重之，仕爲本郡儒學教授。所著有《静學齋集》、《尚絅齋集》。

正節衛耕讀先生富益

衛富益，字□□，崇德人也。從金仁山遊，深探《易》理，而卒業於許白雲。默識心融，洞究性理。聞崖山亡，日夜悲泣，設壇以祭文、陸二丞相，詞極哀慘。歎曰：『夷、齊何人耶！馮道何人耶！』遂絶意進取，隱居石人涇講學，所謂白社書院者也。先生立學規，凡薦紳仕元者不許聽講，爲人所恨。至大中，有司薦之不就，遂遭搆，毁其書院，乃遷居湖之金蓋山，授徒不輟。

所著書曰《四書考證》，曰《性理集義》，曰《易説》，曰《讀史纂要》，曰《耕讀怡情録》。至治中，始還故里，别署耕讀居士，足不入市。或有乞詩文者，辭曰：『吾欲涵養德性，何口説爲？』疾篤，取所著書焚之，曰：『玄奥處宋儒已盡之，安用此糟粕爲！』九十六歲而卒。其門人曰沈夢麟，曰黄彛，曰鄭忠，相率制服，葬於金蓋，私謚正節。

戚朝陽先生崇僧

戚崇僧，字仲咸，金華人，貞孝先生紹之孫也，家學出於吕氏。先生年二十七，始從白雲講道，同門推爲高第。清苦自處，不以時尚改度。每謂『人知富貴之可欲，而不知貧賤之可樂也。』先生之父訪其壻吕汲於永康太平山中，愛之，先生遂奉父居焉。汲之子權，亦白雲徒也。其諸孫遂從先生學。居常默坐一室，環書數百卷，非有故不出，人稱朝陽先生。所著有《春秋纂例原旨》三卷，《四書儀對》二卷，《後復古編》一卷，《昭穆圖》一卷，《歷代指掌圖》二卷。

先生精於篆學，嘗以篆法繕寫《易》、《詩》、《書》、《禮》、《春秋》、《孝經》、《論語》、《學》、《庸》、《孟子》，將獻之朝，以《儀禮》一經未及竟，不果上。又嘗爲書言時政，將詣闕陳之，亦不果行。黄晉卿曰：『人見君高蹈物表，目以爲畸人静者，而不知其未始忘情斯世，第不苟售耳。』

朱裕軒先生同善

朱同善，字聖與，義烏人。從白雲講究經旨，學者師之，稱曰裕軒先生。

隱君劉青村先生涓

劉涓梓材案：《金華先民傳》作金涓，蓋與仁山先生同爲項伯之後，由項而賜姓爲劉，吴越時，又由劉而改爲金者，故金涓即劉涓也。字德源，義烏人。從白雲於八華山，稱爲高第弟子。又從黄文獻溍學古文詞。不樂仕進，徙蜀山之青村，朋舊叩門，焚香瀹茗，對榻劇談，去則閉門不出。學者稱曰青村先生。

推官李先生裕

李裕，字公饒，東陽人，從白雲學。嘗詣闕上《至治聖德頌》，英宗召見至德殿，中書奏補國子生。登天歷間進士第，授陳州同知，轉道州路總管府推官而卒。

李先生序

李序，字仲倫，東陽人。弱冠，從白雲，推爲上第。爲文以《左》、《國》、《史》、《漢》爲標格，唐、宋以下勿論也。宋褧按部，以先生自隨。危太樸素在史館時，歌其詩以爲入格。卧東白山中，與鹿皮子陳樵相倡和，士類皆師表之。

貞節蔣若晦先生玄

蔣玄，字子晦，一字若晦，東陽人。從白雲遊，不仕。學者私諡貞節先生。所著有《中庸注》。

雲濠謹案：《兩浙名賢録》載先生著有《學則》二十卷。又謝山《學案劄記》云：『先生著有《四書箋惑》。』

樓先生巨卿

樓巨卿，東陽青石渡人，白雲高弟。

趙先生子漸

趙子漸，金華人。

梓材謹案：黄文獻誌退藏山人趙若磬墓，言其先自開封徙衢州，又自衢徙蘭溪。退藏僑居於郡城，次子嗣鴻，遣之受業於鄉先生許君。嗣鴻，蓋即先生之名，子漸其字也。

張先生匡敬大父衍，父主善。

張匡敬，字主一，金華人也。其大父曰頤齋先生衍，父曰木齋先生主善，皆有學行，而先生從白雲遊。

馬一得先生道貫。

馬道貫，字德珍，東陽人，白雲弟子，自號一得叟。恬退，非公不入城府。所著有《尚書疏義》六卷，《一得叟集》。

鄉舉江先生孚

江先生起合傳

江孚、江起，常山人，兄弟並從白雲。

雲濠謹案：弘治《衢州府志》，言先生兄弟與伯兄叔戴齊名，人號曰三江先生。但載『江孚受業於文懿之門，以《書經》中至順壬申鄉第。弟起，詞氣雄辯』云。

教諭王先生麟附子延齡。

王麟，東平人也。嘗自廣陵至婺，學於白雲，期年而歸，白雲書《學箴》以遺之。仕終昌平教諭。其居廣陵，聞白雲殁，爲發喪，悲不自勝。其後凡遇白雲生辰忌日，必設祭，去酒肉不食。又爲白雲刻《尚書》、《大學》諸書以傳，蓋不負師門者也。子延齡，爲明翰林。

縣官合剌不花先生

合剌不花，蒙古人也。官浙之台州達魯花赤，已而移徽州。嘗遊白雲之門，其學以誠意不欺爲主。嘗喜挾方册，攜一羊皮，坐於山顛水涯，歌詠終日，野老過者，輒呼而問以民間疾苦，以德爲化。嘗曰：『法所以防姦，事苟集矣，法不必盡用也。』二州之民化之，幾於無訟，考績爲天下最。元儒惟魯齋之門，有以蒙古從學者，此外惟白雲而已。

何先生宗誠

何先生宗映合傳

何先生宗瑞合傳

何宗誠，字□□，金華人也。其父遯山先生鳳，隱於醫道，君子也。三子：曰宗誠，曰宗映，曰宗瑞。白雲許文懿公方羈孤時，落落不偶，莫從之遊，遯山獨奇之，館於家，使先生兄弟師之。而以世務機利，迷罔他岐，固勉以義，令求其遠者大者，文懿遂決意於學。遯山悉出其藏書使觀之，率其鄉之子弟以共師之，而文懿之名始盛，終身嚴事遯山，以爲淵源之自也。先生兄弟三人皆學於白雲，而其詳不可考。

方先生麟

李先生亦合傳

方麟，太末人；李亦，東陽人，與蔣貞節玄皆文懿弟子。貞節延兩先生於家塾，俾其子允升禮而師之。參《王忠文集》。（節録《宋元學案·北山四先生學案》）

儒林宗派·金氏學派

清·萬斯同

元

金履祥吉甫，仁山，蘭谿，文安

金氏學派

許謙 益之白雲 金華文懿

- 范祖幹 景先純孝金華
- 唐懷德 思誠 金華
- 蘇友龍 伯夔 金華
- 葉儀 景翰 金華
- 吳師道 正傳 蘭谿
- 金涓 德源
- 朱震亨 彥修 丹溪
- 張樞 子長 金華
- 胡翰 仲申長山 金華
- 王餘慶 叔善

- 汪與立 師道
- 許元 存仁 謙子
- 邢沂 金華
- 何壽朋 德齡 金華
- 吳沈 濬仲師 道子
- 徐原 均善 蘭谿
- 戴思恭 原禮 浦江

王毅 剛叔 龍泉
戚崇僧 仲咸 朝陽
朱同善 裕軒
張匡敬 金華
馬道貫 德珍
李唐 東陽
李序 仲倫
李裕 公饒

章溢 三益 龍泉
胡深 仲淵 龍泉
葉子奇 世傑 龍泉
季汶
徐操
李希明 唐子 濬文

呂溥公甫 永康

呂洙宗魯

呂權

劉涓德源 青村

戚仲咸永康

樓巨卿

趙子漸

汪杞

李彥章

蔣玄

方麒

李亦

衛富益正節崇德

唐良驥

郭子昭

柳貫 道傳 浦江

- 宋濂
  - 方孝孺
  - 王紳
- 戴良 叔能 九靈
- 楊璲 元度 餘姚
- 鄭濤 仲舒

右金氏門人